彭子冈 文集

彭子冈 著

徐 东 编

中国文史出版社

图书在版编目（CIP）数据

彭子冈文集 / 彭子冈著；徐东编 . —北京：中国
文史出版社，2021.1

ISBN 978-7-5205-2676-0

Ⅰ .①彭… Ⅱ .①彭… ②徐… Ⅲ .①中国文学—当
代文学—作品综合集 Ⅳ .① I217.2

中国版本图书馆 CIP 数据核字（2020）第 241417 号

责任编辑：牛梦岳

出版发行：中国文史出版社

社　　址：北京市海淀区西八里庄路 69 号院　　邮编：100142

电　　话：010-81136606　81136602　81136603（发行部）

传　　真：010-81136655

印　　装：河北燕龙印刷有限公司

经　　销：全国新华书店

开　　本：710mm×1010mm　1/16

印　　张：32.75

字　　数：517 千字

版　　次：2021 年 3 月第 1 版

印　　次：2021 年 3 月第 1 次印刷

定　　价：98.00 元

彭子冈（1914—1988）

子冈（后排左二）在浙江淞江女中初三时与同学合影

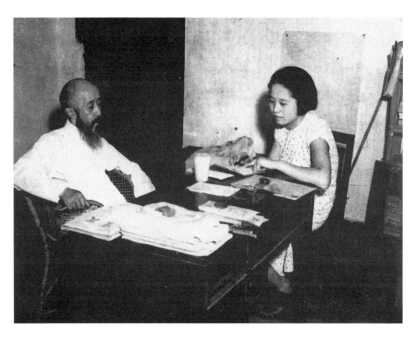

1938年，子冈在重庆良庄向沈钧儒先生请教

1938—1939 年间，子冈与徐盈在重庆《大公报》

1949 年 4 月，子冈参加华沙世界青年联欢节

1956年，子冈（左六）参加"中国妇女代表团"访问印度，前排两人左起为律师史良、副团长罗叔章

20世纪60年代，子冈与女儿徐东在北京中山公园

"文革"结束后，徐盈、彭子冈夫妇在老屋住所前合影

"文革"结束后，子冈（左三）与原《旅行家》杂志的编辑们在北海公园聚会

20世纪80年代，香港作家联会会长曾敏之先生到北京看望病中的子冈

子冈一家（左起：子冈、徐城北、徐盈、徐东）

代 序*

一九三九年秋天，在重庆山城史大姐家里，开救国会妇女界骨干的一次小会。沈兹九、曹孟君、罗叔章、张曼筠、沈粹缜几位大姐都在座。我不记得为什么事也去了，第一次见到了子冈。子冈穿一件纯黑的旗袍，罩着敞胸的大红短毛衣。强烈对比的色彩先引起我的注意，而后她在小客厅里的活跃，和我曾读过的她的几篇文章一样，给我留下了鲜明的印象。大姐们没特别为我介绍她，我当时就真感到：这是个"自己人"。

以后再没有和她来往，一九四五年日本帝国主义战败投降，新四军收复两淮，我由乡村调往淮阴城里工作。国共和谈时，在淮阴，我有时到范长江主持的新华日报社去，偶尔也看得到过时的《大公报》。有一天，长江同志挑出两张给我看，那是登着《毛泽东先生到重庆》和《重庆四十四天的毛泽东》两篇报道的。一见文章署名子冈，我好像突然碰到熟人似的高兴。联想中，似乎看见她仍然穿着鲜红的毛衣，正在荆棘遍地的山城里，奔走采访。

一九五四年下半年，我在中国青年出版社筹办《旅行家》，经胡乔木同志建议，调来子冈担任主编。十多年后再见，子冈已经开始发胖，是个中年人了，穿的是一身有点"不修边幅"的干部服。我们交换对这份将成当时"只此一家"的旅行刊物的设想，谈得很投机。从此我们共同工作了两年多，直到一九五七

---

* 本文原为李庚为《时代的回声》一书所作的跋文，略有删节。

年风云变幻的前夕。她离开报界，那时把全身心投入编辑这本杂志，可仍然保留记者善于发现问题的"慧眼"和"反应快"的特点，对社会生活和出版社内的情况，经常敏锐地有所发现；而且立即发表意见，好像都要"马上见报"似的提出来。直到整风大字报满墙的时候，她还在"慷慨陈词"。于是一些文章和说过的话，都成了"满脑袋资产阶级思想"的证据，右派帽子理所当然扩大到她的头上。运动后期，胡耀邦同志在团中央一次小会上，转达周总理的话说他希望这次受处分的党员能正确对待，相信大家还会回到党内来。有人却不以为然，断定"至少子冈是难得改造好的"。从另一个角度看，子冈的性格，倒也真有点"本性难移"。当我和她一起下放河北省安国县齐村劳动的那些日子，在田头地角，她还对什么"放卫星""吃饭不要钱"之类，心直口快地发些议论，使得有人侧目而视，有人掩耳回避。

一九六一年，我的户口有幸又进京以后，我决心和有些同志老死而不再往来。一下又是十年过去，完全不知道子冈是怎样的生活了。

"四人帮"倒台以后，有人告诉我子冈身体不好，常问我的近况。我抱着现在应当"还我自由"的心情，连忙跑去看她。还是老地点，院子虽然被人占去半边，北屋还看得出旧模样。但是迎出来的主人，已经完全是一位老太太了。她患高血压症和重的关节炎，行走不便。曾经掌握"快笔"的手，拿起为我做菜的刀勺，动作已不利落。那次的一顿饭，是徐盈兄回了家才吃上的。后来，我常去她家，发现她说话少了，很少像过去那样议论风生、侃侃而谈。倒是在和朋友谈话中，不时回过头去，提醒徐盈填块蜂窝煤，或者要他先去买点豆制品。难道向来不善于此道，也无暇管理自己生活的子冈，变得有点像家庭妇女了？难道她锐气已被消磨了吗？

《五十五号文件》酝酿下达之前，子冈对自己能否改正，忐忑不安。她叹息自己和政治生活、党的工作隔绝的时间太长，怀疑自己还能再干什么。我从来不承认生活的坎坷必定要使人变成"涸辙之鲋"，彼此只能"相濡以沫"。我曾写信给她，说即使将来如何未卜，但只以她几十年的记者生涯而言，已储存下何等丰富的材料。帽子可以天外飞来，笔却终归是自己拿得住的。从各个侧面写下她经历过的事件，相信今后会有机会发表，会有它的作用。我又提起初见时她穿着红毛衣，言、动洋溢朝气的印象，说我"于君仍有厚望焉！"

我那时对她的感觉和她的自我估计，其实都并不准确，那只是一个人在压抑中的表面现象。她在骨子里，还是当年被人称为《大公报》二刚之一的子冈（另一位是杨刚同志），仍然是刚勇正直、胸无宿物的子冈。一经解脱人为的桎梏，她的本色就重新放光彩了。

一九七九年初，她的错划被改正后，青年出版社春节聚餐，她步履维艰，却是高高兴兴地走进二十年前批斗过她的大食堂，和同志们祝酒言欢，毫无芥蒂。《旅行家》恢复，开编委会她必到；稿子是成叠成堆地接受下来审阅加工；她还扶杖或借儿女臂力亲自出去约稿；她的文章又不断见报了。前年，她搭乘公共汽车，被挤摔一下，一时半身不遂，住进人民医院厕所旁不足十平方米的简陋病房。在三个病号各"陪住"、拥挤杂乱的环境里，她处之泰然，没愁自己的病，自然想着此刻对她可以说是身外之事。她思想活跃，口述由儿子城北代笔，陆续又写了好几篇文章。病并不能夺下她的笔。病榻上她口述的《汽笛》，是一篇感人的好文章，完全表现了她的思想境界、精神状态。我是不喜欢记住老账的，但是我很想请那些曾经任意否定子冈是个革命者的人，也来读读《汽笛》。真正去认识一个由革命哺养、由党教育出来的老同志，她的信念和坚强，她对自己的要求和对工作的责任感——甚至一度生命濒危之际，也至死靡他！

她以新闻报道和特写脍炙人口的时候，我正在解放区。她的好多文章我没看过，我对她本人比对她的文章更熟悉。所以一提笔，便写了上面那些话，也许不是多余的。

黄伊同志让我先看了《子冈作品选》的初选稿，大约有六七寸厚的一叠子，只是从她自抗战起至解放后写的文章中选出来的一部分，但已相当多是我不曾见过的。集中初读，特别对她在抗战时期写的东西，感受新鲜而强烈，使我得到对一位相知已久的老朋友，更加深了认识和了解后的满足。

记者不是史家，不可能系统地写"史"，她只是对此时彼时、这里那里发生的新闻（包括事件和人物）进行报道。积累下来的报纸，可以成为完整的历史资料。记者作为个人，往往只能记录下史实的一鳞半爪。但把抗战时期子冈在"大后方"写的报道、特写，搁在一起读下去，却能叫人从许多侧面看到了那个时期的部分历史面貌。从她的笔下，我们可以看到当时爱国士兵、工人、青年、妇女和儿童的抗战热情。一篇《擦鞋童献金救国》，打动过千万个读者，从贫苦儿童的行动反映了抗战初期那种共赴国难的民族精神的高涨。《毛泽东先生到重庆》，不仅给我们记下了毛主席的举止、风采、气魄，而且记录下了蒋管区人民对和平的渴望和对共产党、毛主席的忱忱热望。子冈也为我们记录了众望所归的宋庆龄当时的活动和贡献，记录了抗战时期一些知名人物的活动和重庆各阶层妇女的境遇和风貌。她记录了日本帝国主义曾如何残暴地轰炸武昌和汉阳，记录了国民党又曾如何地迫害进步力量。她也曾给我们留下了抗战中阴暗面种种的剪影、从孔二小姐的"飞机洋狗事件"到国民党官员的囤积居奇，花天酒地，都为那段历史展示了许多侧面，这些至今还可以作为那个时代的见证，值得年轻的朋友们也读一读。

一九五七年错批她的时候，有人说她"缺少政治观念"，有人说她善写把政治性降低了的社会新闻，从现在集中在我们面前的文章来看，恰恰相反，子冈是很有政治眼光的。她不但抓得着重大的政治新闻，而且善于捕捉具有强烈政治意义的社会新闻，并且能挖掘和把握住社会新闻内涵的政治性。她是个共产党员，经常生活在群众中，和周围的社会息息相通，她和人民一样关心许多抗战中的主要问题，对其种种表现十分敏感。"血管里流出来的总是血"，这正是她过去未能准确解释她自己的所谓"新闻眼"和"新闻敏感"的由来。

子冈曾被人称为大胆、果敢的女记者，这评语是不错的。早年她就敢于采访形成向国民党反动派大示威的、为鲁迅先生送葬的游行。又曾冒险进入苏州监狱，采访报道救国会七君子的被捕事件。她不怕因揭露孔二小姐的丑闻而开罪于权贵豪门，大胆地在特务横行的重庆，在报纸上热情宣称毛主席来渝"是维系中国目前及未来历史和人民幸福的一个喜讯"。她勇于表示分明的爱憎：一篇《张家口漫步》的特写，盛赞解放区实行民主、关心群众生活和开展文艺活动的新气象。另一方面，又同时在连续的"北平通讯"中，无情地揭露和斥责国民党的腐败无能。子冈的报道特写，能够及时反映现实，富有战斗性，这使她当时赢得了广大的读者。

解放前的《大公报》，是一份给国民党反动派"小骂大帮忙"的报纸，这已经是历史公正的结论了。但有人把子冈上述一类文章，也看为"小骂"之列，却是完全谬误的。《大公报》当局意图以"宽容""开明"为自己装饰打扮，以便骗人，这确有其事，但恰恰这个打算又形成了这份报纸给我们提供的可乘之隙，作为《大公报》记者的共产党员们，因此得以利用了一个我们自己难以提供的阵地。在白区工作，利用这种"争过来"的阵地是进行战斗的方式之一。对这种方式的战斗，检验的尺子，只能是拿出去的东西的内容和它产生的效果。而子冈的战斗是卓有成效的。

在敌人统治的地区发表文章是很困难的，尽管子冈被国民党新闻检查官员称为"不好对付的人"，她常常能够突破一些检查的铁网，但究竟是限制重重，有些话只能绕着弯子说，或者隐约其词，甚至于只好避开不说。有时使文章到关节之处，反而不够明朗、深刻，令人遗憾。这是当时没有办法的。读这本集子里的一些文章，应该多看到它本质的内容和当时的作用，要想到它发表时的历史、环境条件，不可以今天的眼光加以苛求，我以为是实事求是的态度。

敢于触及现实和富有战斗性，这个子冈在自己的新闻工作中显示出的特点，在解放后，突出表现为鲁迅所云：为新生事物大喊大叫。她写了大量的新社会的国内外通讯。《官厅少年》就是被选入中学语文教材的名篇。子冈这时多所歌颂，是发自内心的真实感受，也是五十年代前期蓬勃向前的中国现实的客观反映。但子冈也写了提出新社会存在的一些问题和批评某种不良作风的文章。《假如我还当记者》由批评大量蔬菜烂掉迫使群众排起长蛇阵来，提出对蔬菜公司管理体制的疑问，更进而严厉指责对人民日常生活漠不关心的现象。《尊重新闻记者》尖锐批评了我们干部中已经有所发展的官气、官僚主义，高呼及时整风的必要。一九五七年反右，这两篇文章，被当作不分延安、西安的典型。现在也并未选入选集里。我之所以提到它，是想说明，在新社会也还有为克服阴暗面的战斗。子冈这两篇东西，尽管个别意见有偏颇之处，却也是进行战斗的正面文章，是和对新事物的报道一样，在尽着一个革命的新闻工作者的责任。

新闻报道必须尊重客观，忠于事实，首先要用事实说话。但人们还要求它有记者自己的以至于独到的见解，而且喜欢记者的"笔锋常带感情"。应当肯定，这后一点正是子冈新闻作品的特色。她的通讯、报道总是伴随着发自胸臆中的爱憎来真实地报道所发生的事件。《张家口漫步》，就不是只叙述所闻所见，而充满了解放战争节节胜利时，人们一旦见到光明的欣喜心情。她的好几篇"北平通讯"，处处看得出一个曾在这座历史名城生活过、熟悉热爱它的人，对北平深厚的感情，以她对名城被城狐社鼠破坏的悲愤和对名城未来执着的希望，引起读者强烈的共鸣。子冈说过：写文章的人"需要自己去燃烧，然后才可以去感动别人起共鸣"。这话说得好，尤其可贵的是子冈"自己的燃烧"是自然发乎真情，因此表现在文章上就没有任何做作、矫饰。朴素、平易、单纯而富有感染力。附带说一句，在发展我们的新闻报道、特写的文学性方面，子冈是有她的贡献的。

现在，她久卧病榻，仍然心潮起伏，却只能口授一些思想，由儿女代笔成文。但她是一位我们难以忘怀的新闻记者，新学作家，是我们这些她的同代人都珍视的一支笔。她的文章有个集子，择其尤为优者印行，使其在今天也能传播。

李　庚
一九八二年十二月五日

母亲的风格

母亲子冈是《大公报》的名记者，在她的整个职业生涯中曾写下大量反映二十世纪前半期国内重大历史事件及揭露社会现实的文章。在写作方面，子冈是一个有着狮子般勇猛性格的女记者，而在人性方面，她又是一个非常多情的人，性格中充满着人情味，对人民大众和她的祖国有无限的热爱和柔情。特别是在抗日战争时期，因其诸多颇具影响力的采访报道，被誉为当时中国新闻界的"四大名旦"[①]之一。在战乱频仍的中国现代历史上，一位女性记者能获得如此殊荣，与其性格特质有密不可分的关系。在我看来，她的性格特征，最突出的一点就是果敢、真实，在大时代中敢于触碰社会中大的事件，直言不讳。

一个进步青年

子冈生于一个苏州的书香门第之家，父亲是生物学教授，但她却不想做花前月下的娇小姐，她有一颗刚强的心，喜欢思考和探索社会问题。她青年时期曾在文章中写道："人应该勇于退，勇于进，在歪扭的曲线进行中，人也会硕健地进展着的。"一九三三年夏，十九岁的子冈就曾以"女学生"身份进入苏州反省院，看望左联战士汪金丁。

---

① "四大名旦"，指彭子冈、浦熙修、杨刚、戈扬。其中前三人还曾被称为当时新闻界的"三剑客"。

一九三五年，二十一岁的子冈抛弃了在北平中国大学枯燥刻板的生活，勇敢地投身到无限宽广且充满活力的现实社会中来。离开大学后的子冈在《妇女生活》杂志做了见习编辑，有幸受到了恩师胡愈之[①]及其夫人沈兹九女士的教诲，并逐渐走上了一条进步之路。

　　一九三六年春，她参加了上海妇女界庆祝"三八"妇女节的游行活动，并在文章中形容当时群众呼喊的反帝爱国口号"如一条万流来归的大江……""天光消灭尽了，在高呼'中华民族解放万岁'的口号后又唱了歌。会虽然散了，人的心却还激荡着，憧憬着未来的总决算的厮杀。"此次游行的演讲人是何香凝女士，此次的文章命名为"三月的巨浪"。

　　受恩师邹韬奋先生的信任及大胆起用，一九三六年十月二十二日，子冈参加了鲁迅先生的出殡活动及葬礼，并写下了充满激情的文章《伟大的伴送》。她当时走在队伍的前列，感受着"一幅鲁迅先生的白竹布上的画像在闪动，那后面是柩车，缓缓地开着，喇叭声嘟嘟地刺着送葬者的心灵""……太阳已消失，残留着的树叶稀疏地盖着云天，枯黄的败叶在人脚下起着碎响，老树、挽联和队伍在一起撼摇，感情质的青年遏不住悲凉，把下唇咬得紧紧的。"蔡元培、宋庆龄、邹韬奋等人士均参加了这次活动。

战争与新闻

　　在抗日战争的血与火中，子冈常对自己说："我是有血性的人，这常使我独自恼恨，我的魄力呢，我那狮子般的魄力呢？"

　　她将锐利的笔锋对准了侵略者，在残酷的战争生活中不断磨炼自己，要求自己"具有狮子般的魄力"。在进取中，努力中，她逐渐成为"眼快笔勤"的名记者。

　　七七事变爆发后，爱国民主人士纷纷要求停止内战，一致对外，却遭到反

---

① 胡愈之（1896—1986），字子如，原名学愚，浙江上虞人，现代著名新闻出版家、翻译家。五四时期创建上海世界语学会，参与发起成立文学研究会，任《东方杂志》主编。1933年加入中国共产党，抗战时期任上海文化界救亡协会国际宣传委员会主任，编辑出版了《团结》《上海人报》等"孤岛"抗战报刊，后赴新加坡主编《南洋商报》并任《南桥日报》主编、社长。1949年起任《光明日报》第一任总编，出版总署署长。

动当局的扣押审讯，发生了举国震惊的"七君子事件"。子冈作为《妇女生活》杂志的记者，冒充"堂妹"到苏州看守所探望了"七君子"之一的史良，随后发表的《堂姐史良会见记》一文生动描摹了史良大义凛然、不惧强权的正义形象，受到了社会各界的一致好评。

同年，子冈在途经天津时被日军当作进步学生带到"日军宪兵司令部"接受盘问。面对凶神恶煞的日军，她沉着冷静，细致观察记录下眼前发生的一切。事后她写出了《在日本宪兵司令部——天津东车站纪实》一文，用锋利生动的笔写出了这批强盗的野蛮侵略行径。另外两篇文章《在军医院》及《一只手——军医院手记》，则带着强烈的民族感情，饱含深情地讴歌了中国的抗日兵士："我们来看见残肢断骸的斗士时，一切的光荣都属于他们。""全中国的有血性的人们，全在以国家为念了。骨肉的恩情在这里开出千古的奇葩，招展在抵御外寇的腥仇里。"

一九三八年七月，武汉保卫战正进行得如火如荼，这座建立在九省通衢上的城市正经受着敌人前所未有的侵袭与轰炸。子冈在日机的轰炸下以笔为戈，在《大公报》（汉口版）上相继发表《扑灭现代刽子手——记武昌被炸区域之惨象》《烟火中的汉阳》等文章，及时向外界报道了战争对民众的蹂躏，揭露日军的残酷暴行，歌颂了国人不屈的抗争精神。这些直接描写日军轰炸的檄文，本就是投向日本侵略者的炸弹。

抗战期间，日军对重庆大后方进行了长达五年半的狂轰滥炸，尤以一九三九年五月三日和五月四日的大轰炸最为惨烈，惨无人道的无差别轰炸使重庆这座山城陪都满目疮痍，但大后方的国人从未屈服于敌寇的淫威。子冈行走在山城的废墟上，所见所闻更激发了她的斗争意志，其所作《五三的血仇更深了》一文与社论《血火中奋斗》同登在一个版面上。她用细腻又饱含深情的笔触让全国乃至全世界看到了日军的残酷暴行，激励了千万国人的斗争意志和必胜信心。同年八月，又一篇"具有狮子般魄力"的文章《重庆怎样抵抗轰炸》在重庆《大公报》上发表。她在文中写道："由五三到现在，重庆有了十次以上的狂炸了。每个由外县来到战时首都的人都预先怀着一个揣测：山城一定成为一个荒凉的废墟了。而现实是会使他们在惊讶之后不得不微笑的。""在轰炸开始的时候，有少数的工人逃避回乡，可是渐渐地，人们对轰炸的畏惧心理减轻了，工人们依然出来做工，工资也随着提高，他们说：'龟儿子才怕日本飞机，不能为了它而挨饿呀，它来我进洞（指防空洞），它走我出洞！'"子冈的文章真实细腻，直触人心，用民众自己的话讴歌了中国劳苦大众的豪迈的志气。

除了痛斥侵略战争和残暴的日本侵略军，子冈也写拥护正义、热爱和平的日本人民。例如，她在采访日本女作家绿川英子的文章中写道，"恶魔统治下的祖国并不使她恋栈，但是千万个在艰苦中反抗恶魔争取正义的日本同胞却使她眷念……"她以正义的姿态，热烈欢迎"日本反战同盟"到中国来。"虽然暂时只有十七个日本盟员和二十六个中国人员"，但他们的工作是"一方面攻击日本侵略的军队，一方面诱致日本士兵到反侵略的阵营里来，中日人民要合作争取胜利的一天！"

一九三八年十月，子冈还访问了一个日俘——山本芳夫，她用充满人性的笔法记录下这个日俘中的"小人物"，——"天啊，是那么熟稔的一些面孔，肤色眼球都像是我们同血族的兄弟，而且，他的凶神恶象叫哪一阵狂风给吹走了呢？""他像一根竹竿似的规规矩矩地站在那里，两只手垂得笔直的，不大的眼珠闪着一点亮光，又赶紧瞅着地了。他正像入了笼子的耗子那般无奈，彷徨无主……""他伸出黑手上的五个指头，想起大阪的骨肉，他对着灯光凝望，灯芯在跳跃，他的眉心也在跳跃。""三个弟弟都在十二三岁以下呢，哥哥是残疾的，否则一定要被征了……""为什么要到贵国来打仗，我们联队里没有人清楚……出征时只听长官说支那人不好，要膺惩……"

子冈最后还是希望这个苦出身的日本兵能"大彻大悟"，能认清"扰乱世界和平的是法西斯魔手……"能"有一天回到故土，那时候，他将是一个有着新世界观的山本芳夫"。她把这个战俘的身世、状态，以及对他未来的预示都写得透彻、明白。

无论是在抗战中的重庆，还是在战后的北平，子冈的专访及报道文章都与时代贴近，情感真挚，容易引起读者的共鸣。在人物专访时，她经常是细心观察倾听，巧妙提问，抓住问题的要害，力求触碰到他们"灵魂"中真实的思想。一九三九年九月，子冈采访张自忠将军后写下《张自忠将军会见记》一文，通过对张将军的言行细节的描写，生动呈现了一位视死如归的爱国将领形象："当随枣胜利的前夕，敌军以二十个师包围我军，在这千钧一发的时刻，他想定了唯一的制胜敌人的办法，便立下了遗嘱，身先士卒地领了人马打起来，准备不成功便成仁。""他的才力和智谋深深地隐藏着，眼光异常的沉静，时常紧闭着嘴角，像是一个不喜欢多说笑而爱用脑子独立思索的人。""他有一张苍黄的脸，这是他在旧西北军中辛辛苦苦两年来督战的印证。""'张先生对于后方的人民有什么话要讲吗？'我提出这最后的一个问题，张先生的苍黄的脸上泛起一丝笑容，然后豪爽地说：'我希望每一个后方的老百姓要记住，现在是全面抗战，后方重于前方，我们应该振作起来，紧张地参加后方的抗战工作，没有后方人民的支持，前方的仗打不好的……'"

一九四〇年前后，子冈对不少抗日仁人做了采访，她采访马占山将军，采访印度援华医疗队长安华德博士，采访伤兵的恩人、"中国的奈丁格尔"——蒋鉴女士，采访凤定游击司令方珍舟老人……她腿勤笔快，有时骑自行车，有时独自奔跑在山城荆棘遍地的各个角落，一颗火热的心与这个民族的脉搏一起跳动着。

在重庆的日子

文学评论家、出版家李庚先生说过，"子冈是很有政治眼光的，她不但抓得着重大的政治新闻，而且善于捕捉具有强烈政治意义的社会新闻，并且能挖掘和把握住社会新闻内涵的政治性……"李先生还写到"在敌人统治的地区发表文章是很困难的，尽管子冈被国民党新闻检查官员称为'不好对付的人'，她常常能突破一些检查的铁网，但终究是困难重重，有些话只能绕弯子说……"报界元老徐铸成先生赞美子冈的文章"细密处丝丝入扣，绵里藏针，皮里阳秋……"

重庆时期，子冈迈开双脚行进在起伏的山路上，记录"战时首都"的真相，既揭露讽刺上流社会的灯红酒绿、醉生梦死，也描写贫困潦倒的底层社会和受人尊敬的小人物群体。虽然受制于重庆当局对新闻报道的严格管控，但为了让重庆人民看到"雾重庆"的真实消息，聪明的子冈巧妙地把一些敏感文章转投桂林《大公报》。那里是桂林文化的台柱，敢说敢言，维系着大东南半壁的人心。这些来自陪都的稿件几乎每周一篇，也成为桂林版《大公报》的一大特色。子冈精力充沛、文思敏捷，奋笔疾书一年就已写成发表近百篇，这些文章被同行们称为"重庆百笺"，成为人们了解战时重庆大后方真实样貌的可靠报道。

身为记者，子冈在重庆一方面要周旋于各种政治势力，灵活巧妙地对付各种阻挠和干扰，另一方面也要带着敏锐的政治眼光，去采访形形色色的政治人物。

一九四〇年前后，子冈采写的两个重要人物即蒋宋两夫人。一九三九年一月，子冈对宋美龄做了专访。她以抒情的笔法，在文章开头引录了一段宋美龄的讲话："伦敦圣保罗大教堂南面入口之前，有一块奇特的石碑，上面镌刻着一个拉丁字 Resurgam，它的意思为：我将再起……这一个碑文，那么强劲有力的一个字，对于我们，对于目睹着同胞伤亡、家残国破的我们，尤其富有特殊的感动力，它将深深地印刻在我们每个人心头，鲜明地照耀在旗帜之上。"她通过这一细节描写，从一个侧面描摹了宋美龄的真实形象。

一九四〇年四月前后，宋庆龄赴渝视察抗战情况，与蒋夫人同机到达。如李德全（冯玉祥夫人）所说，孙夫人是个外静内动的人，即使她像个隐士似的住在这小楼里，她并没有和中国的政治绝缘。她依然关心着民族安危，以及团结御侮。中山先生留给她的一副革命单子，她始终未曾放下。子冈形容采访中见到的孙夫人"消瘦多了，黑底白花的旗袍，黑呢短外衣黑皮夹，只有那双眼睛里依然熠耀着青年的光辉。早晨她刚去视察过市内被炸的灾区，午后又是户限为穿的访谒者，她的喉咙竟有些喑哑了……"她最后深情地写道："有一种版本的三民主义上，在中山先生遗像的上角，有宋庆龄先生侧影的绰约风度。然而这有着绰约风度的人，却是有着一颗革命者的烈火似的心的。"

子冈在一九四五年的一篇重要文章是《毛泽东先生到重庆》。一九四五年八月十五日日本投降，抗战胜利，毛泽东先生来渝与蒋介石谈判，进行抗战后的"和谈"。子冈在《大公报》总编辑的同意下挤进重庆九龙坡机场进行采访。目睹了这一历史性场面。子冈作为一名工作于国统区的中共党员，有这种采访机会是很难得的。机场上，在众多的中外记者竞争中，她要求自己的文章一定要有自己的独特性格，在各国、各路记者中写出自己的水平。

子冈做到了，她的这篇《毛泽东先生到重庆》简练、朴实而有特色。有专家认为，"这篇文章思想与文风至今仍不失为新闻写作的范例"。

毛主席原计划在重庆待十天，实际待了四十四天。其间，他与后方的民主人士、民族资产阶级代表、文化界及妇女界接触，谈解放区情况及中国民主政治的前途。此时，子冈的又一篇力作《重庆四十四日的毛泽东》见报，她再次运用传神的细节描写表现了毛主席的形象："商谈团结，毛氏虽未直接出席磋商，但事项繁琐已深刺激其神经，需要服安眠药片少许始能入睡。""毛氏嗜烟，手执一缕，绵绵不断……""毛氏寓所处新建一礼堂……有盛大晚会，毛氏是晚并参加跳舞焉。""毛氏生活简单，对米面亦均无偏爱……""有以谈判进行过缓责之毛氏者，答曰：'几十年留下的问题，几十天谈妥，哪有如此容易的？！'"

　　子冈就这样以客观真实而又形象生动的白描手法记录了毛主席在重庆生活的细枝末节，并加入了作者自己的观察和对重要信息的捕捉，如"乡音无改""和为贵"等，向世人呈现了一位沉稳大气、幽默自信的领袖形象。

　　三十六年后，当子冈回忆起她在这四十四天中的采访及写作时，总觉十分温馨及愉悦。她佩服毛先生那种大智大勇的行动及"和为贵"这句响彻云天的词句。

　　重庆采访时期是子冈记者生涯的辉煌期，也是"神笔与慧眼"最得以发挥的时候，当别人赞美子冈时，她说"我这个'神'字（指'神笔'）是指略具性格的笔法和独特的见解。"

社会与现实

　　作为一名社会记者，子冈除了采访重大的社会事件和时政要人，也时刻关注着社会的不同层面，就像她当年到苏州监狱时一样，勇敢而坚决。一九四五年底，天津版《大公报》发表了他的"北平电话"[①]，其中写道："平津捉奸，闻已由主管当局开列名单，计二百余人，即可拘捕。华北政委会'三王'皆安坐故都，静候裁判。王克敏病退，闭门谢客。王揖唐住中央医院，王荫泰曾与记者谈话，极力表白。"谈到北平的汉奸事宜，子冈曾写道："中国的人情面子真

---

①　北平电话，指子冈用电话与天津《大公报》联系的方式。1945 年秋，子冈夫妇都为《大公报》北平办事处主任，因当时通讯方式所限，只能用电话方式传播稿件。

是国宝，奸与不奸太难分……为周作人作保释的信件闻达二百封之多。"

她很重视这个"汉奸"的问题，此时又拿出狮子般的精神亲自探访了王揖唐及王荫泰两个汉奸。一九四七年十一月，在女间谍川岛芳子被枪毙之前，子冈还参加了公园中的审判，并曾探监做了一次采访。面对这些特殊的采访对象，她头脑清醒，始终严肃审视着他们，写出的文章很有批判气息。可以说，这种采访在当时是很成功的。

除此之外，作为民众中的一员，子冈一如既往地"眼睛向下"，关心大众的疾苦和他们内心的呼声。她凭借对民众生活细腻的观察及深刻的感悟，以一支泼辣炙热的笔，记录了动乱年代人生的艰难，记录下一幕幕底层百姓的生存悲剧。

北平迎来抗战胜利后的第一个冬天，十二月已"小雪两次，最低气温在零下十七度，严寒。"华北气象台报告的月令是：月序行多令，严寒多朔风；扬沙时入户，露结瓦霜封。冰下水声细，雪中松色浓……""大街小巷中的垃圾山上，都有大群人在用冻僵了的手捡拾煤渣，男女老幼蓬头垢面，甚至为了一点点目的物而厮打，只这一幅'踏雪寻煤'图，就够为惨胜做写照了。……"

她记录北平的物价"与战时重庆并无二致，棒子面从每斤一千狂涨到每斤六千。街头的孩子在抽陀螺时常唱'抽汉奸，抽汉奸，棒子面，卖一千……'如今棒子面卖到六千一斤，又该抽谁呢……"

为了填饱肚子，"每一个区公所里，挤着成千成万的男女老幼，有的携了口袋筐子，他们你挤我推，打架吵嘴，为的是玉米八斤、高粱二十七斤、黑豆十五斤……"子冈写道。

"社会局想为粥厂、暖厂筹款，于是演了三天冬赈义务戏，集全体名伶之大成……"

"今冬北平几十万学生挨了冻，这笔账应该向谁算呢？"

"以北大来说，本月男生吃大米的饭团，要每月一百二十万了，窝头还得八十五万，女生食量少，吃一顿小米粥，一顿米饭，一顿丝糕，也得靠九十万一个月了。"

掌舵《旅行家》

盼望着，努力着，新中国真的一步步走来了：辽沈战役及淮海战役相继取得胜利，人民解放军攻克天津，旋即北京也获得和平解放。中国的历史翻开了新的一页，而子冈的人生也在这大时代下迎来新的转折。

因子冈从重庆时代起就与许多国家的新闻界有联系，所以从一九四九年夏天起，就逐年有机会出国访问，她先后参加了中国作家代表团、中国保卫世界和平代表团及中国妇女代表团等，访问过苏联、匈牙利、东北欧及印度等国，写出大量热情洋溢的散文和新闻特写，文学笔法也更加老练及清新。一九五〇年出版的《苏匈短简》一书便是其访问苏联、匈牙利等地时的特写文集，字里行间洋溢着对一个新时代、新世界的热爱与无限憧憬。

子冈以极大的热忱记录着新中国的每一个值得尊重的行业，歌颂着伟大的劳动人民。她写智擒匪特的天桥刻字老工人，写辛勤负责的老邮工，写官厅水库的少年。当她冒着风沙去当时建设中的官厅水库采访时，就和建筑工人一道，蹲在地上，就着风沙，吃着干粮和大白菜汤，不但不以为苦，反而乐在其中，感觉真正找到了自己的位置。

新中国成立后，子冈曾在《人民日报》文艺部工作一段时间，经过调查采访，她感觉"平剧（即京剧）之存在是构成这古老的文化城因素之一"，又深入了解北平戏曲界及演出状况，并在深入调查后，写出《梅兰芳走向工农兵观众中》一文，生动记录了一九五五年梅大师在群众中演出时的盛况。

作为一名资深记者，子冈的脚步踏实地走在新中国大道上，许多地方都留下了她的脚印。当时，团中央领导下的中国青年出版社选派子冈任新创刊的《旅行家》杂志主编，要求她把这本新中国首个旅行杂志办好，一定"要办成知识性、趣味性的"杂志。于是，从一九五五年初起，子冈便勇敢而负责地扛起了这副重担，在脑海中思考寻找着她认为适合这部期刊的作者和朋友。为了办好杂志，子冈在交通不太方便，也没有手机等现代通信工具的情况下，迈着动过手术的病腿，像当年在重庆山城采访时一样，在京城多方奔走。许多名家和专业人员的文章纷纷上刊，丰富精彩的内容令广大读者耳目一新。现在看来，这些作家、专业性研究人员都是赫赫有名的名流大家：沈从文、姚雪垠、吴祖光、徐迟、向达、黄裳、靳以、方纪，等等。一些画家及群众的优秀作品也在其中。在那些年中，《旅行家》杂志办得生动、活泼，知识面宽，让广大读者在一篇篇游记中得到不少见识。

在那段特殊的历史时期，子冈与其他文化人物一样，也未能避免政治运动的冲击，先是因针对当时图书报刊的问题写作"鸣放"文章被点名批评，后又被错划右派，下放劳动……一九七九年，已退休在家的子冈右派问题终于得以改正，并重任《旅行家》杂志的编委。遗憾的是，次年她便因病瘫痪在床，直到最后去世也未能再继续从事她所热爱的报刊事业。

回顾子冈的职业生涯，从她一九三六年起正式踏上编辑、记者的道路，便始终遵循着一种"狮子般的"精神，她又是一位多情的女子，像一只展翅飞翔于蓝天白云之间的燕子，对祖国和人民怀有难以割舍的深情。通过本书中的一篇篇文字，仿佛能够看到一位机敏干练、勇敢智慧的女记者，正穿过历史的时空向你我走来：只身入狱采访进步人士，沉着应对日军司令部的盘问，奔走访问为国奋战的将士，控诉日军对后方民众的荼毒，为底层百姓的困苦发声，对新生共和国的未来充满热情……一路走来，她的脚步坚实地踏在通往新世界的土地上。今天，当我们再次翻看这些经历半个多世纪的文章时，每一段文字都铭刻着时代的印记；散发着泼辣炙热、忧国爱民的深情。

徐 东

二〇二〇年十二月

目 录

第一章　　南燕北飞
——从《中学生》启程

第二章　　沪上风云
——成长中的女记者

第三章　　烽火连天
——战时通讯与专访

第四章　　故都残影
——战后北平见闻录

第一章

南燕北飞

——从《中学生》启程

我是燕子 *

　　金风起了哟！仁慈的朋友，你知道小燕子就将离开江南了！请答应小燕子的祈求：在这离别之前让它告诉你一些关于它的故事吧。

　　朋友，恕我被离情搅得神魂不安，颤栗的心弦弹不出往日的甜美音调，更没有重奏"柳织曲"的勇气，我留些什么给你呢？半载檐前相伴，不能说这不是快意的欢聚；那里，我们曾留下过尽情的欢笑微痕；我们又曾留下过曼舞轻歌的余音。等燕子去远了，当你于寂静中猛然忆及时，愿这温馨的追怀，能与你的无限的安慰！朋友！临别匆匆，燕儿无长物，留给你的如此而已！

　　故乡的家，愿也和这里一样，不过比较临近海滨一些。以前我们是住在一个破瓦凋零的古坊上，今番此去想又得另筑新巢了。我盼望着，能寻到一棵葱茏绿柳，任我穿织，好在那边热季多，柳树还不至于全枯。

　　哦，我又想起了海滨，你走过么？啊，那是个多么使人留恋的境地呢？感谢造物者，让我自幼便生活在海的温柔气息之下；每当晨歌后，我便跟了母亲姐弟们翱翔在被潮水打湿了的浅沙上，有时安闲的白鸥，也来和我们同游，我们欢迎朝暾从东方姗姗地升到山巅；我们听长风吹醒了大地上的万物；我们为才从迷蒙白雾中行来的帆船祈福。还有那闪目的鲜明贝壳，将胜过一切人间的重价玉石；如果你要，明春归来时当带一些给你。

---

* 1931年，叶圣陶等人主编的《中学生》月刊举行作文竞赛，子冈（当时名彭雪珍）以浙江淞江女中初三学生身份参赛，并以此篇获得第二名。几个月后，其《学校生活日记一则》在第二次竞赛中获得冠军，得到叶圣陶等文坛师长们的注意和称赞。

预料，今年的海滨当非往日可比。只因为今春南来后知交多散居各处，零落漂泊不知何所，虽然妈妈依然伴我，却总是凄惘的时日呢。西塞丽，我的唯一的俦伴，也于此行中失散。你该晓得，她是这样的一个娇好而又伶俐的姑娘啊！淡红的嘴喙，颈际茶红色的润泽羽毛，低回婉转的歌喉，我是永久不能忘怀的！如今每当我无聊地回旋在天际的时候，时时因惊悟西塞丽的不在身边而怅然若失；与诸伴侣相顾，益显茕独。我茫然地低头，终于洒脱地微唱着飞开了！

我的可怜的西塞丽啊，在这茫茫大地孤云野鹤分飞的当儿，谁知道西塞丽不在天涯那岸泣着呢？那孤茕的生活却怎能挨过？恨西风无知，令人无处传话，天使在哪里？万能的天使在哪里？

年年飞过远山来此，却总不及江南飞雪，红梅放苞，真是憾事！记着吧，当明春万花吹香，蝶儿梦醒时，我依然要来探望你的！且望那时能寻着了西塞丽偕来！

就这样吧，愿在临行的时辰，祝大家别后愉快！撒手了，慈爱的朋友！

（1931 年 2 月）

雪珍的姆妈 *

她很会也很能爱她的孩子们，理由是：她是他们的母亲。

她看着每一个孩子在她的爱护抚养下长大，如今是两个女儿一个儿子，她很快活——然而她是老了——渐渐地衰老了。

在家庭，她是个勤俭贤能的主妇；同时，她也够得上说是良妻和雪珍他们的贤母。她有坦白的心地和真挚的性情。近年来更受了一些新潮流的熏染——她被感化了；很了解除了看护抚养之外，还有个绝大的义务给她的孩子们——那圣洁永恒的母爱。她的心几乎完全倾注在几个孩儿身上，她用尽了她的心力，不为了将来"享儿福"，只希望儿女们能了解她，能了解母亲的辛劳苦楚；然而她也知道这本是她的义务。

她脾气刚直得稀有，这或者是遗传，因为她的奶妈是徽州籍，总还带着点儿刚毅的根性儿，现在，甚至又传给了雪珍她们。她时常提起儿时，她们是以"严正"作家规的，外祖母的刚劲儿常使孩子们咋舌，当母亲在灯下姁姁地像夜流的山泉似的讲着的时候。最后，孩子们无意识地笑了，自庆着妈妈没有受这个传染，神秘地笑了，像是在对谁矜夸。

她也曾进过几年学校，很小的时候便由外祖父教她念《论语》《孟子》之类，现在之所以能写信，能看《红楼梦》《儒林外史》之类的书籍或杂志报章，也还仗那时候得到的一些读书能力。至于如今，已不是她读书的时候

---

* 雪珍系子冈原名，此篇系中学时代习作，并发表于《中学生》杂志。

了，因为环境已这样地支配好了，虽然有时她还有兴来问她的孩子们关于那些她所懂不清楚的。

这情景，使孩子们会茫茫地，茫茫地感到一阵薄恋，人们终究是忙碌的，清闲日子又能有多久！这样，在一面惋惜母亲的多劳之外，便益发觉得目前真是幸福的时辰——而又恋恋了。

母亲那几曲古旧的调调儿是常常哼在口头的。孩子们一听见那老调儿便晓得妈妈又在记起了什么儿时的情况了。而且，这还一定是在感到一阵悠悠然的余味正在细细揣摩的时候。孩子们常欢喜前头后头围着母亲，牵扯着母亲的衣裳，怂恿她再接下去唱。她并不挣脱孩子们的缠绕，似乎觉得这怂恿使她的忆念更深刻而成为"寸寸皆甜蜜"的了。到底，她还是顺从了孩子，她几曾想到过那二三十年前在学校里唱的歌曲，如今却在孩子们的娇憨的纠缠中咿唔着呢！

这该是上帝的赐予吧？她压根儿是一个多情的妇人。

比较地说，雪珍的爸爸是个偏于理智的人，他研究植物学，他知道显花植物和隐花植物，他知道双子叶和单子叶，他喜欢把空闲的工夫消磨在一架显微镜下，看松柏的年轮和大麻的细胞的颜色。他只是不肯白扔功夫，虽然他并没有和雪珍的姆妈不好。到现在，他们一直很少争执。

他能够为了继续求学而置病危的娇妻于不顾而一个人溜回日本，却把重大的责任托付给家人，而且那时正是新婚之后。母亲总算侥幸，不久痊愈，但这件事她永不能忘怀，常讲给孩子们听，叫他们评理。

爸爸当然也爱孩子们，但，他爱孩子们替他背了标本箱陪他远山近水地找野花野草，那个时候，是他爱孩子们的最高潮。——他失望了，没有一个孩子能跟他弄植物学，现在，自己都把这扔了，显微镜也只冷静地被藏在满被灰尘的书架顶上——这或是衰老了的缘故。

自那次大病之后，母亲便不十分健壮了，加以为孩子们的操劳，她的精力已被剥蚀净尽。她的青年壮年早在冥冥中溜去；只剩下一些残零的梢头了——虽然她还只四十多岁。

她是个瘦瘦的修长的妇人，清秀中她没有了那青年时康健的风度。她眼眶微微地陷进，说话时那颚骨部的肌肉隐隐地有一些凹痕。这简直会使你不相信在二十年前她也曾有过康健的红颜来着。这真是想错了，这原是不可免的"自然的演变"啊！

她也不是绝对没有嗜好的人——虽然她不是被虚荣金钱包围着的，像一般奶奶太太一样——她喜欢偶然地同几个朋友竹战①，她实也太寂寞。

孩子们近年来才有些懂得母亲的爱抚是如何可傲，这或者是前些年母亲和孩子们过分隔膜的缘故。她终日地忙着应酬赴宴，时常弄到深夜回来，她的健康也为这个大打折扣。这也就是所谓太太们的"外场交际"吧。在孩子们心中，旧京一切都是可恋的，只有那臭味儿的官僚化的生活要不得。这个，是会伤害了母亲的健康的。

她是个智慧的妇人，但是敏慧中却微微有一些神经过敏，她原是个歇斯底里症的患者。她常是淡淡地像有什么事始终使她感到一阵薄愁。她爱她的孩子们，简直想永久让他们追随在她身畔。但这是不可能的，大女儿也终于为了职业问题而跑到云山远隔的塞北去，她时常疚心；当几天没信来或是气压大变的时候，她便关心着萃英的安好和寒暖了，因为往常，秋风一起，或是风雪交加的日子，她便悄悄地把新制的寒衣放在孩子们的床上，当然，孩子们懂得这意思，便舒舒服服地穿上了。

她的思想不是落伍，或者在太太们中还是思想的先驱者。她晓得怎样教育她的儿女，她晓得虚荣是人们心中的毒蛇，所以在她的一般朋友中，她是被称为"聪明的妇人"的。

她消磨了她的悠久的时日，为了她的孩子。她虽然没有一般太太们的福分，但也有她相当的收获，而在她的酣睡与甜梦中，常可以寻到微笑的痕影在她的口角，这是孩子们也能爱她的缘故吧。

当然她有些衰老了，她却有些满意，当她守护着她的孩子们安稳地奔他们的前途的时候。

在雪珍的日记里，有这样的一节：

给母亲：

"生活"把你的时日消磨过去，

---

① 竹战，打麻将。

拖过的痕迹，只有那稀疏的一些白发，

母亲，你啊，你老了，

你该快活，

看呢，你的孩子们都蹦蹦跳跳地了！

"在无限之前，在永恒的拥抱之中，姆妈，我与你永在！"——歌德
的话——

（原载《中学生》1932 年 10 月）

我理想中的未来生活

像黄河里的鱼一样，如果黄河泛滥，那么不管大鱼小鱼，甚或是还在孕育中的鱼子，全要受到同样的遭遇的——至多是程度深浅的不同。这是要看鱼是在洪流的焦点或是尾梢。

人离不了人住着的环境和同时代的人群，二十世纪的隐士也许不太容易当，而且好像也很少那种自命孤高的傻瓜了似的。人在为真理而挣扎的时候会是半点不犹疑，并且在坚固的集团中勇往直前。

如果人不是瞎或是聋，多少总对着这站在临界线上的混乱的人事感到点惊悸吧，在炮口刀锋的近边那无疑地会在射击中嘶号的，接连着稍远距离的冒着枪弹与利刃来营救，同时也就是自救。人总是关心着与自己一部分立场有关的事，除非被迷魂药蒙住了心，否则是不会漠不经心的。

在这黑暗与光亮的接头，在这真理与恶魔斗争的前夜，那急剧的大变乱是免不了逃不掉的，人也许要抱怨生在这变乱中的不幸，不过，不能说正是一种幸福吗，这是紧张而有刺激性的生活！

于是，在这大决斗中，我们要准备身手哪，不作壁上观，——当然，事实上也绝不容许的。

女人好像是受着双重的蒙布的盲人似的，但在这人类梦醒的时候，我们的蒙布要被去掉，光亮复现在我们的目前，对正与反两条路的奔跑，任我们投奔。

事实又告诉我们是要奔向大多数人的公理的那方面，那里是我们的有力的阵营，会给我们以鼓励和勇气，争取那被抢了去的赃物，争取那用血与肉夺来的公平。

　　不稀罕苟且图安的平静与幸福，这世界不容你再安心迟疑不决，不容你再打瞌睡，不然你会被践踏在炮灰中。

　　在崖的尽头，在断了桥梁的河岸上，断然决定自己的路吧，人们会牺牲小我，站在大我的立场上向前迈步。未来的光明是焦灼地燃着人们的心哟。

　　没有英雄，只在万众一样的大队中，依据着公众的信念开步走。

　　数不尽的小卒呵！我也是其中之一。

（原载《申报》1934 年 6 月 24 日）

北平的妇女

正和北平的植物园里的繁多的花草一样，北平的妇女的典型，也是错杂非凡的。

这里，有着用自己的劳力换取生活费的女人，有着如鳄鱼一样浑噩的女人，有着依附在过去的光荣与余威磨送日子的女人，有着专恃色情成为寄生虫的女人……

装煤炭与石灰的大车上，坐着兜了头巾，穿着不辨颜色的衣裳的女人，把两只细腿挂在车沿上，扬鞭时把自己埋葬在灰沙里，让沉重的辘辘的音响当了伴奏。

街道上，四散着求乞的女人，大半都带着孩子做招牌，自己跑在后面：

"可怜可怜小孩吧！"

也有时候自己坐在树底下，叫孩子追赶去。据说大半是没落了的旗人。勤恳些的便在家做做女缝工什么的。什刹海在夏天本可以见到不少艳装的旗装女人，但近来是少见了，旗人自己总以"在旗"为耻辱，遮掩着。

城里没什么工厂，挽了饭篮子去做工的女人是瞧不见的。

戏园里，女人并不比男人少，老北平人的戏瘾是大的，电影倒没有戏吸引力大，在听得滋味浓的时候，往往是把眼睛闭着，细细推敲韵味。如果凑巧，会碰见一些女人中的名流：如八大胡同的某某姑娘，什么过去的皇亲国戚，以及几个大舞场里的舞女。虽说此间的市长曾禁舞，甚至把某女教授抓去，但舞场买卖仍旧，不过职业的舞女是没有了，要去的总带了舞女去，取消了

"名目"。

有一些事是中国女人学起来有点"神速"的，如游泳，这流行在部分的知识阶层里，夏天，几个游泳池都不冷落，美人鱼的后补者是数不清的。此外，滑冰划船是北海的两桩迎合季节的大事，而其中女人是不少的。

大街上，脚踏车像大雨前天空中的飞鸟，女学生骑的很多，这是多少使洋车夫们生气的。在北平坐洋车比别处特别价廉。

公园里，女人的派别也是太多。只有图书馆里，坐着安静的用功的女人，大部是学生，小部是自修苦读的。很少惹人注目的艳装，全部精神都灌注在白纸黑字里。

在少数大学里，近两年来，也有了为办办刊物或多了几个同志朋友而用大汽车装走的女学生，那真是黄鹤一去不复返了。虽然在这种高压下的消沉的民气里，这挣扎是仅有的，人们都低喘了。

庞杂得数不过来，北平妇女的形式！

（原载《申报》1934 年 9 月 9 日）

故都之秋

老菱，残荷，红枣。

在北平，到秋天是少不了这三样点缀的。街头巷尾以及茶座上，小贩按着耳朵仰天长喊，他带着一把菱剪，在成交时很"利落"地剪好了垫在荷叶里递给你。当自家的荷花缸已经空了时，公园北海还可以看到半池枯残了的荷叶，有人修剪，深怕黄褐的败叶把时间拖了走似的。长枣，圆枣，酸枣，慢慢地在树上红了，有时候是不等到红人们便给打了下来，半青的枣是没有虫子的，自熟落地的很少好枣。尤其是北平的孩子们，一到秋天如果自己家里没有枣树便指盼着谁家的矮墙破壁上会有枣树枝往外垂，于是竹竿哗啦哗啦，孩子们且吃且乐，城墙上的毫缝里长出来的小枣树是够费心眼的，然而越是用了力的收获越甜。

人，是会无事自忙的，在闲了的时候。

公园里少了游客，茶座上空空的，可是来回闲溜达的人倒不少，这是真来散步的人，往往在夏天来至茶座喝茶的人是凑热闹，为的是看看人家的雅兴，让人家看看自己的闲情。这样，便算是逛了。

代替地，电影院与戏院买卖又兴隆起来，炎夏使人裹足，为了炭酸气的臭与汗臭，到秋天，却又复活了，名伶们大排好戏，戏票总是前一星期便销去大半，不用奇怪北平哪来的那么多戏迷，因为北平嗜戏的人是各界都有，车夫们在夜来等买卖时都会来两段，对着他们主人正在逍遥享乐的大楼。学生以至教授，都是戏园的顾客，这就叫"京班"戏啸！

人说南方人好吃，其实北平又何独不然？秋天的肥蟹在菜场里诱惑人，报纸上登着饭馆的"新到大蟹"的广告，那是只有不算钱的大爷们才去，因为得三四角一只，自家买来煮的多。

羊肉在北平是比猪肉还能销的，特别是秋天的三种吃法：涮、烤、炒。有特别驰名的老铺，不过差不多每个饭铺都有，挺热的混着葱酱蒜等的作料吃着真是另有一番滋味，这是北平一个很有味的点缀，到时候接姑奶奶外甥吃羊肉是像煞有介事的。

中秋节是少不得兔儿爷与月饼，兔儿爷也改良了，有坐汽车坐飞机的，摩登起来，只是那副蠢模样是改不了的，人还觉得新鲜呢。栗子也贱，一毛二一斤，到年底可以贱到五六分钱一斤。"节"是人们忘不了的。

在悄悄对着秋天发愁的人是千百倍于舒眉微笑的，一起秋风，人们记起冬天的凛冽，煤料与寒衣全是问题，已将寒衣送进高墙的人便计算着怎么弄出来。

（原载《申报》1934 年 10 月 3 日）

鼓妓

——旅平见闻之一

　　每天每天，我按着时间骑车出去，不按着时间回来，因为回来便是寂寞，守着小屋发愣。

　　差不多是定规，每当我过街坊的矮矮的土墙时，总喜欢歪一歪脖子，瞧瞧那开着的小闩，而只要是早晨，再也不会漏过我眼底的是一个梳着辫子的十六七岁的女孩，时常是穿着一身黑夹袄夹裤在扫院子或洗衣裳。屋子的歪歪的窗棂因年久而带了黄褐的颜色，土地上开败了的茉莉悄悄地只剩了绿叶，但在上了灯时，我便找不到这整天在忙碌着的姑娘，门环上总是拿着一把黄锈的锁。

　　"哪里去了呢？"我好奇地自问。

　　直到中秋那天，我独自个城里城外绕了圈子回来，自己不觉地已快到午夜，费力地敲着公寓的门，我候着。正巧胡同里走过来了那姑娘，后面跟着一个老头儿，手里拿着弦子，同样的眉宇与鼻梁告诉我他们是父女，姑娘今天换了件紫袄，在这深夜的小胡同里只有我们这三个人，默默地交换着视线，用不着我的车灯，月亮已怪照得清楚的。当老人迟钝地开锁时，女孩和我熟识了似的：

　　"才回来么？你天天这时候才回？"

　　"不，今天趁着好月亮，多跑了路。买卖好吧？"我看见她手里的鼓板，知道这是每晚沿街卖唱的歌女了。

　　"今天好一点，平日差多了，空着手回来的时候也有。"她看着老人蹒跚着进去了，便指着那背影："这是我爸爸，眼睛一半失明了，白天总得多歇着，晚上为我摸索着出去一趟，靠这吃饭也不容易了。"

我奇怪这姑娘的坦白，端详着她那对微细然而有光的小眼睛，月光把她额上的几颗麻粒照得很清楚。额前仍旧覆着一排极短的刘海，我想起北平的鼓妓多半是爱梳长辫的。不思索地：

"为什么你不去青云阁一类的游艺场呢？钱可挣得多一点……"

来不及答复我，便说了明天见，掩门时才提：

"我还没替爸爸铺炕点灯呢。"

二次敲着门环，门房的睡眼死盯着我。

第二天一早走过那两扇小门时，我被邀了进去。老人躺在里屋炕上轻咳着，那仅有的一间外屋搭着那妞儿的铺，望着一个呆板的画像，我问：

"是你娘么？"

女孩擦着长板凳，见我这里看看那里瞧瞧地，便自在了：

"是呵，死了十一年了。我妈比那上面漂亮多了，先头也是唱大鼓很红很红的啦，可就是得了病……

她招呼我往院子里走，因为老人不喜欢重提旧事。她告诉我她爹的固执，不让她涂脂抹粉地到鼓园卖艺去，宁可父女俩天天串胡同过苦日子，到家来捶腰抚腿的。

打小院子出来，我心头轻轻地念着：像"没有花的茉莉啊"！

前两天才听门房说起，老人原先是当书记的，一次眼病闹破了这个饭碗，女人死前曾留下话，说是叫女儿把已会的歌曲加点功夫，也能养活半失明的父亲了。

然而老人是倔强，不肯叫女儿走上她母亲的旧路去磨坏了自己，只在薄暮深宵，在胡同里轻弹着弦子，静听呼唤。他是谙悉了鼓妓的双重出卖的遭遇了。

每逢晚上自己在灯下读书时，听到远远近近的弦子鼓板响，或是嘹亮委婉的歌声，在感到这是一种北国情调之外，我总仿佛瞧见那质朴的姑娘在忍着泪向听众诉怀，剖析人生的壮志与苦斗。她唱的是"大书"，少不了侠义忠孝的。

（原载《申报》1934 年 10 月 7 日）

由南到北话秋天

有着刚强性格的人对于夏和秋的季节变换是没有多大感应的。由着它呆板地像地球一样转，自己的心依然没怎么悸动，哀这个愁那个的。只有些微的喜悦，因为可以少蒸发汗水的缘故。近两年来，却更喜欢秋的浓挚的色调，在秋天，一切都显着调和顺眼。

今年的秋天可苦够了我，心的折磨呀。

发现了自己一向自命刚强的虚伪，纸灯笼是戳穿了？仅仅为着离开了家，独自个负笈北上，午夜披星戴月地上了蓝钢车，我便痴呆得吐不出半个字来，在小弟骑上自行车向我说"寒假回来呀"的时候，我的心受了不小的激动。其实在他和我，谁不知道这句话是个没有真实性的梦，然而在别离时无话找话时它便爬到唇边来了，而我，也会老老实实地唯唯着背过身来，我猛记起这次远行的艰难。甚至有人怕我流落在异地成了饿死鬼。

然而，在平素，家乡在我是如对敌人一样地憎恨，不管它是天堂，不管它是人间的魔窟。看着人家患怀乡病，我是要暗笑的。至此才领悟空口说白话之无用，到头来仍替我证实了人家的对，我的错。

在车中，忘记了车的动与人的喧哗，我静静地在描画门口的小桥流水，在描画我所记挂的母亲与小弟的面庞。在记忆里，一切都像被滤过一样地净化了。他们值得纪念，他们值得挂虑。不怕同行人们的讪笑，我频频地在阿琼之前提些带着酸汁的好笑的琐事，心是凄楚的，直到人家说"子冈思家了啊"我才住口，可是依然揣起了多少委曲与不情愿啊！

不死心地，拿起纸与笔，在三等车厢的拥挤中我把心情都涂抹在纸上，告诉家里。我是多么殷切地在思念他们，安慰着：孩子总是向家的。并且还稚气地告了状：如今再想家也要受人干涉，多岂有此理！

　　秋天的心境是不好熬的。

　　越往北去，天越凉起来，带出来的纸扇已失却效用，用来驱赶车中的苍蝇，从它们飞行的能力上也看得出是秋天了，那么软弱无力地，扑在玻璃窗上时常会自己滚跌下去。出了江苏境，上车下车的人渐渐多起来，口音也慢慢变硬了，再也听不见乡音。看见他们质朴的神气，觉得非常痛快。在江南，人都学得一点浮滑，有几个商人或店主是剃和尚头穿毛布底鞋的？而竹布大褂在江南几乎绝迹，但自德州再往北，那象征着秋天的浅蓝颜色便触目皆是了。

　　车在黄河铁桥上面穿过，辘辘地敲成音节，算是目睹了伟大工程之一了。再往前，窗前多的是高粱与老玉米，秋收已近。只有在车窗中瞥见的远远的农人，南北没有什么分别。江南闹旱荒，这里却大水，低地全成了水洼，大柳树成行地在车旁擦过，翠绿里夹着秋天的风度。正飘着雨，玻璃上打得发响。车里的人有带着铺盖的，便打开把棉被裹到身上，在夜晚是真用得着。在江南煎熬惯了，到这时如被赦一样高兴与满足。想着想着在心叶上，便又缺着那连野狗都吐舌头的溽暑来了。

　　天下巧合的事太多，八年前秋天南归，如今北上，可又碰着秋天。不同的是以前是乘海船，越走越消失了秋凉味，尽在舱外甲板上吹那热热的海风，这回是带着一颗茫然的心，在车厢里打寒噤，纱衫不禁夜寒呢！

　　出了北平车站，除了重逢的欢跃之外，使人第一感到它的浩大，第二使人感到那灰尘之讨厌，可是这也有它的风味，载石灰负煤炭的骡车走过，赶骡人扫鞭时，你会疑心到了雾之国。在雨天，可就成了难下脚的泥浆了。北平秋凉多雨，一天晴半天阴的，这样，气候就越来越凉快了。

　　北平是有格外特别的风格，虽然我没有见到拿白鞋袜抹上颜色秋天穿的人，但我却看见同时有穿纱衣和穿皮领大氅的人走在一块，街上的汽车不如上海那么多，但自行车却飞驰无间断，男女学生、商人、跑街、报贩……还有背后拖了不少瓶罐的小徒弟。

　　"天棚鱼缸石榴树，先生肥狗胖丫头"，确是写尽了北平人家的风趣。不过在秋天，天棚快拆了，石榴也红透了，养狗确成了"癖"，看家、解闷、添热闹，真是全有了。一到秋天，便准备接姑奶奶接外孙的，吃烤羊肉了。据说北平的羊肉没腥味，再抹上生酱和大蒜，是再好吃也没有的。

什刹海渐渐冷静下去，北海公园是少不了人的，因为时常有什么展览、什么比赛的，尤其是划船和滑冰，成了北海每年秋冬两季的大事，热闹得门票可以每天卖几万张。这回废历中元节军分会还在北海祭阵亡将士的孤魂呢，虽然这很难解，但凑热闹的仍如山如海。

沿街卖剖瓢西瓜的在直着嗓子干叫，没谁再理会了，只怨天凉得快，穿夹袄的气候了哪。"冰"的大招牌消失了，水果摊上多是葡萄沙果与红枣。只这些，就构成了秋天深挚的色调。耳朵里再也听不见凉粉爬糕的叫卖声了。北平人爱吃葱蒜和酸辣，人的风度也是那么干脆有力，像是敲打古钟似的，余音也在空气里自由飘荡。北平人是不带半点泥水的。

秋天，北平的各图书馆里坐着勤读的人，多半是学生或自学的青年们，忙着读、抄、译、写。怪的是西装、破大褂的有，蓝布旗袍、烫发抹脂粉的也有。看到这情形，谁也想学一学苦读的好功夫。

到了这里，把乡愁抛下一大半，挥去打江南带来的心怀里的炎热，静下来，想到生活上的一些事，开始感到人生的重负。一个脱不了孩气而环境硬叫摆出大人味的人，在这古城中是感到不少凄凉况味，不过刚强的心却仍旧在努力挣扎着摆脱秋天的肃杀之慨，把脚站得直直的。

（1934 年 10 月）

没有代价的叫卖

白菜贩老伍这两天又蹙起眉头把鼻子抽搐着了，像收拾不通气的烟囱似的。

每天推着空车往家里走时心里便打上个疙瘩，行市是永也涨不了，任他五大枚一斤六大枚一斤，但一合洋价便少得不像话了，然而家里是有六张空嘴在等着，老伍每天到米面铺地面时总像不敢多搭一句似的，深怕当秤的人一声鼻哼：

"本来涨了行市的啦！"

老伍在心里念着：六七口人呢，全是带着黄纸般的皮肤的呀！霍地便想起，这应该说是八口人的，因为女人的肚子里还藏着一个啦！

"八个半月，还多一点……"瞅着女人的肚子，老伍在肚子里计算着。再一看旁边便是一条从七岁排起的人头扶梯。

"真他妈的两年一个不差一丁点儿！"但他想到这是"孽由自造"时，便又苦着脸嘿嘿地乐了。不过只有那两个，腰板还能挺得很直的老爹娘，是使老伍没法不承认自己这份子"福气"：不是谁问起了时都会赞叹一声："老伍：您好大的福气！爹娘双全！"

女人是个能吃苦的，当第四个孩子快要降生时，她还是在白菜畦里忙着拣虫子上粪，心里只计算着"该匀出点地来弄油菜了"，对于这多睁眼的小四满不在心。老伍却老为这个花着心计，觉得第四个孩子是留不得的，当女人有点不愿意这计划时，老伍便阴着嗓子：

"白菜喂不饱这一群呀！"女人看一看身边的人头扶梯……便也接不下话头

去，肚子里咽着苦水。

预先几天，老伍便在行商时留着神，打听人家可有谁家要抱孩子，这惹得贩鸡蛋卖烧饼的同伴们都乐了：

"顶好俺也把自己那个四岁的送人哪！"

"妈妈的，两年一个！俺也没这么大的兴头！"那塌鼻梁的又耍起来了："老伍你是自作自受！"

老伍伸着紫红的手把菜车推走几步，躲开了这些嘲笑，在这时候，他没有心绪和人家逗乐儿，藏着一堆愁苦。

孩子终于没半点迟延的又来了，只是瘦瘪一点，小手儿像鸡爪子似的。见到是个小子，老伍放心一点，这会给他不少便利。

第二天天才黎明时，他把孩子装在白菜车面上，用蓝布遮着，孩子很乖，竟不动声息地躺在那里，随着车前行着。当老伍夹着苦涩涩的音调招呼同伴们揭开蓝布时，孩子的小眼微翕着。

"有人要么？"老伍那么低声问着。接着又是："有人要么？……"

（原载《申报》1934 年 10 月 28 日）

生　涯

　　记得是上月下着缠绵的细雨的那几天，差不多每天来闯门子的那个瘦棱的卖鸡蛋的女人忽然绝迹了几天。这对于我是个疑团，因想虽然是下雨天，她也决不会为了这向她自己罢工的，但同院住的人们却以为她是怕这小胡同的泥泞。我心里想，倒也是个理由，她每天来闯一趟，是像黄梅天的太阳一样稀罕，才会有买卖的。

　　雨晴的第二天傍晚，当我打外面回来时，那女人已在院里和她们打着交易了。

　　"多天没见了，你哪！"那张青黄的脸笑着，见了久违的朋友似的。

　　"这院里都挂记你呢。怎么了，歇工来着？"

　　"现在脚还踮着哩！"在捡着鸡子的静子姑娘插嘴了。

　　"真是，那么容易歇工？头天下雨那天在深泥里把脚撤了"，她把左腿伸一伸，"还肿着呢，当天是脚踝带趾头全浮起像大瘤似的，全是为的躲汽车啦！"

　　"没贴膏药吗？"

　　她告诉说贴是贴了，怕再不能好痊了。把挑子搁在我屋门口，我引她进来拿蛋钱。抚着时时在抽痛的腿子，她要我给她的在营里当勤务兵的丈夫写封信。

　　她把地名和她丈夫的姓名背得很熟。看着我拿好纸笔，把手撑在桌角上微笑着：

　　"告诉他我受伤了，在平日我也知道他少钱所以不向他逼，这回是万不得已啦！"

"大约要几块呢？"

"有三四块顶好，一两块也行。告诉他说，如今是万不得已，我已叫我们那十五岁的女儿整天背着筐子换取灯了，换下来的破布灯玩意儿的也够卖十来个大子儿的，娘儿俩是暂时饿不死，只要没病没灾的。"

我赶着写，女人的嘴像放小黄鞭那么快在絮叨。

"还有什么没有？"

一边儿乐着："没什么了，就说鸡蛋的买卖也不怎么好，成本重，卖得贵了人不要，好在尽有批的卖蛋的好挑。钱码是越来越高了，十天也不定赚得出块把洋钱来。"

末了，女人拿着信走了，临回还说：

"又是三个鸡蛋寄一封信啊！"

过后的几天里，那女人照样天天来，两端很沉似的扁担压着她的瘦肩，像是要塌下去，青黄的脸更绷得紧了。那双红紫的手在秋风里颤震着。

院子里的人围着她，我就想起那封信来了：

"你当家的寄钱来了吗？"

缩着鼻子："没有呢，也不知是自己胡花了，还是真穷，盼死人哪！我这脚是好不了的，由他去。只是娘儿俩都还没棉袄呢，女孩子大了懂得寒碜，老嫌露了肩膀不合适，真也是——"

那灰灰的长长的影子跨出门槛时，院子里的人叹气：

"瞧，腿跷得更利害了呢。"

五天，十天，半个月她也没有再来，不知道是钱来了去医脚了呢，还是跷得走不了路，大家念着念着，恨自己袋子里不多几块钱，不能也学一学人道的慈善家，但想着这想法的不彻底时，便又喟然了。

门口有吆唤"换取灯"时，我总爱跑出去探头看一看，希望有一个十五岁的姑娘在内，但当我凝视着每一个背着筐子的女人时却失望了。

"也许那女孩子裸着肩膀在守着病了的母亲吧？"慢慢地走进门时我阴郁地想着。

（原载《申报》1934 年 11 月 18 日）

驼 铃

在南国的朋友写信来说，不知是怎么闹的，在他的梦乡时常看见成群的骆驼在不见边际的沙漠彳亍着，风来时，空中扬满了尘沙，驼铃重浊地在空气里押着。这梦一个连一个把他引到了幻境，驼铃的音响终日要在他耳畔轻晃着。

是的，在清晨，天还黎明时，这些黄色的庞大的朋友们跟着他们的主人在早寒中启行，一头尾随着一头，默默地跨着沉重的步子，背脊上扛着几百斤的重负，煤，石灰，柴火……除了这之外，还有大布袋里的干草，小布袋里的馍糖，那是畜生自己和它主人的粮食。在走过了一个长长的路程之后，骆驼与人全饿了，便会寂然地停了下来，四只茸茸的毛腿轻踩去灰尘，前膝跪了下来，待主人把食粮放到它们眼前时，那蠢然的厚唇开始蠕动，把个眼紧瞅着天。

颈项下的铃子摇着，除了骆驼的咬嚼声与主人咽着干馍糖的呛咳外，这是唯一的音籁了。这音调是轻轻地回荡着，像水纹一样播散开去，娱乐着畜生们自己和娱乐着那啃着咽着的满脸风霜的主人们。

在碰到了另一队时，大家挥挥鞭子，主人们像骑兵队的队长一样威武地，交换着一个同僚的笑颜。

"赶得早哇——哦，真是几头好牲口！"赶驼人总如骑士爱端详马匹般在留神着人家的牲口。

"百十来块钱一头哩——"摆着皮帽上的耳盖昂然地走了过去，好像炫耀着自己的家财，这正如计算"牛羊多少头"一样的，也是私有财产之一。

赶驼人也有仅仅是服役性质的，自己并没有牲口，而是给人家拉。在这类性质的驼队中，听不到多少驼铃的声音，差不多已经省去，或者只有一队的头一只的脖子下找得到，于是整队的人和牲口便都听着这点音节缓缓前行。隆起的峰背上，麻布袋或绳网在颠簸着。

"嘘——"鞭子在空中扬了一下，渐渐松弛下来的脚前又快了起来，加足了马力似的。

如果是在夏天，毒太阳底下踌躇着勤劳的牲口与勤劳的人，牲口们各自带着重负，人却捧着一颗沉重的心和一个滴着汗粒的脑袋。——驼铃的音响像有点烦躁起来。

只有冬天，当人与牲口冒着气飘在空气里像白烟一样的时候，驼铃的摆动里温暖着疲乏了的心。

这音波正暗示着一个坚毅的费尽了力气的征途。

（原载《申报》1934 年 12 月 18 日）

天　桥

电车轨道停在广场的中间，两面尽是些布幕与地摊，只留着几条让人穿梭的人行道。

用自己的脚搬来或是由电车洋车上跨下来，大约坐汽车的人的足迹是不会在这里出现的，在这里，你真要觉得中国人口的繁盛，人的声音更帮助你的眼睛，使你觉得这里是万花缭乱，人像花间的蜜蜂一样吸取了花蜜不算，还要嗡嗡地喘息着。

小贩的叫卖：

"贱卖啦，六只碟子半块钱，两堆一块钱！"

"洋花标，一元买两丈！"

听得是那么得劲，念成调儿，翻来覆去地唱，涨着太阳穴上的青筋。何不以在那些灵巧的小玩意上找到日本货的商标，好在如今是检查日货的热浪已经过去，买的人与卖的人心照不宣。倒是在阳光下晃着亮光的铜锡器却是地道的中国货哩，老婆婆在那里挑着香炉蜡扦，有茶瘾的老头儿们凝视着紫铜茶壶摸着袋子里的毛钱。

估衣庄里，在徒弟们的边唱边笑下掀动着旧棉袄破棉被，冬天到了，从当铺里赎不回什么的汉子们来抄着这类摊儿，他们小心地还着价码：

"太贵太贵，面子里完全黄黑了哪，里面的棉花不定怎么着……"

"可以拆给你看，价钱属咱们顶公道。"小伙计见有人问讯兴奋着，最怕的是那些看一看摇摇头便走了的情景。

相面先生的桌前挂着一个人脸，上面像地图一样在耳眼鼻唇的各部填着字儿，发愣去抛钱的人已很稀少，人们是慢慢地把金钱尽了它更实在的用途。十六枚可以买一个褐色的干饼哩！

扎着裤腿的女人在纸花摊前逗留，还有抹了一脸脂粉穿着红绿袍的新嫁娘们也在逛天桥，低着声音问这问那，水夫来泼土道时慌张地躲开，穿着玫瑰红的绣花鞋呢。

杂耍摊上围满了看十八变的玩意儿，不幸起来被逼着丢一大枚，机灵点的看半截溜了。那些能说能跳江湖好汉们尽忠地一套又一套，唾沫星直飞向观众的脸上。

自行车在人群中巧妙地穿过去，车行的门前堆满了旧车和零件。

茶馆的门前贴着条子："水钱一大枚，楼上三小枚。"却真坐满了短装的朋友们，那些登楼远望的已是抹着一脸骄矜与得意了。

在这里最阔绰的是皮货店，伙计们走上三步拉着顾客，那有劲的叫声使人想到四马路的野鸡。这些皮货铺是五家六家地聚在一块，虽然顾客是那么少见，还是挣扎着。

由天桥再往南，便是刑场，好奇的人探问着消息，老行家会摸着下巴笑笑："今早儿才毙了一个，不先给讯儿的！"

人像水流一样，涌向天桥去，这里是没有什么高门槛的，多少在水平线以下的人都记着它，虽然看去这天桥似乎就是地桥，游满着在生活中叹息的人们，但在他们看来，这却是地狱中的天桥。

（原载《申报》1934 年 12 月 21 日）

老伙伴

　　像爱搭新窠的喜鹊在一棵树上住不了半个月似的，自己也是一个那么好动的家伙，总是做着腾云游天空的梦，便满处住上个把月，好在单身客搬家是那么简便的。

　　最近，又提着网篮铺盖走进这旧屋的空廊的后院，满院子的秃树败草使人心清气爽，虽然看不见花也看不见果，是阴森的魔王驾驭着世界的冬天啊。

　　夜晚，在灯下独自个打开铺盖摊着地铺时，忽的打南面几间空房里传出了几声咳嗽，像是费了多大力气般，咳完了又哼哼着，明明是个老头子。然而记得那些房是空着的，便一个寒噤连着一个寒噤。蒙在被里，想起平日传说的狐仙来，狐仙是住在静僻的犄角里的，颏下挂着白胡子，走起路来摇晃着毛茸茸的尾巴，轻咳着。

　　那夜，梦里碰到了一群带着骚味的大狐狸小狐狸。

　　第二天清早跑到外院住客那里探问。

　　"住着一个退了任的军人哩，不用怕，满和善的，"她又加上一句："当兵的威武会随着脱下的军装走净的。"

　　泰然地回到后院时，一个伛偻着背的老人站在南屋的阶下，在用一个漱口杯浇一盆嫩绿的文竹，一只空着的手还不时抚摩着那悄然展开的清娟的绿叶。真的有胡子垂着呢，只是颜色是灰的。

　　为着报复一夜的虚惊，我也冷不防地轻咳了一声。他应声抬起头来，伸直了腰看倒还是个魁梧的身材，有半个疤爬出在小毡帽下，直视的眼光露出了他的真纯。

我笑了，他也陪了一个，眼皮瞬了一下。

"您住南屋吗？"

声音是挺重浊的，有山西味儿："是啦，你昨天搬来？也好，这院子是静得鬼都快敢住了。"

"昨晚听见您咳嗽，以为是狐仙来了呢。"

他哈哈笑了起来，捋着一把银灰的雨天的天空一样的胡须。接着问了我的籍贯和学校，不胜为离家的人唏嘘似的。因为同样是浪在外面，便稔熟得更快了。

"我有一个你这样大的外孙女哩！"

于是，我多了一个口头上的爷爷。

这老头子惯爱讲一些身前身后的琐事以及他的死去了的事迹，这在他都是宝贵得如同自己的生命一样，原也是，那些拖过了的生命的深痕呵！

他时常讲到在军中时的战役，他是××军阀的小喽啰，但说小也不算小，在他吃枪子的后一年便当了排长，也带起人马来。

"你瞧，腿上的肉挖掉了一块，肩上的削了一片，还有，帽子底下压着的一个疤，全坐下了病，到阴晦天要酸痛的，真他妈的几代不积德当兵！"又瞬着眼皮，捏着拳叹了口长气。我时常行正他这爱眳瞬的毛病。

"全是守通夜或是滚在壕沟里熬出来的，有时候是眼珠子红得要出血还在瞄枪支。这生活比你们念书的差多少？你们的课本上不见得记着俺拼命的弟兄的名字呀？"

我告他说有的，只是那仅仅是他们元帅或将军的。他苦笑了。

在念起家里的亲人的时候，老人就要闪着嗓子告诉人，他的表弟是站在他敌人的地位被打死的，惋惜着：

"才说不透呢，在家乡一块捉曲曲儿（蟋蟀）的哥俩却会你打我，我打你。"

老人是靠着女儿每月的一点津贴磨着日子，自己眼也散光了，手脚不时地要起痉挛。天晴的日子便搬个小板凳坐在北面那块芜杂的空地上晒太阳，守着黑猫的瞳孔的光线爬进屋里在一只小炉子上预备自个的饭。有时候待我放学回家，老人笑吟吟地捧出一张烙饼或半个窝头来，我夸着他的手艺好时他便高兴了。

"俺是没吃上自己媳妇做的饭三年，等到我退了任，她早进了坟墓啦！"

摩着我的短发，老人就扁着嘴念起他的外孙女儿来：

"她在城外种菜呢，不这摩剪了去，小辫子拖得很长。"

那孩子前些天来给她爷爷送钱时，正巧我没在一边儿，回来老人欢喜地告诉我他的真外孙女儿几时要来瞧我这冒牌的哩。

有时候我便跑到老人屋里和他聊一聊，喝一杯他那泥茶壶里的淡茶，他是非常高兴有个天南地北胡扯的机会，有好多回，他柔声呵斥我的好搬家的脾气。

"住下去吧，不是很得味儿的？"

我也驯顺起来：

"好，住下去，老伙伴——不，是爷爷。"

（原载《申报》1935 年 1 月 10 日）

故都寒宵

破了格儿的，今年的故都没有往年一样严寒，到向午马路上的冰会溶化，虽然到夜晚还有点冷劲儿，不过在赶古历年关的跑街们会拿掉毡帽，让脑袋的热气发散，嘴里嚷：

"真暖和哪，不像是过年呢。"

是的，在街上，可以看见一些年景。

十字路口站着带盒子炮的绿衣武士们，是维持治安的吧，不管这是"废历年"，然而警队们也只好来尽一下责。

平日买卖清淡的大饽饽铺门前搭起了玻璃喜棚，没油的板糕，垫着豆腐皮的蜂糕，嵌着枣子的玉米面糕……大盘大盘地搁着，在吸引人们的视线。待你才一低首瞧瞧的时候，伺在边上的伙计便会欢欣地告诉你价钱，北平店铺就有这副能耐，用笑脸抓住顾客。

面食铺前盖着芦帘的小桌上排满着山似的白馒头，圆的或是高的，顶上点着小红点，这是过年馒头的象征。小伙计一个个把它们从蒸笼中取出时，上面还冒着白汽。平日只知道北平人过年吃饺子，却不知还有这么多馒头在等着倾销。

红红的纸灯笼挂在竹竿上出卖，另外再陪衬着几盏画着纸人纸马的走马灯或方灯，全是那么拙陋，但孩子们是不嫌不精工的，只消查看一下纸有窟窿没有和能插小红蜡烛便带笑了。花炮店前的砌成行列的老炮也诱惑住了一对对的小眼睛，先得问问怎么撕开纸拈儿，放起来烟花能窜多高。贪玩的孩子们是宁可把买糖吃的铜子省下来而换取一串小黄鞭的。

卖红纸黑字春联的又在每半的老地方停下来，自会有一些婆婆奶奶们熟悉地摸了上去。

"这张是：四季平安；这张是：抬头见喜。……"

听着售者的指示，用手掏着兜儿，交易成功了。一些中年以上的女人们是最爱讨吉利不过的。

铁器店把香炉蜡扦摆在门前。

小贩们的担子是那么丰满，使人疑惑他可会有卖干净的一天。杂拌儿的挑子是多的，孩子们买时还求情：

"多放点海棠果！"

"我不要酸杏干！要花生糖！"

切糕的推车上边显得那么沉重，比平时的特别细巧，面上敷着白果，枣子，一些不敢上大饽饽铺问讯的便来照顾这儿。

水果挑子上特别垫了新的白纸，把漂亮而肥大的果子放在每堆的尖顶上。手里挥动着鸡毛帚子：

"一毛钱一堆，果子是又漂亮又大啦！"

他们的买卖是很零碎的，因为成筐论蒲包的早有水果局揽去了。

冰糖葫芦的担子旁穿梭着人，从支着躲灰尘的布篷底下的架子取下了一串串的山楂，海棠，葡萄，看那一串糖多，那一串果子大。

汽车电车都似乎增加了辆数与趟数，人们是忙碌的。洋车上，乘客脚旁堆满了南果包和酒瓶。

要账的一个个骑着自行车飞奔，肩上挂着白帆布口袋，如果走在幽暗的小胡同里，这该是多么馋人的鱼饵呢？幸好这种还没有多少"剥猪猡"的。

在这千张万张笑脸之外，也有着多少挤不出一丝笑颜的人们呢。

他们用搓拳叹息来诅咒这寒宵。

没法办的汉子们彷徨在街角巷头，盼着到了人静的深夜，摸回家去，他们躲着挂布口袋的要账人。

（原载《申报》1935 年 3 月 1 日）

保定的妇女

打开河北省地图，我们找得到成为三角形的三重镇：北平，天津和保定。

以前叫保定府，现在却改为清苑县了。曾有一个时期这儿成为军事要地，也比较兴隆过一阵子。但保定的最繁荣的时期，莫过于曹锟住在那里的时期，因为有要人们来往，大规模的旅舍也出现过一两个，之后随着便销声匿迹了。

虽然是曾有过一个煊赫的历史的保定，但妇女在这里并没有经过很大的伸展。

这里的妇女还保存着乡间的质朴的特色，在保定城里这味儿已够浓厚，但一到保定四乡，便更可以证实了。一切的时髦玩意儿在这里是找不到的，一般人们所注意的新妇女也不过是中学堂里的女学生而已。她们全是缟衣玄裙，在假日到大街上买一点学用品或日用品，这便是她们和校外接触的最多的机会。由于女学生们的持重朴实的风气，人们也取着一种无伤的态度对付她们，报纸上是很少有以女学生寻开心找题材的，这情形我们很不易在别的城市找到。

至于恋爱，在保定的学生界简直是很稀罕的一件事，因为一则男女分校，二则学生们来自乡间的多，在早婚制度之下，来到中学的学生们早已男已有妇，女已有夫了。由此，她们的私生活是安定的。女学生的最高学府是保定女师和女子职业二学校，她们的出路是当小学教员或到外县求学做事。

一般的城市妇女还算勤俭，除了少数在治家之外，贪恋着麻雀牌或黑饭，经济独立是谈不到，大多还离不了男子的供养，她们闲来靠缝缀赚一点私房钱，因为保定有几个袜厂，因此缭袜头袜口成了女人们的一般职业。这是由厂里领来在家里做，用不着上工厂的。

四乡的乡间妇女倒比较能自食其力，她们与男子一般无二地有着粗壮的膀子和大大的力气，能在自晨曦到傍晚的田作之外再躲在屋中纺线织布，然而近年因为用简陋的木机纺出来的纱线去织布反倒要赔本，拙慢的土布终于敌不过外来货的倾销，大半妇女已放弃这档职业，却用洋线织布了。

在四乡最显著的莫过于童养媳制度，这风气普遍极了，近两年更甚。因为越穷，便想把"早晚是人家人"的幼女送出去当童养媳，省了食粮，那一面也为穷，而同时雇不起长工或买牲口，便盼望早早收养童养媳来帮忙，像牲口一样使唤。不例外，童养媳的生活是永远见不到天日的，初到婆家只有半个月的新鲜——就是说，只有半个月大家把她当新人看待，先不开始牛马生活，一过这期限便不客气了，新人早已在牛棚里田垄上忙着了。除了劳作之外还要挨无理的毒打，所谓一代还一代，当婆婆的总忘不了她自己当媳妇时所吃的痛苦，自己做了婆婆非还本加利息不可，这全是知识闭塞的缘故。也为这，童养媳非常希望生儿子以及娶儿媳，因为到了这些阶段，自己的痛苦也可以渐渐减轻了。

这是保定妇女的缩影，无论是在城市或在乡村，都还是黑暗面多，推究一下原因吧。

（原载《申报》1935 年 3 月 3 日）

北平荐头店

在中国，无论在哪个城市里，女佣工都占着人口上的一个不小的数目，固然有一般从乡下出来的妇女也有不少是往工厂里钻，但粥少僧多，容不下去的只好另外找路。

在北平，工厂既不如上海天津之多，再加上近年来农村衰落，女佣工也更多了。大街小巷时常会看到一个木牌子，上面写着"女佣工介绍所"，并且加了"社会局"批准的批注，当所主的不是男子，而是××氏。

前些天曾伴了街坊去一家介绍所叫人，那是一家规模不太小的。木牌子上系着红布条儿。

我们走进一小条湫隘的弄堂，里面是个长方的土地小院子，在暖暖的春阳下，站着四五个穿着深蓝浅蓝衣服的女人，有的在洗衣服，有的在粘鞋面。

"有人好送吗？"那个街坊问。

一个六十岁光景的老女人笑迎了上来，虽然瘦，却显出她的精悍，两只眼睛沉在眼眶下看人，笑时露出一排黄白斑驳的牙。

"有啊，多得很呢。"她打量着问她话的人。随后便问几口人，做点什么活儿。最要紧的是多少工钱。听到街坊的回答使她满意时，她努努嘴：

"到屋子里挑去吧，年纪轻、利利落落的有的是。"

我们进了上房。一共是三间，一间被隔开成为套间，小炕上围坐着五六个男男女女在斗纸牌，男的大概是所主的家人或女佣们的伴送乡亲，女的也许就是手里还不空的待雇女佣人吧？

那些人正兴浓，只有站在地上看热闹的对我们瞅了几眼。我们又回到外屋那两个统间。

　　两间的一半都让一个大炕给占去了，另外一间的一小半也搭了一个很宽的横铺。炕上和铺上都坐满了女佣人，她们在焦急地挨着日子等待有个吃饭地方，有才从乡下上来的枯黄寡言的女人，有花白了头发的龙钟女人，有在城内转工的油滑老练的女人。铺上则还坐着两个带着孩子的，孩子们衔着母亲的奶，却不知道他或她还没有享受自己母亲的奶的幸福。

　　"那两个是奶妈。"老所主说。大约是想让事情定妥了再把孩子交人带到乡下贴奶吧，有现成的奶在，总不肯多花几天贴奶钱的。而且母子们的依恋也使她们不忍骤然分开。

　　大炕上那十八九个人在盘着腿儿聊天，手里拿着点针线做活计，为的遣闷而已，虽然也有在希望缝一双新鞋一件新布褂好壮观瞻。有的却无奈地躺下睡觉。她们每人有自己的铺盖（这和江南人家主人预备铺盖不同），到夜间便横七竖八地摊开，每晚花四枚到六枚的夜宿钱，白天自己买点粗食充饥。

　　"有大脚的么？"我的街坊用眼睛搜索着。

　　所主笑了："那倒没有呢，近来恰巧出来的全是小脚。"

　　一个近五十岁的正在洗脚的女佣工搭话了，她正在把一对粽子形的金莲放在一只绿盆里说："小脚不和大脚一样么？别瞧小，事情不少做哪，炒菜拖地板全行。"说着，很气愤似的。

　　街坊终于点了一个二十多岁的。这要是南方没有没出阁的"大姐"的，即使是二十岁，也全是出了嫁的，据说是家里舍不得，一半也许是比较不开通的缘故吧。

　　那所主还在替女佣工挣点工钱，因为如果成功时，循例第一个月她拿一元钱中的三角，如果工钱是四块，那女佣工便得送她一元二角，到节下还得给一两毛。明知她苛，但不能不去找她，而且找也不是容易的，非有乡亲介绍不可，否则不敢担保。

　　走出来时，看见厢房里还坐着五六个呢，一个人凑了上来问：

　　"不送我么，我去！"

　　"得挨前后啊！人家指定了。"所主答话。她送到门口时还殷殷叮嘱：

"别另叫了啊，明天一定送。"

"这个人可靠，别上别家去另叫了吧。明早一定送。"她怕我们照顾了别的介绍所。

找饭吃的人是过剩，而靠这剥削的人也更在挣扎。

由城市到乡村，乡村到城市，全是虚弱，灾病，和贫苦，只是勉强的支撑罩住了这些征候。也许一些打乡下逃荒出来不久的人会暂时感到安慰，但如果住久了也会迷惘地这样猜摸：

"哪一天才会找不到一个连劳力也没处出卖地方呢？"

（原载《申报》1935 年 3 月 17 日）

长　路

自己最爱的是旅行。

也许是正因为旅行机会之少而更喜欢着它。人总是在心底憧憬着一些自己所没有经验过或经验得很少的事物的，"新鲜"吸住人们的心。

可是我爱的并不一定是青山绿水和异地风光，更使我高兴的是用作长途旅行的工具：舟车之类的东西。

当踏上车厢或是跳板的时候，自己扪抚得出心是在跳跃，于是即使不是春天，自己脸上也会挂起春天的笑来了。

一月来，每星期总有三天要在傍晚跳上电车做一个来回近二十里地的征途。电车有和火车类似的地方，那长长的车厢，那上车下车地方的踏板和扶手，所差的只是司机者脚下的铃声代替了汽笛的长鸣而已。

但这——也有它自己的风趣的。

当耳朵里震着响亮的铃声，眼睛瞅着在快被黑暗罩住的街市时，张着眼的梦开始了。好像自己是缩在长途火车的车厢的一个角落里，随着车轮的碾动，自己在荒凉的山野驱驰，并且是望不见一颗灯火，包着的是黑暗，触着的是黑暗。于是带来了一串猜想。

揣摸着那未知的土地和陌生的人们。如果不尽为的是玩，一个新的希望就更长在心底了：抛下了旧的，开始一个新的行程呢。

在电车里我却更耽于猜度了。

这趟长途车特别价廉，自宣武门到崇文门，人多是不用说，但如果不是自沿路热闹站上车，依然不会拥得没处坐的。

因为自己是按着时间赶车，于是便也会巧起来逢着一些熟客：按着时间下班下学的职员与学生，大家熟稔地点点头，却不想交换话语。

每次是有那么多的陌生的脸：穿着制服的军警，拖包挟袋的女人，在电车里还悠闲得捻核桃的老者，送货的徒弟，甚至去赶夜场戏的三等优伶……

你用耳朵听：

今天发了几块钱饷，几点钟 × 城发生了抢案，（于是再把捕盗的经过描叙一番，引得邻座们都插话。）女人们碰到女人们便饶舌起来，问一问"贵干"，问一问儿孙，说不定便来一句带笑的奉承：

"好福气！好福气！"

那一个便扭动了瘪嘴微笑了。

在掌中捻核桃的悠闲的老者却会和商人徒弟们问问行情，听到物价又往上涨时便捋着胡子：

"这还了得，人快没命儿啦！"

上等优伶起码有一辆包月车的，在这里混着的大都只是唱头二三出的小将们。由他们的眼角眉梢和说话的神情可以断定他们谁唱旦，谁唱花面……

"明晚还得赶'中和'哪！"

"排定了什么，你？"

"桑园会，今晚你是草桥关吧？"

唱惯了旦角，连平日言谈神色都带点女味了。

满身油渍的肉店老板在靠在窗棂上打盹，嘴角上涎下口水来，这是他的安息吧。孩子们瞅着他笑，一些大人们瞅着童子军装的硕健的孩子们也笑。孩子们在车里还是不能安静，走来走去，撞倒在人们身上。老女人们惊怯地瞅着他们单薄短俏的衣服：

"不冷么，乖孩子？"

每站，换上几个旅人。报贩在车窗外叫卖着一大枚一张的小报或晚报，很侥幸的，才会接着从车里伸出手来的铜子。

车一直开到尽头，人们下来各奔自己的目的地，卖票员下来和站上的同僚们招手。

　　司机人又把车向后转了。

（原载《申报》1935 年 3 月 27 日）

小巷风光

在这紫禁城的东犄角儿，有着个时常有壮健的汉子们在那里打靶或操练的日本兵营，住在附近或走过的人常把它当个马戏场似的伫步凝睇，把一颗颗带着三分恐怖的心按住。

这兵营的东面，是一条住着各种国籍的人们的小巷。

当然不会没有它的主人——中国人，其余的便数不清了，日本人，美国人，英国人，法国人……

洋行的牌子触目皆是，白白的粉墙上涂着洋字，有的是洋行门面在大街，职员宿舍在这里。日本人的住宅牌子用小木牌挂在门侧的多，其他国籍的则大都用一块镌了字的铜牌钉在门上。

瞧不见矗立云霄的几十层的摩天楼，除中国式的大宅门风味的房子外，只是些小巧玲珑的两三层的小洋楼，北平原不像上海那样寸金地皮。

在这些屋子里出现着挺胸凸肚的手提司的克的洋绅士们，一个个西服挺硬，连日本男人也全是穿着矮肥的西服，只有少数的日本女人才穿着和服在街上溜达，也要是感到方便和不使人注目，常有穿中国旗袍的，只在眉宇间和发角显出她们的原籍。轩昂的白皮肤的女人们在门口穿出穿进，车夫们凑上去要买卖，当那两只穿着尖头高跟皮鞋的脚才跨上车踏子上的时候，便撒腿飞奔，车夫们是非常欢迎着洋鬼子顾客，一方面是贪着一个比较丰的代价，（自然，皮靴的狠踢也是忘不了的。）一方面还高兴占个便宜，嘴里嘟噜几句。

"娘儿们个个有子儿似的，谁都是一件反穿毛皮大衣！"自诩识见广阔的便：

"你没瞧见 ×× 胡同低头求乞的女儿子哩！"

然而在这条小巷袋却似乎还没有。倒是在高墙的空角处常有长不到六尺的小狭屋子，横着一只土炕，霉烂了的衣服和零物在白天横堆着，这里面住的是中国苦力们——甚至连苦力都不如，只是一些无职业无依靠的老年汉子们，他们从敞着的门口整天瞧着那些鬼子们来来往往；觉得自己就从没有过青春似的，轻轻哀叹起来。这些小泥屋依峙在这些洋楼大厦之前真是再好不过的对照。

包车和汽车在三分钟里的准会瞧见一辆，坐车的往往是白色种人或儿女一大群的日本人，但拉车开车的却一定是华人。可就是，狭巷并未成为宽巷，土深五寸的街地并没浇成光滑的柏油路。当夜晚汽车开近身前时，那雪亮的灯光会替你照见白天找不清的凹凸痕迹，车过时，一层灰土飞漫得有半丈高，便挨到行路人的暗暗的咒骂。

这些门口时常站有司门的仆人，大多是干干净净，会几句洋泾浜，街坊们远远地点着头安闲地谈一点琐事，身前站的是短尾巴洋狗，洋狗似乎倒不分国籍，总是驯顺地听着黄脸仆人的呼喝。

梳得光眉光脸的中国女仆也出现在门口，手里抱着的或是碧眼黄发，或是穿着小和服的小孩儿们，女人嘴里说着僵硬的外国话，孩子们，却往往随机应变地，吐着简短的中国词句。

五六岁至七八岁的孩子们则不论中国外国，常会玩在一起，堆起一个沙堆，或在门前陈列一些玩具，畛域在孩子们之间是销毁了，黄色的手会搀住白色的手，黄毛的脑袋会伏在黑毛脑袋的肩上。真挚的气息在许多小嗓子眼儿里发出来。

但人也曾见到过因了一个十四五岁的中国男孩骑车略略碰了一个外国孩子时，车前车后便立时追踪了十几个相仿年龄的异国孩子，嘴里喊着：

"打，打！"

是年龄的启示么？

再回头看看那些毗连的外国兵营时，便觉得愤然了。

（原载《申报》1935 年 3 月 30 日）

离开了学校

也许这不是个好脾气，就是：自己总喜欢换新鲜，做什么事都爱快——快快做、快快完，完了再来新的。死停在一个地方，在我正如小孩不耐在凳上坐久一样那么艰难，我要厌烦，要恼怒。

念书也是这样，如果不是有人来硬压着上幼稚园，到后来竟感出了趣味，恐怕到现在我就成为"白丁"了。此后，学校给了我不少麻烦，尤其是上了高中以后，我不是能每样功课平均发展的人，见着了三角板或实验室会头痛，真不知怎么会挨过了那些如狼似虎的关口！现在想起来，自己也觉得怪"玄"的，在那三年中，不知有多少次想倔强一下离开学校，但拗不过的是"严加管束"，于是熬着，一直延宕到一张数学不及格的毕业证明书到手为止，在我自己，已觉得是万幸了。

然而，又异想天开，上了大学，并不是对镀金或镀银的教授们有多少信任，却为的尝尝滋味。自小时常跟着人们到大学里串着玩，看到那一列一列的教室，同样的也有着讲台黑板，所差的只是所有的桌椅比自己在小学的高一点；回头来看一看那些轩昂的汉子和大女人们时，很疑心他们是不是每天真也像自己那样守规矩地坐直在案前的。

"至少，老师总不会摆出比爸爸更严的脸来管束学生了吧，不知道害臊？"

我忖度着。甚至猜想到在大学里上不上课都随便，那么大的人了，还受申斥，多不好意思？

我在盼望长大，好做个自由人，做一个倔强的雏鸟，远远地飞开去，也许在天涯的彼角，另有一个长昼的晴空任人翱翔。

日子慢慢地爬着。虽然已叫心急人几次着急，但终于来到了这个阶段。

考上了大学，泄气之至。碰三个，着了一个，不过这总比中彩票容易些。苦头也吃得差不离儿，指定考某某系，却要考上个不相干的十样八样。这时给我的刺激是：硬牌子大学踏不进去。

半年来，尝够了大学滋味，用一句俗话，是味同嚼蜡。以前的好奇心到这时也完了，一切都真实地露了出来。我感到学校之欺人，在一切商业化了的今日，学校也难免，眼睛是准瞄着学生们的袋子；教授们摆着天大的架子，人们之间已没有情感可言，这些高贵的人们只是唱戏拿钱主义，非但不负半点责，连师生间的一点联系都打断了，一天天，只看见他所冷漠的脸，没有一些热气的阴郁的脸。他们给了学生什么呢？一些陈腐的讲义还需要死啃念？

只有笑自己傻，为什么那么甘愿地交那一笔从别人的血汗挤出来的钱呢？为什么要把有用的时间抛在这下面呢？

好的是，羁绊已轻松了许多，在没落途中的人们，似乎总愿意维持住一点不值半个大的面子，能撑到最后一步便撑到最后一步，在跌倒之前是用了多大的劲啊！

在我决然离开学校之后，家里来信说，好虽好，将来没有资格怎么办？自己能混出点什么事呢？拿着那一张吞吐的信纸时，显在我眼前的是一张进退两难，皱眉长叹的脸，他也许在痛心我的失学，不知这孩子将野混到什么地步，做爸爸的人是曾以好好栽培几个子女为大事务的。在孩子们要换路走时，爸爸便道：

"熬着吧，看我这副筋骨还能支持几年吧，总不叫你们吃亏的！"

如今，我轻松地透了口气，让这老人轻轻担子吧。书本教育既不能尽它的职责，莫如丢弃了它——不，世间不是没有书值得读的。

"人应该勇于退、勇于进，在歪扭的曲线进行中，人也会硕健地进展着的。"我自己夸耀着这计划，当朋友们再拿文凭资格之类的话来反对我的休学时，我再也不辩。

"你将来要后悔的。"

"是么？再说吧，也许有一个时期这社会不需要资格和一张草纸似的文凭？"

"早得很哩！"

"慢慢来。"我真的是那么相信。时常，自信力很大，不管结果怎样，这毅力总叫自己喜悦，人家说这是孩气，这是任性。

我抗议，这并不是孩气或任性。为什么人要成为缩瑟的刺猬呢？该跑的时候便跑，该跳的时候便跳。

如今，成了自由人了，真如乍出鸟笼的鸟一样快活，天南地北，随便奔跑。要感谢这古城之能成为文化区，因此得到比较完备些的图书馆，在那三层书报杂志室里，从早到晚坐满了被求知欲压着的人。大家在找自己高兴看的书本，寂静中，谁也不搅谁，虽然这其中有着不少学生，但大半是没有学籍的苦读者。有人曾跑了十几里路来看一点书，午饭宁愿挨饿，到晚上才回去的也不少，因为袋子空空的缘故。

在一脚跨出学校之后，书虽然更和我接近了点，但每天的有目的或无目的地东奔西跑也无形中教养着自己，由那里得来的启示，也许是比书本上为多。常在深夜里揣想：这么下去，在找到职业之前，总可以让自己滚过一段自由舒展的路程吧。

社会大学是没有藩篱叫人止步的。

（1935 年 4 月）

投 奔

"那么，这可怎么安排呢？"

这两天，在一个裁缝店里当女缝工的孙二婶时常这样嗟叹，瞅着她发呆的孙二和他们的十四五岁的女儿也跟着叹息起来。

"你们知道，我在这里是拿着比男工少一半的工钱啊，要不然掌柜的就肯用我？几天的吃喝怎么办？你想的不错，要家里少个吃口就把顺子送到我这儿来——"她轻着声音："掌柜的再歇了我呵……"她留神着为了丈夫和女儿的借住而惹来的白眼。

孙二抽抽着那红鼻头，抹抹干皱的额角，用了不怕厌烦的劲儿和女人解释：

"我有办法也不送她出来了，就路费就花了五六块，够多少粮食钱？可是，今年的地，哦，今年的地呀……"他用假作的呛咳盖住了由心底里发出的凄伤，手指头捻着青布袄的破边缘："去年秋麦没敢多种，怕又像头两年一样白辛苦了不够，还被逼得要死，但结果不是差点连自家吃的都还干净了吗？上月春麦称上了，也没敢多租地多赔人工，虽然这马上又要种高粱种豆子，但也是弥补过来的。"

放下正在缭边的大褂，孙二婶揉揉自己的老花眼睛，她想到顺子底下的三个女儿，最小的才九岁。

"真也叫不争气哩，四个赔钱的丫头！"

"全是二眠过后的蚕一样，正是吞饭的时候了啊，小四吃糙面馒头能一顿小半斤！怎么养活！"孙二在慨叹里夹杂着喜悦地这么念叨着，儿子与女儿在他倒是一样，生活的艰苦磨剩了一个豁达的心胸，什么子息香烟的他满不在乎，自己只像宁静地抽完一口快熄了的旱烟一样，在等待着自己的睁眼睛的日子结束。

"有活儿给顺子找一个也好啊，缝的布褂布裤不坏啊！"

十五岁的顺子安静地坐在炕上，似懂似不懂地谛听着爸妈的商议。最后不知怎么迸出了一句：

"妈，我也像禄子妈一样，伺候人去！"她只听说同村的禄子妈是上城里伺候人去的，有时还能往家里捎带个三块四块。

"没有的事，没出门子就给人使唤去？除非是卖了身价的丫头，可是！"她红了眼梢咽下了一句话。

"孩子，妈能有方法是不把你往火坑上送的。"

孙二的红鼻头又动了：

"出门子吧，十五，哎，十五，说小也不小啦，凑合着行了！"一抚着脑门子想："你嫁过来时是十六吧？"

女人嘴角上的笑站住了不到一分钟："还提那个，早出门子也是多吃苦头，人没长大先受多少层罪，公婆的，丈夫的，孩子的：如果命里倒霉的话。"

"来说的倒不少，有的太大，有的太小，那回王大嫂要把顺子说给她十三岁的牛子时候，顺子哭了一宵哩！"

女孩子捻着辫子梢，默默地不响，眼前模糊地显现着一个拖鼻涕的淘气孩子，那就是王大嫂预备说给顺子做丈夫的小牛哩。

晚上，孙二婶牺牲了夜工，和顺子爹在街角商量定了一条没有路的路。

"找婆家吧，好也罢，歹也罢，家里去了一个吃饭的人总好点"，接着，当爸爸的又自解自慰地说：

"这年头，姑娘大了在家也是担心，闹起兵来没处躲，出了门子便由人家操心去吧。"

女人蹙着眉，没有眼泪。回到店里把自己积着的八九块钱和一副银镯子打点了出来，当第二天当着顺子父女俩又走出胡同口时沉下嗓子，揉揉红眼：

"各自投奔吧，顾不了那些了，怨谁！"

孙二婶愣愣地站在台阶上，往前面探望着，一重重的景象印出来：

十五岁的孩子坐了破红轿，剩下的三个女孩张着三张空空的嘴，而孙二，又要伸着黄瘦的胳臂到地里忙着淋汗去了。

（原载《申报》1935 年 5 月 5 日）

忆

北国的霉雨^①时节是比江南迟滞一点的，可也是那样一阵子亮太阳一阵子灰云盖住了整个天幕，但比这更讨厌的是雨后池塘似的泥洼，这叫用鞋子走路的人只有皱眉的份儿了。

在被雨阻不能往外跑时，便爱开了大门来瞧瞧天，瞧瞧那静静的胡同，看着雨珠积成水潭。

不会使人失望的。是在这时出世的卖豌豆的孩子的叫卖声一定会出现，撑着破伞，一手托着冒热气的小筐，还有，那一双在水里跋涉的精光的小腿。

时常在这条弯曲的小巷里穿走的卖豌豆孩子是一个圆脸，有着一双小细眼睛的，另外，是那和小眼不相称的一对大耳朵有点叫人特殊注意的魔力。

这脸相加着这绵绵的梅雨，在我脑膜上寻到了一个记忆，也是一个小眼大耳的孩子，只是为的是江南人的缘故吧，比这尖脚的白皙一些。

那是故乡的老邻的孩子，在外祖母没有死去的时候便熟稔着的了，虽然后来大家都搬了开来，但一点交谊还没有割断，孩子的母亲的苦脸常在我们这破落院子里出现，听说一点苦楚，然后在每一个并不宽裕的"嫂嫂姊姊"的手中拿去一件旧衣或是一把极有限的铜板角子。

"真是没有办法呢，阿和爸爸的私塾一天天冷落，学生老拖欠着学费，好像来上课都不值得的神气，阿和上县立小学的零用又真可以……"临走，总那么

---

① 霉雨，即黄梅雨、连阴雨，器物易发霉，故称。

赔着笑的，不惮烦地致着歉意，末了总是：

"我为了阿和吃着苦难，只盼他小学毕业……我自己每天'调锦'^①下来的钱给他添点笔墨……"

常是泣着般的，红了眼珠儿出去，那些"嫂嫂姊姊"们便也唏嘘起来，各自发挥着自己的意见。大半总是嫌这女人的忍耐力太大，为什么不和一个在没有饭吃的苦境中吞烟泡的男人撒手，但对这意见，阿和娘一向就有个回答：

"不是那样说，究竟是一二十年之恩情……"感到羞怯，嗫嚅的："他也是好人家落到这般田地，阿和也是他的心肝哩……"

这倒是真话，老邻居们全知道阿和爸借债给儿子买酱肉吃的事，断炊时便把仅有的一些剩饭给儿子吃。

前年暑假阿和毕业了，早三个月便忙坏了做妈的，四处央告着谋事，条件是除了体力劳动外什么都行。也曾有人介绍过到大商家学点手艺的，结果全是被一笔较大的压柜钱难住了，在这时候才听得到女人对丈夫的一些怨艾：他已经把信用丢尽了。搓了手，便又等待另一个时机。

在去年的霉雨天，三叔给阿和找到了一个在照相馆当学徒的事，阿和娘笑盈盈地给孩子穿上一件比较整齐的竹布长衫，把他交给三叔领去。女人喜喜欢欢地申述着自己的期望，和大家谈长论短，眼里泛着笑：

"馆里的先生们是不会挨饿的，这一家便靠阿和撑起来，长衫总不致脱掉……"

正如一些瞧见阿和娘的光荣日子的人们所说，她是"木头上断下来的"。在这许多颠沛中，她念念不忘的还是面子和礼貌，无论在多么艰窘的时候，阿和娘的一条裙子总是系得"毕挺"，不管那上面已有了补绽。孩子出来时，一件长衫已是少不了的。

第三天清早，一夜的大雨还没有止住，天还是灰灰的像渔网似的要把大地罩住，早上起来母亲便对着一大盆待洗的衣服发愁时，门响起来。

阿和母子俩合撑着一把不大的洋伞进来，两人游得像木鸡似的，水珠直在孩子的眼角淌，像是泪。

---

① 把缫好了的丝调成绕好，在故乡是一种很旧的妇女职业。

样儿是那样怯人的，躲在母亲身后，把衣角遮着嘴。

做妈妈的又是一把鼻涕一把泪，将儿子的逃回来的事述说得那样委婉，叫人不能责怪只好怜惜：

"孩子是不懂事，为了师傅叫侍候得太烦便受不了，可是，倒夜壶、点烟、倒茶的事也真没干过……"

这原是三叔想到的，那已是一家背了运的照相馆，主人喜欢聚赌，但想到那孩子在家挨饿便给介绍了。

女人又赔了笑脸说好话，据说已把孩子教训了一顿，愿意回店去，求三叔再送回，给求一声饶。

"骂两声不碍，就是别打……"

女人把孩子又留下了。

后来是失败了，主人已不肯收回，三叔碰了一鼻子灰。阿和低着头回家了。

一年来弄得更不像话，有去过阿和家的来说，这父母孩子三个全染上疥疮了，两口子之间少不了詈骂，私塾关了门，孩子抓着疮疤抹泪……

那小眼，那大耳朵……

望着门口卖豌豆的孩子时便不由得记起那江南的孩子，相仿的脸庞，身材——就是白皙了点！

眼前像是浮起了阿和一副苦脸，在大雨里跟了母亲游来游去，懦怯得像一头饿久了的鼠子。

又想起那女人的黑纺绸裙，那上面有着缝补过了的大洞小洞，和孩子的竹布长衫——

记起我并不怎样眷念的故乡，便同时想到这小眼大耳的白皙皮肤的孩子，不知道他近来找到了职业没有。

（原载《申报》1935 年 9 月 5 日）

还 乡

前一个月光景，自己为了接一个初来北平的弟弟，不顾溽暑支着带病的身子到车站去。时间还早，便在站房的玻璃屋顶下徘徊，看那里陈列着的国货商品，像笔墨，绣枕……

天气热得叫人脑袋发晕，站上的人声讨厌得和苍蝇一样，嗡嗡嗡的。给人们休息的长凳上不停的有人坐下站起，比较舒适的人到酒排间去了，这里是背着粗布袋的汉子，喂孩子的女人，以及穿着灰布大褂侦探似的一群群的男人。

看着时钟离车来的时候还有一刻钟，我坐到一个独行的女人的身边来。

侧过脸来，才看见那女人的脖子里缠着纱布，许是因为那里面还在渗出脓水的缘故，一只蝇子正眷恋着它，扑一阵飞走，飞走了又来。

我下意识地抬起右手来挥了一下，那女人回过头来，才叫我瞧清楚，是一个黄瘦干枯的脸膛。一些粗大的麻点和那左眼角上的疤痕蓦地闪到我眼里，心动了一下。

这只脸子是熟悉的。

用尽了一些思索，才慢慢恍然过来。

"您贵姓——是孙么？"终于那么随便地问了出来。

女人惊讶地注视着我，泛白的眼睛睁大了点，却依然是那么无神的，只觉得病容更深了。

"是的呀，怎么知道？……"

"您教过师大附属幼儿园——不，那时是叫蒙养院？您教过我哩！"

旧事都在我们之间复活起来：一群群四五岁到六七岁的孩子，来了学校不用书本，却学点歌儿，做点游戏，听一点先生口里讲出来的故事，到放学，排了班一列列地走出去，向先生道再见。那时候的先生在孩子心里比父母还大，每个举动每句话都要博得先生的夸奖才舒服，态度是挚诚的。

秋千，滑梯，积木，泥人，洋娃娃……

不知是一种什么情感驱使得这女人的脸红了起来，甩动着眼角：

"是的啊，你在前几年？"

"有十三四年了吧，我叫×××。"我好容易才算出年代来，那些旧事不抓起来时真仿佛是一些在春风里浮漾的飞絮。

女人抚着额角，吃力地送过一阵呛咳："哦哦哦，你做过班长的哩，你们毕业时，一班曾排过'葡萄仙子'？后来你弟弟不是也上过学么？有一回淘气玩杠子跌了下来，吓得我直出冷汗。你都这么大了啊……还认识我？"

我告诉她曾有一次去旧日的学校玩——我是跟跟跄跄冒充家属模样进去的——校址扩大了，孩子也多起来，旧有的先生全不在，换了陌生的脸庞。

"在这里我居然碰到了老同学，她们说常在街上碰到您，就是不知道您的近况。"

黄脸依旧恢复过来："好孩子，在街上碰见我也不招呼，你们是由孩子长到成人，叫我哪能认出来，但我——三十多到四十多只是更加苍老罢了。"又想了想，"我离开那学校有五年了，哎，人一老是真糟……我是被一个继任的主任撤职的，原因是我的人和我所学的东西全衰老了，可是呢，自己也听得出来嗓子是沙哑了，琴音盖住了我的喉音，孩子也是喜欢年轻漂亮的先生啊！"

像听一支悲惨的曲子似的，我呆住了。

"那么，以后呢？"

"我在亲戚家寄住了这九年，自己的钱也快花光了，如今又生了这成串的病子筋，治了将近一年，看看不会好，便想回家乡去，虽然家乡没有什么亲人，但还清静点。"说至末尾，声音是那样低暗，我把自己的事告诉了她点，她把一只柴梗似的手盖在我膝上，有一些颤抖。干呛不住地摔得那背脊前后仰动。

末次报告钟响了，我站起来道再见。

差不多要掉下泪来才迸出几句话："等会见着你弟弟吧，我的车还早着。"

为了和弟弟握手时的欢快和招呼行李时的忙乱，终于把那嘱托忘了：没有领他到孙先生坐的长凳边去。

　　我是那样怅怅地诅咒着自己的记性。

（原载《申报》1935 年 9 月 23 日）

古　城

又搬了家。

真的是住到古老的城墙底下来了，只要一拐弯，便能在那灰灰的胡同里望见那灰灰的城墙，一阵风过时，便拖起一大片烟雾般的把眼前遮得像是隔了多少层纱缦。

曾在别处看到过旅行到这里来的游客，在他们的照片堆里，总不会叫人失望地能找到一两张关于这古城的城楼的留影，那么庞大，那么雄壮，叫人不能不为东方式的建筑窒息了惊诧的叹服，多少人是为这垛古城构画起美的神幻的梦来了。

然而，眼前摆着的这一个，是怎样地显着中世纪的衰败啊！

零落，破乱，蠢呆……

为了倾圮，大半城门畔的阶层（石？）旁都挂了"禁止攀登"的牌子，或者是在防止游人危险之外还有什么深意吧？但人总还能找到一些历年来用人的足迹来踏处的路径而偷跑了上去，由那里望得见北平城里的壮观！——红墙黄瓦，以及一些新建筑中的灰墙绿瓦，远远的是埋在云雾中的山头，可惜的是这里并没有那么多的浩浩荡荡的河流，连那城脚边的一条都细得像根丝带，遇到热天苦旱时，一阵阵的恶臭倒会随风散开了的，这会叫来自水乡的人狠狠地咒骂了。来到城头上的人除了巡查和淘气的游人外，那就是要把性命由这里扔下去的坠城者，这在人们耳中都成了并不新鲜的新闻了。

柏油马路上是禁止大车通行的，于是大半都得穿小胡同或者绕了城根走，重载的牲口的蹄子和车轮深深地踩在厚厚的土里，"人是由土里长大的"这句话也许并不错呢。骆驼队也时常从这儿走过，古城，驼铃，不又给在梦幻中呼吸的人们以一些憧憬么？

似乎是，城根底下是很少见高门大户的，哪个绅士小姐是情愿在这儿吃灰的呵！这里，只是破落户或压根儿就没抬头过的小房儿聚集在一起，孩子们成年地蹲在地上堆土玩，在城墙上画一点小人儿小马，采那打砖缝里伸出头来的野花，在秋天，打一些野生的酸枣。孩子们有泪有笑，有说有骂地长大起来。

在城门脚下，两旁总有几方黄土新砖的痕迹，信封上的邮票似的贴在那里。那是四年前事变起时的一度防御工作，挖好壕沟，准备在那里架起高射炮。

走出城，少不了小市集似的地摊和担贩，苦力们站在那儿吃点灌肠喝点热汤。火车过路的栅栏依着时开关了再放，来去的人们车辆暂时歇住脚，看着那长长的火车和那车窗里透出来的一张张风尘脸。

住在这城墙脚下，每天火车过时的长吼要算是最动人的音乐了，它勾起了什么，又带走了什么。

（原载《申报》1935 年 10 月 15 日）

债

人渐渐长大，渐渐在荆棘丛生的人生道上多走几年，便觉得各方面的威胁都在袭来了。

尤其是金钱，它成了这里面的导火线，触燃着一星星，就会延烧开去；把人的笑颜化成愁容，把人的心紧揉着，大胖子也会成为骷髅的！

曾听到看到不少终年为金钱牢锁的人，自己生在这并不舒眉的环境里，习惯了一些叹息哭泣的声音，而这些声音的发出，却多半为了钱，是的，钱！

孩子们对于钱的认识是模糊的，从母亲口袋里掏出来的钱可以换糖吃，换泥人纸马玩。……向来不想到钱从哪里来，会天真地告诉人家：衣裳爸爸买，袜子妈妈买，当人家问的时候。对于金钱的解释大约和用一个毽子换小朋友十张烟牌一样吧。

稍懂事时学会了自命清高谩骂一切的脾气，由故事中得到了"富翁总是不好"的一个概念，于是骂富者多吝啬，诅咒金钱罪恶，好像自己是喝西风长大的一般，更想不到将来自己也会成了众人谩骂之的的。

这些天真的孩儿们还不知道自己正是父母用血汗筑成的债台哩！把工作所得换成了一家衣食，在不得已时出去告贷，孩子高起来，做父母的背驼矮下去。受不了儿女重负的不常怨骂着讨债鬼的吗？

而多少背负着"债鬼"的名义的孩子却偏偏长大了。

一年来，自己逃却了这名义而吊儿郎当地混在外面，忙着腿忙着手在风雨中度过了还算平安的日子，钱从指缝间来，又从指缝间溜出去，皱着眉的时候总比哈哈笑的时候多，我会在小饭店里立下折子，靠着自己的信用白吃十天半个月的饭，指望着"下个月"，于是饭铺掌柜也跟着我指望，在这几天难过的日子里只好自己苦一点肚皮，苦一点腿子。

病来欺凌人了。

于是想起那在以前是认为怪寒酸的"穷人生了富贵病"的俗语来。病是那样顽强，牛性，一个劲儿地和人缠绕不清，疼痛穿过每个关节，当医生说起营养不足时我只好苦笑，他不知道我每天交在药剂室里的钱是怎么换来的。那每天扎进手管里的液体在我眼前浮起幻象，不是黄水，而是钱，还有那伏在它后面的种种苦难。长期注射把手臂扎得浮肿起来，针眼儿像蜂窝一般。

正和这一样，我的债台也高高地筑起，四面蔓延起来了。还是没有那耐性来等这病慢慢磨去，我诅咒着自己的不健强的体子，在暗夜，在深宵。不愿意把朋友们的也是不容易得来的金钱浇在病上，肥料粉对于一株已然烂了根的树木有什么用呢？

我的讨债鬼便是我的性命。我已经不怜惜它，不挽留它，存着"死掉他"的心情了！

然而我竟喘过气，复苏了。

开始能够缓步，能够迈出门槛了，那一丝青天对我是个陌生者，是个奇迹。

朋友们用善意的微笑来祝贺我，在这时，猛地记起我的责任来了！

还有未了的债务来了！虽然我不是不知好歹的赖皮，但眼前这一丝青天一片云又在我心叶上变暗了。

我工作，我又在大街小胡同蹀躞。

在没法中，当街白墙上的大"当"字勾住了我的无神的眼睛，我的救星！

不过，我没有勇气在那高柜台上张望。

"还有什么可卖的呢？"时常在翻着那两只杂乱的箱笼，我计算着债还有多少，于是紧缩撙节，并且狠骂那五个月的病。

同时却又想：有债可借总还是幸福的，这世界，正有着千千万万求贷无门的人，怨谁呢？

债，救了人，也逼死人。人世的威胁在眼前扩大了。

（原载《申报》1935 年 11 月 1 日、18 日）

小　秀

"你叫什么，妞子？"

"小秀。为什么一定要问呢？"

"知道了名字，以后来麻烦时也好有个礼儿啦！"

在十字路口的路角开纸烟店的十六岁的小秀几乎每天这么和人答问着，她习惯了和那些车夫、小贩苦力们说说笑笑，他们是她大部分的主顾。

小秀的纸烟店不是有门有窗的屋宇，也没有招牌，却是一个可以推动的警亭一样的小木头房子，矮矮的屋顶遮住了风雨，板子的一面可以推开，小秀的脑袋便探出在那儿，眼睛静静地瞅着外面。板子的内面看得见纸烟洋火，全是十几枚到三十枚十售的劣等香烟，小秀知道即使预备了好的也没人买的，这些使着大劲旋转过生活的轮盘的朋友们是没有那么大的奢想的。

从早到晚，小秀躲在那小板屋里，只在吃饭的时候，像雀子一样跳出来跑到隔不了十步路一个小铺买菜头买烙饼，一回身，便又坐在小屋仅有的板凳上了。有时和卖白薯卖硬面饽饽的换点东西吃。

"不够哩，妞子，别太狠心啊，我给你的烤白薯够三大支的哩！怎的只给我两支烟？"

小秀抿着下唇：

"你才狠心哩，算了，再给你一支！什么滋味呵！"

小秀是不懂得为什么这些人喜欢分一部分用血汗换来的钱在这上面，她是花了不少工夫在替别人打算事情的，譬如说：老张的破得遮不住耳朵的帽子该换一顶了，小五那么瘦小不该推那几百斤重的土车，德顺的咳呛治……

也有人在替小秀打算的。

"你的家呢？听口音也就像二百里以内的，不出河北！"

小秀答腻了这问题，便不耐烦的：

"谁管呢，我也不知道啦，只知道姑妈是保定府人。我除了她，一个亲人也没有。"

小秀不说假话，她是由姑妈领大的，姑妈用夜晚打草绳的钱喂养大了小秀，连这小板屋的本钱全是她给筹的，小秀到夜晚边不回去，小店也得有人守啊。只姑妈十天半月地打城外来瞧瞧小秀，拿个十吊八吊走，嘴角上印着笑窝，暗夸自己有主意。

可是，小秀的买卖兴隆竟招来了祸殃。

十字路口那岗警每天用直射的眸子瞧住小秀。这是一个并不热闹的十字路口，到夜晚只有岗警伴着街车与小贩，暗暗的灯光是更显出了夜来的寂寞的。

飙风的那天晚上，岗警敲着小秀的板室，时候是过了午夜，街上连个鬼影子都没有。

"开开门啰！"声音是那么贪婪的。

小秀弄清了是谁，便问：

"为什么有警亭子不呆？"

"太冷哪！"

轻捶着板门，终于岗警气愤地走开了，每个细胞里塞了火星。他等着换班。

离开那夜的第四天，小秀的纸烟店被封门了，人被提了去审讯，罪名是有伤风化，以开纸烟店为名，诱致一般苦力小贩。

小板屋被小秀的姑妈推了走，她准备着等女孩子回来再到东城任何路角去摆摊。

然而传来的消息是要罚五元钱才放人出来，于是小木板屋出卖了。

（原载《申报》1935 年 2 月 24 日）

彷　徨

早上，孙三嫂兴匆匆地搭着二姑的胳臂跑上往城里开的板篷船，粗大的发髻中央透着半寸长的根把，桃红的颜色和两个女人的心一样活跃。

虽然，在活跃里是掺着野火焚烧一样的焦灼。

二姑是老进城的人了，但这回还是拉不开笑脸地那么不舒泰，惴惴地瞪着平静的河面。心里却"找着个事情做啊！"那么地念着。

挨着她木鸡似的坐着，孙三嫂却更不安着，头一次上城呀，如果有了着落便要在城里住久了。

"也许今年又是一个丰年呀，比去年收成还好也说不定的，田地空着不种……"孙三嫂望着沿岸的绿绿的田树，觉得风雨的调和，便又不自禁地念到将弃去的农事而怜惜起来。人习惯了那一类生活往往便有一点依恋它，何况对于那本来的又是茫无把握的。

二姑睁着老练的眸子：

"亏你还舍不下，你一定要到饿死了还死心眼吗？去年不是大丰年，咱们？算下等的田地也还粜了不够还租，到头来自己却吃一半借一半，我是看开了。"

孙三嫂紧皱着眉头，心想究竟是二姑多见识，说出来的话有门路；但又想二姑的男人本就在城里做零活，田忙回来，否则就在城里住，这回抛下田往城里走不算一回事，但自己却是要把没有爸爸的孩子托给公婆，独自个往艰苦的道上爬的人。想着想着眼睛里挂水，忙又止住。

船里的人全是和她们半斤八两，每人挂着一副严肃的脸蛋，每人计算着自己的上城去的事务，有熟人便柴米油盐地聊起来，多少夹着七分喟叹。对这家乡，像对破庙一样踌躇，不知怎样去修补，或是爽性毁了它。

汽船嘟嘟地赶过板篷船，一只又是一只，那里面坐着乡镇上的"上流人物"，或是"半上流人物"。

孙三嫂和二姑在大街小巷中穿巡，二姑拣凡是有一点熟识的荐头店都跑遍了，却找不到一个能停留的去处，每一家都坐满了两行待雇的人，男的和女的。有的在转换中，有的也全是乍从乡间来，大家抛下榨不出油来的村镇跑来找饭碗，于是破例，在这开始下秧的时期却坐满了待雇的人，乡下人像赶果园的蜜蜂一样逃到城里来，然而城子像骷髅般干枯。

"留点神吧，费心的，我们能做，苦惯了……"

荐头店主抹着汗：

"初从乡下来的更不吃香啦，人这么多，住都住不下，趁早赶晚班船回去吧！"

"只一宵不可以吗？实在种不得田的了才出来。"怀着不可能的希望，两个女人挟着布包在街上寻找着荐头店的招牌，心里是又苦又酸的。

码头上，聚着往各处奔走的旅客，各种式样的船只在河心列着阵势。踏上跳板，孙三嫂和二姑颤抖着腿迈过去，夹在那么多的同命运的人群里。

（原载《申报》1934 年 6 月 10 日）

消　息

　　薛七婶打厂里散了日工，带着满身的疲乏和一胸襟的线头回来，走到城墙根自己的家门口，便一个哈欠连一个地，像是到了休息地，然而记忆告诉她家里还有一大堆从裁缝铺揽来的衣裳要缝纳，便擦一擦老眼里的流不断的清水挺挺腰进院子去。

　　"棒子面买了么？"

　　瞧见女儿阿清在小煤炉前张罗，便住了口自己走近炉子，见煤球发了白，只剩一点红光在炉心里闪，阿清用火筷子拨弄着，想让将烬了的火再燃。炉灰冒了一脸一头的。摸摸那端下来的半锅夹生的面，薛七嫂吐了口涎水：

　　"能将就了，有一点熟就能吃，煤完了明天再说吧。"门口走进一个瘦长个子的年轻人，女人揉了揉眼：

　　"是余先生呀！"

　　老眼里夹着喜悦，知道是给二儿子送信来的。

　　三个人全进了屋，七嫂急着问：

　　"先生见到阿清的二哥没有？这孩子太没良心，去了快两年工夫没寄过一个小镚子来，近半年连个信儿都不来了，前回不是说病后在逛西湖吗？叫家里吃什么呀！"好在是儿子的熟朋友，女人便不顾忌地唠叨起来。

　　客人看看阿清的因为长瘰子没医好而扭歪了的脖子，再看看墙上挂的她哥哥照片：

　　"她二哥么？我就是为这来的。"声音放低了，"不瞒着您，他还得过四年才回得了家啦。以前全是谎话，现在想想空安慰也是没用了，不如明白告诉。新判了的……"

薛七嫂一把抓住余先生的手：

"真的呀？我说的，老二不至那么丧良心，让娘饿死自己游西湖，我也算到这一着的哪！左不干右不干要干这一行！"红眼睛里又挤出眼泪来，用指头抹在裤腿上。女人是早明白儿子这一套，管也管不了，而且平日给自己痛的大道理也似乎有点懂得而说不出半个"不是"来，直到最末的一封信上儿子还劝娘事事往开阔想，说穷苦由他，儿子顾不了家，还哄着一些将来的翻身的话。

"这可真害苦了我们了，养儿白养，阿清大哥也没从营里来过半个字，全是当傻瓜了。那边比我们更苦喽？"

瘦长个子托着腮巴：

"那，算不了人哪！做十来点钟工，吃沙子饭。上回闹肠炎不就为这个？不过，真是——看开点吧。"站起身来，给留下两块钱。母女俩瞧着来客走得没了影儿才回身。

半锅面凉了，还没吃它的人，全饱了。

（原载《申报》1934 年 9 月 22 日）

狱　囚

一

一大清早，田还蒙蒙亮，空中还是蓝灰色的，虎子妈便忙乱起来，挽着衣筐往河滩上走，那是虎子娘儿俩的衣裳。自从虎子爹被公安局拉去坐监之后，娘儿俩便这么孤寂地过了半年了。

才建了一年的瞭望台挺着粗粗的木柱巍立着，黑暗中辨不清斜盘着的大木和阶梯，这黑色的家伙怪压人似的凝在那里，在向全镇巡礼。远处的老树木偶偶地，树叶像是夹在云块里，晚夏的黎明是静悄悄的。

女人没心理会那些，今天像是压着块大砖头在心上般不舒服。把衣裳晾在竹竿上，竹竿架在窗棂和小桃树之间。水滴直往下淌，许是女人心里不得劲，没使劲拧。

"妈干吗今天这早就起来？"八岁的虎子揉着睡眼打小屋里出来，浑身只穿着一条打了补丁的短裤，赤着膊，两条细黑的小胳膊撑着腰，微带弱病似的眼睛特别发亮，突出在眼眶上。小鼻子往上吊着，使人觉得和那对大眼珠不相称似的。

"上城瞧你爸爸去呀，我不是昨晚还跟你说来着？"

小虎子翻一翻眼皮子，望着天上飞翔着的老鸦，眼珠子溜了一下："你不哄我，你可是天天说，老没去呀！"

"昨天你外婆不是送了一块钱来，我有了盘费还不去吗？你好好儿看家，太阳落山之前妈妈就回来的。"

虎子头回知道妈也要离开他，爸爸被拉去那情形还清晰地记得的，爸爸是疼孩子的，临走时还拉着虎子那双泥手："虎子乖点儿，别跟妈闹气！"虎子特别记得这句话，虽然在淘气的时候是要忘了的。

妈不响，提着空竹篮，拍着虎子的肩进屋去：

"别胡闹，忘了爸爸的嘱咐了？吃完稀饭妈就走。你等会儿自己盛冷饭吃好了。"

二

小火轮装饱了肚子，呜呜地叫了起来，紧挨着码头站着的茶馆楼上的玻璃窗敞开着，弹出一些头颅来，这些闲人们惯常地每天在这里消磨着时间，每当来去的轮船开动或停泊时，便倚窗迎送着，直到船尾都隐失的时候，那么无厌倦的。

虎子妈瞧着，奇怪着人家怎么有那么一颗闲适的心，比猪圈里的猪还自在；虎子妈是一年到头担惊受怕着的。平时忙种地，忙料理家事，忙到头还是吃不饱一家子，丈夫三乔一被捉去是更不用说喽。

码头上的人都散尽了。

这是虎子妈第二趟上城，头一趟还是虎子出世前一年和三乔俩坐矮篷船去的，两两儿傻瞪瞪地觉着什么都新奇，都藏着趣味，那情景是怪幽凉的，虎子爹是健壮的，正直的，红黑的皮肤底下流着康健和活力的泉源。女人心头忐忑着，那么多的脸子，熟稔的和陌生的，都似乎在端详着这农妇，虎子妈觉得像是被扔在大海里似的无主。

"三乔嫂，上城去看三乔吗？"

"是呀，我真不认识路呢。"眼睛瞧着李家二姑的和蔼的脸，她也和自己一样蒙着厚厚的深蓝的头布，额上大粒的汗珠渗了出来，这是××镇农妇们的习惯，上城总得蒙那么一块方巾的。

笼着深愁的苦脸展开一丝笑痕，勉强地。

舱里是汗气烟气夹杂着，人们渐渐地习惯了这异味，兴致勃勃地谈笑着，三三两两地，大家谈说着上城去的目的，心头埋着相异的欢忭和哀愁。

虎子妈的心是锁着的，瞧着自己那双粗黑的多劳的手，想着被拘禁了半年的丈夫和家里的苦况，觉得自家是像孤雏似的悲苦。

三

虎子妈想：丈夫在先地里收得好，碾得出米多卖钱，还租时不是满正直的吗，心事单纯的，手是干净的，不邪一点点儿。一年来是越来越糟，收获的米不够还租，咬着牙独自发愁好久，于是虎子爹的行径可就变了，地不种，常出去三天两日地不照面，然后再满脸堆笑地带着大包小包回来，虎子妈忘不了那第一回：

"这衣服你拿去整一整，咱们三口子都有得穿了，瞧这儿——"从黯淡的煤油灯光下，丈夫打裈裢袋里倒出二三十块雪亮的洋钱，还有几张烂纸，虎子妈疑惧地踌躇起来，这二三年来种地还租之后，也不过多那么一点，那就得支撑一年的生活了，如今是又当又借地，两口儿添了不少额上的皱襞是真的，虎子爹是更恼怒焦灼。

"这你哪儿弄来的……"女人吃吃地。

"你别管了，你要饿死冻死？"三乔的眼睛在发光，说完直咬着唇皮。

"得积点德哟！……你不怕……"

"有我呢，怕哪家子的？活命要紧，蚂蚁被人踹在脚底下也还想逃呢。这日子，拍大了胆子过，管他妈的。"

女人检一检衣服，默着了，虎子睡得正浓着。

"半句话也别跟人家提，虽然咱们不亏良心，种了地挨饿是怎么说的？但人心是古怪的，看不清事由，这年头享福人享的谁的福？——嘴巴子紧紧地，虎子妈！"

女人眼前是火红的一片亮光炫耀着，望着窗外的黑天和丈夫的微醉的红脸——皈依了，不是皈依了丈夫，也不是上帝、下帝，是皈依了生的欲望。

事情继续着，怪平淡了似的，直到六个月前虎子爹被抓为止。女人茫然地，看着被绑了的丈夫又哭又跳。

"我们没有错呀……"这声音被喝住了。

第二天，在近处各大小报都载着："×× 航路破获匪船一艘，人赃并获。"
镇上喧嚣着了。

女人伤心地哭了，受了一些亲友们的揶揄，可是人们总也都叹气：

"谁教人是要穿衣吃饭的呢？"

四

好容易，船到了 S 城。虎子妈踉踉跄跄地打听着，转了几个弯儿，到第 ×
分监。

那红墙，使虎子妈想到庙宇，那里面也许会有吓人的菩萨呢。

守兵指点着女人挂了号，门前过道上足足站了二三十个男的女的，提包挎
篮的，女人抱孩子的。间或也有几个比平常虎子妈在镇上看见的还漂亮的姑娘，
虎子妈炫惑起来，不解："难道人家家里也有人犯罪？也没饭吃？"

虎子妈心跳着，怎么的，要看见分别了半年的三乔了，心里不觉得喜欢，
反倒忧烦加紧了似的不安起来。一间细长的待访室幽暗得使人不敢踏进去，站
在过道一边立等着，才买的十个热气腾腾的馒头垫着荷叶放在台阶上，虎子妈
交叉着手，垂着头。脑袋有点晕，晃晃的像是几宵没睡。

"让开点，挑水了！"铁门往里拉过去，一些壮弱不等的男人们挑着两个空
木桶走出来，一条粗铁链连着每一对的腰和手，涎着满脸笑，看看门前的待访
者，再看看那街道和蓝天，每天只有出来挑水那一会儿是顶自由的时候了，空
桶出去，满了桶子回来，忙碌中忘了烦恼，呔喝着，守兵们也和他们打趣，高
兴了的时候。

虎子妈像发现了什么奇迹似的在水夫们的谈话中听见了老乡的口音，仿佛
那人就是特别温和，支棱着耳朵，女人心里松爽起来。

走过了几步，跟着那大个儿：

"对不起，您认识 ×× 镇的王三乔吗？来了半年的。"

男子汉犹疑地："三乔大哥吗——"守兵的呵斥声打断了低语，大眼睛
瞪着。

眼巴巴地等着老乡回来，听那下半句话。

怪会意似的，大个儿回来时走近虎子妈身边：

"三乔是我们一伙儿，他身体没我们强，受不住……"带着铁链的手扬起，使哗啦啦的声音遮住了那几句话。

才松了会儿的心又愁起来，三乔本就不结实呢，说的是这久也没给家里捎个信儿。

三乔的影子在女人心头浮起来，瘦长的个儿，显着点精神的是那挺得笔直的腰板和宽肩，那盖过了衣服的破旧。眉毛上横断的疤痕给小时候的牧牛生活留下了一个永久的记忆。

"三乔是自小就吃过苦来的呵！"女人嘘着气，眼睛里热烘烘的。

五

虎子妈站在会客的铁丝网前，用咳呛压住了心头的战栗，把一身洗得发了黄的白布裤褂交给检视的人，眼睛紧盯着那只看得见一张脸的方洞。

五个人带着五颗跳动的心并立着等待自己的亲友。等待着另外那五张脸。

镣索声老远地响着，近前来，相互欢喜而又低沉地呼唤着，二十只眼珠子交流着热情与怨伤。

"虎子没来吗？"一抬头，女人看见了那对深黑的眼睛与凹得更深了的眉毛上的疤痕，皮肤成了死滞的黝黑。

"虎子看家，我还是借钱来城里的呢。带给你一身衣裳和馒头。你有病了似的？"女人的声音咽了下去一半。

"吃那沙子似的饭还会得好吗？当初我可没懂那么做要犯法，我只知道咱们凭什么种了田还挨饿——现在我也还这么想，咱们没有错！总有一天——"

"……"

"苦了你和虎子是真的。"

"谁说的？我们没苦什么。只是……你的案子判了没？"

"十二年呀，据说是我们有了铁家伙。"

女人揉着眼，不相信似的：

"十二年？妈哟！"

"有什么法子呢，你还是带着虎子在乡下打打草鞋吧，田是种了赔钱。城里也没什么好，一样地受欺。"

狱卒在催了。大家着了慌。

"别难受，叫虎子乖点儿等爸爸回来……"

黄昏时，虎子妈又那么茫然地到了家。

一路上在淌泪，计算着："十二年，十二年……三乔的病弱，家里日子的难过……"

虎子和邻家小凤在门前骑竹马，追着笑着的，小颊上画着两条泥痕。

"妈，怎的爸爸不回来？"小黑手儿揪住妈。

"妈头痛别吵！……"

"爸几时回家来呀？"

"等虎子长得和隔壁赵大哥那么大，爸就回来了。"

"虎子——虎子还小哟，赵大哥不是和爸爸差不多高？爸爸干吗不早回来，我要爸！"

"别揪住我，爸叫你乖点等爸回来。"

"虎子一早就乖着的，妈对不对？"娘儿俩迈过了门槛，小凤在门前愣着。

（原载《中学生》1934 年第 41 期）

第二章

沪上风云
——成长中的女记者

冰心女士访问记

到燕京去

很早就知道冰心女士是住在北平西郊燕京大学。当妇女生活社托我去访问的时候便预先寄了一封信去，承她答应了。约定了一个时间，虽然信上仍自谦地说她自己是一个不值得访问的人，谈话笨拙。

正碰上一个大风天，坐在燕京校车里，灰沙还不时地从敞开着的玻璃窗外飞进来，人都用手蒙了脸，小姐们对镜敷粉抹灰，叫人看得发呆，一个个懊恼的脸在怨恨风偏偏在放假日子刮起来。

经过了多少刚拔去高粱的田地，沿途碰见了多少由西郊开进城的燕京或清华的校车，以及逛西山的汽车，燕大的堂皇的朱漆大门露在眼前，走了些路，找到了"南大地"——燕大的教授宿舍，一幢幢的洋房在高坡上筑起，四周是葱郁的树木，碾平了的石子路旁是枯黄了的草地。

面晤

在会客室里等候着。

楼上差不多是四间，样式玲珑的红木家具中夹杂着沙发，壁上是风景画和古色古香的屏条，微光从白纱窗帘外透进来。

当我正在翻阅着桌上的杂志的时候，两个四五岁的孩子从楼上唱唱笑笑地走下来，彼此相逗着，看到我重又退到楼上去，拖了许多玩具下来，我和他们不通姓名熟识了，由稍大的一个口里知道小的一个是谢先生的孩子，脸上告诉人，他营养很足，一对小亮眼睛不住嘻笑，他四岁。

一位女外国校医出门后，谢先生下楼了，握手，道歉。黑白格的旗袍外罩着褐色短外套，头发正如前些年在"女作家专号"上见到的一样，在额上两面盖住鬓角，后面绾着鬓髻。记得前些年听说谢先生体弱多病，但现在却是很健康，微笑里显着庄重，由文章里读到的"人缘好"，倒是很实在的。

说的是一口北平话，所以谈话上没有什么困难。

读书前后

谈到家。

"我们原籍是福建，可是我只回去过几个月，一直在烟台住着的，父亲在海军部。"我记得这在她的文章里常提到的，也为这个，冰心从幼年起便酷爱着海。谈到时，还欣欣地笑着，"因为过了好几年才有弟弟，所以我总是跟在爸爸身边。民国二年来北平，那时才十一二岁，后来由贝满女中①入燕京预科，一共在燕京六年呢。"

"'五四'正赶在这时候吧？"我问。

"是的，正在我预科一年级的时候，我一向就不爱参加这些事，奔跑是没干过的，总是不露面。至多应时地给人家弄一点文章，装上个假名拿出去。"

我问起她出国的经过。

"这是我毕业时一位美国朋友帮的忙，原拟捐给学校，指定帮我留美，但是我不愿有呆板的条约，便直接以个人名义借了这笔钱来，到回国时还她，后来在国外得到清华津贴，便也好多了，自己很省，三年用了一千五百美金，回来在燕京教课，已把那笔债还清了。"

"美国大学只三年么？"我好奇地问。

这时有一个女仆抱下冰心的五个月的女孩来，白白胖胖的。

把孩子抱在手里，笑着，"我们两个孩子全是吃羊奶，这里有一只瑞士羊，

---

① 著名的教会学校，新中国成立后改为北京女十二中。

你来时我正给她洗澡，一早上就忙这些事。"

像是微怨，但母爱在这里洋溢着了。

又捡起话头来："不，我上美国之前已得到学士学位，所以上了两年研究院，学校是威尔斯雷，那是一个美国最好的女子大学了，有二千人，环境太好了，风景很美。"由那回忆的喜悦上我想起冰心文中的湖与山，慰冰湖畔的幽情已在读者心头普遍地种下了印痕。

这几年

问起授课的经过。知道曾在燕大教过两年习作，还在清华及女大也兼过课。

随着加上一个注解：

"其实习作也不是教得会的，但也只好凑合着教。那时我住在女教授宿舍，到一九二九年我们就结婚，这幢屋子是为我们造的——就是说，打画图样时我们参加了意见。一直住下来，五六年了。"

"近来似乎您发表的作品较少，是么？可曾用别的名字发表过？"

摇摇头，拢着额前弯下来的头发，"从没有过，近来总没有整时间来写作，结婚，又跟着那年冬天母亲死了，更有了孩子；孩子来前有许多痛苦，来后又得有许多时候要抚养，他们再大些我就自由了。"顿了一顿，"近来也正在想动手写一点。"

"长的么？"

"不，短的，这样容易起头容易完结。"

我提起去年那本去西北的游记。

"是的，去年去了六礼拜，今年夏天又到烟台去了一次，这些材料还没整理出来，也只是点游记罢了。"

文坛观感

由书架书桌上层叠的书谈到文坛现状，杂志年里杂志的不长寿……

"我这里杂志算起来倒有三十多种，其实值得一看的倒也不多，似乎写的东西太陈旧了，杂志办不好是人才问题，如果人才集中一点，销路也不会坏的，虽然读者注意力的转移和购买力的微弱都是原因。"

又继续下去，叹息着似的。

"我倒觉得在外国书中有许多是可看的，东西都新鲜。"

对丁玲，她不住地赞赏。

"丁玲她行！如果她不被捕，一定是了不得的，她有魄力，《水》《夜会》都写得非常好，丁玲是非常男性化的，冒险性大。这是每个人的个性，勉强不来的，我真是比她差多了……"不住地自谦着，据说丁玲在办《北斗》时常和冰心通信，在上海见过一次面，丁玲被捕后便没有消息了，又谈起丁玲说的"文章是一分天才九分逼迫"的话，"可惜她现在没有自由，可惜！"

又谈起庐隐、白薇。

"庐隐的个性是很个别的，比较熟，曾在这里住过一夜。和白薇只通过一次信。"谢先生又谦虚着自己的不好交际，只愿意随便地自然地结下友谊。成篇大套的话是说不来的。

谈起和冰心熟识的几位男作家时，她想起老舍。四岁的孩子正在"娘"身边，便拥着孩子说："老舍的文章差不多是篇篇有趣的，"又拍着男孩的脸问："记得舍叔叔么，曾和你一块捉耗子？"这时正有人送来两本《婴儿日记》，那上面有冰心的序，书内有一些简单而有趣的画，是仿照外国本子印的，由冰心的"小妹，我给你记"上的一句话里，流露出对孩子的热爱。

《人间世》倒有不少好文章呢，好在恰合身份啊。"

一星期前曾在去信时寄过本刊给她，问起有什么批评没有，并请她暇时给点文章。

"批评么，不要了。材料都很齐备的，大致都好，当然每一个刊物都不能办得十全的。我写东西的量不多，而且朋友们催得太急。如果匀得出来我一定给。"

这些话，不知是不是客气。

宗教

燕大在一部分人心里的印象总是贵族，教会习气太深，谢先生很惋惜地说："这完全是一个错误，其实燕大近来很穷，比国立大学还穷呢，教授待遇也是这样，只是住得比较舒服就是了，小孩子上学也好。"

"对于宗教您取什么态度呢？"

有一点犹疑似的：

"我是很随便的，在燕京时曾受过洗，不过并不是在什么大教堂内，只是在一个老牧师家里，因为当时先生说许多同学都在看我的样，我不受洗她们便也都不受洗，我说那容易，便那么办了。我是不注重宗教仪式的，只以为人的行事不违背教条好了。至于什么政治作用，那是各人的见地不同就是了，我对于宗教的见解曾在最近一个集子《冬儿姑娘》里的《相片》一文中表示过了，送你一本。"

回来，我打开那黄皮面的小册子，《相片》是三个短篇之一，在一个久居中国的女布道者的一生中插进了两个中国青年，这两个中国青年对宗教的意见或者就是作者的意见吧，有一段对话是这样：

"……有时候教会里开会欢送到华布道的人，行者起立致辞，凄恻激昂，送者也表示着万分的钦服与怜悯，似乎这些行者都是谪逐放流，充军到蛮荒瘴疠之地似的！——国外布道者是个牺牲，我也承认，不过外国人在中国，比中国人在外国舒服多了，至少是物质方面……"

"说的也是，不过从我看来，人家的起意总是不坏。有些事情，也是我们觉得自己是异乡的弱国人，自己先气馁，心怯，甚至对人家的好意，也有时生出不正当的反感……"

大致是，作者以为表现万全的爱，造化的神功，不一定要穿道袍上讲坛；但是说在基督教传入以前，中国没有文化是太不成话，只是人也得有个"健全的心理"去理解一切。

家庭和孩子

"自己也承认家庭对我是情深的，因为自幼家中便是极融洽的，母亲也是大族人家的女儿，诗词根底有一些。人的性格差不多全靠家庭环境——不是说有钱没钱——陶冶出来的，来我们这里的一些学生里，只要一看就可以推知他们的家庭环境，尤其是女生，有羞怯、活泼、沉静、易怒和啼笑无常等不同的性格，这些都与家庭有关。所以我教课时，头一篇文章总是叫学生写自述，我可以由这里了解他们。家，总是可亲的，所以寒暑假这儿有学生眷恋环境好读书便不回家，我总劝他们回去。"

四岁的孩子来找妈妈了，他已上了幼稚园。抚着孩子，做母亲的欢欣地说："有了孩子自己不会感到老的，和孩子说话、和孩子玩的时候自己便也不知不觉地扰在里面了，完全用孩子的思路去看事物。孩子上幼稚园便似乎自己又上一次幼稚园。说来说去，要改良社会先得改善家庭，而孩子的教养更是做父母的不能不注意的事。"

关于恋爱

谈到这个，有了两个孩子的母亲年轻了。

对于无条件的恋爱表示着不信任：

"绝不会一点没有的，无论如何在无条件中还是有条件，否则为什么在许多男与女之间独有两个相互会有好感，会喜欢、会注意呢？这'为什么'的回答就是条件，至少总有一点是足以引起共鸣的地方。"

"谢先生是过来人，可以谈点经验吗？"

依然是含笑、大方的，究竟是两个孩子的母亲了啊。

"我和文藻是在出国时船上认识的，他在清华毕业后由校方送的，于途中认识了便通信了。为什么在许多朋友中独有他会和我好起来呢，就是为了他的率直与真诚。譬如别人初见总是'久仰久仰，拜读过许多大作'那么敷衍，他却不那么着，在通了没有几封信时他便批评我念书太少了。他成了我的畏友。之后我们时常互相寄书传看，每星期总有两次。"

"吴先生对文学也有兴趣吗？"

"他的兴趣很广，除了社会学之外，哲学、文学都是他所爱好的。若论读书，他念得比我多多了，对文学他只是看些名著，不像我这样'死抠'。"在这以前吴先生曾出来一趟，高高瘦瘦的个子，鼻梁上加着玳瑁边眼镜，近来为了燕大社会学系在办清河试验区的农村复兴的尝试很忙着。谢先生跟着孩子叫Daddy，吴先生则很温婉地带着孩子玩，吃药，叫着"婉莹，电话！"

一个腾着欢笑的家庭无缺陷地在这里显示着，只是，在全中国找得到几个呢？

闲情

"对于音乐有兴趣吧？"

"以前曾从刘天华先生学过琵琶，他死了便也扔下了，其余的乐趣自己没有，不过也喜欢听听吧。"

又提起话剧。

"简直是没有看过，最近中国旅行剧团来燕大公演一次，是去看了的，也感不到兴趣。我倒是很爱看京剧，特别是戏曲学校的。锣鼓倒也不怕，他闹，我不闹，最怕的是自己也得掺在人家一起。

此外，我是最爱旅行的，南方去的较少，北方去的地方多些，当然最爱北平了，大繁荣的大都市我是讨厌的。去年去西北六星期，绥远那地方真叫我喜欢，今年又去烟台，这些日子也许还有机会去武汉，凌叔华在那里。"

其他

谈到妇女回家运动，谢先生的意见是目前中国有多少妇女离开了家庭还是问题，根本能从家庭出走的妇女有多少呢？希特勒他们喊这个口号是为了德国的男子失业恐慌，生怕女子抢掉了男子的地位。中国却整个地搬了来，真是怪事。像袁市长力行的男女分校等之居然也分成了，好像都是那么没准儿的。都市中是这样，其实乡村或边疆内的妇女呢？真是不知落后到什么程度了。不要说别的，连普及教育和天足都谈不到，所以关于妇女解放，她是不愿说什么的。

又转到新生活运动上。

"这，都是十分可笑的，这些事儿据说该由教育部或内政部管理的，而现在……到绥远去那次便有这个笑话：那边小镇上都有赶集的，但新生活运动一推行到那里，许多乡民竟不敢出来了，因为怕强迫扣纽子，他们本来便习惯敞胸或竟不用纽子的。"

"关于一般人的见解，"又回到文章上去，"总以为我的作品里的人物单纯，特别是女孩子和母亲，同时更不爱暴露社会的罪恶。我的意思是这社会上的罪恶已够了，又何必再让青年人尽看那些罪恶呢？人就怕那不健全心理的养成，认识了一种坏处，便样样皆然，以致没有一点真诚了。"

"若谈到人的吃苦，当然是好的，从苦一点的生活经验中会锻炼出一个比温室中生长的人为好的。不过有一些无谓的苦恼是人自己在不可心中去撞来的，像恋爱便是一端。我是个不会玩弄这些事的人，真是太不浪漫了，有人说我是理智很重的人呢。"

"至于政治呢，我是较少关心的，因为这和社会学一样，不是说说便了的，得看书，有点根据……"

又扯到人家对谢先生的批评。

"人家说我是小姐，是闺秀，我是不承认的，其实有多少人比我小姐气得多了，自问我并没有怎样求生活舒服或是享用什么。人世的黑暗面并非没见到，只是避免去写它。像《冬儿姑娘》是事实，而事实上比我写的还要'厉害'，但我是没有去写出来。"

最近的希望

"这以后预备埋头写些文章了，还是在小说方面。不准备再上讲台，因为那是要用新东西去教的。有机会还是多跑点路。吴先生明年或许可以轮到休假一年去欧洲。那么，我也会去的，那里我没到过呢。另外，还准备三百首自己最爱的诗印出来，这要看有没有时间了。"

（原载《妇女生活》1935 年 11 月第 1 卷第 5 期）

三月的巨浪

　　为了纪念，为了加紧未来的步伐，为了纠合一些涣散着的炽热的心：有了这个会。

　　是个起风的晴天，比预定的时候早一点，四川路青年会的门口便涌进了不少的人群：女工，学生，职业妇女，家庭妇女……大家像是在奔向一个燃烧得正炽烈的柴堆，它爆着，它散播出光明与温暖，在这荒凉的旷场一样的大众的心情下，似乎借这个集团来驱散了一些肉体与精神上的双重重压，加添了些向前迈进的勇气和热力。

　　会场是太小，门已经掩不上，人的脚步不断歇地从门旁擦过，许多愉快的脸子交换着微笑，遥遥地招着手，互问着各自的生活。《三八特刊》和《宣言》由几个人的手里撒出来，立刻迅速地传递了过去，在空中飞舞，人的心也随着跳动起来。

　　"仪式"过后接着是主席报告和讲演。在一个外国迷死的由妇女运动说到改良电影节制生育而跳到犹太的基督时，听众耐不住了，把她同那个基督信徒的双姓夫人嘘了下去，主席的辩护是尴尬而又多余的。在掌声四起中，何香凝老先生带着病走到台前，音调是沉着里加着激昂，忽然抬高的声浪把人们的血流给激动了起来。

　　"各方的压迫使我们透不过一口气……"

　　"我们坚强勇敢的女性要努力奋斗！"

　　人们的血已不能再在屋中压下去，又来了两个演讲之后便由群众推选了一位主席商定了几个提案，如男女同工同酬，抚恤梅世钧家属，取消紧急法令，惩办平津屠杀学生的汉奸，释放爱国犯……

游行示威的议案由热烈的千百只手通过了，原来的主席团沉默了。群众的心凝聚得像是磁石吸住了铁块，只像是一条很紧很结实的链子，不拆散，不紊乱，四个一排地走下了楼，臂挽着臂，纠察队在边上激烈地照应呼喊，当写着"纪念'三八'妇女节"的白旗做好了时，大家开始走出门去。原有的主席团却躲起来了。领队的只剩史良一个。

到了街头：

队伍紧密地联系着，展成了长蛇，它是在每分每秒都在生长中的，加长加长，回过头去望不见终点，旗帜慢慢多起来，有两个是国难地图，红与黑显著而清晰地呈现在人眼前，这时的队伍不只是女人，各职业团体，学生，工人，市民全来参加了。

街市起了骚动，为了长队的穿过，电车汽车不得不站一站，车里的人们探出头来，吃惊地凝视着，纠察队跳着抛着传单，窗子里的手伸出来接过去，脸上浮出同情的笑影，像是惊讶，像是惭愧，又像是感动。

走着路的人们都停住了脚，似乎有的已经熟悉；店堂里的人全站到了阶前，传单飞到了他们身前，几个头凑拢来看，有的迅速地冲过去加入了队伍；摩天楼的各层窗洞洞里钻出了各种各样的人：老板，茶客，妇人，孩子……多少双眼光疑虑地往下抛，按摩院里的女人赤着臂站在窗栏前，交叉着手按着穿了小坎肩的前胸。

群众呼着口号，有时为了通俗，上海白的口号也出来了，歌声在长蛇的每一段里此歇彼起地漾起来，虽然是参差零乱，但昂奋着的洪亮的嗓子却遮盖了一切，千百个娇细粗哑的嗓子合成了一个大嗓子，就像是一条万流来归的大江，吼声澎湃，人的心在这些歌声中起伏。

"……冒着敌人的炮火，前进……"

"我们不怕死的人们……"

步伐随了歌声加紧，纠察队随时叮咛着队伍不要冲散。人们的手挽得更紧，有劳作的粗大的手，染着墨水渍的手，抹着机械油的手，纤巧的戴着指环的手……

然而多少只手都拉紧了，像是一个神怪的巨人的大手那么结实。

民众的手也向我们伸过来，姑娘的，职员的，学徒的，电车卖票员跳下车来取传单，仰头看着飘在空中的旗帜。拉着车座的车夫也伸过一只手来，地下散乱的传单随时有人俯身去拾。这时感到印刷品太少了。

但我们的呼喊及歌声是不会感到缺乏的。

警备囚车出现了，三道头挥着响棍，瞪着白青青的眸子，有的在奸笑，人群却只当是看见了一群狗似的不在意地冲了过去。

到了法租界郑家木桥。

一面旗子被那只提着警棍的手抢去了，没有人去争夺，不必吃眼前亏；但过不了多少时候，几面新旗子出现了，湿漉漉的墨渍和颜料还没有干，执旗人迅速地递送给领队者，欢呼响亮地送着他的飞奔。隐约地记起这么句话：当一粒种子被打落到地土里时，新的多少粒又萌芽了。

群众的脸是光明活泼，胜利的微笑藏在心头，队伍是严肃的。

突然地，纠察队喊着向后转，群众是被经验洗练得比较清明，在一度的审察之后才向后转，原来大队被拆散了，有三排（计十二人）被三道头拖了出去，为了全队的完整，并没为这事有多少停留，依然转过身来向前开步，但当一辆黄包车拖了一位满头鲜血的男队员往医院去时，全队的脸立刻像他头上的纱布一样也绷紧了，人们的筋在膨胀，血冒到了头顶，严肃愤怒的情绪加紧，新的口号出来了：

"打倒帝国主义的走狗！"

"我们不怕死……"

"冒着敌人的炮火……"的歌声又起来了。

囚车缓慢地移动，它没有眼睛，只有恶魔的黑手一样的黑暗，它在威吓我们，想吞进一点粮食。

终于它吞走了几个。

灰砂与煤屑在地上飞卷，蒙了人的眼，人们依然挤紧了跑。碎石和泥洼在人脚下被蹈着，疲倦是早已忘却了。

把自己也忘却了。

只有大队，和世界上的同道的人们。

转入了中国地界，往老西门走去。

当中国巡警在一旁走过时，大家喊：

"欢迎武装同志参加！"

重复着。他们斜过眼来扫一扫大队，沉默地跟了大队走，直伸着棍子，"维持秩序"，但民众是不怕这根力量弱得可怜的棍子的，仍旧随了大队走，诚实地询问着领队者。

"民众不要观望！"

"中国人不做亡国奴！"

他们不观望，有的也携了手来入队了，有两个搭棚工人一直是捐了两根长竹竿跟在大队里。而人数是扩展到三四千了。

一些沿路做工的劳苦大众也参加了，西装袍褂和泥污的衣服混在一起，而且是像熟稔的同伴一样地握着手：

"小心冲散！"

"这样，跟着呼喊！"

是一大块新浇好了的水门汀。

这是用汗血浇成的水门汀。

沿路新闻记者忙碌地四面窜，索宣言和传单，镜匣对准了大队，有的是借了高梯子来拍的，这些也许是能成为珍贵的史料的。

一些碧眼黄发的人们只是站在行人道上凝睇，有些惊奇，居然和平的人们也怒吼起来了，他们也许会想到重重的压迫到了熬受不了时也会炸了开来的。

天色渐渐晚下来，白白的月亮轻轻地爬上了天空。

脚步还是整齐的，速率只有加快。

到了斜徐路，本预备转回租界，但大批军警拦着路，只好就在空场上停住，人群聚成了一个蚂蚁堆，依然是有秩序地。

几张借来的木凳扎成了临时的高台。

当一个喉咙已经嘶哑了的青年上台报告开市民大会时，群众大声欢叫。虽然谁也不熟悉那张瘦脸，但每一个人忘却了这个，好像这只是大集团里的一个细胞。

台上的人更换着，一次比一次热烈的呼喊充满了空场，四面店家住户的人也聚拢来。

又一次提案，和在青年会的差不多，又添了援助这次被难同胞等条。大家切望着救国会扩大，工作加紧。

这里没有隔阂，无论职业，阶级，年龄，或国籍。

天光消灭尽了，在高呼"中华民族解放万岁"的口号后又唱了歌，会虽然散了，人的心却还连系着，憧憬着未来的总决算的厮杀。

谁都明白这些口号不是浪费，一块石子抛下水去的波纹是会越来越扩大的。

一九三六年三月九日追记

（原载《妇女生活》1936年3月16日第2卷第3期）

死的相晤

谁相信，鲁迅先生是死了！

天是这么凉，人像是挨到了冷鞭，背上滚过了冰链，不是痛，这是阴冷。凝住在一个念头上：是在梦里么？阴冷把思绪冻住了。

而且是多少年轻人挨受了这冷鞭啊！——为了一个在心头上是温暖的陌生人，五十六岁的老头儿，是的，一个老头儿和大群的年轻人结下了深的友谊，千万股的细流在向一个焦点凝聚，"老"没有在这中间划上一道沟渠。

也许是不用眼泪来哀悼这诀别，而是在冷鞭中停住了一刻呼吸，抓回理智和记忆：这是真实的呵！

不是么，在灵堂的正中，正横卧着那安息了的到死还没有老的青年——他的心是那么年轻、坚强和向上。引路的工作中断，他放下手灯，向青年人悄悄地溜走了，留下一片黑暗和荆棘。是那么突兀，让他咽下了多少叮咛。

在角隅里，多少生前熟识和陌生的脸子遏不住激情，在偷偷地掩住了自己的脸，是怕这死的寂静吗？却又不能自已地抬起红的眼圈再望一望那花丛中的垂下了眼睑的面庞。

多少个青年、姑娘和孩子在叹息：

"还是那么年轻啊，没有银白的髭须！"

"他不说话，连一个初识的招呼也没有打，头一次也是末次的相晤啊！"

"……"

多少个孩子深深地弯下腰，向这位"老祖父"行礼，他们也许读过"老祖父"译给他们的童话，写给他们的故事，在先生的领导下来致最后的敬礼，小心灵中总会致他们真诚的感谢的。也许他们相差着半个世纪，幼小使他们对这位"老祖父"少一点理解，但，对于他译着的书，会多一层亲切的罢。

不愿马上离去的人们守在灵堂外屋，是焦灼，是犹疑，是轻烟一样的难吹散的恋栈。想听一听他的声音，即使是一声问好或呵斥；想看一看他的微笑——一分钟的微笑也是好的。

然而他是死静的，胸脯一动也不动，没有一下呛咳。

花圈花篮不断地在增加，谨慎地提在年轻人手里，安置在他的头畔身边，轻悄得像是怕吵醒了他，轻声祝福：好好地安息啊！多少只献花圈的手在。

多少人在这天对"死"起了憎恨，因为它能抢夺掉一些人们所珍惜的生命，"死"是那么心狠，那么不容情，卷走了这在人海中偶见的浪花——美丽、强大，有着巨人一样的雄魄。再也找不到这浪花，它沉落在茫茫大海里，不是消灭，是分化，溶解在新的千万个浪花里。

更广大的浪花在生长，用着新生的力量冲激，都是那么坚固，那么倔强。

热情的姑娘们要哭出声来，把头朝向着墙壁，猛又忆起门口"肃静"那两个大字，把奔放的激情化成了庄严的悲哀——沉默罢，沉默是会在叶上升华成力量。

横在前面的是长长的路，"活"的人要在道里面呼吸，走路，做事；"活"的人将挺着坚毅的脸子去迎那对面袭来的暴风雨，踢开那一阵晦暗。

大家是相信那位"不老的伙伴"在继续着呼吸，这停顿像是安息，他在偷掩着眼睛默送着"活"人的步伍，他在支着耳朵谛听"活"人和黑暗的争斗，他微笑地向后一代挥手。

"他只是在舒松一下累疲了的筋骨，他告一个长假，不许他休息吗？"一个声音在人们耳朵里这样响着。

"他的孩子呢！"有人在哪一个角隅里找到了那七岁的男孩，在他脸上留着父亲的影子，天真的孩子跳跃在母亲和亲友身边，还不忘了他的书，他的画册，他应该感谢他那七年所得到的教养。

"妈！爸爸……"孩子不知想到了什么要找父亲，小眸子一转，蓦地改了过来："三爹呢？黄先生呢？"他知道爸爸不会再来说话了，仿佛发觉了空气的紧张，把小喉咙也压低下来。

"死"不会在孩子心头画上太清楚的轮廓，对于这古怪的东西只有陌生和惊讶。

谁相信，"他"是死了！却人人挨到了冷鞭。

前面是长长的路，用千万只手再擎起那放下了的火把吧。

一〇·二一

（原载《申报》1936 年 10 月 30 日）

伟大的伴送

——十·廿二送鲁迅先生安葬

太阳在头顶上闪，人的心阴着。

一片黑暗，人有点昏眩。

却没有一些偷懒的，大群的青年和孩子老早地在殡仪馆门前伫候了，还夹杂了一些腾着年轻的火焰的老少年。大伙放下了工作，放下了书本，为了和这位陌生或熟稔的老朋友的友谊——不，最大的是尊敬。

不愿意匆匆地别离，人群重又拥入灵堂，虽然有的是早两天已致过敬礼，但年轻人是那么动感情，对那玻璃面底下安息了的面影不能忘记，多少只脚在巡礼中要停歇，低下头把泪水收住，忍不住地仍旧淌了下来。

时间哪里容情啊！

人在指挥中走到草场上和门外，行列展长了，挽联花圈在草地上躺着，迅速找到了主人。歌声在草地上扬起来，大伙儿自己教唱，有几个嗓子在战栗。

自行车队、纠察队、救护队……还有捕房外加的马队也来"保护"了。队伍向前面出发，这平日并不算太热闹的街道麇集了人，是的，他们有些茫然，送丧的是那么多青年，童子军队的脚踏车很快地驶过。这里飘的不是纸钱，是一张鲁迅先生的传略；在队伍前面领头的不是什么"回避""肃静"的大牌子，而是白地黑字的挽联。印刷品在向每个车辆和行人分送。

"哀悼鲁迅先生……他是我们民族的灵魂，他是新时代的号声……"用《打回老家去》的调子的哀悼歌不断地在队伍中发出，有一截是歌咏队，歌声时常压住了前面的哀乐。在前面的时常回望，一幅鲁迅先生的白竹布上的画像在闪动，那后面是柩车，缓缓地开着，喇叭声嘟嘟地刺着送葬者的心灵。

太阳在深秋应该是温暖，但今天有点感到燥热，每人脸上是一层油，有的掺着泪。在心头呢，只有阴冷和凄愁。

"剩下的路要大伙继续走，青年人联合起来的巨臂将冲破一切艰苦……"望着前面的路，人们记起了这是送鲁迅先生去"安息"的，像将要失掉什么似的勾起恋念，"路"还远着，要迈过多少阻挠与艰险……记起了鲁迅先生的遗志，肩胛上觉得有个担子压上来。大家不自觉地把手臂挽得更紧，失了父母的孩子不是会更亲热的吗？

人们臂上的黑纱在奔跑中时常掉了下来，来不及捡拾；花圈上的花朵也在摩挤中擦落，女孩子们珍惜地拾了起来，它在人们心头永远不会萎谢，由殡仪馆到公墓去的一段长路也永远不会被忘怀，它们"永恒"在新的曙光来到以前，人们反抗斗争的精神也是"永恒"。

千百个脚印踏在马路上，千百个叹息在空气中消逝，但在迂缓的哀悼歌声中依然包藏了力量：责任的开始。

纠察队员忙碌地前后奔跑，陌生的人们在今天熟稔得像老朋友，听着嘱咐，询问着辛苦，救护队的热水瓶在这时尽了不少力，人在喘息和人在颤抖中送下了一些水滴，像是甘露。

电影公司的汽车驶过，去拍葬礼新闻片了。有人忆起最近在苏联影片中高尔基葬仪的新闻片，民众的热烈正和自己一样；但在这儿，"中国的高尔基"并没有受到当局什么热烈的慰唁和珍视，他只生长在民众心头，受着青年们的永恒的爱情——这，够了！不是个在斗争中的黑暗时代么？

在挽联中人们没有忘记鲁迅先生的遗言，许多原来镂在人心头的"语录"全写了下来，这里面有用世界语和拉丁语写的。

到虹桥路经过日本学校同文书院，许多学生在门口围观，有的穿了睡衣拖了木屐，宣传队员把印刷品也分给他们，对鲁迅先生他们是熟悉的，微笑着展读。可不是，在中日青年中并没有仇恨，大家是社会的幼芽，从没有想到相互摧折，结下了冤仇的只是他们国内的帝国主义者，虽然他们之间也许有了不少熏染，准备做未来的屠手，中国青年对于他们除了悲哀之外，还有说服引导的责任，年轻的伙伴是向着一个目标走的啊！

在一些服装怪异的天主教徒们的注视中，大队走进了万国公墓，门口上有"丧我导师"的横幅。这里虽没有参天古木，但多少墓碑旁栽种着的树木已挺然地伴着死者。太阳已消失，残留着的树叶稀疏地盖着云天，枯黄的败叶在人脚下起着碎响，老树、挑联和队伍一起在撼摇，感情质的青年遇不住悲凉，把下唇咬得紧紧的。

队伍分站在纪念堂前，在这儿要开一个会，电影公司的开麦拉和摄影记者一起在工作，天已薄暗。

主席蔡元培先生简单地报告说这是一个国际性质的纪念会，有欧美人参加，也有日本人参加。对于这些日本人，人们用鼓掌致着欢迎。

×××先生在讲演中提到鲁迅先生没有受到当局慰抚的遗憾，同时也可以说是一个民众的葬礼。

"民众的葬礼！"高声的回响，这里面有学生、工人、知识分子，以及十多岁的孩提。

孙夫人在热烈欢迎中和群众见了面。

另一位大块头的声音："鲁迅先生不只是写写文章而已，他的文章是替大多数人说话的文章，他一生中永没有背叛了大多数而去向少数人屈服……"

大家不忘记韬奋先生，把他从人堆中挤上了纪念台。

"有人是不战而屈，鲁迅先生是战而不屈……"这简单的话语中包藏了无限的力量。

几位救亡团体中的人把一面白缎黑绒的旗帜覆在棺上，上面是"民族魂"三个大字。这三个字将随鲁迅先生下土，但他的后继者将在大量群众中新生。

赶着一丝光亮，人们送鲁迅先生安葬去，安息歌在墓道上吹拂，不怕黑暗的全部群众跟踪在棺木后面，这时没有了理智，真的就送他一个人下了土吗？多残酷的人类！老树在轻声咳嗽，是欢迎它新的来客？是讽笑人类的残酷？是替人们哀愁？

鲁迅夫人许广平女士一直在哭泣，泪水淌在地上，人的脚印擦去了它，这以后她应该在群众的纪念鲁迅先生的工作中新生了，群众会安慰她鼓励她，受她的指引。她手里捧着"致鲁迅夫子"的墓偈——头一句似乎是"哀愁笼罩了大地"，用血泪记下了鲁迅先生的努力和反抗的精神，以及他的"严肃的工作"。

他曾说自己像只牛，吃的是草，吐的是牛奶和血滴……

海婴那天真的孩子抱在人家手腕里——啃着饼。他太幼小，对这情景有点茫然，但在将来，必是一个永恒的记忆。

"愿你安息……安息在土地里……"歌声又起来，哀乐伴着，家属、亲友以及青年全低了身躯偷泣了，青年人的热情没法子赶回去，用帽檐、纱帕和手背抹着泪水，比死了老祖父还要沉痛，这位老祖父在青年队伍中一直是年轻的啊！放声大哭的，在每个角隅里发见。

坟匠终于替鲁迅先生掩上了水门汀的大盖，施展着他们的手艺，他们也许知道自己受了多少诅咒，为了他们的毒手。不，青年们知道毒手不是他们，真的毒手已把鲁迅先生压了三十年……

摸着黑暗走出了墓道，多少人没地方找车辆，又徒步从乡野走了回来，没有一点怨言。

堵在大家心头的是空虚、苍凉，望望前面是没走完的、辽远的路。一个苦笑在青年人脸上划过，把步子放大了走吧，跟着"老朋友"的指示。他，安息去了哟！

（1936 年 11 月 1 日）

浙赣线上

车子由西湖拉到南星桥码头，虽然只是一两件破陋的行囊，却也好似一块腐肉招徕蝇子，一大圈脚夫争打起来了，没有红帽子的一个竟挨到了嘴巴，也许为了他并不是正牌脚夫的缘故。

钱塘江从冬天刚刚苏醒过来，像个恬静的初睁开睡眼的女婴孩。没有哭声，只轻轻翕动着鼻翅，浅黄的微涛在滚转流动做着本位软操，正午的阳光带着春天的温柔洒在江面，但那千万条银线却从人的匆忙里掩蓄住了，长长的木桥上响着滞重的足音，搬运夫以吭唷声在削减自己的困疲。

"上特班渡船吧？"脚夫把我领到一只刻着大字的渡船，这是浙赣路特设的，收一毛钱渡资。江边上另有着几只"义渡"船，据说是慈善家们修的好，船头船艄站满了人，同样殷切地希望着快点到达彼岸，虽然特班渡船的汽油艇骄矜地行在前面。

下了船是栈桥，依然是浑浊的江面，桥身长得有点望不到尽头的样子，脚夫把我抛在后面独自个赶他的路程，他还得打回头接第二笔生意。特班渡船这趟吐出来的人并不多，这边江岸上的脚夫更难找到生意了。

"我来提手提箱吧，到车站给十个铜板，只十个铜板哟！"一个微弱的声音挂在我背后，不像是高大粗犷的脚夫声音，我转过颈子，原来是一个十岁光景的小女孩在兜揽点小生意，看着她那细瘦的手臂，我真不敢肯定她能不能提动我那尽是破书烂纸的小箱子。为了怕骤来的春雨吧，她脑后还垂着一顶笠帽，她身子细长，只有这顶笠帽显得圆而胖，这形象使我记起年头上北平厂甸卖的陀螺，白绳一抽，上面的圆东西在细竹竿上旋转。

女孩碰到我的目光，憨笑地追了过来："八个铜板好了，我来拿哟！多么长的一条路！"跟着她的指示，我倒发现挑着我那破箱箍的脚夫已走过好远，不得不飞快追上去，女孩剩在后面，失望地向她身边集拢来的同命运者努着嘴。那里有的是男孩，手里提着空空的小扁担和绳索，江风撩着他们的细发，并且吹回去了没有流出来的眼泪。

安坐在小巧的浙赣三等车厢中好久，我一直在从记忆里找回那弱小的一群影子，幸好他们的心都和白纸一样，并且脱不了三分倔强，要不，那桥板底下的一湾沉浊的江水该给他们多少诱惑？

从车僮①到乘客，这儿很多杭州口音了，另外一些，大约是江西的了，并不十分难懂似的。也许为了少有的晴天，车里竟那么挤。有穿制服的一些人睡到行李架上去了，受到车僮的干涉而不服气地在嘟噜。安静的商人们在披览游方岩的广告了。几个军官模样的人解开腿带在寻找着浙赣车中食品表里的好菜肴。在我对面的一个女人把茶叶泡了一半，省下小封袋里的一半带回家去。

车到义乌，天已黑透，上来下去了一些旅客，语音更变了一些，然而也还好懂，窗外的一些时时在晃动的灯光在向我招手，下了站台在黑暗里回望，依然是那些灯光在急遽地移动，好容易才分辨出那是些旅店的伙计。那些光亮分不清是火炬、灯笼或手电筒，只是在月台上连一个小贩也没有的暗夜里，这些灯光更增加了旅行者的心头的重量。

金华站停得久些，大批的商人上车来，每人手里的一根扁担比他自己长半尺，笔直地站在那儿真像是京剧中的皂隶。行李架上大大骚动，放上去的扁担和雨伞有的竟掉下来敲在别人头上。因为南国多雨，雨伞在这一带竟十九皆备了。在瞌睡中听他们的谈话，有的是去玉山看水獭，于是一些冬天有穿水獭领子大衣的旅客们忘了疲倦地请教起来，一个头戴着宽白边毡帽的老人叼着旱烟袋，架着腿悠悠地大谈起捕水獭经验谈来，许是为了不愿泄露许多秘法给四周的一些同行，话中常有许多中断的地方，当一个小军官艳羡他赚钱丰厚时，老头儿抬一抬他那双蒙了白布的孝鞋，深吸了一口烟：（烟斗上的火光的一闪瞬驱

---

① 旧社会称火车上的服务员为车僮。

逐掉听众多少困懒。）

"哪里哟，铜钱总是左手拿来右手去，去年替儿子圆房，今年就死了我快八十岁的老爹，这都是运数，一进一出仍旧是那几个人口！况且，"他喷了点烟出来，在暗暗的车灯下，这点旱烟草的味道对于每人有副油光脸的旅客并不讨厌，而且是十分好闻，"这年头不比以前，人的口袋子紧了，洋花样也越来越多，穿得起水獭的人也不爱呆板地净要它，我们净到手多不了，还逃不过几层经纪人的剥扣呀！捉水獭也不是太容易的事，吃多少苦头……"又是卖关子的地方了，老头儿的深邃伶俐的老眼只是低头瞅着他那双蒙了白布的孝鞋，他还在追怀他那老爹呢！

头靠在硬硬的车板上，我从侧面端详着他，那蓝布衣裤和腰带，那精明的松鼠眼，那丛像山石上的岩蕨一样坚固的胡须，人像是在古老的世纪中，贪馋地坐在木屋子里，深夜耽听老祖父的山海经。

把什么全忘了似的做起梦来了，我在读过的小说里搜寻着一个熟稔的影子：一个饱经世故的水手、牧者，或看墓老人……多少疏松的淤泥和被凿开了的山岩在黑暗里溜过去了，每到一站时车僮锐声的报告惊醒了不少睡熟了的人，随着一些新上来的陌生的脸子在身前晃来晃去找座位，车僮尽是把一些褴褛的满身罩了灰雾似的寒苦旅客呵斥着：

"这节车满了，前面的三等空着！那边去！"

"我们才从前面来啊，也满得插不下脚呢！相帮在这块找个位子呀！"这已经是哪个老出门的挣扎出这么一句硬朗的话来，一些"乡巴佬"只是挨了椅背发愣。可是究竟是江浙，在这儿碰到的农人已一般地富庶了些，带干饽饽做干粮的不太多，沿站卖包子、鸡蛋的很有生意。

车到玉山，算是到了江西地界，车头忙着添水。从金华上来的那些拿扁担的"皂隶"全下去了，在他们下车时，心头对未来的捕水獭的吉凶，不知曾怎么祷祝。从行李车上取下不少竹篾编成的担子，才猛然记起他们之中不只是捉水獭的，而夹杂着不少跑外埠的南货贩者，绍兴、金华一带是很多这类商人的，每年按着季节带了南货香粉跋涉几趟远路，吃几个月风尘，解决了一年的家计。在北平过去是很多这种"南边担"或"绍兴担"的，全是些客居在北方的南方人家去照顾那些生意，他们有着走熟了的人家，到了季节一叩门，因为那几句方言也会使南方主妇们欢欣起来。记得孩提时在故都欢迎"南边担"的热忱，不但是母亲，孩子们也是忘不了他的荔枝桂圆，在妈妈为着茶叶、青笋讲价时，我们早已在挑担的另一头剥着黄壳了。

"不要吃，还没卖哩！淘气……"妈妈瞥见了。

那绰号叫陈圆脸的小商人打着南方口音："呒啥道理咯，小把戏全是狄能样子，老主客呀！"

我们笑了，跳到母亲身前也学舌："听啥道理咯，老主客呀，姆妈！"

也许这些漆得黄亮的"南边担"很少在故都串胡同了，他们的主顾已经星散，事实上这种中古式的经商已不需要，多么蠢笨的跋涉，虽然他们会捎去一些浓重香甜的乡土气息。

过玉山之后，山峦更多了，时常是仅仅容得过车身的山坡，当初曾炸开了山地修轨道。车身微微有点起伏，两面的障壁增加了车中的黑暗，看见深夜上车来的客人的笠帽和身上的雨滴，才恍然车外又在下雨，许多旅客蹙起眉来，咒起江西的坏天气。我吸着气，感谢新的同伴们带来了潮湿和清新的气味。

天亮，长途的旅客挺挺腰，计算着时刻，才发现车已误点了近两小时！

遍地是红土，荒瘠蒙着春天，偶然在破土堆边发现棵把梅花已是奇迹，那浅红在荒山上变成了孤零零的娇娃。沿路是烧焦了的房屋，骷髅一样地凹下了眼瞳，有的烧了一半，女人孩子就暂栖在那勉强盖住青天的破屋顶下，据说这儿男人很少了，已在生死的挣扎中牺牲的牺牲，逃亡的逃亡了。女人能找活路的也早逃窜，只剩最苦弱最恋家乡的一些在这儿。

"喏，这些房子全是打仗时光烧脱的！多么凄惨呀！"一个江西佬在指指点点。没有谁接他的下文。好像大家已忘却了曾流在这些土地上的血迹。

马尾松大量地种植在高坡上的红土上，它挨得起低劣的营养。一些绿绿的星点倔强地站着，它们的数量或将超过这一带在战火中遗留下的儿童。我看了这一带松林的惨绿，与那一座座的碉堡，心中不禁有些说不出的情感了。

（原载《申报周刊》第 2 卷第 14 期）

赣州散记

在江西宁都或雩都的小客栈里，一些旅伴们全说：

"可以去赣州玩玩啊，好看得很，街道宽得很，人行道上有走廊，下雨天可以不带伞出去的，不比这里——"说的人望望那湫隘的店堂和狭窄的街道。不过也有的人会说：

"现在是冷落下去了，赣州过去是靠余汉谋的一军兵士和一些去广东的客商繁荣起来的，如今余军长带着军队回广东了；另外，粤汉路通了车，许多客商不必在赣州耽搁，就直去广东，赣州就吃了这两下巨雷的亏。不过，地方是很可以看看的。"

在小汽轮靠岸时听候保安队检查了行李，由一个挑行李的女人引着路，踏上了赣州的宽大的市街，真的瞻仰了那些七八尺深的行人道上的走廊，有点像到了上海法大马路的神气，但街道比那还要宽阔，而且没有车马市嚣，黄包车稀疏得在一条街上找不到四五辆，水门汀的街道上在晴天也只是印着路人的缓慢的足迹，脚踏车稀疏地有一些中学生在骑，市街依然保持着小乡镇的安静。

走上了有一两条旅馆密布的小街，可以听见几声妓女的歌声，从酒楼旅馆的窗子里透出来，但呆立在门前和在自己住处练唱的也不少，在街头常能发现她们的艳色的旗袍，从那特别长的乌发和一些笑语声里，人们很容易分辨出她们是姑娘。妓女的捐税每人每月由八元至十三元，这是指"叫堂"的而论，只在家接客的便宜点，赣州每月的花捐是个很不小的数目。然而能在旅馆里应叫出进的已是宠儿了。她们的代价是每夜毫银三元，几乎是一律的。

电影场和戏院也有了，尽是些天一公司的武侠片滑稽片，观众似乎也不多，戏院演"楚剧"，也许是和广东戏差不多吧。

开辟了才四五年的赣州公园却的确是赣州人民的一个歇憩地，比它历史久些的中山公园，招来了更多的游客，地点比较适中，园子大些，有能登高瞭望的土岗，更多一些南国的树木。园内的俱乐部里从早到晚穿梭着士兵（保安队）、商人、学生、住民……看报、下棋、打乒乓、练拉锁、弹琴、开留声机……宛像一个学校的俱乐部，更有一些人仔细地读着"新生活运动"的标语，观摩那些大大小小的银盾银杯；是各种运动会和比赛会优胜者的奖品，陈列在那里叫大家浏览的。

从门口卖碑帖的地摊一直到那绣球花树盛开的小径，人们不顾阴雨地到公园走，小孩子们更贪恋着那个体育场，直到黄昏还闪跳着小小的人影和欢叫的呼声。公园门前也贴着报纸，更琳琅满目的红红绿绿的标语，一批又一批，眼看着纪念黄花岗纪念节的代替了纪念"三一八"的，而且，儿童节又在眼前了。那些标语下的零食水果摊贩也许已记不清什么节什么纪念日了吧，只见撕了红的绿的，又贴上红的绿的。

新改成了警察局的公安局就在街口上，是孔庙的旧址，如今有五个机关在那儿办公，妇女济良所也在那儿，待择配的所女照相就在大门边上，另一边上是三四十张初次及再次做私娼卖淫的女人相片，她们被处了罚金，没有罚金的坐监牢，结果还得被迫拍个照片挂出来以示惩戒，她们是无处去告诉自己的冤屈和苦况。

赌在赣州也是国粹，许多旅社到如今能支持下去就靠这个，从午间打到夜八九点钟，包一个房间，晚上用汽油灯，晚饭当然是吃旅馆里的，连租牌钱就得在十元以上了。有时还要叫几个妓女在边上取乐添热闹。

两三个男中之外也有一个省立女子师范，灰衣黑裙外罩黑棉布大衣，非常纯朴的样子，妇女改进会新办的妇女班就附设在该校。在几家大书铺里挤满了男中女师的青年，买比较进步的新书杂志的有，但买《江湖三侠》和一些一折八扣的翻版旧小说的也更多，这些书成架地堆在店堂里，一些初中学生在无厌地就地细读。但这儿却也发现了《世界知识》《妇女生活》《文学》……笔者好像看见了点曙光。

《赣南日报》《新赣南日报》《赣州日报》……是当地的大报，看《江西民国日报》的比较多，平津沪大报仅有分销处，《申报》销路最多每天来六十多份，《大公报》次之。

共产党仅在民国二十一年过赣州，停半年，所以到如今已找不到什么遗迹，在这儿很难再如在宁都零都那样容易听到"轶闻"了。

电灯曾在赣州一度通行，后因住户多偷电无法维持，于是"电灯又灭了"。到如今一些店家旅社还留着电线。所以一到夜十点，赣州就剩下黑暗的市街了，大店家也不舍得净点汽油灯来守候空街的。没有电灯，也就没有了无线电，用干电收不了多远，而且太浪费。这使人要幻想到如果上海的市街没有了灯炬和无线电的播音，不也要成了寂寞的上海吗？

赣州便也似乎是由繁华日趋于冷落了，而且负着一些疤痕，不能例外地在机构里有着些不灵活的地方。

（原载《申报》1937 年 4 月 16 日）

巨变中的江西农村妇女

三年前后

这里是江西宁都县的一个小村庄，虽然全部人口不过五六十，但为了前三年这儿曾经共产占据，后由中央军五次"围剿"，在安静的村庄里已涂抹上一阵风云，多少凄苦的故事埋藏在这里。最大的历史演变在这里排演，农民农妇们全是这幕大剧中的演员，谁也逃不出这个旋涡，不论他或她扮演的是正角或反角。

笔者初到这里真感到无从措手，怕没有好材料报告给本刊的朋友们，但幸而间接地有一些在这里从事农村改良的朋友给了我好大帮助，使我多方面地接触到一些曾经沧海的农家，特别是妇女。

还曾走访另一个村庄，这是毗邻的两个村庄。多少年前本有世仇，共党来时他们走了两条路，在政治上构成了敌对地位，彼此视为反动，虽然到现在两村全有出走未归当红军的大批男女，回来的是一小部分，男人又安分种田，女人又在家看领孩子，他们和她们在大变动后已变得世故多了。

在这里，满墙是"共匪"留下的标语，后来国军全用黄泥涂去，但雨水又把黄泥冲了去，底下的字又探出头来，依稀可读。有些农家的屋子里全是布告标语，也被涂掉了，因为中央军来时农民怕因被认作有"匪嫌"而遭死罪。到现在为止，农家为了谨慎，不大愿意向别人吐露一点真话了。他们很多猜疑，一提到前几年，就沉默地盯住问话人的脸子，有的只是半吞半吐，仅从侧面剖露他们的心事。

这儿没有妓女，因为年来死亡出走的男人太多，两村全有男少女多的趋势，女人很难找到"老公"——就是丈夫，也称作"老板"。问起女人嫁了没有，就说"打了老公没有"就行了。她们的唯一职业是绩麻，最好的一年不过收入五六元。

自由之增长

江西一般农村的童养媳是很普遍的，甚至没有儿子时就可以先领童养媳，这叫作望郎媳。有的初来时是童养媳，小丈夫死了就得继续做望郎媳，等婆婆再生一个儿子出来做丈夫。这种双重的压迫都使江西的农村妇女压在地狱里透不过气，她们完全听命运的支配，作为家庭的附庸，在经济上是寄生虫。男人种田，她们因缠足以及一向的习惯，只在家看带孩子，绩绩麻添几个零用钱，经济的寄生使她们软了腰站不起来。出嫁就是找饭。贫穷人家往往把初生的女婴溺死在尿桶里，因为那是赔钱货。在笔者到这儿的前几天，正遇到这么一个惨剧。后来区公署去干涉质问，把做父亲的带去审问，他说，"赚吃不得！"干干脆脆的一句，他没法赡养，活着半死，不如早早结束了她的小命。同时又见一些把女孩抱在怀里疼爱亲吻的母亲，问她是不是男孩比女孩好时，她收敛了笑容回答：

"还不是一样的嘛，只要能赚吃就行，男孩子能作田（种田），女孩子什么也不会，当然啰，能读了书做先生也一样哪！"不过自从"共匪"来后，一般女孩子全不缠足，七八岁的小女孩和男孩一样上山里砍柴了。

遇到一般男人和老太婆，全叹息现在的女人野了。

"现在的日子反过来啰，女人也要来讲理，碰不得她一点儿，她要讲自由平等，丈夫有时倒要少惹她……"一个有老婆的丈夫这样说。但有些心地明白点的丈夫、受过点熏陶的丈夫，也很谅解女人了，他们心里有着同样分量的忧患。他们知道是非黑白、光明与黑暗。

有一次有人在观音堂里碰见一个独自个在烧香啼泣的老女人，她伤心地说从前的儿媳是听从婆婆的，自从共党一来，媳妇就翻了身，再也管不得了：

"她说我是老了，没资格管她，越来越疯，居然也要认字明理。今天被我说了一句，她就跟着我儿子跑了。我媳妇可以不要，可怎的把儿子也丢掉啊……"说着她就向观世音大叩头，请她送儿子回来。

她们只有很少的一部分剪了发，未收复时妇女有剪发队、洗衣队、慰劳伤兵队和劳动服务队。中央"围剿"收复后，一些已剪了发而仍欲留居本村的便赶紧把假发装起来，因为怕被别动队（"围剿"之后的中央武装教育工作者）来牺牲掉。到现在，才渐渐放出真相来了。

也有小部分的妇女比过去反倒胆小镇静了，因为别动队来时许多丈夫全去告发老婆因参加工作而不复温驯如羔羊，要官方代为惩治，甚至要请代为砍头的。所以一些妇人吓得不敢再哼一声，如今实业部办的农村服务区有时召集妇女开会，她们再也不敢出来了。丈夫们时常要以"女人也要开会举手么？"来讥讽她们。问到妇女们过去参加过集会没有，总是惶惶地摇摇手：

"我矛（没有）开会，我躲到山里去了！"她并且说她怕"土匪"，问分到了田没，也说她们自己有，没有分，事实上那时的土地已按人口分了。

儿子当红军去了

在一个晴天，到附近的邻村去走了一下。朋友是当地的农村指导员，和农民们很熟稔。正是比较空闲时候，预备耕地插秧，江西是产米区，是因为多是佃农，无论丰收歉收，很艰难地才能吃饱肚皮。

妇女们坐在像凳子形的暖炉上缝补鞋袜。这儿的妇女在冷天上穿棉衣，下身却总穿一条单裤，所以总得坐在高高的放着热柴炭的凳子上。很奇特的是这儿的妇女不论贫富都不会缝衣，无论多穷也要找裁缝。她们以为这是很寻常的事。推测原因不外是因袭的习俗或是懒惰。也许是在过去有嫁女儿赔一世衣裳的富家，因而使女人少缝纫的机会了。

几个头上戴着满缀了饰物的风兜的女人是来做客的，乡村的习俗每到正月是来往做客的忙季，平日在家关够了的妇女在这时可以带着孩子走亲戚，住个十天半月的很平常，这时期她们可以不尽在灶下闷着了。

为了营养料的不够和不卫生，孩子的体格全打了折扣，三岁的孩子还时吃清水奶不能步行，中人个子的男孩早已做了父亲。疥疮在婴儿身上作祟，和臭虫咬了一日似的那么平凡，瘌痢从剃头人的刀上传遍他的主顾。大小一家人的屋里有鸡鸭鹅猪牛狗尿桶等来陪伴，炉灶离床前不到两尺远，看到这些，不知说什么好，生活巨石一样地压在他们身上，顾不到什么整齐清洁。

脱了鞋袜涉过小河，到了另一个村庄，在门前相对剥辣椒的老夫妇招呼起来了：

"×先生，来坐坐呀！"他们认识我那位朋友，老头匆匆忙忙回屋取了板凳来，他瞧瞧我："新来教书的吗？总没看见过啊！"他以为我也是这服务区里的女教员了。他那么多皱纹的老脸，秃头和宽肩破马甲，使人会误认作个老女人，嘴也是那么扁扁的。

"那是你的孙子吗？"我指指边上一个抱着小孩的女人，女人像是还没有发育足透的样子。

老女人摇着头："那是我们伯伯的孙子，伯伯死了，就剩下他们小夫妻和孩子。"

"你们没有儿子？"

老夫妇俩齐声低下声音来："儿了有一个，可是去了三四年了，也没信儿，不当红军要砍头喏！"他们是被训练得那么机警了，好像在他的平和安分的心地里想不出来下一代的"谜"，为什么好好的儿子不甘心吃一口苦饭？

"你那时候躲在哪儿去了？"

"我们在山里啊！儿子不肯躲，他说他不怕，这小东西就被拖走了喏！自己不好，他自己不好！掷下个媳妇全不心疼……"老头子瞅一下他们墙上的旧痕迹，怨艾地把辣椒子洒了一地。

"媳妇呢？"

"嫁了，前年就把她嫁给××村的一个木匠了，"老女人的嗓音哑暗起来，"没有得吃，只好催她出去，好在没有生孩子。还是五六岁抱来的媳妇，多少心血花在她身上哟！"女人还和善，大约婆媳间还有一点感情。在这儿这种情形很多，嫁了的媳妇还常回到第一个婆家来探望。

伯伯的儿子砍柴回来了，那么矮小的一个，大家惊讶这就是三岁孩子的爸爸。

"还小吗？都种了儿子喏！"老头儿笑着，也许侄儿能稍稍冲淡他挂念儿子的苦心。江西人把"养"叫"种"，不叫养猪养牛，而叫种猪种牛，养老婆养儿子，叫种老婆种儿子，侮蔑的成分太浓了。

就是这个村的保长，他的儿子也当红军去了。过去保长是官军的伙夫，儿子却背叛了爸爸跑掉了。

"我那时候给红军家属挑水砍柴（红军家属从前有米粮，并且由儿童队为他们挑水砍柴），我还小哩！"那个小爸爸抿着嘴笑了。许多少年人全经过了"儿童队"的训练，虽然现在已经回复了旧日的生活，但在他们的小心眼儿里依然留着一个清楚的畛域，他们时常不经心地说：

"你们有钱，和我们不一样？"

"你们有房子住，有好东西吃，我们——"他摊开手看一下自己的破衣和糊了泥的赤脚，把笑容全收住了，那逼视使人心头沉重了一点。

一些浪漫故事

和当地的农村指导员去逛山，看植物分布。

山坳里有一些农家，因地就在山上，才过午，山里静得只剩下淙淙流水的声音，一个人也不出来。

"这一带山上有老虎的，多得不稀奇了，常伤人，也有时乡下人打死老虎，晚上走不得……"朋友才说完，山道后面走上一个剪发女人来，一身新蓝竹布衣裤在太阳光下发亮，显然还没洗过，一只带假钻的木梳插在头发里。

"来玩山啊？天气好得很哩！"女人笑着，她们乡村里差不多全和服务区的人认识。

"你干啥去？"朋友笑指着她篮子里的香烛鞭炮。

"我朝仙去哦，到山那边，今天不回来了。"这儿管烧香叫朝仙，而且烧香除了香烛之外还要放鞭炮。平日人家有喜庆，亲友也要送鞭炮去放算是祝贺。

女人趔着半大脚下山了，忽然又回过身来，带着浅绿假翡翠的手镯撑着黑洋伞："喂，老表，我……"尖锐地叫了一声，这儿管陌生的路人或熟人全可以一直叫"老表"或"表嫂"，很恭敬似的。

"什么事啊？"朋友问她。

女人又走上来了，叽叽咕咕一阵江西土话："区里判得不公平哪，又要罚我做工。上次我做了，这次冤枉我，哪能白做，我一个女人家……我有'老板'（丈夫）的，这成什么话，那厨子几时来过我家啊！……老表，您得闲给我向区长求求情吧！"

朋友只是点头，笑着，"去朝仙吧，这事你找区长，别问我，我不管这些事的。"

女人失望地又央求了半天才下山去了。

"这女人够浪漫哩，村子里全知道她，上次她和一个男人恋上了，男人的老婆晚上把丈夫从这个女人家找出来，她输了官司做了几天小工算惩罚。这次一个厨子的老婆又告她勾引了她丈夫，为了厨子给她做了几件新衣裳，又判罚工，她不服气了呢……"朋友笑着，又正经地说："也是她丈夫穷了点儿，做田人老老实实的，及不上老婆花俏，也没钱给她添点衣裳鞋袜，这边的女人很难自己找钱的。"

我很惊讶这个女人的胆量与魄力，在乡村里能在陌生人前把这类事申诉，并且滔滔地边说边做手势，已把一向人们所硬派定的羞耻和虚伪揭破，这是多么勇敢的行为！她与丈夫的失和也许还有隐衷，但她不能得到公平的解决办法，只好一再产生"外遇"，被判了做苦工之后，她又茫然地不明白这是"为什么"了。

一个女人的忧怨

服务区办的强迫教育中有妇女识字班，时间是一年，第一期先选择三十几个成年而无幼孩的穷苦农妇，如不来她们也要被罚做小工。在这样的条件之下仍有人逃学，需教师及区警去催请。教她们的是一位江西籍的女教员。我们谈过几次话，据说她们之中有一部分很努力。

她们借用了小学校的教室，在午后小学散了学，她们每天读一两点钟书。用的是民众国语读本和千字课，孙总理遗像和国旗党旗就在卷首。去看她们上课时人还没到齐，先到的捧着书殷勤地向先生询问疑难，头上绾着"攒儿"，当中的桃红把根鲜艳之极，这一伙全是年轻些的。她们的心像一片白纸，涂上黑的就是黑的，白的就是白的，过去读着"……农人苦，写不清，租税重，难生存……"的，现在也大念"国旗国旗，多么美丽"了。

二三十人分了两班，先生轮流教着，不断地有学生中途进来，颈际挂着银环，是新从亲戚家做客归来的。初级班座后空着地位，我挨着两个农妇坐下来。

先生带领着她们温书，江西土话朗朗地响着。

"读到哪儿了呀？"前面的两个女人慌张地在书上寻索，她们脱了几天课跟不上了。一个像是新嫁娘，年纪轻得很；另一个有二十六七，一脸的阴郁，眼鼻生得那么单薄，我疑心是坐在医生的候诊室里，她太像病人了。

"你归了门么？有孩子没？"我问她嫁了没有。

她点点头，捻着她胸前围裙上的银链，"归是归了，六岁就归的，可是四年前他当红军去了，现在在不在也不知道。"

"你们没孩子？"

"没有，我们——从没同房过的，他不喜欢我。"忧愁笼罩住她的脸，天似乎在黑下来，我真奇怪她会和我这么亲切，幽幽地道出她的凄苦。她把书丢下了。

"你还可以再归门哪！家里还有人么？"

"有伯伯嫂嫂叔叔，伯伯不许我再嫁人，怕贴钱。他说给我饭吃就行了，家里有几亩田——"

"你们分到田么？"

"没有，因为我们自己有田，我也不要。我怕共产，可是我老公不怕。他总是不喜欢我，嫌我脾气太阴郁。"她是一个终日绩麻的女人，她能在膝上精细用手指分开那缠并在一起的麻皮，却排解不开她那暗狱一样的生活。

我悄悄地走出了教室，把先生教到的地方指给她看。她睁着灰暗的眼珠看着我，我们交换了无声的再见。

（1937 年 4 月）

"堂姐"史良会见记

一、看守所里的访晤

去年冬天在上海突然被捕的"七君子"直到最近才有开审的消息，真是叫人非常久盼的了。六七个月的羁押，六七个月的缄默，我们做国民的真希望有一个在周密侦查中产生的公允的判决到来了。

七人中史良是我的堂姊，为了一点私情和不太明了的罪名更使我期望这公审快来了。

可是，旁听证是那么少，家属每人限两张，我只好在开审之前做了一次慰问。

怨我自己太孤陋寡闻了，在苏州的黄包车夫把我拖过地方法院看守所时，我误以为是良姊所住的地方了，我在门前的"众目睽睽"之下耗着时间，在苏州这个古老的地方是不常看见"旗袍阶级"的女学生式的人出入看守所或监狱的，好像罪恶会和读书人绝缘。黄包车夫和善心的泡水买菜的女人围满了一群，他们问道：

"你要寻啥人啊？"

"他犯的什么案子，叫什么？"

当他们听说是个女人时更懵然了，追问着犯了什么罪。这真叫我答不出来，我的堂姊是个勤奋的学生，是个肯尽天良维护正义的律师，是个在国难危急时不忘记国民天责，而出来向侵略者反抗的老百姓。然而在急速中叫我怎么向身边的人细谈呢？我急得脸红了。

谢谢高等法院看守所的职员们，当我说是看史良时，他们是那么的谦和，良姊正在会客室里研究一些开庭东西，我在守官室等了好久才见到她。

"阿姊！"

我心跳着，竟只能迸出这么一声来，我忘记了一些储蓄在心底好久的话语，我忘记了告诉她家务是怎么紧缠着我以至到今天才来看望她，手足的至情使我起着一个感情的呼喊：

"你不应该被关在这里，你是我们姊妹兄弟中最努力的一个，我们应该在自由的空气下活泼地生活呀！谁都在想念着良阿姊！"她却依然洒了一脸欢笑地来握住我的手，无挂虑地问起"梅，你好？来"。我变小了，尽是呆盯着她的脸，仿佛它是太生疏了，我竭力地在她身上搜寻与过去相异的一点东西，究竟是什么东西，我还说不清。谢天谢地，良姊还没有用犯人的衣服和镣铐的铁镣来吓我。也许在她心头，这六七个月的看守所生活已经留下了一条疤痕（不是伤残而是萌生了一些新血肉），可是我不能用透视镜去窥探了。

"到我屋子里去呀，呆什么呢，软弱的小妹！放坚强点吧。"

她挂了一脸迎接光亮的微笑，领我进了那扇黑暗的铁门。

二、监房生活

一个看守把我们送进了"女所"。

几个女看守和值日的女犯在廊子里坐着，有的在浇花、做菜、扫地，他们笑迎着"史先生"，阿姊在这儿受着优待，不被称为"××氏"。

她独住着一间过去是看守住的屋子，在最初三四个月里，她是住在"号子"里的。后来所里居然特别给了她一间东房。经过她自己的布置，简直像是一个中等家庭的卧室了。绿窗幔撂在一边，从纱窗里可以窥见几片绿叶和狭窄的天空，虽然森严的高墙也就挡在前面。一张书桌饭桌兼用的小台子上铺着白布，床也是人家新送的，床底下是她的食柜——地板上散放着些罐头杂物。

阿姊是个不甘自己的生活驾在众人之上的人。她喜欢人人过上流人的生活，人人做一份有利于人群的工作，叫她独自个去优游享受，她会感到歉疚难过的，这已是小姊妹间久已熟知的脾气。

书架上有一些法律、经济、哲学的书，她近来在研究各国犯罪学、经济学等。报纸是没有得看的，好在一天到晚地忙，也遣散了她的忧愁，女犯们知道她是律师，都要托她做状子看案情，她们的日常纠纷与哭泣也要她去劝解，在号子开封时她们全喜欢找她诉说心底的哀怨，现在猜想阿姊"也许"会判无罪而开释时，她们有的替她欢喜，有的暗暗地哭了，有的向她要照片索地址，有的在忙着绣了枕头拖鞋送给她：她们希望有一天大家是个自由人，大家能有工作，有饭吃，那么也就会少些犯罪的人了。

为了不愿意贪吃懒做地享福，为了想运动运动，生活上的一些事情她是自己动手的，但往往看守和值日女犯总不许她弄，连吊一桶井水也非代劳不可，并不是她们以为阿姊不该劳动或是什么"身份"隔阂着，而是她们不知从哪里听来了阿姊的"案情"是为了反对东洋人欺侮中国，竟在"愚昧"（一般人总承认犯人是愚昧的）的心里起了共鸣，这些在贫乏的教养里长大的人居然也成了是非的裁判者，不管她们在另一方面身上还背着罪枷。

我的近七十岁的伯母只来看过阿姊一次，她经受不起来一次的精神上的激动，她怎么能忍受着她所钟爱的女儿被人丢进这可怕的地方，而且在她看来良姊并没有犯"偷盗奸淫拐卖……"罪名中的任何一条，平日良姊又是那么一个对母亲有万般热爱的好女儿。直到现在，良姊还感到万一判罪别的没有什么挂虑，只有一个风烛残年的，需她赡养的寡母。至于她的反抗敌人的情绪是不会为了铁窗而松懈的，敌人不滚出大门一日，她不会忘记一刻中国的耻辱，在广大的世界上和她同样反抗侵略者和汉奸的人正在茁长增多，在监内也有着她的不愿做亡国奴的同胞，她不会寂寞。只是在这强敌逼境的时候，她为维护国土主权呐喊的权力虽被剥夺，却磨不灭她的爱国真诚。

半年分别后姊妹俩第一次同桌吃饭，是在她的监房里。我口含着筷子端详着她，发现她今天特别欢喜，我想象不出在平日她是怎么独自个对着高墙吞咽米粒的，她是喜欢热闹的人啊！

三、看守所一瞥

得了看守的允许，我们在号子的廊子里巡视了一遭，一共有十多间屋子，每间住七八个人，女犯约六十人。其中有七八个死刑，正在上诉；九个无期徒刑；其余一二年不等。她们每人占据着一个狭板床，午间正是闭封时候，人人偎在床上对话或假寐，有人或是因为铺上臭虫太多吧，宁愿躺在地上，脑袋枕着小木凳。看到有人在小门洞上探望，她们睁起了惊奇的眸子，有的却见了生人羞怯地躲起来了。

"史先生，史先生！"

年轻些的热情地唤着阿姊，她们本可以好好利用的活力却为了"罪恶"而消磨在泥淖里了，她们中有四个带着四岁以内的幼孩，无知的孩子在陪伴着母亲受罪，每天在号子里翕闭着小眼，他们不会知道这世界上还有着一个熙熙攘攘的天地！到六七岁时他们照章是要离开母亲所在的女所的，未来的抚育者不可知，即使母亲罪满开释，而因没了父亲以及母亲的无力自活，抚育者更不可知！

因近端午了，有的女人不知从哪儿弄来点黄花布，依俗缝了双老虎鞋，预备端午给孩子穿。这母亲的苦心真是无法可说了。

有一个不到两周岁的女孩看到良姊，在娘怀里窜跳着，要伸到阿姊向她摆手的小门洞边上来。

"敏敏，敏敏！"原来是阿姊替她起的名字。听到阿姊唤她，敏敏更欢跃了，耸着肩从破夹袄里伸出双小手……

女犯们算着自己的出狱期，脸上流过无限的希冀，有的人已在看守所多年，也不知道如何判决，也不知道出去之后生路在哪里。……

想赶回上海，我又匆忙地别了良姊，默祷我们的当局能引用贤能共同抗敌。人民是愿意有一个有力的护卫者，如同一个婴儿需要一个好母亲。

睁眼看看凶险的外敌和沦亡的土地上人民所受的荼毒，我们怎么能够再来分散同胞的力量！我们要和平，但——

对于侵略者，我们要抗争！

六月九日三时

（原载《妇女生活》1937年6月16日第4卷第11期）

老孙的转变

十二月的天，没有雪，满地上飞黄土。

沿着城墙一带，风把黄土卷起来，蒙上人的头和脸，冷气有点刺脸皮，虽然是融雪将尽的日子。只在城墙根瞅得见一点白皑皑的东西在黄雾里闪烁，那有半尺厚土的泥道上的雪，早被人的脚印和骡子的蹄印给踏光了。

这儿找不到汽车的轮印，因为这儿不是柏油马路的通衢大道，洋车轮印还有一点，这儿住着些捏车把的手上长了厚茧的人。

如果冒一冒险爬上那挂着"此处倾圮，禁止攀登"的木牌的那一带城墙，那也瞅不见一片浩浩荡荡的护城河，代替那清澄的绿水的，还是黄褐色的平原：这儿不是随处蜿蜒着水流的江南。

半条城根下没有一个人影，这叫孙令三怔住了。他按一按返了毛耳盖还在疼痛的耳朵，用只大手挡住前额向前望着。在平日，他偶然下班回家，总听得见一片嚷叫"孙大叔"的声浪，看见一群蹲在地上捡垃圾拾煤渣的孩子应声拥过来，扯住孙大叔的灰制服或是黄制服瞎缠。他们喜欢瞧一下孙大叔的肩章和腰上的皮带，要大叔教着练跑步，要学大叔站岗时的指路的姿势，要大叔用满嘴烧酒气的嘴给他们说一段《封神榜》《小五义》什么的……

"这些小鬼呢？溜到哪儿看娶媳妇了？"孙令三心里叽咕着，跺掉一层靴背上的灰尘，看不见这群小雀儿般的孩子，他好像心头丢掉了什么。已经到了能做祖父的年龄，使他对一些孩子添了一重钟爱。他喜欢向孩子拿下那终年盖着脑瓜的制帽，把头顶弯下来给孩子看那繁星般的白发根，祈求似的笑着说：

"来瞧瞧，还不该叫声爷爷吗？"

在今天的归途中，老孙是一直把橘子皮似的脸兴奋得红红的，一点欣悦在胸间燃烧，一路走，一路瞅瞅手里提的一斤猪肉，红红白白的两截，从报纸的两头伸出来，老孙不时地前后张望着，留神野狗。

他耳朵里萦绕着今天赵区长发赏时的训话，连平时不太看得见笑容的赵区长的脸，今天也好像开了花苞：

"弟兄们今天分到的钱虽然不多，可也是光荣的，是咱们明察的××××（注：××××系指蒋委员长。）的赏，××××决不辜负咱弟兄们。学生们闹事，让咱们弟兄白在北风天里奔跑多受累，决不亏待咱弟兄们的！××××知道大伙儿喝风受冷的滋味儿，可是为了压平那些好捣乱不明大体的学生，不能不麻烦弟兄们。"他飞着唾沫星子，摊开一个纸包，是几大卷毛钱票，"喏，这里的赏，过几天还要送几百头活猪给全北平的军警呢。得，往后多出力吧，别忘了今天的赏……"

用他十多年的资格，孙令三拿了四毛大洋的中级赏。伙伴们有的在报纸上瞧见每人赏一元的便暗地里骂着，于是明白为什么这些长官们那么乐了，和孙令三一区的刘中魁、王大海那几个年轻小伙子，却在赵区长走开了之后红着脸骂：

"真是狗，咱们是不情愿地在做狗，他们却是做了狗自己还不知道，还要摇尾巴！学生们错在哪儿了呢？俺们做学生，俺们也受不住，也得干他妈的一家伙！这些兔崽子就会在日本人跟前磕头，回过头来狠踢不愿做狗的人了！咱有一天吃不住这口饭，咱也拼他妈的一拼……"

他们的气愤被伙伴们的劝告压住了，大家知道万一漏了出去，马上会招惹来灾殃的。

"这不是一个人的事呀！吃谁的听谁的，偏要耍性子，那还不是自找死路？吃了这份饷，也就没说头喽！官儿们愿意奉承日本鬼子，说什么好，小百姓管不了——"在刘中魁、王大海一伙人换班站岗去时，老孙曾这么发着牢骚。他一向怕刘、王这伙人，他们年轻，他们火性大，老孙在这伙人跟前像哑巴，怕多了嘴挨骂。瞧别人，有的和自己一样，有的也附和着发点长久压在心板下的怨恨，有的竟激动得红了脸，替这伙人喊叫助威。

但这些，只能像是梦里的呓语一样，一回到职务上，大家便又咽下了这口气，低下脑袋了。

"这不是一个人的事，这年头，黑心的人多，红心的人少，管不了这些！"在路上，孙令三还是这么想，十几年的辛苦，换来了一对时常咯血的烂肺。幸而是人老了，还吃得住，"病"没有马上结束他的生命。留在他精神上的，只是一缕暗淡的幽光，全靠一点宿命的乐天知命盖住了他心底的悲怆。他会用袋子里的最后十大枚钱一股脑儿喝了烧酒，而回家来由老婆去唠叨，他会忘了一个坐牢一个当兵的一对儿子，而热情地捧住女儿小凤的脸：

"爸爸不苦命，老天爷还给留下了一个丫头。丫头好，丫头懂得爸爸的苦，听从爸爸的话。爸爸身上有伤疤，只要小凤心里记住，爸爸也就不在乎，小凤说是不？"

"小凤娘儿俩会奇怪，今天不是过年，怎么也有猪肉吃？爸爸的钱哪儿来的呢……"他打定了主意冤她们一冤，说是路上拾了二毛钱，并且预备把小凤要了好几天的毛笔钱也照给。他是一直在为十六岁的小凤在简易小学念了二年书、能写信的本领而得意着，就是小凤帮她母亲缝点活计，也仿佛比她娘好。

一边走，他眼前好像已经浮起了一家人的笑脸，粗黑的棒子面可以不吃，除了白面之外还有猪肉！老孙忘不了年下小凤捏饺子的神情，他感到一阵轻松，时常在作疼的胸部，这时也似乎健康了。他瞅着城墙边上的麻雀直乐，也像是见了熟朋友一样，举起手里的猪肉逗着它们。

猛然地，前面的杂乱的人声把他怔住了。一堆人头，黑黝黝的那么一堆，虽然是在冬天的傍晚，虽然是在黄昏的天幕下，老孙的一双沙眼倒还照得清，他揉揉毛耳朵套子，让声浪直冲过来：

"……诸位叔叔婶婶弟弟妹妹想一想，咱们肯做亡国奴吗？做了亡国奴，咱们还有活头吗？不但没有工作，没有饭吃，连说话走路的自由全没有了。一个不留神，会被新来的主子拴了去干掉。不是痛痛快快的一枪，而是零零碎碎的用刀刺，用刀削，灌煤油，吊打……

"……大家明白了要随时随地讲给亲戚朋友听，我们大家拉起手来，反对日本人来占我们的土地，来杀戮我们老百姓，来发威作福。咱们反对他们来统治，做亡国奴比做狗还不如啊！咱们不做亡国奴，把日本人打出去！"

"不做亡国奴,不做亡国奴!"

"打死日本鬼子!"

"不许日本鬼子进来,要把它们踢出去!……"

有的孩子们已在嚷着"小日本,卖凉粉"的歌谣了。小嗓子今天特别嘹亮,老孙远远地瞥见小七、马五宝、章鼻涕……七八个男孩跳跃的身子了,每人的两个小拳头都在挥动,忘了扣好脖子下的破棉袄,忘了流到嘴唇上的鼻涕,只是伸直了长满冻疮的手在挥舞,挤不到演讲人身前的便往外跑,跑到离人堆远一点的地方,好看见演讲的嘴脸,好像那嘴脸是一面明亮的旗帜,吸住了那么多双眼睛的凝视,比看木头人戏还叫座。

"又是学生,学生来讲演了……"老孙这么想的时候,那矗立在人堆中的一个脑袋下去了,又换上来一个女的:

"……我是要补充刚才那位的话,日本人的杀人法子多着哩,不用刀不用枪也能杀人,诸位叔伯姊妹信不信?他们用毒药来杀我们,白面红丸海洛因……比鸦片还厉害的东西,人吃了不上三年准见阎王,不死也得皮包骨头,不能做工,不能活蹦乱跳,这样一来,不但亡国,还要灭种!在东三省、江北、中国各地,上这当的人已不知多少,我们要消灭这毒计,大家别上当,还要监督别人不要上当,别受骗,替鬼子贩卖……有已经受了骗的人赶快回头……"

群众里传出了一个声音:

"先生,堂子胡同的日本人有卖这个的,受害的人真不少,报上老登着的。我们去捉……"

这声音跳上了老孙的心窝,是孙凤!小凤围在人堆中间孙令三瞧不见,声音却清晰地透出来。这声音今天特别有力而包藏着喜悦,不像平时那么低声下气地带三分忧郁。

"妈的!小凤也显能耐了!"老孙暗骂着,但马上又笑了,他想小凤究竟念过两年书,也有胆儿在人群中说话,"她也像个学生了!"老孙屋里还挂着一张"万般皆下品,唯有读书高"的五彩横幅呢,那是他省了烧酒钱从土地庙买回来的。

他禁不住起了也去听听的念头,但低下脑袋看一看自己的制服皮带,又愣住了。他怕被人家说话,又怕被学生记恨围打,照照黑幕右垂下来的云天,赶开走过来闻肉香的一只黄狗，他自个儿笑了！

"不会的，学生不会打人，在马路上闹事的时候，我们挥炮杆子，他们直嚷：中国人不打中国人！学生究竟……街坊们在起劲的听，不会管我们的！"他开始学着猫捉耗子般的谨慎，踮着脚尖蹑过去了。

谁也没有留神他走过来，人们的注意力集中在那奋臂高呼的演讲者身上。

在跟着喊"打倒日本"的音波中，那女的下去了。

"再讲，再讲，换一位啊！"大家轰着喊，声音冲上了云天，把黄风镇全镇摄住了似的，野狗躲在墙根下张着眼睛，吠也不敢吠，从倾圮的城墙石缝里伸出来的酸枣树的枯枝不住地摇摆，冷气浓重地包围在高墙下，但人们忘了寒冷，还是挺得直直地伸着颈子，也忘了夜的到来。好在用不着看演讲人的脸，一样可以听到他们的泛着热情的话语。

当最后一个蓝布袍的人上去讲演时，老孙忍不住轻轻地叫出声来。那戴着深度近视眼镜的余鹏，是他儿子大明的朋友。大明没有离开家时他常来，他们是一对好伙伴。余鹏那时在第三中学念着书，他们在图书馆里成了朋友，在知识上，余鹏喂着大明，在追求真理的炽热上，大明激发着大鹏。大明常常按住余鹏的肩膀说："不行，还是不行，瞧你这双白皙的书生手！做书蛀虫是没有用的，你得管管身外的事！"眼前就是过去被儿子讥为书蛀虫的余鹏，在大明出走后，被捕的消息传来的这一年半当中，这修长个子的近视眼常到老孙家来探望，在过不去时帮一点忙，为了老孙常不在家，他已长久没听见"老伯"的喊声了。

"书蛀虫也跑到街上来了！"他叹口气，茫然地想起了在铁窗里磨时光的大明，他把一向责怪的想头丢开，父子间的感情又流回来，起了想见一见儿子的想望，原谅了他野马般的性情。

"如果大明命好，也可以白白俏俏地上大学了，也可以喝一肚子墨水了。"他再斜着眼偷窥一下板凳上兀立着的余鹏的身影和他演讲时的昂奋时，真有点迷惑了。"为什么这些小伙子不安安静静地坐在课堂里灌墨水呢？真是怪……这世界上的事越看越叫人不懂！"

他再偷看一下那站得直直的余鹏，那年轻人眼里闪着亮光，他在为着一些比个人重要的事而磨损着自己的热力。他的脖子里好像装了一架引擎，从那儿开足了马力，在昏暗里，他的吼声打进每个听众的心底：

"诸位看见的，我们的当局是怎样在对付这敌人的侵略和欺侮，他们是不敢透一声大气儿地屈服……相反地，对咱们这些起来反抗的青年和人民大众……他们竟下令驱散、鞭打、捕捉，用水龙在冰天雪地里冲，坐了牢的受他们种种大家不会相信的私刑……"余鹏用衣袖抹一抹嘴角，他好像瞥见了老孙了，却又把目光移到整个人群："我们看，天下还有公平吗？我们一点不怨恨我们受到的拷打和杀戮，这情形不会长久，我们的同伴越来越多，是吗，小朋友？"

"是啦，我们也是小同伴，打倒王八 ××①"！孩子们的声音是那么尖锐。

"好了，小同伙，咱们一起打倒王八 ××！咱们更要打倒给 ×× 鬼子②做走狗的人，咱们要拉回那些不得已而做了小走狗的人，不要给大走狗做丧良心的事，不要听大走狗的吩咐，想想看，没有了脚的蟹还会爬吗……"

孙令三觉得脸上热烘烘的。他有一点害怕，那天他在长安街抡皮鞭的时候会不会被余鹏他们瞅见，会不会的？……他悄悄地把猪肉包在棉大衣的口袋里。

人堆终于散了下来，女人们照料着学生们进屋烤烤火，喝点热茶。老孙家的手里还拿着换饭吃的活计，风一吹就流清水的老眼又殷红了，好像真哭过了似的。

"爸爸，你什么时候来的？听见了余鹏的演讲没有？真好，个个都好！"小凤一把抓住了爸爸的大衣，把脑袋伏在冰凉的肩章上。

"老伯……我刚才瞧见你，早回来了吗？肺疼不疼？这一向是吃中国药？……"余鹏的喊哑了的嗓子依然是那么热情，年轻人的关切把老人的腼腆赶走了。

孙令三苦笑地摇摇头，还是："咳！累了就吐两口血，可是肺也老了，没关系……辛苦了，屋里坐——大明好久没信来了，这孩子……"

余鹏说了大明春天有希望出来后，老人才放了心，不禁拍拍那副稍欠健壮的瘦肩膀：

"近来忙吧？小心一点你的身子……"

老孙家的放下活计，忙着张罗热水，她特别喜欢看那两个朴素的女孩

① 王八 ××，指反动派。
② ×× 鬼子，指侵华日军。

子——也是大明旧日的朋友。她一直为了没有茶叶而道歉着。

"爸爸瞧你这口袋上湿了一大片！"老孙藏着的猪肉在暖室里解了冻，渗出血水来。这没能逃过小凤的尖眼睛。看掏出来的是猪肉时，娘儿俩轻轻惊叫了一声。

"今天赏的，赏了四毛……"

老孙的声音像坏了音的唱片，喑哑了的。还没有点油灯，但小泥炉子的火口照见了他那发烧的脸，他用手扯弄着帽章，想把它拆掉。

"啾，×××的赏！这些会用手段的恶狗……"那个短发粗眉的女孩子叫了出来。

"像老伯这样的真是没有法子，还是得大家帮忙，让伙伴们谁也不肯给他们当狗……"余鹏冲破了沉默，替老孙解围。

"大叔，你可以把我们今天的话向伙伴中间讲讲，大家不听汉奸们的摆布……"

那年轻的姑娘纯真地说着，眼睛盯着桌上那块红红的猪肉。

在炕角上凝神听着的小凤也推着爸爸的肩膀："爸哪，你劝大伙儿全不抢皮鞭，你劝大伙儿不开水龙，瞧他们当恶狗的能不能自己跑到大街上来发威风……"

余鹏正要接下话去，蓦地从墙外传来一片骚扰，听见同院的铁路工人黄大个子在直声壮气地嚷：

"……演讲？为了救国才来演讲的，你们查什么？不都是看心有肺的人？难道要个个人做他妈的活王八，受了气挨了打，不透口气儿，不说个分明？青天白日地抓人，兔崽子，你们比××小鬼还凶，还凶……"

另外一个铜锣似的声音重复着：

"你多嘴！你多嘴！瞧你有便宜占……你们一院里藏了闹事的学生，还不交出来……"

又来了小七、章鼻涕的锐利的小嗓子：

"拉我们的好伙伴干吗？学生们教咱们不给××小鬼下跪，教我们不要××小鬼进来，怎么错了？怎样错了？"

"滚开！让我们进去抓，进去进去！……"

余鹏第一个冲出了屋门，后面几个跟着，余鹏的一只肩膀被抓住了，他凑上去一步，向那吊眼皮的巡官微笑：

"兄弟，别急，我不逃，我们全没有做坏事，用不着逃，有什么话痛痛快快说。我们是来演讲的，为的是大家还有一点不愿做亡国奴的热血，为的是看了当前的国事心痛。"他发觉孙令三在门帘边踟蹰着不敢走上来，巡官在打量着他的制服，"这位是我一个老朋友的父亲，今天顺便进来坐坐的，来喝口热茶。"

吊眼皮的巡官耸耸肩，鼻子里哼着：

"官事官办，早就不许学生们瞎闹瞎说的，为……我们奉令来查一下，麻烦列位跟到局里问问，没有什么大事的，放心！这位兄弟……"他望一望老孙，"你，怎么不来报个讯的？真讲交情……"鼻子又哼下去，拿出小本来把老孙的肩章号码抄了下来。

老孙的橘皮脸在扭动，半晌愣着说不出话来，最后才指指余鹏一伙人：

"我的大孩儿的朋友，够热诚的，全是明事的小伙子，他们五个。……"

"去就去，我们没有犯法，怕你们这些狗……"女孩子愤怒得喘气，胸口起伏着。她的话被另外四个重复着，大伙拥了出来。五个少壮的影子挺在前面，巡警抓住余鹏的脖子，另外两个穿制服的每人抓了两个。

小七、章鼻涕、马五宝……七八个孩子追在后面，终于被巡官的叱骂赶了回来。小七抓着石子出气，章鼻涕使劲地抽搐着鼻尖骂着：

"王八蛋！狗养的王八蛋！"

女人们倚在门旁，忘了说话，忘了笑，每人有一双紧锁了的眉头。什么浓重的黑雾在她们身前撩过了，五个修长的影子只是这里面的一些星头。

老孙重又披上大衣，擦过女人们身前，踉踉跄跄地冲了出去。

"爸爸，上哪儿？"老孙跑出去一箭远，小凤才在暗黑中问了一句。

"去看看那五个孩子，听听讯儿……"

声音被大风卷走了，城墙根下起着点回响，几只归巢的黑乌鸦哑哑地在天空里掠过。

（原载《光明》1936 年 9 月 25 日第 1 卷第 8 号）

疯狂的人

回家的第二天，父亲紧瞅着窗外的阳光说：

"去看看颂老伯咿，探望一下他的独养子阿鲁。年轻轻的就疯了，咳，也真是我们这一门的灾难。族中近房的几个幼辈，属他是望得见头角的了，什么年辰哟……"

不知打什么时候，父亲把他那支水烟袋废了，因它在长儿上一点点地受了潮湿，遮没了过去的白亮。父亲才洗过脸，便坐下来摸着白金龙的烟罐，面前的一杯绿茶在缓缓地舒展着叶瓣，在沸水里淘气地打滚儿。

"爹，你叫我去看疯子阿鲁呀？昨天你说他在兵工学校实验室里受了刺激……"真罪过，昨晚他在灯下絮絮地向我述说着亲族近况时，我是困倦得直打哈欠，看着他的银白的头发在灯下闪亮，和女儿长久暌别了重晤的兴奋，他的嘴角像是忘记堵塞的河闸，尽是潺潺地奔放起水流来了，甚至二叔公新摔掉了门牙的事也告诉我，他却忘了我连二叔公的面也从没见过。

爹看我有点含糊，背不出他那一套故事来了，生着气：

"喷，看你这小妮耳朵挂到哪儿去了，爹昨晚上说的话你一点不入耳，哼，在你爷爷活着的时候，他向儿女说话是要我们立得直挺挺的呢，不许嬉笑，不许伸一个懒腰，真要这样才像是训示。"

我可又嘻嘻地乐了，想顶他一句："爹的水烟袋也要改抽香烟呢，何况一代……"

然而我忍住了，从模糊的记忆里寻索：

"爹冤枉好人，我记得清清楚楚，你说阿鲁在实验室里做军用化学的实验，唰的一下，他的同学失手炸死了自己，这是阿鲁顶顶要好的同班生。为了同学的惨死，阿鲁几夜没睡着觉，白天课也上不了，于是就疯了，一阵阵地发呓语……"

"还口吐白沫呢！"爹总是喜欢详细，不许人把一百数成九十九。

"是啦，口吐白沫，还指着颂老伯说，'你个老东西，做不做汉奸？抗 ×[①]不抗 ×？肯不肯拿出银行存折来捐给……你个老东西！'爹啊，对不对？"

爹笑了：

"你这小妮记性不坏——可是不作兴学舌把'你个老东西'也学上，你是在对爹讲话呢，听见不？"他呷了一口玻璃杯里的绿茶，手里夹着那烧剩了半截的白金龙，又用眼睛瞧瞧远方，想起了什么："你们年轻人总是喜欢叫喊的，阿鲁也差不多。他这疯的原因也不只是死了同学这一桩，他爸爸说自打阿鲁进了兵工学校，家信上常提希望自己制的炮弹颗颗打 ×× 的话，还说愿意去战场哩，这孩子，疯话！"

"阿鲁真是做梦了，这年头还是乌龟缩了脖子的人太多了……"

爹耐住了笑，佯作冒火了：

"咄咄，小妮嘴里吐出这么不雅的话！谁教你的？也算是念了书的小妮啊——"

"年头不对了！阿是，爸？"

爹点点头：

"你们全是一路里的货色，年纪轻轻，干什么全凭火气，不懂得一点经纬，国哪里是一下子救得了的？呔，人家 ×× 也不是一天就强起来的喏！"

无限的感喟萦绕在爹的心里，他曾在樱花国里住过六七个年头，少壮时也曾揣着一串串葡萄般的梦想，预备伸一只手给自己生长的祖国（虽然他只是一个忠实的科学研究者）。他以为会在自己这一代里瞥见祖国的新鲜的曙光。

可是，他的幻想像从飞机上洒几滴水下来一样，再也寻不到结果了。

"爹，我不相信阿鲁是忧国忧疯了的，他是个啃死课本的书鱼子呀！在中学

---

① 抗 ×，即抗日，因当时公开宣传抗日是有罪的，故用抗 × 来代替。

时不就常常用功用到半夜，颂老伯还四面告诉，夸自己儿子好？"

我几乎要说出：这古城里生不出倔强的松柏，只能钻出点下贱的凤仙草的话来了。家乡人像软鼻涕一样。

"少在这儿碎嘴，小妮总得像个小妮，快点收拾了去看看阿鲁吧，也让颂老伯心里欢喜欢喜。如果你的小弟和阿鲁一样，爹要多难过啊！"

直到我跨出门口，爹还殷勤地送到街头，朝东指着：

"拐了弯，一直走到桂花巷七号，七号呀！"

被人家一把推出大门的醉鬼似的，我呆呆地踯躅在故乡的街头，这一列列的店铺却对我并不熟识，连脚下的尖石子马路也刺痛着脚底。暮春的风，温热地撩在面庞上，公园路旁的矮墙边，露出了一棵绿树的枝丫，阳光在那上面挥洒着银露。在尖石马路上拖起来 Guden Guden 地蹦跳的人力车上飘下来软娇的笑语，脚踏车在颠颠中驰向前去，留下几片衬衫上的白翻领，闪错在行道树之间，渐渐地远去。

浸在天堂的温馨里的人，在伸出双手迎接明朗的夏日了。

"讨厌的爹，看什么书鱼子阿鲁呀！"

我哪能不在心里偷偷地咒骂呢。太阳在东边的天角照得亮晃晃的，如果不被派定这个"慰问大臣"，就是不晒晒那书柜子里的一堆烂纸，也可以躲到破败的后园里乘乘风凉，蚕豆花一准儿已开得赛过小蝴蝶，那口古井里的水也一定涨得伸手汲得着。

坏爹爹，我却不能不像机器人似的在街上移动着腿子，为你去看有洋秀才味儿的阿鲁！

爹还说，如果不是男女分校，我和阿鲁咭咭叫是同学同班呢，就也不会这么陌生了。

我闭上眼，揣摩阿鲁的脸样儿，说真的，我只见过他一面，那时候我的作文本上还喜欢涂上一棵树，几丛山，一条河里浮着条小篷船，忘不了的是天上飞着一群群倒"人"字的小雁；为这个没少挨老师的骂和爸爸的骂。而阿鲁那孩子呢，却早已在夏天穿上一件熟罗长衫，脚上踩着一双他娘做的千层底的布鞋，随了父母亲做客了，把张白净脸挺得毕恭毕敬的，叫一声"四叔"。

颂老伯就最爱在这个时候来报告他儿子的篆字隶书好到什么程度了。

"他们学校的成绩室里有我家阿鲁手写的对联呢，将来别人求我的扇面，可以让阿鲁代笔了，呵呵，就是腕力弱一点，现在他天天爬起床来就练字，笔梗上压着几个铜板，捏得笔直，不许掉下来……"

阿鲁呢，羞红了脸，瓜子都忘了嗑了。

我在屋角里向墙上描着一个长方脸，熟罗长衫的花纹，鸡脚似的瘦腿，用红铅笔使劲地往双颊上抹了朝霞，又像是熟透了的李子。

"画什么？"阿鲁背着手跛着方步跛过来了。

"嘿，你，画的是你，像不像？"我张开手站到旁边去，要大伙鉴赏我的艺术品。

为了这一次的顽皮，我受到了爸爸的呵斥，颂老伯再也不带阿鲁来瞧我了，说是他在用功，他在忙着考试，虽然我不敢问是不是我得罪了他。颂老伯见了爸，总是半吞半吐地说：

"你家小妮真是调皮呀，喏，给她早配个人家……"

可是爸不听这个话。

我带着点惊惶地到了阿鲁的家，叩着那石库门上的古暗的门环，我支棱着耳朵听里面的声响，会不会阿鲁那疯孩子暴跳起来开门，看一看是我而又砰地把门关上呢？会不会勾起了童年时的记忆而拧痛我的脸颊？疯子时常会记起祖宗十八代的陈迹的。

来开门的是个女仆，红红的眼睛像是告诉人她也好几夜没安眠了。她让我进去，轻轻地掩上门，带我走进那阴森的古宅，石板大井的角隅里长满了青苔，厅堂上挂着四盏污旧的玻璃灯，好像有多少年没有点过了，铁丝上缠着蛛网，走过时，叫人担心它们会兀地 Pala 松散下来，掷痛了脑袋。长几和太师椅上盖满了陈灰，一幅山水中堂已经霉湿了，黄黄的一条曲线和婴孩的尿渍一样。

"你的皮鞋走轻一点为好，他们刚刚安静一刻呢，昨夜三老爷同二老太太们全来陪了夜，天亮了才走的。真是哪儿吹来的晦气啊！"

"鲁官也睡着了吗？"

"啊？我家鲁官啊？他能睡着我就谢天谢地了！哎，这么好的一个小伙子，我从他七岁来到如今，没看他发过一回脾气呢。"

这忠心的女仆几乎要抹泪了。

"就会好的，你别急。"

她听了我的话，摇摇头，在黑黑的甬道里，我看不见她的挂满愁云的面容，她的声音似乎是在墓道里幽诉：

"是上一代做了什么孽呢，你说？鲁官一看见我就要抓住我问'老阿妈，你主张不主张打××？你不要来看护我，去服侍打××人的大兵去！把你的工钱捐出来。要不，你也回不了乡下的，乡下包有××人欺侮……'看呵，叫我怎么回答他？啊哟，怎么回答他哟！"

转进正房，一个穿着短绉纱夹袄的老人，踉跄地跌了出来：浮满了一脸的困倦，却没有油光，压根儿就是干柚子般的一张皱瘪脸。他先瞥见了女仆的身影，发起一阵火气：

"老阿妈，你大清早吵个啥？不怕吵醒了我们，也得担心惊坏了鲁官呵？"

"颂老伯，是我……"倘若不是听他的声音我也不会认出这是前三五年的爱说笑的他了。

他蓦地怔了一下，抽身回耳屋戴上了一架老花眼镜走近我来。

"是你，四叔家的小妮，你看看人是老来不值钱，我哪儿记得起来呀！你是来……"

老人的声音有点颤抖了。

"坐一歇，来来——"

我的衣服摩着太师椅上的红呢垫子，说它是红的，又像是老橙子的深黄。椅角上钻出了坏棉絮，好像要探视这个古老的家庭里的悲剧，要偷听颂老伯深长的慨叹。板壁上的字画褪了色，底轴也脱掉了，敞着的前堂里，吹进来阵阵的小风，字画生了翅翼般地往起飘。

我艰难地搜索了一下"枯肠"，道出了我的慰问。

"你家爹爹挂念着阿鲁呀？咳，这些天真麻烦够了这几个近亲，谁不牵记我家的阿鲁呀，等他好了，真得跑跑各家，郑重地谢谢！"

当我问及阿鲁的病状时，老人才又醒过来了似的，承认自己是在发呓谵了，左手架在脚上托着个水烟袋，右手用纸捻敲着自己的额头：

"喏，我又在说胡话了，阿鲁哪一天才会好啊？昨天夜里吓死人，昏厥过去半点钟，醒过来……"

颂老伯放下水烟袋站起来，我以为他是要去拿东西，他却伸伸拳又坐下了。

"他，阿鲁伸出拳头来要和我比武呢，口里尽叫着，'你个老东西，比比看谁的力气大，你做××人，我揍你，嘿，你可是比不过我，你要跌在地下。'

"他个疯子，不，他个阿鲁力气好大哩，他娘，他两个妹妹，才把他拖回床去。我真的在地下滚了一下，阿鲁才笑了，笑得那么可怕，这好像滚在他床前的不是生他育他的爹爹，却是仇恨海样深的冤家……这倒霉的命啊！"

"看了医生怎么说呢？"

"我和他娘是急昏了头啊，什么药全吃过了。马宝啊，定心丸啊，仙方，哦，你们新派人是不相信仙方的，阿是？阿鲁病糊涂了，喂他什么他咽什么，这孩子心地是明白的，见了医生他会乖乖地伸出手来把脉，有时会偷偷地告诉两个妹妹，说自己对不住我们老的，白白念了一肚子书也没用出来，阿鲁有良心的喏，阿鲁……"

楼梯上轻响着，走下阿鲁的娘，没有颂老伯的年纪，但那张姜黄的脸却抵得上一头银发的苍老了，突出着尖下巴凝视着我，慢慢地移动着那双背着时代的枷锁的双足。

"喏，四叔家的小妮来看我家阿鲁了，比阿鲁少不了两岁哩！"

女人呆着，眼睛里嵌着石头，张着嘴不知说什么好了。

"别呆呀，小妮你看看，阿鲁娘吓成了什么样子，我劝她说，即使阿鲁不好了，也是命啊，也是祖宗祠位前少烧了香啊！"从沙哑的喉咙里，我窥见了他咽下去的老泪，为着安慰阿鲁娘，他说出了违衷的话。女人从呆视中苏醒了：

"我们没有少烧香啊，没有做过缺德的事啊。哪个亲友不夸阿鲁少年老成呢！比哪一代的祖辈都清秀，真不像你这个老子的蠢笨哩。一手的好字，一手的隶书呀，喏，你看看。"

到这晌女人才想着搭理我，指给我看裱在窗扇上的阿鲁的手迹，好像她自己是一个正确的书法品评家似的。

"念了这些年的书啊，不容易，熬了多少通夜呢！功课忙起来的晚上，我一觉醒过来，他还伏在书案上，鸡都快叫了哩。押了房子，卖了田，全是为了他读书哟！呵呵，这个出鬼的日子啊！……"

女人伏在茶几上号啕起来了。

"为了要撑持这份家业喏，只有他一个儿子呢！世世代代读书的人家，哪有不让他读通的道理，老来全靠阿鲁哩！为了想早出头几年，才叫他去上兵工学校的啊！谁知道……"

老人丢下独自啜泣的女人，回耳房抓出一大把儿子的旧信来给我看：

"喏，这封信上怨我要他去读军用化学……"

"这封信上来了一大套'国事蜩螗'的牢骚……"

"又是一封，竟说中国要亡在汉奸手里了……他说倘若自己研究出来的炸药不打敌人……"

"——嘘，他以为他的老爹爹是和他一样年轻了。我对他说，爹爹要你撑持的是家业啊，修身齐家，然后可以治国平天下哟！呔，如今的小伙子！"

颂老伯捧着水烟袋在地上踱着，陈古的方砖地上，被多少年代的足印磨凹了，有的地方裂了缝，嵌着一簇簇烟灰。整个堂屋罩满了阴森的冷气。

"呵嘘！"

在抹着眼角的女人突然站起来驱赶一只由厨房里摇摇摆摆进来的野狗，一直把它送出了后门，回来时轻声太息着：

"真是不吉利的东西啊！"

说完便沉默地在长几上点了三根香，向观世音的玻璃框子膜拜。

我随着女人蹑足上了楼，多么像拍卖场上的拥挤啊！每个角隅里堆满着古老的木器和杂物，雕花的大木床上挂着一顶洗得有了小洞的夏布帐子，帐帷垂下着一面，阿鲁的生肺病的大妹妹倚在床前发怔，打春才呕过血的什么"美人痨"，病越沉重两颊却越是飞着灿烂的红晕，早已休学了。

我们的闯入骇了她，把半个"啊"字咽住了。她的红晕依然，只是因为欠睡，眼角上浮起了一圈黑影。我们同过学校，还没有互相忘记。

她指指嘴角，要我别开口。

"阿鲁——"

床上的是阿鲁，我在心头叫着，没有当年顽皮的心情了。他半睁着眼珠望着帐顶，好像还不甘心熟睡，好像还要向他爸爸发一些呓语，好像还要向病肺的妹妹致他心底的歉疚……

脸是苍白的，落了肉的脸颊深陷着，纵然清秀，也还留着他爹的一点影子，那是忠实，那是不能够眺望得稍远的一丝拘谨。

朝霞早从阿鲁脸上飞走了。

肺病的妹妹指着阿鲁的唇际，那是一撮烧枯了的树皮，鱼鳞似的翘起来了。她做着手势告诉我他的可怕的温度。

鸡爪粗的左手裸露在被单外面，无力地松散着指节，据说，这就是捏紧了拳头要和爸爸比武的手，在幻想里驰骋着要打××的手……

在我走出这两扇无光的黑漆大门时，阿鲁娘也束了条黑绸裙出来了，手里捏着钱袋，另一只手提了大扎的纸元宝和香烛，踽踽地到大雄宝殿为阿鲁烧香去了。

（原载《中流》1937 年 6 月 20 日第 2 卷第 7 期）

第三章

烽火连天

——战时通讯与专访

在军医院

一间可以容得下二十张小铁床的病室里，躺着十多位从南北前线吃了敌人的子弹而蒙伤的军人，二十世纪的野兽型的侵略者在这里留下了一个清楚的凶残的阴影……

轻伤的几位跛着腿或托着自己的手臂到室外去了。

养伤室里静静的，有军医的白外衣在飘动，抚着床给兵士们换药，听得见硼砂水从血脓的伤处潺潺地流下来的声音。棉被上的红十字又深又牢地伏在那儿，肃穆地包缠在战士们的身上。（它快说出它对这些捍卫祖国的壮士们颂祷了。）

"王排长出去了，下午来吧。"

勤务知道我们是找王海清排长的，那个守宝山死尽了姚子青一营人的唯一的生还者。

好在这屋里还有着多少个姚子青，多少个王海清，他们都有着一颗报效祖国的赤心。

是由于一种什么力量呢？挂了彩的他们和我们迅速地相识了，他们边换着药，就在床沿上给我们述说着战况。

"十年来的仗打得不算少了，这回才是真的拼了个痛快啊！"三十岁左右的他们，那么高大的个子，却都天真地咧着阔的嘴在嬉笑着了，争着先把心底的罕有的欢喜剖示给听的人。

他们身体上的痛楚在这个欣悦的大标题的前面解除了，变轻快了。

他们有的来自罗店，有的来自平汉线。××师××师××伤的全有。他们蔑笑着敌人的鼠胆，卑劣的战术，对于横蛮锋利的军人只投以扼腕的叹息——不是畏怯，而是为了被毒者蚕食的正义。

"宁可死在战壕里也不跳出来冲锋的，面对面的捉到了说不杀他们，也是死不出来，只好炸死在土壕里了，你们看见过这样的军队吗？"他们呵呵呵地齐声笑了，勇骁的血液在我们全中国人体腔里，除了汉奸。

"这回的兵士是死也死得合算，伤也伤得合算啊！"一位年轻的四川口音的士兵在枕头上乐了，放下了手里的报纸，他正在读巴金的《给山川均先生》的文章。他把我们招到他床前，热诚地说："随便坐，好好谈谈吧。"

他小心地从断了骨的左臂上穿上了衬衣，一面指着报纸说："如今是开始向敌人还掌了，可是国内还有许多的腐败待改革呢，报纸上应该尽量地揭发……"军人气的朴质从他的眼睛里声音里流露出来。他拍着胸脯：

"譬如说我们四川吧，至少是可以动员十五六万精良部队的，可是一向我们的长官们太为自己的地盘着想了。他们拥有我们这些兵士不为了替老百姓谋利益，却为了私人。其实四川兵是最强悍的，战斗力很强，快快在报上告诉大家，多调些四川兵来，这是什么时候了啊？"他想起了一点，想诉尽久远埋藏在他心底的凤愿。蓦地他想起了家：

"上个月我写信给家里，说这一次如果死了也算合算，多少年的血汗白流，现在才是死得其所呢。我嘱咐待我阵亡以后来收尸殓，也好安安心。我有妻子，有父母，有弟兄，但在现在这年头，谁还顾得了谁呢？还是顾国家要紧啊！"

不止是他——邬文光排长——而是全中国的有血性的人们，全在以国家为念了。骨肉的恩情在这里开出千古的奇葩，招展在抵御外寇的腥风里。

谈到了平日忽略了民众组织而产生的汉奸，谈到了敌兵中四分之三的东北同胞被迫着作为进攻我军的前哨：

"我们曾捉到过东北籍的俘虏，他们说不是不懂中国人不打中国人，如果不努力打，日本人就把他们在东北的家人杀尽斩光。"而且惯会诈骗的日方是以每月四十元的安家费在唆使一帮少壮的东北人上战场，去做人世间惨绝的萁豆相煎的勾当。看平时，捉到俘虏也许一下子便杀掉了，但对于我们同血族的东北同胞——是宽恕了。

"敌人的战术全是我们所瞧不起的，非在飞机大炮的掩护下不可。最初以大炮试探，再则飞机侦察，最后才有少数步兵来探索，碰到我们正式进攻时，早已转身逃跑了。日本俘虏中有能说中国话的，说是本不是来打中国人，而是日方征兵时说：中国人没有了，来保护租界的。"他说到"我们中国兵所瞧不起的战术"时，自矜地笑着，这才是我们有五千年光荣历史的民族性的流露！

　　他说起后方医院的缺乏及简陋，他在九月六日在罗店负伤，到镇江后方医院又受到许多天的侮慢与磨折，军医每天为伤兵换药时间只两小时，过时不候，而且根本就难见人影。他说着似乎有点气愤，但我们虔诚地希望后方医院充实设备，使这些为国争光受伤的斗士得着安慰。

　　"平日一点教育组织工作也没做，叫他们怎么认清自己的任务呢？"他愤愤地说："医院中倒是一百多义务的女看护很尽责。看看我的手伤快加重而换不到药，自己掏钱住了两星期基督医院才接好骨头，许多后方医院的医生偷懒，把士兵们的可接的手足锯了，害得他们残废而上不得前线。慰劳团呢，甚至因为兵士身上的血衣臭不可闻仅在门前走过。……"

　　我们对于他们这种气愤话，不但同情，同时更惭愧后方的救护工作不够，尤其是跑到医院里来看见残肢断骸的斗士时，一切的光荣都属于他们，一切的罪过都应该由我们来承担。

　　"要希望最后胜利，还得各方面的努力呢！"邹文光排长的话一点也不错。

在汉口

（原载《大公报》汉口版 1937 年 10 月 6 日）

在日本宪兵司令部

——天津东车站纪实

晚间八点多在正阳门车站的平津车，翌晨五点多才到了天津。在平时，这只是两点多钟的路程！

三等车厢里塞着大量的年轻人，工人，小职员，小商人，特别是学生；可是学生的神情只能从那副近视眼镜和稍呈白皙的面容上看得出来，在敌人的魔爪和欲眼下，最引起他食欲的要算是青年学生了。

我们心跳着，这一群战栗着的心啊！

可怕的终点到达了，汽笛长吼着，使这些在陷阱旁踏过的青年人怔忡起来，下车吗？眼前是被炸毁得像是荒冢一样的北宁铁路局，再前面，已经望得见敌人的猎犬在巡逻，步枪平拿着，后面的枪刺几乎要触到行人。草绿色的钢盔下面是草绿色的制服，简直是绿毛毒龟在人海里游泳，在寻觅着它的可口的食粮。

"大胆些下车吧，不是我们已经逃过了这车上的十几关了吗？"我轻声向袁说着，在车上十几站的搜查中，我们已经幸免了，每一站他们已经啄食了两三个年轻的同胞去。

我们低着头在猎犬们身旁走过，抑制着心头的怒火，这是我们的土地，我们的车站，用不着这些强盗天皇的强盗军来"维持秩序"！

袁乖巧地夹杂在一串老太太和小孩子们中间，像是一大堆家属似的。我们放下提箱等候检查，心想：看吧，全是些衣服呢。

"检查，里面去！"钢盔下面的一双贼眼瞅紧了袁的光头，回头看看我：

"一块的？也去！"

指挥刀的挥舞中我们归了队——一群年轻的同伴，一群待杀的羔羊，羔羊不是没有血气，在严密的团结与组织下，羔羊会变作和敌人拼命的狮子啊！

看守着我们的是三四个草绿色的毒龟，在东京，在大阪，在神户……也有着他们的妻儿父母吧，却为了疯狂的军阀们的指使，到这儿来执行刽子手的任务！倘使他们的父母妻儿眼看着自己的儿子丈夫在支那大陆横眉瞪眼地做强盗，也会失悔放他们离开三岛的了。

车站上的人渐渐稀少了，我们的特别队伍却已加长到四五十个人，木偶一样地钉在那儿，女的占五分之一。

"走吧，小子们！"

我们愣了，原来守着我们的还有一个中国人在内，黑袍黑帽，不知是不是这两天多拿了几个"人血钱"多喝了半斤白干？眼睛红红的，鬼子一样，流氓气地打量着几位姑娘：

"念了多少书了，妞儿？挺漂亮的脸蛋儿……"

"中国人哪，你……"被侮辱的姑娘身旁站着一个青年，他禁不住心头的气愤了。

挞的一下，那青年吃了一藤条，红眼鬼子狠狠地瞪着人群。是用腥血凝成的金钱污染了他的良心，仿佛这大队人是和他结下了万世的冤仇。

大队随着猎犬们蠕动了，站台外吹来的清凉的空气，车马在喧哗着，有小列的洋车夫在窥探我们这群无罪的囚徒们，虽然我们之间默默无语，但也交换了同胞的关怀了，他们不知觉地在摇头，有的用一只大手掩盖了他自己的眼睛。不忍看这幕惨剧么？一个多月以来他们惯看了这活剧，被审问出来的人总比进去的要少掉好些。

"我们被带进一所大楼，没看清是个工厂还是大商号的栈房。"

鬼门关！

踢踢蹭蹭地上了楼。

上了三层后站住了，许是玻璃上蒙了黑布，在白天也是点着电灯的。

一个日本小鬼进去回话了，大约是报告："来了，又是一群抗日的学生们！"

先来四五个！小鬼向红眼睛的招手。轮到了我们近门口的几个，袁，我都在内，还有三个商人型的学生。

这是鬼狱，这不是人间，那二百只光的电灯也照不亮这黑暗的审讯室，屋子左侧是一只木桌，纸笔和墨水散了一桌，（不怕污染了世界的文化啊！我想。）墙壁上挂了步枪和藤条，还有一些用二十世纪的慧心制造出来的刑具，叫也叫不出来名字的。

主持审问的是一个矮胖的军官，是什么特务队里的高明的长官吧，小胡子堆在鼻子下面，找不出一点威风，他离开书桌站前来发问了，更高的官职在向他招手，他快升到恶魔的极峰当侍卒了。

屋子是关得那么严紧，另一个门侧四个小鬼把守着，深怕我们夺门而出吗？还是，这霸道的强盗行为，要开罪了外面清澄的北国蓝天呢？

那是我们的蓝天，我们的顶空，我们的自由的大气在浮呀！

暗室里的兽行会随着门缝的空气漂流出去，告诉我们的公正的人类。

"来，姓什么，叫什么？在哪个学校的？燕京吗，清华吗？不要装不知道呵！"红眼睛的做了翻译，把一个绸长褂的青年推着。

"我不是学生，我是商人，看我的箱子……"

检查着，翻出一叠洋纸行的广告和手纸来，那青年（我认识他，是××大学的）用英文说他是北平东城××洋纸行的买办推销员，又给他名片看了。

主审者迟疑了一刻，挥挥手叫他出去了。我替他巧妙地化装欣喜。

第二个是高中模样的青年，身材比年龄显小些，自己报着××中学的高一学生，绥远人，爸爸在烟台开旅馆，回去看他。

"绥远？傅作义的亲戚吧？哼，也想打日本？"小胡子说一口漂亮的中国话，死在他手下的无辜同胞该不少了。

青年快笑出来了："我姓王啊，傅作义我没见过。"

"我瞧着你像贼！像傅作义！"

小胡子的无理使大伙儿哭笑不得："他妈的绥远人没有好东西，全抗日！"

翻了翻他平常衣物的，他也幸免了，还受着小胡子一句叮嘱，"回去别当兵啊！"

袁告诉他是前几年南开中学毕业的，一直在北平失业，现在来天津谋事的。

"南开？张伯苓那个老东西？他抗日，他教学生唱抗日歌，你们学生又教二十九军的兵唱？"这回是汉奸红眼睛逞凶了。

"哪里的事？张伯苓不会唱歌，我也不会。"

日本鬼一挥手，用日语吩咐了守门的一句话，接着进来一个形容憔悴的士兵，辨不出是人是鬼了，焦黄的脸膛上嵌着两颗无神的眼珠，深深地凹下着和骷髅一般。

走近了，原来是我们的二十九军的士兵，他做了俘虏，他有点寒噤。二十多岁的高大个子。

"来来，你的老师来了，唱一支抗日歌给这学生听吧，畜生！"

他，我们的忠勇的二十九军士兵，惶惑地瞅瞅主审者，瞅瞅楼板，他偷空投给我们同情的一瞥，我偷偷地在心里问他：兄弟，哪儿是你的故乡？怎么会这么不幸，被强盗们绑架？有音信要捎给骨肉吗？我可以听你的不死的壮志，出去告诉给大家。

"唱吧！"鬼子用指挥刀拦腰戳了他一下，幸而是带着鞘子的。

是那么凄绝而又雄壮的歌声起来了：

"起来，不愿做奴隶的人们，把我们的血肉……"

这年轻的士兵唱得不自觉地兴奋起来，拍起胸脯，睁着倦眼，把歌声面对着我们三个"俘虏"，倦眼也在一度挣扎射出了光芒，在紧紧的盯视中，默然给我们多少叮咛，交付给我们手中祖国的命运，他的声音在颤抖，发白的口唇渐渐激动得鲜红了。他又自动地接着唱：

"士农工学兵，一齐来救亡……"

"好好，马鹿，你倒真唱出劲来了！"

独唱断了，我们心弦上的共鸣也戛然而止。

小胡子翻着袁的钱袋：

"拿两毛钱给他，为你唱了歌子哩！"

袁怔住了，眼镜片上泛出了水晕，他将哭了。两手按住口袋，犹疑地望着二十九军的士兵，好像说："给你吗？"

机警的士兵把帽檐往下拉了拉，转过脸去看墙上的刑具，仅是摇摇头。

"给呀，你们是同胞又是同党呀！"红眼睛又帮忙了，他是什么时候入了日本国籍呢，可惜是不能抽换的中华民族的赤血！他的血管里流着比洋沟水还臭的污液。

"我不能给，要做路费呢！"袁终于狠心地说了，无奈地搓着手。

"呵呵呵……"鬼子们齐声乐了，"同胞的面上也不给吗？一角吧，这回可以给了。"

"一角我也不给！"心狠了狠。

二十九军的士兵听了这声坚决的拒绝回过身子来了，嘴角上挂了微笑，他为一个不相识的青年宽心了，在为他祝福，多从虎口里逃出了一个中国青年。

"下回吧，回头我给你两角钱，你们中国人是不帮中国人的！"多么笨拙的离间计！

兵士踽踽地被押走了，袁也在一声"滚蛋"声中出了牢笼。

"你是和出去的一个一块的？女学生？女共产党？"他们无礼地拧着我的手臂，一面已经有人用藤条拨弄着我箱子里的衣物，像是捡垃圾。

"连垃圾也不及的畜生！"我暗自骂着。

"上哪儿去？干吗？"

"回上海，我母亲在那边，病了。"

"上海？上海已经不是你们的了，你们打了败仗！你母亲早被你们自己的兵打死了。"

信口的造谣，信口的侮蔑！

"不，"我肯定地说，"上海还有我的家，我母亲不会被中国兵打死，中国兵是不打中国人的。你造……"

是为了女人的缘故吧，兽眼又转和气些了。

"好好，放你回去，问你，抗日吗？"

"说，你也在北平大街上喊过打倒日本帝国主义吗？"

我被扰得头痛了，眼前是一批说鬼话的野兽啊！我想念着室外，想望着自由的蓝天下的人民，我还得跑过去加入他们的行列，解脱我们的锁链，杀死这地球上的怪物，那凶残的毒虫。

违心地我摇了摇头。

一只鬼子的粗手拍到我肩上来："好，不抗日，中国人全像你就好了。"

我执拗地拂去这只不要廉耻的手。

又是一声滚蛋。

我提了小箱子走出门来，使劲地锁上了门，后边有笑声："不抗日的中国人……"在楼梯上我几乎晕倒了，终于又站住，不知道在我后面的受审者又受到了什么奇询怪问呢。

到了蓝天下了，衰等着。远远地有车夫在向我们招手，除了"生意"之外还伴随着金钱换不来的温暖。

"这豺狼的日子是不会久的啊！"车夫轻轻地说，我们微笑着表示同意。

（原载《大公报》汉口版 1937 年 10 月 13—16 日、18 日）

给母亲们

在汉口第五陆军医院里，一等兵赵仁发拿着一封他母亲的手书，要找人写回信。

六十一岁了，这位母亲。

在那粗劣的红格子纸上，在那秃毁了的笔尖下，她叮嘱她的独子伤好了再去战场。没有一句气短的话，也没有一句向儿子泣诉年迈无依的怨艾，她把所有的"忧念"极坚强地表现了出来，很冷静地掩藏住自己心底的焦灼，把分别了四五年的积愫吐露了一点。她不像一般伤兵的母亲，痛哭流涕地在求人代书中要儿子伤好了快回家。

我们简直对这慷慨的母亲怀疑起来了。

年轻的赵仁发有点发恼了，好像是从我们这儿受到了侮辱，他摸摸背心上的骨伤，皱皱眉头：

"不信吗？难道我还捏造？我母亲读过书，走过远路，能经营一个粮食店……哼，我爸爸死了三四年，母亲把店子又从宜昌搬回湖北乡下，她比我爸爸还能干！"

一个久经风尘的老女人的影子显现在我们眼前，该有着一头银白的发丝，一双敏锐果敢的眼睛，凭着半生辛苦的经验，她能够从容地支配一个店子。

"我是四五年前从家里偷跑出来的，起先在保安队，到上海开仗时我忍不住了，开了小差，进了十一师当传令兵……我母亲早些年催我回去，现在知道没办法，不勉强我了，有一封信上说只要我常写信回去，再也不逼了，她自己也能活下去——许是有点生气，可也是硬挺多了。她生我们十一个，可是只活了我一个……"

我想象不出，当那个小村子的邮政代办所把赵仁发从伤兵医院里写的信送到这位老母亲手中是什么情景，倔强的儿子竟不声不响地参加到抗战前线，竟在破晓时传递军讯而遭了敌人的炮弹，也许会弹几颗老泪，不能遏制自己的感情，把店务弃置一些时候。她会揩干了眼泪，微笑地想到儿子是毕竟没忘了母亲，在挨受着痛苦、躺在军医院的时候，第一个便记着给母亲写信！

在邻里乡邻的温情慰抚之下，这位老母亲伏在古拙的柜台上，借着油灯的微光，写了这封信给儿子——她克服了自己的私情，坚强地把儿子推到火线上，献给了中华民族。

在抗战烽火燃遍了原野的时候，我们应该把"母亲"这伟大任务重新估定一下了。中国有千千万万的母亲，在"人无分男女老幼"都来抢救中国的原则下，我们不能忽略了母亲们的责任，她们本身应该是抗战的总体上的一个齿轮，应该是儿女们的表率，更应该是推动她们的儿女去参加抗战工作的发动机！

高尔基的《母亲》里的母亲，是儿子做革命工作的友伴，在推翻沙皇的宝座的艰苦斗争中，她也是一个刻苦工作的战斗员。崇高的母爱在这儿升华了，超越了那些嘘寒问暖的琐碎事情。有一个神圣的大目标横在前面！儿女奔向它，母亲也不两样。母爱扩大了，这仁慈被广被到全人类儿女的身上，发挥出更温暖的热力，如同透过沙石的清冽的泉水，母亲的含义更伟大了。

多少士兵的母亲们已经奉献出她们的儿子了，用儿子的血肉去争取全民族的生路，除了这些母亲，在全中国的每个角落，我们还有着多少自私地把儿女划在救亡圈子以外的母亲们！

把那些养而不教、溺爱纵容的弱点去掉，不要把儿女看作自己的珍宝。在敌人的侵占伤害之中，我们再也不要希望幸免，中华民族的儿女是同命运的。

在母亲们自身的救亡工作以外，勇敢地把孩子们也拉到救亡圈子里来吧，把抗战救亡的种子播种在每一个小脑袋里，组织他们，锻炼他们，使他们各尽其力地担负一分一厘的任务，使他们成为抗战的新中国的好儿女！

我们不能再弃置一切人力物力，我们不能再踱着方步在抗战的火药气里冥想了，得迅速敏捷地动员大小细胞。

自然，中国的母亲们落后的很多，就是她们的一切对儿女观念的错误，也是有其深远的社会原因的。我们可以交互影响每个参加救亡工作的儿女，也可以去教育、去影响他们的母亲。这不是一下子就能做得好的，我们要克服许多障碍，不能不转弯抹角地走一些曲径。只要有计划有耐性，一些生活在狭笼里的母亲们，是不难溶化进抗战救亡的圈子里来。

　　中国的母亲们在抗战中起来吧！

（1937 年 11 月）

一只手

——军医院手记

　　是五天前，从浦口又下来大群大群的伤兵。路上走了九天九夜，一直没有人给他们敷伤口，到了第五陆军医院的时候，轻伤的捧了伤口找医官，重伤的被担架夫从担架床移到草褥上，就像一块木头，动也不动，连呻吟的声音也低微得难听清晰了。

　　有人从这一段段木头里发现了一段小木头。短短瘦瘦的躺在靠墙的角隅里，那张脸颊简直不像个成人，虽然风尘把他的脸封裹得像是包了泥土的松花，小鼻子小眼睛以及雏鸟的软黄嘴喙一般的口唇却清楚地告诉人家这还是一个孩子。

　　"一个小兵，多么小的小兵！"

　　三四个月以来医院里不是没有过小兵，不过多少总比这个大一点。于是有一个来自北方的轻伤兄弟伏下身子去，翻了一下他的符号：

　　"五十八师的，是个小勤务兵呢！"

　　接着他掀开了小兵身上的棉大氅，一阵血与脓糕和久了的腥臭散了开来，北方的弟兄讶叫起来了：

　　"伤得不轻呢，衣裤都被血泡皱了，快叫医官来——"

　　他们的大嗓门惊醒了孩子，小眼睛扇动了一下，泪水掺和了眼屎，干巴巴地糊满在睫毛上面，也许还是一张相当可爱的小脸，可是在这时候天底下再美丽些的事物也叫猛烈的炮火掩埋了。

　　没有找医官来，兄弟们却把正在给别人换药的周太太拉来了。大伙儿对这小兵不只是怀着普通的友情，而是为了他的年龄的缘故，对他添了一层父兄的爱护。

"这么小，也叫他上火线，俺家里有个和他一样大的老弟，放牛也放不好呢！"一个山东大个子竟边说边抹起眼泪来。

几个兄弟们帮了周太太把小兵抬到床上，谢谢天，他的胸口还在轻轻地跳动着。在他的衣裤上有着数不清的窟窿，从那些小洞洞里面都会涌出过一股股鲜红的泉水。而今，血水在灰色的军衣上变成了一摊摊难看的痕迹，像红，像绿，像紫；世界上仿佛只有人血才能够构成这么繁复这么伟大的颜色。

衣服是没法子脱了，血水粘紧了衣服和皮肤。有人递了一把剪刀过来。血衣在剪刀缝下像枫叶般地掉下来，符号上原来还有三个字忘了读出来：曹阿狗。

曹阿狗醒了，长长地"哎哟"了一声，声音是那么悠长，那么疲倦，使人记起童话中写的公主长卧十年醒来的茫然神情。

"啥地方？"

疼痛使他不能再多说一个字，小小的眉峰皱到了一起，缩手缩脚熬受着痛苦。山东大个子拿来一杯热水，一匙匙地喂着他，孩子接受了，却闭紧了眼睛，把自己的一切交给了大家，他的神经已经不能主宰自己了。

白纸一样的胸膛，柴杆一样的细腿和胳臂，血液似乎已然流光了似的，在奉化水蜜桃一般的创洞上也不再淌血了。

大伙儿精密地数着，大小十四个伤洞，是的，就在这不到八十磅的小身体上，就在这不到三尺长的颈子以下的小小躯干上，有了十四个伤洞。枪弹，炮弹，炸弹的碎片，在这儿陈列齐了。

抓到他的左手的时候，曹阿狗"呀"地大叫了一声，那么尖锐，用尽了他所有的残余精力呼叫出来的一声嘶喊，隔房的士兵们都听闻跑来了。

"做了噩梦吧？"

"左手怕是伤狠了！"

后来的一个人猜想是对的。

大量的漂白粉和硼砂的溶液从左手的伤口上洗刷着，白色的烂肉和黄浆一块块地掉在托盘里。一只瘦小的手如同已经被宰割了的鸡头，软软地垂在手腕上，一碰就会掉下来似的。

"筋断了，这只手怕是要割掉了——"周太太轻声说着，把它包扎了起来。

大家用惋惜的目光注视着这只手，这只虽然不肥润而又缺乏营养的手，却是拿过枪拿过手榴弹瞄准过敌人的；这只幼小的手已为民族建立了不能磨灭的功劳，它是渺小，而又伟大的。

　　"用一点好药，把这只手留下吧！"

　　"孩子还年轻呢，周太太！这么大就残废了，怎么办？"

　　谁都想留下这只手，周太太也是。她喂孩子吃了一点稀粥，在给那十四个伤口敷药开刀的时候阿狗是那么乖，一点泪水也没有落。精神反倒好起来了，一把热手巾将小脸也洗干净了，有点像韩兰根，却没有扮鬼脸的心情，他是在一场悲壮热烈的"戏剧"中扮过了一个无上庄严的角色了。他说着满口"俫伲"的无锡口音，在剪刀与钳子在他的伤口上移动的时候，他断续地背着自己的故事。他是去年十六岁投军的，是个裁缝店学徒。

　　"俫伲师傅凶来死，我觉着穿针引线呒啥道理，恰巧听到民众教育馆的先生演讲，我就去惠山五十八师投军哉——"

　　"民众教育馆的先生说：老百姓要替国家做事，替国家——"

　　他张开了小嘴巴，（鬼相信他今年十七岁！）聚紧了小眼瞅着白白的天花板，好像那儿悬挂着党国旗，好像那儿显现着我们千百代祖宗的遗容，曹阿狗鞠着一颗单纯无瑕的心在起誓：他将以一腔热血奉献给这待他极菲薄极残酷的社会，国家。

　　"八一三上海开了火，俫伲兄弟开心来——统统要去打东洋人。"阿狗又笑了。

　　三天来，他不断地打听着战讯，有人谎他南京克复了。他用完好的右手撑着床沿。

　　"好好，我曹阿狗弗会白伤！"

　　昨天起，曹阿狗的左手恶化了，医官说是非割不可。断了筋，碎了骨头，没法衔接的了。

　　终于有人在手术室门外的洋铁桶里，发现了那只黄瘦无血色的小手。这只不甘心捏针而终于捏了枪的手停止了血液循环，冰凉地泡在血水里开始腐烂，不知道它已经被倒在哪一个污水桶里了，今天。

　　今天早上，看护兵告诉我说曹阿狗发了一早晨的脾气，哭得很厉害。

"为什么呢？"我被廊下的人声吵坏了记忆。

"为了那只手，除了这只手他还为了什么呢？早上我好心地要为他洗脸，他伸手要自己洗，谁知道一瞧——"

看护兵用自己的右手使劲地往左手腕上一划，沮丧地摇着头：

"他问呢，是谁偷着砍了他的手。"

是的，为了医官说这只手除了割掉已经没有别的办法，为了避免孩子的执拗倔强，是在他熟睡了的时候抬到手术室里去的，接着上了蒙药，接着……

我悄悄地走近阿狗睡着的病房，屋里别的弟兄们似乎已没法和这孩子解说得开的样子，都离开了屋子在通道上谈论着。

"究竟是小孩子，断了手就……"

"幸而是截了左手，要是右手……"

手，手，手！谁都在谈着阿狗的手。

阿狗的床位是靠门窗的，三四天来他常从这块玻璃中透视远空，看中国的飞机在天上翱翔，摸着自己的脸颊直乐，如果不是那时左手上已经绑了一重重纱布，他一定已经响亮地鼓掌了。也是从这块玻璃中，他和走过室外的弟兄们交换着微笑，有时他们故意用一只橘子或一包花生在外面逗他。

我怀着偷儿一般的心情走近门窗，看看曹阿狗是不是还在为他的手伤心地哭着。好像是我偷了他的手，又好像是射击他的敌人偷了他的手。

我从心上移开一块千斤重的石头：阿狗已经不哭了。只是小眼睛圈上浮起了红边，正瞅着墙上那位弟兄挂的一张漫画，贫血的淡红色的口唇噘得高高地，还在生气呢。短了一截的左臂伸在棉被外面，有一点血水渗了出来，阿狗好像已不愿惜它，竟让这没有了拳头的手臂在被外面受冻。

一夜的风雨，今天气候冷多了，玻璃上蒙盖了一层人口里喷出来的水蒸气。忽然我在阿狗枕畔的那块玻璃上发现了一些花纹，走近了看时，我的额头撞在窗栏上了。

那不是什么花纹，是阿狗用右手指在上面描了一只手的轮廓，手指的比例与距离都画得不坏，显然是费了一些心机的结构。在边上还涂了一个又粗又大的"手"字。

"阿狗，有人给你换了药吗？"我迈进屋门，压低了喉咙问着。

一只橘子对准了我抛过来了：

"还换药，手也被你们换去了呀！"

含着海一样深的委屈，阿狗放声哭了。来医院以后，不，也许是在这不顺适的十六七个年头中，头一次那样凶地发起脾气来了。

"手为什么不能接起来呢？"

"不应该贼一样地偷掉我的手……"

"你们欺瞒我，欺瞒阿狗没了爷娘么？"

屋子里围了一大堆弟兄们，都在给阿狗说好话，有人伸出了自己的断臂给阿狗看。

"我和你不一样，我才十几岁，年纪小小地成了残废怎么好呢？"

每个人的话走了死胡同，走不通。最后不知有谁想出了一个装假手的办法来了。

"假手？木头的假手么？"阿狗的眼睛亮起来，用断臂上的纱布抹着眼泪。

于是有一个九十八师的弟兄装着正经地告诉他，说曾见过橡皮的假手。

"能够动，能够托饭锅么？"

"怎么不能呢？"

"能够辅助右手放枪么？阿狗伤好了是还要去打东洋人的啊！"

那位九十八师的弟兄不住地点头，阿狗宽心地笑了，顺贴着让看护兵给他擦抹哭红肿了的眼睛。

直到我走出屋来时，阿狗还欢忭地拍着窗子说：

"别忘了啊，要医官来给我装一只能放枪的假手，橡皮的假手！"

（原载《大公报》重庆版 1937 年 12 月 28 日、29 日）

李宗仁夫人会见记

朴实·豪爽·精悍

似乎是一个太冒昧的访谒。

把我们引进室内的时候，意外地飞起一阵熟识的呼唤声音。那是君慧和史良，吴市长夫人正要起身告辞。一位矮小年轻然而微显憔悴的女人伸过手来了，堆着一脸笑，是一个沉静的面影。我不以为那是李夫人，没有官太太们的浮华，她太像一位吃够了粉笔灰的中学教员了，素朴，端庄。

在心底，我默默地向这位在后方努力为妇女工作的李夫人致敬，她的辛劳是和在前方日夜督战的李司令配比着的。

忘掉了室外火一般的骄阳，忘掉了初识的生疏，在这一间旅舍里，宾主们用着四五种方言谈开了，气候似乎降低到早春的温度。

机构和生产

李夫人抚弄着一大堆几天来拜访过她的客人的名片，一面谈着当前妇女工作的路线。

"我曾经建议过，要动员全国妇女，只有调整全国妇女机构，使它和人体的筋络血管一样，能够四通八达，没有一点阻碍地进行所推行的工作。要做到每个乡镇都一齐动起来。同时因为男子上前线打仗，后方妇女非参加生产部门增加生产不可。在广西，正拟鼓励冬耕，荒地矿山亟待拓垦，我自己向省政府领了两千亩荒地，种松桐。虽然等树苗成林取用尚早，但如果一年年宕延下去，就更坏了。目前广西只能努力增加农业生产，至于工业，广西实在太穷了，还没能多多设厂。最近俞庆棠先生说可以帮忙借款，盼望能成事实。"

李夫人沉入回想，像打了胜仗的士兵一样，强烈地有自信地笑着："李先生双十节出征时，说我的植树计划一定办不通，我到底在办着了。虽然我自己不是学农的，只是个师范生。现在领荒地耕种的人已经不少了。"

谈到工作的时候，她的沉静变作兴奋了。

话说战时的广西

马路上和旅馆里不时地飘进车声笑语，近处一家戏园的锣声正敲得喤喤喤地响。

"到这儿来真觉得是换了一个世界"，李夫人望着窗外那些洋楼，"在桂林街道上看到的只有灰绿色的制服，男女简直分不出来，一律布鞋，清早六七点钟忙到晚上九点，街上便静了。星期日早上公务员们也办公，下午还要举行各种集会，已经看得出天下并不太平的样子。好在广西人民本来穷困辛苦惯了，现在更在为打倒敌人而努力干着。捐款虽然太少，人力总算已在集中而且培植了。更注重在壮丁抽走后妇女自卫自给的能力，乡村妇女已在参加筑路守卫等之工作了，她们能够背着孩子做工犁地。如果有钱，真应该多办托儿所。

"妇女抗敌后援会曾做了二十多万双布鞋及许多套绳制的×××送到前方去。战时训练班正在普训妇女对于防空、防毒、救护、间谍等常识，救护队曾出发一百多人。家庭妇女是每家必须参加一人在战训班里。

"军事训练在女学生中正厉行着，初中毕业须受一学期军事训练才算正式毕业，现在高中毕业后也须受训一学期。乡镇妇女也同样看健康情形而抽训，她们是随时可以武装自卫的。""为了四五年来的强迫教育（民众基础学校，城镇乡村均有，不收学费，也有成人班。）广西的文盲并不多，教育经费在广西的整个支出中是很大的一笔钱。"

壮丁出征以后

谈到了这个问题，李夫人摇摇头。

民众们已经明白这次战争的意义以及参战的光荣，并且施行了优待军人家属，然而这种津贴和帮助是不够的，而且感情这东西不是一下就能克制下去的，现在我们应该为成仁了的烈士的老弱遗孤妥善筹划，才对得住死亡将士的血肉。广西太穷，在抚恤上真需要帮助。只有好好养育出征军人的子女及不能生产的老弱，才能使在前线上作战的士兵安心。

"不久我还要到前线看看，鼓励出征人也用理智克服一切困苦，并报告些家乡事让他们宽怀。"

告别时向李夫人要了一张名片，上面精致地刻着"李郭德洁"四个字。她那件蓝纱衫子已经为了终日会客汗透了。

（原载《大公报》汉口版 1938 年 5 月 31 日）

擦鞋难童献金救国

昨天午后两点钟，八位陌生的小朋友来到本报，我们致送了罕有的热情来欢迎。

他们是工作了两个月的难童擦鞋队，不甘心做一个替国家消耗粮食的小难民，于是组织了战区儿童新生活劳动服务团，在汉口的公园、旅社和轮渡码头奔跑，眼睛专注意人们脚上的皮鞋，擦一次取五分钱代价。在人群中，受敌人"恩赐"而颠沛流离的他们，本身就是一个有力的宣传。

这八个人代表两个团——二十个，还有十二个，已经疏散到后方去了，他们交出了一封信和十八元一角五分钱，这是二十个孩子两个月来全部收入的百分之五，托本报转献给政府的。会数学的小朋友可以算一算，他们二十双小手小脚努力了两个月，一共赚了多少钱？

他们一律穿着蓝工服，每人肩上挂的不是书包，不是糖果兜，而是放着擦皮鞋应用品的一只沉重的木箱，除了团名外，上面还镂着"自力更生，抗战到底"八个大字。这是他们二十个小魂灵的意念，也是中华民族前进的指针。

艰苦的生活洗去了他们这般年龄应有的忸怩与羞怯，八个小孩子大踏步地走进来，一脸笑，一脸汗，一脸灰尘，就像在战壕里啃馍馍的永不沮丧永不屈服的中国大兵，就像终日与生活搏斗一身汽油味的小工，他们是抗战中的中国儿童最好的典型。

十五岁的吴镇华是老大哥，南京国难小学的毕业生，流亡中冲散了爹娘，姨妈带着他进了收容所。一个忠实的脸型，在往日也许是驯服的小学生，而今却是揣着满肚皮国难故事的有指挥能力的第二团团长了（十人一团）。他领队向本报张季鸾、王芸生诸先生行敬礼，八个小嘴一齐张开：

"奋斗抵抗……中华民族不会亡……国难当头，不分党派齐奋斗，暴日欺凌，男女老少齐抵抗……"

"同胞们，快来赶走鬼子们……"

八个人的声浪是那么洪亮，不但本报同人都极感动，就是四邻也都被歌声吸引，在门旁驻足听这些孩子们的广播。他们似乎已经了解到孩子们的万丈雄心，和他们保卫中华的壮志。

最小的团员同时也是第一团团长撒世忠才十岁，以伶俐的口齿把他们平日服务时的讲演，当众演习了一遍。他巧妙地从他们在敌人残杀中流亡说到劳工神圣和新生活运动。

"诸位请做一次整洁检查吧，皮鞋干净吗？要不要我来替你擦擦？"大约穿皮鞋的人们很难拒绝小朋友的好意吧？

只在南京简易小学念到三年级的撒世忠，有一双莹亮多智慧的眼睛，困苦征服不了他，炮火恫吓不了他，红润的面庞像一朵开了绽的蓓蕾，答话是那么大方自然，如果我们二次会面，他会把他小心眼里的话统统倒出来吧，我想。他努着小嘴，怨诉着：

"我开饭馆的爸爸冲散啦，妈带我到收容所，虽然如今不开清真馆子，我也一样能养活妈妈。"前额的短发被汗珠黏住，这个短小的回教徒显得那么坚强，一身充满了活力。

"现在我们只能在早上读两点钟书，先生给我们讲讲国家大事，发一点油印讲义，十点吃完饭就做工去啦，到晚上八点再回所吃饭。"撒世忠的话是那么多，这孩子写得一手好字。每个人都写了自己的姓名籍贯和年龄。

张季鸾先生沉着地致了谢词。

摄影记者替他们照了许多相片，喝水唱歌以后，八个孩子回去了，吴镇华后面跟着钱小花、任茂椿、田玉名……撒世忠蹦蹦跳跳地压在尾巴上，短发飘着。孩子们是欢欢喜喜地去了，望着各个矮小的背影的我们，却在欢喜中夹着几分怅惘：他们日内将被疏散到后方。除虔诚地祝福以外，使我们悬心的是他们离开武汉以后，将在怎样的教养下成长？

（原载《大公报》汉口版 1938 年 6 月 11 日）

扑灭现代刽子手!

——记武昌被炸区域之凄惨景象

"扑灭人间的强盗，扑灭现代的刽子手！"

当每一个人看到日本强盗肆虐过的地方时，不能不发出这个诅咒。

昨天，武汉的晴空碧蓝如海，阳光下，三镇的人民在流汗，在劳碌，在进行一切的工作。

"呜呜呜——"

警报！时钟指着十二点一刻，天空明亮得如同点着万千盏汽灯，愤怒地准备监视人间强盗的屠杀……

不到二十分钟的巨响，强盗们笑了吧，他们在武昌投下了三四十颗炸弹，他们毁灭了四百以上的人命，他们炸塌了无数民房、医院和美国教会学校……

粮道街、三道街等处附近成了火烧场，成了屠门，成了新坟。

哭泣，叹息，咒骂。

焦黑的死尸，破烂的瓦片，倾圮的电线杆，荒冢一样的瓦砾场……

胭脂山上的民房被炸毁了一大片，已经挖出的死尸搬到山对面的人行道上，残缺的肢体垃圾似的陈列着，在三四点钟以前，他们是活泼乱跳的小商、苦力和辛勤的妇孺。现在他们身边是担架，是救护队，是薄皮棺材，是啜泣的亲属骨肉，是在淌泪的和死者并不相识的女人们。

沿街电线上挂着炸飞了的布片、衣襟，没有人去取下来，也许那上面还粘着血肉。小孩在拾碎玻璃，穷人冒着飞扬的灰尘在找寻压在瓦屑下的衣物箱笼，有时嗅到一阵血腥，挖出来一只腿，一只胳膊，或是一个辨不出眼睛鼻子的焦黑头颅……死者家属跑过来认，刹那间竟认不出是不是自己的父母子女。

小胡同里的弹窟也有好几处，倒下来的房屋阻塞了去路。负责挖窟的壮丁们不知从哪儿下手好，在每个角落里探视，希望听到一声呻吟。这堆荒丘偏又那么结实，被压的人缄默着，他们把仇恨遗留给重视正义的人们，永远安息了。

省立医院院外落一弹，院内落二弹，满地是破碎的铁床和药瓶，产妇房、办公室、药库全毁了，病人、产妇、职员、工役死了二三十人，最残酷的是未出生的胎儿，他们还没有出世就遭了毒手。有几个婴儿死了妈妈，被家人抱着，小眼睛骨碌骨碌地看天花板，不知可曾震聋了小耳朵，初生就听到了这样巨大的声音。这几个劫后的遗孤，将来一定会是敌人的对手，毕生忘不了死在产褥上、死在弹片下的妈妈。

一个老太婆哭红了眼睛，她的在医院帮工的儿子也被埋在瓦砾堆里。她不忍再走近来寻找，当每一个担架床从她身前经过时才敢瞅一下。然而，把一切咒骂加给敌人吧，她四次失望，四次恸哭，黄昏带给她悲哀，带给她不幸的信息。抬出四个男人，一死三伤。水泥钢骨的破片中还有人在呼唤，有时听到声音却找不到身体，有时找到腿子却拖不出上身来。医院的建筑很结实，后楼整个削去了一半，上面的白床和蚊帐还在，褥子上淌下殷红的血迹，人早炸飞了。

远在武昌小东门的美国教会女学校圣希理达也被炸，汽车数辆也被毁，天上的刽子手连屋顶上的美国国旗也不看在眼内。

公共体育场，东厂口……也都遭了敌人的毒手，他们不吝惜从日本老百姓身上刮削制成的炸弹，来毁灭中国人民的生命。

教会的神甫，外籍的侨民、记者们也在巡视，他们摄下了这些残酷的镜头，将向全世界控诉。

我们由这次空袭得到两个教训：（一）防护团的工作要再切实仔细些，不够迅速，工具也要添置；（二）加紧侦查汉奸。

战争是残酷的，但对于疯狂了的侵略者，我们要以牙还牙，以战争消灭战争，和平在抗战胜利以后！

敌人的炮火毁不完我们四万万五千万同胞，吓不倒我们抗战到底的信念，活的为死的复仇，活的为正义而奋斗！

（原载《大公报》汉口版 1938 年 7 月 13 日）

绿川英子偶访 *

在日本军阀资本家驱使百万"皇军"疯狂进攻中国的时候，在敌机不断地来武汉滥炸的今天，我们却在这儿找到了几位日本的拥护正义的人民，他们同世界上爱好和平的人们一样地憎恨这种人世间罕见的暴行。

绿川英子是其中的一个。作为一个国际主义的世界语者的她，是有着最强烈的正义感的反战反侵略者。而且她已经行动起来，担负起国际宣传的责任。用她的喉咙，用她的笔尖，把中国军民的英勇与敌人的残暴告诉她的祖国同胞及世界人民。她是中外世界语刊物上闻名的日本女作家。

在她的办公处初晤，许是心理作用，一点也看不出她是一个日本人。一件白旗袍似乎很合身，灰色微黄，近视眼镜后面有一对极灵活温柔的眼睛，大概她的中国女朋友还不十分多，所以特别使劲热情地摇撼着我的手。

"好极了，好极了，我说不好中国话呢！"她有一点腼腆地微笑着说，看着她的中国丈夫刘君。他们由世界语同志进而结合，虽然遭受着她父母的反对，但是为了"意志"的缘故，她坚决地和这个反抗强暴的"满洲国"的热血青年做了伴侣。

"我来中国已经一年零三个月了，在广州的时候还被误扣了起来呢，他们想不到日本人当中还有——"

她侧着头微笑，思索应该用的字眼时，有几分羞涩，有几分妩媚。是的，

---

* 本文原题为《在汉口的一位日本女作家绿川英子偶访》。

在中国有过许多的日本坏蛋，但也有着少数的朋友。在日本的工农大众之间，在日本的有头脑的知识分子之间，我们正有着许多好朋友呢！

她毕业于奈良女高师文科，汉文程度很好，在日本的女学生之中，她是比较进步同时也最受探子们注意的一个。为了世界语以及超乎日本女学生的活动，她也坐了一次监牢。

"日本女人的社会地位真低，比不得中国，男女不能在一处办公。如果同事闹了恋爱，女的就被解雇。可是，为了强迫教育施行较好的缘故，女文盲也很少。东京和奈良的两个女高师算是女子的最高学府了，仅仅是培养教师人才，在大学的专门教育之中是限制女人进去的。"

"你进过花嫁学校么？"

听到这个，她蔑视地摇着头："我最讨厌这个东西了，专为着培植军阀的阔太太用的。日本女人被压制得很可怜，除了家庭以外，社会常识欠缺极了。"

在她不能十分明白或表现的时候，她向刘君用世界语和日语询问着。关于战时的中国妇女，因为她没有参加什么实际工作，不愿速下批评；不过，她以为中国妇女在这时的责任与工作很重大，应该更深入、更切实地从事抗战工作。

"我拿一个第三者的地位来观察，中国的动员民众工作还没有做好；而在日本，是真的动员了。如日本政府倡行节约，不许彻夜燃灯，每一个家庭就真能办到。这和国民教育是有关的。日本的上层妇女是都被当局的迷药蒙住了，只在工农妇女之中有着不受欺骗比较进步的女性，她们是极度反对统治者的侵略野心的。在平时比较好的女作家，多数为了环境太恶劣的缘故，在战时也违心地被纳入了圈套。"

"不过，"绿川英子忽然又把语调转强，"压力越大，反抗力量也会更大的。目前虽看不到日本妇女较具体较英勇的行动，但总有一天，我们会看到在日本统治者越发强横时，人民将如洪流决口，给统治者一个大打击，促其崩溃。在这个人民洪流之中，自然也会有无数日本妇女参加在里面。"她抬头望着窗外的一片云天，怔了一会儿，对于一个国际主义者的绿川英子，恶魔统治下的祖国并不使她恋栈，但是千万个在艰苦中反抗恶魔争取正义的日本同胞却使她眷念。她是狼狈地从祖国逃亡出来，早已没有打算回去，除非恶魔们被打倒。

"盼望中国早一天胜利——自然这胜利的来到是有条件的。我愿意尽可能地多做工作，帮忙中国，现在我做得太少了……"

她的末一句话值得我们深思，我们每个中国人不是更应该自省一下："对救亡工作我是不是做得太少了？"……

（原载《大公报》汉口版 1938 年 7 月 28 日）

中国的奈丁格尔

——蒋鉴女士

一、在伤兵的木床前找到了她

汉口的第五路军医院在慈善会里，经常地在那儿住着六七百位自东、西、北各战场负伤归来的战士们。在三个多月里从这个大门里经过的伤兵总数（有的伤愈重上前线或回家，有的转入别的医院），大约在三四千人以上。

从前楼穿到后楼，又从后楼跑到走廊里，我寻找着一个穿了白护士衣服的矮小身材，有一张忠厚脸子的蒋鉴女士，她是三个月来一直在这儿服务的。然而在这对我并不陌生的大楼里我茫然了，我打听着在廊下散步的轻伤士兵。

"噢，你找的是周太太吧？她在三号里，在换药！——她总是在这六个号子里的，好找！"在这儿大伙儿只知道周太太，汉口名西医周明栋的太太。

好心的士兵用他腋下的木杖指着一个大房间，带着笑，好像他很愿意尽这个小义务。

是一间睡九十九位伤兵的大号子，才开过饭，勤务兵们收拾着"残羹"，晃动在眼前的是一颗颗灰色的星点，而这些灰色的星点上又光荣地添上了一个个猩红的十字，在棉被上，棉袍上。他们在说笑，在扯开了嗓子哼唱，也不知是哪个高了兴，还在吹着口琴。

可是也有人在几个角隅里呻吟，是正在换药的士兵们。终于在一个九十八师伤兵的床前找到了她，周太太。那位士兵伸了一只肿胀得如同吹了气的手给她，他在手心手背上，在手腕的骨节边，埋在里面的炸弹碎片多得像一只坏梨上的虫疤。

她熟练地运用着两根钎子，把烂洞里的纱布细条抽出来，从橡皮喷子里挤出漂白粉和硼砂的混合溶液，这看去像是清水一样的溶液冲下了伤口上的血脓，杀死了多少细菌。

"轻一点，周太太，痛得凶呢！"当两根钎子又塞进一条蘸了溶液的纱布到烂洞里时，那位伤兵喊了。

"就好，就好！身上的伤不全是吃了几十次痛好起来了么？这只手好了，就可以走了！"

"对了，周太太！我的手快好了，就是它不好，我的左手也会开枪打敌人的！"这大汉笑了，宛如生病的孩子听到母亲的预约病愈后的什么礼物，在苍黄的脸上燃起了红云，这位母亲的预约是：

"伤好了，再到战场上去拼死几个敌人吧！"

把缠好了纱布棉花的手轻轻放在被窝里，周太太拿着这换药的工具，去找寻另一个须换药的人。

二、他只有十五岁呢

"来来，你随我去看一个五十八师的小孩吧，说是十七岁，可是实足年龄也就十五岁。这么大的小兵身上有十四个枪洞……"蒋女士一面说一面摇头，她似乎是抱怨敌人太狠了。

这负了十四个枪伤炸弹伤的十五岁的孩子就躺在一间小号子的门窗旁边。一条棉被同时又当了褥子裹在他身上，身材是那么矮小，如果头颅再小一点，真像是初生下来包在小被里的婴儿了。

是的，他已经扮过了一幕人生最壮烈的悲剧了。

"曹阿狗，换药吧！"蒋女士喊着他，揭开他的棉被，十四个枪洞在换过药的一天一夜中，又在排出一些脓血，有一阵腥味泛上来。

蒋女士的头伏得更低了，几乎接触到那张小脸。

"哟，是周太太！"

阿狗轻轻地念着，张开了小眼睛，他是守南京时伤了的，从浦口下来，在途中九天没有人顾到他的伤口，一直到了汉口，第五陆军医院蒋鉴女士才在人堆中发现了他，四天来她特别关心着他。阿狗还不断地在换药时打听战况，当蒋女士哄他说南京已经收复时，他高兴得从枕头上抬起头来说："好好，南京总算收复了，我阿狗也不白伤，我伤好了还要去打东洋人的！"

"周太太，你说真的可以装一只假手么？"

"可以，可以。"

原来他的左手已经没有了，缠了白纱布的左臂短了一截。

"假的左手也一样能动，能帮我的右手捏枪么？"

"阿狗，你放心，我向来不骗人的。"周太太正给他解着伤口，天啊，在那柴秆一样的细腿上有两处伤的口子有奉化水蜜桃那样大，这两个水蜜桃破开了，流着红的血液和黄的脓水，因为瘦的缘故，桃核——骨头——已经可以清晰地瞥见。

"呵哟，轻一点，周太太痛死我了，呵哟，印心肝地痛呢……"他说着一口无锡话。在呻吟的时候更透露出他那和童稚一样的声带。

绷带缠满了他的小身体，听说回教徒瞑目以后是缠了白布下棺的，阿狗的情形也差不多。

蒋女士问他吃不吃牛奶、橘子，她愿意他食欲好，多吃，这样伤口容易痊愈。

"不要吃，你昨天给我的我还没有吃完，周太太，你说我想吃什么呢？吃……馄饨吧！"

为什么他忘不了馄饨呢，我记了起来，在京沪线上的小城市中，不是每个街头巷角都不缺少馄饨担子么？阿狗参军才一年，过去他是裁缝店的学徒，虽然他没有福分天天吃到馄饨，可是他是有很多的机会看别人吃的。

"这孩子很贫血，他浑身是蜡黄的，偏偏食欲又不好，真是——"走出病房，周太太伤心地叹息着。

三、伤兵儿子，流亡女儿

周太太自卢沟桥的炮火一起，便预料抗日的持久战争将开始了，她和当地许多位太太们商议办救护班，终于在八月初成立了第一班，起初来的人很多，后来毕业时只剩四十多位了，她自己也是从第一班中毕业的，过去没有学过一点点医学。

"当我听说伤兵医院搬到汉口来了，我打消了去石家庄的念头，想就近服务也是一样的。在九月十九日我独自个跑来找院长，起初他说怕太太们吃不了苦，没有恒心！被人伺候和伺候人是大不相同的。可是我向他担保，一定好好干下去，于是便在九月二十二日带了看护班的同学来了。三个月里我天天从早上八点工作到下午四五点钟，只有昨天没有来，因为死了太婆，伤兵们有的已跑到我家里找我去了。"

三个月来她的努力造成了她和士兵中间的感情，许多伤兵像小孩子一样天真地听着周太太的叮咛，医院方面下来的命令他们不接受时，只要周太太一调解就成功了。

"在十月下旬有许多伤兵已痊愈了，上面下令叫他们再上前线，他们不肯，当局叫了宪兵来押解，当然他们更不情愿了，后来我说：'弟兄们个个是英勇的。不必宪兵押，我们护士班的学生排了队在前面唱歌送你们，我们把你们的伤医好，就是想替国家挽回一份力量呀！'"

"那行，那行，送我们走，像话！"

"几百个弟兄一齐回答，终于欢欢喜喜地送走了他们，缺衣服的我们又从妇女抗敌后援会中募了送给他们。我们要用合理的态度待他们才行。"

三个月来，周太太以自己的力量也送了不少东西给医院，从茶壶、饭桶、棉花以至药品。她存着许许多多伤兵请求她送衣送药的信，有的伤兵朴质得怕盖了章不够，还印了指纹，他们离开医院以后不断地写信来问好：

"周太太，你还在医院服务么？我盼望你寿比南山，我到了前线总不忘记你，将来我如能活着回来，你一定要来看我呀！"

"周太太，你救活了我们很多弟兄，你和我们是一样为国家出力，你在后方好好给弟兄们敷伤口，我们在前方多多杀死敌人，将来好有脸来见你！"

他们用各种颜色的笔和良莠不齐的程度写出了他们的白纸一样纯洁的心地，他们是很少受过这样忠诚的待遇的。在医院中伤兵们最讨厌的是打了小旗去逶巡一遭，训话似的来一套讲演的慰劳；他们要的是实实在在的有恒心的帮助。

周太太她们办的救护班已经毕业了三期了，因为同学的流动性很大，现在总计三班实际在各医院服务的只有六七十人。这六七十人，分派在岳州、应城、鱼城、簰州……各地，在武汉的也不少。第四班正在筹划中。

第三班中有九位是战区流亡同学，她们有赤热的心替伤兵服务，但生活没法维持，周太太为了完成她们的志愿，自己租了房子供她们住宿，医院里只供两顿饭，怕她们年轻力壮的小姑娘挨不了饿，每天每人由周太太供给五分钱早点钱。于是这些流亡的同学们安心地在为伤兵们敷伤口，午后写信，补衣，整理房间，使千百个受伤的战士们得到了比热水汀更大的温暖。

"所以医官在说呢，我有这么多伤兵儿子和一群流亡女儿，因此每天再不能一刻忘怀了医院。"周太太一面说一面笑着，她的三十五岁的容颜似乎年轻了许多，然而慈祥得又似乎老迈了许多，她有着这样多光荣的儿女！

四、伤兵是可爱的

"许多人说伤兵野蛮可怕，我不信，我不服气！"

于是周太太滔滔地讲出她和伤兵相处三个月的经验来。

"我们的伤兵东南西北各地的人都有，可是他们是一样的纯朴忠良，他们的要求很低，在参加了民族抗战负伤归来以后，他们不应该受到很迅速见效的治疗么？不应该把血衣换一换么？不应该吃得比青菜豆腐汤好一点么？不应该受到一些和善点的嘴脸么？

"然而在后方医院里，他们往往是连这些最低要求也得不到的。有的脾气很暴躁，在我初来时，有的士兵看我进了门就骂：'妈拉个皮，为什么不早点来？老子的伤痛死了！'

"我只好耐着性子告诉他，我有家里的事要理，他上前线是为了国家，我来医院工作也是为了国家，应该互相尊重一点。他也就安然了。

"还有一次，我和一个同学同在病房里给伤兵换药，有一个伤兵吵着要那位正在给另一位伤兵换药的同学缚缚绷带。那位同学年轻，说话难免火气一点，要他别吵，说一双手同时做不了两件事情。伤兵可骂起来了：'你沙家巷你婊子养的！你摆什么架子哪？'

"我没有办法，只好把同学骂了一顿，说她应该和气点说：'换好了这位的药就来给你缚绷带。'那位伤兵羞红了脸，半认过地说：'周太太你真狠，我狠不过你，明明是我错了，你还骂你的学生，真叫我难过。'以后这位伤兵很守秩序了。

"来伤兵医院的姊妹们都要有耐性，要下决心，至于说什么血与脓可怕，这我是不相信的。只要下了决心，送死也不可怕，士兵们在前线冲锋不更可怕么？武汉的民众还没有好好地动员起来，就是对于近在眼前的伤兵还这样冷漠，太不该了。女护士还不够，妇女还应该组织洗衣队……事情多得很，可惜没人做。"

最近，第五陆军医院的伤兵们还自动地每人捐出一毛钱，送匾额及金质徽章给周太太，送银质徽章给女护士们。送匾额去的那天三百多伤兵沿途放着鞭炮跟了音乐队一直送到周太太家里。事前周太太极力阻挡。但是士兵们的热情是耿直的。周太太的一双手不比河闸，拦不住这股急湍奔放的河流。他们沿途喊着：

"武汉的民众起来，学周太太的榜样！"

"相信周太太的话，抗战的最后胜利是我们的！"（周太太送给他们的茶壶上镂着："最后的胜利是我们的！"）

送去的前一天，他们把礼物在医院里供了一夜，红烛高烧，大伙儿向礼物行礼。

在空袭警报时，伤兵们总纷纷地要安置周太太：

"躲一躲，周太太，你不应该被炸死，天也要保佑你的，不要怕！"

伤兵伤好回乡归来时，常不远千里地带来几十斤大白菜和红薯来送给她，这一片诚心是没法说了。

"我很惭愧，我并没有待他们特别好，只是以诚心相待。我不值班，只要有伤兵的伤口待裹时，我可以不吃饭地工作下去；有时走出医院大门又碰到了新下火车的伤兵进来，我可以回转身来再穿上我的工作服，再拿起棉花纱布绷带剪刀和药品。

"来医院工作的人应该抱定了'我是来服务的'决心，不要呆板地定出时间，或客串似的随便来随便走掉。我们全民族只有这翻身的一个机会了，我们也只有这最后一个光荣服务的机会了！"

不是用美丽的花冠加在我们的蒋鉴女士的头上，而是希望由于她这一颗永恒达于沸点的心，激起我们千万姊妹们从事救亡工作的热情。

（原载《妇女生活》1938 年第 5 卷第 6 期）

新中国的少年们

新安旅行团自西北来汉

人小力强到处宣传抗战

在西北巡回工作了一年多的新安旅行团，上月二十八日到武汉来了。十五六个孩子走遍了江浙、绥远、宁夏、甘肃、陕西各省，实验"生活即教育""社会即学堂"的理论与方法，并且在每个城乡市镇做抗战建国的宣传工作。

昨天他们在普海春招待记者们茶会。从这个机会使我们看见了新中国少年们的新轮廓。十岁到二十岁的孩子、少年们已经冲破了千山万水，与贫困斗争，与风浪挣扎，用他们的小小技能，把抗战的烽火传遍了穷乡僻壤和边疆各族。

孩子们在会场中张贴着照片、旗帜以及各方人士的赠言。他们的工人服和活泼的精神与其他儿童团体一样，更多着一点的，恐怕是鞋底上的泥沙了。

凑巧，久住北平的东北孩子范政过来打招呼，道起了"半乡亲"。一下子我们搅得很熟了。范政是个十二岁的双眼皮圆脸的机灵孩子。他在椅子上跳上跳下地替我们解说墙上的照片："你看这是蒙古包，蒙古女孩子骑马骑得才好呢。嗬唷，我们也在蒙古学骑马。蒙古的游击队多结实，虽然样子怪逗乐的。这是宁夏的羊皮筏子，我们也乘过的，为了练习包围战术，我们学习打黄羊，大的羊群真是没边没际呢。黄羊肉比白羊肉还好吃。嗷，这是大喇嘛小喇嘛和我们照的合影。边疆的汉人好欺侮他们，所以感情不好。我们和他们很亲爱、诚实，真就要好起来啦。每户有三个儿子的话，两个就要当喇嘛，喇嘛怎么会不多呢！兰州的大水车，喏，力量大得很哩！"这孩子是那么活泼，眼睛、手脚和小嘴一齐忙着。说笑，就嘀嘀嘀地挤眼笑一阵；说叹气，就长声唉呀地感慨起来。他惋惜地谈起在宁夏死去的一位团员："他如果喜欢点运动就不会死的，很大的一个大个子呢！"他又指给我看黄河上他们的航行，有时他们要十天半月见不到人烟，有时他们要上岸帮船夫拉纤。看到一张他们光着身子在河里的照片，范政拍起小手来，"喂呀，我们在河里洗澡呢！我们全会游泳的！"范政是全团最会游泳的一个，因而在山东乡间经过，他能够在黄河两岸泅水往返，我简直要拍着他的小肩膀喊，"中国的孩子，中国的孩子！"

团员们都说不想家，范政也不想他在北平教小学的妈妈。去年三月，"新安"旅行团到北平，他就离开了师大"平小"走上征途，现在他是音乐歌舞组的好团员了，游记也写得不错。

开会了，领队的汪达之先生让孩子们报告一切（汪先生过去在晓庄师范做事）。在这之前，全体孩子唱了三个歌，有两个是东北、山东的抗日民歌。十五岁的张敬茂报告团史：民国二十四年双十节他们从江苏淮安出发，十五个新安小学的学生和汪先生，由江浙一直到西北，他们的经费靠卖文稿、卖书报、放映抗战电影收一二分钱票价来维持。当然，有时他们是要求各地行政当局等帮忙的。他们从社会的现实生活中学习着一切……

活报组的曹维东（十五岁）报告一年多来在西北的经过，他们企图在那里宣传抗战，调解汉回蒙三族的互相歧视，沟通边疆人民与政府的声气，他们用尽方法找老百姓来看电影话剧，听歌学歌，他们在黄河后套一带教会老百姓唱《救亡进行曲》《打倒日本》《救中国》等几个歌，把"抗战"在各族同胞的脑子里映上一个缩影。他们尊重回蒙族人民的生活习惯，诚恳地和他们来往。十五六个孩子的力量感动同时也教育了无数的回蒙同胞，使他们在沙漠、羊群、骆驼、骑射以外，知道全民族今日与日本鬼子的血战，鼓励他们保卫边疆，参加抗战……"西北还没有切实地开发，文化也太低落，真盼望多去些人工作，把这条国际路线好好保卫开拓，我们还想建议政府在后套石嘴山那儿开凿连环渠，对灌溉很有利……"曹维东结束了他的话。

宣传股主任张平报告他们到武汉来的目的，除了来向各救亡团体学习与取得联络外，还想来保卫大武汉，同时来修理、添置残破电影机器材料。在经济上也希望在这一次确定来源。

范政和王德威打着拍板表演了一个小快板"日本到我家"。同年岁的两个孩子你唱我和地用这"花子拾金"的旧调加上了血淋淋的抗日故事，它显得通俗，新鲜，有趣。在乡间，这一定适合老百姓的胃口。

来宾周苏先生致辞，希望新安旅行团再回到西北去工作……

孩子们又表演了三个舞蹈：《跳黄河》《儿童舞》《乌克兰舞》都是非常现实新颖的新艺术。末后汪达之谈到甘肃土壤的肥沃，据专家说有胜于乌克兰。在兰州，他们看到苏联朋友的工作精神与和蔼态度。在五一那天，在兰州有一个中苏联谊的盛会，新安的孩子们唱《祖国进行曲》时，苏联的朋友全狂欢地合唱起他们所熟悉的这个调子来。

我曾经说过，在一年抗战中，最值得讴赞的是我们千万忠勇的士兵；其次，我们应该推崇孩子，从许多儿童团体中，我们发现了新中国的曙光，他们飞跃地前进，使人难以相信地在执行伟大的救亡任务。我们看到新中国的光辉在炮弹烟火中升腾起来了。

新安的少年们更是不怕穷山恶水，不怕巨浪狂风，不怕人间魔鬼的好少年，援助他们，使他们更加强健起来吧！多有这样的孩子，中国不会亡，中国会光芒万丈！

（原载《大公报》汉口版 1938 年 7 月 3 日）

妇女救亡工作在长沙
——施剑翘女士访问记

　　三年前血溅佛堂报父仇的施剑翘女士到汉口来了，一年来她在长沙努力救亡工作，把报父仇的雄心来报国仇，用暗杀报父仇为社会除横暴的方法不见得正确，但而今她的献身抗战的热忱却是值得尊敬的。

　　在她才寄住了几天的女青年会里，大家都和她相熟了，没有人怕她会放手枪会杀人，只因为她是一个工作上的大姊姊而对她感到亲切，而她那壮实豪爽的音容也正像一位仁慈的中年母亲呢。

　　这一次，她是代表湖南人民抗敌后援会携款万元来慰劳第九战区的将士，八千陆军，二千空军，她已分别交给陆空军当局了。施先生是该会慰劳组主任，同时还是长沙慰劳分会的副主席兼征募组主任。"长沙慰劳分会最值得提一提的工作是在伤兵医院及收容所里办了九个俱乐部，有书报琴棋等，每个俱乐部由三个到七个人负责管理，她们除了吃医院一顿饭外，每月只拿三元津贴，然而大家在艰苦中有着顽强的笑脸，大家知道这是卧薪尝胆的时候，大家知道这是中华民族翻身的时候！我们的力量没有白费，受我们鼓励教育而再上前线的士兵近万，他们由休养院毅然决然地加入荣誉大队，第二次决战去。"

　　慰劳会募过万块钱，八千在去年直汇军委会。曾做过几千双鞋袜和背心送到前线去。最近买了七百多元暑药给伤兵。在儿童教育组内做着教流浪儿的工作，有小贩失学儿童及小乞丐，二百多被社会遗弃忘怀的孩子在这儿得到个认字唱歌明白国家大事的机会，他们抓紧了这机会在学习，但限于经费，不能把他们更积极地教养起来。

该会警务组训练过六七十个女警，但毕业后无出路，只好俟机应用。

难民工作也做了一点，曾请得集训青年膳余四百多元帮助难民疏散。黄君珏女士办了一个六十人的难民缝纫所，替伤兵做衣服。经济上也不可能更积极地从事其他生产工作。

在今春，旧历年时，施女士曾邀集长沙八十七行业的商人代表，劝他们把眼光放远，把关心营业的心来关心一下民族的命运。"看看前线士兵牺牲的精神吧！"在这号召下商人们一共捐出了一万四千多元。在施女士和她的同志们辛勤奔波下，许多店家为伤兵俱乐部捐文具、书籍、挂钟，甚至一车车地送来。

提起"七七"，施女士兴奋得脸庞发红：长沙三天献金十万，在献金台上和葡萄串一般地上下着褴褛衣衫的人们，有乡妇，有小贩，有苦力，有一切的赤手空拳的人，他们为民族贡献了一切所有。

"我最愤恨的是有钱的没能出钱！"施女士发起气来眉耸眼圆，气势凛然。"我在献金台上发现的有良心的有钱人太少了！我们旧社会和政治上的许多缺陷使许多人漠视着'大我'的利害。"她摇着头，回忆此次来汉口在岳阳候车时伤兵们追着列车要水喝，结果他失望了。望着一队伤兵在污泥与汗水中彷徨着，施女士心上如同受戮一样地疼痛着："我觉得这些配置不是平均的，他们用血肉拼的人坐铁皮车，我们这些没为抗战出多大力量的人却坐了舒适的快车！在伤兵开过的各站，多么应该有老百姓为他们送茶送饭送西瓜啊！我们妇女们也自责，一年内我们该做而没做的事太多了！"

施女士的正义感是很强烈的，她会向伤兵们说："我以前只报了家仇，而你们现在报的是国仇，你们比我伟大！"

她以为湖南的女学生确有许多长处，她们有很多在做伤兵难民工作，许多街头壁报也是她们写的。还出了一个二日刊的妇女报。在张主席动员知识分子下乡的集训中，已毕业了四百女生下乡工作，有五百正在受训中。女青年会的工作也很好，培植了不少救护人才。

施女士的丈夫正在山西作战，她把母亲孩子送到云南去了，"丈夫儿女母亲缠不住我，他们是国家的，我也是国家的！"

"只有军民进一步地合作，尽量改善一切已发觉的缺点，抗战才会胜利！"这不是空洞的豪语，三年前为父仇忧郁的施剑翘，如今在为民族苦难而焦虑了。

（原载《大公报》汉口版 1938 年 8 月 6 日）

烟火中的汉阳

警报刚刚解除，王家巷码头的轮渡挤得摩肩错趾，大家知道汉阳被炸了。正是骄阳肆虐的时候，大家在流汗以外更揣着沉重的心情，在隔岸那一堆烟火之中，又葬送了多少同胞的生命呵！

红十字会的担架队也在这趟轮船渡江，救护团员们手中拿着铁锹，他们都是中华民族最义勇的好伙伴，要在瓦砾堆中救出自家的姊妹兄弟。

船上搭客的千百只眼睛比马达更性急地逼近着龟山彼岸，黑云正簇拥着那片冲天的烟雾飘浮，仿佛天要被魔鬼撒下来的毒粉染黑了，人们不约而同地咬着下唇，憎恨日本这只黑手的心情在增长。

"炸了南正街啊——"只听到这样一声叹息，已经去看了灾场回来的人们凄苦得没有别的话好说。

南正街的狭道上来往交织着人流，像一阵殡列似的时常透出哭声，在中弹附近的矮房居民落了一头一脸的瓦屑，黑煤鬼似的在街头闯着，他们的心一定还在忐忑悸动。

窥新巷从二十三号到三十六号的中间人家在炸弹下毁灭了，这是敌人所擅长的技能，顷刻间把一排屋舍人命化为乌有。许多人家是全家同归于尽，所以听不到亲属哭泣，救护员只好在盛放全家尸骨的棺盖上放了他们的门牌来辨认。是甲长同时也是防护团员的杨新丹炸死了，他的老母亲哭呆了，尽管为她静躺在竹床上的儿子打扇，像是他仍旧晓得热似的。宝顺米厂里有老婆婆在对着一堆破碎尸骨恸哭。隔壁一个孤老头病了，女儿外孙来探病，也炸得没了一点活气。女儿的一双裸腿在倾圮的墙垣里朝天露着，救护员们正在挖她出来。

鼓楼东街也是一片废墟。

在江边的一排房屋整个炸平了。据说，当时门前渡口的人太多，炸弹和机关枪密雨似的下来，路上以及沿岸几十艘木排小划子的船夫等，一共死伤近百。这时，江面上漂流着碎船片，主人却已随江水漂得无影无踪了。

就在这一片灾区的正对面，正向天舒卷着几丈高的火舌，忽然来了一阵骤雨，这片火场更似火上浇油，火光要吞唉乌云似的在向天际跳跃。在火场周围观察摄影的外籍朋友及使馆中人的雪白西服上溅上了密密的黑点，但他们仍旧在工作。我们的防护团员和救护队也显出加倍的英勇，在雨点下加速努力。在鹦鹉洲、潜龙街、竹木局街、腰路口一带，死在炸弹机枪下的在二百人以上。

武汉三镇又添了八百多新鬼，他们死得不能瞑目，让他们活在我们心里吧，让我们全中国的同胞向他们宣誓，我们将用最大的力量来与敌人死拼，用不断的抵抗来做死难同胞的祭品！

为了报复敌人加紧进攻武汉先我们而死去的同胞的深仇，我们更要上下一心地来守卫武汉，除了这个，没有别的可以安慰已死的人，除了这个，也更没法子防止更大的牺牲！

（原载《大公报》汉口版 1938 年 8 月 12 日）

访凤定游击司令方珏舟老人 *

一

敌人打到南京的时候，皖北的健儿们起来了。他们剽悍的身影像发怒的巨狮一般突然耸立，胸膛里烧着火，眼睛里冒着火，摩拳擦掌地吼跳起来了。

不，千千万万声音喊着这倔强的一个字！

"洋土匪，我们来了！"每个人心里这样想。

他们真来了，从田庄，从菜畦，从乡镇上的学堂，从自己经营着的一点小商业。要一个和土地厮磨大了的人放开土地是残忍的事，可是现在，不能不暂时离开农作物而来保卫土地了！

从墙壁上摘下步枪，从床头上拿起黄枪、红枪和大刀，对着这些家伙出神：今天主人真用着你了！

没有什么发锈的地方，自小到大一直在玩着的嘛！世世代代就这样自卫过来。

村庄和城镇里"卫国保乡"的呼声交流着，铜筋铁臂的小伙子和老伙子们发出一般年轻的微笑，呷一口土制米酒，指着祖宗祠堂发誓：

"不给点苦头小鬼吃，不算子孙，不算好汉！"

远房的近房的叔伯侄子都勾起臂膀来了，平日被摒弃在大族世家以外的小族户也被欢迎着跑到一堆，有步枪的带着步枪，有红黄枪大刀的带红黄枪大刀，

---

* 本文原题为《皖北的游击——凤定游击司令方珏舟老人在战斗中年轻了》。

什么也没有的，带来根木棍和一颗跳跃的心。

于是，来自各方的好汉终于会合到一起了。

二

就是他吗，带领那四千多好汉？就是他吗，骑着骏马在山岭间驰骋？就是他吗，举起了民族自卫战争的大旗在打击敌人？真的是他，方珰舟，这中等身材，老祖父一样慈祥的老头。银须在微风中摆动，忠厚的笑意在脸上浮现——一眼望过就可以确定，在我们这幅员广大的国家中，到处能找到这样一个一团和气的老者。民族英雄本来就不是三头六臂的怪物。——可是，每一个老头并未能这样打敌人叫我们尊敬。他七十二岁啦！

"呵呵，报馆里的吗？我可是向来只会做不会写的呢！"方老先生带着乡音这样说。

我告诉他，记者和读者们都是最欢喜晓得没上釉彩的"土坯"一样的事实的。这样，他开始叙说了：

"我们凤定别动队是元旦成立的，由×××军×军长指挥，配合正规军作战。××多人中四分之三是相知的亲友，大家知道小鬼在京沪线打得太容易了，到安徽来可不能那么如入无人之境。因为几十年来我的工作乡人都熟悉，有相当的信任，所以听说我这七十二岁的老头也出来拼时，便都投奔过来了，有壮丁的出壮丁，有枪支的出枪支，有米谷的供给米谷。大家都明白拿现在的所有来拼，也许还能保住所有，否则，性命也靠不住的，从上边领来的每人每日一角的饷自然不足，便由有米谷的老百姓摊派。

正规军至少得训练几个月，我们却只要编编队就够了，平日玩熟的枪支，平日走熟了的山水路径，在家乡作游击战，是再适合不过的。蚌埠的敌人就被我们狠狠地治了一下。到了定远一带，他们才明白这儿不是顺民，连大路以外的小道也不敢走。在森林里，在村子上，我们时常去摸他们，等到我们宰了几个，便转身躲开他们的大军和炮火。弟兄们扮作花姑娘诱敌走近而拔刀亮相的事，我们也做过。"四千多人分几个大队，其中一半是预备队，以备补充。作战四五个月，有胜有败，在俞岗龙头坝曾夺获许多战利品，但他们的子弹和我们的枪支不配套，射程不一样。我们的武器不如人家，勇敢的精神却吓坏了他们，我们被称为铁人。弟兄们挟了红缨枪迎着机关枪的弹雨飞戳，有时敌人吓得丢下机关枪就逃。五月底在武店，六月初在炉桥、水家湖，敌机掩护着猛烈的炮火猛攻我们各队，我们的牺牲较大。"

方老先生为部下的牺牲而惋惜着，但是他的眼睛里弹不出老泪，为了准备继续作战来完成已死弟兄们的遗志，他到武汉来请求当局帮忙子弹粮饷。

医药也很缺乏，往往要抬了伤者到五六十里地以外去找前方医院。

方老先生日内就要回到弟兄们跟前了，在较好的给养下，他们一定能发挥出更大的力量。

三

"几曾见过耗子能吞下水牛的呢？"

方老先生微笑地打着这个日本和中国的比喻。虽然老，他的心却和全中国青年的心坚强得一样。他在日本住过多年，和孙总理是同盟会中的老同志，"日本的军阀欺骗了民众，那时日本洋房还不多，只有军阀掳掠来的罪孽钱才盖得起。"他又说日本军阀对我们的军事经济财富侦查得很清楚，就是没有料到我们全国上下的人力是那么愈用愈多，斗志是越来越强。"看着吧，日本鬼子失败的时候就要来到，而且快得很！我们要用全力支持下去！"

对于保卫武汉的意见是："不要仅仅在武汉四周保卫武汉，而要把敌人的后方当作前线，同时发动东北、平津、京沪……各地的反攻来牵制敌人的兵力，武汉自然是可以保得住的。蛇头虽毒，但如能拦腰打击，他的头就忙不过来了。"

"动员后方民众自然很要紧，我们打游击的时候也是注意这点，至少要在经过地带给民众留下一个'非抗日不能生存'的信念在脑子里，免得被敌人利用。"方先生说动员民众保卫武汉不是空话，要武装一部分，同时也要快快编队训练各种战时工作。"要上下一条心！要尽量地使下情能够上报。在人才的配置上也必须使其合理，日本的地无旷土，人无游民，是值得我们学习的。民间的武装和组织，应该加以领导，民国十六年时苏皖豫鲁四省的红枪会有一百五十万群众，可惜没能使这力量凝结起来。"这位"爷爷"的经验是够丰富了。

方老先生早年是贡生，后来努力革命工作，曾坐狱六年。辛亥革命时任淮上革命军统制，光复定远、滁州、来安、天长……盱眙、临淮等地。八年来已息影家园，这次又携孙儿们出来奋斗。

他在武昌暂租的房屋非常破旧，前天的大轰炸已使这房屋摇摇欲坠，楼板咯咯作响，瓦片震落许多。方先生笑着说：

"这些看得多了，那天屋子震动实在太厉害，我才到楼下站了一下。"

最近方先生的家属已因家乡沦陷而来汉，住在难民收容所里，虽然当局几次表示要对得住抗日军人家属，想接她们出来，但都被方先生辞谢了，他说只希望当局在弟兄们的给养上帮忙。

这位"模范爷爷"送记者出门时，才发觉他步履的爽健，直腰阔步，没有一点老迈龙钟的样子。出门来武昌虽仍如死市（因连日被炸），但记者的心情如由幽巷而入大道，一片明朗的晚霞正在眼前闪耀。

方珝舟先生是一个征兆，中国也会在战斗中年轻起来的！

（原载《大公报》汉口版 1938 年 8 月 19 日）

俘虏山本芳夫

"要看看俘虏吗？新从前线解到司令部来的。"李司令长官问我们这群慰劳者，"这两个比较肯说话，当我们的军医给他们包扎伤口的时候，他们从昏迷中苏醒过来，原以为是他们自己的救护人员，所以看清了是我们的军医在仔细医疗时，他们感动得不知说什么好。"

我们的机缘是太好了，二三十个人中一半以上是从未见过俘虏的，于是兴奋地愿意见见这两个被擒的"困兽"。

担心他们两个在一起见人时会不肯说话，所以只引来了一个。四五十只眼睛在昏暗的煤油灯下紧望着黑洞洞的门口，这时我们仿佛是逞强的鹰隼，想傲视一下自家的捕获物。我们要看看这个"杀神"一般的小鬼，虽然他不一定生着三头六臂，但总也得像漫画上的眼如铜铃、口如血盆的鬼相吧。

正在我玄想得失了神的时候，猛可①地发现身前正站着一个瘦削的身影，他的脊背正平朝着这佛堂般高峨的屋顶，他在向我们行着九十度的敬礼。在他心里，不以为他的生命已被掌握在我们手里了吗？想到这儿，我感到一种从来没有过的主子对奴隶的矜持。

可是这快感很快地在他抬起头来的一刹那消失了。天啊，是那么熟稔的一张面影，肤色眼球都像是我们同血族的兄弟，而且，他的凶神恶像叫哪一阵狂风给吹走了呢？

---

① 猛可，突然，猛然间。

他像一根竹竿似的规规矩矩地站在那里，两只手垂得笔直的，不大的眼珠闪着一点亮光，又赶紧瞅着地了。他正像入了笼的耗子那般无奈，彷徨无主。他的平头大约为了久战已长远不剃了，脸上的灰尘像是永远洗不掉的样子，清冽的泉水怕也洗不净他被战争扰浑了的心情。那张面有菜色的可怜脸庞在我们任何地方全可以碰到：它可以出现在街头的黑暗角落，它可以出现在不见天日的狱里，它可以出现在任何一堆挨着苦难的人群之中。

这正是一个有着善良灵魂的善良弟兄。

他听了我们的话坐下来，脸上划过一道感谢的微笑，左上齿的一颗金牙露了出来，这也许是他身上唯一的财富罢。"和婉的支那人！"他也许在心底这样盘算。

郭沫若先生第一个去和他寒暄，除了让他听着感到亲切的祖国的语言外，还带给他一张春风般的笑脸。他不时地欠着身子，相当痛快地回答着问题。

他是去年由大沽登陆的，随着军阀的铁骑践踏过我们无数城市田野，天津—正定—大连—南京—上海，再到大连—顺德—太原—济南—徐州—开封，九月二十二日在沙窝被俘。……两次到大连是为了补充休养，这个忠实驯良的"皇军"已为了军阀的征服欲几次流血了。他叫山本芳夫。

"我在三十三联队，是个小小的职位呐——指挥班班长，步兵下士。我们一联队三千人，现在死了一千多，师团长叫藤江惠夫。我是预备员，读过高等小学。弟兄五个呢！"他伸出黑手上的五个指头，想起大阪的骨肉，他对着灯光凝望，灯芯在跳跃，他的眉心也在跳跃。

"三个弟弟都在十二三岁以下呢，哥哥是有残疾的，否则一定也要被征了。为什么要到贵国来打仗，我们联队里没有人清楚，实在的，我到现在也莫名其妙，出征时只听长官说支那人不好，要膺惩……"

他是小小的一个木材商人，还有父母，可是二十五岁的人了，还没有订婚呢，可以想象得到，这个"二哥"身上的肩负是相当沉重的。山本芳夫沉默了半响，他也许又想起了自己出征以后家中的紧缩悲惨的日子，他耳边也许又响起了三个小兄弟的呼唤。

"敌国的物价现在已比战前贵了两三倍呢。军中的设备也不见得怎么好，弟兄们都厌倦极了，盼早早回去，在每一次战役后总以为告一段落，却屡次失望了。"

当我们告诉他近来我军在江北有小胜时，他欠起身子来说："那真是恭贺之至呵。"郭先生亲自给他点了一支三炮台香烟，这拘谨的人有点受不住似的红脸了。

他已渐渐地失去了畏怯，回答得快了一点。烟圈在他脸前缭绕，草绿衣服上的红肩章似乎已褪色，真是一点也不比中国兵漂亮呢。他把左腿的伤处给我们看，子弹没有伤着骨头。

"谈贵国士兵的战斗力吗？"他回答着一个人的问话："实在也不差呢，两国的战斗力差不多是各占五分。就是贵国的炮火差一点。"他又承认用过催泪弹，"别的毒气毒菌我就不知道了。"原谅他吧，每个人都本能地想要维持自己国家尊严的呵。

谈起营妓的时候，有人告诉他扬州日兵在慰劳所里嫖到了他自己的老婆的故事，山本芳夫大声喊起来了："有这样的事吗？"他只承认营妓中大半是朝鲜妇女。

他不相信这百分之百的事实，是的，山本芳夫的千千万万伙伴都难相信军阀们干的勾当。主子的秘密往往是瞒着奴隶的。

"我们在军中虽然对战事烦恼，可也不能怎么样，我们被监视得很严哟！"山本芳夫叹了一口气，低头瞅着自己的日本式的黑袜子，他没穿鞋。

郭先生替他解着这个在他以为是难解的"谜"，他连连点头，似乎他刚了解到这世界是那么繁杂奥妙，仅是说："是呵，先生讲的不错，贵国与敝国的人民之间，依然存在着友爱，我们实在是受愚了。"

这个小商人型的山本芳夫一时是不容易大彻大悟的，他还没有知道扰乱世界和平的是法西斯魔手，他也不知道他自己有什么力量能够摧毁这个锁链。只是当他看了我军在敌阵中捡来的一张日本反战同盟的宣传品时，也连连说对。"求贵国早些把我送回大阪吧。"他最后这样祈求。

郭先生又给他点上一支香烟，才让他回去。四五十只眼睛已然恋恋地瞅着他，这个驯良忠实的影子消失在多星的夜空下，有点跛，穿过颈间和两臂的白绳拿在我们传令兵的手里，是的，他是一只就缚的鸡，怎么有自由呢？可是为了他是那么一个有着善良灵魂的善良的人，我们简直有点觉得那根绳子是多余的了。

山本芳夫是幸运的，他将从中国的士兵与政训员处学得许多新东西，祝福他有一天回故土，那时候，他将是一个有着新世界观的山本芳夫。

（原载《大公报》汉口版 1938 年 10 月 1 日）

重庆怎样抵抗轰炸

　　尽管日本军阀怎样吹牛，说是每逢天气晴明，日本的空军武士们是多么地雀跃，望眼欲穿地盼望着一道令："轰炸敌人抗战大后方的重庆"，可是他们每次消耗的人民脂膏得了些什么结果呢？

　　从"五三"到现在，重庆有了十次以上的狂炸了。每个由外县来到战时首都的人都预先怀着一个揣测：山城一定成为一个荒凉的废墟了。而事实是会使他们在惊讶之后不得不微笑的。

　　是的，废墟不是没有，我们看得到像意想中的古战场一样的瓦砾堆，有的地方只残留着几根断柱，像烛台一样地站着，代替了那受难之日的火焰的是："本店已迁□□□□"的木牌，或是一些漫画壁报以及"拥护领袖抗战到底"之类的标语——比那已经熄灭了的火焰光亮万倍，这光亮照彻了人心。我们是不会为了几颗炸弹而屈膝的！

　　在烈日下，工兵们忙着拆火巷，用铁锹敲打，用绳子紧拉，灰尘和他们的汗水一起飞扬滴落，邻近的人们给他们张罗茶水，路人往往不自禁地驻足来观光这建设性的破坏，就爱听那哗啦一声巨响，墙壁倒下来，用"豁然开朗"四个字来形容是再恰当也没有的，密集的蜂窝一般的山城慢慢地变得疏朗起来，由敌人的炸弹来做最大的、无损于我的消耗吧。

　　更进一步地，有几个拆了火巷的地方又新建起马路来了，工人们用落后的一点工具都造成了现代的平坦的马路，垫在洋石灰下的石子用街头的自来水冲洗过，浇好了水泥的地方用木框子围起来，就像是一盘子豆。在轰炸开始的时候，有少数的工人们逃避四乡，可是渐渐地人对于轰炸的畏惧心理减轻了，工人们依然出来做工，工资随着也提高，他们说："龟儿子才怕日本飞机，不能为了它而挨饿呀，它来我进洞，它走我出洞！"

新建的草房比较洋房多得多，为了减少损失，许多屋主说："让敌机来炸这草窝吧，反正他的炸弹比我们的屋子值钱。"人们而且很明白"敌人前方军事越失利，越来后方轰炸扰乱"这个道理了。结果扰乱不成，只好给气量狭小的日阀和他们的走狗们出气而已。

在山城周围几十里，每天可以听到开山洞的爆炸声音，这惊天动地的声音不再使人心悸，相反地却更使人心泰然，知道防空洞继续在增加。马路边随时在断绝交通，工人扬着红旗说："危险，又要点炮了！"过路人是那么听话，那么守秩序，连一点不耐烦的神气都没有。

消防队和防护团也进步了，被投弹起火的地方极短的时间就能够扑灭，救伤和掩埋也都迅速得多，这也是因为死伤人数每次递减的缘故，如六月九日敌机那样惨炸，投弹在百枚以上，我们只死了九个人，某处中之十多弹，只死了两个人，倒是把我们田里的土给炸松了点，免得农人多费力气。自然，我们连九个人也不应该死，也是损失，应该努力做到真正的弹落荒郊，我无损失。

在"五三""五四"轰炸后有少数的店家无形歇业，有的营业时间缩短，可是如今，许多店家的门口贴着辉煌的条子："全日营业"，这四个字像是可以活起来，跳跃起来，这四个字说明了后方民众的英勇和中华民族性的柔韧！

赈济委员会在五月轰炸中曾经很用力地发了十三万多伤亡难民赈济款项，这对于在呻吟创痛中的难民不无少补，但是在伤愈以后的生活是依然没有办法，所以最近赈委会又进一步地在筹划多办难民工厂，作长久计划的生产救济了。

妇女工作也在轰炸中飞速开展。在蒋夫人的领导下，一个月中完成了第三期妇女干部训练班，人数是四百四十四个人，比在武汉训练的前两期的总人数还加两倍，她们现在已经分发到伤兵医院、保育院和四川数县去工作了，保育院在轰炸中添了六七个分院。

重庆近郊和附近乡镇添了不少放映露天电影的场所，除了抗战影片以外也映一些外国的好影片，完全不收费用。这比在城市中的电影院放映更有效用，许多乡民们破天荒地从银幕上看见了我们抗战将士的英姿，看见了敌军的横行，看见了就在他们附近百里以内的地方敌机炸伤了的人和放的野火，这给他们不少刺激和震动，重庆附近有很多乡民是没有进过城的，但是从许多抗战影片上他们都认识了新的东西。这也是由于轰炸，城内多数的电影院歇了业的所赐，虽然这种抗战影片的公开放映在地域上说来，数量仍旧是很不够的。

五月间各工厂的工友们一度要离厂，现在也慢慢地安定下来，厂方在加强防空设备，有的工友们在遭受过大故——家人们的死亡——以后，反而更坚定地工作起来，他们要以优良的成绩抵抗轰炸。

公园里，不断地陈列着被我们的高射炮或空战打下来的敌机残骸，一批旧的运走，一批新的运来，有时候还要偏劳乡民送来，人们从那些烧毁了的机件中获取常识，辨认每一个部分和零件，机翼上的红日像是受审判的罪犯一样，现在残骸上显得垂头丧气，并不鲜艳了。在展览的时候禁止人们抚摸，可是人们是多么地不甘心呵，总要趁转运的顷刻去在碎机件上踩几脚。

被轰炸的重庆产生了无数的无名英雄，这儿不能一一列举，只拿四川老人李本望吧，他是从消防队中退休多年的，已经六十多岁，按说他是可以躲到乡间去避空袭的，可是这老头子偏偏不怕死，每次在敌机投弹起火时他要自告奋勇地立刻参加消防工作，悄悄地沉默地把水龙头接好，闪在这老人眼睛里的不是没有志气的眼泪，而是坚毅不拔的憎恨的光辉。他懂得如何爱如何保卫受难的祖国，他更懂得如何恨如何反抗敌人的损害。这种精神和行为只是在重庆市民中刚刚萌芽哪！

有些重庆市民翘首盼望着多雾的暮秋了，因为那是防空天气，其实，即使是晴朗的天气，以后敌机也是难免要碰一鼻子灰的了。

（原载《大公报》重庆版 1939 年 8 月 14 日）

张自忠将军会见记

　　走进一个北方式的小胡同，在充满了北方乡音的小院子里，会见了身材伟岸、足踏布鞋的北方将军张自忠总司令。我不是存着什么狭窄的地域观念提北方，实在是因为不能也不愿抹杀北方人物所特有的质朴气息。

　　这次鄂北随枣大胜，加上鲁南会战台儿庄之役，武汉外围战南浔线之役，是抗战以来的三大捷，而张先生亲身参加了前两次战役，并且是由于他的英明果敢造成了那两次大胜，他的战功被写在四万万多人民的心底，并没有描画在他的饱经风尘的脸上，他的才力和智谋深深地隐藏着，眼光异常的沉静，时常紧闭着嘴角，像是一个不喜欢多说笑而爱用脑子独自思索的人。

　　当他思索定了决不慑服于敌军的机械化配备的时候，他振臂一呼："弟兄们，打日本鬼子你们去不去？"他就这样坚决地走上抗日守土的道路。

　　当随枣胜利的前夕，敌军以二十个师包围我军，在这千钧一发的时刻，他想定了唯一的制胜敌人的办法，便立下了遗嘱，身先士卒地领了人马打起来，准备不成功便成仁。

　　他有一张苍黄的脸，这是他在旧西北军中吃辛吃苦，和两年来督战的印记。

　　"关于鄂北大胜的报告各方面已经刊载很多，我们可以不必多讲。"他点起一支纸烟说："总之由这次战役证明了各军联合作战的功效，官兵一致，友军间互相合作，和台儿庄一役中我军各方面打击牵制敌人的情形相仿佛。我们作战的运动性已渐强大，攻退散集都极迅速，敌人支配不了我们，反倒是它受了我们的支配，收到他们所意想不到的狼狈结局。弟兄们都自信有反攻的能力，在去年向他们说最后胜利必属于我，他们有点怀疑，如今可是真的相信了，军队里只要气壮，是没有问题的。"昙花一现的笑容在张先生脸上掠过，便又衔着烟在思索。

"至于说到军民关系，比过去是进步些，可是也还没有达到理想的程度，我们很欢迎政工人员多到前线去。"张先生忽然又放大声音："我们更缺少的是报纸，而此地却有这么多报纸，我们每连每天能有一张报纸就好了。"

谈到了仇货问题，张先生皱着眉说："这真是一个严重问题，在接近前线的地方，仇货到处都是，这是国民教育和地方政治机构都有缺欠的缘故。关于防止仇货的办法，军队方面正在努力执行，敌人的军事进攻我们不怕，怕的是经济进攻和政治进攻。其实他们的政治进攻也是不可能的，像汪精卫那样的没有骨气的人实在不多，他不是在吴佩孚那边也碰了钉子了么？敌人要我们投降，我们却要抗战到底，敌人要我们四分五裂，我们却要团结到底……"

张先生对于日本的几个政治上的首脑人物说来很熟悉，他说平沼下台，阿部组阁，日本的侵略计划依然不会有一点改变，他们是要一个劲儿地往死路上撞就是了。"说起来日本有许多中国通，事实上他们是一点也不通，如果通，就不应该忘了估计到中国全民族的抵抗力量了。这几天在国际上他们碰了壁，国内又倒阁，心地狭小的日本军阀只好借轰炸我们的后方来向人民交账了。"对于敌阀的狭小愚笨，我们张总司令惋惜地摇着头，显出大国家大将军的风度。

"我的带兵方法没有和别人两样的地方。"张先生回答我的问题说："兵未做，官先做，兵未行，官先行——不只是我们旧西北军中的口号，也实在是我们祖先留下来的古训。上操上讲堂是官兵，下操下课堂是兄弟，自然就会打成一片了。"

我又问到前方士兵是否对自己的家属有不放心的地方，张先生点点头，认为这一点需要在后方的人们多多帮忙，一般弟兄们对于家属相当挂念，尤其是家乡在沦陷区的人。"我们盼望优待抗战军人家属的条例普遍的实施，抗属何止千千万万，最好可以分别急缓，使他们能迅速找到工作，生活不成问题，子弟的教育也要完全免费。"

"张先生对于后方的人民有什么话要讲么？"我提出这最后的一个问题，张先生的苍黄的脸上泛起一丝笑容，然后豪爽地说：

"我希望每一个后方的老百姓要记住现在是全面抗战，后方重于前方，我们应该振作起来，紧张地参加后方的抗战工作，没有后方人民的支持，前方的仗也是打不好的。前方现在除了缺药品外，就是优秀的军医也是太少。我看到印度医疗队来华很兴奋，我更希望中国的西医们也自告奋勇，到前方为受伤同志们救伤。此外，更盼后方人民努力把兵役工作做好，受过教育的上中层青年也要自动参加兵役，做一般老百姓的榜样，同时他们在训练中就可以给新兵受点政治教育，改良新兵的素质……一时想得到的也就是这一点吧，现在我的脑子里没有别的，有的只是怎样打好仗，这个可是不太简单的，得大家用力量……"他的苍黄的脸上有一点发红，似乎也只有这个念头使他这样挂心，这样激动。在这种时候他喜欢站起来，那套绿军服摇摇摆摆，就像是一棵大树，我们有千百万绿色的能动的大树，他们站在国防线上捍卫着国土。

　　拿破仑说过一句话："由守势转到攻势，是战争中最难的事。"让我们拿全民的力量来克服这个困难吧，只有这样才可以完成民族解放战争，才对得起为这战争而奉献出他们的生命的千百万将士！

（原载《大公报》重庆版 1939 年 8 月 22 日）

访问马占山将军

　　如果说在历史上岳飞是中国一个家喻户晓的爱国忠臣，那么在民族解放的斗争中，马占山将军恐怕是天字第一号的被幼童老妪也熟知的抗日英雄了。他是首先打破不抵抗主义的人，八年前他率领部下在嫩江奋战。这功绩深入到全国四万万五千万人民心底，虽然商人们投机把他的名字作了香烟、饼干的招牌，可是这的确可以证明了老百姓们的心里实在有他。我还记得当年江南各地如秋潮澎湃的学生募捐运动，连最守旧的女子中学也容许我们初中的学生满街拿着竹筒拦车捐款，街头巷尾的孩子们还自动编了一些关于马占山的歌谣，声飞天外。

　　一个喜欢玩火的孩子，如果不许他玩火时，他会怎样地摩拳擦掌地难过呵！马占山将军息影家园几年的心情也就没法子描摹了。所以七七抗战爆发后，五十二岁的他，猛然地站起身来，要再试试他的身手，好汉是不服输的！他变卖了江南的私产，一部分安置家属，一部分作军费，带往热察边境，招募旧部，这位有着烈火一样性情的做了祖父的大汉，就这样扬长而去。说他是离开了家吗？不是，他的家在长白山下，黑龙江边！他是不甘心让人践踏了他的故土的，他更不愿意肮脏的侵略兽蹄沾染中华民族的寸土。就这样，他率领了不到 ×× 的骑兵向东北挺进。他们驰驱在华北平原，给予老百姓们的振奋不能用斤斗量，给予对方的袭击也叫他们头痛不堪，同时，他们还负着招抚沦陷区同胞的重任。

　　世界上尽管有些奇人异事，可是我想不会比马先生再使我们诧异的了。倘若唤一百个人画一个想象中的马占山将军的画像，他们一定会个个画成身长七尺的有络腮胡子的彪形大汉。

但是我们看到的却是一位瘦削的老者，一袭灰色长衫，宽宽大大，正像是一个乡村塾师。

"你看我太瘦弱了，是不是？我是不服水土哪！"

他是那样的随和，眯着眼睛笑我这个正有点发愣的傻瓜。好像是说：世界上奇怪的事多着呢，你慢慢看好了，兵力强大的日本会在中国吃了败仗，不是谁也没有想到么？

"来到这个地方也没有好马骑，骑骑马是壮身子的。"爱马如命的马将军低着头吃着水烟，他又不胜感慨地怀念着还在边塞，供他驰骋沙场的五十多匹良马了。

这位中国哥萨克骑兵大将，讲了一些关于马的话：好马要前站似老虎，后站似狗蹲，毛管要粗眼要大……"马是有感情的东西，我的马曾一个不对劲和我生气呀。洋马太娇太笨，蒙古马是又耐劳又机警。日本人使不惯咱们的马，他们的骑兵是在科学实验室教出来的，做做把戏是行了……"马将军可以骑在马上双手打枪，尤其使对方羡煞的是他的"卧靶枪"，他可以在旋风一样的飞奔中从马上跃下射击，完了再跃上原马，闭上眼睛想想这大风沙中的骑士身姿以为是神话，但这偏偏不是神话。

"现在我们那边反正过来的伪军，大半是骑兵，热河的比较多，他们来时先杀了那边的日本指挥官，牵着马，载着迫击炮就过来啦，真是有啥拿啥，一点不含糊。"马将军耸着眉笑，眉宇间果然有一股豪迈气。日本人对伪军是残酷万分，每个当伪军的本来都是六家亲友连坐，然而这个灭不了他们的来归的志向。他们说：难道当千世万世的亡国奴吗？横一横心吧！他们于是整十整百地过来了。他们用无匹的英勇战斗来作为他们对民族的血祭。

我们应该以多么诚恳的敬礼和待遇来抚慰他们的负着重创的心呵！

为了适应环境，从今年春天起，马先生的部下化整为零，做着游击战，大多是夜袭。他以为现在的战斗和八年前确实不同了，一方是我们将士的进步，一面是对方的兵力的退步，他们的精锐快死光了，战线拉得那样长，实在疲于奔命了。现在我们部队的机动性大大增加。"这好比骑马，我们是骑马的了，他要受我们的驾驭。"马先生笑着说。

他对于计划中的总反攻有着很大把握，不过要找内外适当的时机罢了。"你不要以为沦陷了八年的东北已经是死气沉沉哪！"他吹了一口烟灰，郑重地对我说："东北人心还是活着的，而且是都有准备，只要有一天我们不忘了作牺牲，虽然很大的军队一到平津，东北马上会点起火来。我们，可也不能不做深入东北民间的政治工作。那儿有健儿，有粮秣，有潜藏的武力。"我们可以想象得到，在这位马将军的多皱褶的脑页上，是印着一幅多么详尽的东北军事实力的图表！抗战到今天，来找马将军投诚的东北军人无法计算，他们代表着留在东北的一些好汉们的意思，说是"咱们大伙儿干！"那些在高粱地和丛林里藏着的好汉们的赤心，炽热得快要走火了。

马将军还一定要保持着儒者风度要送出大门来，我回头看看他，这个塾师一样的老头儿如果穿上他衣架上那一套军衣，再骑上马拿起枪，在大草原上飞旋一阵，我一定认不得他了，不知为什么，我一时竟望着门前那棵大树收不住有点发愣的微笑。

（原载《大公报》重庆版 1939 年 9 月 17 日）

蒋夫人会见记

"伦敦圣保罗大教堂的南面入口之前，有一块奇特的石碑，上面镌刻着一个拉丁字'Resurgam'，它的意义为：我将再起……这一个碑文，那么劲有力的一个字，对于我们，对于目睹着同胞伤亡、家残国破的我们，尤其富有特殊的感动力，它将要深深地印刻在我们每个人心头，鲜明地照耀在旗帜之上！"

抗战以来和我们的领袖同样为民族辛劳的还有蒋夫人，她不仅仅是贤妻，辅助了蒋委员长料理要公，在抗战的浪涛中，她更站出来，在她的岗位上，做号召全国妇女参加抗战的工作。她在抗战前，就已经是外国很多杂志的特约撰稿者，这一年半之内，她的文章信札更成了外国人想了解中国抵抗日本实际情形的凭借，在她隽永清丽的笔锋下，很容易获得外国人的同情心。上面引的一节文章是从她的近作《中华民族的再生》中摘录下来，全文像一首散文诗，说明了我们四万万多同胞的坚毅不可拔的心志。

虽然从蒋夫人几次讲演中听到了她对全国妇女呼唤的热诚，但是在妇女问题之外，对当前的许多问题她一定还有很多意见，便托了沈兹九先生和她约了一个时间，做一次短谈。

一、异域的中国女孩

在二十多年以前，美国的韦尔斯莱大学里已经有了几个中国女学生在攻读，她们受着同学们的重视，仿佛想从她们身上读出东方文化之邦的特征来，她们比较沉静严肃，潜心学习着各种课程，准备在毕业时候带回祖国一些真才实学，不负老百姓血汗的培植。在她们之中有一个女孩子在异籍同学中印象较深，她有着外国女孩子的活泼与热情，英语流利，很容易和同学们建立起友谊，她能郑重地告诉人家她的家乡在中国的南方，在她的记忆之中也时常浮起美丽的海岸与山峦，但那淡得如同烟云，随现随隐，听着别的同学熟稔地讲述着祖国的一切时，便只有暗中祷念：早一点回到古老的中国去吧，虽然大家说它古老，但那是和母亲一样可爱的祖国呵。九岁就离开祖国的，怎么不使人缅想？

她回到家来便向母亲祈求：哪一年回去呢？母亲是有着棉花一般柔软的心情的，轻拂着小女儿的发丝，告诉她："好好在国外学习吧，读完大学，一定回国去。"于是女儿潜心地祷告上帝，潜心地学习，虽然母亲是娴习日文日语的，但她在暮年还在学习着英文，她给予女儿很多教育。

那个女孩子埋头在文哲书籍中，在十九岁那年毕业了，同学们争读她的文章诗篇，教授们用慈和的笑颜送走了这个中国女孩。

她回到了祖国来，慢慢温习着已经生疏了的风物。

二、各级子弟当兵去！

第一个谈到了兵役问题。

"在欧战的时候，许多参战国的大学大半关了门，因为学生们大多数从军去了，不从军的也在后方担任了工作，女孩子们也都恋慕穿军装的青年们，美国的乡村妇女们都辛勤地卷绷带，造纱布。我们的国情自然不同，大学生栽培不易，有更大的用处，壮丁很多，大学仍旧可以设立着。可是大学生也要在战时负组织民众的责任才行，书呆子是没有用的。大学是一个国家的文化与光明的中心，但这中心非和老百姓联系起来不可，敌人屡次轰炸我们的大学，也就是认为大学是推动抗战的马达。"

屋中炉火正炽，蒋夫人站起来推开了窗，接着说："现在参加兵役的人大多是工农，这也是兵役问题的一个症结，以后要各级的人都参加兵役才好，如果上中层人参加了，一定可以给工农许多鼓励，如果智识分子参加了，一定可以帮同改善许多弊端。"

新生活妇女指委会也正在努力优待出征军人家属的工作，先调查，然后筹款办理。

对于保甲组织的毛病，蒋夫人摇摇头说："我们的国家一向太没有组织了，让我们在抗战中改进，用民众的力量来监督吧。"

蒋夫人致力于遗族学校已经十多年，男生在初中以上的一律送军事的学校攻读，现在很多督战的军官是该校的毕业生，他们常常从前方写信给她。先后毕业的男生约五百人，女生约二百人。"我不愿意这些青年为了他们父兄用生命换来的光荣而优游享受，他们应该继续父兄们的历史。为了民族的前途，我只好送他们上战场。"这使我们想到很多高级官员的子弟，他们真应该抛弃了优裕的生活，参加兵役，做老百姓的表率。

最后，她表示很同意昨天本报社论对于兵役的建议。

三、充实我们自己

记者请蒋夫人指示战时新闻记者的任务，同时也感到本身能力的贫乏，和许多国外记者相形之下，我们实在太不够了。

"啊呀，你这问题太难人了，兹九，你替我答复好么？"蒋夫人仰伏地笑着，想了一下说："似乎现在重庆的记者真多，有机会，真不妨多到战地去看看，自然，在后方做一个好新闻记者，也是很好的。说到修养么，我只知道外国的新闻记者大多是专修过新闻学的，我们的却不一定，一个好新闻记者不但常识要丰富，头脑要清楚，而且必须对历史与文学有很好的素养，熟习历史才能引证古今。"

对于战地的新闻记者，蒋夫人希望他们跑得更前方些，要在炮火下壕沟里去了解士兵，在欧战中，很多优秀的战地报道文章是出自真在作战的士兵的手，他们是新闻记者，但也是一个兵。

"我们每个人都应该每天读一小时书，新闻记者尤其必要，外国语对于你们也是很重要的。"蒋夫人往往牺牲了睡眠在读书写文章，一些外国作家时常寄作品给她。她也读了许多中国书。蒋夫人娴习英文、法文和拉丁文。

四、每个人拿出你的力量！

蒋夫人屡次表示对于动员工作的重视。

"我们的工作太多，可是太缺人了，干部太缺乏，许多家庭妇女受过很高的教育，但都为儿女、丈夫关在家庭里，人家说我性子太急，我实在希望很快地把一切都做好。譬如说扫除文盲的工作吧！真需要大量的人来干。我们的工作要大家合作竞争才行，包而不办，闹摩擦，全是对民族没有利益的。"

（原载《大公报》重庆版 1939 年 1 月 21 日、22 日）

伤残兵在后方

一、访萧亦吾排长

去年十月由汉口过宜昌的时候，一位朋友要给我们介绍一位由前方回来的排长，我们尊敬所有的抗日军人，便欢欢喜喜地接受了这个荣宠。一个下着细雨的夜晚，在一层破旧的小楼中会见了他。原来并不是脑子里所想象的一个粗黑茁壮的军人，陪伴着这位排长的是几卷残书和一盏暗淡油灯，草绿呢制服的领口上，闪烁着几颗美丽的红星，也许是因为离开战场较久的原因，肤色显得和书生一样的白皙。

他站起来迎我们，两臂撑起滑落在腋下的木棍，颠颠着走迎扶梯，原来是一位伤残了的排长呀，他只有一条腿着地，左腿在膝盖以上被锯去了，被日本军阀夺去了。

我下意识地摸摸头，可是这只摸头的手又空空地放下来，我并没有戴帽子呢。

我们这群人一窝蜂地走进他的房间，破旧的楼板咿呀咿呀发出了警告，随在这一条腿的萧亦吾排长身后，心头除了"残破"两个字之外再没别的，不过，新的中国不也正在残破之中新生么？

原以为他会和我们谈谈战场回忆之类的话的，他已是当了十年兵的人了，虽然年龄才近三十；可是他却从屉子里拿出几本书和几篇他自己写的文章，"现在不能用枪杆打仗了，只好换了笔杆，枪杆我闭着眼睛也能使它，笔杆可就不一样，我还像是小孩子在学步啊！"天南地北的军人生活把他们的口音也弄成了杂拌儿，粗眉与黑黑的瞳仁之间透露着智慧，这是抗战军人的一个典型人物，只要还喘一口气，他们要求着战斗战斗，不断地和敌人战斗，不过一般的士兵智识水平差些，不容易像萧亦吾这样方便地转变武器就是了。他已经写了不少文章，有的发表在《抗到底》《全民抗战》中，有的存着，十年的军人生活是丰富复杂的，使他绞尽脑汁的是技巧问题。

我们说，希望他成为法国的比塞、苏联的绥摩非拉维支、德国的雷马克……事实上，他可能比他们写下更伟大的作品，为了我们的民族解放战争在历史上是空前的伟大。

他还是抗战以后的第一个双十节在上海负伤的，在南京把腿锯了，南京失守前忍了创痛转移到芜湖去，到敌人进了芜湖以后他才冒了艰险逃出来。

"在战场上没命似的干，倒也不知不觉地过来了，这以后的生活固定起来，倒有点前途茫茫之不知怎么办的样子，我自己一面领着饷一面拿起笔杆来，一般的弟兄能伤残了还有点着落的真太少，打了这么久的仗，伤残兵的数量应该比现在瞧见的多，不是吗？"

不久，这位为民族牺牲了一条腿的军人到后方来了，后来知道他在××的残废军人教养院，大家在心头为那边所有的伤残军人祝福。

二、残废军人教养院

废历年前，伤残排长萧亦吾拄着两根木棍到重庆来了，看看朋友，看看新都。他带来了残废军人教养院的近讯。

这个残废军人教养院是抗战以后成立的，现在住着××伤臂断足的人，最近还要来××，将来的计划要收××到××，住房成问题，还须赶紧筹备，借住学校也不行，学校都快开学了。伙食自办，每月三块六，一碗青菜几碗米饭，虽然少油水，弟兄并无怨言，他们的要求不太高，因为他们知道在火线下军民过的是什么生活，饷是每月照发，可是残伤以后生命有了着落，大家舍不得花，不比在战场上今天不知道明天，弟兄们不能再那么不想想将来，他们仿佛才经过了一阵急遽的赛跑，现在却踱起慢步来，有时间有心情多为自己的生活思索一下。

有一部分军人带着妻儿住在院内或附近的，弟兄们每月只有八九元饷，吃穿都成问题，凑几块钱在街上摆小摊子的也很多，对付着可以解决一家温饱。

至于那些无家室的挂单和尚，无牵无挂地倒也比较自在。

最近院方已注意到伤残兵的教育问题，每天上两堂课，为了才开始，有些兵孩子气地"淘"，不容易就范，他们说："念个屁的书，老子没念书，把鬼子打得吱吱叫，现在把腿手打掉了，还念书呢，嘘！嘘！"他们就怕规规矩矩坐讲堂这一招，不过已在慢慢地被说服过来。一向处在较特殊的环境里，他们只知道打仗救国。听到西班牙政府军的残废兵也争着上火线的事，他们很兴奋，说如果政府真的允许，真能拿了枪弹上战场，一个准可拼他三十五十，老兵哪，谁没有这个自信。

伤残兵的抗战情绪是很高的，他们从敌人的炮火下滚过，拼着生命换取自由，谁要谈和平谈妥协，他们一张张脸子会气得通红，恨不得要吃他的肉，当汪先生叛国，被开除党籍的消息露布后，八百多战士齐呼"打倒日本帝国主义！打倒汉奸！"一位独腿弟兄过于兴奋，紧接着喊"拥护蒋委员长"，最后两个字还没喊出，一只腿在地板上失去了重心，突然滑倒下来，哼哧半天，站起来咧着嘴说："好好，你摔我我也拥护蒋委员长，我们要抗战到底呀，哼！"边上看的人要笑，他却跷蹦地哼着小调走了。

我们的士兵是最有感情的，虽然他们为了正义而拿起了刀枪。每个在残废教养院的士兵都珍惜缅想着一些可记忆的往事，哪个小村子里的老头帮过他躲避敌人的警卫线，哪个善心的老婆婆送过他一件棉袄，哪个女救护员冒了枪林弹雨给他敷伤……别看那么粗野的铁汉，回想到伤心或过分喜欢的时候，眼泪会大颗大颗地从眼缝里迸出来。

他们看到后方有些人还是歌舞升平，也挺生气的，别人拼命玩。他拼命打，自然不甘心，当兵的一致懂得要求公平。

三、教养与工作的问题

我们不能否认，抗战以来大家对残废兵的关注，不及对于伤兵、难民的那么热烈周密（这是比较地说，事实上伤兵难民等工作也还存在着不少缺陷），打了十九个月的仗，还有这么多人能在后方安居乐业，都是几百万将士在前面用血肉拼挡，死的死，伤的伤，残废的残废，如果每个部队有条理地把残废兵送到后方来，数目一定是惊人的。一个母亲会加倍疼爱她有残疾的儿女，我们怎么能忘怀了替你、替我、替他自己用血肉灌溉了祖国的大地的残废兄弟？

当局已经注意着这个问题了，陈诚将军在几次兵役座谈会中就屡次提到教养残废兵不但是理所应当，而且可以辅助推动壮丁的补充，只有切实优待出征军人家属，改善壮丁待遇，好好地教养残废兵……才可以使兵役不发生问题。我们盼望这问题能引起一般民众的注意，帮助政府推进残废兵的教养和工作，要有计划地做到下列数点：

（一）广泛周密地收容残废兵——现在残废兵所以这样少，我们推想有几个原因：①离医院时四散，各部队没有注意指导收容。②有家的回了家。③过惯了天南地北的军队生活，不愿意死守在小天地之中，宁可漂泊。④收容时太严格，这是猜想，伤兵有时丢了符号要被拒于伤兵医院门外，不知残废教养院可有这个情形？希望军事当局下令给各部队及军医院，切实注意并帮助残废兵到教养院来。

（二）改善待遇——也就是"养"的改善，衣食住行合理化，现在物价腾贵，三块六的伙食一定不够，弟兄们的饷扣了三块六已不多，最好能由政府稍予增加。房屋不够要快些拨款赶造。同时也要注意优待家属，帮忙妻子兄妹参加生产工作，儿女免费入学。

（三）把前线的战士转为后方的工作人员——规定残废兵的教育计划，虽然他们手折或腿断，但加以训练及教育，仍旧可以做很多抗战工作，他们可能成为很好的宣传员、军事教官、文学家，以及其他技术人才……政府应令各机关各界，尽先容纳可以担任工作的残废兵。用各种方法鼓舞起他们的热情来，使他们不因为残废而颓萎。武汉的伤兵医院经常有救亡团体在服务，给他们办俱乐部，开图书室，时事讨论会，歌咏班，都相当有成绩，对于残废兵士，更有这些必要。

在这趁便向军医们请求，尽量使伤兵成为残废兵的可能减少，多用药疗或做手术，不要轻易使他们残废。

护助伤残抗日军人，是后方人们的当前课题，因为它可以帮助推进兵役，促抗战胜利早一天来到。

（原载《大公报》重庆版 1939 年 3 月 7 日）

都江堰开水记

一、都江堰水利

当我们夸耀四川是"天府之国"时，不能不记起川西都江堰的水利工程。二千多年来，它灌溉着川西的十四县农田二百六十多万亩，人们征服了自然，使原来年年洪水为患的水流，替人们年年带来了一万万元以上的农产品，土地肥沃，春秋都能收获。考据家们说，川西在数千万年前是海底，慢慢淤积成了三角盆地，可是时常洪水泛滥，甚至为此几代迁都。直到秦代蜀守李冰在灌县城西开凿了宝瓶口，设立鱼嘴，分岷江水道为内外江，引水灌溉农田，这"仇敌"才成了"朋友"。

李冰修堰的秘诀，是"深淘滩低筑堰"六个大字。那时没有水泥钢骨，完全是就地取材，篾片条、鹅卵石、泥沙………他的计划，大半是由儿子李二郎完成，所以川西四乡奉祀的川主大帝，反而是李二郎。

虽然都江堰每年内外江的工程分别举办岁修，五年举行大修，可是民国二十二年，因为叠溪崩溃，原为天然蓄水奔腾泄去，在播种时，感到水量缺乏；后来川政统一，比较彻底地修了一次，才维持下来，可是这仍旧是治标不治本，春季缺水，农产歉收，害处依然是有的。而且蕴藏的水力，无从利用，这水力如利用起来，最大有六十万匹马力，最少也在万匹以上，对于轻重工业的开发，裨益极大。而现在，各处仅有不及十匹马力的水磨水碾水车，有水力而后能利用，我们真是太蠢了。如果这水力在十年前已经利用起来，那么对我们现在抗战建国，就大有帮助。

四川建设厅和水利局已为改良都江堰的工程研究了三年，在岷江都江鱼嘴设水文站，在各堰设立水标站，观察水站，实测流量，记录岷江正流及内外江的水文，已拟定方案，拟在上游筑蓄水库，改良都江堰鱼嘴为操纵闸，调剂灌溉水量，利用水流设立水电厂，规定航运河。需钱虽大，但为了使新中国成为现代的国家，不能不办，目前还在请专家考核方案，并利用这次开水典礼，征求各县水利当局的意见，在水利展览会内，把计划制成许多模型，给千千万万乡民观摩，因为农民们是十分守旧的。这次很多农民，都在那些鲜明美丽的模型前伫立久久，听取水利局的先生们的解释。他们的眼神里，表现着惊讶疑惑和欣喜，这些大地之子，和水厮守了那么多年，可是对于征服力的扩大，还是怀疑的，这怀疑要慢慢地才能消散。

二、今年的开水典礼

每年春天都江堰开水——也就是内江（即沱江）开水的时候，在灌县要举行一个盛大的典礼。成千成万的农民们，不远千里而来，不怕跋涉，不怕花钱，来监督开闸，祭祀李冰父子。事实上这也等于农民们的一点娱乐，逛了县城，从灌县离堆公园的临时市集上，吃一点好东西，买一点粗糙的手工业制品回去——也有少部分的洋货，旅馆是在十天以前就定光了。灌县的街巷里山坡上，游动着蓝色灰色的点子，白色的小点子，却是农民们头上的白布箍，他们转动着眼珠，笑着，唱着，随着开水之后，是一年的生计呀。他们求签问卜，猜测是不是丰年到来，腰包里虽不裕，对于伏龙观显英庙的香火钱，是不吝惜的。

今年参加开水礼的农民，有五六万人。十一日，清早，农民们早已去上香膜拜，在干枯的河坝上逡巡，只有省立剧团演的"打鬼子"……许多抗战戏剧，使农民们多少有个"中国在和日本鬼子打仗"的印象。这些县份征兵较少，水利局有河工五万，也是不能轻易离开岗位。大街上挂满了国旗，有的女人们戴上了红花，穿了新衣，就像是办喜事一样。

清早还飘过小雨点的，可是一会太阳光照得耀眼，外江后面的一带远山，连绵错综，云霭消散后变得更葱郁了。广坪上树木繁茂，大地上移动着蓝的农民，大地上也摇曳着绿的树叶。外江的水流得很平静，不过只要把杩槎取去，打开闸口，它就会泄入内江。在这时候，农民们喜欢离开了"口子上"的茶座，到内江的干河底上走一走，于是在那软软的索桥上，缘仙坡边，灰色的河底，蠕动着像蚂蚁一样多的人。

祭典很隆重，十四县水利人员代表，长袍马褂，主祭河北衡氏，身配红花。新宰的全猪全牛供在两侧，香烟缭绕中，农民们似乎也看得见大王李冰的塑像在笑。童子军中学生均参加，奏乐时铜鼓和口琴齐鸣。迎神送神外，还诵迎神词："曾曾小子，胚胎黄农，长被流泽，永赞神功……"农民们传统的追念祖先的精神无可非议，随着抗战中政治设施的进步，他们自然会了解神是人拟。

祭完大王后，又到二王庙祭祀，最后在河边的彩台上，举行开堰礼。河北衡氏主席、经济部水利顾问万和福（荷兰籍）致辞，河坝上的农民们对这"洋人"特别发生兴趣，从翻译人口中他们听见："打日本鬼子不能再用长矛大刀了，中国的水利也必须改革，要科学来帮助你们征服水，把水这仇敌变作朋友。"

当大家唱着雄壮的民工歌的时候，杩槎被移去，像决了口似的，几个口子里涌起几朵白浪花，起初微小，渐渐扩大，岷江好容易松了一口气，把被挡塞着的水吐给沱江。水声澎湃，河底的泥沙石块被淹没了，溅起黄浊的浪花，水头转瞬间滚滚东流。远远地已经有河工撑了木筏淌过来。农民们瞧着这些水就要灌溉农田，喜欢得要掉泪。水往两岸冲，两岸是冲激不动的大家伙，三十尺长一尺五直径的长圆筒子，密密层层地堆积着，代替了水泥钢骨，那是篾片条包着大大小小的鹅卵石。

三、农产品展览

农产品展览会设在公园的一间民众学校里，红栅门大开，农民们遵守了出入口进出。实物以外，有照片图画表格，每一部门有专人给农民们解释。男人们抽着叶子烟，女人们带了银镯玉簪，高高兴兴地在场子里浏览。玻璃瓶里是各种植物的改良品种，农民们认得那些东西，就如同认得自己的碗瓢锅灶。他们看到搜集的东西是那么多，真应该为了四川的富庶而感到骄傲，虽然他们自己是贫穷的。

可是，打走了侵略者之后，随着政治上的进步，我们贫穷的农民也会富庶。抗战已经在间接地使农民们"有办法"。为开发后方、复兴农村，当局的设施已渐渐在帮助农民，抗战打通了许多原来走不通的路。

　　农民们仔细地看着改良品种和土种所得成绩的区别，麦子、稻子、蚕丝、烟叶、一切菜蔬……统统是一样。改良品种、肥料、防病害虫、水利，这是使农作物优良的基本条件。对于这些，在农展会中都有指示。

　　"这以后养蚕真有利啊！"一个农人向他的妻子说，这说明了养蚕这副业将在四川农村中复兴，我们可以多换些外汇了，使我们的丝业外销有了统制有了办法的是抗战。

　　那个农妇指指一条蚕的大模型，喜悦地叫着："把蚕养得那么大，真吓人呀！"许多女人小孩全像她那么喜悦地叫着。当她们看到爪哇种的甘蔗是那么粗，美国种谷的粒子是那么大，德国棉的纤维是那么长，机器制的白糖是那么白……

　　四川的牛疯猪瘟是农民们最头痛的事，在这儿，由解剖图告诉他们，牛的烂肠瘟怎么得，猪蛔虫、猪肺病的症状在哪里。有一些通俗的说明很好：

　　"猪牛庄稼本，最怕害瘟症，本所为农民，雇有牛医生，专医猪牛瘟，不取一分文……"

　　农民们带着笑走出农展会，这个会给农民的影响是很大的。

（原载《大公报》重庆版 1939 年 4 月 13 日）

"五三"的血仇更深了

　　一千支笔也难写出是什么滋味，当每一个"活着的人"从防空壕、野外、家里走出来的时候——不，从魔鬼掌握中逃出来的时候，放火的强盗飞远了，山城里飘满了浓烟，多少枝火柱升起来，像是要向祖国的天空控诉：疯狂的屠手又造下了一笔血账！

　　街上的人都变呆了，活着是涌起一种复杂的情绪，要哭，可是没有眼泪。新的难民流浪到街头，箱笼什物狼狈地躺在主人身边，它们好像在问主人：是什么野兽来袭扰过了呀？

　　商店抢救着货品，扛货的店伙工友们一个个都似乎变健壮了，虽然是店东的东西，他们却一样爱惜。在市商会里，我亲眼看到一个店主替他辛苦了的小徒弟擦汗倒茶，这是多么好的镜头啊！这种亲爱的精神在灾乱中成长，许多陌生的人们都在互相慰问着：

　　"没有伤着吗？"

　　"快来坐坐！要喝水么？"

　　华北同学工作队、《新华日报》、《新民报》……许多朋友们帮同抢救我们报馆的东西，他们冒了险，流了汗，一位华北同学吕君还在切版机上切断了两个手指头，这一切，不是能用一句感谢的话来表达出我们的感觉的了！

　　我们的报馆在火舌与烟雾飞卷飘散中挣扎着，大家在搬东西，实在我们没有什么东西，只有一点印刷器材、书籍和存稿，可是这在"用笔杆抗战"的人说来，也就无异是粮草和弹药了。

红色的救火车受到无数双眼睛的爱抚，许多人一定在想：为什么我不学救火呢？为什么我不做一个英勇的救火员呢？

几条水龙一齐向那些火焰上浇灌，就像是灌溉我们田地一样，人在这时候竟会迷信"造物者"的伟大，他给了我们火，然而也给了我们可以消灭火的水！

水龙究竟是太细了，他们是那么艰苦地奋斗，一股水上去，一阵浓烟冒起来，火柱像顽皮的孩子，这边赶跑那边又来了。我忽然对报馆的楼房发生了和对母亲一样的感情：

"亲爱的水龙先生，努力呀！救救我们的营房——报馆就是我们'文字士兵'的营房——你要消灭放火强盗撒下的火种！"

我几乎是要发狂般地默默地向水龙祈求，倘若四周没有人，我要吻吻那红色的车身，黄铜的铃铛，和那长蛇一样的水管子！

让残暴的敌人来看看：我们又添了许多新坟、孤儿、寡妇、鳏夫！婴儿也不能逃过屠手们的毒刑。

可是也得让敌人们来看看：中国的人民是在轰炸和屠杀中精诚团结起来了，人们流露着从来未有过的亲爱。我们留着一个人，这一个人是不会投降的，我们留着一条狗，这条狗是不会向你摇尾乞怜的！

夜间，我们同人走到"营房"去办公，亲爱的读者们，我恨我的笔太拙劣了，不能把今天的惨剧描画万一，不能将千万人的怨愤尽情控诉，也不必我们自己去控诉：今天许多国际友人是亲自在火灾场和瓦砾堆上目睹这一切兽行的！而且，许多洋行也被炸光了！

朋友，你看见街头巷角一口口新棺木么？让我们在燃着香烛的新棺前深深鞠一个躬吧，并且要向棺木中的新尸说："我们会给你们报仇的！"

（原载《大公报》重庆版 1939 年 5 月 4 日）

附：血火中的奋斗

——《大公报》社评

在"五三"第十一周年纪念之日①，重庆又经过一次血与火的洗礼。昨午敌机来袭重庆，盲无目的，滥投烧夷弹，多少房舍成为灰烬，多少人民丢了生命，漫天烟火，遍地血迹，在血与火中表现出抗战首都的奋斗精神。

我们且勉抑愤怒的情绪，首对牺牲于敌机轰炸下的通报，敬表哀悼之忱。经过这次空袭，我们可以充分认识敌人的卑怯与残暴。唯其怯懦，故逞毫无军事价值的空袭，唯其残暴，故盲目滥炸。敌空军俘虏早就招供过：他们并无目标，他们所奉的命令，只是向人烟稠密之处投弹轰炸。这两年来的情形，已完全说明这一点，即敌机空袭之处，大致无军事目的，而遭牺牲受损失的无例外是一般平民。这次重庆的空袭，投下的多是烧夷弹，被轰炸的都是平民商业区，这完全证明敌人的卑怯与残暴。敌人的这种手段，能动摇我们的决心吗？绝对不。我们眼看见敌人的残暴行为，新仇旧恨，齐上心头，只有抗战，只有报仇，更给敌人以无情的打击！

本报社址在下新丰街，正是敌机轰炸最烈的地方。特告慰我们的读者，我们虽遭受损失，但在艰难的情况下，我们仍照常出版，以表示我们不折不挠奋斗不屈的精神。在这里，我们特别感谢社内外朋友们的救助。在烟火弥漫之中，

---

① 1928 年 5 月，北伐军北上征讨张作霖，日本以保护侨民之名，派兵进驻济南、青岛及胶济铁路沿线。3 日，日军悍然向中国军民开枪，并虐杀国民政府公使蔡公时，中国军民死伤万余人，史称济南惨案，又称"五三惨案"。

我们的社员工友都以异常的勇敢，抢救社产，那种忠勇精神，真令人感激落泪。尤其可感的，是社外朋友更表现了"被发缨冠"的义侠精神。同业《新华日报》《新民报》《商务日报》，都有多数同仁来为本报抢救器材，华北同学工作队及防护团在场抢护，华北同学工作队吕君且因此负伤。我们对这许多急难相助的朋友，谨致最诚挚的谢意，对于吕君尤特致敬慰之忱！最后，我们应该特别感谢国民公报社暨诸位先生，因为我们的编辑部及工场已不能工作，承国民公报借予一切工具及便利，使本报得不间断，照常为国家社会服务，这完全处于国民公报之赐！血火中的奋斗，最足锻炼钢铁的意志；危难中的友情，更足表现同胞爱的伟大。在昨天的空袭中，本报工友王凤山君被难，一人受伤，另有几位同人的家宅被毁。我们敬为死者致哀，而生者必继续奋斗！

在血与火的奋斗中，应该更增加了我们的勇气与决心。全国同胞们记着！敌人欠我们的血债，其深似海，是黄帝子孙，必定要报仇！

（原载《大公报》重庆版 1939 年 5 月 4 日）

地上的英雄们

——记劳苦功高的航空机械士

社会上有无数悠闲的玩鸟者，他们的目的是为了消闲自娱，但也还有千千百百的玩鸟者，他们以毕生的精力去洗刷、饲喂、医疗那些鸟，使他们能飞能鸣能斗，能驱逐那些外来的凶恶的野鸟，保卫祖国的浩阔的领空。

他们是航空机械士，他们珍视着那些铁鸟有过于自己的生命。

当每次敌机来袭，或是我机出发轰炸敌阵地的时候，人们听到了这些铁鸟已在天空上发出的嗡嗡声音，是怎样的兴奋呵，不论孩子或老人，都会因为辨别出那是"我们的"，而涌起衷心的欢喜与崇敬，他们渴想看一看那铁鸟上的驾驶员、射击士、轰炸员的脸庞，他们愿意那些英雄们在高高的云端里瞥望得到他们的敬礼。

可是与空中的英雄们同样辛劳的还有地上的英雄们——航空机械士。他们经常地在整理着铁鸟上的五脏和四肢——机器和装备，以及军械。遇到警报或我机出袭的时候，他们要在事前二三小时做准备工作，把铁鸟喂得饱饱的，审查他们的元气；在事后二三小时整理那些铁鸟，使他们妥帖地得到休息。

他们不必和天空上的冷气流及空气稀薄的高空搏斗，但他们却经常和风雪骄阳厮守，做他们洗刷、饲喂、医疗的工作，就是没有什么事，也必须在机场上担任警戒，对国家所负的任务是不作兴玩忽的。

八小时工作的权利不属于他们，当必要时他们得一天到晚站在工作岗位上，早早地背着工具包到机场工作去，在那边吃站上送去的冷饭，为了清理铁鸟的肠胃，他们却不能过分珍贵自己的肠胃。当奉到命令某号机限期修好备用时，他们会彻夜地在月光下，在马灯旁用锤子锉子……完成任务。

"去啄食你的野味吧！"当他们送飞行员驾着飞机凌空而去的时候，心里不能不这样祈祷着。他们仔细地告诉飞行员这一机身上的应注意的小节，就像是母亲了解儿女性格那样细微。若碰到机子有伤损的时候，机械士们的衷心痛惜，要过于任何人。

为了珍惜血一样贵的汽油，每夜机场上飞机疏散的工作是由机械士们来做，他们要像大力士一样把飞机推到隐蔽处去，特别是在有月亮时，推飞机成为他们辛苦冗长的晚课，他们哼着唱着，仿佛哄着孩子入睡，又为了怕夜晚闯来的鹰鸷，必须为孩子找一个稳妥的安息处。玩弄铁鸟的人也时常做着关于铁鸟的梦，他们在呓语中向铁鸟们道晚安，有时竟为了看到我们的"神鹰"和敌人的"荒鹫"捉迷藏被捉到了，而大声呼叫起来。他们的灵魂里注入了每一个飞机的身影零件，甚至他们每一个在天空上飞旋的不同的声音，都能够辨别得出来。

当敌机来袭，我机起飞迎战的时候，我们老百姓可以躲入防空洞，或找个安全的隐蔽处，可是就在可能是敌机投弹目标的机场上，还有无数机械士在以大无畏的精神伫守着，为了未了的任务他们不能离开，为了守候我机中途回来加油他们不能离开，为了在我机降落前点起标灯他们不能离开……他们必须睁亮了眼睛看着领空上剧烈的空战，必须支好了耳朵听我机返航的声音。

我们应该为忠于职守而死去的一些机械士们致最大的敬礼和怀念，他们的壮烈的事迹应该被世世代代的中华儿女景慕。

刘福元是其中的一个，他是在四五个月以前遭了敌机屠手的，这二十多岁的广东小伙子的心炽热得像一盆炭火，从航空机械学校毕业出来，便过着机场的紧张然而单调的生活。他没有想到立刻寻取青年人所可以得到的幸福，找一个女孩子来，增加他的生活中美丽的成分，他却在机子旁发起愁来。

"我也可以学飞行吧？"刘福元每次把飞行员送上去接下来，都这样艳羡地问着，一面他在心里想着："为什么定要在地上挨敌机的揍呢？我也要揍那下蛋的铁鸟！"

刘福元受到了鼓励，非常自信地去应考，在七百多人中，六十多人的体格检查通过了，刘福元也是一个。为了他是成绩优良的机械士，可以免去术科考试。在入校受训以前，他依然留在机场上工作。那时候的刘福元不再发愁，"有一天我也要飞上天给敌机一个厉害看看！"他瞅着天上的白云傻傻地发笑，手里的锤子敲得特别有力。

是六月里的一个傍晚，敌机来袭的情报又来了。刘福元把他所照料的一架飞机布置妥帖，嘱咐飞行员好好地干，"我等你回来添油哪！"他总不忘了自己的责任。看着××架铁鸟在祖国的散着草香的机场上一起滑翔着，飞上了渐渐暗下来的天空，刘福元把布置在山头上的几个标灯陆续弄灭了。

敌机果然进来了，重轰炸机的音响是那么重浊，刘福元可以走远些去，但他不甘心。躺在山脚下，他望着那越来越近的敌机，高射炮开始在射击，星子似乎也在天空上震得霎眼。

刘福元在一声巨响下失去了知觉，山头上崩下来的石土盖上他的眼睛。就那样躺着两天，乡下人翻到了他的尸身，才释去总站对他失踪的疑虑。

可是随着来的是加在每个人心上的悲哀。一个优秀的机械士，未来的飞行员，挟着他飞行万里长空的壮志陨灭了。

这仅仅是其中的一个……

优秀的机械士多得很呢，有艺徒出身，玩铁鸟玩了十几年的老汉，连自己的姓名都写不端正，但他却熟悉飞机的一切，会凭着自己的经验给机子改装，比原来的装备更适用。像老头×××，他可以一年半载不回家看儿女，但他头痛脑热时也非去机场工作不可。"我的儿，你要好好儿飞，听使唤，打起小鬼来争气呵！"他在修理洗刷的时候，喜欢这样独语。

×××，是机械士中的小领袖，在工作中不断地学习，也是航空机械学校里出来，家在香港，他放弃了少爷生活，到这里来做一个尽忠民族的小蚂蚁。小提琴里时常拉出温柔的曲子，但他也能唱雄壮的救亡歌曲。在小组讨论会中他提出工作要竞赛，还有许许多多的见证。许多机械士英文都相当不错，近来又在学习俄文，×××和其他年轻的一群机械士，时常在工作中的一点休息时间，还穿着那油汗满身的工衣，靠在机身边，咿咿呀呀地认真学习着外国语，看着外国的航空杂志出神。"我们落后，我们得赶快追呀！"他们这样说，看看机场修理场附近的远山近树，蓝天白云，和外国照片上的没有什么两样，他们觉得中国玩铁鸟的孩子也不比外国的推板①些。

这些非同凡响的玩鸟者，是应该领受人民真挚的敬礼的。

（原载《大公报》重庆版 1939 年 11 月 16 日）

---

① 推板，方言，亦作推班，意为差、不好。

漫谈八百清道夫

记得有不少诗篇歌颂过清道夫，把终日在灰尘中呼吸的他们做种种漂亮的比拟；而且在无数关心社会改革的人的心中，都憧憬着另一种清道夫，他们的责任是扫除人们所造成的百般罪恶，特种垃圾。

让我们来看一看偌大的新都的清道夫吧。你也许不认识他们，也许见了面还要躲开三尺，为了那蓬扬的不洁的灰尘。他们在辛勤地工作听不到一个人向他们道一声辛苦，问一句日安。可惜我们的劳工朋友念书得太少，不能抒写他们内心的情感，否则，他该怎样悲凉地吐出他的感喟啊：每天清晨三四点钟摸着黑起来，粗糙的手又触着扫帚、簸箕及手车，到大街小巷消除人们随意抛弃的果皮纸屑，煤灰废物；如果他呛咳，他流汗，他战栗，只有天上的月亮星子知道。他们一定想歌唱黎明，歌唱自己的黑手……当他们清除完毕，市声又起的时候，大约会泛起一丝愉快的，为了他们的辛苦造了大众的舒适。然而人们过分随意践踏的结果，使洁净的地表顷刻间又变了垃圾堆。他们要和风斗争，要和雨斗争，终年终月终日地，单调哑默地工作下去，究竟也有点恼人啊！

八百位清道夫维持着大重庆的清洁，他们被称为夫子。八百夫，叫人联想到八百壮士，那八百壮士为了民族大义誓守东战场；这八百壮士给战时首都扫除垃圾，用他们一点一滴的气力汗水保留重庆的光洁；他们在灰尘中跳跃，在满地痰污中卖力，增加几十万人口的卫生保障。论功绩，实在也不能抹杀呢。

这八百人组成的清洁总分为七大队，每队人数依分区大小不等。他们十九来自四川内地田间，自然是不得已离乡背井，放下耕牛土地的。纵然只是十三四元一个的代价，最近三元的伙食变成了六元，每月净得不过七八元，抵不上重庆上等饭店一客饭的价格，可是，他们也挣扎着活下来了。这一点钱不足养家，他们一概是流浪汉，一年半载撙节所得有时不够回家的川资。

谈教育吗？在中国教育尚未十分普及的环境中，摸锄头的人到现在还没有享到这个福分，现在，每天十小时以上的工作已累得他们筋疲骨酸，办劳工教育的人们似乎还没有想到他们，能够在扫街时抽暇读读墙报的实在是凤毛麟角。体力劳动加速消化，当年执扫帚饥肠辘辘的时候，引诱着他们，使他们深情地期待着的只有那半碗素菜，三四碗米饭，和那香甜睡眠。推了那蓝色木车到嘉陵码头去倾倒的时候，是他们唯一的可以避开污浊的市街，眺望一下广阔的青山绿水的时候。

耗子也是清道夫们的囊中物，重庆街头死耗子之多是很惊人的，清道夫收到死鼠一个可以领一分到二分钱的奖金，据说有个姓周的清道夫对收死鼠特别有兴趣，他每天收得最多的时候达二三十个，只是这也不是可以常有的幸运，不是靠得住的横财。那些死鼠收来都是被掩埋起来的。

倘若一位社会学者要找什么社会材料，那么请去问清道夫吧。每个老资格的清道夫脑子里的路毙、弃婴、小偷的记忆，加起来是个很好的统计。打扫防空洞、公共厕所的也是他们。这里有时也会发现一些使人意想不到、令人难过的情形。如果有训练，他们还可以侦察汉奸。

记者去参观了他们的住处，二十人一间，两个人合盖一条分家的棉被，下面是席子，屋顶下晾着永远也难洗得清白的衫裤，精力和经济都使他们不可能对自己讲究卫生。有人寂寞地卧病着。是谁呢，买了小小的一块并无精瘦的肥腊肉，挂在污黑的手巾旁边，不知是准备在春节前回家引逗一下妻儿的笑颜，还是想共解侣伴们的馋涎？

他们没有一个公共歇息的地方。日常生活的确太枯燥了，不想唱个歌吗？不想听一听国家大事抗战消息吗？不想演一演戏发作一下孩子兴头吗？我猜是不会不想的，说他们对这无兴趣，对兵役问题也还不大了解，他们愚笨吧，这实在是社会的错误，一段木头如果不砍削，是不会变成桌子椅子的。

委实如诗人们所歌颂，清道夫们外形肮脏，事实上他们却是卫生公仆，却是洁的。重庆这么大，这么杂，的确还有许多不洁的东西需要特种清道夫扫除的。这些不洁的东西不一定有不洁的外表，最毒的蛇往往有最美丽的色泽，果实里储存着黑汁的罂粟却是最鲜的花朵变来的。人间虽不尽同，但是也有近处。在后方难免掩藏着不少投机操纵、虚伪诈骗、荒淫作乐的事实，这些该怎样扫除呢？

（原载《大公报》重庆版 1940 年 2 月 6 日）

孙夫人印象记

回忆之一

三年多以前，鲁迅先生逝世的那个秋天，千千万万人怀着伤痛的情绪在殡日那天参加送葬的行列。由万国殡仪馆到万国公墓的大道上，浮过浩浩荡荡的人群。为着是一代文豪的陨落，人们怎么能不哀伤呢？

当送殡行列抵达万国公墓的时候，在一个小亭前举行着葬前的仪式，这时候主席团丛中却出现了两位非青年人——孙夫人和蔡元培先生，他们的心却是和青年人一样炽热。凡是憧憬着同一鹄的的人，不用相识也会潜伏着挚情的。群众对于平日深居简出的孙夫人致以超越过初逢的热烈拥戴。

也许是用着"打回老家去"的调子谱成的挽歌传染给孙夫人悲怆的心情，以致她梗塞着喉咙不能说许多话，然而她的话和她那缟素的衣裳一样令人感到亲切。

回忆之二

上海法租界莫里哀路的尽头，法国小园的门口，有一座时时受着路人注目着的小楼。这小楼里没有孩童，没有繁众的人口，那位唯一的女主人也是深居简出，虽不门可罗雀，但也很少有车水马龙的光景在这门口被发现。偶然有乐器的声音从窗隙传出来，那也许是女主人自娱的时候。

孙夫人这座楼被无数人目为神秘之楼。正如同克鲁普斯卡雅之于列宁，宋庆龄先生在孙中山先生的革命事业上也时时是一双左右手。而且并不仅仅是跟在后头附骥一下而已，她的许多见解主张常是走在前面的。这样的一位在颠簸流亡的革命浪潮里过来的人，会为了中山先生的逝世而消沉下去吗？

不，正如李德全先生所说：孙夫人是个外静内动的人。即使她像个隐士似的住在这小楼里，她并没有和中国的政治绝缘。她依然关心着民族安危，以及团结御侮。中山先生留给她的一副革命担子，她始终未曾放下。

就是当沈钧儒老先生等入狱时，孙夫人也会挺身营救。电信之外，并曾经往苏州设法。国家需要她的时候，她是决不辞的。

还记得当她赴苏归来时，上海的妇女们为了表示衷心的感谢而买了些水果送她，记者当时也怀着孩子样的纯真的仰慕之情，和友朋们一道去给她送礼，虽只是半篮水果，一张代表千千万万人的卡片。当我们轻轻地按了电铃，把东西交给司阍者而转身回去时，我们不约而同地脸上感到一阵热潮，不仅是羞恶，也是感奋。

抗战以后，孙夫人卜居香港，她依然没有放下她的责任，凭着一支流利的笔，不断地在外国刊物报纸上发表着关于抗建的文章，在国际文坛上，宋氏姊妹的声誉是斐然的。不久以前，她还以多种的语文发表过斥责汪逆的文章。

除了在广州失守以前，孙夫人到广州去小住过一时，这次莅渝，恐怕是抗战后初次踏进我们自由的国土。去广州那次也许使她有些感伤，因为不但看到了敌机狂炸后的焦土，而且中山大学内中山先生被炸剩了半截的铜像，也令夫人怆痛无已。这次到行都来，正是敌人已感疲惫，我们全民誓死抗战到底，胜利日近的时候。前方不怕敌人的大炮，正在加油地打；后方不怕敌人的飞机，废墟上又奔跑着工作的人群。这一切，把汪逆的丑剧肢解了。就以小节来说，这些天的参政会，国立剧校上演着的岳飞，天上嗡嗡嗡地叫唤着的自己的战斗机，这不比香港的空气恬适得多么？所以我们猜，孙夫人抵渝后一定是非常愉快，而且愿意久住下去的。

在她千忙万忙之中，我们竟能在伫立着做了三十分钟阶下客之后得见孙夫人，真是欣慰万分的。不知是为了过忙的工作，还是为国家民族的忧心，三年多来孙夫人消瘦多了。黑底白花的旗袍，黑呢短外衣黑皮夹，只有那双眼睛里依然熠耀着青年的光辉。早晨她刚去视察过市内被炸的灾区，午后又是户限为穿的访谒者，她的喉咙竟有些喑哑了。可是那口江南音的普通话，依然是我所熟悉的。

她关心着国民代表大会的女代表的事，听到宪政期成会的决议，她有所感喟地说："妇女的地位和权利应该自己争取，而不是等候别人给予的。"她听到重庆妇女也为这力争着，表示极欣慰，因为这不是少数人做官的事，而是关系着全民福利的。

冯夫人和她谈到伤兵之友工作的展开，或是任何救亡工作的展开，必须建立在有力的群众基础上，她频频颔首，表示赞同。蒋夫人谈吐间的活泼神情是孙夫人所没有的，孙夫人的热情用一层端庄的羽纱笼罩住，是绵长的。

工业合作协会的工作，她表示极愿参观一下，因为这是减少劳资纠纷的一桩新事业。

她很欣悦地告诉大家：何香凝先生的健康近来好转，老先生反而加倍起劲地工作着，孙夫人语气之间仿佛说，只要是为民族打出一条光明的运路，就是再繁重的工作，人们也会打起精神来做的。

"孙夫人不会就走吧？"对于大家的恋栈的询问她报以微笑："过两天蒋夫人召集一个会，要我和重庆姐妹见见呢。至于什么致敬，那是不敢当的。"在夕阳中，她把客人送到阶下，背身回屋去，那脑后绾着一个小小发髻的背影，令人回想到有一种版本的三民主义上，在中山先生遗像的上角，宋庆龄先生侧影的绰约风度。然而这有着绰约风度的人，却是有着一颗革命者的烈火似的心的。

（原载《大公报》重庆版 1940 年 4 月 3 日）

访巴云英女王

自民国二十六年起，绥西乌拉特旗一带就已变成了抗战的最前线，正规军和游击队与敌人在这草原上进行着拉锯式的战斗。那儿的人民无论蒙汉，不分男女老幼，自小把骑马打枪射箭看作家常便饭，就是那一身蛮劲和五六尺以上的身个，就足以睥睨敌人一下了。

在这许多和敌人苦斗的健儿之中，乌拉特后旗额王夫人巴云英的部下，也是一支生力军。额王于民国二十五年已然物故，依俗世袭的小王爷贡嘎色楞只有五岁，便由他母亲巴云英代理要公。当敌骑踏到这片宽广的草原的时候，巴云英女王不逊于其他各旗的王公，便也戎装驰骋在战场上。

这次为了向当局报告绥西蒙旗一部分的战况，巴云英女士到行都来了，同来的另一旗的奇女司令因疾留在途中。昨天午后，记者在张部长公馆中会到这位抗日女将领。

原以为她是做蒙古装束的，谁知她却穿了一身草绿中山装，头发向后梳拢，那一点武将的风度把她三十八岁的年龄减轻了许多。说着一口汉话，山西音非常浓重的。客厅里茶桌上的黄绸，微微地使人嗅到了一点蒙古气。

"我们还是二十六年和敌人干起来的，凭着那一百多支枪，一百多匹马，但是人却比这多五六倍，而且都是些能骑会射的壮汉。"她吸着一支前门，像谈起一些家常琐事似的谈到两年来的战斗。"出了乌拉山，在乌当沟碰到由绥东来的马占山老将军，便一同打游击。"

他们在乌当沟又曾会到骑兵第 × 军门军长，请示结果，队伍去安荣昌和友军联络，巴云英和小王爷到了五原，和蒙旗有关当局商议旗政。那时中央发表了小王爷担任乌拉特后旗的防守司令。就在前年七月就职，成立了司令部。又奉傅副长官命令，三分之二的骑兵组成绥远游击第 × 支队，补发维持费，由后旗防守副司令史钦房协同率领；三分之一的人编成本旗保安队。

正谈到九岁的防守司令的时候，这位也是满身草绿色的小王爷推门进来了，小马靴橐橐地响着，浓眉大眼，见了陌生人也是非常大方。蒙旗是军政不分的，所以这九岁的司令还同时是乌拉特后旗的护理扎萨克——就是小王爷的意思。再过九年，他要正式负起他的责任来。

"当我们打游击的时候，这孩子也是骑在马上的，他不怕什么子弹刺刀的。"他母亲指着他，矜慰参半地微笑着，这仿佛神话的战场风景使后方的人民艳羡，恐怕更会叫敌人惊愕的，中国九岁的孩子也不怕什么"皇军"呢。他也能单独骑马打枪。

孩子究竟是孩子，陪了一会儿客便出去玩耍了，把门关得响响的。他的参谋长兆忠说，小司令正在读汉文。

自从去年起，一个容纳九十二个学生的小学办起来了，蒙生三分之二，保安队子弟占三分之一，每月教育部津贴二百元。这小学对于那后旗一千五百多户显然是不够的。

"蒙旗妇女在习俗上是男女不分的，"巴云英女王回答我的问话，"她们自小放羊、骑马、打枪，只是教育程度比男的差些，就如同那小学里吧，女生只八九个，一般家庭不习惯供女孩子读书。旗政府中的兵役差徭，都是男人去征的。"

谈到敌伪，巴云英女王轻蔑地笑着，"敌人是兵空了，譬如总在宣传着的调兵吧，事实上是今天开来几车，晚间又开了回去，明天又原兵开了来，事实上所调的就是那么几名！至于伪军，那是非常可怜的，一师不过五百人，死了也不补充，因为是无人可补，到损失过半时就取消番号，合并到别的师去了。就以绥远的伪十师来说，除了伪一、伪六、伪八、伪九师外，其余的已不存在。德王这个坏蛋，伪八九师就是属他的。"说起德王，非常叫女王愤恨，她觉得替王爷们丢脸是小事，要紧的是给敌人做了牵线人。

巴女王又说，在游击战中俘虏敌兵不是太容易的事，因为押解困难。而且兵们个个是热血心直的汉子，把敌人恨入骨髓，即使抓了活的到手，也非解决了才痛快。去年五原一战斗中解决了四五十个敌人，俘到七九步枪七十多支，子弹七万多粒。敌人的宣传蒙人很少相信，不过是白白地消耗了撒传单的飞机汽油。敌人的侵略使蒙人的牛羊骆驼遭了杀掠，这倒是千真万确的事实，所以时常有一些蒙人痛哭流涕地到司令部门前来，他们说：

"日本小鬼原来是这样的强盗！给我们枪，我们去赶走强盗吧！"

蒙旗地广人稀，敌人的间谍难免有混进去的，可是被举发的也不在少数。

巴云英女王送记者出来的时候还说，敌人是不可怕的，我们一定能战胜它。夕阳中回望巴女王的身影是那么陌生，然而她的话——代表着千万蒙胞的话却是熟稔的，抗日的大业把远的变为近的，把生疏的变为亲密的了。

（原载《大公报》重庆版 1940 年 4 月 16 日）

印度援华医疗队长安华德博士

　　说起来似乎是一个奇迹，一个有着深棕肤色的印度人，为了欣羡我们为自由解放的抗日战争，二十个月以来宁愿抛弃了在印度当一个大学校医的优裕职位，和四位同志跑到中国来，由后方的陆军医院走到战区游击区，冒着不习惯的苦寒，吃着不习惯的饮食，却医好了千百个中国战士的伤口。

　　就是那个穿着白西服裤红毛衣的近三十岁的人，他的眼光和尼赫鲁先生一样地现着诚挚，他就是印度援华医疗队的队长安华德博士。他是在英国大丁堡学外科的，一个信奉印度教的未婚者，前年九月率队来华，经过广东，在长沙中国红十字会工作过一个时期，又去汉口宜昌的陆军医院。武汉撤退后来重庆，感到后方的医疗工作不及前方那么急迫，便又转到西北战区去了。随身带的是全套外科器具和几大箱药品，虽然物质条件太差，窑洞代替了光线充足的大厦，可是热情克服了一切困难。英勇的中国士兵是世界上罕有的，于是他们也忍受了中国战士所能忍受的一切。

　　他们的经济是自己负担的，尤其是尼赫鲁先生来华以后的回国宣传，印度民众们集腋成裘地为医疗队捐了五万印币，现合法币二三十万元。最近安博士生背疽，一度在西安治疗，现在必须返印休养。他的两位同志至今仍在某某山工作，另两位因为水土不服的缘故去年已经回去。

　　谈起中国士兵的精神，他连连地说："那真是世界上第一等的士兵。他们的精神好极了，好极了！"他的头向椅背仰着，仿佛是在回忆那一张张年轻战士的咬牙忍痛的可爱的面影，他和中国的战斗员在默默中建立了深挚的友谊，倘若不是为了养病,他是不会回去的。"教育对于动员兵力是太有关系了,"他说:"在我跑过的许多地方就说明了这个——群众教育工作做得差的地方,对于兵役不无困难的现象:做得好的地方,老百姓都会自动地去当兵。他们知道了日本侵略战争的前因后果。"

敌人自然不会不知道印度医疗队的消息,他们的报纸曾经刊载过,不过当通过敌人的防哨的时候,很技巧地都避开了敌人的迫害。而且前线上的国际志愿医生还有许多,敌人只好暗自嫉恨没有别的办法。

俘虏是他们经常见到的,中国军队总是优待并且教育他们,使他们明白日本军阀侵华绝难胜利。许多俘虏都成了反战的志士,于是放他们回去,去做日本军队溃散的酵母。"我相信这样做是有效的,因为日军的士气本来也在一天天沮丧下去,对战事的完结觉得遥遥无期。"安博士肯定地说。

他还看过了西北的一切战时设施,使他感到新的中国正在战争中孕育。"那么多的青年和农民,无论是知识分子或非知识分子,都为抗战建国在努力工作,把个人的幸福放在国家自由之下。我们印度人,就是为了援助你们这种为自由的斗争而来的。"他又以印度不能团结统一的教训来警戒中国:"中国也应该防备敌人分化或各个击破的阴谋,团结是和反对汪逆精卫的投降同样重要的!"中国友人二十个月来的观察值得我们重视。

记者问他回去是否打算写一本关于中国抗战的书,他说并未计及,不过预料印度人民一定会很殷切地来探询战时中国的情形,那么他也许会写一个报告式的小册子。

对于中国前线医药补充问题他也说了老实话。外科器具、消毒药品、纱布委实太缺乏。除了军医以外,中国西医志愿为抗战将士服务的还是太少。有一些战区交通太不方便,像华北,医药不妨到北平去买,比自后方运去便当得多。只要有钱,人是不成问题的。

"中国只要打下去,军事上是绝对无问题的。同时还要政治上加强团结,技术上再谋改进。"这是安华德博士在华两年的临别赠言。"我希望能再来中国,因为我已看见她困苦挣扎的时期,更愿看看她获得自由后的新面容。"

(原载《大公报》重庆版 1940 年 5 月 18 日)

重庆的米和煤

市井所见

我们一方面讴赞着行都在空袭中所表现的种种英勇事迹，以及它的坚强果毅的面容；然而，假如人民在抗战中不能仅仅依赖空气和风雨生活的话，我们依然得掉过头来看看后方的民生，因为后方民生的安定可以影响前方的一切。

这些天，如果你不是深锁高楼的话，一定会听到如下的呼声：

"煤价真高，河边的煤船来得太少了！"

"米店老板们反锁上大门躲空袭去了，好在米价一天天高，只要不炸飞了，米粒在仓里也会生出小米粒来的！"

"吃个大饼一角钱，吃碗稀饭一角钱！"

就是昨天，一个四口之家的主妇对我说，昨天一天，她们吃了一元四角钱的米还没有够。

人们存着防盗贼的心理在惴惴地探问煤米价格，手中法币宽裕的人们也小小地做起囤积勾当来。这似乎不能贸然地说他是奸商行为，因为人类都赋有挣扎求生的本能的。

"你不怕炸弹把你这些炸得和屋瓦石灰齐飞吗？"我问一个存了二十担烟煤的朋友。

"这我也知道，只是被炸的可能仿佛比煤炭涨价的可能少些。"

果然，才四五天工夫，那朋友欣然告诉我说，他那二十担烟煤已经赚了二十多元，这算是适者生存了。

两个月以来，米价涨了百分之百，由二元半一市斗涨到五元左右一市斗。两个月以来煤价涨了百分之三百。以岚煤——无烟煤来说，由六七元一挑，涨到二十六元一挑。而且还呈无货状态。一个五口之家每月的米煤二项即需百元以上。你说吃饱饭吗？许多小饭店老板已在皱眉，准备歇业了，因为主顾们会不相信两角钱一碗的白米饭的。

平价以来

"平价"两字已在人们耳旁响了半年了。起初，人们企盼它，有如大旱之望云霓。可是如今，"平价价愈高"五个字成了人们的口头禅了。自然这也许是不合逻辑，只是平价购销处的定货还没有运到，市办的日用品公卖处也还没有开张。委托农本局福生庄平价售卖的棉纱听说最近又要有新规定，对一般老百姓的买主再加限制；燃料管理处特约的十家平价煤炭店因不遵照规定价格，已被该处取消平价零售商资格，至于米，还没有平价的可买。

事实上这些民生必需品，例如米和煤真是供不应求吗？据种种调查，四川的米自给尚有余，煤则除了供给各厂家以外，民用的也不缺少。可是，两个月以来，即以菜园坝这个大河米的码头来说，每日开来的米船载量由三千石降到二三百石。原因是：一、米商被"平价"吓住了；二、农忙；三、最近一个月来又加上轰炸。此外，有一些大米商听到昆明、贵阳的米行市，转而做那边的生意去了；有一些奸商在捣乱市面，贵价时抛出，贱价时购入。主管当局应该到菜园坝（大河米）、曾家岩（小河米）、朝天门（大小河米）、米亭子和临江门义成米栈（山米）几个米码头去查办这些天字第一号的米蛀虫。

为了救济目前的米荒，购粮委员会似乎可以出来负一点儿责任，由农本局拨给该会的四十万担谷分出十分之一来，也许就可以压压当前的米价。好在秋收不远，届时购粮委员会可以直接派人下乡向农民购粮，免去中间商人的剥削。

至于平价煤炭，十家特约商店虽然试办失败了，但不妨再接再厉地办。应切实地给予特约商店相当便利处，然后要他谨守管理处的规定，甚至登报招标全可以。十家商店不仅不够，而且地点不平均分配地区，所以在量的方面还得增加。对于各厂家的大量囤煤也得加以限制，否则保障了工厂用煤，无形中影响了民间用煤，也是不大妥当的办法。

鼓励并扶助名副其实的民间自办的消费合作社，也是可以帮助不定物价的办法。

记一个模范消费合作社

在中间商人的黑心剥削下，正是消费合作社可以顺利办理的时期。目前在市社会局登记的消费合作社才十二个，事实上不止此数，其中有些徒有其名，有些规模甚小，甚至几十只草鞋，一些香烟，四五斗米，也可以挂出一个消费合作社的招牌来。

重庆市第三消费合作社筹备于本年二月、四月成立，社员二月来已自二百多人增加到四百多人，每人入社费是五元。这完全是一些中产阶级的家庭妇女组织起来的，因为她们感到商人剥削的肤深痛苦。因为她们认真服务的精神，所以业务发展得异常迅速。地点在小校场，市区内无论远近，不论货物多少，一律可以送到。消费合作社规章原是只供给社员，但近来为了在空袭中便利一般市民，所以非社员的生意他们也做，只是账单分开，这一部分准备交营业费而已。所经营的货品是煤、米、猪油、酱油、毛巾等。曾自燃料管理处请到过十吨米煤，之后，该处又停止供给，最近才和一个矿主定了烟煤，岚煤则还没运到。米也是暂时缺货。他们的经理胡子婴先生跑遍了各米市的码头茶馆，无奈物稀价高，就是批了来也比市上的米便宜不了多少。而且它的挑力需两道，挑进再挑出；还有栈房消耗。

"我们的理想分三步。"胡先生说，"第一步仅仅是代售商性质；第二步是自运销，直接从生产者手中购取；第三步自行生产，譬如设立碾米厂、榨油厂等，至少自己加工，减少成本。可是现在，如果没有政府的切实扶助，连第一步也做不好。"他们所定煤船的通行证还没有请到。

因为他们货品价格的确低廉，所以去社中要货的户犹如穿梭。如过去他们所卖山米较外面要便宜一元二角一市斗；现在烟煤照平价价格，六元一挑；熟猪油九角五分一斤，较外面便宜一角五分……

这样的消费合作社是需要的，而且只要政府加以扶助，一定会增多，对平定物价有不少帮助。

（原载《大公报》重庆版 1940 年 6 月 22 日）

猫与鼠

这几乎是每个孩子听过的故事：

有一群老鼠受着一只猫的危害，当老鼠们分头出去找粮食或玩耍的时候，他们随时做了大猫的粮食，惨死在它的利爪下。老鼠的队伍一天天削弱，后死的老鼠也一个个胆怯心慌，委顿下去。于是他们开会商议，一个聪明的老鼠想出给猫系铃的妙计，然而在同伴们一致赞同之后，却发现没有谁敢去为大猫系铃，因为它是那么凶猛，而且高不可攀……

我要引出这么个平凡的故事的缘故，就是为了在重庆——也许是在物价腾贵的一切地方，人们的心头出现了这样的猫。猫也许不是一只，也许是气势凌人的狸猫；也许是菩萨面孔贼心肠的家猫。人们不会画，却人人在心中描摹着这仇人的张牙舞爪的魔影。大伙研究着蒙受迫害的根源时，会不约而同地指着远方的一个黑影说："是他是他！"结果还是失望，那影子又高又远，太难捉摸了。

人们散在街上，聚在家里，总是避不开那黑影的作祟；人走到哪里，它紧紧地追随到哪里。它漂在主妇们淘米的糠沫上，它映在那遮着各色衣料的橱窗玻璃柜里，它差不多渗透在每一件日用物品之中。孩子们如果也经济自理，那么他们天真的心叶上发觉了这个到处追随的魔影时，一定会骇得惊叫。

无论是穷人，半穷人，或是也在穷下去的阔人，仿佛忘了天下还有别的大事，当他们在一块喝茶吃饭的时候，谈到的无非是"它"。请别奇怪人们为什么变得这样"贪嘴"，他们的思虑实在是被它压迫得"统一"起来了呢。在冠生园里，在公共食堂或是麦面小摊子上，管保你可以听到同样的话，有一点分别只是皱眉的深浅及斥骂的俗雅而已。冠生园之类食堂的客人，为什么其势文雅一点呢，怕就是因为直到抗战四十个月后的今天，他口中还衔着外国牌子的香烟，穿着外国哔叽西服；她们脸上还涂抹着"三花""西蒙"等牌子的脂粉，脚上还踏着"真拔佳"的皮鞋罢。总还未曾缺货，这不能不感谢那幢幢魔影。没有它，真真煞风景，岂不失掉了"冒险家的乐园"的风趣了吗？

人人恢复了孩童时代的游戏：

猜谜和捉迷藏，所差的是比较严肃的心情。许多事实证明我们不是没有（那些吃的、穿的、用的），而是有了又被那只大猫收起，用它的魔影遮得严严密密的。

这只大猫的名字不叫"花花""咪咪"，却叫"囤积居奇"。

人们才想捉住这只大猫，或者用一个重重的铃铛坠死它。猫又不止一个，许多小猫也正在学大猫，也正在慢慢长大，不过"擒贼先擒王"是人人明白的。大猫被捉，小猫们才会就范，人们的心也可以不那么慌乱，不错怨抗战。

（原载《大公报》重庆版 1940 年 12 月 16 日）

雾里空袭记

几天绵雨之后，白白的太阳终于在二十五日从云端探出了头，雾气慢慢消散着。

像等候一个预约好了的人似的，陪都市民们知道日人的铁鸟一定又要来逞凶了。虽然这个人是不被欢迎的。那铁翼会吹起一阵风，可是——

"又怎么能天天下雨呢，何况正是小春播种的时候？"

人们都要往长久里打算，都要为抗战打算。晴了天，我们的粮食有了把握。

近郊的工厂大半已经不怕空袭，自己有了动力，机轮不会常常冷冷地站住了。

尽管最热闹的市区变成了瓦砾场，然而商人们的损失并不大。放在铺子里的一点样货可以随时扛走，存货在乡间的茅草房里，今年本市的商业所得税原定六百五十万，但到十月中旬为止，已收到一千八百余万，百货业商店恢复得更快，几乎算不出它们的消长。工兵、壮丁们用铲子铲去那些灰烬，在这曾经支持过几层大厦的地基上，又络绎地出现着一座座玲珑的房舍，玲珑得像是戏台上能移动的布景。泥瓦匠拿着五元以上一天的工资，欣然搭盖这些"布景"。劳动者们在战前物品低廉的时候，很难穿到一件新衫，而今却极少鹑衣百结者流，甚至"牙祭"（四川的一种简朴风俗，逢初一、十五吃回锅肉一次，谓之"打牙祭"）的日子也由疏而密了。

叫苦的许还是中层阶级的公务员们，衣服破旧，补而再补。川盐大楼那样巍峨的大楼里，居然也出现了设摊缝穷的妇人。抗战使民生的水平减少一些波浪形，这在不自私的人看来，也许是好的，也许心头更安适一点。破皮鞋和新草鞋放在一起，才不"悬殊"。

公务员们也还是在逐次加薪。据说中央机关的这次加薪，国库局就需每月增加二千一百万的支出。在各地方政府，或给米，或给钱；只是物价涨得太快了。

红球（空袭警报前所挂的灯笼）果然又在淡褪了的雾气里挂起，人们安然；警报拉了，仿佛已不那么凄厉，生意还在做，躲洞去的人也还可以迈那安闲的步子。

"□□报，□□报，我军三路进击南宁！"

直到紧急警报快拉之前，报童们仍旧在呼唤，防护团们各就岗位，饭馆的伙夫们不忘记扑灭了火。

一个从塞北沙漠回来的朋友说："在沙漠上听说西安炸平了，其实并不；在西安听说成都炸平了，其实也不；在成都听说重庆炸平了，来了一看，市区的确有点平地，不过复兴得很快。"

那撒在这片焦土上很迅速地发了芽的，不知是什么种子？把芽儿吹起来的，又不知是什么神风？

"是我们全中国人抗战的意志。"可以这么说，我们不依靠雾季做空防。

（原载《大公报》香港版 1940 年 10 月 30 日）

光明与动力的使者

是那两架爱姆威牌子的发电机，两年来经常供给陪都光明和动力。如今一架正在拆卸，一年后在大渡口的山洞里再与留下的这一架，以及南岸的一架一同工作。

机器是死的，没有人的智慧与体力，这两天正在修理的沉重的凝结器也休想移动一步。重庆电力公司除了二百多职员以外，五百多学徒、小工、帮工、师傅才是这"爱姆威"的辛勤的饲育者。整年整月，他们无休停地守着它，蒙灰受热，或是耐心地听着那单调的隆隆音响，或是面对着那哑巴一样的电度表像似罚站。

近来电力公司的不时停电修理，使这五百多饲育者蒙受了不白之冤，事实上真是算错了账，不是他们偷懒，也不是作怪，这阻难只是我们抗战中总的苦难的一部分。如果不是民国十五六年添了这两架新发电机，鬼知道陪都的光明与电力从哪儿来。

轰炸轰炸轰炸，我们的爱姆威戴起钢盔沙袋，它那像鼻子一样的烟突披起草笠来了。可是这依然不保险，为了避免同归于尽，不能不化整为零，叫它们拆离。一个爱姆威做着两个爱姆威的事，再加上用电人的不经意的浪费，这一个就不得不时时喘息，闹起食积或支气管炎来了。

当每一次敌机来袭以后，人们走出防空洞听到电力厂放的汽笛，都不由得要念一声："龟儿子没炸到电力厂！"这不是自私，为了自己使用不到灯亮，因为没有机会使用到电力的人也一样发出感谢。电水相依，没有了电与水，陪都圈内的工业只好完蛋，其他的事业也要受阻。装置小型发电机的工厂还不多。当人们关心到电力厂时，也不是没有人关心那些饲育者。他们每天三班，谁碰巧到警报时，谁就得在敌机才一离开市空时，遵守情报处的电话通知，回厂升火。开车，送电，然后汽笛内才可以拉出那解除警报的曼长"祥音"。有一次为了情报的小小错误，几乎使他们吃到了如雨的铁蛋。每一回他们的厂房受到损失时，都曾自告奋勇地来料理善后。值班的工人听到警报时，可以加一天工资，这钱是掺和了几许危险与责任在内。他们都谨守岗位，在放出紧急警报后才开始收摊工作。二年来的训练，只消五分钟就可以完毕。他们的宿舍毕竟被炸毁了，如今少部分人有运气住公家宿舍，大部分人带了家眷在外赁房，没家眷的就在厂房的空隙上摆个板床。所以在机器旁，锅炉边，都是他们恢复一天疲劳的所在。一般人听来怪聒噪的音响成了他们的催眠曲。当你看到那些翻床上更有人在打鼾，你不要为这些"光明与动力的使者"祝福吗？也许反倒是梦境可以给这单调的生活染一染色。家累，以及没有平价米可领，使他们薪金听来不少的生活也并不宽裕。学徒每天四五角，小工九角多，帮工师傅每天二三元、四五元不等。津贴是每两月按生活指数加减一次；目前是：学徒小工每月七十二元，帮工师傅一百二十元，职员一百四十四元。学徒期限三年，然后是帮工三年。五百多人中小工学徒人数占十之六七。学徒只是潜心意会，不上课。小工管担煤出灰擦机器等工作。每天一百多吨煤的加煤出灰工作够忙碌，火星毕剥，会飞溅到眼上身上。一个管水龙头的人像是老在救火，把水射到烧剩的炽热的煤块上，煤块发着嘶嘶的抵抗声音，就被挑煤的小工挑到河滩上去了，那儿经常有几十个女人靠拣炭花生活。

最辛苦肮脏的工作就是锅炉间，夏天像是吊炉烤鸭。吃饭时不离开自己的岗位，就难免拌着些煤灰吃下去。说出来人也许不相信，大多数人经常的菜肴只是些青菜辣子。

因为是散居散食，五百多人简直是一盘散沙。八小时工作制是做到了，只是八小时休息未能安适，八小时教育还付之阙如。我们的史太汗诺夫还没被鼓励培养出来，就是蒋委员长号召的工作竞赛也待推动。否则那八小时很容易在堕落中打发掉，而且对于工作的八小时丝毫无补。他们有求于厂内产业工会的尚多。工会下有一炭花委员会，每天卖炭花所得，照厂规是作工人福利事业的，可是这问题尚待回答，工人们的缄默不一定就是满足。如医药改善，娱乐的提倡，都是工人们所切盼的。

那些在轰炸中特别奔忙于街头，叫人们在心头暗赞一声"电线杆上的英雄"的，是属于供电部分的外线工人，过去也只是用钱在鼓励他们的额外工作，如果是用政治教育去动员，相信会有更好的效果。装表工人属于业务部分，工作比较简单。

去年电力公司赔累至巨，今年一月份收支也相差二十多万元，这原因是在：燃料材料贵，欠账电费多，以及人事上许多待节约检举的地方。至于五百多站在机器旁边日夜严守的人，他们已经不必内疚了。

在今年轰炸季节来临前，我们不能不事先向这些位光明与动力的使者们敬礼，并期望他们改善生活，提高工作效率。倘若是利用二十世纪科学的昌明，而做不合理的享用的人，一定是被这些流汗的人们唾弃的。

（原载《大公报》重庆版 1941 年 3 月 8 日）

陕南一瞥

跨过大巴山脉，踏进了富庶的陕南平原，麦浪摇曳。在农业耕作技术上来说，四川要高出陕西一等，四川小规模的蓄水池在陕西少见。会不会再像去年秋间一样开一次水呢？许多被大水冲断的桥梁还在修理，在大水过后复又兴工的汉惠渠算修好了，使陕南人民在余悸中获相当安慰。汉惠渠的兴筑费是一千万元，预计有四十万亩地可以受益防旱。

宁羌是陕南的一个小小县城，迟去的旅客们都找不到个寄宿处；但现在它也披起抗战的新衣来了，城外新房不少，客栈、饭店、杂货铺、车站也修得颇为堂皇。这儿物价较为便宜，四五十元一月的包饭已经相当丰富，面比米更便宜些。由河南来的难民最多，有的合着开个小店，招待客人甚和蔼，他们说：这年头还黑了良心做买卖呢！只要早点回俺老家就行了。一个兴隆的饭店一天不过做百余元的生意。

陕南十二县属陕西第六行政区，专员是魏席侨氏，他才从各县视察归来。陕南"股匪"消灭，他认为是有利于抗战的最大劳绩；因为许多"匪区"的土地从此可以耕种，地下的宝藏也可以开发了。抗战后陕南增加的驻军。新兵、难民不下二十万人，但粮食几年来并不缺乏，而且在川陕边境，这常有米商把米外运，以求厚利。当局对陕南当前的粮食问题解决办法是：必要时开仓；禁止酿酒等消耗；驻军外移；自安康及甘肃运米；同时鼓励春耕，如洋芋四个月即可收获。褒惠渠已动工，湑惠渠也要在三年内完成，其他河堰水库也拟在一二年内修筑。

陕南汉江流域产砂金，沔县、略阳、洵阳、白河、石泉、汉阴、紫阳、安康都是著名的产金区。西北工合在沔县、安康组织了一百七十多个采金合作社，但因了采金技术与组织太落后，每月只能采得一百五十两，今后正准备统一整理现有的合作社，并与陕西当局合组陕南采金管理处，普遍到产金各县。探查工作都已进行，但因名称几经改变，颇多周折。起初在该管理处上拟冠以与陕西建设厅合办，后改省政府，又改企业公司，现在又在考虑是否与工合合作的问题了。这使采金工人对工合的资金信用发生怀疑，而不敢接受贷款及送金子来。

煤与铁，这工业的母亲，在陕南不用发愁，发现煤苗的有南郑、西乡、洋县、沔县、镇巴、褒城、宁羌、略阳、回县等县，现计民间开采量每年为4405吨。化验结果，质量最好的是沔县关山梁及褒城黄扬河，以上各县除褒城外，又多铁矿，土法开采，每年约计6959吨，正打算建一个炼铁厂。此外发现的矿苗有银、铜、铅、石绵、硫黄等。建立一个工业化的新陕南，并不是梦想。

西北工合在陕南贷款六十余万元，除采金合作社外，组织了五十多个合作社，如纺织、皮革、化学、造纸、酒精、丝织、米面、机器、榨油、制鞋、缝纫等，这在平定物价上有相当作用。生产合作在物价高涨中愈加重要，在汉中，就为军官眷属举办着合作训练班。五月里，汉中各缝纫合作社正在为××师赶制五万套军服，每套连衬衣工价只一元一二角，这纯粹是"服务"，别的商店不能竞赛。各种牌子的缝衣机在不分昼夜地转动，许多裁缝店来要求组社。分工合作：有的缠胸背、有的缝袖口、有的缝裤腿，老婆婆、媳妇们来钉纽扣。

资金问题在各合作社最严重，仅有的一点社股兴贷金尽用在生产工具及原料上，以致流动资金不足，发生周转不灵的状态。几乎每一社都表示：如再不增贷，眼看要把贷金吃光了。许多织布机停放着，因为无钱买纱。社员加股也是办法之一，但究竟有限。为要调剂陕南工合运动的金融，短期间内将在南郑成立工合金库。

为了要支持业务，也为了指导员不够分配，许多合作社比普通的工厂作坊进步的地方只在有理监事会、社员大会种种形式，还没有进一步使合作的真谛实行出来，如雇员之多于社员，工徒学习期限太长，教育工作之付之阙如……高级技术人员不明了合作社意义，难与社员平等共处，也是问题，褒城动力酒精合作社是其一例。

凤县双石铺几乎是一个工合镇，普通纺织皮革合作社外，并有一个较完备的机械合作社，可以用小型机器，利用水力发电。山下一个培黎工业学校有三十多工徒，是由各合作社送来，分头学习机械、化学、纺织等部门，生活得相当合理，所以孩子们都面色红润，精神活泼。这样的幼年的新工业干部，需要在量上加多。

祝绍周将军是×××边区警备司令，兼职负责××补训处，×万新兵在他手下训练着。在剿匪上，祝氏是一位出名的勇将，过去许多股匪徒都怕他。

他觉得兵员补充在质的问题上比较麻烦，抗战以后，四川出兵最多，他也认为停征两个月是很合理的。军粮采购仍照十二元一市斗计，倘若牺牲的真是地主，也还不成问题，祝将军喜欢研究经济问题，并以为这问题在当前与军事问题同堪注意。以×××边区警备司令的资格，他得到调节三省有无的便利。

切实地优待出征军人家属，会使兵役顺利许多，祝将军这样主张。兵田公耕在陕南只实行了一小部分。

祝将军认为新兵的补充不能只重量，一个新兵需要训练八个月，在来后二三个月内，必须实弹射击，至少每人消耗五十发子弹。

陕南的执政者全说，陕南在抗战中蒙受到的利益委实不少：学校工厂机关这内迁，文化水平提高，金融活动，宝藏开发……但这些利益是否普及合理？我们也应当予以重视。

五月九日自宝鸡

（原载《大公报》重庆版 1941 年 5 月 21 日）

五月洛阳

五月里，随着敌人第十四次"扫荡"中条山，榴花耀眼的洛阳又一次更紧张地入了战时状态。敌机不只轰炸扰乱着这第 × 战区首脑部所在地的洛阳，而且追逐着东西行的陇海车辆狂炸，我们的河防部队不时地与敌人隔河炮战，炮弹有时落在距离洛阳十里的村庄里，却伤了正在割庄稼的农民们。

用六个师团以上的兵力来攻击一个据点，这在敌人是第一次，可以用作敌人想在南进前加速所谓"解决中国事件"的一个说明。累积了十三次经验，再加上他的空军及重兵器，自东西北三面"扫荡"中条，抢夺渡口；我军在苦战之后，大部奉令向外线转移，小部留在中条山中游击，军事上有了新的部署。敌人伤亡近二万人，然而并没有达到一举"歼灭"的企图。

现在不能说敌人已经占了优势，也许这不到在纸上自我检讨的时期，我只能传出军事负责人的呼吁：认定西北在整个战局上的重要性，要以全力来挽救晋豫战事，虽不必说存亡绝续在此一战，但也得为了恢复中条，保卫黄河，巩固西北，而珍重这一战！精锐兵员和武器的补充，各部队的协同一致，外线内线的配合……都是缺一不可的。

五月的洛阳街市上只有白日黄风，从清早到午后四时以前，屋门反扃，人们"防空"去了。西工四万万棵吴佩孚氏所植的槐柳成荫，地上有敌机留下的弹痕，也有我们自己为破敌所加的壕沟。西工一片草绿，茂树、麦田、军人。到黄昏，洛阳有了人声。西工边灯火灿烂，漏夜工作。卫将军在公文、电话、地图、来客中打发一天的时间。"即使我有铁肩，也不能凭这扛住华北。"这并不是常胜将军的不英雄的叹息，却正是因为英雄非神话，也是现实所造成的缘故。千万无名英雄的血汗，合理的装备，加上精确的战略战术的指导，才凝成一个英雄，一个将军。

战区经济委员会成立了半年多，负着经济作战部的责任，它曾经协助着货运稽查处、运输统制局、仇货检查委员会工作，对战区物资加以调查调整。最近筹到五百万元作为事业资金，一百万元专用在运输方面。近来联合同业公会，做了一次联合采购、集体运输、沿路保护的尝试，一般商民极欢迎，同时也收些平定物价、限制私货的效果。据该会负责人说：因物价高涨，仇货中消耗品的销路已自然地得到了节制，目前严重的是毒品，如白面，很难稽查无遗。关于以实力包庇走私种种的过分的渲染，他以为应该加以纠正。事实上敌人也在对我封锁，如草绿色布、电筒之类，皆列在军用品禁止出口之列。现在洛阳情势转紧，为防备一旦为战场，经委会正协同做抢救物资的工作。

各机关眷属及重要档案等，都在做他迁准备，几千辆牛车简直不够分。汽油、酒精贵如血，且无处可寻，只有偏劳我们的硕壮的黄牛。是撤退吗？不，是疏散。老百姓是不大灵通，然而有眼睛，他们无处可走，只有等待听命，也许听令。党政分会及战区政治部正奉令协助动员委员会做动员工作。

沿着陇海路来洛阳，使记者深深感到中上层人民的悠闲，我几乎想喊：麻将国！为什么我在每一站，甚至在地下室内、窑洞里，都会无意地发现雀战的人们呢？而还悠闲的人们正是多少负着一些社会责任的知识分子。

洛阳的五家报纸停工了三家，这在人心上不能说没有一点影响。

人民在事实经验中教育着自己，如轰炸和烧夷弹。而今在民间又在研究着降落伞了，克里特岛上的新闻在这儿已不仅仅是新闻，而是可供参考的资料。对于这，当局正在做准备，并且有一些文告安人心。

为了连接南北战场，为了贯通前后方的联系，为了企图"结束中国事件"以便拔泥足而南进，敌人是不会放松洛阳的。三面包围，不是不可能，主力或竟在南而不在北。我统帅部对这一切自有妥善处置，我们全国军民皆应有胜利的自信，而且分头做充实而自信的准备。

五月二十八日寄

（原载《大公报》重庆版 1941 年 6 月 10 日）

松白机杼声

松溉纺织实验区

今年七月，新生活妇女指委会生产事业组主办的松溉纺织实验区成立三年了。五万元的创办费，一年十万元的经营费，曾经训练了五百多生产战线的女战士，在该组四个生产组织中，这可以作为示范的一个。

五百多有了技术的妇女，解决了自己的生活问题，同时以一双手供应了后方前方一些衣着用品。现在二百多人留着，其他的人回家纺织，组织合作社。三年来棉纺棉织和毛纺毛织的数量是：

纱布：49248 磅

药棉：11014 磅

布匹：2305 匹

毛巾：5832 打

绒线：994 磅

羊毛毯：1183 条

这在全部民生需要来说，算不了什么，但纱布药棉军布，确也直接包了战士们的伤口，穿在战士们身上。这些农家女出身的四川姑娘，原先在家闲着的婆婆们，经过妇女生活学校两个月的训练，都已沾染了些爽利明朗的女工模样，二百多区在册女工过着集体生活，夜来自修唱歌演戏。所不同于一般大型工厂女工的，是她们的健康面容体态，因为她们对于空气阳光水，皆不甚缺。

三年来一直克服着种种困难，初办时闻过实验区要吃人的笑话。一个乡下人看到漂洗工场上挂的橡皮手套，飞奔出去说那是一双人手，经过解说才清楚，那原是为了漂洗脱脂棉用的。

而今又是资金周转与平价米的问题。算起来一个生产区一年花十万是笑话，而事实上却并非不能自给，把一切材料存货机器算上，实在是大大地赚了。但现在纺线必需的洋纱五千三百九十元一件。一小盒颜料动辄一千二千元。一个女工一月一百三四十元的工价，自己先吃去了一百出头。松溉镇属永川县，新谷登场后，价格自四百多元一担涨到六百多元，合三斗六市升的一老斗米，卖到一百二十元。

奖励棉布入口条例多少和发展土布抵触着，人工与机器比赛，极难做到物美价廉人喜欢的程度。仿佛只有较粗的军布是一条出路。

实验区另外设有农场、诊疗所。试种棉花，因土壤关系，没有太大的希望，桐油林在荒山上逐年葱茂，2905 号的小麦和高粱均不坏。这占地二百亩的农场中还有安哥拉兔、来杭鸡、约克夏猪……像一个小型的农业改进所。

为了纪念三周年，开了全镇人民参加的游艺会、纪念会与工作效能比赛会。悬灯结彩，镇上像过年一样地热闹一天，女工们挖尽心思，安排了一些话剧歌剧舞蹈节目，自娱娱人，坦率真挚得叫人感动。该区门市部一天做了三千六百元的生意，正在减价九折一周。不到二万人口的松溉似乎该有二三千青年妇女，毕业于妇女生活学校而去做工的五六百人，已不算是一个太小的比例，就在当实验区过三周岁的时候，不必发动而自动了。

新运抗属工厂

在白沙新运纺织厂的一百二十多女工完全是抗属，先后已经有六七百抗属经过这个厂，有的放不下孩子，受了四个月训练回家做工去了，有的觉得厂方不能尽合理想，做了几天拂袖而去。

这些抗属中以哥哥在前线打仗的未婚姑娘多，其次是战士的母亲，再次才是战士的妻子。这是因为孩子无处托放的缘故。为了千百万抗属想，为了这厂不将永远是一个模型想，真该急速扩大，增加托儿所，以应需要。一百多镇厂地尚空旷，六十架织布机还空一半，五百个床位还空了三百八十个。

说服某些既已来厂的抗属也是必要的，有一个铺盖里有烟有扑克牌的新来抗属试了几天，摇头打算回去了，她说："算了吧，织一天布不够我一场麻将输呢。"这也许是一个极端例外的事实，一般抗属是穷困的。犹记得干调班同学会报告成都抗属很多颠沛流离，沦入烟花。

抗属们的军米依然没有领到，这正和保育院儿童被允许吃军米一样，始终还是具文。公事你做得不少了，米粒却未曾随了公文附来一颗，这不能不叹息行政效率，在受训期中的抗属几乎负债，因为那时期工资不多。抗属们的伙食三分之二由厂方津贴，以示优待，但算下来挣得也不多。而指委会花在该厂的每年经费却有二十六万元。

她们和前线的丈夫儿子父亲断了音信的也极多，谈起来时，放了手里的纺车织机微微蹙眉，一缕愁思没能拂去。各部队不知可否分一部分时间代替士兵报平安的联络工作？她们也想用手里的军布真的缝一套给自己的征人呢。

在松溉，从经济着手改善当地政治民生的实验碰到若干困难，小小的一个抗属工厂问题也不少。许多机关团体的抗厂是否有集中力量合作中可能？人力财力的集中也许会有一点办法，自然主要的还是得当局拨款，认真去为抗属谋福利。

人们关心长沙大捷，人们的热情并不比依战事变更货价粮价的商人地主们低落，但倘若要打胜仗，对于兵役以及伤兵抗属的问题是不容忽视的了。

（原载《大公报》重庆版 1941 年 10 月 4 日）

白沙巡礼

一、学生镇

　　白沙镇在二三年变成了一个小小的文化镇，十个公私立的中学还有大学先修班和国立师范学院，中央图书馆的本部及国立编译所也设在此处。死寂的乡坊仿佛也通了脉络，古庙巨宅草屋里弦歌不断。在周末，镇上大街挤满了男女学生，饭铺书店日用品商店都能做得一笔好生意。多少复杂的口音渐渐同化了，变成一种混合的语言。

　　自白沙到重庆有直达的船只，寒暑假时，把一批批学生教师送去接来。为了文化教育机关所添的人口恐怕不在万人以下。市面繁荣与物价成正比例地上升。

　　记者访问了几个学校，和学校当局及同学谈了一些问题，按着国立私立省立的不同，他们也有或轻或重的叹息与欣慰。

　　各校的经费宽绌的次序是这样：私立、国立、省立。私立学校以四川同学最多，倘若家里有些谷子、房子、地皮，大多不会为千元以上的每学期膳食零用着急，学生还能负担老师的"学米"。国立学校教师家眷的米贴以五口为限，专任教师的薪水在二三百元之间。教师改行的固然有，俱尚不至如省立学校教师流动之甚。师资缺乏是最大原因。后方机关事业团体如云，人才求过于供，能守住辛苦的教师岗位的，自然极少极少。

　　学生贷金有半贷全贷等四种之多，此中又发生许多不公平以及谎骗的争执，甚至以父亲为伯父，或假说已故。有些校长以为某些学生的怠惰是由贷金未能办理完善而来的，因此学生把学校当作慈善机关或旅馆，对于学业的进取呈着淡漠心理。往往请领全贷的倒是绅商富户，保证人的名字，自是顶括括①，这不平的呼声，在白沙茶馆与舟中到处可以听到。

学生营养确成问题，一般为省油起见，都是杂煮的一碗菜，夜盲、肺弱、贫血，种种病症极普遍。用菜油灯自修造成大量的近视眼，但也许因为生活有秩序，因为某些贫寒同学家庭尚不及学校，在放假期间反而消瘦了的也有。有几个学校从学生自办伙食中抽出些钱来，专为医生认为必须补养的同学办理特别伙食，吃些鸡蛋猪肝。这种相爱的精神，是应该高扬的。

各学校的救国工作很不一律，有的仍然抱着关门读书主义，有的成立救国团体，做些宣传慰劳的工作，白沙伤医有兵院及休养院各一。在白沙有重庆报纸，到傍晚才能买隔天的。如有收音机可利用，镇上人民却需要一个报告当天时事的完整的壁报。

学风问题，一般当局认为是学校与同学双方的事，有些更认为毋宁是学校该负的责任还大些。慎选师资，自然不会有大问题。且最忌以一些不相干的组织工作来分学生的读书的心。"目前教育原则是以三民主义为中心的，在这大前提下，教育已然是政治的工具，再不必以其他眼前的束缚来添麻烦。"一位女校校长这样对我说。

二、大文化机关

国立编译馆正进行着六项工作：审查教科图书，编订名词，编译辞典，办译文书，整理文献，主办编辑大学的用书。

在六项工作中值得一提的是：大英百科全书的分科移译，已将译毕的有天文学、哲学、教育、政治学、经济学五种。整理文献分四部：史料、志书、总集、三民主义论丛。太平天国丛书，已出二集，东华录类编在进行中。志书工作黄河志之编辑分七篇：气象、地质、水文工程、地文、植物动物、文献，已出版前三篇，关于方志的，有广汉初步调查报告。总集方面，全宋词全元杂剧也已相继出版。三民主义之历史的根据，也将编辑成册以供研究者之参考。大

---

① 顶括括，同顶呱呱，形容最好。

学用书主要靠特约编辑，目的在求简单充实。

该馆现在每月经费为五千五百元，教育部拨给事业费二千多元，其他靠洛氏基金及中英庚款等董事会之补助。

中央图书馆原定迁叙府，至今有二万册西书尚留叙府未能运到白沙，因运费无着。一万多元一月的添书及行政费，委实支绌。

在白沙镇上只有一个阅览室，附设儿童读书室。大部分图书都在乡间。雾季来后，可望运些书来重庆馆。一般读者皆以为当局何不拨些款项，加强防空之设备，使只有四千册书的渝馆充实些，以免把藏箱的书喂了蛀虫。

三、市街所见

白沙镇上每天能销上千份的报纸，书店也有一二家，代售处则更多，这小镇究竟异于其他小镇，颇不寂寞。在暑假前，有过妇女座谈会及文化界的座谈会，参加的人数再不比重庆少好多。

一般教授学者参政员，也很容易在这儿碰到。在灯光幽暗的"大饭店"里，名人如云。（白沙电厂机器时常损坏停电）一桌酒筵的价钱也很吓人。白沙名产红茅酒，很被外来客人欣赏。一市斗米三十余元，一斤猪肉卖到五元，所以大饭店里的木窗棂外，总是聚着一层层的小看客，等客人起身时，乞求一点残肴剩饭。一个不公平，就在窗子内外扭打起来。

有人说，为什么不收容呢？有人则以为应该消灭制造乞儿的原因。

为了白沙人口年来骤增，一般日用品小工厂很站得住脚跟，尤其是纺织缝制，但是私立学校的大批订货票要比公立的多。新生活妇女指委会的荣誉军人服务队在休养院及伤兵医院工作。街头上却不多见这近千位荣誉军人的影子，也许是无所需求，也许是不能有所需求。

白沙镇附近有橘林，有红豆树，一些本省地主银行家的巨宅现在拨为校舍了。主人自房屋落成时，就不曾来住过，因为怕棒老二打劫。小桥流水，雕梁画栋，名贵的楠木林……使人惊骇这少数人的富庶。

（原载《大公报》重庆版 1941 年 10 月 6 日）

访黄炎培先生

一、香港前奏

六十四岁高龄的黄炎培氏，昨天从香港回来了，两个月来为劝募公债奔走于香港及菲律宾。记者去看他的时候，他刚午睡醒来。离港前一夜为了给港版《国讯》赶文章少眠，由港来渝的飞机是夜航，又是一夜未睡，辛苦可知。但是，仗他无比健朗的精力克服了疲劳，而且为了去海外才穿的西装，更使他显得年轻了。

和他同去海外的有募债委员会专员叶怡俊及海外组组长陈述曾二氏。

香港的劝募工作已进行了五个月，十一月战债将正式推销，一千六百多万元法币现在已经收到一半。在过去三年中，在港发行的各种救国公债销行额约一千三四百万元，现在五个月的成绩超过了三年的，这使黄炎培氏略感安慰，也可看出在港同胞爱国情绪日在增长。香港九龙全部人口只一百四十多万，而今有三十二万多人购债，以每户五口计，那么几乎每户有一人多已经购债了。

购债的不只富户，而且有收入有限的劳动者。黄氏在"九一八"十周年纪念那天飞抵马尼拉，他当天讲演说："我过去十年足迹走遍全中国，觉得年纪高的同胞比年纪轻的对不住国家，有钱的同胞比贫穷的同胞对不住国家。"他有许多穷苦同胞更爱国的例子。今年暑天，香港一个小商人梁德泉为奔走战债中暑而死，八十岁的清寒老人叶智，也是一位募债的无名英雄。

我们知道在香港还有一些援英的工作要做，那么是否在精力和财力上，会与侨胞援救祖国的工作不可并行呢，他说这一点也不妨碍，英国在港推行的援英工作极大方，世界反法西斯战争已然汇在一起，援你援我，原是一样。所以在港英人购我战债的也有不少人，最高额达数十万元。

二、菲律宾风光

菲岛侨胞号称二十万，中菲商业关系在十七世纪初叶已有记载，中国商业势力在菲极为雄厚，就是在血统上，中菲已有极亲密的关系，至今菲律宾国防军旅长曾廷泉，还是一个完全中国血统的华侨。虽然一度菲岛人认为要发展自己的商业，非排斥华人势力不可，但终于得出结论说："真正爱国商人不必用武力与外国商人争斗，应自己努力，设法改善国内商业状况。"

黄先生到马尼拉时，奎松总统正在卧病，他们在上海时曾是老朋友，所以在总统病榻上谈了一下。奎松总统问黄先生对于暌隔二十年的菲岛有何印象，自然除了进步以外，还有太平洋上的风云也使菲岛不能不受到震撼。日本侵华，使菲岛一九四六年脱离美国独立的规定也不能不踟蹰一下。虽然菲岛出产丰富，然而究竟还是一个不能适应现代战争的后起国家。

黄先生说：日本有办法，太平洋上可无事；日本没办法，太平洋上将有事。现在菲岛在加强军备，准备万一。宁可先缓谈政治上的独立，而先培养经济上的独立力量。对于这一切，奎松总统俱表同意。他也相信了中国将上下一心，抗战到底的志愿。

菲岛军备确在积极准备中，黄先生认为有再加强的必要。当他离菲时，正值特夫古柏等抵菲的时候。随着日本更迭的东条内阁更法西斯化，想来英美对于菲岛防务不会疏忽的。

黄先生在菲半月，曾做广播二次，讲演二十三次，对于国内及远东情势，俱有分析。二千万元的战债已分配完毕。菲岛侨胞有抵抗后援会之组织，一切捐款皆统一筹划，组织严密，工厂商店学校住户，每月均按收入平均分配。主席杨启泰氏甚为热心。

临行前，黄先生叮咛侨胞："太平洋前途尚难预测，我侨胞只有从容准备，沉着应付，庶几有备无患。"

（原载《大公报》1941 年 10 月 22 日）

重庆新春

心在四方

作为同盟国一环的中国战时首都所在地重庆，她的呼吸是与地球上另一些据点相联的，因此二月十五日星洲的陷落，在废历年初二日印到报纸上，不能不给人们一点失望。为何同盟国初期的失败如此凄惨？中国将如何撑持？马上加到我们头上来的担子是什么？

这一些萦绕在人们心头的问题，有的在座谈会上讨论着，有的在春节宴会上成为佐酒助兴的好资料，虽然而今除了很少的一点冷酒店，在普通饮食店已是无酒可卖了。

于是当局的访问印度，给予人们另一种慰藉，中印交通进一步的筹划，中印缅更紧密地联合抗日，当在这一次访问中得到结果。多少人打开了历史，熟研英印的种种问题。从新闻电讯的报道中，人们读出了印度人民委婉的心曲；若不是四五年来的抗战烽火照亮了我们的心，我们真会感到"同是天涯沦落人"的悲凉的。

卡尔大使离渝前，曾留有一个关于印度问题的书面谈话，自然还不会与英国整个政策有多大出入。他指出过去英国也曾为印度造成一个良善社会的基础，至于良善政府的基础，那是另一回事。他遥望着英印联邦的前途。这书面谈话不足以说明更多的事情，也不足以餍足读者的渴望。人们把更多的希望寄托在民主国家，恶劣的人为的远景，应该就此打住，在一个大测验上，我们大家都得重做准备——中国也不例外，那太多的歌颂，是不能摒挡未来的艰难的。

节约紧缩

除夕那天重庆降落了七八年未见的大雪，一些苏联朋友们，忍不住欢呼：西伯利亚搬到这儿来了。各报一致称呼这是瑞雪。除夕夜，街头到处可以听到"捡银子啊，捡棉花啊"的孩子的呼叫。

直接隶属于行政院的总动员委员会，将在三月成立。经济部的物资局和社会部的劳工局，将成为它的两翼。将来公务员生活用品，将全发给，每年女的得一丈八尺布，男的二丈六，每人每月煤五十斤，油一斤半，盐十四两……

公务员家属米贴限五口的规定，早已实行，在某些机关的职员名册上，家属人数几乎一律变成了五口，这其中的笑料，曾经在报纸上揭发，更多的在人们口头上流传。有人得为尚未生下的儿女想名字，有人得把长眠地下的亲属请他或她出来帮忙。现实生活训练人们变得会撒谎，原是不足深怪的。

节约与紧缩，无论在机关团体或私人，均仍是一个大课题。记者曾与蒋廷黻氏晤谈，他叹息过去几十年来的教育养成了大批的"士"，他们只能做官，而且是一事不做的官，却不能够自给自足，不能谋生产之道。他们变成了过剩的公务员，变成了某些衙门里的挂名专员、委员、参议、咨议。"我们将慎重这一代的教育，使他们有专材专技。对于这上一代的得分门办理，一面为免得造成饿殍而养士，一面认真选材办事。"蒋氏这样说。

重庆娱乐场所逐渐增多，据调查，每天的消耗在三十万元以上。酒食节约厉行以来，市府财政局的收入大为减少，娱乐捐却很乐观。如今普通一个电影座券，得六七元钱，话剧座券在二十元以上的总可以不是"遥望"，而是真看真听如此米粮如此娱乐，却仍是挤得水泄不通。春节更造成了先一日购票的创例。

工业微波

除了物质条件上的一些困难，中国民族工业实在自抗战后交上了好运，由与外货竞争的艰苦情形下，转为独立生长、欣欣向荣的景象，尤其是纱业，战前一直是受挫蚀本的，可是迁到后方来的各纱厂，几年来无不利市三倍，年终分红，工人可得到五六个月薪水的红利，职员经理则可得到六十多个月薪水作为酬金，一个小小主任，年终可以一次收足三四万元，那是并不稀罕的。

重庆各纱厂熟练女工，平均每月薪金在六七十元光景，每日十二小时工作，尚不连起身漱洗接班等，半年来只有幺新纱厂一家，实行了三八制。实行以后，效率大增，由请假人数减少和药品需用减少的数目字上，更可以见出工人健康的增进。工厂中的教育工作才不碰壁，文盲才得指日扫除。自然，一个新制度的实行，会伴随着无数不利因子的。例如他厂的不谅，例如上峰的指摘不节约人力。

我们觉得，节约是得与"赶死"与"压榨"分开的。以中国人民的先天不足，后天营养的粗劣，以及工厂环境设备的程度来说，八小时的工作才可以说是卫生之道，才可以使人不变作机器，而有从事精神活动的机会。倘若说机器的寿命应该注意，浪费机器是一桩罪过，那么缩短了人的寿命，更是残忍与罪恶。

四年半来前方将士流血的记载多，后方工人流汗十二小时的记载少。有人以为这是一个过早的课题，但倘若我们能够把人力普遍平均地去掘发，真正地把三民主义实行起来，这就不会成为过早的了。

我们缺少真正的工人死亡疾病的统计。然而下面是一个也许可以称作巧合的悲惨故事：前二年记者去庆新纱厂时，曾访问马氏四姊妹，她们俱在厂内粗纱细纱间工作，因为和四姊妹谈过，所以印象较深；今年无意问及，却不料四姊妹已死其二，且均死于肺疾。

春节前后各厂发红，竟起了微波，因为各厂多增津不增薪，而发红时的比例是不计津贴在内。因此今年所得红利，比去年所增无几。

而厂方今年的盈余如何呢？据云为去年之一倍余。如去年庆新净利为百余万，今年为四百万。一千五百工人的红利，是拿盈利的十分之一来分的。而其中大部为工头领班所得，各厂年来义务工徒颇多，她们很少有资格拿红利。

因为红利不足还债，也因为回忆起轰炸期间及闰六月时的日夜熬煎，百分之八十以上是四川乡姑的女工，让机器冷了几天。社会局、社会部出来调解了，她们诚挚而坦率地用四川话说："我们众姊妹们实在是没得办法才开腔的……"

一部分参政员已注意到这问题，而在驻委会上提出过。

无论如何，这是人力动员中的一个问题。

（原载《大公报》桂林版 1942 年 3 月 2 日）

重庆的孩子们

四月四日，隔宵的闷热引来一场骤雨，晨空中飘着一股润泽的湿气。渝郊的农家孩子们早早地被催着起身，下地看看农事去。虽然仅仅是一场夹风的细雨，但小麦胡豆又穿上一层油绿新装，迎风欢舞，农家孩子脸上浮起笑容，在心头传统地诉说着对老天的感谢。

"明天就是清明——老天旱不得啊。"小心小脑子忘不了这个在农事上至关重要的日子，工作将伴随了炎夏而繁重起来。

保甲长往日虽为各种节日聚会鸣锣，今年关于儿童节的却没有，农家孩子们依然披着那件厚布衫子，准备开始一天的工作。倘若说他们有什么梦想，那完全是成人式的：温饱与少有灾殃！

挂着"抗属之家"荣誉牌的矮房子里，生活照往常一样进行着，男人们出外，女人们忙着自己的一点活计，有的除了去打仗的再没有壮丁，生活便变得更为拮据。离开领抗属优待金的日子还远着，但这半年一次的四十元早已被编入预算，织成了老婆婆小孩的笑靥。

不知是哪个孩子上街去听说今天是儿童节，于是便欢欣地回来报告："记得么，去年今天我们在一个什么大楼里领过每人两块钱的慰问金的！"

等着等着，问过了保甲长，据说今年上面并没有得到这样的通知。孩子们怀疑这是不是儿童节，有的竟因此掉了眼泪，而招来了大人的斥骂。

街头上显赫地方贴着标语：

"儿童是国家未来的主人翁。"

"儿童要立志做科学家。"

"……"

能认字的一些小贩、学徒、小苦力漠然地看着这些，引起了不同的感觉，但是不同之中也有同：并不觉得这是自己的日子。街上委实热闹，队队的小学生排队而过，开什么会去了。一些小天使们穿了新衣，由父母领着在买东西。

有人告诉他们，娃娃们今天看戏可以占便宜的，可是这一副担子放不开，而老板也没说今天是像大年初一一样可以耍的。有过一个撑渡船人总也摆脱不了他的渡船的故事，在重庆倒真有不少渡船是小孩子在撑的，人力车是由孩子来拖的，他们在四月四，依然在扬子江嘉陵江和山城的高坡划着跑着。为了吃饭而使用着什么工具的人，往往倒被工具锁住了。

"四四"还赶不上"二八"，在工厂里并无命令可放一天假。在重庆近郊的数不尽的工厂里，孩童的劳动力是增产声中的一个大动力。他们与她们是双手万能的真正实行者。在锭子边，在刨车旁，在翻砂间里，小手指敏捷地活动着，火柴厂里有最小的小劳动者，八岁九岁并不稀奇。每年"四四"这个时期，山城的夏天总捎来了过早的消息，这使得他们要多流些汗了，有些忧愁。

牙祭也许没凑上这一天，因为这几天正是重庆猪肉无市的日子啊！

社会局、卫生局联合着在主持儿童健康比赛，由父母、校长伴来的这些孩子又干净又肥胖，在往常这些孩子的照片全被刊在画报上的，检查的人非常愉快，如在许多的营养不足的孩子大人之中，竟还有不少是良而又良的。奖品颁发了，得到荣誉的家庭与学校都非常高兴。

展览会、戏院、书店、饭馆，委实添了一些以孩子为主宾的人群，小客人们知道今天是自己的节日，所以尽量多提一些要求。这在下一期作文课上，也可以添一点"我怎样过儿童节"的材料。他们有的还到中央图书馆做了半天的优秀儿童。

有没有孩童随了父母坐汽车在昨天戏耍，那要看以后劝告团的公布了。

祝福这些在塔顶游戏的孩子们，塔是如此之高，塔基上蠕动着的难以看见。

然而孩子是无罪的。

保育院以及一切在抗战的名义下成立的儿童社团，在昨天全都热烈地庆祝了这个节日。这些孩子们的活动与作风可以说是独树一帜的，他们有了辉煌的也可以说是畸形的成果，在全儿童里面。他们独立自主，吃苦耐劳，手脑并用，装了一肚子的抗建八股——对于孩子，这一点八股是基本必然而且良好的。对社会，对世界，他们有自己的看法，像大人一样地注意报纸、地图、座谈会、小组讨论会，他们自觉地知道自己是未来的主人。

滑翔，跳伞。

昨天有千万儿童为这两宗事仰起头，笑，兴奋。

人能离开地，在天上像风筝样地飞，像纸箭般地飘荡。

奇事，奇事，小脑子里转不清。有人大胆地跳了伞，有的担心自己吃不消，只把小手给人拍得绯红。夜间做了梦，也飞上了天。塔顶高得怕人，人变成蚂蚁，瞧不清。旧生活里闯来了新生活，怎么使它们调和？

（原载《大公报》重庆版 1942 年 4 月 5 日）

妇女百像（节选）

巾帼英雄

重庆妇女团体除妇工队外，也仍然要以新生活妇女指导委员会、妇女慰劳总会、儿童保育会为依归。妇女指导委员会几年来的工作已扩大了新生活的含意。在办公处看看也许很有味道，但她们却有着长长的触手：伤兵、工厂、乡村、战地服务队，几年来干训班近千学生从事着这些工作，上面有指导员领导。在松溉、白沙，有纺织蚕丝实验区，有抗属工厂。

保育会近百个保育院，有难童二万人，月需经费法币二三百万元，本来海外捐款多，以后须另辟出路了。儿童保育会与院的人士均多更动；这前无先例的育儿新事业，实不易做，且经费又不容许依了理想来舒裕地支配。

重庆成为陪都的初期，本来妇女救亡团体尚多，如慰劳分会、难民妇女服务队、东北救亡总会妇女队，以及许多歌咏话剧团体中的女性。然而随着抗战的延长，高耸的波浪也要逐渐淹没在海水里了，在汉口时的热情活泼的"救亡姑娘"已不多见，她们有的找到了归宿，已不再流亡，有的在工作之后上学校再学习去了，有的遥远地奔向风沙之地，有的进步沉着了，在自己喜欢的工作上默守岗位。

女青年会的工作值得一提，她们有实干不赶时髦的一贯作风。办识字班、伤兵之友、宿舍、浴室、图书室、儿童营养等工作。新运模范区的妇女干部，年来也有这种作风。许多出过洋的首长夫人们，都是女青年会的董事。

国际妇女之多，重庆现在可为全国之冠。平日她们深居南岸或花园之中，有时在重要集会中才骤集成了万花团，起码有七八种国籍。她们多为使馆人员夫人，军事代表团员夫人、教会人员、美国空军夫人。她们有个国际妇女会，有时约人讲演，举行过几次捐助中国难童的义卖。

近日缅甸妇女领袖都尔亚辛之来，又成为妇女界盛事。

妇女期刊有《妇女新运》《妇女共鸣》《妇女月刊》，但有时候妇女刊物反而是男读者多。每一个妇女刊物为了迎合家庭妇女的口味，都添设家事、育儿、医药等栏。

职业妇女

手边没有精确的统计，但是可以说重庆女教员数量怕抵得上各种女公务员之和。社会局主持人说，尽管小学教员待遇微薄，但许多公务员的知识分子太太，全被生计所迫，出来当孩子王了，所以小学教员并不缺乏。

邮局禁用结婚女职员的禁令算是被女参政员们打开了。但仍有少数保守些的"部""会"之类的首长，有成见地拒用女职员。因为有过女名男化，取了进来见是女的又免职的笑话，有些机关男主持人见了女记者，犹在询问记者是哪里的趣事。但是以力气——智力体力，在换饭吃的职业妇女仍旧不少。一部分银行录用女职员，这被认为是幸运儿，她们终年衣衫整洁，埋在账本算盘中。

在科学机关中工作的妇女仍然不多。自由职业者如医师、律师、工程师、护士、记者倒不少。此次去兰州开会的女工程师有三个。知名的演员也随聚在重庆，炎暑天气，多在加倍进修。为了影片材料缺乏，今后电影演员皆不能不改为舞台从业员了。

成都的大学比此间多，在此少有大学女教授。因为学校区的分散，很难见到欢蹦乱跳的女学生群。那黑裙白短衫出进于书肆的情景，要到小乡镇上去找了。

学膳费书费的昂贵，增加了学生的流动性，有的匆匆就业。女学生中好吃好玩的风气已为环境所限，但仍是死读书的多，如何打开女学生们狭隘的视线，真是问题。有些学校仍是男女同校不同级，界限井然。

倘若出卖青春与笑靥的交际花也可以算是职业女子，那么也提一笔吧。由港沪来的交际花们时常出现于西菜馆与夜花园中。奇装尚未入陪都禁例，而五花八门的化妆品还陈列在玻璃橱里，事实上他们携来的存货尚够三年之用。在南岸和市区，听说有两个私家跳舞场，可以磨她们的脚跟。

在某些委员会中，有些女专员委员们受着赈济，她们可以终年不办公，而且多与权贵交往。

抗战以来

抗战以来，以及国都暂设重庆，给重庆所起的变化是大的。

重庆妇女正在潜移默化中，在学校里，机关团体里，四川人和下江人的友谊在建立着，造成了川音国语。就是从集团结婚的籍贯中，也可以发现通婚的逐渐多起来。

生活程度高涨，人力也都贵了，尤其是迁渝的多半是中下阶级人家，佣工需要甚繁，如今中下公务员家庭已雇不起女佣，食宿而外，工价涨到七八十至一百不等，尚需年节厚赠，平日有人情来往，乳母工价涨到二三百元。她们所凭借涨价的是布价，尤其是阴丹，土布似已不在眼中了。若问问每个主妇的痛苦，也许十九皆要提到这个问题。这是大时代中的小转捩，劳力者将不再被贱视，在相当的教化中，人权将趋平衡。

女工在重庆怕有数万人，纱厂、被服厂、布场、烟场，甚至兵工厂员工眷属也做着些轻活。许多乡姑欣羡城市的女工生活，有的来了又去，有的在各厂徘徊，尝试滋味，跳厂较上海多。近来酷热，多有不耐室中工作，悄然回到田野间去了。她们有的在厂中得到妇女指导委员会工厂服务队的教读，逐渐不"盲"。对世界对权利义务也分得清了。

在一些律师手上，有着活动的变革史，本地人的案子比下江人多些，婚变、土地、财产纠纷特别多。大时代的小悲剧多着，有国民政府的 × 长收入不足养家，月靠做汽车司机的女婿津贴……这也许不是悲剧，而是转变吧？这转变要经过争执、融洽、扬弃……如今才是一个开始。

（原载《大公报》桂林版 1942 年 8 月 8 日）

陪都近闻

——七月二十二日重庆航讯

一、乐观的外援

在重庆传说了很久拉铁摩尔再来华的消息，想不到却被居里来华的事实代替了。这位罗斯福总统私人秘书的来临的重要性，自然不下于拉氏。一年多以前他曾携归不少中国材料，在这一年中，美日战事起来，所以说是他此来为了切实调查中国需要，是不为无因的。一部分机关又在奉命准备报告了。

由这里，我们看到美国行将切实援华的远景；而且不止美国，对于西北国际路线，我们也是乐观的。所以在最近几位官方发言人的谈话中，也充满了"外援有靠，只要我们自己苦战"的口吻。

又一侧面的消息：居里氏也许要赴西北一行。

重庆这地方，就是如此的，每日浸沉在大大小小的新闻中，重庆市民也习惯地迎接这些大小刺激，一旦离开这山城，还会感到耳目寂寞。这几天，在餐馆及未经封闭的一些茶室中，人们自百度以上的天气，身份证开始登记，物价涨落，一直谈到居里来华，用四川话说，是："美国总统秘书来了嘛，格老子飞机大炮多来点，龟儿子日本小鬼没得办法！"

二、朱森教授之死

这一周中，萦绕在一般知识分子心中的事是：重大地质系主任朱森氏的死。朱氏同时是重大地质系教授，在中国地质界中，是数得上的人才，朱氏本有胃病，近以在他率领学生出外研究时，家中误领了重份的五斗平价米，被人告到教育部、粮食部，受到撤职追还的处分，因而牵动旧疾，终以胃溃疡症病死在中央医院。

读书人无不感到淡淡的哀愁，说是淡淡的，因为在当局是执法如山，原来无可非议，只是看看在目前一个大学教授维持家计如此不易，尤其是为了一个学术人才匆遽死去的痛惜，不能不再抒一下读书人的胸怀。一些仗义的读书者曾托本报渝版赙赠朱氏家属。

据调查，朱氏的被控告，挟有私仇在内，耿直的科学工作者，往往在处世上要吃点亏。教粮二部闻均不拟答辩，则是非曲直已明。朱氏的孤儿问人家："谁杀死我爸爸的？我要报仇！"那么我们只能这样回答：是这个罪恶与渣滓未能清除净尽的社会！

千千万万不幸的人带了无人知晓的冤屈走进坟墓，像朱森教授死后这样有人代为申诉，付予同情的已是不幸中大幸。读书人原是幸运儿，我们不主张读书人该有什么享不完的特权，劳心劳力原是一样的劳动神圣，但只是为了珍重读书人在文化上的劳绩，尤其是科学工作者在抗建大业上所贡献的血汗，我们也期待他们有水平以上的生活保障。

下录重庆公务员咏吃平价米及米代金的打油诗二首，这是最生动的事实：

（一）二斤麻油百舌羹，八两肉丝十碗盛，一片叮当非奏乐，原来是拣稗子声。

（二）薪桂米珠设代金，漫天喜事非添丁，小姑未嫁儿盈膝，中馈犹虚子满庭。聊把生张常夫婿，权将熟魏作螟蛉，双全福寿传佳话，考妣纷纷起九泉。

三、消暑经

我们不讳言，在我们的上层社会中，科学的享用不下于欧美科学昌明的国家。

年来遇到纪念节日，流行着广播宣传，广播座谈，甚至广播周。也许对国外的尚有效，对国内的不论其他次要城市，即以重庆而论，私人装设无线电收音机的，只五六十架；但若说到电炉、电风扇、电熨斗就怕要以万计了，一些营商或兼营商的暴发户而外，尤其是一些机关中的家眷宿舍，浪费得尤其可以，电炉可以省了燃料，电熨斗在阴雨天可以熨婴孩的尿布，因为既消毒，又省了木炭烘烤，电灯更无分日夜地开着。

就是电气冰箱，重庆也还未绝迹，冷饮被深锁在许多宦门中。茶馆与兼售冷饮的餐厅日间谒见市长陈情。市长曾经对记者说："封闭若干茶馆，是为了防止肖小，厉行战时生活；禁止冷饮，是为了卫生，为了防止霍乱。我来到重庆四年，只进过一次茶馆。"

那些重庆人一家一间屋或几家一间屋的租客们，那些在码头边湫隘的小胡同里住蒸箱的租客们，应该打开门窗，像燕大、清华似的，来一次宿舍开放，欢迎参观。

峨眉山上传来了避暑消息：若干有福的人们，找到了比牯岭、莫干山、青岛更好的避暑地点，庙宇客满，捐簿上施主比赛着"乐善好施"的善心。滑竿背子们的力价涨了价。

峨眉的凉风吹不到重庆来——不，谁说吹不来，有良心点的阔客们，至少也在山洞南岸"溪""洞"之旁盖着别墅，平日作为周末游憩之地，暑天便蛰居消夏。退一步在新市区，在国府路，在嘉陵新村，也不少在绿荫掩映中的新型洋楼，纱窗竹帘，一层层地太阳光焰削弱，客厅里是分季节的沙发花草陈设，外加冰凉冷饮，在市上还找不出这种茶室冰店。

北碚南温泉游客如云，单人房间旅舍卖到五十元一天。私人汽车之外，公共汽车的挨次售票等于虚文，有面子可找的早已可以自售票房里面想到办法。在炎热中受熏蒸的人，只好纸上谈冰，聊以解嘲（这也可以算作读书人的特权罢）。有些慧心人拟了一个禁冰的禁例补充：

一、地图上的冰岛，应改凉岛。

二、媒人禁止称冰人。

三、纸铺出售之冷金笺纸，应改为凉金笺纸。

四、某处有"冰清玉洁"牌坊一座，应即拆除。

五、参政员谢冰心、冷遹之名，似可暂行歇夏。

在讽嘲中，人们却委实得到一点凉意。

（原载《大公报》桂林版 1942 年 7 月 29 日第 3 版）

陪都近事

一、尾子响了

还是没有轰炸，可是"警报尾子"终于在七月二十七日午后七时响彻了山城，那头一天报纸上则登出重庆人口已达百万的消息。十个月前的老生活又来了，匆遽间不能不有点慌乱。城区以内人山人海，饭馆内是人，游戏场是人，商店马路上全是人。剩了半个头从理发室跑出来的，付了物款来不及拿找头的，医生出诊半途把病人放下的……一个产科医生刚从阵痛的产妇身前跑进防空洞。

"还好，要到一点半钟才生呢，他们预料傍晚的空袭是扰乱性质，大胆不躲了……"

正是多病的季节，病人带了热度与喘哮也进洞。

日本的轰炸虽然比不上他的轴心老大哥，不能动辄几百架，但重庆人是尝惯了百架左右的滋味的，所以当听到是九架一批两批时，当听到了美国第二十三驱逐队冉冉升空时，人心很安慰。

"美国开飞机的"，在这儿市面上很熟悉！绸缎店、中西饭店、百货商店、水果店，是他们经常的游憩处，说是游憩处，因重庆并无像个样的公园，游戏场又太热。他们认得了中国各种法币，也被教会了还价，手势不足，商家每每拿出钞票比画，这些美国孩子总减去一些，于是成交，他们的汽车停在任何地方，例外地可以不被抄记号码而受警告。

据说警报翌日疏散了一万五千人，实在说，这一次突兀的警报，协助疏散的力量真不小，同时防空当局也可借机检讨今年防空秩序及实力。

二、雨，雨，雨！

事实上，重庆附近的苦旱，并不能决定四川的农事及收获，但给予人心的影响却是大的，为了这是政治中心的陪都。

求雨的草龙早已在街头出现了，大多系帮会中人，人与人串成的群龙放过时，商店住户竞相往上泼水，每一节龙的人并不恼怒，却欢欣地听那为他们赞颂的鞭炮与锣鼓。

当局为破除迷信，下令取缔过，但人民的教育程度是人民自己不能负责的，心头的迫切需要犹如潮水之不可阻遏。倘若老天还要旱下去，其他的祈雨方式也可能出现。

随了干旱，物价，尤其是蔬菜价格在上涨，小白菜十元一斤，要落市的。小颗西红柿八元一斤，葱五六元一斤，其他鸡蛋及鸡鸭鱼肉也波及。

炎暑中人们需要冷饮更迫切，一再查封，一再夜巡，但禁令不解自解的现象日益加剧。市政当局已有体恤商艰的意思，即不准以冰块直接放入饮料中，以重卫生。

大约不会再有请萨镇冰先生出来禁冰的讽谑了，大约不会再有"兵卖冰"的事实了，前些时，曾有武装冰贩。

川北也略旱，但幸好川北素来贫瘠，军粮民食依赖甚少，重庆附近的苦旱是不能影响全盘大局的，倒是接近战区的地域旱不得淹不得，有了军粮好打仗。

三、舆情片片

居里先生在重庆住了十多天，今天启程返美。舆论间对他这次来华，在美国对我军火援助上寄予很大的期望。姑且吃下一颗定心丸。

他在招待中外记者席上回答了一些询问，如欧洲第二战场的开辟等等，但这不在他的范围之内，自然也不能得到确切的回答。

日来苏德战事确实抓紧了一些关心世界大局的人们的心。这是盟国与轴心之战的一个转折点，不只英美人民在向各自的政府呼吁声援，就是我国报章也在做遥远的呼应。八月三日某晚报短论主张组织援苏队，而建议要中国共产党及××集团军前往协同作战，且由朱德、毛泽东领导。有人以为这建议颇新颖大胆，事实上这也许是一部分人久蓄心中的话，而这短论作者在结尾复说："谁要以这建议为玩笑，我将以托派视之。"

惩办贪污之事时有所闻，但往往苦于查无实据。孔副院长且向居里氏报告我当局查办贪污之严格，且其数量之多颇为惊人。

英印问题也在人们心中回旋，且与居里这名字同时想到。

四、学校区种种

张群主席在蓉、剑阁、泸州各区主持行政会议，本月二日复来渝举行渝区会议，会在南温泉开，与会人正可以避一避暑。

田赋征实、粮政、役政、新学制、经济建设、农田水利……这些，会议均议及，并归纳向中央具体商洽办法。张群主席且着眼于改变政治歪风，树立良好风气，他在南温泉住中央银行，某日张氏出门，门前二卫兵尾随保护，张氏给他们的回答是："我也是市民，何用保护？"这也许是新政治的作风之一罢。

这次行政会议的主要任务与目的是在"提示"，上峰提示下级，是以座谈方式来讨论，每日着重一个中心。

不只南温泉，重庆其他学校区也正在暑期招考，考生依然踊跃，虽然因经济情形的变化，考生的成分也许不同些，知识分子的子女不一定可以永为知识分子了，这现象或许是好的。要使"智识是特权阶级的所有物"消减，而代以人人皆有，怕还远着。

大学考生中仍以经济系为多，该系毕业生今年也仍然走着红运。这现象是否应该纠正，这是需要教育当局加以考虑的。

在考生中的另一现象，就是年龄及做事经验的悬殊，大学一年级新生的学龄最早是十八岁，但有些考生竟已二十四五或三十左右了，已然做过几年事，或做了孩子的爸爸（孩子的妈妈是不容易再做学生的）。有的且在地方拿过枪杆三二年。这应归结于：这社会重视资格，人心的烦闷，自然诚心要再埋头几年书堆的也不是没有。有些自军校正牌出身的武人回头学文，这不知是好是坏，是否真的我们个人自由太多了？我们真的还只有五分钟热心？社会环境与本人均该负责的。

八月四日

（原载《大公报》桂林版 1942 年 8 月 16 日）

新秋二三事

——重庆航讯

一、印度——山羊的自由

自从蒋委员长访印后，人们越发关心印度的自由与独立问题了；这三万万五千万人的命运与意志，是与全世界人类的幸福有关的，也就是蒋委员长所说，倘若中印二大民族未获自由，世界正义是难以维持的。也无异于在字汇中空放了自由之一词。

重庆人们鹄候八月七日的印度国民大会代表大会的孟买会议，但截至今天，尚无曙光可见。我们能够在重庆得到什么印度消息呢。

是的，印度有一位代表萨福莱爵士在此，他是英方派的，抵渝之日，薛穆大使尚去机场接过他。

萨氏来渝后接见过两次记者，一次在英大使馆情报处，一次在中英文化协会，重庆记者们在别的招待会上的发问尚从无如此的尖锐过，因为萨氏所谈，实与我们一向所了解的印度问题有距离。

第一次萨氏报告着重克里浦斯氏调停失败之主因，他归结于印度各派意见不一致，倘有了具体的一致决定，英方无不接受的。"印度问题在内而不在外"，他强调了这一点。记者们口里的点心变得不甜了，只是望着他的满腮胡须发呆发愁。

第二次招待在旬日前，萨氏声明印度的自由已给了九十分，英方所未给予的只剩百分之十，直爽的记者们又逼问这九十与一百之间的差别何在。对不住得很，这自然使萨氏颇为懊恼，将来是否会再有第三次招待，恐怕就难说了。

这些天口上纸上讨论英印问题的舆论很多，总之，这是一个在今日颇为尴尬的议题就是了，很难求其彻底或露骨。

但有人引用了法国都德写的一篇故事：塞把先生的六头山羊，都逃到山上喂了狼了，于是塞把先生警告第七只山羊不要上山去喂狼；但这喜欢自由的山羊终于逃到山上去啃草跳舞，入了狼腹。

这情形是矛盾的，山羊本不应被拘于篱笆绳子，但又无力抵抗狼子们的凶焰，由这一樊笼跳入另一火坑，其结果如一。我们能够劝说塞把先生为了山羊的幸福去协助驱狼吗？而狼走则山羊不复再归回他的篱内。山羊为了自己的理想与自由，在接受协助之前，又不能不加上后一句的盟约。

于是关于印度问题，不用再下多余的解释了。"不自由，毋宁死"，也许是印度许多求解放的人民所了解的。

二、活跃的外籍记者

自从美国空军在华大大活跃以来英美记者纷纷去湘桂一带随军去了，他们已有电报见于中国报纸。倘若是美籍的，他们穿起了军装，肩章上有着"美战地记者"字样，似乎较之中国随军记者，多了一层标识。

下面是一个行踪表。

（一）贝尔登（《生活》及《时代》杂志）现在桂衡一带。

（二）马丁（合众社）现在衡阳，为衡阳二昼夜空战之唯一目睹记者。

（三）艾斯克兰（合众社）现在桂林随军。

（四）布柴德（伦敦《每日快报》）现在湘赣一带。

（五）马加劳（美联社）在桂半月，现已由渝返印。

（六）福尔曼（纽约《泰晤士报》）现在黔桂一带。

其他如路透社瓦特飞达，前自北非来华小住，上周已调往印度。三月间自港集中营登小舟逃出之艾博斯坦已来渝，现为《伦敦快报》记者。桂版本报过去曾译载他的逃出经过的文章。美国米高梅公司摄影记者王小亭，为华籍记者取得美军随军记者地位之第一人，前自印度飞华，摄取在华美空军活动，现事毕即将返印。络绎回国的还有塔斯社记者莫宁月前返莫斯科，在华有二十四年经验之英籍老记者麦唐纳也于月前返英，年内回渝。

渝外籍记者除塔斯社另有社址外，其他大半住在国际宣传处办的招待所内，房屋一再被炸，现在修复的已是草顶小舍，但还洁净整齐，水电俱全。他们之中有不少是多年朋友，所以职务调动很多，时而此人入彼社，彼人入此报，头衔常在更改。他们最怕的是中国国内无战事，政治经济方面的变化究竟缓慢，留重庆的人只有每日发些中国官方供应的电，认识中文的自己从中国报纸上找些线索，也有时约晤我方部会长官。本埠集会除非有国际性的，他们很少参加，而且也无必要。

他们有的带有太太，有的夫妇同为记者，于是便为单身记者们羡煞。外籍记者们别了中国，也许感到仿佛是到了沙漠，娱乐享受大大打了折扣，幸好他们除烟酒而外，在南岸有个只接待外国人的重庆俱乐部（外人主办），在周末可以去跳舞打扑克。

"玩的时候玩，工作的时候工作"，大半外国人是很能守这个原则的，外籍记者能吃苦工作，能去到中国乡间窑洞爬山路，也能回到大后方，或回到他们的祖国大玩一阵。

看到外籍记者们的大活跃，中国记者们不无欣羡，除了中央社记者以外，目前各报记者能随战局发展随时外调的真不多，也许为经济所限，尤其是为军事新闻发表的条件所限，我们的对内对外的宣传战似有再加努力的必要。

三、喜雨和人矿

立秋前二天，在八十万市民的欢呼中，渝市及近郊盼来了透雨，那是八月六日傍晚，人人有庆贺的办法，这欢欣不比看到敌机远逸轻。近郊前些日已有来渝运自来水的事，歌乐山医院里不能再讲清洁，病人、产妇、婴儿皆被限制用水，泥沟水贵到十五元一担。

自然，最足庆祝的是农情，晚稻虽已有些补救不及，低地稻田已因两场透雨积存些水，至少市内菜蔬价格可以回转。早稻已提前收割，在川粮总产量上，这一区的亢旱尚不足影响。倒是这场雨给予人们心理上的影响相当大，一般人的工作情绪也许会转佳，对于一个大荒旱的恐怖消失了。

工程师年会在兰闭幕，一部分会员将去西宁。翁部长日内飞返渝，这次他在会前去了新疆，接洽西北路线来的外国物资，他应该有许多话好讲，但渝市记者一向领略了他的原则式的谈话的，他不会掉出一个要紧的字来，这倒不是官僚气的官话，也许是为了他是个忠实的学者的缘故，自然，为了国防，为了抗建的利益，我们就少知道一点，晚知道一点罢。

张群（兼主席）用了一个多月时间，开完了四川各区行政会议。在渝区是集四区之大成。他最后向记者们发表谈话称：对于四川各县临时参议会之完全成立，表示欣慰，可谓全川人力总动员之表现，也可谓之已在开发人矿。

人矿诚然是开不得的，这需要的不是高级的科学技术，而是有效的政治力量与教育方法。渝市小汽车略加限制后，四人大轿盛行，四人之伙食薪金共需三千元。当局为节省人力起见，决定将调查人力车与肩舆数量，予以适当分配。

从这儿，使我们想起成立二月余的总动员会议，它是经济会议的后身，每月经费由六万增为十八万，由消极定价注意到积极生产。会举行过两次，在七月二十七日那次大会上蒋委员长曾有痛切的表示，要该会工作加强。本月将成立与物资局平行的劳动局，管制并动员人力，制定严肃战时人民生活的方案，这一切工作的未来成绩，以作为总动员会议效果的试金石。

八月九日寄

（原载《大公报》桂林版 1942 年 8 月 17 日）

八月杂话

一、民族自由

几天来人们把关心盟国与轴心国战事的注意力移转到印度问题来了。在八月九日甘地、尼赫鲁诸领袖被捕的当天，重庆晚报虽未赶得及刊载，但消息已传到许多人耳中了。站在也是被压迫者的立场上的中国人，站在正在从事民族解放战争的立场上的中国人，对这事引起什么感情波动是可知的。在三民主义上，在国父遗嘱上，都说明着中国的伟大理想，不仅仅是孤立奋斗，不仅仅是关起门来讲自由。

自然，我们尚不能从报纸上看到中国人百分之百的心里话；今天的国际环境是复杂错综的，但多数报纸在翌日均作社论，提出大西洋宪章的"民族自由"这一要点（巧得很，八月十四是大西洋宪章公布一周年），而对英国这一措置表示遗憾。英美各通讯社透露不出他们本国全部实在的舆情，我们舆论上所表现的这一些纵然不够，但慧心的印度人民想是可以分别出这其中本质上的差异的。

于院长、孙院长在某些公开场合中，皆对印度的不幸事件表示心中的忧愤，"这使我们不能不做深长的打算了。"他们说，同时想到同盟国的作战目的，以及盟国胜利以后的国际组织问题。

蒋廷黻处长在招待外籍记者会上受到比往常特多的询问，他指出国家观念是一种心理上的形象，这是不能仅仅用武器来压制的，"英国是我们的盟友，对印度人民，我们是有着最温暖的感情的，而且他们的纠纷会影响到我们军火飞机的外援，我们自然盼望事态可以好转。"他又说：这虽然是英国的内政问题，但是从道德的出发点上，也不能对之漠然，这不仅仅会影响盟国战事，且牵及未来世界秩序。外籍记者们又问到太平洋宪章之呼吁是否合宜，蒋氏答复说，大西洋宪章并不应该限于大西洋周围的地域，原则上太平洋大西洋宪章自应一样，仅仅细则不同而已，对于中国是否将出来调停英印纠纷的答复是："我们只表示关切是不够的，我只能告诉你的，中国自有自动的措置的。"

又据某方消息，蒋委员长已致电甘地、尼赫鲁慰问，不过电文未发表而已。

国民外交协会在"八一三"晚上召集了一个印度问题座谈会，虽非公开性质，但到会者甚众。甘乃光氏主席，发言者有胡秋原、张西曼、薛农山、郭春涛等，他们忧虑帝国主义将不能消灭于战后，认为罗斯福总统之沉默即为一种批评，有主张我们用舆论批评，以伸正义者，有主张热烈慰问印度国大领袖以代批评者。一位强调印度内部问题复杂而主张中国自扫门前雪的李某，受到大家的反驳，薛农山氏复以二月前亲赴印度所目击的一切报告："印度之富，富得使人惊奇，印度人民无论印度教回教，其贫又贫得使人诧异，英国的双轨政策造成了今天的局面。百分之七十五印军是回教人，是人为的，印度教回教之不睦也是人为的，宗教的因素也还是导源于政治。"

这个会的结论是：中国官方及民众均宜表示态度，陪都国民外交及文化团体宜联合致电美总统及我官方，提供意见，并慰问印度被捕人士。

二、想望淞沪

"八一三"五周年无特别仪式纪念，因已明令合并于"七七"。往昔茹素一天的纪念办法也未循例实行，但事实上重庆市上近来为了社会局要组织屠宰公司，以控制猪肉价格，猪肉遂在切板上绝迹已一星期，只有饭店才能设法弄到一些黑市猪肉。

过去几任上海市长多在重庆，他们有一个七七月会的组织，"八一三"那天上海市政府同人在中央党部作中午聚餐，包括各任下的局长科长等约百人。主席潘公展为该会总干事，到张群、俞鸿钧、吴铁城、袁良等；这其中缺着死了的黄郛，张定璠氏也未到。张群应约讲演，回首大上海时代的建设，勉在渝同人注重科学与精神，此二点并不相悖。袁良氏昔任上海市公安局局长，日前方自上海逃出，他除了报告上海敌伪企图外，并且说："我久已放在心上一句话，似乎说出来不合时宜：留在沦陷区的不一定是汉奸，我们还得留一些好人正人在沦陷区，在平时传达中央意旨，在反攻时好里外呼应。"

七七月会出着一种小刊物，吴铁城氏指出那刊物中的几首诗文多沮丧悲观论调，太不应该，他劝大家要积极。

"八一三"当天文化界国民月会上请俞鸿钧氏讲演，俞氏是"八一三"时的上海市长，自有许多切身经验。他讲到"八一三"前数日上海的紧张备战的情形，我一切事先有备，"八一二"才被敌人知晓。关于沪战以后的英勇战绩，俞氏又做一番回首。

"八一三"上午重庆还秋风秋雨，午后才放晴，在往年纪念日，人民要在心理上准备敌机来袭，但今年却简直忘却了。既不单独纪念此日，故街头不悬旗，也未贴标语，来重庆街头漫画墙报也少见了，只见贴招贴人在刷不清那些商业广告及政府法令，各报壁报倒不用劳神，因为纸贵，傍晚这些报纸准会不翼而飞，被人包东西去了。淞沪战事留渝将士在"八一三"也举行了一个纪念会，到五十余人。各报遥念上海的纪念文章却是多的，大家相信大上海的将来不是毁灭。

三、飞，飞，飞

去年"八一四"空军节，重庆过得颇为冷落，敌机以八十一架三批来袭，尤其是慰劳空军晚会上，空军人员一律未到，那时正是疲劳轰炸一周之尾声的时候，人民于倦困之余，止不住地对着山城长空仰望叹息，会误把鹰鹫当作飞机。空军战士们摩拳擦掌，无可奈何，他们写给慰劳晚会的信上说：耻愧交加，这是不愿出席的原因。

今年呢，自然我们不能拿美国驱逐机用来炫耀，但我们自己的空军在培养训练中，而且也还有着无数空军健儿并未留在地图上，四川灌县的空军幼年学校正朝气勃勃，在一般学生及民众间，对航空滑翔的兴趣也浓厚了不少，跳伞塔落成以来并未只成为山城的装饰，去利用它的人越来越多，"八一四"这天整日开放，并举行跳伞竞赛。

秋阳暖煦地洒满重庆城郊。苦旱已被这场透雨苏醒了不少，人们的情绪也正像秋阳一样安静祥和，飞机配合着早晨八点钟的纪念会，东一架，西一架，从四面八方围拢来；飘得满耳朵的隆隆声响，孩子们遮了眉额朝天望，竞奔着抢夺散下来的花纸标语。

又有一些欢忭的酬应：我各界电自己空军同盟国驻华空军致敬，函谢美总统飞机援华，陈纳德司令复函颂扬中国空军。

晚六时在陵宾馆盛会招待我国及同盟国驻华空军，到英美空军五六十人，我空军八十余人，连各界代表共二百多人。为超俊氏主席，感谢五年来苏联英美对我空军的援助，才得到已有的一点战果，希望今后更能合作。

陈纳德司令没能来，美国驻华空军司令部参谋长柯柏尔代表致辞，他说有些美国空军人员初到中国，好奇地询问陈纳德：中国青年能飞能打仗吗？陈回答说：不但能够，而且只要武器及飞机精良，中国空军不比世界上任何国的坏，而且他们非常多智勇敢。柯氏又从中观察，看到蒋委员长与陈氏计划中国空军事宜，极乐观，有办法。据他看，陈氏不到中国抗战胜利，是不会匆遽回到他美国幽美的故居去狩猎的。

英国空军代表奥克斯福特氏也对中国空军赞扬不置，无论哪一国的飞机到了中国空军手里，都能杀敌致果。"英国空军原希望能在中国领空多所表现，但目前英国的艰巨任务何在，这是大家明白的，盼望将来有那一天如愿，但无论如何，英国是以中英空军并肩作战为荣的。"

开麦拉[①]在这儿不能算作浪费地开摄着，倒山字形的宴席上是中英美空军健儿的代表，有的经年做地面勤务，有的英雄用武于蓝天白云间，今晚则庄严地坐在这群英会席上，各有各的感触与抱负，尤其是中国空军的颜面上更交织着复杂多思的情绪。

中国第一路空军司令刘牧群起立感谢外援，谓中国空军除了凭借友谊的物质援助外，更靠的是精神力量，来博得一点战绩。"尤其痛苦的是，我们的力量尚不足以解除本国陆军受敌人空军的压迫，这比我们自己的痛苦更痛苦，我们敢说，只要有工具来，我们已抱必死决心，准备好了技术一定能拼命的！"

---

① 开麦拉，即照相机，英语 camera 的音译。

贺国光防空司令回忆去年在惶恐中开这个慰劳晚会，是怕敌机来袭，今年则大大不同了。"明年我们可以从广播中听轰炸东京的声音，后年我们可以从广播中听到盟国胜利以后的和平会议！"

　　全场充满了喜悦气氛，在英美空军人员中，杂坐着中国妇女，他们之间没有普通男女的社交谈话，而是交流着崇高的国际友谊。

　　简单的宴会后继续来一个舞会，只听广播电台国乐组进行乐曲节目，将近午夜，纡曲的嘉陵新村的山上，才用小汽车和卡车送回这些空军代表，这儿只是一些代表，他大半还没离开自己的职守，在战场上保卫着八月重庆的晴明领空。

八月十五日寄

（原载《大公报》桂林版 1942 年 8 月 25 日）

陪都文化风景

一、教育界

文化教育往往被人联结在一起，要谈重庆的文化动态，我们先来谈谈教育状况吧。

如今正是八月下旬，各学校按照教育部缩短假期的命令，应该已经上课了，但大半学校依然因为种种原因，延迟到九月初才能上课，新生榜额在陆续发布。

学生贷金把学生的报考名额维持得不比往年低，特别是国立的大小学可领贷金的学生，交费远较私立中学学生为少，一个家庭供养正在迅速发育成长的小学生所花的钱，在目前粮价物价之下，也是相当可观的。

据说教育部已注意到今年商学院经济系毕业学生荣畅的出路，以及新生投考经济系过多的病态，正在筹商奖励投考理工的办法。战争继续了五年，既有学生暂免兵役的规定，也就难怪近年来学生投笔从戎之稀罕。国家珍视着知识青年的命脉，把建国的多半希望责任寄托在他们身上，而使他们配合国家急需，潜心向学。今天学生界的情形，却是使许多五四时代青年的过来人忧心的。曾听到许多父兄责怪其子弟："你们的热情赶不上我们当年呢，也不是蓬蓬勃勃投身抗战的熔炉，也不是不计甘苦地埋头做建国苦工的准备！"

"毕业即失业"的现象少多了，社会各方正需才孔亟。每天重庆报纸上皆可见到招聘人员的广告，问题是待遇多寡。中大森林系本期毕业六人，而外间聘请者有三十余人，暴露了尚未能迎合需要定量培植人才的毛病。

南开中学是渝市一般学生家长最向往的中学，本期每个学生膳费交一千零五十元，而招考新生时仍盛况空前，送学生投考的私人小汽车排列长达里许，这也许是夸大的新闻记事，但大半权贵子弟在南开攻读是确实。

教科书问题的严重也许不下于学生的平价米与贷金，多少学生在暑期中奔忙于借书及跑旧书店，教育部规定教科书平价，按土纸嘉乐纸白报纸本之不同，照原价增十二倍至二十五倍，这是指成渝区，桂湘赣区另有规定。而参考书及一般读物的昂贵仍然威胁着学生，学校图书馆的买书费的增加远不如书价的增加，倘若只靠教科书上的知识，那么也就不必奇怪教育程度的低落了。

重庆有三万小学生，小学生的课外读物更成问题，即土纸课本也已造成许多小近视眼及劣等成绩的学生。渝市过去有一家儿童书局专售港沪的精美儿童书籍画刊，现在这家书店的书无以为继了。偶然一些书籍运到些好纸多画的儿童读物，无不一抢而光，虽然每本售价动辄数十元。中央图书馆的儿童部地址偏僻，小读者不多，中苏文协的儿童之家也未能招来大量的小朋友。

战前我们尚能举列出几个大城市的图书馆来代表我们文化成果的一部分，虽然那是不能与世界书林相媲美的，但是炮火又毁坏了这仅有的一点标本。在陪都，当中央图书馆前年开馆之前，可以说没有一家可以算作图书馆的图书馆，只可说是有几家阅报室及阅书室而已。中央图书馆初开馆时，正值轰炸频仍，陈列出来的只有千册书，余均藏在他处分馆，珍本秘本更不用说了，如今的书也在万册以内。

各级教师的大量流动也是无可讳言的；有的校长终年均在征聘教员中。在本年度本市中学教员暑期补习班及大学教员暑期训练班的结业式上，陈教长勉以"学不厌教不倦，如严父如慈母"两点。二十七日教师节，渝市将招待教师看戏与电影，各大糖果店并答应赠各位教师糖果一包，以示尊师重道。

教育当局发表大后方各省学校数量大增：高等教育增至一二九校，学生数量也未见减少，今后宜求质的改进。中等教育：国立二十三校，私立达一百余校，学生共七十万人。小学教育在实施新制，尤为发达，今年新印教科书，高小以三千万册为目标，初小以五千万为目标。

二、头脑的武装

今天重庆出版界困难重重，在旬日以前，中央文化运动委员会召集过一个出版界座谈会，表示该会愿做桥梁。解决困难。各书店老板提出官办书店应首先提倡平抑书价，如正中书局出版三民主义一小册，绝不应该定价十六元以上。

商务印书馆在渝，每二周出一册新书，已是难能可贵的了，但王云五先生仍不满意，并深觉印刷工人"跳厂"风气过炽，使印刷工作效率减低，特呈请当局督率二点：（一）资方不能任意辞退工人；（二）工人不得随意来去，各印刷厂对自由来去之工人应列"黑表"，通知各厂，加以拒用。

太平洋战争爆发以后，土报纸价格日日看涨，以致一本初版书的定价，在再版时便不能适用，资本似乎逐渐上升，书架上的书却越来越减少。

有人做过约略的统计：土报纸较战前白报纸贵四五十倍，排工较战前增至六七十倍，印工为战前之七八十倍，而最便宜的是稿费了，只是战前的二三倍，版权页上印的价格尽量抑低，作者再收取这其中的百分之十至十五。

倘若把重庆所有印刷机的数量与人口做一比较，那是不能成为比例了，虽然这影响不易发觉，不若停闭了所有的碾米厂的机器那样不得了，最初，来渝的印刷机很多，连年轰炸损失亦复不少，于是几架老牛破车已成了宝贝。刊物脱期二三个月不足为奇，一本新书广告出来，距离它印好装订完成的日子，也许还有半年。

据统计，本市期刊有一百四十余种，半机关性质的居多，印刷业是特种营业之一，与旅馆等业同属一类，在警局另有登记执照，但印刷情形虽然困难，在酝酿中的新刊物却有七八种之多，如文艺先锋、文化先锋、中国论坛、大中国杂志、戏剧知识、交通经济月刊……

十家报纸中，间或也有兼营印刷业的，而往往是以印刷盈余，贴补报纸的赔累。

目前是开学季节，各家书店都在准备了一批新书，准备在九月初露布——好赶这个难得的好旺月，因为莘莘学子从家庭出来，手中比平日多存着几个钱，可能拣一二本新书以偿心愿的。

出版界的风气在转移，大部头的经济哲学名著售价虽昂，但购者仍众，浅浮的抗战初期小册子早已无人过问。港沪交通梗阻，报纸上仍不乏"上海版"新书，这字样似很辉煌，且令好书者馋涎欲滴，年来不少"飞机运到"的奢侈品，但用以运书的，怕尚绝无仅有。各国文学名著的译本也名贵非凡，偶有残缺的全集之类，索价可以上千万，租书除交大额押金外，每本租价索千元。半年来有人成立了一个双江书屋，系流通图书社性质，尚不完全以营利为目的，几万元成本的几千本书，勉强供应着，租借者大部分是店员，沙磁区的学生也在周末借书还书。

自然科学书籍出版的冷落，仍是值得注意的一个问题，即几家老牌书局，也很少敢斥资印行。

三、社团活动

或许因为是暑天，近来重庆市上文化活动似暂沉寂，有些座谈自改为半公开性质，讨论到某些国际问题，有时是为了盟邦友谊，不把发言完全记录到报纸上。展览会音乐会讲演会极少。中法比瑞同学会举行了连续性的法国学术讲座，但是碰到冷门题目的时候，会场中有时会不满十人。公开集会的听众仍不觉追寻趣味、时间性、与主讲人或主持人的声誉。

电影院放映着旧得可怜的几张影片，有人翘盼着卓别林的《大独裁者》，但听说为了租映条件太苛，尚无一家影院敢拿出点魄力来。

一些本市艺术机关团体，定名不离"中国""中华""中央"等字样，于是皆有其中字排行的简称，如中电——中央电影摄影场，中制——中国电影制片厂，中教——教育部设立的中华教育电影制片厂，中艺——中华剧艺社，中万——中国万岁剧团，中青——三民主义青年团附设的中央青年剧社，中实——中宣部实验剧团，中响——中华交响乐团，中歌——中国实验歌剧团。

抗战以来印刷精美的电影话剧之类趣味刊物销声匿迹了，近有陪都艺人出版电影纪事报一种，除技术研究及电影掌故外，多影坛剧坛消息；批评介绍等，薄薄十余页，土报纸无插画，售价一元五角。

雾季就要来了，话剧团的进修休息排演时期就要结束，也许即将自北碚南岸卷土重来，是否今冬仍将有许多"共襄盛举"的筹款公演呢？这种公演是可以减免税率的，且“功在国家”。

八十万人的文化动态与文化享受是不易报道的，起码有十分之九的人民与以上的报道无缘，人们忙迫是生活。街头文化是什么呢？各报的贴报，少而简陋的壁报，纪念节日的标语，减价号召的奏乐，走码头人的卖膏药的歌唱……有一张千字报似乎若断若续地在出版，而编排趣味尚有可研究处。民众读物同样是缺乏的，捎了竹竿过往卖唱本的小贩却是可以深入民间的，但无一本新书。国民学校现有七十一所。中心小学四十二所，据地方教育当局说，本期内要予以扩充。文化活动要不钻牛角尖，只有配合了扫除文盲来做，而国民经济生活的优裕与否，自然又决定着文化展进的。

（原载《大公报》1942 年 8 月 27 日）

晚秋杂写

秋节前二三天，渝市真真有了点秋意，秋老虎似乎已逞足了威风，要回山歇息去了。二十一日起阴雨绵绵，铅板色的天空又盖在每一个人的头上，稻田里为明春蓄水，菜畦上漫润着新播下的种子，人们为今冬的菜价略略放了心。干旱使入秋以来的蔬菜果子俱大涨价，即往年视为草芥的地瓜也卖到四五元一斤，且皆瘦小。水果摊上有形色都不甚诱人的柿子，寸元上下一斤的烂梨；一元七八颗的青果，隔年广柑绝迹，间或有生绿的橘子上市，来勾引人们的涎水。在北方，秋节是瓜果最多的季节，绚烂的色调与诱人的芳香，至今萦绕在来自北方人们的心上。千万人的父母妻儿还留在那边，将一年一度地在两个地方欣赏一个月亮。这团圆的节将令不能团圆的人憎厌，恨不能黄粱一梦，把这个日子从日历上撕过。

在燠热的重庆，过了中秋才渐渐向溽暑彻底告别，人们才想到整理箱笼，翻看隔年的寒衣被褥，不知今年能有多少床平价棉絮发卖？往年由最高当局下令制卖的数万床平价棉絮，曾加惠于若干抗属及平民公务员，虽然曾发生过多少争执与经手人取了佣金的事端。

在记忆里，在影片上，在文人的笔下，均曾写下过棉花田的美丽，然而在普通重庆的棉花店里浏览一下，你会失去了对棉桃绽开的美丽憧憬。这儿的棉花是黄污夹子，甚至沙泥斑驳的，这样的棉花，目前是三十元一斤，五斤重的一个棉絮，够一个小科员挣十天，够一个苦力挣半个月的（苦力们收入虽多，但又没有平价米可吃）。

前方将士的寒衣呢？如再有棉背心运动的话，一件棉背心的最低价恐怕也要四五十元了。但传闻当局已主张士兵寒衣由政府统筹。

物资局的平价布仍在每日发售两千匹，十九为灰蓝黑白布，一阵拥挤后，已渐平静。相因（便宜）究竟有限，能不添衣的人也就不添了。

广东月饼贵到十五六元一个，"科学焙炉，货真价实"。统计重庆接近秋节以来，每天可销月饼十万元。土式月饼仍有它的销路，广告少做而已。点心店里扎好的礼品有千五六百元一提者，不过是火腿一只，酒数瓶，月饼糖果数盒而已，但每日每店仍可售出二三十提。购买者中有含着一肚辛酸想向上爬的中级公务员，有财运亨通的商人，有从未做过乡居的地主，有借薪三月已成功的国家银行职员……

人也许是越穷越寒酸，有些人为孩子们的月饼而写起哭诉文章来了，孩子们为什么对年节如此发生兴趣呢？他们的胃口比往年似乎更好了呀！孩子多的家庭，今年的月饼费委实够父母思索的。乡居的孩子们也许可以躲开这个诱惑，但今年无轰炸，城居的人大大增多。

代表封建余风的节赏仍流行着，而受到多少公务员的诅咒，男女工役们年来被下江风气感染着，重视起节赏来。有些机关的节赏早有总务人员代为按等级定好，在薪水内扣除了。家庭工役们更将在节后有一个更大的"转移阵地"，去追逐那一阵更优厚的旋风。

骗人的大减价终究是骗了人，招来了较多的买主，"现在买了就是赚，要买快买，过了节又要涨啦！"伙计们说着，有的在脱货时如割去他的皮一般，屡屡表示宁可不卖，关店等着存货涨价最好。

入秋了，疾病多起来，卫生当局加紧检疫工作，认为霍乱之为患可稍释念，但鼠疫、伤寒、痢疾、回归热等病都会跟踪而至。民族健康展览会正开幕中，营养学会却已沉寂好久了，中国粮食公司的营养米——胚芽米，在大登广告，很少有住户尝试。

这是红医生们的旺月，医生们的门诊出诊均大忙特忙，门诊有涨到四五十元的，他们的理由很充分，倘若好医生与坏医生同价，好医生将忙得觉也睡不成了。很多名医为了保持自己的健康，规定出每日开诊的号数了。

孩子们病特别多，草棚小户不用说，也许迁延死去，也许凭了好运气靠一副丹方草药治愈。"病从口入",经济舒裕的家庭也每多病孩,母亲荣属"职业妇女"之列的,也多病孩,后者更是举家辛酸。在生活程度高涨声中,妻子出来分担丈夫经济责任的越来越多了,然而孩子的看顾成了问题,往往当孩子生病时,母亲悔之不及,且母亲区区所入,不足雇用人及孩子医药费。这个在战时愈为严重的妇女问题,却难在战时解决。

人们始终以或欢或愁的心情来度农历年节,这年节给予人们心理上的影响随人随时随地不同,在抗战五年后的今天,过一次年节如同给社会照一面大镜子,它的影子又越来越清晰了。

(原载《大公报》1942 年 9 月 3 日)

薄雾重庆

从重庆遥望西北

在兰州举行的中国工程师学会年会闭幕后，有的会员去青海，有的去××看油矿成绩，而大部分已络绎返回重庆。在西北公路局办事处的门首，连日有许多骆驼在休息，在受修理打扫，车身轮胎上布满了西北的黄沙。

年会的关于建设西北的种种议题，都留在今后动手去做，特别是关于交通水利，俱有大刀阔斧的决定。配合了当前西北对我国及盟国作战的重要性，我们将再慎重地经营西北，使这一个荒凉的民族发祥地苏醒，使这甘陕青宁绥，以及新疆蒙古西藏的大西北，在新世纪中开出异葩。

除了在该学会中，我们看到的经济与技术的开发准备外，我们还看到当局对西北在政治方面的调整与军事方面的布置，都已说明我们的政府已同时注意到抗建心脏的四肢——从西南已到了西北了。

关于这一些调整与布置，报上很少披露，但重庆的嗅觉是很灵敏的，除了报章杂志纷纷发表研讨西北的文章外，各种正确的消息或不正确的揣测都在空气中飘散：中枢要员飞西北了，在××举行着重要的军政会议……

天空中较为频繁的飞机声音却是确实的，人们目送着他们远去，愿他们飞得更远更远，去完成有历史意义的会晤。

由内地到新疆的交通，自然是当前的一大课题，由盛世才的四弟盛世骥来渝谒见最高当局起，重庆人即以空前的好奇与热情注视着新疆。这个谜也许就要解开，新疆曾经敞开她的大门，献出她蕴藏的资源，这辽阔的通道上的各民族的兄弟姊妹，也要和内地同胞们携手走上抗建的大道。

有关新疆的书籍又一度畅销，人们在地图上找寻新疆迪化①，眼前仿佛已经飞扬着星星峡的漫天飞沙。不只是中国人注视着自己的新疆，友邦人士也同样关心，当居里二度来华时，风传他将赴迪化一行，但或许是为了印度情况紧张起来，他又不能不急速取道印度回国了。

重庆人在秋天的薄雾中遥望西北，好似已望见了耸立云端的帕米尔高原，已望见了祁连山上的积雪，望见了××的油井，望见了阿尔泰山的金矿，望见了遍野牛羊与骆驼队，更可怀念的是沙漠上健康剽悍的各色民族的骑马射猎的背影……西北将不成为荒凉的代名词，西北将由畸形进为常态，西北将与内地同享祖国的温暖，再度昌盛。人们对西北的热情正如同这犹未减退的初秋溽热一样的炽热。

特别是在日苏关系紧张声中，调整西北，开发西北，更有其特殊意义。

记者喜庆

第九届记者节，在渝盛大纪念，中国新闻学会第一届年会也在这一天举行，二百多新闻从业员从上午九时起，欢欣地参加这个自己的纪念集会。内勤看大样的先生们也起早赴会。

这次年会除改选理监事外，最重要的提案讨论之一便是：通过请求当局中止议订新闻记者条例的草案，并建议改颁新闻记者公会法案。中国新闻学会理事会请求中止议订的理由是：该条例草案偏重消极的管制，而忽略了积极的维护。

新闻记者信条草案也拟好，在本会上提出讨论，结论是：交王芸生先生等五人组织委员会审订。

在一件庆祝特刊上，有许多洋洋洒洒的纪念文章，其中不乏自我检讨者，如刘竹舟先生的《自傲自卑与自侮》，指出新闻记者"无冕之王"之过誉，一部分新闻从业员之专事拍马吹牛，趋炎附势，以及互相攻讦与倾轧，招致外侮。

---

① 迪化，新中国成立后改名乌鲁木齐市。

又有人发着寓言式的叹息，发泄平日工作中的积愤，又把自己比作一个不能向巨兽射击的猎夫，比作一个不能允许消灭果树害虫的园丁……这全是些很现实的问题。

"九一"中午由中宣部、社会部、政治部、教育部、中央文运会联合欢宴新闻界，中央文运会原拟独立晚宴的，但后来计算一下，怕宴会费要几万元，乃临时参加其他四部之宴，而卒于晚会中赠以糖果，渝市生活程度之高，于此想见了。

晚会放映电影，苏联片子：《钢铁是怎样炼成的》。还有些杂耍，记者们为自己的节，忙碌了十多小时。

末后，社会部依人民团体组织法，拟在各地成立报业公会，以每家报馆为单位。

山城琐闻

中央文运会主持的海外归国文化人招待所已结束，而代之以文化编译社，已约夏衍、宋之的等为编委，日前且举行过联欢晚会。

芋类专卖局在渝设四个零售处，价格与黑市悬殊，故特别拥挤，发生过殴打情事。芋价步步高升，以致某报编辑在评论中质问刘振东局长，问系专卖抑系专买，因芋价过高，只能少数人买了，日后也许只有刘局长一个人买得起。

公务员米贴制度改善，分二十五以下，二十五至三十、三十一岁以上等三种，而渝市每年贷金是以三十八元而计的，普通小公务员在三十一岁以上的，总可月入薪金六七百元，也许较过去略为公平了。

平时一向被人目为捧金饭碗的东川邮局职工，已于日前为生活费问题表示消极状态，局方允许每人预支二个月薪金，才算平息。

渝市八月中布价暴涨，一时不可收拾，而一切工价力价是以粮价布价为依归的，物资局乃于八月二十一日起大量出售平价布，每日最多时售出两千匹，黑市布价始渐跌落。平价布大体皆在十元上下一尺，阴丹士林则十四元余一尺，而黑市曾到过二十六七元一尺。棉花三十六元一斤，尚非上货。

囤积之风仍在分囤整囤中潜伏，最近破获某大公司囤纸，价逾千万元，已在侦讯中。

娱乐场也在涨价，电影由七元涨到八元，戏剧由八元五涨到九元。重庆人士企盼着的《大独裁者》，据说即可来渝；在北碚南岸休息进修的各剧团也快返渝了，雾季快要来到，重庆市长已令所属机关，要在雾季中把行政工作效率明显地表现出来。

（原载《大公报》桂林版 1942 年 9 月 12 日）

重庆来鸿

一、工业动态

自从经济学者章乃器氏在本报星期论文发表"涨价休战"一文后，月来渝市工业界颇予以注意。西南实业协会星五聚餐会，于九月十一日特别提出讨论，发言者大多赞成章氏之主张，但以欲辨明过去工业界并非竞相涨价，故拟于今后造成此项运动时，更名为"物价安定运动"或"平价运动"。

章氏本文原意大概是：抗战以来的物价已涨六十倍，外汇汇价以借款关系，只涨六倍，设不予以挽救，便潜伏了一个危机，战争结束后洋货又将在国内畅流，打倒国货。今年全国丰收，增收粮食之值价约为二百万万元，倘粮食部能大量平价供应工业界以粮食，社会部出来担保工人工资不再增加，工厂出品自亦可以稳定价格。如此，则如潮的物价洪流可以抑止。

会场中发言者有温少鹤、潘仰山、何北衡、张果为等氏，温氏强调运输重要，潘氏大呼，政府须全面统制。何氏强调用奖惩办法使物资集中，替游资找出路。物资局张果为副局长则谓章氏之原则无问题，但须分（一）外来物资，（二）农产品，（三）政府掌握者，然后分别统制。

黄炎培氏也出席聚会，并谓行政院十一日特别会议上也曾讨论物价。崔唯吾建议应由中国西南实业协会、迁川工厂联合会、重庆市国货厂商联合会三团体出而向政府请求来办，在原则上实行上都不成问题的。

这个问题也许还要很花时间地讨论下去，但已可看出今日工业界的一点朝气与决心；倘能得到政府的支持而实行，那么对于当前物价，以及日后工业界的前途，都是有些裨益的。由经济部工矿调整处主持的西北工业考察团，在九一八就要出发了，据该团团长林继庸说：此行将偏重××，在最近对××的军政大调整下，自然在经济资源开发与工业建设上，也不能予以忽略，广漠富饶的××是西北的一颗最亮最大的实石，但距"地尽其利，物尽其用，人尽其才"尚远着，虽然林氏谦说此行只是联络性质，但我们已可看见些当局着手经营西北的端倪。日前该团举行过会议，迁川工厂联合会并为之送行，渝鑫炼钢厂负责人表示，如条件可能，将移炼铁炉炼钢炉各一座，在西北设厂。该团团员十余人中有不少是各大厂代表，他们说准备到兰州吃月饼去了。

二、"九一八"前夕

"九一八"十一周年来到。而今重庆的东北团体已然单一化，只有成立了三月余的东北四省抗敌协会，其他各团或已归并，或已停止活动。该会拟扩大纪念本届"九一八"示不忘东北，预定有孙科、吴铁城之讲演。

东北抗协拟定的工作纲领颇为详尽，三十一年度工作计划进度三月一期，七月至九月规定健全该会业务总枢，发展关内各地分会，秘密建立××战地分会及站组，赓续以往东北各团体之业务，普遍征收会员，调查组训东北青年，派员深入东北，组织潜伏军事政治各工作部门，并拟出中文期刊一种，撰英文论文送外国报纸刊载，对东北同胞广播。工作区域为东北重于后方，秘密重于公开，潜伏重于暴露。

对于日苏战争的将爆发与否，也是该会特别注意的，如何配合准备，该会拟请政府加以指导。

在重庆，关于日苏战争爆发的可能与否，近来很少有人提及了，官方也持沉默态度，李杜将军并曾为文论东方与西方的第二战场问题，他认为在东方若也开辟第二战场，则我抗战更可早日胜利，东北人打回老家的日子也更近了。

东北抗协的联系工作中，特规定与朝鲜台湾等革命团体切取一般之联系，认为应密切注意民族问题，过去日本人曾利用民族问题造成种种事端。如今东北已有不少台鲜人，要收复东北，须不放弃与台鲜人的联络。

台湾籍人在渝也不少，一度酝酿的台湾籍参政员未能贸然实现。有些台湾人准备回到福建去谋活动，台湾到我内地的新路线正在计划寻取中，各革命团体也有统一团结的消息。

朝鲜人士们在重庆奔忙着，临时政府与克复军分别觅定地点办公。在四月间曾听说我政府就要承认韩国临时政府之后便寂然了，这使韩国人士非常纳闷，不只是纳闷，而是苦闷，且不易为一个未做亡国人者所体会得到。他们在美国也有一个办事处，工作尚较活跃，有将政府迁美之打算，但那样便距本国更远了，所以在踌躇着。中韩文协要在九一七成立。

"九一八"前夕，在重庆的东北诸老又将受到新闻记者们的访问，南岸南山新村又将户限为穿了，今年他们将说些什么呢？对于四省政府办事处的工作又将怎样报告？每年一度在"九一八"纪念会上听到的东北乡音，又将慷慨激昂地回旋一次了，后方各大学东北籍教授二十多人拟在"九一八"致函英美苏大学教授，文长二万余字，内容系对收复东北做诚恳之表示。

三、人事往来

美国威尔基先生的来华，事先使重庆某些人忙碌起来。中美文协已备欢迎及招待的事，欢迎会之外，并将赴机场迎接。又拟收集我抗建照片二册，送威氏携回美国。他大约二十五日光景可以到这抗战老大哥的战时首都。

英国议会方面派遣的访英团，大约十月初旬可到。

在干旱无云的山城天空，嘉宾不断地莅止，但也有些人自地面的公路上，远道来归，港九文化人仍在继续来渝，如胡绳、沙千里……生活书店总经理徐伯昕也自空中而来，地面而去。

更有人悄悄而来，如负考察使命的经济学者马先生，也循西南公路回到重庆歌乐山来，是将重行执教呢？还是回来与家族团聚？没有人猜得出来，但前者的可能是颇为少的。有人在马先生归途与他相值，据说风采言谈一如往时。

就是在山城以内，也有在悄悄转移或消逝。生活程度高昂，各职业部门之流徙特别显著，有些人在以前尚在职位上做比较，而作为去留的标准，如今想开了，除非是做主意，正职业之差别还是有限的。即如最近中央银行所增发的三个月津贴，普通行员可一次收入二三千元，但这在做生意的赢利数字之前，那是小巫之见大巫了。

在物价扶摇直上的今天，耳闻的做生意的悲喜剧不知多少，有一夜可以成为暴发户，有因为稍一稳不住神，囤货之一进一出，相差数十万。汽车夫的黄金时代已渐过去，有些小汽车在改装为木炭车，但据说那样将减短汽车寿命，有一专家称：如重庆汽车皆改为木炭车，明年今日汽车将绝迹，因为美国新货已不出产了，言下不胜唏嘘。

在一些部会的机关中，还有些人的××是极少人注意的，但这××，的确存在，他们也许受过一个时期集训又出来，这是种洗刷罢，又好比永不终止的浪淘沙。

体育节热热烈烈度过，虽然上午的各项节目在雨中举行（那是多么稀罕的一个雨天呵！），有赛球、游泳、跳伞等。来自京沪平津的体育界人，总觉得在渝看球赛不过瘾，水平得降低不少，犹之在渝听平剧之不够味一样。球赛决赛时赴沙坪重大举行，因市内无大规模体育场。体育工作人员之保障正在从原理进为事实。重庆人士最好之运动为步行，最贵的代步费用已使许多人只好走路，特别是爬坡，更是久居山城的人的一种特技。

炎暑快过尽了，重庆人受了三四个月的蒸晒，稍稍可以歇一口气，但对于不发横财的人，冬天却比夏天更难对付了。

（原载《大公报》桂林版 1942 年 9 月 21 日）

陪都琐闻

一、政闻一斑

最近几个月内，渝市将会议不断。蒋委员长西北之行，对兵役问题有甚深之新了解，乃有十月五日兵役会议之召集。这是第四次，且为管区自三级制改为二级制后之首次会议。西北地旷人稀，建设事业在在需人，今后西北兵役人力负担可以减轻，而多贡献牛马骆驼等畜力。全国服役壮丁将全以年龄为规定，在规定年龄之外的国民，可以做他项抗建工作，这个拟议，将在会中加以讨论。

虽然是说在归并机关，但旧机关改组及再设新机关之说仍不绝于耳。蒋委员长将对物价问题亲自研究，主持平价。物价统制局的新机关名词在传闻中，另有一个国防研究院之设立。总动员会议有改组说，物资局则将扩大。人们似乎关心着这些消息，又似乎有点麻木了，而不拟在热烈的期待之后又感到冷落。

劳动局成立后的第一步工作是限制劳动力，对力夫——包括住宅公私机关之人力车夫轿夫佣工及担力，将加以调查，而实行定量分配，把剩余的人力遣回田间工作，把适龄壮丁予以军事训练，整个办法已拟好送社会部核转层峰批示。

以人力代替汽油，以畜力代替人力，已在一步步实行了。驿运早在渝区展开，十月一日蓉渝马车驿运，也将实行，全程七站，计重庆、青木关、永川、内江、球溪河、简阳、成都。每站行一天，每车坐五人，沿站有食宿站。日前本市雨后泥泞，马车也步汽车后尘，失慎坠岩，重伤二人。这不足使我们气馁，而应增加今后的改进。一个管理驿运的友人昔日曾任职铁路及公路，他说："由六个轮子管到四个轮子，又管到两个轮子了。"这也许不是悲叹开倒车，但是无论如何，这显示了一个农业国家在战时有优点也有缺点。

刘百闵氏自桂归来半个月了，已向当局报告迎接海外文化人的经过。

演员、导演、编剧家均已自渝郊返城，今年的大问题是剧场缺乏。比较最适合话剧舞台条件的国泰剧院，因为上演话剧不及放映影片获利优厚，今年坚拒上演话剧。中国电影制片厂自建的抗建堂在扩大修筑中，十一月初才能完工。剧本新作也甚多，最近郭沫若氏又以五天半工夫，在乡居中完成《孔雀胆》四幕五场的悲剧，写元朝末年云南梁王听信谗言，谋害功臣兼东床段功，以及女儿阿盖公主殉难的故事。

各剧团的剧目虽已决定有《好望号》《家》《谁先到重庆》《蜕变》《虎符》《水乡吟》《草莽英雄》《海国英雄》《金玉满堂》《正气歌》《第七号风球》《风雪夜归人》《大渡河》等，但在无剧场的今天，这成了一桌没处铺排的丰筵。

二、米的故事

妇女们为了切身利害而团结争取的例子，在抗战以来并不多，这次女公务员请求修改发给平价米办法，是一个例外。

渝市公务员们反对的是：国防最高委员会通过的公务员战时生活补助办法第六条："夫妻同为公务员，其妻不得领平价米。"发起的有中央党部教育部及其他各机关的女公务员，并组织了一个同盟会，作为今后之进行联络团结的集团。该会已在呈文备案中。

这件事不算大，但已引起舆论上的评议，更有人出来作"平"议，认为该项办法确是违反男女平权精神，违反同工同酬的原则，但为了使没有人领双份平价米起见，主张"夫"公务员孝养——即领父母之四斗米，"妻"公务员抚育，领子女之六斗米。

但今天已公布政院决定修改该项条文："夫妻同为公务员时，只准一人（夫或妻）领平价米。"

这或是一个仍归无从彻底解决的问题，除非政府不设什么平价米，而除规定薪额外，随时按物价指数给以津贴数额。事实上有些机关确已做到，如交通部，但若碰到一些没有营业收入的机关，便无从效法。要国家随时改订预算也是不可能的。

今日的平价米贷金，事实上已然是变形薪金之一种，若站在这个立场说，女公务员应与其夫同领平价米也未始不通。若无平价米贴，一个公务员区区所入，确是有限。好在女公务员不多，夫妻同为公务员者更不多，妻子出来工作的大多是迫于生活，而十九皆把孩子交给佣工，一个干领薪水的女公务员恐怕真不足以养一个佣工的。渝市公务员之妻近年来奋斗谋生的例子的确不少，至少她们是走的正路，没有逼迫丈夫贪污不法，而挺身分担家庭经济负担，是不是这也可以谅情予以奖励。

总之，今天物价高涨是事实，战时道德失去准绳，走邪路的商人私贩，脑满肠肥，安坐变为富翁，取得了超乎寻常的衣食住行；而战战兢兢在本位上努力的人，反而有冻馁之虞，人们在激流中翻滚，经得住淘洗的人究竟不多，城市中有暴发户与普遍贫穷的对比，乡村中有大地主新地主与佃农不能生活的对比。人们在为物质生活而撕破了脸地斗争着，唯利是趋。在渝市书刊中，不时有人在为民族智慧之凋零而叹息，并且在发问：在战时或战后，凭什么论功罪？有人回答：凡是因战争而穷饿苦干的都有功，至少是无罪的。

制裁，制裁！我们的法治精神是不够的，多少贪污枉法的事件直如过眼烟云，掠过一下影子，终于查无实据地没有一个水落石出了。

如中秋那天四川江津白沙镇两个女中在同一个早晨塌屋，压死学生若干的惨剧，已是这社会上的一个侧影。多少学校在以营利为目的，多少校长庶务在装腰包，至少也是假"战时因陋就简"为名，在马虎从事，玩忽人命。

好，让我们"把希望寄托在将来，明日不与我同死"吧。记得是哪位哲人说过这句话。

（原载《大公报》桂林版 1942 年 10 月 20 日）

从世界看重庆

欧洲与亚洲

卡萨布朗加，罗邱十日会谈之时，正是重庆各界纷纷举行新约座谈之时。结论大抵是废除不平等条约虽然足堪庆贺，但仍须靠自己的努力，且须收复沦陷区后，新约中各点才能透彻。工业建设又被提出，我们不能永久做一个落后的农业国家。

当罗邱会谈时，四强会议之说甚嚣尘上，对于有关国家是否同时注意欧洲亚洲战场，也议论纷纭。关于四强会议，邵力子氏在一次演讲中曾有先见之明的判断为不可能。事实果然证明了。他的理由是苏联军事素重机密，关于作战计划战略等，绝不肯公之于人，他们要的只是盟国物资，并不要兵员。

我们只能从罗邱会谈中看到一件事实，对亚洲战场并未十分忘怀，站在中国人的立场，当然盼望对中国之援助保证更为明确与迅速。自然我们要在一九四三年盟国作的计划中，先做好自己的工作。

身份证已渐应用，今后外侨出境，也要凭身份证了。

蒋夫人在美迟迟未归，渝市妇女界尤为系念，听说已渐康复，近在美养病中，最忙之事为替几千本纪念册签字题名，那是许多美国人由于好奇和崇敬送来的。

盟国妇女联欢大会于一月三十日盛大举行，二百名妇女包括十余国籍，演说游艺，尽兴始散。嘉陵宾馆又一度车水马龙，三夫人亦未能出席，该会由孙夫人主席。

限价以来

限价以来，渝市公用事业及政府专卖物品如糖等原料大涨，引起不少舆论反响，《时事新报》说限价反使物价抬高，《中央日报》亦提出美国实行限价后的不良结果，我们必须接受这教训。美国限价未统筹分配或定量分配，并未统制农业及民间工业之生产，人民收入超过战前，限价而未限购买，因而有人囤积物资，有人饿死冻死，这事实所得的经验是：必须定量分配，凭证购买。

重庆限价的结果是，商人可以阳奉阴违，限价以后的油条可以如筷子一般粗细，猪肉可以搭皮骨或少秤他物品亦可，其遵令限价而偷工减料。

包华国氏对记者说，自从限价以来，他如身临战场，每天与商人应付舌战。军法执行分监部门将在市政府下成立，专门惩办违法商人。各关卡并注意防止货物偷跑。

旧年年关在即，一些工场作坊准备歇工，不接新活，煤矿工人尤其要循每年旧俗停工半个月，现以增产紧张，厂方正多方鼓励少停工，一般中层薪水阶级过不了年，因此拍卖行货积如山。当局禁止年关送礼，一般糖食店皆有人巡逻检查，但是"道高一尺，魔高一丈"，礼物化整为零，分散包扎。何况更贵重的礼物且非副食，查也无从查的。

去年无轰炸，砖瓦业及泥瓦木匠价钱大涨，四外大兴土木，略讲究些形式的房子，平均造价二万元一间，尚非砖墙。为庆祝新约的三天机关假期，使公务员松一口气，多少公务员年来因为城乡离隔，已甚少家庭生活。学校则早已放寒假，一个私立中学学生如无贷金，下学期须交二千元学膳费，多少父母在蹙眉。

新都志异

历年终，重庆有两件异事：

有人自贵阳来，途中一旅伴托其抵渝后往南岸某宅送一信，并嘱其必须夜间去。白天某宅无人接信。

某人抵渝适夜间无暇送信，乃改于白天去，叩门果然无人开门，邻人说此宅怪甚，时有人，时无人。改日夜间去，在门前听到有嚎叫之声，毛骨悚然，未入。异日夜间又约警察同去，仍无人开门，翻墙而入，里面空空如也，只有棺材两具，未加钉，里面卧两个空腹死人，腹内为白面及鸦片。打开信一看，只有两句话："送上猪头一个，请即留用。"幸而那人抵渝后未能夜间即去送信。

现在重庆有关当局，正在追究此案，或能假此线索，破获大规模的贩毒机关。

另一件异事是工人打学生的。

土沱求精中学女生假日归途中被人和铁厂工人调戏，男生愤愤不平，与犯事工人发生斗殴，其他工人又愤愤不平，于是酿成大规模的仇恨与厮打，甚至工人持武器在轮船码头上见求精学生便打，正值放假，有被打掉行李的，有被打得失了踪的。

该校校长正式报告新闻界，报纸对此不幸事件亦加刊登，这事不能不说是抗战中的后方的一个污点。

重庆这几天才开始落雨，雾是更一天比一天的浓了。

一月三十一日发

（原载《大公报》桂林版 1943 年 2 月 12 日）

重庆低唱

一、民主等等

十多天来重庆的紧张空气充分地表现在报纸上，一方面是国内外的战事消息，特别是敌人在中国各战场的所谓攻势；一方面是豫皖陕鲁等省的灾荒新闻与呼吁，几家报纸都在代收捐款，在极度繁华中尚有许多有心人，节衣缩食实践一点同胞爱。

蒋夫人在白宫招待记者席上说："中国人民在社会方面素持民主精神，目前中国正依赖报纸协力完成政治上之民主。"这也许真是人民心中的愿望，但是报纸要善尽这个伟大的职责。尚有待客观环境的开展。叶楚伧氏在中国新闻学会的学术讲演上要求新闻界多做积极的建议，勿做消极的批评，可是要把这两种工作划分清楚，是不能如水与油那样容易辨出的。而且读者与政府对报纸的期望，往往是相反的，或者可以说读者的要求更多些。更愿意接受民主政治的熏陶。

警报已然提前来临，防空洞里的雾气该又消除了，事实上年来虽无轰炸，重庆的开山工作却从来未停歇过，尤其是城区以外，炸药声音时常爆裂得震天作响，竹篾墙皮的房屋摇摇欲倒。二十三四两次红球提醒人们疏散衣物，敌人广播重庆受到多大的骚扰，那是过甚其词的。

重庆有着大宗的财富，但是一切捐输也从这儿首先拿出去。据说一个小银行的经理每个月经手交出的捐款总有几万元，自然这不能和他们的盈利相比。对于保甲经手的捐派，都时常是落到一些草棚小户。这次各省灾捐正是有关各省的要人领先发起，于院长虽是陕西人，都为豫灾努力挥毫，已得八十余万元，超过各方面的赈款一半以上。

苏联红军反攻的胜利刺激着中国人民，三月二十三日红军成立二十五周年，重庆对盟邦的祝贺相当热闹，演讲展览以及苏联使馆的招待都非常拥挤，尤其是二三百张照片充分报道了苏联军民抗战的事实。孙夫人也亲自去使馆祝贺，与潘友新大使倾谈片刻。

关于我们的反攻，蒋夫人已在美提出增援军火与飞机，或许会有较好的结果吧，有人做着庄重的诙谐，说这是女性的胜利，蒋夫人已以自己的事业，证明了中国妇女的能力，并争得空前的荣誉。

英印问题久已被搁着不谈，只有在英美照片展览中，英国部分会附有不少印度照片。甘地此次绝食，以及英相的拒绝无条件释放，实在比较战事新闻更为动人，因为人是感情的动物。在英国何明华主教讲演时，冯玉祥氏对此事曾慷慨陈词，何氏一一记在小本上。无视甘地的力量及其精神之影响，也许是不智的，中国人民觉得英国人在此也不要忘却他们的常识主义。广西大学学生绝食一天，汇款甘地，中印人民间的感情是无可阻抑的。

二、西北之声

西北工业考察团离渝五个月，春节后已然回来了。团长林继庸等到处被请演讲，尤其是迁川工厂，更热衷地听他们的报告，以资作为发展的准备，这一片广漠的处女地的前途是无限的，该团给他们作具体的说明，关于动力有水利可资利赖。将以此行所得材料在渝举行展览会。

中宣部自二月十五日起举行了"开发西北广播周"，教育部自二十五日起举行新疆图籍展览会，有古今中外关于新疆图籍五百余件，同时在展览四天内，每日做有关之公开演讲。林继庸氏所演讲系"新疆——矿业之前途"。闻新疆将设地质局，以调查资源，中央地质调查所并将开设分所。林氏自己则将再赴新疆。

同时去新疆为新省省党部成立监督的梁寒操氏正在新省各地旅行，已去南疆，此行意义重大。迪化到和田路线之长亦如由渝至新。梁氏此行成就远在黄慕松及罗文干之上。

新疆之欢迎工业考察团是真的，因为苏联在战时一切东西不会再来很多，新疆须靠自力来辉煌。考察团回来，盛赞新省政治之清明进步，可以做到路不拾遗，夜不闭户，走了四千公里，没有遇到一个乞丐。即妇女亦很开通，接受了印度、土耳其、苏联的文化，而且身体强健，喜欢唱歌舞蹈，碰到集会时，常以此共乐。各小民族均知道热爱国家。

西北将在多方面的呼唤之中，被人们亲切地注意起来了。倘若真的"铁路一条通迪化，春风飞渡玉门关"，那么西北之再度苗壮是指日可待的了。

三、山城低喟

春节以后人们"谈猪色变"，盖有半个月以上人们不能不茹素，猪肉由限价而逃市，日来黑市肉卖三十元一斤，尚难买到，逃税的肉装在橘子担里运进来，时有破获。有人于是艳羡警察局大吃其不因限价受惩的鱼肉。牛肉因限价与春耕的双重关系也绝市，医院大感苦恼，尤其是豢养着高等猎狗的贵族之家，他们平日以生牛肉为食粮，如今几至饿死。酱肉铺之类也婉拒外卖，辛苦派人到四乡买来的肉要应付门市用。鸡蛋涨到二十五至二十八元十个。而某大酒家，二千元的筵席却可吃到烤乳猪。可是关于这一切，已不见于报纸，因为这仿佛是"消极的批评"。

与食物同样价目变涨的是书籍，贵，而且印得不好，有人主张出卖平价书，以救济人民的知识恐慌。

鲁迅纪念委员会之九个委员在渝有其五，即孙夫人、沈钧儒、许寿裳、茅盾、曹靖华。日前曾由孙夫人在其寓所召集会议，并请周恩来、郭沫若二氏列席，商议印行鲁迅遗著的事，版税抽百分之二十，已是较一般为高了。听说许广平在沪虽已被释放，但仍在敌人软禁中，朋友去探访也极不便。

山城在低喟，但是，在低喟之余，我们仍有许多事许多人值得高歌的，新芽正在废料上成长。

二月二十六日发

（原载《大公报》桂林版 1943 年 3 月 7 日）

重庆心声

一、访问孙夫人

为了纪念"三八"，也为了国父逝世纪念快来临了，记者特去拜访孙夫人，和她谈起一些问题，她坦率地一一答复了。

首先我们谈及她本身的工作，除了经常给国外书刊撰稿以外，自然要提及由她支持着的中国保卫同盟，她来渝后这团体的工作依然未曾中断，自美国、英国、加拿大不时可以捐募到款项，这款项用来援助在做剧烈战争及需要最大的区域内之伤兵、难民、难童及学生，在游击区，他们办了五个国际和平医院。

孙夫人解释外国援助的意义说："我们不只在乎物质上的价值，而且还认为是反法西斯民族团结的具体表现。同时也常常使他们明了中国人民在抗战中的光荣事迹、应做的工作和各种困难。"

国父逝世纪念又将届临，孙夫人自己是努力地在做她那一份工作，对于全国奉行国父遗教的现状与进度，她做了以下的批评与期望：

"应该实现总理的三大政策，开国民会议，在绝对民主的原则下，动员全国民众，使他们都有同等的机会参加抗战建设工作。对于各党各派，也应当给予各党各派以同等的机会，使他们的党员得尽个人的能力参加工作，争取最后胜利。"

对于"欧洲第一，亚洲第二"的同盟国战略的问题，孙夫人认为：我们的战争只有一个共同的战线，一般来说，联合国家所定的战略是对的，但中国的战场应当更受注意，得到更多的援助。同时中国自身应更加紧动员以利用此等援助，使日本不能有喘息休憩的机会，这样子，亚洲战场将可成为欧洲战场一样的活动。

对于妇女工作，孙夫人的批评是今日的空谷足音，我们不能自诩妇女工作在与抗战同进。孙夫人说："在战争之初，中国妇女对于抗战工作的确活跃一时，也被世界妇女所称道，但之后未能积极动员，也没有获得什么技术上的进步，因此联合国家的妇女们已一个一个的超过我们了。"

我们知道，孙夫人是鲁迅纪念委员会九委员之一，最近在渝五委员会在她家集会，商议印行鲁迅遗著的事，打算纸张印得好一点，版税提高到百分之二十。

二、限价的各方面

在限价（原称平价）之后，当局又下令严肃战都生活，前方苦战，数省灾荒，与重庆的一部分人的惬意生活的确不能比拟了，虽然那也可以说是腐烂的生活。

限制大餐馆，一律改为经济食堂；禁止赌博，赌犯被拘一律枪决；节制猪肉供应，自三月十六日起只有每星期三、六在市场上供应猪肉，买肉须凭证画记号，按户口发给，十日至十五日为准备期间，市场不供给肉，贺市长要求市民"忍耐"。据说已联合四川省府及行政区，注意限价物品产地价格与渝市价格相呼应，以免逃市或阻滞来源。全市若实行定期供应猪肉，据统计每十天之需要量为十六万市斤。

事实上是不只猪肉，菜油麻油已绝市多日，然而黑市不是没有，猪肉约二十四元一斤，菜油麻油已卖到近三十元一斤，人们悄悄地卖，悄悄地买。虽明知可以告发，并有军法分监可以处分，但是一则政令未能人人知晓，二则中国人是讲人情的，大半皆相信限价过低，来源减少，小商高抬价格也无办法，若因告发而影响他们全家老小的活路，也于心不忍。

限价猪肉之难买到，政府官员家中亦所难免，据云当局某日请孙连仲司令长官吃饭，全桌尽素，弄得陪客贺市长大为惶恐，偷偷地去厨房询问，厨师说：限价肉实在难买到手。

沈鸿烈秘书长曾作公开演讲，对推行限价政策一个半月的成绩认为尚不可以盖棺论定，因为五年十年才可以看出成败，对市场供应失调情形，他解释说：

"我活了六十多岁，最不喜欢肉食，油类吃得也少，其实人类吃不吃油无关紧要。"

清洁运动也在当局重重手令下在推行，贺市长奉令亲自视察码头、戏院、小弄堂，以及餐馆、市民医院的厨房、病房，真是忙得不可开交。

三、大块文章

蔡孑民氏逝世三周年纪念为三月五日，北大同学会及中央研究院曾集聚四五人举行纪念会。吴稚晖先生讲蔡氏生平，他详细地讲了近四十年来的中国革命运动史及文化史。从蔡氏试时之文章风格谈到他后来的伟业，"从做人做学问以至到写字，他都是结实的了不得"，而称蔡氏为人可以八字评之："元酒太羹，淡而弥皆。"

蒋梦麟先生举例说明蔡氏为人之并非尽重中庸之道，而是有界限的，过其界限，即与力争。创立自由学术的空气。介绍民主主义与科学到文化中，以及大学制度之建立，都是蔡氏不可磨灭的功绩。

那天的民众并非完全是蔡氏的生前故好，不少人是看了报纸短讯而来，中央图书馆的房间简直容不下，但是他们皆他立门窗外，参加这三小时长的纪念会。可见一代大儒是活在后辈们心头的。他的北大学生满天下，中央研究院也在继续工作，今秋又将举行评议会。

渝市近来出版界纠纷特多，有的取了作家原稿去不知何日印出，有的印出后因为印得太坏而销路太差，出版者与作者两面损失，有的发生版税比例的纠纷。

当甘地绝食期间，人们又一度关心印度问题，但人民间的热烈关切未能充分表露在纸面上，文化界若干人士电印度总督释放甘地的电报有一家报纸刊出，结果受了警告。

郭沫若氏的《中原》新刊可望四月出版，茅盾的新刊《文学》已登记好了，虽然是挂过几次红球，但重庆的文化期刊，最少还在百种以上吧。

（原载《大公报》桂林版 1943 年 3 月 15 日）

雷雨五月

一、五月点缀

五月的纪念日那么多，但是山城市民忙于开会的也只是一小部分，对于有关长官，这倒是一个忙于开会致训的关头。几个纪念会大半是在室内开，派代表出席，就连五一劳动节，工人们也因实行增产，并未休假。

仿佛是在任何节日，必然地会想起福利：三八节有人提倡妇女福利，儿童节有人提倡儿童福利，五一有人提倡劳工福利。社会部公布了劳工福利社暂行条例，责成各厂家办理。该部将在渝市若干工厂区办劳工福利试验区，并成立工厂检查室，注意工厂卫生对工人健康的影响。任何工厂须以其成立资金之百分之三到五办理工人福利事业。

劳动节纪念大会上没有乐队，忘了拟具致敬的电文，以致主其事者感到十分狼狈，但是这也许并不是工人们所关心的，他们关心的是与工资平衡的物价，以及比较适宜于健康的生活。（大会上有人要求工人节约消费。）这次沈鸿烈先生自西南视察归来，闻有调整工资之说。愿明年五一时，我们听到劳工福利办到若干程度的报告。

五四纪念会是由青年团重庆支团部主持的，到会近二百人，主席包华国要青年们发扬五四的优点，扬除弱点。有人讲五四为破坏性质之运动，今则需要有建设性质的青年运动。

也就在五四这一天，陪都空袭服务队举行了三周年纪念大会，天气虽然阴着，但是"五三""五四"大轰炸的教训人们并没有忘记。贺国光防空司令对陪都消极积极防空作壮言，安慰了市民，但同时也劝疏散。

重庆区专科以上学校运动会在五月八、九二日在南开中学操场举行，参加学校二十二单位，运动员近八百，真是几年来大后方一大盛事。远道赶去前往参加的不计其数。该会尽量简单，使不背战时节约意义，如参加径赛的人不得着用钉鞋，筹备人苦心可嘉，但社会人士，风习难改，没有不重视纪录的道理，而大部分国民已以劳动代替体育。倒是在学生营养成问题的今天，找个机会使大家出来晒晒太阳，透透空气，也是好事。当我们心灵上极度窒闷的时候，松散一下身体也许是个调剂。自然，一点萤火照不亮大片的黑暗。

二、一串问题

川主席张群月前来渝时与人谈起：过去来渝，找他的人大半为了觅事，如今却不，大半为谈种种自己的与周遭的问题，这证明了人的进步，也说明了当前问题实在多了。来托他向当局辞职的也有，贺市长便是一个。多少问题使多少人感到棘手。

吴开先自京沪脱险抵渝，乘的是专机，大员往迎者甚众。谣诼于是纷起。他十一日将参加一个在中央党部举行的欢迎会。

于院长、邵力子二氏赴蓉看花会、赛马会已久，尚未返渝。于氏有退休说，于是人们又以之与孔副院长之赴蓉联系起来了，据说是去慰留。邵力子氏回国后，尚无正式职务。

渝市各文化团体近来很少以时事战局为中心召集座谈会，也许是没有什么可谈的罢，也许是可谈的又离题太远罢。各文化团体除一二特殊者外，经费支绌，尚待开源，如举办食堂或演剧筹款。冯玉祥氏近来常应约作讲演，讲的是心理建设、新生活、出钱出力等。

北非盟军空前大捷，占领比突二港，八日午某报发行号外，街头一时大呼"紧急号外，紧急号外"，这与国内大捷不同，卖报人也许因为不熟悉地名之故，未喊出什么名堂，市民们也因为不知卖的什么谜，便也不吝惜以五角钱解谜，这实在是难得用角票的事。自然，我们没有听得鞭炮。

盟国胜败息息相关。但是竞相告捷才是双料喜事。应该不责怪我们的老百姓在读了那遥远的地名后有落寞之感吧。

物价的巨手几乎要掩盖了人们的双目，夏天来临，在一个水渍汗背心二百元，一条短裤四五百元的物价下，人们几乎什么也看不见了。若干货物因即将议价业已逃市，这包括着若干国药。人们说："议价，限价，不议不限。""藏货，议价，涨价。"电力轮渡已首先调整，猪肉限价由十四跳到十八，黑市二十二，结果还须突破十八。社会局长焦灼地盼望管制物价要由点到面，要管制到陪都供应区以及各省市去。而且蒋委员长的十项方案必须同时实行，才能有效。

三、剧坛种种

雾季过去了，暗蒙蒙的云雾散开，雾季话剧尚未闭上幕，而且继《家》《复活》《蓝蝴蝶》之后，还要继演《新婚曲》等。每剧演数十场，仍可以前三天售完座券，乍来山城的人，不会误以为这儿的人话剧迷得发了疯吧。

这不能只认为是话剧运动蓬勃地展开了。八十万人口中自然不难找这么点有钱有闲的人，营商起家的人也实在太多了。虽说秩序相当的好，但从观众们不该笑的地方笑，不该嘘的地方嘘，以及散戏后的批评来看，实在水准还是相当可怜的。（当然，我们不能太性急。）

怪的是：陪都剧坛往往演完一个后，又奉令禁止再演这个戏，如《风雪夜归人》《清宫外史》……即中国电影制片厂以四年光阴数百万摄制的"日本间谍"影片，也在上演数日后禁演。这儿的评价仿佛均远离艺术造诣与历史事实，往往只在一个人的好恶或心情变化中定其价值。我们在这些细小的事故上也可以寻觅到闷人的根由。

应云卫氏在追悼中华剧艺社总务主任沈硕甫的追悼会上痛哭失声，要求戏剧界的温暖，提议集资成立戏剧界同人的互助组织，以接济大家的病丧事件。郭沫若氏任祭。会上戏剧月刊社送挽联曰："衣不求暖，食不求饱，剧人生活，固如是也；病无以医，死无以葬，社会报酬，应若是乎。"

张天翼氏的病，陪都关心的人不只是文坛中人，尚有他大量的读者。读者们愿意分担他的医药费用。

《中国的命运》出版后，有些集会均以此为中心在配合设计。如不久经济部、教育部将举行会议计划培植该书所说的工业技术人才数量；本月十一日至十五日举行的中华医学会，将根据该书准备今后的医事人才。

近二周来，时常是夜晚雷雨，白昼晴朗，人们心上沉寂久了，好像也在盼望一场时局战局的雷雨，好带来白昼的晴明。

五月十一日发自陪都

（原载《大公报》桂林版 1943 年 5 月 16 日）

物价及其他

虽然一周来雨水甚勤，但是粮价却是步步高升，像是开人民的玩笑，又像是开诵经求雨者的玩笑，好像还需要诵经请求南无阿弥陀佛严惩囤粮不放的大地主和奸商。

工价物价依此比例涨上去，平价布四月份将作加倍的涨法。公务员一担米的千元贷金，现在买不到两斗米了，粮食部又有什么办法？

最近有些窃案不偷别的，而是用大麻袋把米缸的米全部运走，看似愚笨，但很切时宜，市上米不但贵，而且缺货！面粉官价一袋一千二百元，黑市已卖到二千多。

冯玉祥委员正在四川江津劝献救国金，献金大会轰轰烈烈，一如他数月前在四川其他县份劝献的情形一样，这多么像是出自两种社会的事啊。

南开经济研究所上月公布物价指数，是战前的二百八十倍。

孔副院长已自昆明回来，此行动机仍有许多说法。孔氏接见记者，只说是去看看美国军人在那边的情形。昆明金价涨到四万多，可是只见行市暴涨，不见交易。那边的美钞价格比重低，大约是物稀为贵的道理。近日重庆美钞价格也自二百七十元跌到二百二十元。美大使馆对孔氏发表谈话，有一未公布的答复，谓美国仅为便利其工作人员兑换起见，故发美钞，非为流通，且其数量不多。据悉美国《租借法案》中之一小部分外汇曾交中国政府使用，财政当局即将此项外汇放在中央信托局，机会好的人便可依照官价请领。于是这些人拿到印度做生意去了，美国认为何不自己发呢，其工作人员正在抱怨依官价折算薪金，不足维持生活。

孔氏说不预备变更美金汇率。"这是中国人无知地去抬高价格，但是也犹之在美国人们见了中国法币稀罕，藏几个玩玩。"他又说"中国那里有游资？外国工人知道赚了钱投银行，中国人则全爱放在自己身边，一个拉车的有几百元，但他的资是不游的。中国的银行穷得很，发出的钱收不回来。"

他说及美国在华军人对我印象更坏了，"中国人又脏又穷，富的又太富，他们过去只看见中国留学生，听信了要在美国募钱来中国开医院学校的人的宣传，他们为了募钱不能不说中国的好话，可是来到中国一看……中国人不全是和蒋夫人一样的好……"

"中国人应该自强啊。"他叹了口气说，"要讲清洁，开饭馆的不要只讲门面，而在菜里加些苍蝇。如你们做报的吧，就不要在报上说糊涂话——因为钢铁界正在请求政府将其物品统购统销。"记者问孔氏的意见，他说："中国钢铁价格太贵了呀，政府拿到手来也是卖不掉，政府不吃钢，要它做什么？有些厂自己没有弄得好。"

"为了建国的缘故，政府可以存些钢铁，将来不是一时生产不及吗？"我试探着问。

"政府的钱哪里来呢？"他问我，"为了建国的缘故，政府征你一百万元行不行？"

最后记者说及过些时想访访孔夫人，孔氏回答："她完全是个 House Keeper，她是替我管家的，见她干吗？"说得周遭侍从的人全笑了。孔氏大约自己也觉得这话是个玩笑，他自己也展开了弥陀佛般的容颜。

蒋主席最近对外交部重要职员讲话，总结过去一年我国外交，谓：对美外交较为满意，对欧洲国家较差。英国报纸近评论中国大而不强，不够强国条件，此言甚对，国人幸勿自以为"强"而大，因而骄傲。（梁部长也准备根据此点向中国报纸主持人说明。）

大学三年级以上学生调任译员，最近开始受训后始可分发。他们参加中训团的训练。有一次吴铁城氏向一部分译员讲话，人数不多，但服装达十余种，听讲姿势不佳，且听讲途中逐渐开小差，溜之大吉，最后剩寥寥数人，吴氏遂报告蒋主席，乃有受训之规定，可使其丘九生活方式收敛一些，而且闻受训必可以使每一译员得少校身份。

　　政府决定推行地方自治，依照新县制，保田乡镇之上即为县府，无区府，且依地方自治法，应有民选保甲长，但重庆市仍然是由警局选任保长，署长任镇长，未能警保分治，上届参议会参议员提出，警局局长且加辩驳。孙院长近来在参议员研究地方自治的会上加以驳斥，谓政府要人民守法，先要自己守法。新的地方自治法公布，旧的便应废除了。"警保应分治，代理制度应撤销。"

三月二十二日

（原载《大公报》桂林版 1944 年 4 月 4 日）

闲话托儿所

孩子，孩子，孩子绞杀了多少母亲，埋葬了多少母亲的辉光的生命。愈是懂得一点卫生教育的常识，愈是懂得了重视儿童的福利，母亲们自己替自己挖的坟穴就愈深。对于孩子不忍心，对于自己就得忍心。要说是养育孩子是母亲的坟墓，这话也许不太过火。

尤其是战时经济状况的限制，家庭状况的限制，一个女人即使有参加社会工作的雄心，也不能不为了孩子低头，做一个蜷缩的刺猬。当中国知识妇女听到盟国妇女如何参加战时动员工作的时候，一面感到惭愧，一面恐怕首先想到的身边的孩子。厨房可以简单化，可以不要它去吃包饭，孩子呢，怎么可以简单化，怎么可以不要他？厨房又几乎是孩子带来的，有了孩子便不能没有厨房，他们是厄运的双胞胎。

自然，能够逐渐磨掉了自己的壮志，安然在家庭里抚育"新一代"已是万幸，至少孩子多一重保障，而且如果能有国法的话，节育也是一张挡箭牌，在必要的时候，也顾不得堕胎的罪恶。只有棚户草房里的妇女们，在继续她们生十个死八九个的命运，叹息一声"娃儿难引"，私下里或许还为减轻担子松一口气。她们的悲苦沉重到还没有自觉。

自觉的妇女从书本上、从传闻中想到了托儿所，她们未必知道托儿所创造者瑞士弗乐贝的名字，也未必知道意大利蒙特梭里女士式的托儿所注重儿童自由发展的特质，她们的欲望很低，只希望在自己工作的时候，孩子不至于饿着冻着，不至于比在自己手里多闹疾病，孩子应该和孩子做伴，不要在孩子的成长中，蚕食了母亲全部的华年与劳力。

重庆近百万人口中有多少托儿所呢，天知道。少数工厂在劳工福利项下办了托儿所，严格地说，只是"当母亲做工的时候，存孩子的地方"罢了。胜利托儿所是日夜的，每个孩子交二千多一个月，并不算贵，但是并非所有的职业妇女担负得起。这个数目也就与单为孩子雇个娘姨在家里差不多了。而且你也不能为了孩子送进托儿所就撤销厨房，因为一遇到传染病，托儿所便会叫你领回的。

妇女福利社也办了一年多托儿所，学田湾的烂泥马路在雨天赐给孩子们一池臭泥水，让他们躲到低矮的屋里去玩，在晴天赐给他们迷眼的灰尘，他们就爬在那仅有的滑梯上和小车里对汽车招手微笑，还不懂得憎恨那飞扬灰尘的家伙。据说下个月要翻修房子了，款项待筹措呢。这个托儿所如果差强母亲的意，朝送夕接，也要月付一千四百元。

中央团部也有托儿所，专为工作人员儿女的。重庆印刷厂女工多，也有一个托儿所，但只收吃奶孩子，才二十个名额，不久要扩充。

这儿要特别提一下的是妇女指导委员会办的托儿所，曾受到过社会部的奖令。这也是为工作人员儿女特别办的，从吃奶的到四岁为止，一共三十五个孩子。求精中学内坝子上的空气清新，房子又是专为这些孩子盖的，庭园花草走廊天棚，连小盥洗室都清洁异常，保姆们穿得像护士，孩子们每人有托儿所制备三件天蓝翻领的雪白工作衣替换，贵到百元一个的西红柿，保姆也还在很卫生地为小乳儿挤水，为大小孩切片当水果吃。新买一架风琴三万元，孩子们爱它不亚于爱自己的母亲。木制的、棉布制的小玩意很够孩子们玩……他们按照年龄，每个月交四百元、五百元、六百元、七百元、八百元不等，另外交孩子吃的五六升米。所中职员领政府的平价米，薪金则自所中经费中支，这样妇指会每个月贴给托儿所三万元，特别购备费另请。

在记者熟稔的朋友圈中，多少母亲为了艳羡妇指会托儿所，自己跑到妇指会工作去了，以便自己与儿女一同往返，孩子吃得胖，玩得好，母亲做事也安心。

市托儿所早已在传闻中，不知何时能有这个政府办的托儿所来在重庆示范一下。记者曾听见一位长官说："办什么托儿所，妇女在家把自己的孩子带好就行了。"妇女们全有这种幸福吗？只用精神的爱就带得好吗？国家把栽培了的妇女放在家里是上策吗？在战争中只有男人的力量便已够了吗？

我只能闲话托儿所。

（原载《大公晚报》1944 年 9 月 21 日）

谈山城女佣

大量农村妇女跑到都市来当女佣求一口残肴剩饭，本已是社会问题；在她们既来以后，雇用她们的人家天天又感到头痛万分，因为种种条件不合。主佣关系难以和谐，朝来夕去，这便是社会问题了。

重庆的中上层阶级家庭百分之八九十为了女佣问题在烦恼着，尤其是中层的薪水阶级，更难得到可靠而长久的助手。妇女福利社主办佣工训练所所长告诉记者说：女佣们根本没有把公务员家庭看在眼里。当在七里岗"人市"上雇女佣的时候，雇主问她们家世，她们也会问雇主：你们是做啥的？

最使她们听得入耳的是银行，其次是公司商号。犹之男佣工之王是银行当差，女佣工年来也争相寻觅银行洗衣的职业，有吃有住，收入在三二千元以上，多些衣服还可以多得钱。

尽管重庆市上禁赌，她们依然第一问"小费"或"外水"。喜欢洁净的女佣不愿做煮饭带孩子的事，最好是在有大师傅，又有一大群"大娘"的人家让每人分工，她便做那打扫以及在老爷太太身边伺候些小活路的职务。

当佣工训练所想代替旧有的培德堂来改善"人市"时，她们想为女佣谋一些福利，盖新屋，供茶水卧具，使她们有家可归，而且定了几门课程教她们礼义廉和，清洁卫生，服务技能，一时找不到工作的，可以在所内学习缝纫以所得换取露宿费用。当时还给女佣以及乳母定了几种工资标准。

然而在战时重庆社会的万般纷乱中，这一项工作也难得例外地理得出头绪来。政治上的欠缺效能也同样反映到这个角落上来。由于有钱有力及出钱出力的不公平，社会失去了公道，抄小路的暴发腾达，走正路的贫困委曲，挥霍成为一种性德，节俭受到种种鄙夷。一方面看，似是女佣的自觉激扬，她们有理由、有本能要求好一些的生活待遇，但实际上她们却是这纷乱生活的盲人，择肥而食，专门想为脑满肠肥者奴役，而且也向往"不劳而获"或"少劳多获"的小路上钻。

目前在"人市"上的索价漫无准范，从一千到二千三千，随口说价，一千元以下的可以说没有。只有些难得做久了的女佣，今日月薪仍在五六百元光景，这需要主妇的温婉，女佣的少交际，以及左邻右舍没有暴发户才能维持。一位精明的主妇对记者说："我是尽量少要女仆出外，而且少让她闲着，就可以少出是非了。"这种心计是自私的，如果她的丈夫是安分的公务员，又有一大堆孩子，家庭预算限制住她的德行，她又有什么办法呢？

阿特丽女士到中国来曾经惊讶中国上层妇女的懒惰，十指纤纤，可以闲散一生。这种妇女在重庆市上仍然不少，起居要人伺候，牌桌上要人伺候，无时无刻不要伺候。然而对生活日益艰难的家庭主妇，有些责备对她们是过苛的。中国的厨房没有外国厨房的科学设备，开门七件事没一件不是花钱费事得来。孩子身上的衣鞋现成的买不起，要靠母亲的十指，做母亲的恨不能长出三头六臂来。

在重庆雇女佣之难已映到话剧中，事实上为了孩子偷窃的事也层出不穷。不久以前张家花园陈姓家中被女佣勾通丈夫偷窃后，尚在蚊帐上放一把火，企图灭迹，幸被扑灭。因此"找保"已成了女佣的麻烦问题。女佣有的来自乡间，人地生疏，雇主却为了自己的安全，非要保不可。

每天在"人市"上待雇的女工不下三百多人，但成交的不足百人，不能算是求过于供。她们的"过高"要求也不是没有理由的：平价布难买，家里有儿女要赡养，乡间柴米油盐比城里还贵，穿一双布鞋要多少成本。女佣之中，抗属要占百分之二三十以上。丈夫打国仗去了，妻子种不动土地，只好离乡背井地出来，她们还不应该要求较好的待遇吗？

人市上的雇主不只主妇，也有先生老爷亲自去雇的，特别是住在近郊的住户。对于下乡，这又是一个难题，女佣多半喜欢城内，找熟人便当。多少老油子不轻易上工，怕钱少，怕规矩大，怕主妇精明。某机关总经理曾经亲自到市上请人，小汽车把女佣送到化龙桥家中，翌晨还是扬长而去。每个女佣的要求不同，有的喜欢川人，有的喜欢下江人，有的喜欢尽量为金钱服役，有的却高兴与主人同桌而食。

佣工训练所所长说：我们想给她们作精神讲话，比上天还难，赶也赶不进来，人又流动得厉害。她们求事心急，做事为了找钱，越多越好。有些暴发户愿意花二千三千，我们不能拦着不放啊。

训练所的桌椅黑板被寂寞地搁着，不能发挥作用，在是非黑白不分的世界，在人欲横流的世界，精神道德的说教如果能奏效，那倒成为奇学了。

这是社会问题中的社会问题，诅咒是无用的。

（原载《大公晚报》1944 年 10 月 8 日）

毛泽东先生到重庆

人们不少有接飞机的经验，然而谁都能说出昨天九龙坡飞机场迎接毛泽东先生是一种新的体验。没有口号，没有鲜花，没有仪仗队，几百个爱好和平自由的人士却都知道这是维系中国目前及未来历史和人民幸福的一个喜讯。

这也许可以作为祥和之气的开始罢。

机场上飞机起落无止尽，到三点三十七分，赫尔利大使的专机才回旋到人们的视线以内。草绿的三引擎巨型机，警卫一面维持秩序，一面也没忘了对准了他的快镜头。美国记者们像打仗似的，拼着全力来捕捉这一镜头，中国摄影记者不多，因此倒强调了国际间关心中国团结的比重。塔斯社社长普金科去年曾参加记者团赴延安，他们也在为"老朋友"毛泽东先生留像。昨日下午六时有重庆对莫斯科广播的节目，普金科看看表，慰心地笑了。

第一个出现在飞机门口的是周恩来，他的在渝朋友们鼓起掌来，他还是穿那一套浅蓝的布制服。到毛泽东、赫尔利、张治中一齐出现的时候，掌声与欢笑声齐。延安来了九个人。

毛泽东先生，五十二岁了，灰色通草帽，灰蓝色的中山装，蓄发，似乎与惯常见过的肖像相似，身材中上，衣服宽大得很，这个在九年前经过四川境的人，今天踏到了抗战首都的土地了。

这里有邵力子、雷震两位先生，这里有周至柔将军，这里有张澜先生，这里有沈钧儒先生，这里有郭沫若先生……多少新交故旧，他们都以极大的安定来迎接这个非凡的情景。

"很感谢。"他几乎是用陕北口音说这三个字。当记者与他握手时，他仍在重复这三个字，他的手指被香烟烧得焦黄。当他大踏步走下扶梯的时候，我看到他的鞋底还是新的。无疑的，这是他的新装。

频繁的开麦拉镜头阻拦了他们的去路，张治中部长说："好了吧。"赫尔利却与毛泽东、周恩来并肩相立，抚着八字银须说：

"这儿是好莱坞！"

于是他们做尽姿态被摄入镜头，这个全世界喜欢看的镜头。

张部长在汽车旁边说："蒋主席已经预备好黄山及山洞两处住所招待毛先生，很凉快的。"结果决定毛先生还是暂住化龙桥十八集团军办事处，改日去黄山与山洞歇凉。

毛、张、赫、周四个人坐了美大使馆二八一九号汽车去张公馆小憩，蒋主席特别拨出一辆二八二三号的篷车给毛先生使用，也随着开回曾家岩五十号了。侍从室组长陈希曾忙得满头大汗。

记者像追着看新嫁娘似的追进了张公馆，郭沫若夫妇也到了。毛先生宽了外衣，又露出里面的簇新白绸衬衫。他打碎了一只盖碗茶杯，广漆地板的客厅里的一切，显然对他很生疏。他完全像一位来自乡野的书生。

他和郭先生仔细谈着苏联之行，记者问他对于中苏盟约的感想时，他说：

"昨天还只看到要点，全文来不及看呢。"我以为他下飞机发的中英文书面谈话甚为原则，因此问他：

"你这谈话里没有提到党派会议与联合政府，这次洽谈是否仍打算在这两件事上谈起呢？"

他指着中文书面谈话说："这一切都包括在民主政治里了。还要看蒋先生的意思怎么样。"

对于留渝日期，他说不能预料。他翻看重庆报纸时说："我们在延安也能读到一些。"他盼望有更多的记者可以到延安等地去。

张部长报告蒋主席电话里说：八点半在山洞官邸邀宴毛、周诸先生。因此张公馆赶快备办过迟的午宴，想让毛先生等稍事休息后再赴晚宴，做世界所关心的一次胜利与和平的握手。

（原载《大公报》重庆版 1945 年 8 月 29 日）

附：毛泽东先生来了！

——《大公报》社评

昨日下午三点多钟，毛泽东先生到了重庆。毛泽东先生来了！中国人听了高兴，世界人听了高兴，无疑问的，大家都认为这是中国的一件大喜事。

"为今日的中国人民，真实光荣极了！"在抗战胜利到来之日，我们就曾说过这样感激的话。近来国家的喜事接二连三地来，真实令人喜不自禁。日本投降，抗战胜利，是一喜；中苏订约，结为盟好，是一喜；毛泽东先生翩然到渝，又是一喜。毛先生为何而来？是应蒋主席三次电邀而来。蒋主席致毛先生电，说："倭寇投降，世界永久和平局面可期实现，举凡国际国内各种重要问题，亟待解决，特请先生剋日惠临陪都，共同商讨。"又说："抗战八年，全国同胞日在水深火热之中，战方告终结，内争不容再有。深望足下体念国家之艰危，悯怀人民之疾苦，共同努力，从事建设。如何以建国之功收抗战之果，甚有赖于先生之惠热一行，共定大计。"现在毛先生来了，他下飞机时发表的书面谈话，说他的来是为了："保证国内和平，实施民主政治，巩固国内团结。"请想：在抗战已告胜利，盟友业已结成，我们能再做到和平、民主与团结，这岂不是国家喜上加喜的大喜事！一切好事，有的已经到来，有的已在开始，循此发展，国运开拓，前途无量。为今日的中国人民，真实光荣极了！

毛泽东先生来了！蒋毛两先生于昨晚重新握手，他们两位一定有无限的感慨。他们两位的会见，关系目前与今后的国运极其远大，自今日起，一定有一串的谈商，我们可先不作内容的推测。毛先生能够惠然肯来，其本身就是一件大喜事。我们高兴，我们庆慰，我们谨以胜利中国言论界一分子的资格，敬表一些高兴与庆慰之忱。

（一）抗战胜利了，强敌投降，河山收复。在历史上，我们不少外寇入侵河山破碎的事。多少志士仁人，民族英雄，立志重整旧山河，有的赍志以殁，有的勉强成功，都是很可感叹的。今天抗战胜利了，全军全民得见强敌投降，河山重光，真实国家民族之大幸。但是，我们的任务，不仅仅在于"重整旧山河"，更积极的，还要我们"建设新国家"。不拘拘于消极的整旧，而锐意于积极的建新，则今后的国是虽然千端万绪，却不难提纲挈领，而得其大道。

（二）抗战胜利了，我们接受这胜利，应该不仅仅限于狭义的报仇雪耻，还要更广义地认识抗战胜利是一大革命。这次大战，对全世界都已起了革命的变化，尤其在我们几个主要的盟邦更起了显著的革命变化。在美国，为尽其世界民主国家大兵工厂的任务，供应广大的世界战场的需要，在工业上起了大革命。又由于原子弹的发明，在世界科学界起了大革命。美国大大的进步了，她要想退回战前的旧样已不可能。在英国，由于工党获得人民的选择，英国已在胜利中起了社会大革命。这革命是建新的，是不流血的，无疑问的，英国是大大的进步了。中国呢？八年苦战，濒于毁灭而新生，当然也已经起了革命的变化。我们应该有慧眼看得出，我们更应该有决心有勇气向革命的方向走。胜利后，大家喊复员，人人想回家，是理智，也是人情。但是，我们却不厌重复的提醒大家：复员不是复原，回家不是享福；我们应该自为时代的主人，向前进步！世界在革命前进，中国也必然如此。国内一切事，像似头绪纷繁，难于就理，但是，只要我们有慧眼看出时代主流，有决心有勇气向革命前进，则一切感情恩怨，历史微痕，真实渺乎其小的不足道了。

（三）说来有趣，中国传统的小说戏剧，内容演述无穷无尽的离合悲欢，最后结束一定是一幕大团圆。以悲剧始，以喜剧终，这可说是中国文学艺术的嗜好。有人以为艺术可以不拘于一格，但中国人有他的传统偏爱，我们宁愿如此。现在毛泽东先生来到重庆，他与蒋主席有十九年的阔别，经长期内争，八年抗战，多少离合悲欢，今国家大胜利之日，一旦重行握手，真实一幕空前的大团圆！认真的演这幕大团圆的喜剧吧，要知道这是中国人民所最嗜好的！

（原载《大公报》重庆版 1945 年 8 月 29 日）

回到了汉口

——回乡通讯之一

载着五百多个政府机关①及报社等接收人员的民联轮九月十五日离渝，居然一路顺风，十九日午后三时便停泊在江汉关前的码头边了。

这些人多半是与武汉暌别了七年光景，还乡的体验是激动的，也许这还不是家乡。当江面上可以望见一些挂了白旗的日本小型兵舰的时候，当栉比的屋舍出现了的时候，当蛇山的峰峦在秋阳下作午睡的时候，民联轮上的乘客们情不自禁地倚栏微笑，有人心酸，有人指手画脚，有人寻找着黄鹤楼的巍影。

老武汉人发现日本喜欢红色砖楼，有不少建筑是涂成了那触目的颜色，就在黄山楼附近也添了不少日本情趣。

我们这只船是约好由日本兵舰来远迎到武汉的，这只小兵舰在前一夜到了城陵矶，十九日一直跟在船后走，快到时由它在前面领路。船上一面中国旗，一面日本旗，一面日本海军旗，他们似乎是故意把中国旗悬得很低，做一种无可奈何的报复。

原来曾经盛传汉口将对民联轮有一番盛大的码头欢迎，因此船上只准备好了"中国抗战胜利万岁！"等两三个口号。但是出人意料的，站在囤船甲板上，首先看到"民联"的，却是五六个日本旗，他们看见船栏边的人群，听到中国孩子们向他们说"滚蛋，滚蛋！"便意兴索然地走回去了。

三声口号只引起一点回响，以致要领导喊的人飞步跑到江汉关边，把麇集

---

① 这里所写的政府机关，是国民党政府的机关。

在那里的苦力、车夫、贫儿、洗衣妇煽动了一下，叫他们给我们作拉拉队，这才增加了一点点回音。这也可以算作导演吧。

"九一八"日军在汉口正式投降，报纸对受降典礼颇多渲染，但事实上日军的炎威似乎尚未消杀，枪和刺刀依然随身带着，不过对于中国人民不再威吓就是了，有的坐了黄包车在马路上飞驰。傍晚日兵们在河岸上洗澡。入晚，江汉关里的日本军官们还在弹琴作乐，琴音传到船上。我们的接收人员多么不够，很多汽车和三轮车们在由日本司机驾驶，坐的是我们的军政人员，有人担心会因此损失多少战利品。

我们从甲板上跳下来，没有人可以拥抱，没有人可以相对注视，只是一种孤独的欢欣之情。走过长长的破烂跳板，这才看到了我们的人民，他们在欢迎我们。尽管也许是顺便欢迎，但他们确实是笑了的，而且笑得相当苦呵！

我们的人民：乞儿，在江边污水里淘气的肮脏孩子，拾垃圾的人们，小贩，苦力，黄包车夫，走近的过路人……我望了几眼他们的面孔，在穷愁痛苦之中，泛出一点天真无知的微笑。除了力夫向我们要箱笼提，除了黄包车要捉坐客，除了小贩想销一些并不合这些贵客们口味的平民化的零食，他们还要求这些回来的人们做些什么呢？替他们做些什么呢？他们有没有意思要脱离穷愁病苦的大海呢？

在他们一些天真烂漫的"好好好"的欢呼声中，我挤进了他们的重围，又冲出了重围。我脸红，我害羞，我要落泪，我真不好意思像英雄似的，大踏步向他们走近，说是我们光荣地凯旋了。

我挣脱了我的好心的拉生意的力夫、车夫们，走在江汉街上了，一直下去，乱转一些弯子，江汉关上钟声朗朗。有一半以上的店家没有开业，有开业的门口贴了欢迎国军、盟军，庆祝凯旋胜利的红纸条。

《武汉日报》复刊。一大张，白报纸，字形有点日本化，加了几张并不十分清晰的照片。拿着这样一张漂亮的报纸，有些读者或者会满足。可是我想，作报的人却不会引为满足。什么时候我们的作报技术可以完全在国家的工业化上也挺起腰来？什么时候我们的新闻内容可以完全反映人民自动的意见与呼声，而不只是一些上层的反映与官报官令！什么时候新闻纸会变成我们加速建设国家途程中的活报？

民联轮的五六百人繁荣了汉口！碰巧自今天起刚刚第一天使用"老法币"。"伪币"的折价纷乱之极。前些天曾到过法币一百折合伪币二万多的价格。这几天一跌再跌，跌为一百折合一万五千了。马路上做这种兑换生意的人多极了。小市民们似乎在尽量消耗伪币，在小摊子上买些粗布。猪肉一百六十元法币一斤，米四千元一石，麻油百元一斤……重庆人也许认为很相因，然而这儿的劳动者们却在叹息米粮贵了，而且仍在以伪币索价，动辄几十万的用在交易上，这才真是天文学的数字啊。家家铺子在打算盘列表格，重新给货物标价，日本货的商标也很自然地留着。

伪币价格的跌而多涨，真是畸形又病态，应该赶快定出伪币价格来。

回来的又是老爷太太少爷小姐，吃的无不罄囊过了一下鱼虾蟹的瘾，法币百元光景可以吃一盘炒虾仁或烩鱼等，螃蟹因为芜湖尚无轮船上来，极少。女招待还很流行，她们可以月入二十万元伪币光景的小费钱，合现在的法币一千元以上。问她们日兵特别难伺候不？回答是："越会说中国话的越坏，越有中国翻译的越坏，喝醉了动手动脚的自然也有。日本铺子里才下流。"侍役们也在争相以伪币购买银圆，有人以六万四千元买了四个，合法币四百元一个。

抽香烟的人得救了，小大英二十五元一包，虽然不一定是真牌子。车夫们看到新客们嘱咐随便给，结果很多人变成了"洋盘"，吃了亏，这也就等于还乡人唯一的对人民的赐福。

电影院、戏院照常开演，电影票四十六元、六十元一张不等，上海片子多，大街上找到很少几位盟军。

"摇身一变"的事太多了，伪军变成了地下军，神气地维持秩序。日本人主持下的大楚地汉奸报纸，一变而为华中报，全班人马。伪官们也在四出钻营，《武汉日报》中大声疾呼要严惩汉奸，以辨忠奸。汉口还是在黑暗中，不只是为了缺煤无电而已。武昌汉阳尚未及去，明天中秋，民联轮休息一天，同时卸货接货，换熟悉下游水道的领江，船上许多茶房是第一次到"底下"来，一面孔孩子气的欢喜。这第一条正式还乡的船总算顺利而又秩序良好，船上经理到处请求批评，这倒是好作风。只是名为只搭乘各机关接收人员，而结果有些机关冒名顶替的家眷仍然不少，聪明人处处想沾光，何况还乡甚至浑水摸鱼呢？

入夜，汉口难民区起了一次大火，据说是日兵放的，烧了一个钟头熄了。江岸上有疏落的一两声枪响，是哪个大和子孙又自杀了还是向中国人示威？就要在汉口度末一个中秋了，傻小鬼，不看见满街的月饼吗？

九月十九日夜于"民联轮"上
（原载《大公报》重庆版 1945 年 10 月 7 日）

京苏一带
——还乡通信之二

　　记者这一周来在京苏一带小住，也曾从高搭的牌楼上，从橱窗的盟国领袖会议的照片上，从挂了书包的小学生们的笑靥上，窥见了一点收复区的喜气，但是最发财最得实惠的是饭店老板与百货商人，他们像重庆商人接到美国顾客一样，胜利也给他们带来了使用"老法币"的财神。

　　这就刺激了收复区的物价，一与二百之比，公用事业及百货突然以法币计值，但是人们手里有的是如同废纸的伪钞，天文学的数目字吓死人。譬如十月一日刚公布的邮资加价九倍的消息，在后方也许不算什么，然而在收复区的人们说：二十元平信便是四千呀！快递挂号七十元便是一万四千呀！信也寄不起了！

　　国军到南京不久，皮鞋价格便涨了三分之一，京苏一带更因接收大员的莅临，酒楼座常满。就算一个大兵，拿出千元法币的一张纸来买些毛巾内衣之类杂物，居然还有得找补回来，无不露出一张遮掩不住的笑容说："真便宜呀，在后方吃一碗面便没有了！"

　　拿一位苏州普通小学校级任教员的待遇来说，每月只三斗米及伪钞薪金六七千元（合法币三十余元），最近听说米将取消，可得全部薪金一千五百元光景，加算是比以前加了，可是仍然是与物价作龟兔赛跑。

　　当记者初来苏州时，金价只合法币三万多，几天工夫突破了五万，不少人在这上面不劳而获，也有些乡愚们想占便宜却错买了黄铜首饰。玄妙观里的茶园前几天成了交易伪钞、法币、银圆、金饰的投机场所，法币价格高到一比二百四十或三百五十，银圆声音哗啷哗啷，到处有人伸出手来兜售关金或是闪亮的金首饰。但是这几天已然绝迹，因为对扰乱金融者会加拘捕。

只有这些发横财的本地人才上馆子吃点心，听弹词，看电影，百分之九十以上的苏州居民大多在伪钞疯狂发行之下无以为生，敌伪给苏州人带来几种自由：大烟、白面、麻将、牌九、押宝、妓馆……在任何一条小巷子里，你可以瞥见三四桌沿门而设的麻将桌，在厅堂里面的就更不必说了！

这儿也在诅咒国难商人，囤积居奇而作了暴发户的不在少数。高利贷大得稀奇，有十天一算者，大致放出一万元伪币，每月可收利息少则三四千元，大则五六千元。

今天是十月四日，苏州城内自清晨起至午间戒严捉汉奸，白须老翁有之，鸦片烟鬼有之，都是些从棺材里倒出来的贪官。捉汉奸也兼及捣乱收复区秩序者，例如在这几天去私自购买日军物资的也在被拘之列。在一般人民之中，称快的与叫苦的各半，曾经为了生活而担任过小小伪职的无不岌岌自危。

苏州日军由国军九十四军第五师于十月二日缴械，接收军械仓库三所，枪炮弹药也不少。该师师长为李则芬，第五师曾转战南北战场，尤其是日本投降前三个月在湘西武阳一战，更为意义重大，给我第三、第四方面军解过围，保卫了芷江战略重点。现在车站及通衢皆由国军及宪兵守卫，未走的日军已然徒手。我不知道他们对于这些菩萨心肠的苏州老百姓是否不无恋恋？因为据一般人对记者的回答，他们都对日军的印象平平，甚至商人们竟有称他们很"规矩"。这种与异族侵略者"合作"的情形是十分值得深思的。

苏州这天堂似的小城市，在八年来更没落更可怜了。小百姓在地主阶级压迫之下平添了日寇的榨取，与日寇握手的自然不例外的是那些养尊处优的，在敌伪合作下愈趋"殖民地化"，小学生五六年级即日文，悉由日人教授；烟毒赌风横流，失业者成群，青年人、壮年人都在"混"，混一口充饥的口粮。观前街上的乞丐比八年前更多了，他们会盯在你背后说："好小姐，好先生，给一个大饼的钱吧，就当作给一只小狗吃！"还有多少取悦于对方的祝词，这种"自卑"使一个并非久居于此的人会引起战栗。

老年人、壮年人、青年人一同堕落。这并不是巧合，记者发现亲朋中大多在八年里境况大不如前，人与人间的关系更形冷酷，至亲中挪借伪钞亦必放押物并计息，儿女忤逆父母，代售旧物亦必取佣金，欺诈谎骗，无一不有。小地主们多出售田产；少奶奶为了染上阿芙蓉而流落街头卖大饼，向昔日嫁出的丫头乞怜；旧日的悍婆今天在闹市乞讨。神经病患者尤其多，但是没有疯人院可送。有全家服毒自杀的新闻，也有经常用糠粥果腹不算新闻的新闻。

伪币定价，当地报纸《明报》《苏报》均标着"财部安定人民生活"，但是十天之内，眼看着物价抬高百分之五十，可以说是"有法币的人有福了"。京沪车在十天之前还是秩序失常，满车的跑生意人，甚至揩油坐车，因为根本不查票。在南京下关站上，大因为青黄不接，以致尿粪满地，臭水横流，清洁夫都找不到。二等车三等车不分，一律椅背上行李架上也是人，人碰人，人碰物，物碰物，彼此詈骂找寻赔偿。出入是以窗代门。近日京沪车价规定出来，比往昔加了五六倍，听说也查票了，秩序这才转好，否则真令人觉得那不像复员，而像逃难。何况降而未去的日军也在铁皮车外虎视眈眈地瞧着车站内外这一片紊乱，他们也许在心底轻声讪笑吧。

收复区中的物价及民生，是今后的一大课题，芸芸众生，不事生产，碌碌地追逐非法商业利润及子金，这些坏现象应该停止了。

十月四日在苏州

（原载《大公报》重庆版 1945 年 10 月 9 日）

重庆四十四日的毛泽东

毛泽东来渝共计四十四日，但其原定计划则为十天。来渝及离渝之日，均为清朗长空，和风送爽。

张治中部长市区寓所桂园，邻美军魏德迈总部，早属车水马龙之地，自供毛氏作城居后，乃更川流不息。桂园内略具花木，独绝丹桂，中秋时节，并无木樨飘香。

蒋主席①约毛氏共谈，先后在十次以上，闻第一次握手后，即表示恢复民国十三年合作精神。

毛氏以城中红尘扰攘，始终夜返乡居。其地在红岩村之上，十八集团军办公处所在，毛氏来渝后，新环竹篱，略增警备。下汽车至其地，尚须循小径步行五分钟。

团结商谈，毛氏虽未直接出席磋商，但是项烦琐已深刺激其神经，每每午夜不眠，需服安眠药片少许始能入睡。

毛嗜纸烟，手执一缕，绵绵不断。到渝的朋友大多有以舶来品赠之，座上客恒发现其敬客者皆名贵品。

九月底，雾罩山城，秋雨频频了，气温顿降。毛氏来时未备寒衣，间会在渝添制少许。

毛氏寓所处新建一礼堂，中秋日举行落成典礼，有盛大晚会，毛氏是晚并

---

① 蒋介石当时任国民党国民政府主席。

参加跳舞焉。

毛氏会客至多，尤喜作长时间之交谈，每一问题反复研究，至满意始止，故在渝期间无日不在谈话中度过。

渝中友朋，咸感一别二十载，毛氏湘音无改，故十月八日军委会大礼堂里，毛氏谈话，全部听懂者亦不多，唯其强调"和为贵"一点，则悉能领会。

蒋主席指定侍从室拨大汽车及吉普车一辆供毛氏使用，十八集团军亦有汽车一辆。此三车入市，恒首尾相接，作团结状。

毛氏生活简单，对米面均无偏爱，在北方吃惯了麦面小米，彼虽生自鱼米之乡，来渝后对大米亦殊淡然。

毛氏公余喜静，红岩村宿地已半入山，犹频谓不堪烦扰。

有以谈判进行过缓质之毛氏者，答曰：几十年留下的问题，几十天谈妥，哪有如此容易的？！

（原载《大公晚报》1945 年 10 月 14 日）

南京飞鸢

——还乡通讯之三

　　十月七日记者又自苏州折返南京，候机去北平。在京未曾遍访在重庆久已熟稔了的中枢要人，我只是一个夫子庙左近的陌生的旅客。

　　今天十一了，双十国庆的热烈庆祝还在继续，各娱乐场所免费招待军民三天，因此每一家门前无不挤得死去活来。鞭炮生意依然兴隆。在下关日军集中地一带，我们的淘气孩子用燃着了的炮仗向尖帽子的日军身边投掷，似乎想把八年来隐藏的仇恨一起爆炸，倒也不见得合着什么伤害的恶意，徒手的日兵有时还霎霎眼，向中国孩子们作顽皮的微笑。正当秋高蟹肥，菜市上日兵们也时时去采购百元五个的蟹串。武器交出以后，他们的面容也如同秋阳一样和煦起来，叫人对于和平世界怀着一个美丽的梦想。

　　昨天的国庆纪念庆祝胜利大会是在明故宫飞机场举行的，各首长及各界代表同时谒陵，人们在"空军空运队"的乳色大楼边入场，向一排排新装备的新军们及阅兵台走近。新兵之中夹有骑了日本高大军马的军官们，在游行的队伍中，这些听话的日本军马也会随了部队的步伐一齐前进，军马有知，我不晓得它们会有什么沧桑之感。

　　南京老百姓指着新六军的士兵们议论纷纷，有个女人说："他们穿得很不错呢！"当他们捎枪游行的时候，在色调上确实不同往昔，但是在体格上仍然未能一律够标准或雄赳赳，这就并非一朝一夕的事了。庆祝会上有伞兵一大队作降落表演，头上所戴钢盔飞落不少，也许是太大之故。

　　国庆节午后何应钦总司令举行鸡尾酒会及宴会招待盟邦及本国人士，晚饭后并举行舞会，舞伴在南京不乏，少数歌女舞女们也"荣幸地"重庆国庆。何总司令特别下了临时为中国军人开舞禁的命令。

晚上像"金谷""凤凰"等带舞厅的酒家均告客满，西菜每客三百一十元跳为五百元，且军宪各界一包数十座，以致茶房怕少收小费而抱怨着。就在双十以前，金陵的歌女们早以赴抗战军人们的呼唤为荣，雅座里不时飞腾着清音高唱，闹得一些盟友们莫明其土地堂。妓女名亡实存，到旅舍来兜生意的很多，有的改名为向导，索价更高。她们的酬报单位为关金。当她们苍白了脸在早上从客人房间里溜出去的时候，还要被茶房唤住分肥。

新旅馆、新酒店甚至新理发店均以神技出现。"一乐也"的老板自称来自重庆，重整旗鼓，新旅馆以"八年为抗战停业"为号召。新饭店的豪华使我觉得重庆的嘉陵宾馆与胜利大厦也未免太寒酸了，侍役、女侍、开门的侍童，不一而足，女侍是藏青呢子西装。连小吃部门也是玻璃桌面或是丝绒靠垫的"火车间"，杯碗盖出奇制胜，无不用银托，使你觉得中国的金属真多，吃饭似乎为了吃金属。而大玻璃窗外，而有参观这豪华场面的乞儿，车夫与路人。

重建南京的工务计划已经见报了，十二个路工大队就要修补马路和疏浚下水道。让我们从几条柏油马路走出去，便可以看见坎坷不平的"不近代化"的市街，尘土飞扬，破墙倾圮，就连踯躅在那里的人群，也仿佛与闹市中的隔着一个世纪。

收复区的人们看了新军兴奋，新军们在街头、在戏院、在酒店的威风应该分给死伤的将士，死的完了，伤的还在后方各休养院里，在重庆不就有四五千荣军么？我怀念他们，让他们用一条臂一条腿或一只眼触摸一下收复区的土地和人民，他们会喜欢得掉泪的！

复员不是复原：不是笙歌，不是酣舞，不是狂啖，不是狎妓，不是挥霍，不是豪华……

十月十一日在南京

（原载《大公报》重庆版 1945 年 10 月 17 日）

第四章

故都残影

——战后北平见闻录

沉默的访问

——北平日军日侨集中营一瞥

　　谁能说出北平有多少日军呢？恐怕日本最高级的军官也说不出来。记者得自中国官方的报告，便时而八万多，时而七万多。据十一战区长官部日本徒手官兵管理处马处长的说法，又只剩三四万了。日本居留民团石川向记者说，在北平有家属的日军可以解甲为民，因此日军人数减少，日侨人数增多。他也不讳言有些日军是跑向另外一个地方去了。

　　不管多少人吧，日军集中营是在西苑与丰台成立了，通州的也将俟国军接防后成立。最初称战俘，后来日军抗议，管理所奉何总司令电令改称徒手官兵，最近听说又要去掉徒手二字。

　　日军与日侨的集中处所都在"新北京"的新市街，日侨八千人，日军随来随走，经常总还有一千多。过了燕大，街上行人便多木屐儿，日妇多有穿旗袍的，根本不易辨认。"新北京"原是日人建来以疏散人口以防轰炸的。

　　没有招牌，只看见围着电网的兵营外面簇聚了出售花生柿子的小贩——实在是乡民，他们看到汽车里面走下来的是草绿衣服的人，便一哄而散，手里拿着一件衬衣，一包洋火，或是一些别的零星物件。布告板上贴着带进营来的东西不该随便销毁，必须交给长官部，无奈一个营里只有四个官佐，十八个士兵，看不周全，他们尽多凿墙以物易物，或在房后空地上烧掉，以致全营房都嗅得到一阵焦臭。

　　有些人被投降后的日军的"执礼甚恭"灌了米汤，的确他们敬起礼来甚为有劲，喊得尤其响亮，但是为了慎重起见，马处长、刘副处长巡行全营时仍不能不带了自己的荷枪卫士。徒手兵并不徒手，一中队仍可有六支或十支枪由他们自卫。

这里的日军官兵自有组织，设了一个委员会，管理所所长原想叫主持人称正副委员长，马处长说："还是称副主任委员吧。"于是前北平日本宪兵队队长赤穗津做了主任委员，高桥刚副之。凡是与管理所商洽什么事，都找他们两人。当我们去参观他们的营房时，赤穗津正穿了衬衫与同僚在室内取暖闲谈，看到马处长来了，赶快穿上制服接待致歉。宪兵队以前在北平作恶多端，而现在这位队长居然也回复了人性，只有被害者的伤痕是他的战罪证据。

所里最忙的时候是一个命令下来要在一二小时内办就回国士兵的表册，发给上船的许可证，有时是在深更半夜，因为他们自清华园出发总是在清晨。

布告板上有一条是长官部留用技术人才的通知，上面写着："凡思想稳健特殊技术具有者……"但当时马处长代保定征求十名无线电士兵，他们回说："已有八十名在长官部了，这儿一个懂无线电的也没有。"他们是回乡心切。

就在今天早晨，刚走了一千多人，转津登轮回国。营房里坑上地下满是衣衫纸片碗盏破箱笼……就好像战争时期他们抢掠时的翻箱倒柜一样。他们在返家之前完全失去了平静，有些明明是完整的衣物，然而为了要回家，什么也来不及收拾，只有"乱如麻"三个字可以说明他们的心情。而且我可以猜出，他们一定是歌唱着在黎明时走出集中营的大门的。

他们每批人在走以前总集会一次，我给他们讲话，要他们对这次战争作沉痛的回想，什么样的人，什么样的日本才适合于未来的世界。他们领队也答词，照例是客套一番，"感谢中国的宽大"。李所长对记者说，尽管仇恨不应无止尽地报复，但是日本侵略者在中国的收场是耐人寻味的。他们将永不能洗掉手上的血腥。

他们的仓库很富足，白米、白面、玉面、小米，这些掠夺者没有受到一点委屈。我们的人民，就以北平市的劳动者来说，多少人漏夜守购玉米面而不得，他们不会知道这儿的掠夺品却堆积如山。厨房里正在作炊事，大桶子肉汤里有白菜、胡萝卜，肉片之多就是我们公务员的饭菜里也少见。他们的一切东西都由军部配给，所以那个浑身是油的胖厨子也不知道他们每人每天伙食费几何。

初进集中营时，他们以为要在这里过冬，所以一部分门窗都修理起来，如今陆续回国，他们便懒得动了，所里的命令是"只准修理，不准破坏"。有几间营房里还有火炉，没有煤，他们便尽量烧木柴。也有的用洋油桶敷泥，烧木炭，和日本式的瓦钵差不多。

对门便是日侨集中营，妇人孩子有到日军这边来嬉耍的，往还似尚自由。日军文官照章可以携带家属，所以他们入集中营时可以一块儿来。日侨集中营有七八千人，二十人住一间大房间，炕上铺席，仍有"他他密"的意味。日妇们各自在小火上烹调，她们有的来北平已七年，能说点北平话了。我问她们参加国防妇人会了吗？她们说那是一定得参加的，如今那团体自然取消了。

他们有医院、新闻室，报纸只有日文版的《华北日报》，新闻室的一个日侨听说我来自《大公报》，连说"我晓得这个报"。

日侨自设露天摊子，卖些花生、柿子、鸡蛋之类，日军过来照顾生意的也不少。

日军在不断地来，有的推了板车。记者也许是集中营里稀有的女客，他们有的扮扮鬼脸。我宁可做一次沉默的访问，也没有对他们任何一个发问题，一则陌生的人从何说起，更何况，这所谓"和平沦陷，和平收复"的故都，血迹与仇恨叫和平的糖衣掩盖住了，我不稀罕听他们的假意的忏悔，也许他们仍会像我所拿到过的日本居留民团石川一样，依然会发一些中日同文同种、互相提携的妄语。

十一月二十九日

（原载《大公报》天津版 1945 年 12 月 5 日）

王逆荫泰访问记

在王逆荫泰[①] 被捕的前两个星期，记者曾寻访到他地安门外的小石桥寓所，红门上贴得有"中华民国万岁"的标语，开门小童却说这房子归美国人了，要我走马王厂，后来才知道马王厂是小石桥寓所的前门，"侯门"达一条胡同之深，可知其阔绰了。

管门的说老爷上街上溜达去了，汽车已没有在，洋车也有车无夫。记者在一间堂皇富丽有称"王大人"的名人字画的客厅里等待，忽然徐树铮的长子徐审义出来接见，他和王逆是郎舅，过去连任"华北政委会"秘书，又曾任"教育总署"的文化局局长。他的唯一不去后方的理由是看守先人遗书三十万卷，时时以乃弟徐道邻和蒋主席的交谊挂在口上。我问他：

"你们兄弟分在两个阵营里，感情上没有矛盾吗？"

他说不，而且彼此谅解，感情很好呢。他说抗战在前四年不宣而战，"准许你们打仗，不许我们和平吗？"这理论可以记在汉奸历史上。

过了不久，王荫泰来了。青灰色西装，头发也许是为了"政务"忙得花白了。他对于我这张名片十分惊讶。他分明自称近六十的人了，可是社会间流传着他娶德国太太以及与某爷姨太太的秽闻。

"我是待罪之身，还有什么可说的呢？"他说。可是到我们访问终了时却补充道："蒋主席说不问职守，但问行为，所以国民党来我是否有罪还难说，共产

---

① 王荫泰（1886—1947），字孟群，山西临汾人，曾任汪精卫伪政权华北政务委员会委员长。抗战胜利后被捕，1947年被处决。

党来便没有我的命了。"

他述说自己反共的"光荣"历史。民国十五六七三年他任外交次长，曾对苏联加拉罕大使加以"不信任"的批评，给他护照送走，又因苏大使馆包庇中国共产党，而在东交民巷爬墙而入，予以"清剿"。他发挥了一下他的反对共产主义的谠论。

"七七事变时我原在上海做律师，南京失守后才来北平，这儿有老母亲和房产。"谈及他在伪实业部部长任内的唯一德政华北农事试验场，得意非凡，据他说是空前的，记者事后也知道该场规模之大，技术上不无成就，但王逆所说举办目的是为了增加华北民食，事实上在敌伪统治下技术的改进不过是便利敌人榨取，八年来人民所得的是混合面呀！

他曾去日本考察实业，我问他是不是去觐见了日皇，他连忙说："那不是我，而是王揖唐。"

据王逆说，他们一群人的出马，还受过司徒雷登的鼓励，因为怕他们这群有资格有身份的人不出来，坏人出来人民更要受苦痛，于是他们才"我不入地狱谁入地狱"。他竟敢说他们是得到后方支持的，三四年来他就不断帮助戴雨农氏派来的地下工作者。

"我很注意青年，并不是想奴化他们的思想，而是要他们忘了民族国家。"他送给我两本言论集，大半是他对青年的讲演。

他更大一"功"是保持华北政权移交中央，而没交给中央以外的人。他在任"华北政委会委员长"后半年，在八月十日，敌人投降以后，他曾向日人表示他的意志，要日人帮他维持交接时的秩序。在八月十日到双十节北平日军签降之中，他说中共曾有人来游说他，但他都坚定地拒绝了。他要保有华北的八大城市，以便完璧归赵。"中共的政治手段不低"，这是他的结论。

以一例百，汉奸们的丑表功都不过如是吧。他们分明是为了保存并增加既得利益而认贼作父，却要找出许多理由来搪塞，尤能利用政治矛盾来做挡箭牌，想将功折罪。我们人民不要听他们这套表白，而是功是罪，历史自会证明。

王逆的门房曾悄悄地对我说："我们老爷大约不碍了吧？"他想不到今天却

大大"碍"了。国法民情不会饶恕了这群老爷们!

十二月八日追记

(原载《大公报》上海版 1945 年 12 月 15 日)

在病房里的王揖唐

不知是否我们的国法太宽大了，缉奸将近十日，然而王逆揖唐至今还安睡在中央医院的头等病房里。这私立医院而名"中央"，真是怪事，而且它的院长曹汝霖也已被捕，院中办公室里仍然挂得有他的照相。

那个闹牙痛病的伪商会会长邹泉荪却已出院入狱，他也许会懊恼没有也生严重的心脏病吧？他在中山公园开的上林春饭馆却已经掩门了。

王揖唐那间病房每天法币一千元，日夜两班特别看护一共一千六百元，这也只有吸够了人民脂膏的人才花得起，记者亲眼看见一位伤寒病人的家属因为听到特别护士的高价而吓住了。王逆住院已然五个多月，据说至今不能下床。他心脏扩大，有一个时期医生已嘱准备后事了的。他今年六十八高寿，真是马齿徒增啊。他平日满口仁义道德，喜欢引证圣贤之语。

他的病房里，有白漆钢丝床，有自来水的脸盆设备，外房还有他的澡缸与抽水马桶。不懂为什么他那么怕光线，把个屋里遮得顶黑的，完全失去了医院里的明朗之感。桌上有一堆梨，但摆得就像装饰品，似乎从来无人动过，特别护士柯小姐和某机关专派来监视他的张先生领我进去，他不会不知道，却只是闭目侧卧，白须垂额，盖的一床布面被子，真猜不出他是一抽屉房折的主人呢。

"这几天他精神很不好，什么客也不见，话也不说。"柯小姐说，她一度为我拿进片子，也被王逆挡驾了。我想好在他现在已属于被褫夺公权者之流，便在张先生同意之下，代替"记挂"他的读者同胞们去窥了一眼。

自然，他心绪是不会好的，他每天皆向院中借阅本地报纸，关于惩奸的消息一定熟读无遗。他的三个儿子两个女儿都不在身边，两个儿子在外国留学，一个是前些年背了爸爸出走到昆明的，嫁出的女儿全在上海。太太六十四了，正在闹挺厉害的胃病，比他还严重，根本不来病院看他。

他是合肥人，所以随侍在院中的一个老副官模样的人也是皖籍，便终日与监视王逆的张先生聊天，毫无对立神气，并不感情用事，就好比看守一头笼鸟一样平淡。

"王揖唐要他跟我说，"张说，他指指那皖人，"嘱咐张先生睡觉去吧，我不会逃走，也不会自杀！"设身处地想一下，目前的处境也许比自杀还难过。

张说："他的德性是一夫一妻，据说不像别的汉奸一样。我也想和他谈谈时局，可是他像是不愿谈似的。"

那皖籍人对主人的历史真清楚，向我历数他们老爷的旧交。汉奸们全有一个毛病，喜欢拉旧关系，就好像旧关系毫不受他的行为影响似的。

"我们老爷好俭省啊，太太往日买菜都自己去……"

我站在王逆床边一两分钟，对着这行将就木的老人真似乎应该发一点慈悲，可是我记起忠奸应该严分的一些话来，对这些第一流人物我们没有饶恕，在沦陷区八年的人民更比我熟悉他们的"德政"。重庆住着很多荣誉军人，他们便有过严分忠奸的要求。

我不知医生仍可愿提倡一点医德，倘若这世界上没有人肯替汉奸——这样赫赫有名的汉奸治病，没有特别护士来照料他，问题不就简单点？他应不应该在今天尝一点铁窗风味？

我听到一些意识很模糊的话，例如说"他现在是在失意的时候""现在环境变了"之类，人们对于这间接杀人的刽子手竟不觉其血腥，对敌我忠奸的分际不清楚，这种政治教育实在是在过去与现在都太差劲了。

在枕头上思过的人也只有王揖唐，这样的汉奸太福气了！他不要光，他怕光，世界对他暗下来了。

十二月十四日

（原载《大公报》天津版 1945 年 12 月 18 日）

如是我闻

笔者来到北平两个月了，虽然华北是敌人投降以后时局的重心，北平城外烽火在望，这帝都八年来却叨光"和平沦陷和平收复"，人民受的压迫怨气似海之深，但是直接影响整个华北局面的有许多因素，重庆的政治协商会议更是关心国事的人们所焚香祷祝的，当这几天消息传来并不如人们所盼望的痛快时，人们大为焦灼，如同热锅上的蚂蚁一样的老百姓最怕"拖"。

就从北平的气氛来测量政治协商会议，也可以得出一点迹象。我在重庆当记者七年，尚未满处听得"奸匪"称谓，但到了这里，却如雷贯耳。长官部及河北省政府的记者招待会报告以此为报告资料，比重在80%以上，总不外报告"奸匪"的征税征粮征丁征款以及惨杀破坏贩烟毒等，有时只像一个没有时间地点数目字的故事，中国记者没有兴趣问，外国记者追问时，报告的人也无词以对。

最近有一宗报告是说"匪区"鼓励生育，寡妇处女生了儿子由地方上送鸡蛋若干；曲周县强迫妇女慰劳队以口哺饭（喂伤兵），译作英文时还说明 From mouth to mouth，我不知外国记者作何感想，我却觉得羞惭得无以自容，这算是丑诋么？首先自己失了身份，五强之一的中国闹起家务来比孩子打架还要稚气。

又有一次报告是自称谣言，匪区把某种像步枪的鞭炮向北平倾销，供美军燃放。据报告这其中的阴谋是使人们听惯了这种音响时好真假不辨，一旦入城……一位外国记者听了哈哈大笑。

曾开过一个在高级党务人员领导下的北平"各界"反对破坏统一的大会，各界代表结结巴巴读了一阵写好的讲演，翌日新闻稿变成了"全场情绪热烈激愤"，一个参加该会的学生对我说："见鬼啊。"

临时补习班六个同学一度被捕，其他"悄悄隐遁"的人尚多，自然无从见报。北平的学生在关心时局而外，切身的甄审问题也不在其次，到后来当局在太和殿前称他们"亲爱的子弟们"，以致使不少人感动得落泪，赤子心是一片白纸，无限热诚，几年来陆续到大后方去的青年们不是人人以为那里是天堂，一切美好完善么？

贫穷笼罩着整个北平，学生也不能例外，大家习惯了吃杂粮，连燕大号称贵族的学生也啃窝头甘之如饴，学生们的穿着大不如前，请求工读的在一半以上。日前曾有五个大学生穷急智生，也做了一次劫犯，结果在溜冰的时候被抓住了。

收复区存在的新闻检查也是使人民最纳闷的事情之一，报界人士也呼吁再三。有一次熊斌市长公开答复说，因为收复区环境不同，怕不小心走漏了一点消息，被内敌利用捣乱。看样子言论自由之日尚早。

日军逐渐返国，但也还留了不少来维持治安。又如山西，是全国未举行受降典礼的一个地方，因为山西境内日军和他们的武装尚大有借重之地。据山西当局说械是缴了的，但枪支上加盖"晋"字后借给日军使用，以维持治安。和平之初，山西当局曾赠运城之敌七十两黄金作路费，因起初敌人不肯走，讨价百两。据山西来人说，山西当局之优点为坦白，有问必答，十分可爱。第一战区的人奉送第二战区的外号是"七路半"，因为其有些地方酷似八路。

北平汉奸是捉了，名单迄未公布。记者有天碰到主持这事的戴笠氏，他笑说："请相信蒋主席吧，这一切自有程序。"王克敏死在狱中，王揖唐也以心脏病高卧医院里的传说奸与不奸太难分，地下工作者的帽子一戴，抑且有功。为周作人作保请释的信件闻达二百封之多，中国的人情面子真是国宝。闻莫德惠宣慰使初去长春之际住在某大奸之家，乡亲故旧纷纷去说情开脱汉奸帽子，便使得苏联方面大为骇异。

保定石家庄的火车时常遇地雷爆炸，有说是八路干的，也有说根据爆炸情形不像八路所为，或系日军存货，或系中央炸"匪"的飞机所掷，因为徐州机场每天均有飞机出动，给予目标，但因飞机师无法辨认"匪"与民，便掷在郊野算了。

中央大员们来的不少，学生们忙于集合听训，荒废不少功课。宣慰特使张继、鹿钟麟的宣慰，人民只从广播里听到。人民想告诉他们"小米面也吃不起了"；但是无从告诉——你张继大谈其人道与兽道，人民摸着饿痛了的肚皮说："不知道是哪一道。"

城市是孤立的，工厂开工遥遥无期，当局拟从拍卖的敌伪物资去平衡今年度的预算，工厂原料来不了，工厂主对开工甚少兴趣，许多来平公务员就要领北平薪了，但是家眷尚在四川，为之蹙眉，大事小事公事私事，无不仰望重庆的协商会议，仰望各方的诚意。

内战——叶青在一次讲话中硬不许叫内战，要叫内乱，因非双方的过错——使人民痛苦，就是正在主其事的高级将领也无不痛苦，据绥包来人说，傅作义近来看到伤兵就哭，他自己说："我是上岁数的人，怎么这么婆婆妈妈起来了？"邓宝珊在某日会议上发言，会是为了"庆祝"解围，但他无一次谈到共产党。最近他来平，他也关心着政治协商，而且说："我们是摇旗呐喊的奴婢，听太太使唤。"他表示为打内战而痛心。他的留平十载的小姐要记者留言，我给她写："八年来你是抗战将领的女儿，十分光荣，我盼望你继续保持这光荣，鼓励中国军人只应付外敌。"她看了闪了闪眉，她爸爸看了说"好好好，末一句有力。"另一位记者写："民之所好好之，民之所恶恶之。"他们也说"好好"。邓司令夫人子女在兰州一次空袭中殉难，受敌人直接伤害最烈。

物价在飞涨，记者来平两月，平均物价涨了四五倍，是有法币美元的人的世界，可怜一般北平的薪水阶级是联币计值，普通薪水只一万，合法币二千，在"涨涨涨"的飓风中颠簸得快翻了船！一个老头子摸着肚子说："努力，努力，我叫我的肚子努力！"孙连仲长官兼主席说："奇怪，重庆人走到哪里涨到哪里，又和重庆一样了！"救济分署的白面与旧西装，人民不敢仰望。

在北方谈八路为家常便饭，似乎触碰得到的东西一样，而且"奸匪"似乎只是重庆来人加之的新称谓，犹之改马路胡同的名字，总不及旧的家喻户晓，人们对那边的平等，人人有工作，穷人得救等事实予以公道批评。就连邓宝珊副长官也说，"八路和国军俘虏一块吃饭，他们吃粗面，俘虏吃白面，放回来的不少，伤的给我们抬到火线上"。矛盾，矛盾，中国要在矛盾迂回中前进。

一九四六年一月六日在北平

北平近事

一、沉静的故都

重庆就要开政治协商会议，代表云集，全国瞩目，相形之下更显得天寒地冻的北平的沉静，虽然这只是锋镝交叉点中的一个安乐窝。昨天看到中央宣慰使鹿钟麟先生，他首先向我说："这里比重庆怎样？我感觉有点不够活泼似的。"

我不知道鹿先生何所指，的确这儿缺少一切的社团活动，甚至在这大局重点的所在地，在这文化古城里，连座谈会也没有一个，学生教职员们忙的是集会听训，为此耽误的课不少。大后方已经没有了新闻检查，但在这里"虽然已把汉奸背景或共产党背景的报纸取消了，但仍怕万一不小心，某些言论新闻会给予内敌捣乱攻击的空隙"。（熊市长在张继、鹿钟麟二氏记者招待会上对《益世报》记者请求废除新闻检查的答复。）因此这儿十多家报纸的清一色的程度是很高的。只有一家商业日报敢说敢道，登载些民隐，文字比较通俗，颇易卖报。中宣部特派员张明炜对这张报的批评是："共产党的调子儿他们全学会了。"恐怕这报的寿命不会太久的。

人民是无声的，有勇气有能力的已经向告密箱上呈青天，舒了一口气，正在静候好音。但据局内人告记者，控诉的案子一半都是不确实的，人民根本很少清楚内幕，因此都不免事出有因，查无实据。

蒋主席本来留给北平市民以兴奋，到今天报纸副刊上还刊载着一篇《主席的手》，这个天真无邪的学生为了和主席握过手，生出多少梦境，永感荣幸。这使我记起南京夫子庙六华春门前围观蒋夫人宴罢登车的贫儿老妪的欢欣情形。

他们那久藏着的感情，诚朴地直接地发泄出来，一切诉之官感的本能，没有含蓄，没有深觉，民国以前的历史传统在他们身上要有深刻的影响。他们那一时的仅有的真正欢欣是：如今日本鬼子走了，可走了！

大学补习班失踪了六个学生的事至今尚无下文，沉静淹没了一切。青岛文德女中教员费筱芝小姐为了参加中小学教职员学生联合大会的罢课运动（为了要求修正甄审办法及保留职位），出外贴标语，月夜里被警察枪伤致死，青岛的联合大会发出宣言，此间学生已予响应，在××大学里以红笔誊写，贴在墙壁上。

市立中小学到今天方领到一点煤，维持半个月，据张伯谨副市长告记者发煤过迟原因是为了教育局英局长久病，刘秘书上呈文过于转折，先请煤，准了又请自门头沟到车站的运费；准了又请自车站到学校的运费；准了又请劈柴钱，因此拖到了今天，两场雪下过了，学生们的冻疮也烂了，煤才算来了。问为什么不一次请准呢，回答是怕多了批不准，匀着来，这真是一个行政效率的标准故事。

二、美国人的世界

记者有这样一种感觉，或许是错觉，有些人是为美国人而活着的。

就说眼前这个圣诞节吧，平津的筹备招待庆祝不遗余力，天津的要自圣诞起元旦五日止。每天有节目。此间有慰劳盟军酒七千斤，牛肉七千斤，法郎玩具及印有"蒋"字"Ｖ"字的绸围巾……市商会的献礼是花生，不知是否作礼轻人意重的解释？

过去重庆市政当局时常以美军之存在作为食用物品价格上涨的理由，尚少有人深信。但在北平一般人购买力普遍低下的情形说来，不无理由，常见当地的买主，铺子里自嘲地说："喝，在这价钱吓人，可是用法币合不贵，用美元合就太便宜了。"

拉车的乞丐追逐美国人，妓女舞女追逐美国人，在王府井东交民巷的洋车和三轮，很少中国人坐得起。市政府接收了一百多工厂，其中只啤酒厂开工了，因为美国人要喝。其余的因为怕辗转再被接收，市府尚未敢投资开工。

跳舞场、酒吧间突然增加四五十家，且未呈准社会局、警察局便开张了，已引起市政府的注意，决心取消四分之三。张副市长认为国人游乐尚非其时，市风应该严肃一点。

感谢盟友的是挂在他们胳臂上的姑娘们，这些阔客的手面比东洋小鬼或汉奸们的大得多，加速度的洋泾浜，口吸美国烟，穿着只有几个美金购置的新装，招摇过市，其情可悯。只有她们是从切身利害上欢迎美国大兵停留在中国，永远永远！

北平的女学生特别多，骑车的尤其多，当美国兵兴致来了时也喜欢随便"瞎三话四"，他们却无不碰壁，北平的拘谨的民俗刚刚和新大陆的少爷们相反。

华北悬赏找寻历年来失踪的美国官兵，每名十万法币，这是一个颇具诱惑性的数目，因此通风报信的大有人在，希冀得此重赏。

美军在北平的影片正在摄制，以北平的皇室名胜作背景，美军且借演员数人给制片厂，以便增加其真实性。

北平励志社新恢复，也以招待美军作中心工作，每周排定了游艺会节目，款待嘉宾。

市政府特辟胜利商场，供美军购物，货价是以美元为单位的。

北海溜冰场也特为美军溜冰时间。

在如此的盛意之下，美军是十分知情的，已有数十人往第十一战区长官部登记要求志愿为中国服务，现在决定等美国军事顾问团成立后统筹办理。总之中美邦交稳固是没有疑问的了。

三、失业及其他

有人说在收复区有三多：房子封条多，老爷法币多，小民眼泪多。记者深深感觉还有一多，那便是履历片子多。

去问任何一位收复区长官吧，谁不是存了一抽屉的履历片，拉上乡谊故旧，有一丝缝儿便钻，但往往见不到主管人的面，便丢下一张履历片儿，怀着阵希望走了。

行营招考五名书记，报考的有一千多人，报名截止日还差着一天呢。冀热平津救济分署招考几名录事和中英文打字员，也是挤得像是大学考试，男女都以百计，其中大半是真的无业，小半是骑马找马，因为眼前的事在飞涨的物价下混不了一张嘴。

对于一个银行行员可以有五万元法币的薪金成为一种可艳羡的疑问："会有这么高的薪水吗？"北平市政府的年度的预算是一百七十余亿元，市府会计长欧阳葆真正在重庆商洽，市府以下机关学校的行政费能增加几倍，全仰仗在这上面了。以最近自来水由联币加价为法币为例，或许明年度大家的薪金加四倍也是可能的。

目前留用职员都在惴惴不安，他们的试用三个月的限期年底满了，运命握在甄审委员们的手里，市府秘书长杨宣城氏主持其事，各局局长是委员，各机关呈上名册，他们说："这是我们的生死簿啊，看我们奸不奸伪不伪罢。"大约除了荐任以上的，普通的不致大事更动。

平定了几天的物价粮价又上涨了，金银价格也飞腾不已。平粜与救济但闻楼梯响不见人下来，童冠贤署长与河北省社会处的处长屈凌汉氏计划了半天救济计划，然后掷笔长叹一声，对记者：

"东西来不了，全是纸上谈兵啊！"

市政当局却嫌记者们对于平粜和救济的消息发得太早了，我说，那是天冷得太快了啊。北平市平价杂粮一万吨和平价煤末九千吨的消息见了报端，也许可以发生一点望梅止渴的效能的。而借乎两位宣慰使所能给予人民而人民又只能心领的便只有"三民主义是建国的原则，力量集中，意志集中，拥护……"之类。

十二月二十七日大风之夕

（原载《大公报》上海版 1946 年 1 月 7 日）

北平二三事

在收复区，受了敌人压榨那么久的人民无不期望着新人新政，到一批旧官复任的名单发表时，人们纳闷着抗战八年尚无新的干部造就出来，但是隐忍成性的人民也就沉默着，静观这些旧官也许接受了新的教训，会造福人民一点也说不定。

北平受降三个多月了，二百万市民在敌人投降后这些月里身受的事实是粮价上涨十五倍，在法币美金的羞辱下眼泪偷弹，并非出自本心地念着和平以前。从报纸上看救济，看平粜，看冬赈，看调整，看处理……

就说平津冀热分署的急赈吧，办得最迅速而体面的是对教育文化界的忠贞人士，那是经过沈兼士特派员张继宣慰使保荐的，每人洋面百磅，附带恭而敬之的信一封，送到门上。

试看对于贫民的呢，今天（一月十四日）才开始调查，据说二十三日开始发，每"户"十五磅，该署原定办法是每"人"十五磅，在暖厂粥厂里调查贫民人数，不幸中国贫民太多，大家听说竟有白送洋面这等好事，趋之若鹜，竞相登记，原来二十几个暖厂粥厂人数预计为两万，后来竟弄出四万来，就是说许多不去粥厂暖厂讨救济的"次贫民"出来了，于是分署认为穷人不诚实，由那些登记了的贫民失望吧，一下子改为重新调查，每户只十磅了。

不知道有多少老弱残废和天真的孩子们在引颈盼望那每人十五磅的白面，想给自己的穷胃尝尝新呢。那些孩子们不曾在每一场雪后疑惑是老天爷送洋面来吧。

据说北平的洋面有一万吨以上，全在仓库里堆着呢，固然需要赈济的地方还很多，但是我做一道算术：$40000 \times 15 = 600000$磅，也不过合二百多吨吧，只估一万吨之中很微末的一个数目呵，何况救济船只还在源源开来呢。现在协助调查的人以工代赈，每人每天可领面六碗，有知识的总是占先，还可以站在统治的边缘，这事实是说明了。

再看市政府的平粜煤粮。

有良心的新闻记者们，你们应该如何自责呵，浪费了那么多笔墨，在协助官府办那些纸面公事，人们在报纸上谈到平粜何止一个月了，可是十六区方才开始登记二三日，十五日开始售粮，以每个粮店每天售一百户计算，要到来春才卖得完。在每一个区公所里，挤着成千成百的男女老幼，有的携了口袋筐子，以为随登记随买的好事。他们你挤我推，打架吵嘴，为的是玉米八斤，高粱二十七斤，黑豆十五斤，绿豆二斤，谷子八斤（共六十斤，五口以上一百斤），煤末三百斤。他们要忍饥挨冻地站上一大半天才领得到一张配售地点的条子，和户口证上一颗印。有些老太婆们挤来挤去把户口证丢了，号啕大哭。

这长蛇阵完全是重庆买平价米平价布平价香烟的复版！会不会又有人告诉外宾说这是挤购外国公债的行列呢，老天爷！

北平市社会局是只准备了十多天粮食来开办二十多个粥厂暖厂的，不断地和救济分署磋商，由后者借款买杂粮供应。（我们可怜的人民生活水准多么跟不上外国标准的救济呵，人家来的是洋面，我们的老胃习惯是杂粮，人家来的是哔叽毛呢西装，我们习惯的是粗布大棉袄。）

笔者去看过西苑的日军日侨的集中营，他们却是有白米白面大肉的，许多洋记者们都说这比美国兵的生活还好呢。

社会局想为粥厂暖厂筹款，于是演了三天冬赈义务戏，集全体名伶之大成，自李主任熊主任以下的首长们全去了，堪称盛事。

可是好难算的账目呵！两个星期以后还是因为人手不够科长生病把售款封存该局，各机关重要人员戏是看过了（例如市府各局每局送票五张，其他大机关想来更多，且皆包厢池座。），跑龙套小伶们等着吧，蝼蚁一样的穷人们等着吧。

今冬北平几十万学生挨了冻，这笔账应该向谁算呢？又要牵连到主管人的健康了，因为教育局长病了呀！代他办事的刘秘书玩着一种公文旅行的游戏，把请煤，请两段连运费，请劈柴费作接力赛跑，四个公文来回，把个冬天耽误了大半，气得张副市长说："为什么不作一次来，难道要我们把炉子点上火才算完事么？"刘秘书说怕一次请数目太大准不了呀。我想除了他嗜好这种游戏外，他起码并无子弟在本市中小学上课。

好容易发煤了，去问问每个学校校长或事务员吧，第一是秤不够，第二是煤末子多，第三是煤栈（市府主管）上非用他们专有的板车不可，运费比自己雇的贵一倍，运到了一不小心，还偷你一麻袋，在围席缝里藏着好些不卸下来。有一位小学校长取六吨煤，看来看去差得太多，正在迟疑对煤发呆时，办事员知道做得太过火了，又给添上一吨，说是弄错了，其实还是不够六吨。到如今，许多学校以煤末向煤铺换煤球烧……

最高当局来平后手令限期禁烟，于是办法印出，主管人一再开会，禁烟的大典，是元旦焚烟。

终于临时延期了，要费二百五十万元的洋油乎？点交手续不清乎？市府说是奉行营令缓焚的，"复杂得很"。也许是焚之可惜，要全部作为医药之用吧！

各校学生们奉令写禁烟文字，还要定期作街头演讲，而一部分学生家里的上代瘾君子，倒或许可以享有自由了。

（原载《新闻评论》1946 年 1 月 19 日）

三委员在北平

军事调处执行部的三委员到北平四天了，人们对他们的注意与热望不下于对蒋主席之来北平，二百万北平市民之能读报的也许只占十分之一，但一般的都具有很浓厚的新闻常识。三委员像和平之神，他们来的翌日金价、粮价、棉布价格转跌，虽然这几天又在回涨，零售商还在蒙着卖。"看津浦通车的消息"，"看释放张学良的消息"，北平的报章像是时局的温度计，又像炎夏时节枝头的知了，他们喊着，把人民的心给跟着掀起。

北平这笼城，在三委员未来时正在作粮价、物价的涨价竞赛，涨得人们晕了头。市政当局一个劲儿喊平抑惩罚，但是捉几个奸商有什么用呢。平粜与救济面粉如石沉大海，连一丝儿涟漪也引不起来。三委员之来给市政当局解了围，在叶剑英参谋长初到北京饭店接见很多新闻记者的时候，一位官方报纸的记者坦白地对他说：

"您再不来不得了啦，北平二百万人民盼了您多久了。"

叶笑着，于是谈着城市乡村的呼吸相连的问题。叶氏谈到"中国内部冲突本应由中国人自己解决，现在弄得由美国朋友参加帮忙，我们一方面感激，一方面惭愧"。这消息后来印到报上变成叶氏不赞成马歇尔参加的三人小组了，外国记者对此注意非凡，所以十七日上午叶氏在北京饭店对四五位外国记者郑重声明这点。外国记者也一窝蜂地到北平来了，他们最感兴趣的除了目前这执行部的工作外，就是蒋主席在平设告密箱的效果。他们有的要去张家口了，过去他们是偷偷摸摸去，现在随了大局好转，他们可以大模大样自天而降了。为了交通工具不在我们手里，说不定中国记者去反而不大容易。现在很多中共干部和技术人员已自张垣出来，我问："有女的吗？"执行部的政治顾问徐冰笑说："我们的女的到这大城市来得先受一番训练，真是土包子啊！"

北京饭店目前虽非执行部专用，但警卫仍如同战服团包用时一样，美国宪兵在每层楼上守卫，这对于政府代表是司空见惯，这对于中共代表却有点那个。美国代表罗宾逊在三楼，政府代表在二楼，共产党代表在一楼，当局替政府代表找了德国饭店，替中共代表找了翠明庄来下榻，但双方干部仍旧住在北京饭店里，互相联络商洽至为便利，而且非常巧合地郑介民与叶剑英是广东同乡，他们外貌除了后者多一撮黑须外，颇有似是而非之处，都是方圆脸，结结实实的。

郑介民委员是留日学生，他的对手却是留俄学生。郑氏曾继杨宣城氏任军令部第二厅厅长，该厅专司宣传。这次政府代表来的几批人中包括该厅人员、外事局人员、军统局人员及宪兵司令部人员。

郑氏下机后便说要坐火车回去，他也许有把握才说这句大话，"半个月以后津浦通车"的消息已经不仅给予他一个人以喜悦。据说张垣到北平之间，也只有五十里路的铁轨尚未修好。

他们三个委员有时候一起在北京饭店里吃黄油面包，有时一齐出席宴会，十八日午后招待记者们。为了慎重，问题是事先提出的，而且预发出入证，因为办公人员尚未到齐，三位委员尚未正常地到协和医院去办公。想不到 PUMC^①今天为了中国兄弟的协和也来效力。

政府负责新闻发布的是季泽晋，他向记者声明他与中宣部全无关系了，完全算是执行部的人。他的中共对手是龚澎女士，他们在重庆便已很熟，所以工作颇为便利，龚澎自抵平以后每夜忙到三点才睡。《新华日报》颇想在北平出版，据说筹备起来并不困难，只要政治协商会议真的带给全国以和平以及言论自由。

十三日午夜是停战时间，但在这时间的前前后后政府及中共双方都接到不少互相攻击的战报。据季泽晋说：恐怕是难免的，我们的交通通信工具太差，也许有局部通知不到的地方。中共方面则陈毅、贺龙、聂荣臻、粟裕、毕占云，

---

① PUMC，北京协和医院的英文缩写。

全来了"万万火急"的电报（翠明庄装了电台）。十八日三架飞机载小组人员去赤峰、集宁、济南督察停战了，今后继续还要有人出发。据吕文贞十一战区副参谋长告记者，停战令下了两次，一次是限十四日，后来又改为十三日。

李宗仁氏也说中国内争如同一个家庭里兄弟失和，不劳驾邻居劝解也可以和好的，这和叶剑英说法刚好如一，那么在邻居上来帮忙以后，想来好更是指日可待的事了。

一月十七日北平

（原载《大公报》天津版 1946 年 1 月 19 日）

北平岁寒图

　　说是岁寒，老北平们却无不在称道今年的深冬宛似春暖时节。无论这会不会给春天带来瘟疫，眼前好过一点是真的，缺少棉花与煤炭的人们尤其感激。

　　这是经过沦陷八年后的第一个春节啊，照理说，二百万人民应该多么欢喜，多么骄傲。可是，除了天上隆隆的盟机或自己的飞机声音不断，与偶一挂出的国旗外，我想问问老百姓们：你们触摸到我们的国家了吗？你们贴依到我们的政府了吗？这个春节与那些个春节有什么不同吗？

　　报信的腊八过去了，要命的关东糖已经上市了，救命的煮饽饽（即饺子）也快来了。我走在马路上，小胡同里，用不着开口耳朵里到处是"怎么又涨钱啦"的叹息声音。从来不和银行发生直接关系的百姓们，在几十家银行门口排队缴款，买那救济分署的十斤澳洲粉，挤不上的说："明天再牺牲一天吧！"挺乐天的。人们的欲望变得多么低，从混合面到棒子面，再尝尝洋面，虽然抱怨七百五联币一斤够贵的，但仍愿为此卖出无尽的劳力。

　　社会局办的平粜煤粮也正在出售，五样杂粮分三处领取，所以有人说这几天北平人民有三分之一正在为这些杂粮与澳洲粉奔波忙碌。当你看到大街小巷男女老幼背了大大小小的旧口袋，认真地在谈论，有的推了日本式的手车来节省力气，有的合伙雇了板车推走，他们蓬头垢脸，也可以说得上"鹑衣百结"，但仍然露着一点"终究买到了"的喜悦，暂时忘记了詈骂与哀愁。我想闭上眼，这一幅画面应该快快过去了。

　　"平粜""缴济"以后怎么办呢？金子插翅往关外飞，谁也挡不了，北宁路上的单帮赶不上天上的单帮有力。粮店老板气哼哼地说："捉几家有什么用？谁有大力量操纵？"报上登出的一条市商会整委会通令各同业工会自动减价的消息，除了自嘲以外，还有什么意义？

这些事谁管？人们天天在问。当蒋夫人过平转长春的时候，我听到一位家主妇问："粮食卖到这样贵，蒋夫人知道吗？你们当记者的可以告诉告诉啊。"她想了一想又说，"她们不管油盐柴米，她不会知道的。"

执行部三委员初到北平时物价看跌，但是商人们的鼻子多尖，只要还闻到一点火药气息，他们便奇货可居起来了。"货不畅其流"也是实情，一个粮商说："全凭老汉的一小口袋一小口袋背点来，北京粮食能不贵吗？"

执行部三委员在一起听过一次励志社的招待戏，马连良的《打渔杀家》，就是曾去伪满领受荣誉艺术博士的马连良，也就是正在提倡梨园界戒烟的马连良。人们真盼望三委员的戏快演完，春节带给他们以和平幸福。否则执行部的存在反而可以威胁物价。三方面人员不过五六百，但全是美钞法币阶级呵。有一天我问执行部的公事信封何以印得又厚又大，十分阔气。我那位官方的老朋友说："这儿物价便宜呵，可以那个一点。"一屋子的本地同业都为他这声盛赞便宜而伸了伸舌头，他们大约也在盛赞重庆人的购买力了。一位新从重庆来的朋友独自下小馆，吃了一千八，他付了一千八法币，外加小费一百，事后才知道他多给了四倍。

"和平即失业"的人还是那么多，虽然和平尚未获致，找个职业谈何容易！考一个司书也要铺保两家，荐任校官以上二人作保才行。许多人看了这种广告，也只好不去应试、市府留用人员试用期虽然已过，但较负责者还是在继续淘汰，没有什么能比得上这些人心头的沉重。

改向右走二十多天了，汽车出事虽不如想象之多，但也并非没有冤鬼，周前在中山公园附近柏油马路上便压扁过一个人。

日本侨民在北平还是那么神气，有钱的后集中，无钱的才是法令下的前锋。东城的一些胡同里，多少日本妇孺打扮得雍容华贵，东安市场里数他们购买力高，他们真眷恋中国哩，尤其是北平。河北省政府在推行新生活运动中首先注意废除日本化之生活习惯，但如携带饭盒与冬天的口罩之类，仿佛是再也不会废除的了。

房屋纠纷也是北平最热闹的一桩事，敌产伪产，租赁加价，换主出售……许多人在准备春节后搬家，法币标准的房价又非一般人所住得起，而空房子不是没有，可是贴封条的又非普通人民所能住得进去的。只要朝内有人，二级三级的人员也甚易弄到一所官邸，名为借住，实则家具设备应有尽有。

　　年三十，北平习俗，一定吃饺子，今年感谢救济分署，让各家住户花了三天光阴，费三道换法币交面款领面的手续，可以吃一顿澳洲粉的饺子了。

送灶前夕

（原载《大公报》上海版 1946 年 2 月 6 日）

张家口漫步

进步

自从八月二十三日十八集团军经过两次战斗，牺牲了五六百战士，从东南西三面包围，克复了这伪蒙疆的心脏的张家口以后，这个以皮毛与口蘑著名的城市成了一个神秘的都市。中共很迅速地把地方变成教育的中心，政治中心却仍在延安。延安许多的文化工作者徒步行军了二千五百里路程，走破了棉鞋，蹭破了棉裤腿，没有孩子的女同志也不例外，只有母亲与孩子坐在骡轿里（父亲就得当骡夫），就这样，有上百的文化干部抵达了张垣。加上晋察冀边区原有的文化教育干部，张家口的书卷气息浓厚起来了。

这是一个新的传奇，新的诱惑，就像延安在抗战初期一样。当记者搭了执行小组的美国飞机向张垣起飞的时候，真感觉到中国大局进展的迅速，不能不说是一种进步吧！几个月来的冲突给胜利以后的人民浇了满头冷水，在"奸匪"①"国特"②的宣传战以后，居然开成了政治协商会议；在北平的中外记者至少每周听一次以"奸匪"活动为中心的官方招待会以后，外国记者们居然一批又一批地去张垣采访执行小组的新闻了。

记者望着窗外的云彩与阳光发笑，回旋在机翼下的北方黄土平原应该不再染上自己弟兄的血迹，人民的足迹应该可以在祖国的土地上自由来去，人民可以不再听到枪炮的声音，在国际间可以挺起腰板来说：我们获得了民主自由团

---

① "奸匪"，当时国民党政府对共产党的污称。
② "国特"，系指国民党中的异己分子。

结这件宝物。

当我和两个美国记者一个法国记者坐了美国飞机去张垣的时候，法国巴黎日报记者费雷问我是不是张家口的皮毛便宜，他打算买一点；哥伦比亚广播公司的穆拉德忙于看蜿蜒的长城，《芝加哥日报》的费勒在飞机里还忙着打字，我却沉湎于遐想里了，四十五分钟的飞行只是一眨眼那样迅速。

这个飞机场与别的飞机场没有什么两样，只是走上前来招呼我们的是配有18GA臂章的人而已。他们十分温和地要我们到休息室坐坐，那儿摆着的两种书是毛泽东近影集和冀察晋画报。

我想起一支歌曲的大意："世界上哪有一个国家，像我们一样可以自由来去……"慢慢地，中国人民也将要获得这种自由了，这不能不说是一种进步。

一瞥

晋察冀边区包括三省的一部分以及几乎热河、察哈尔的全部，这边区也许是所有中共边区中最大的一个。该边区的军区司令部及行政委员会自八月二十三日以后全设在这里。外面有传闻说中共移进的部队与机关工作人员多于当地的老百姓，据行政委员会宋劭文主任告诉记者说：当地人口现有十五万人，八九月时还少一些，现在已渐渐回来了。中共部队机关人员去了两万多人，一共人口是十七万多人。公安局里有八十多交通警察，八十多户籍警察。

市府组织与普通市府相似，只是建设局代替工务局，公安局代替警察局，外加灭烟局，勒令烟民戒烟。社会局正在举办生产性质的救济，以及职业介绍所。

"普选的市长快要产生了，"宋主任对我说，"街与区的投票，办理完了。"监票员与代不会写字的人的写票员也是老百姓选出来的，一两个月以后，张市可以有普选产生的市长。

毛泽东先生在重庆说过："保甲长是统治人民的，这种制度要不得。"我问宋主任：以后民主联合的政权建立，这人民的基层组织如何办呢？他说名称没有什么关系，主要的是民主制度的有无，人民有了自由一切都好办。聂荣臻司令对这一问题也认为世界或中国的民主不可分。

宋劭文主任是北大历史系的毕业生，戴着近视眼镜，穿一身藏青色的呢子中山装，写一笔好字，执行小组住的解放饭店有两块横匾"解放"与"群贤毕至"是他的手笔。他曾任牺牲救国同盟会的负责人与阎锡山长官的政治部主任。最早做过五台县县长。到如今他仍然是一个无党派者。政治委员会也是三三制，由普选产生的边区参议会选出，三三制介绍得很久了，就是国民党、共产党、无党派各占三分之一。

聂司令

四川江津县人的聂荣臻司令，四川南充县人的罗瑞卿，曾经联合招待了一次记者们。帮助翻译的有延安卫生工作的协助人马海德，他是和美记者斯诺同去延安留下来八年的美国人，以及前燕大师生林子明和王湘。

聂荣臻，看去有五十岁了，花白头发，马靴，绿呢子军服，仿佛张家口的八路们服装均非土著，都从敌人那儿缴获了些东西，他的方圆脸与罗瑞卿的长脸，好像待客的两样水果：圆的苹果、长的鸭梨。聂司令的法文扔下二十多年了，他是一九二〇年去法国勤工俭学的学生，可是还能流利地用来应付法国记者费雷。

他说在晋察冀边区以内的平汉、正太、同蒲三条铁路线是通了，阳高到大同；大同到张家口，一共有一百六十里没有修好。一部分器材已经遗失，须俟补充。石家庄到德州的新线是敌人修的，也破坏得最厉害。

"谁破坏的？"有记者问。

"我们。"他很坦白地说："因为那是敌人的补给线。"

在他手下有三十万正规军。对于中共执行缩编为二十个师时他如何缩编的问题，他回答："一定奉令缩编，我们的弟兄多是农家子弟，回去种田是不成问题的。政府自然应负责任，我们也一定尽量予以协助。"

他说苏联在对日战争中，是有权缴获战利品的，张家口则并无苏军参战，他不否认曾有一位苏联军官到张北去调查三个苏军被中国土匪杀害的事，但无所获。在后方收复区听恼了"接收"，在边区却绝不用这两个字，代之的是"缴获"，从敌伪那儿缴获，用战斗缴获，这两个动词之间的差别足发人深省。

"为人民服务"

记得延安中外记者团的考察印象曾有多位指出中共组织严密以及对毛泽东先生号召的贯彻。

我发觉他在自己近影集里的题字："为人民服务"五个字，不是一句空空的口号，而是被活生生地用在他的干部行动中了。

老百姓在这儿受到尊重与爱戴，到张垣第一天的下午，交际处的张藻南同志（瘦小的广东女孩子，一身草绿棉布军装与棉帽，脚上一双多尘土的黑布棉鞋。）伴我去遛大街，看妇女联合会和《晋察冀日报》的人。

"你们为本地的妇女们办了什么教育工作了？"我问。

"不，我们也同时向她们学习，从她们那儿去取得教育。"她马上纠正我，使我脸红了一下。她告诉我她们如何从经验中得了教训，只有在医药卫生或是增加经济生产的工作中才能团结一些妇女，空口宣传是无用的。有一个时候，很多女同志受产婆训练，分配到乡村中去为农妇接生，当初女同志们为管这项"革命"工作觉得恶心；但是后来才承认那种想法是错误的。

因为行军，因为工作疲劳，因为冬天要在冰水里蹚过河去，许多女同志得了月经病。

像在乡村中一样，农会、工会、妇联会等也组织起来了。拿妇女工作来说吧，区妇联以下有街妇联，识字读书以外，参加一切社会活动，争取民主权利，妇联会门口挂的一副对联可以说明她们的工作目标："持家大道勤生产，建国宏谋爱人民。"为了可以打进妇女群众中去，做妇女工作的适合当地情形，不穿旗袍或军装，而穿短棉袄棉裤，戴口外的皮帽子。如果我是张市的半农村味的妇女，我定会觉得她们并不陌生。

为了适应人民注重废历年的习惯，张市自除夕起机关学校商店放假一星期，工资薪水照给，初三那天庆祝和平胜利大会，五万市民（占全人口三分之一）闹翻了天，四十四队秧歌霸王鞭跑早船拥来挤去，到初四初五，记者也还看到不少。从人民的笑脸上，从女人、孩子的新棉袄上，我看到他们生活的丰裕。一位张市负责人对我说：不能只从物价看人民生活水准，要从购买力来看才对，张市人民购买力已经提高了。

社会上在发动拥军优抗以及拥政爱民运动，张垣猪肉铺俗例店员可以在年底得肉一斤，店员们全部捐出拥军，店主又送给店员每人一斤，由此证明虽在增资运动之下，张市雇佣关系并不恶。拥军捐款已经捐到百万光景。抗属们受到访问与经常的优待，大众合作社提五十万边币作低利贷款。农村举行精耕细作运动，工厂定出生产标准，要增加一倍二倍。

还有一些新的运动：坦白，清算，实报……宋主任说："被压迫的人民翻了身，今年新年里张市人民的欢欣不是没有因的。"解放饭店的茶房笑嘻嘻地说："现在的日子好多了，养两三口人不成问题。"我又在大境门城墙根和一个穿羊皮袄的小商人聊天，他说："现在开铺子只剩了所得税营业税，比以前强得多，自由不受限制。"

过去的蒙疆剧院改为人民剧院，上演过《白毛女》和《子弟兵与老百姓》等剧。戏是军区司令部抗敌剧社演出的，名漫画家丁里是社长，也是演员，每一连队经常有戏看的。《白毛女》写佃农的压迫与翻身；后者写军民关系，是一九四二年晋察冀边区遭受敌人扫荡最多年的纪录剧，集合十五个被敌人扫荡杀烧掉的农村事实写成这样一个剧本。

亲身在敌后或游击区体验过这故事的人的情感是不同的，坐在我旁边的张藻南说：

"一九四二年是我们最艰苦的一年了，经常吃黑豆窝窝，大家把胃吃倒了，后来才扩大生产，光景好起来。"

看着戏上的老百姓，这广东女孩子亮着眼睛笑：

"乡村里的老百姓真是那么好的！"

她又告诉我她有一个同学，安吴堡青训班的同学，在敌人快包围上来时跳崖死了。我记得在《新华日报》上读过那样一个感人的报道，也许就是她。

例如，去年张藻南的生产标准便是交二百斤小米，不一定自己种，但是她可以用打毛线缝衣服或是写文字来折换。

我深深体验到他们的文化深度。工人、农民、士兵、小市民在看演戏，工人、农民、士兵、小市民在买书看报，工人、农民、士兵、小市民在民教馆里看汉奸罪行以及木刻的展览。这些青年人，很多在大学里住过，从中国的大都市里跑去为人民服务。也许他们经过一些痛苦的过程，克服知识分子的弱点，但是我没有发现一张发愁的懦弱的脸，谈起北平、天津这些大都市难免向往，但是他们说，等民主政权建立的时候，我们会回去的。

生长在这一年代的青年人有着相类似的遭遇，记者不讳言，我不期然地，这儿遇到了些中学、大学里的同学。叶蓁自延安来，她从事俄文翻译的工作，两个孩子侥幸在父母的忙迫中长得又红又壮。张光远便是妇联的工作人员之一，大襟短棉袄的神气，全无大学生的气质了。

抄几条春联来看看张垣的年景吧：

"群策群力求民主，减租减息享太平。"

"人民救星共产党，民主干城八路军。"

最常见的一个标语是"建设民主繁荣的新张家口"。

作家

这儿所谓作家，是广义的文化人之谓，包括文艺、社会科学作者，教育家，学者，新闻从业员，音乐戏剧美术的工作者。五日我参加过华北联合大学的教授们的聚餐，法政学院副院长何干之当厨；七日我参加了《晋察冀日报》和新华社的聚餐；几乎张市全部文化工作者全见到了。让我背一下他们的名字：丁玲、草明、成仿吾、于力（原名董璠）、艾青、林子明、萧三、萧军、张庚、古元（国际知名的木刻家）、郑景康、邓拓、胡开明、张如心、吴晓邦、陈明、逯斐、钟敬之……总有七八十人之多。

先看张垣的学府吧：有包括文艺、法政、教育三院的华北联大，成仿吾是校长兼法政学院院长，艾青是文艺学院院长，于力是教育学院院长，林子明是教务长，于、林二位皆是燕大老教授，我问他们想不想回去执教，他们笑说：

"怎么会想呢，这儿倒真能替人民服务。"于力教授是信佛的，他全家在晋察冀多年了，他为了失去了联络的在昆明联大上过学的儿子董葆光十分挂心。

联大有三百多平津新去的学生，张垣的较少，程度较差。三院学生中除文艺学院需学外国语的费时间外，其余都于半年毕业后分发下乡，做群众工作。入学考试与一般大学不同，不考理工功课，只要有相当常识，对政治认识清楚，有听讲记笔记的能力，便可以录取。在校一切食住费用学校负担，吃小米饭。

延安的自然科学院迁来与张垣工业专科学校合并，正在招生。我看到一张农专招生广告，上面写着："各地劳动英雄，农会干部尽先录取"，此外有普通中学一，回民中学一。据说边区中学生只八千人，今后一定会增加。

《晋察冀日报》缴获了《蒙疆日报》很好的一份遗产，白报纸一大张，逢节日印红色，卷筒机印，有时加插图，据说印三万份，最近提高售价到十元一张。存纸闻够用半年多。此外部队有报纸《子弟兵》，工人有《工人报》。日报还有点农村作风，午后六时齐稿，许多新闻赶不上登。大半稿件皆依赖各军区的新华社，多人民活动。

丁玲在写一个剧本，与陈明、逯斐合作。年光在她脸上似乎不曾划上什么印子，与《良友》出版社《母亲》那集子上的画像十分酷似，圆脸大眼睛，斜分的头发。就是比像上胖一点。"这剧本是写工人翻身的，是宣化一个铁工厂的真实故事，我们到那里去看过，写好以后还要去宣化征求工人们的意见，念台词给他们听，让他们修改。"她还是一口湖南话，自称顽固。八年来她在前线，下乡，学习中兜圈子，进过马列学院，研究过整风文件，她觉得参加集体学习改正了她不少生活习惯，她比较喜欢下乡向人民学习，汲取写作的资料。

"我多么挂记陕北的人民啊，"现在她却来到了张垣的日本式的一所住宅，"那儿的人民身经革命，从困苦到丰裕，老百姓可爱得很。"她也不承认在城市里的群众工作便没有办法，"同样也有好处的，譬如知识水准高，开通。"

萧军说想来北平写作办出版，延安印刷不够用，尽先印老百姓与部队用的通俗读物，高级的文学作品比较难印。他进过中央党校，但没有入党。几年不见，他添了一串孩子，也添了一串娓娓不倦的非八股式的活理论。

"我早对《延安一月》的作者说过：我在延安住着有三不怕：不怕冻馁，不怕轰炸，不怕绑票。"在武汉他曾被绑过一次。他不承认在边区没有个性自由。他说这几年的经历接触够他写十年而不致材料枯竭。

萧三是一九三九年四月自苏联返延的，途经新疆，盛世才尚未留难，就是不准与茅盾见面。"中文的国际文学只编过两期，就停刊了。"他说，"英德法俄四种文字的国际文学向延安寄，往往是德文的最易收到，大约是想懂俄文的人少吧。"他十分渴恋近年来在后方出的书籍，也不仅仅是他，许多人都在作书的打算，有人想专程返延运书出来，有人想来北平东安市场买旧书。

成仿吾和萧三一样矮小瘦弱，这位创造社主持人极怀念他的老友郭沫若、郁达夫等，他也曾听到郁氏死了的传闻。

　　杨朔到宣化工厂方面考察去了，未曾见到。作家们在这儿来去自由，有任意汲取资料的方便，只要是为人民服务。作家们一样得到衣食供给，包括他们的妻子儿女，在他们之中妻子很少纯粹的妻子，他们可以放下儿女在托儿所里，自己去学习工作。

　　艾青比以前胖了些，有两个孩子了。他当院长之外，还教"文学思想"。联大校址是旧日本居留民的国民学校，校址很宽大。

　　如果以人口与文化人来作比较，恐怕张垣是文化气息最浓厚的城市了，他们改变了中国知识分子传统的向上看的作风，他们的眼睛全是朝老百姓瞧着的。

　　归途中，飞机里有一位美以美会①的美国人散给每人一张"重生路径"的福音，他现在是为执行小组工作着。

　　我翻到里面一句话：

　　"我告诉你们：要爱你们的仇敌，为那逼迫你们的祷告，这样就可以做你们天父的儿子。"

　　我不是教徒，但是我为这句话寻思了半天，也因此絮絮地写了一大套，且有这种想法：团结的前提必须彼此观摩优点。

二月九日北平

（原文连载于《大公报》天津版 1946 年 2 月 12 日、13 日）

---

① 美以美会，美国北方基督教（新教）卫斯理宗的教会，后改称中国卫理公会。

我寻觅和谐与幸福

自从马、张、周军事三人小组来而复去以后，北平的新闻性似乎也随着减低了，人民自然也还在眼巴巴地望着执行部监督整军和恢复交通，尤其是后者需要迅速执行，因为关系着眼前"半死不活"的民生（这是一位读者给某报投函时用的恰当的形容词），但是据明眼人观察，这问题似乎要等到改组政府以后才会顺利进行。

有多少人珍视政治协商会议的结果，但是为了东北问题，这成果被有意无意地漠视或者破坏，我看到北平长安街上的爱国学生大游行，我参加了追悼张莘夫的大会，我又参加了东北人民（在北平的这一部分人民）请愿大会，口号标语讲演，与其说是对外，毋宁说是对内，后两个大会就在当年中山先生停灵的中山公园中山堂，空气是剑拔弩张，幸而当天没有共产党人士参加，否则在"打倒"的口号下一定会也来一个飞石头子好戏的北平版。这些游行与大会是真正得到了保护的，宣传品用洋车拉，参加的同学得到慰劳与补助。

这世界上有些人在寻觅和平，有些人却在寻觅战争。

一周前北平人民自由保障委员会在北平成立了，这会是经过张东荪、张申府等民主同盟人士发起又与国共双方人士一同筹备的，当场公推主席张怀——一位地下工作者的教授，印就的会员名单二百一十名，但必须凭柬入场，然而会场里到的有三四百人。

一开始就为了该会应否隶属于重庆该会或独立而争执，似乎是为了众寡不敌，后者占了优势。后来为了张东荪声明愿该会保持政协的和谐原则，建议选举三十五名委员时稍稍介绍各方人士，以免选举人彼此不认识。

然而便招来了叫嚣："我们这不是分赃会议""我们这是老百姓的会！""谁要限制我们选举，就是不民主！"

嘘嘘之声纷起，中共人士如钱俊瑞、姜君宸、周扬想要讲话，也没有自由，在这种空气里，张东荪拾帽而去，门口有人觉得不好意思，拉了他一把，另一个人却白白眼说：干吗拉他，去他的！

我以一个旁观人的身份，深深觉得这倒是中共人士的一点良好的政治气度，他们没有全体（大约有二十人）负气而去，反而镇定地写了选票，虽然开票结果之十五位委员内中共一名皆无，叶剑英、徐冰只列入候补。张东荪写信给张怀愿意把自己的入选让贤给徐冰，他这意见被弃之不理，他又建议该会先做一点事给人民看看，譬如把北平警备司令部稽查所的政治犯接出来。他的原函中有两句话是"以示大公，而泯党感"。又说使鄙人背于全国合作之原则，实不敢从命，未便眯然追随诸公之后。

这世界上有人在寻觅和谐的空气，有些人却在制造人间互相仇恨的毒瓦斯。

某些青年团体到今天还在以印发反共小册子为宣传能事，这对于沦陷区青年的不对脾胃是不可言喻的，对于久受敌伪教育熏陶的青年人不急速加以反毒化的教育，使他们多作学问人格的进修，却只教之以仇恨，以过去仇恨敌伪的心情来仇恨共产党，而在重庆，在坐飞机只要五小时半的不远的重庆，不是承认了各党派的合法地位了么？不是国共正在和谐地商谈一切么？使我最难过的是不知道政府曾携来多少历年在大后方印行的好书，到北平翻印来教化沦陷区的青年？来填塞这文化城内知识分子的精神饥渴？我看到一些反共的小册子与传单，竟有奉劝毛泽东解散共产党组织的。是否当局今日教化沦陷区青年人的圣经便只有一本《中国之命运》呢？在沦陷区，人们一提到这本书便提到陶希圣呀！

反而是民间书店曾翻印了几本重庆好书，如中外出版社，这些书受到青年人的热烈欢迎，可是在游行行列中，便有人一度呼吁："打到中外出版社去！"他们要砸它！

中共的《解放》三日刊在北平出版了，且在筹备日报，他们公开了社址，于是某些人说："好大的胆子，小心我们有一天……"

有好事的好心的青年人出版了《鲁迅晚报》，据中共人士说此报绝对与该党无关，不过是他们热心办报，而又愿意多采用新华社稿件。这报与《解放》三日刊常被没收，报童只伺机兜售。

北平现在有四十万失业的人群，这些人如何在高昂的粮价下挨过，真是天晓得，这里没有上海那样太多物质的诱惑，但是号称简朴的北平只粮食一项便够压榨死人。面粉将近法币两万元一袋，大米四百元一斤，小米一百七十元一斤，所以《世界日报》社论有一次为公教人员呼吁，指出一个最简单的家庭都要六七万元来维持生活。社会局办理粮食议价，不是议价高于市价，便是粮商拒售，有人指责政府办一件事应该尽力维持政府的尊严。

市况的萧条由可以推了自行车逛东安市场一点上足资证明。人们购买力被打到很低，连看的兴致全没有了，翅子席一桌要六七万元，牙膏千余元一支，五磅热水瓶二万元……这是重庆么？这简直连重庆也不是啊。

而政府经营的邮电交通事业是领衔加价，非达到全国一致的水准不可，沦陷区人民真熬受不住这"拉平"，涨价的内在原因是接收机关收支可能相抵，而且相去过巨。有些接收即停顿的事业机关更糟，如同吃一个不再营业的铺底子，吃完了就完蛋。例如棉业改进会，迄今尚未散发棉业贷款及棉籽，不事耕耘，更何能闻收获？

最近电信局更异想天开，除猛将所装电话接机费由四千元涨为一万五千元外，并且旧用户也一律追加，在三天之内该局登出两个前后歧异的广告，一个说旧用户追加五千，后一个说一万五，人民希望前一个是对的，但偏偏后一个才不错，因为是刚奉到电信总局复示，批驳了前项拟议。这样算来，北平二万多家电话用户可以收到追加压机费三四亿元！这在商家也许不在乎，但一定刺激物价，真是迹近杀鸡取蛋的办法，民间讽笑狠骂，好在重庆方面听不到。但是入国库者几何，人心却失得够了！人们说政府加价最有效，办汉奸最无效。

和谐与幸福像大风下的纸鸢越飞越高了，也许线就要断，但是人民的期望却相反，线是握在执政者的手里，不是马歇尔也说：这两三个月是中国的大考验！

一九四六年三月二十四日北平

北平的春天

久居北平的人们诅咒它的春天：迷眼的风沙，纸窗整天呼噜呼噜像海啸，桌子上浮土一会儿便多厚。但是，在后方蛰居了几年的人们跑到这儿来，正像玻璃缸里的鱼儿又回到了江河，可以自由自在地游泳了。

这是胜利以后第一个春天，从各方回来的人们特别为这个春天欢欣。冬天关在室内的时候多，还感觉不出北平的辽阔无边，还记不起来这古城遗留着多少绮丽的景致。当我每天骑车经过中山公园或北海的时候，我总要记起重庆的可怜的南区公园，那实在不能算作公园的公园。我不一定有停下车来进去在老松柏下散散步的雅兴，但只要我一闭眼知道它有多么深远，我骑车经过的红墙有多么漫长，我也就知足了，就仿佛我没有受到什么拘束。

春天是用花来点缀的，讲究看花的老北平人知道：法源寺的丁香，大觉寺的杏花，颐年堂的海棠与玉兰，中山公园的芍药牡丹，以及先农坛北海等处的桃花。有些马路中心的花坛中也钻出一丛丛艳红，也许是司空见惯，也许是看守得好，我奇怪为什么没有很多偷花人。花太多了，任何一个院子里都可以找到花树，机关里的花，职工采不完，在街头时常可以见到手执绿丁香或桃花的骑车人。

每一个机关学校都在组织星期旅行，骑车到颐和园的最多。有卡车一队队在假日出城，美军时常被招待去逛长城，执行部同人也已集体逛过两次长城了。

然而在另一方面，北平是过得多么紧张啊。东北是它的贴邻，首先感受到震荡。多少人来往于平沈或平锦之间。"关里""关外"挂在人们嘴上，就好像重庆人说成都似的。那边混乱，这边也太平不了。北平人是有兴致听口述新闻的，有那闲暇，有那心情，所以许多人在传播东北见闻，就好像他们亲自看见的一样。

蔡文治参谋长嫌新闻记者们太喜欢滥发军事三人小组去来的新闻了，他是不能了解人民想知道这些事是有多么迫切。来了或是去了，也就帮助说明事态的进展。陈诚及周恩来的缓来，就曾使大家抽过一口冷气。今天报上说马帅又在来华途中，人们听说便又乐开了，倒不一定是依赖成性。虽说八年来北平人没挨过一颗炸弹，但他们理解到战争为他们带来多少灾殃，不和平又会把肚皮都饿瘪。

军事调处执行部这机关，北平人关心它比关心旁的机关还厉害，执行部的人，不论国共美，一律臂上有一个三连环的布章。东安市场的商人最熟悉他们，做买卖的当儿便好问："和八路谈商的怎样啦？"贴上一脸笑容。

先于审巨奸，战犯总算先审了。旁听的人还不少，八年留在沦陷区的人民知道他们谁是谁，谁犯过多大的罪恶。日侨还有七八千没走，他们越后走的越是有办法的，所以近来东城的头等糖果店，如正昌、法国面包房，专做他们的买卖就够发财了。一天好几十万法币的面包糖食，据说他们因为归国限制带钱，所以便尽量花费。

北平的巨奸们还在陆军监狱里消磨大好春光。他们享有相当的自由，王揖唐仍高卧中央医院，孙世庆、赵少侯也可以自由求医。

法院的监房预备好了，旁听证发下了。巨奸们何日审讯，还不知道。郑介民委员否认了他就任军统局局长，但人们是执拗的，有人相信仍然是他。审巨奸的事会不会因此事而迁延，也是难说的。

学生们进步了，碰到深夜带走同学的事情时，必要追诘自何处来，往何处去。因此才挽救了临大几个同学被深夜带走问事的性命，工学院文学院最近都有人幸庆生还。

表现在北平街头的一战时氛围，便是宪兵团在各城各分团团部门口的工事，某区甲长命令家家户户预备黄土，住户们惊诧："又要防空了吗？"结果区长一调查，原来是甲长误传命令，原是叫家家预备一个脏土筐子，便于清洁夫倾倒。

北平市立中小学教员的罢教（请假）是这儿教育界的罕事。沦陷期间，北平俗话说"三贱"："坐电车、吃咸盐、请教员。"今日想不到仍能应用。北平不乏一生致力教育事业的老教员，例如，记者童年就读的师大附小教员尹荃、李赞之、陶淑范、高柱国等，今天仍然是该校的教员，她们把青春消磨在一代代一班班的课堂里。在目前这种待遇下，恐怕将来再也找不到这样的范例了，在一般学校中已无教员公共伙食，而是在课余教员分别蒸窝头吃咸菜，这可以活画出今日教员的贫穷。

看看埠报纸的戏报，也可以找到一点北平的春天，五年辍演的程砚秋又在登台义演了。《日出》《雷雨》演个不停。后方的《日本间谍》《万世师表》《野玫瑰》等话剧也在上演之中。后方剧人金山、张瑞芳、马彦祥、沈浮、李巍……也来了，他们正和当地的戏剧工作者取得联系。

听到看到，不少人在闲话春天，偶见北平蓝天下杨柳如丝，引起一些八年在重庆所未有过的春天的感觉，所写不尽是春天的事，便也算春天吧。

（原载《大公报》天津版 1946 年 4 月 17 日）

停战的时候

　　六月里的北平也着实有点炎夏的暑气了，蒲扇挥不掉烈日散发的热力，柏油马路在午间踩着竟有点软绵绵的了。就在繁华的王府井大街的路东胡同帅府园和东单三条里，矗立着这绿瓦灰墙的协和医院大楼，半年来被借作军事调处执行部的办公处所，这大建筑里却传不进日光似的，走进去觉得炎暑尽消，缺少的是医院里原有的药水气味而已。

　　在这阴凉的建筑里却为了孕育中国的和平感到了难产的阵痛，大家争执吵架头痛，或竟一次次的会议不欢而散，而中国这宁馨儿——他的名字叫和平——仍然没有呱呱落地呢。

　　谁是产妇呢，也许是国共双方吧，他们合请了一位美国助产士，他们在与阵痛挣扎斗争的时候，真可以说是吵得热辣辣的。

　　停战，又一次停战，命令也许未曾在战场上生效，却给予老百姓一次又一次的兴奋剂。不过商人们是狡诈的，物价在这次停战令下的时候显然没有下跌，也许他们首先不信任了。

　　多少人担心这十五天是双方缓兵备战的时期。就在这期间内，德州、枣庄、大汶口、东北的松花江北岸……七日正午以后的冲突电报纷至沓来，九日那天是星期日，也忙得蔡文治、钮先铭正副参谋长头昏眼花，蔡参谋长也许为这减少了他听音乐跳舞的次数，钮副参谋长则说近来简直没有产生文艺作品的心了。只有中共与美国方面是星期日彻底休息。

　　蔡文治斯文地说：这次能不能奠定永久和平要看共产党的诚意了。钮先铭是一种极好表白坦率型的人，忧愁笼罩了他："我是最能容忍的人，甚至人家打我巴掌我也不想还手的，可是——对于共产党没有办法。我看十五天后执行部可以关门了吧。"自然，这句话是含有点文艺的夸张手法的。

我久已听到政府方面代表批评中共代表在谈判时的"气盛"，现在却又多了"无礼"。八日那天铁道管理科的黄逸峰的开口闭口蒋介石，把政府方面的对手惹恼了。

"——蒋主席是你们也承认的国家元首，不能这样没有礼貌的，我们还称毛泽东先生呢。起码的礼仪不维持，还怎样谈判！"

政府代表人说比较起来饶漱石尚可谈，宋时轮肝火最旺。有人和饶漱石谈过十次，谈到了放下武力。

——我们这些被认为"土匪"的人因为倚仗武力才被你们承认，我们今天交出武力，明天便没有了性命，饶漱石说。他并且说民主政治才能保证放下武力不被消灭。

——民主政治怎样实行呢？他的对手问他。

——法国式的总统，美国式的议会，英国式的内阁，饶漱石说。

——你这是对人不对事呀，对手说：你们愿意蒋主席做林森主席式的总统，但倘若人民选了毛泽东当总统，恐怕你们又要求美国式的总统了。

那个三联环的臂章画起来印起来都太容易，可是内心的结合却太难了。就拿政府代表和中共代表的言论说，也常常是针锋相对的。譬如前几天一位政府秘书在鸡尾酒会上问中共秘书："喂，这几天破坏停战令的消息怎么搞的？"

"你是哪个报的记者？如不是记者，咱们就各自根据情报资料去开会，不在这儿发表谈话。"中共秘书说。

中共没有能够同意给予美国以有力的仲裁权。据熟悉内幕者说：美国这些军官，包括带领每个小组的美方代表，大多是西点军校的职业老军官，倒不一定他们对国共有什么好恶，因为所受教育传统的关系，他们时常有反苏反共的自然流露。例如，有一次东北二十七小组的美代表便无意中在谈话中指斥中共是苏联的傀儡，中共代表大哗，认为太无根据，便反问他：

"你承认国民党是美国的傀儡吗？"

弄得那美代表哑口无言。中共代表逼问他"你收回不收回这句话，不收回要告到执行部，他们会调走你的"。结果他只好自认失言，表示收回。

在《解放日报》登了那篇指摘美国的社论后，美国记者们纷纷找执行部中共发言人研讨美国的对华政策，有人为美国辩解，有人诉冤，也有人承认一部分。中共代表于是列举一些事实：美国管理着葫芦岛、秦皇岛来运军火，美军在保护平津及北宁铁路，如不是美军以船只飞机便利国军东北进军，今日东北华北全不致弄成这个局面，中共绝不想独占东北，也还是要求政治协商民主解决的。又如同史迪威当年的装备中国军队计划是包括装备中共部队的，后来赫尔利一来，完全变了质，罗斯福的原意全取消了。

一位执行部美国高级人员和记者闲聊天说：他认为《解放日报》社论是不公允的，美国这半年多来的行为怎么和侵略者相比呢？

——在执行部中我们曾帮助中共讲过不少话的。至于美军到华北东北来，是为了美国和日本打仗，不把日本俘虏送走，便不能算美国打胜，日本打败。他不大肯承认美苏之间难解的矛盾。

"美国要帮助的是中国的人民，美国为什么不愿意中国民主进步呢？美国自身如不是为了民主与进步，也不会有今天的强大。"他不以为中国这个市场对美国有太大的诱惑力，而且说美国在中国市场所得的利润远不及花在中国的医院学校教会等的投资。

而在中共方面所常常听到的言论是：美国忘了他们的教会不啻是情报机关了吗？在许多县份教会势力如同太上皇，而且是大地主。现在上海每天平均有一条美国船到岸，中国的民族工业在洋货与官僚资本的双重重压下要窒息了。德意日技术人员勒令回国，将来美国技术美国机器要来代替一切。美国将在中国人民生活精神上形成一种压力。中国会瘫痪，会独立不起来。

停战令下过七天了，也就是三分之一的日子过去了，中国人民无不希望它能不是暴风雨前的沉寂。中国的人民，中国的老百姓想也不能永远超然，无为受治，一盘散沙。党本身没罪恶，没有一个党不说他自己是救国救民也自救的组织，从许多党派的事实行为上，人民渐渐自会有所抉择。这次的和平调处需要全民来作收生婆，用当初三委员所同意的调处基本方针八个字"双方解决，互相照顾"来说，这次应有所发挥了。这八个字的批注是彼此照顾对方的困难，互相让步，不是互相吞并，各给对方一条死路。

我曾为和平歌颂，现在我也和全国人民同样祷祝和平这难产的孩儿平安降生。

六月十三日北平

（原载《大公报》上海版 1946 年 6 月 20 日）

记北平国剧界

在北平的几十万失业人口中单独注目于三千多梨园界的失业者，也许是很多余的。但是再三思索以后，我还是决定写。因为平剧之存在是构成这古老的文化城因素之一。

尽管梨园界泰斗死的死散的散了，尽管四大名旦中的梅程两旦全到上海去义演了。北平的戏味还很浓，无线电广播最受欢迎的节目还是平剧。你走在任何一条小胡同里会听到胡琴声音和训练有素的歌喉。小报戏报的销路甚好，连三轮车或洋车夫也津津乐道一些名角的新闻。

虽然，三十几家娱乐场所只有六家肯演平剧了，而且还是偶一露演，而且这偶一露演若非义务或慰劳戏，便是集大成的合作戏。上海的娱乐场所为抗议过重的捐税罢演，北平的娱乐捐百分之五十，印花税百分之十，票价限定最高价九百，为应付各方还送出不少客票。十五家以上的评剧社早不演营业戏了。哪个名角要挑牌子唱戏不赔钱算好的，事实上动不动要赔十万八万，于是便都宁可歇夏了。可是一位颇负盛誉的名伶凄苦地对我说："我们不敢说歇夏啊，谁不怕这么高的生活程度！"

三千人背后连妻儿们有一万五千人左右，他们改行的改行，摆摊的摆摊，出宣武门到珠市口迤逦几里路的道上随时可以找到这些半路出家的商贩。他们每个人脑子里全有那么多的喜怒哀乐的戏，但实际生活却逼着他们一直要演最残酷的戏。这里面有班底，即配角、龙套、乐队场面、检场的、打帘子的、梳头的、看箱的、背包袱的。我好像时常会在这儿遇到话剧《风雪夜归人》里的主角似的。

在敌伪时期的压榨下，文化部门自然不可能在八年中有哪一门单独的不萎缩而且发扬光大，可是平剧界自己的人都承认这八年来是凋零得可怜了。不论是技艺或人物，都好像吃上这碗饭没办法，而只好混一辈子了。

就像沦陷区人民不可能人人到后方或敌后去一样，梨园界人也不例外，更何况他们既不可能生旦净末丑带跟包地全班人马他还。而且教育传统上也相当保守与消极，作为有闲与有钱阶级消遣品的玩意儿改朝换代也是一样，不怪他们或者免不了要下意识地这样想，过去我们的当政者有谁曾经把优伶看得高一点或是帮助他们获得一点进步思想？他们的全部教育是戏，大半充满了封建意识的戏，而且恐怕大部分从业者也不过是借此作为生计。

后方的人也许只听说过程砚秋挨敌人揍而归农辍演的故事，也许只听说过梅兰芳蓄须不唱隐姓埋名的故事。可是留在沦陷区的梨园界说起敌伪的宪兵特务，没有不恨得咬牙切齿的。有人对我说："谭富英也挨过嘴巴子啊，金少山还不是为了敷衍特务去给他们瞎捧的三流女角唱二块牌（作搭配之意）？特务们可以随便打电话给梨园公会要坤角陪酒，要是不照办便要叫日本宪兵队去抓人。小小的女伶被叫去警察局里看春书……"

敌伪时期北平的国剧分会是隶属于"新民会"的，一切统制自然极严，戏剧充分地被利用为政治压迫或经济榨取甚至军事协助的工具——如同演慰劳皇军或募集飞机基金的戏等。经过"三六九"画刊主持人陈福昌的拉牵，几乎全北平的优伶全去伪满演过戏，跑的码头也正是沈阳、长春、哈尔滨三处。据去过的人对我说，大约为了东北沦陷更久，那儿的为虎作伥的奸伪们欺凌起伶人来尤其凶恶，稍稍伺候不周就拳打脚踢。"我们只有当孙子的份儿！"

就这样，混过了八年，他们从广播里听到日本投降的那一刻起，便准备旗帜标语欢迎国军。据说曾经一连十多天每天有几百人聚会在国剧分会等候去欢迎国军的命令，热心的人给自己这一行打气说："这还不该振作起来发挥一点国家民族的思想么？"

这时候国剧分会的副会长赵砚奎死了，正会长尚小云辞职，分会改组成公会，由年轻一辈的叶盛章等人来主持会务。好容易有一天知道从西苑释放出一批在敌伪时期被俘的官兵，梨园界人自动掏腰包跑到国会街搭台演戏给他们看。

从这时候起，他们便演开了慰劳戏了。

之后是欢迎盟军、空军、孙长官、李主任、何总长、白副总长……有人告诉我："总之我们是海陆空军全欢迎到了。"

不论欢迎慰劳或赈灾，名角是一钱不拿，只拿脑门钱，自己有时赔上车钱。脑门钱有时包括音乐七科的人，及后台梳头看箱扮戏等十多人。一位女伶对我说："我从天津唱营业戏回来三个月了，回北平来戏没少唱，但很惭愧没往家里拿回过一毛钱！"

有的欢迎或庆祝戏可以拿到一些开销钱，但少得不够唱一堂戏二三百人分配，譬如欢迎白副总长拿下二十万来，长官部、政治部建国堂开幕演唱拿到六万元，这二十六万元事隔三四个月，因为不好分，反而贴到每周演五场（最近改为演三场）的慰劳国军戏的开销钱里面了。

提到每星期日午场（十一时至三时）五班或三班的慰劳戏，这真成了梨园界的难解的忧郁了，事情是警备司令部副官处发起的，潘处长叫了国剧公会负责人去说："在后方戏园每周全演一次劳军戏的，你们怎么不演？"几经磋商，当时物价还便宜，梨园界十四科的人便一口承当，自贴脂粉颜料车钱，只给雇来的临时龙套一些钱（北平现在全梨园界正式龙套只剩两人，有戏临时到天桥雇苦力充数），两个月来便在每星期日唱五台戏慰劳军警。交换条件是取消平时的军人半价票。这样一来戏院或组班人的收入多了。但是因为物价扶摇直上，每个班底及场面上人却白垫不起了。四十场已经欠了他们最起码的开销钱一百多万，因此六月二十七日欢迎张道藩氏的合作戏便打算偿还一部分这项垫款。

这应该追述的是五月十八日在社会局领导下成立国剧公会整理委员会。委员及常委皆孙局长派定，其中有些名角，梨园界人知道只是一块招牌，他们素不热心会务；但是局长派定，没有办法。对于王泊生先生也列名常委来整理他们，他们却不无反感，好说歹说算是将就了，但欢迎张道藩氏是由王泊生与国剧公会接头的，于是他们场面上的三百多人便齐心来了一个大罢工，开北平梨园界的新纪元。

这罢演也还牵涉到经济上的原因。因为除了上述二十万及六万两笔成为悬案的钱外，还有两笔底包没有拿到。因这些悬案未决，所以名角以下的人皆误以为主持人中饱，"你们又得名又得利，光叫咱们班底龙套卖命；不干！"

于是外在的矛盾引起内在的矛盾，今天的北平梨园界真可以说紊乱贫穷得不堪的。

他们也想挣扎，也想演一次戏赈济自己，但除非是官方叫救济别人，否则不能免税。连一位女伶都说："似乎只有我们唱戏的是税源是财源，救灾是每个人民的天职，不一定非演戏募款不可呀。我们自己都需要救济呢。"

为了每星期日同时演五台劳军戏太多，他们曾找过警备司令请求减免（北平十五家剧社轮流演出，分三组，班底总是那几百人），于是减为每周三台，一直继续到现在及将来。

慢慢地军警宪来看戏的也减少了，有时一个园子只有二三百人，角儿们怎会习惯向空板凳演唱呢，于是唱得无精打采，如坐针毡。

梨园界所期望的几件事是：（一）免演经常的慰劳戏，或减为一周一场；（二）不限制票价，戏要人来演，与电影成本不同；（三）演义务戏救灾戏要守信地给开销钱；（四）以国家力量来扶植改善国剧，以便旧艺术得到新的发扬。

富连成和戏曲学校皆已云散，目前在挑牌子唱戏的多还出自这两个系统。记者访问了几位名伶，从外表看，因为他们若干年前曾经有过优厚的收入，住的大多是深门大院，生活方式是近乎他们所附骥所倚赖的有钱有闲有势的那个阶层的。但据他们再三表白，生活的实质已大改变。或者像萧长华，依靠当年有包银，他现在可以吃瓦片作房东。或者像叶盛章，依靠封建的师徒关系，他从徒弟张春华在沪演唱四百万一月包银上，可以获得不小的一份孝敬，或者依靠一份小本钱兼营商业……

这些梨园界的天之骄子，是不能抵偿他们同业间普遍的贫困与潦倒的。对于这些人们，我寄予无限的同情，尽管是他们不会稀罕的。

这几天，他们又在为湘灾义演了。

七月四日北平

（原载《大公报》上海版 1946 年 7 月 13 日）

沈从文在北平

在一个茶会里听到说沈从文在 8 月 27 日到了北平，正像其他万千读者一样，虽然只能从幻想中尽出他的轮廓，却感到亲切的喜悦，最近他发表了《忆北平》，不想他马上到了北平。我经过景山前街的红墙，在杨槐树下走过，寻找沙滩的北大教职员宿舍，原来就在红楼的贴隔壁。

这里也曾经住过日本人，不过现在仍作鸽笼式的分厢。校工把我领到四十一号，门上有下置"湖南凤凰"的他的名片，可是门上一把锁。我告诉冯至先生，假如沈先生愿意接见一个记者和读者，请他给个电话。

这是 8 月 29 日，北平秋天的黄昏，街上果子摊的复杂色调气坏了画家的画板，我似乎已经嗅到了良乡栗子的香味了。北平各大学的复员带来了各式各样的学者教授文人，以及活跃的知识青年，北平的文化气息必然浓厚，色调也必然繁复丰富，这才是文化的温床，清一色会令人窒息死亡。

没有电话。31 日午后我又去了。沈先生正伏在方桌上，在整理旧稿，跳起来向徐盈和我说："你们是——"

报了名字，于是像旧师生般地握手大叫起来。

"我正写了封信要寄给你！"他还给一封信给我说："十年不摸电话，不知怎么拨它。也已点了十年清油灯了。"

客人占据了他尽有的两把椅子，主人便只好坐在覆了白被单，有一条绿毛毯的板床上。有点意外，这么玲珑瘦小的一个人写了八十多本书；并不意外，文格与人格的形象甚至内心是统一的，他全无半点湖南人的豪迈，却有点叫我怀疑《浮生六记》中的主人翁就该是这个样子，怪的是反而他的夫人张兆和是苏州人。白皙柔弱，鬓发匀淡淡的，两片白镜片后是一双和易近人的眼睛。好像他永远不会发怒似的。

他自己也说，他一生最怕听打杀之类的事，这表现到行为上便是牢守一个读书人最基本的本分，只在用脑子用笔，想留下这一时代的乡村记录，小儿女的恩怨，以及青年们情绪的转变。"我没有像振铎和一多那样做，我想，"他手指着前额画了很多圈圈说："便是我能承受生活上的一切压力，反抗性不大，这或许是弱点。"

他完全不以报纸上说丁玲批评他与人民脱节为伤害他，"她一向那样说的。抗战初期，曹禺、巴金都曾有可能被约往延安去，可是不知为什么，都没去成。我自己是一个没受过教育的人，所以书也教不好；不习惯受管束，也不会管束别人，还是让我和青年人在一起，看了他们如何转变。"他又问到了显然是经过熟思的另一个问题："丁玲他们为什么去了，反倒没有什么作品了呢？"

他同意丁玲他们在向人民学习，为人民服务，以及在干部教育等工作的说法。对于题材直接汲取于农工且就正于农工的创作方法他也不表示反对，但似乎他还是看重作家的作品，或者更在为写作生命的有限担心，因为他说："我也许还能写十年，别人写百万字的时间，我只能写十万字。我曾经和巴金同住过，他写《火》，我写《边城》，他一天写七千字，我一周才写三千字。"

我说他的原稿是别人看不清的，东一点，西一点，句子不完全，修整好了才对凑起来。果然桌上正在修整的旧稿好似女人正在电烫的头发，添的句子像夹子鬓儿向四周散射。

他打算写湖南十城记，已写的有《边城》《芸庐记事》《小寨》……将来有机会打算旅行，顺便写些游记，所以对于新闻记者的采访术特别发生兴趣。他上讲堂上，好学生不一定会多，但是旋转在他身旁的好学生一定不少，他那份温暖与玩笑会吸得住他们。

他写过《八骏图》，深沉地铸刻在许多读者心上。他要写昆明的《八骏图续篇》，而且谈起了茅盾的《清明前后》，他高兴地说，他已有意思要写剧本，而且一定在《大公报》刊载。

他的掉牙和别人有些不同，他先掉左右后牙，并不痛，却与他的爱说笑的气息不相配合。他承认是因为"吃得太坏"。鼻血病这几年好些了。说起了丁玲他们的勤务兵，他说："我们这几年什么都没有办。"有人说沈从文在联大担水，有人说梅贻琦补袜子以及夫人蒸蛋糕出售帮家用，他说一点不假，梅先生住的房是马厩改的。沈夫人在昆明一周教十八点钟书，照顾两个孩子从头至脚，现在在苏州娘家，沈先生说："来不了啊，家里房子佣工是现成的，教授们的较好房子要等抽签。"他十二岁的儿子已上了苏州中学了。

版税呢？读者们会惊讶的，可是他不会愤怒，却显然是会伤心的，"今年开明结算稿费，我拿到三百六十元，因为按照伪币折合的。算起来要自己一本书十八年的版税才能买一本书，这是书店的制度。"他又讲起部定的那本国定教本逻辑学，作者的年数版税只九元七角五分，为此他慨息："文化文化，原来我们就活到这么一种现实文化空气中，奇异的是活在这种文化空气中，居然还有人写作……工作的庄严并未失去……原因是这种人明白现实尽管如何要不得，他的对面还有读者。"

"这些我也不在乎，只要我的书出在那儿，有读者看就行了。"

他为客人们打水洗手，为的吃饭清洁，我相信他是有点洁癖，至少不是邋里邋遢。身上那件白绸小褂虽未烫过，却极干净。

我发现这位作家不只用笔娴熟，且也用语娴熟，他有他的文字形象用语。例如，他说某某人婚姻多变，"情绪生活"一定很苦；例如，他对记者说俟国家安定，应该放下记者生活写点久远性的文艺东西，因为"生活不应该这样用法的"；例如，他感觉九年不见的北平老了，洋车夫的头发也似乎白了，怕北平将不会"发生头脑作用"；例如，他管管场人物叫"拿皮包的人"，又例如，某某人的性格是"抒情的"……

他在昆明乡间会经常要往返走四五里路去教难童学校的孩子们，"他们有人程度极好，比联大考生卷子还好呢，真是国家对不起他们。"他谈起巴金曾经是一位唯一赖版税生活的新文艺作家，可是现在书商用三百万元印了他的书，只能在上海批出三百本。这是对作家们多大的威胁！而且书本走不出上海，"在苏州都只看到些有美女相片的书刊。"

由《忆北平》也可以看出他对时局的焦愁，他屡屡地追问时局的症结，坦白地说："你们告诉我，批评我，免得我发了傻气说了糊涂话。"他不断地提到他的"小朋友"们，那些环绕着他的青年人，他最推崇的新作家是汪曾祺，在本报《文艺》栏及上海的大型刊物《文艺复兴》，均有其作品。

如果你在北平的庙会或小胡同碰见一位提了网线袋，穿着一件灰色或是淡褐色的毛质长衫，身材矮小瘦弱，一脸书卷气，眯着眼睛在书摊子上找旧书或是在找门牌号数，说一口湖南北平云南杂糅的普通话，那便是沈从文。你可以告诉他，他该去理发店理发啦。

九月二日

（原载《大公报》天津版 1946 年 9 月 3 日）

致许广平

一

广平先生：

在沪匆匆一晤，至为愉快，回来后不知忙些什么，也没给您写信。但我相信经过一次谈话后，我们更加深了彼此的了解。

您一定仍旧很忙，十周年将届，沪上必有庄严的纪念。《全集》快出版了吧？我的一份，请代为保留，或送《大公报》王芸生先生留存均可。暂时不拟北运，因为说不定将来会调沪工作，不过我们皆不喜欢上海的风气。

日前曾偕小梅去周先生故居，为送去二十万元，已嘱老太太收下，并告她你已同意。小梅和我相信你对这会同意的。北京冷得早，煤很贵，十四五万元一吨，一个洋炉子起码两吨煤一个冬天，对她很有用处。老太太以十周年将届，心上很难受，她纪念阴历，九月初五即明天将祭奠一番，言下她尚落泪。枣树正结枣，被大风吹下不少。

公私皆少顺心事，心照不宣。

祝福您及海婴健康

子冈
一九四六年九月二十八日

二

广平姊：

秋凉以后好吗？总以为你会来一趟北平，大约上海的事分不了身吧，海婴在港抑在沪？身体怎样？

附上照片数张，是为周先生忌日及《三十年集》插图用的。请您选择一下何张可用，及放大，并付给摄影人稿费，那人是一个通讯社记者。

上海还有可做的事么？一度有可能赴沪，现又成泡影。总觉得北平天地也开阔点，不过迹近憩养。

最近仔细把《遭难前后》读了一遍，觉得写得太好，如临其境，如受其痛。不悉今日创痛犹有影响否？

沪上都有些什么朋友过往，寄洪在么？在编什么刊物？为我遥念。孟君妹前均此不另。

候复

子冈
一九四七年九月十二日

愁城记

瑞雪兆"疯"年

久住一地的记者，会失去对那地方的敏感，记者对北平也不例外。我愿意失职地当一个哑巴，因为在全国漆黑一团的时候，北平也没有什么喜事。

今天是废历正月二十三，旧年除了给投机者带来喜悦外，对北平一百七十万人民带来的只有噩梦一样的物价、粮价直线上升。旧年前后下过三天大雪，那时人民有的说是"瑞雪兆丰年"，而今天小型的《北平日报》副刊《太平花》里有人写瑞雪兆"疯"年，作者引证战事、金价、物价三事说，这是一个疯年。愤激之情，意在言外。有一个三轮车夫在谈论无止境的杂合面价格后，他说："这是什么日子，来一个原子弹，大家全玩儿完！"（也见于北平某报）

距北平四十里的通州，一度被共军袭扰，更增加了北平的不安。报纸社论请问当局对北平一百七十万生命的保障在哪里？而行营参谋长王鸿韶在招待记者时说："共军袭击没有很多国军的地方，是不应该的。应该择一个军事必争之地，国共好好较量身手。"平市治安据称"可保无虑。但小股袭扰近郊，也不是不可能的。"人民对于这套战争道德不发生兴趣，都了解战争本是残酷的，一个政权的主要依靠，便是能使她所统治下的人民丰衣足食，如今若连生命安全的保障也谈不到，怎能不惶惶终日呢！

水电是城市的血管，电厂存煤扬言由一周而在递减。今天已正式白日无电。水源自然也成问题，"北平北平不太平，永定永定不安定"，这是一个报纸的标题。许多老百姓担心沦陷八年太平度过，这一次真要遭劫了。电力又影响磨面，面价已高到八万多一袋（四十四市斤），合二千元一斤，小米面也高到五百多了。抢劫、自杀的新闻，已不算新闻。大赦被释囚犯出狱数日，重又犯案的颇多，被捕回狱的日有数起。他们对于重又回狱吃窝窝头，反倒欣然。

恐怖的寒流

教育界的厄运也不轻些。国立大学的北大、清华申请休学的极多。北大年前年后休学的达六百多人，贫病是主因。北平的私立中学达六十多个，据统计：其中四分之一计十五校：本学期较上期学生人数少了约五分之三，这些青年失学，便是被十五万元的学杂费难倒了。

北大在周前曾发现两张怪文告，说是贴布告的人参加了市 × 部干部会议，主持人宣称国共业已分裂，要采取"积极行动"，把异党分子及参加抗议美军暴行运动的学生一网打尽。做法是七人为一组，每人发枪一支。贴的人且注明：他是参加了会议的，但怕被杀死，所以没有写名字。这布告使全校骚动，同学纷纷访问教授，大半认为虽不一定可能发生这种事，但也不能不提高警觉，要求学校当局保护。李宗仁主任定于二月十六日宴请各大学校长及文教界人士，将作声明。目前燕大、北大、清华、北洋、中法五校自治会代表谒李主任，要求保护。李主任答复说："如无犯法或危害治安行为，断不会予以逮捕。"劝同学安心求学，万勿中造谣恐吓者的阴谋。

胡适校长对这件事发表谈话说，他已打电话给关系方面，证明绝无此事，学校对同学自然是负责的。

元宵节午夜，北大宿舍二男生争闹了一幕活见鬼的趣剧，而且是一披发女鬼。事后好事者又引证，西斋在沦陷时期伪北大一女生确曾自杀。这神怪故事便传播开了，闹得胡校长、陈训导长也对此大加研究。但最后相信真是女鬼出现的仍不多。或猜这是一桩罗曼司或是饱食熟睡以后的幻想。终于，这件疑案在那怪文告的阴影下淡化去了。

有"虾米居士"为这两案写打油诗一首："怪事争传似可伦，深宵蓦见女逡巡，最是令人心忐忑，当心另有鬼捉人。"

同学们都在慨叹不能如联合国之设安全理事会，以致使那些英雄打手们威胁着学校。

军调部散环

军调部的三连环臂章，曾象征团结，给近在咫尺的北平人多少希望，做小买卖的见了这个臂章，都要打听一下和平谈妥了没有？近几月来一面谈，一面打，军调部形同虚设，如今干脆解体，人心增加一点凄楚，对和平暂告绝望。在国库开支上说，军调部每月省下的恐怕不下十亿元（去冬每月方面食宿即需四亿以上，燃料三亿以上）。

军调部的结束还有一点绅士风度，一连串的酒会送行，而且有往必还，蔡文治参谋长还请叶剑英委员到他私邸吃饭，他们都用外交辞令向外说"私人感情很好"。叶委员说，一年来军调部给中共给人民的教训很大。他打算最后总结公布，但至今尚未发出。

京沪有中共代表团，北平也只军调部以内有中共代表团，"解放三日刊"如昙花一现。军调部结束，北平的中共人士便将绝迹。中共曾要求"行总"，留下黄华等五六人在北平办理中共区救济事宜，但政府方面无答复，大约是要搁置了。到邯郸、延安、哈尔滨三地的飞机，已先后遣送，作为励志社招待所之一的翠明庄已凤去楼空。南河沿北口，但见绿瓦灰墙，杨柳尚未萌芽，也许因为春寒还冷得紧呢！

励志社在平，闻将十个招待所缩为两个，职工因此失业的要达四五千人。

目前留平的中共人士，只剩下在北京饭店的一部分了。他们是候机去延安的。叶委员将最后离平赴延。一年来这位将军颇增老态，头发逐渐白了许多，意兴却仍豪放。目前军调部中共新闻处与新闻记者们话别。叶也出席，他说："平日为了服从三方面的约束，不能个别发表意见，愿赔不是，敬大家一杯。"他说："今天我们只有高兴，没有难过，后会有期！"便与大家一再痛饮。大家要求他留字纪念，他为每个人写上"为和平民主独立的中国而奋斗"。这位对军事、政治、文学、音乐俱极娴熟的将军，有点醉意地，当场高吟："长江后浪催前浪，世上新人换旧人！"他说，"革命成了一种风气的时候，民主潮流是大势所趋，封建堤防必被冲毁，任何力量也阻挡不住！"末后他与大众分手时说，

"看清现实，把握真理，争取将来！"他解释自己的奋斗说："虽是快进棺材的人了，但为了要交待后人，不能不努力啊。"

军调部政府方面人员，办公到月底为止，事实上美机向各地输送至二十二日为止，政府人员约四百，薪水领到四月底，所以尚不感到失业恐慌。

不管怪文告的真伪，总之国共的破裂与大打，在北平军调部结束以后，感觉得更真切了，愁城又何止北平呢。

二月十三日北平

（原载《大公报》上海版 1947 年 2 月 19 日）

北平漫写

冤死了王凤喜

在沈崇案发生不到三个月的时候，美兵又在三月十七日于西郊飞机场外击毙十四岁小学生王凤喜。起初美方发表是华工，且公布围墙外发现梯子一个，这意思是说死者要偷东西的样子；幸好这次官方办理尚称认真，不像上次对沈崇案发表之忸忸怩怩，有胳臂向外弯的神气。这次总算警察局、教育局一致替死者申辩，美方也不能不再调查，终于承认了美兵威斯特的罪过，向我方道歉，并赔偿一千万法币（编者按：肇事美兵威斯特审讯结果，二日美军军事法庭判决无罪，释放）。今日一千万元法币不过值美金数百元，倘若我国航空公司失事赔偿外籍乘客美金一万元的传说属实，那么人命价值之相差就太大了；而且，我国也未免太礼让了一点。

王凤喜之死只有燕大、清华校刊，北大墙报上由抗暴会表示过抗议，情绪似极愤激，但并未如沈崇或臧大二子案之扩大。恐怕这事件是被莫斯科会议、三中全会、攻下延安等大新闻掩盖了。这次官方态度比较公正，办理迅速，也是"速了"的原因。

但是对于这无辜小同胞的惨死，我们仍旧感觉十分怅惘的。北平报纸上照片本不多见，偶然也有要人莅平的写真镜头，但是王凤喜究竟是长得什么模样儿，却难臆测。

十四岁的王凤喜，这住在西郊横街村十三号的孤儿，父亲去世多年，寡母守着他和一个瘸腿哥哥，家里虽然一贫如洗，但把一切希望都放在这小儿子身上，维持他上蓝靛厂国民小学校四年级。虽然这已是太晚的学龄，他母亲不愿意他成为明眼瞎子的一颗苦心，却是明显得很。据学校发表，他的成绩列入乙等。他能为家人讲《三国》《水浒》。

这三尺高的孩子曾在一篇题为"我的志愿"的作文上写："我希望要做一个兵士，保国卫民，杀敌人，还要保家，保乡邻，保子孙，把敌人打败，这是一件伟大事业，我的志愿就是这个。"

他的母亲和老奶奶哭得泪人儿似的。母亲说："这真是没影儿的事。挺好一个孩子，与他哥哥出去时欢天喜地，去买美军杂合菜（剩菜），一会儿人家报信来说死啦！买剩菜犯法吗？"这被人目为小偷的孩子，临死手里捏着玻璃球儿，身体底下压着玻璃球儿，原来那天卖剩菜的车子出来晚了一点，他正和哥哥在飞机场外弹玻璃球玩呢，一个枪弹自肩入，喉头出，结束了中华民国的一个小国民！

他死时正在害眼病，所以请假没上学。

据说美军当时放枪是为了打喜鹊，他们的枪子儿是不吝惜的，实弹打着玩不算啥。机场围墙上弹疤累累，西山的山头上都经常被他们打得像长满了疮疤。

有自尊心的人在这事件中感到愧恶：堂堂国民小学校的学生却买美军剩菜来吃，这说明了多么可怜的人民生活水平。胜利一年半不但没有拯救人民于水深火热，为了打内战，只有更加深了人民的灾厄。美军不占用机场，王凤喜死不了。

怕乡间治安不靖，警局将一千万元存入银行，令王母取息度日。这母亲是做不了主的，泪水只有往肚里吞，她说她是在吃儿子的肉！

《民强报》的纠纷

延安攻下，各报著论纷纷道贺，但党部中人主办的《民强报》却因为一篇社评而遭到停刊三日的处分。理由是言论失检，歪曲事实，观点谬误。该报本来销路平平，因了三日停刊，大家反而买来看看。其实那篇《中共放弃延安国无宁日矣》的社论也不过指出"他们必不甘议和，一定更要打下去"，兹节录如左：

"昨天（三月十九日）上午十时国军收复延安了。这消息乍听来很使人冲动，其实并不足惊奇，因为延安虽是共产党的老巢，而在军事上并无何重要性。中共仗着其地僻处山间，易于坚守，所以据为发号施令的中央所在地。然而在日本投降前的中共，已经夺得多少大城，早已轻视了延安的重要性；更何况国军劲旅胡宗南的军队久驻陕西，专门负责看守延安，随时可以进击，延安又没有飞机，国军已用不着飞机去轰炸，只需胡宗南的军队冲向前去，延安就吃不消，所以放弃延安，中共中央早已在其计划之中。因此国军之收复延安，毋宁说是中共自行放弃延安。"其后猜测了一阵延安总部的新址，说他们可迁的地方太多了，"他们总不会成为流窜政府，则是可以断言的。"

该社论末后说："纵然今后国军节节得利，处处摧毁其总部，其庞杂游动的广大军队，完全消灭殆为难能；更何况共党威焰方兴未艾，消减不易，和平不可谈，双方打个不休，则战事永难平息，国无宁日了，言念及此，痛心而已矣！"

这一痛心，停刊了三天，身价十倍，真是塞翁失马，焉知非福了。

抗战八年中曾有"一个主义、一个思想、一个领袖"之号召，今后北平新闻界看来也非加上"一个观点"不可。仁者见仁，智者见智之谓，在今天已有过时之讥。

市政一斑

何思源市长赴京出席三中全会归来，替北平带来一串好消息：中央同意了北平的都市计划，市府预算增加一百二十亿，农贷四十亿，修复马路经费二十亿，主席均经批准同意。前二者尚须经政院及农民银行审核。什么时候可以照拨，要看公文旅行的快慢了。

北平市农会只有几个农民，那是天晓得，因此这四十亿农贷颇引起河北省府的艳羡。北平的柏油马路年久失修，漫长的长安街上都坑坑洼洼，近来更不知是哪位工程师别出心裁，用碎石浮堆在洼处，算是修补，被各式车轮翻踢，于是弄得满街石块，车夫们笑着叹息说："喝！多新鲜……"

春天已然来到，北平的春风是闻名遐迩的，"无风三尺土，有雨一街泥"的日子快到了，不知这二十亿马路工程费，能不能包括大胡同、小胡同，也给修一修？

　　一部分须用美国物资与技术的公用事业也得到解决，何思源与上海某大公司接洽停当。北平的警察费用过去即得中央补助，何氏此行又请求增加获准。北平的停电问题严重，日甚一日，大部无要人无重要机关区域每晚几经常仰仗煤油灯。煤油一度贵到三千一斤，现在来源畅通，落到一千六百，有人计算停电每晚使北平市民损失十亿，在报纸上发起拒付电费运动，颇得人民同情。电力公司则一再声明停电实由于机器损毁，电杆破坏，高压线出了毛病，燃煤缺乏，人民听也听腻了。工商业因此遭受到的损失，不可胜计。冀北电力公司属中央机关，市府轻了责任，据说资委会钱昌照氏已向美国订购大型发电机，补充北平用电。

　　在何市长回平那天，下午去一疯汉演"闹府"，那时市长飞机尚未到平，这穿蓝大褂五十余岁的疯汉闯进市府，直奔市长办公室，大声疾呼找市长报恩，岗警及主任秘书加以制止。他要报什么恩呢，据说："在过旧历年的时候，何市长曾送给我二十万块钱，所以前来报恩。我和何市长是同乡，来了几次都被门岗拦回来，他们说我有神经病，其实，我倒是也有点神经病……"他儿子在当空军，于是又问人家："先生，现在的飞机没有危险吧？"心事很重的样子，谈到生活问题，他"唉"了一声，眉头皱得很紧。

　　北平精神病院在胜利前只二十多人住院的，一年半以来已增加到一百多人，其中不乏受过高深教育的知识分子，这是一个值得深思的问题，犹如那满版奸淫、盗窃、救人、自杀的新闻，值得注意一样。

三月二十七日寄

（原载《大公报》上海版 1947 年 4 月 6 日）

秋风里访教授们

北方教授们的生活窘迫可以在朱家骅部长来平时所作的种种呼吁中看得出来，不断的透支无非"搬石头压自己的脚"，而且也不可能透支太多，教授们声诉于校长，校长便只有哀告于政府了。所有一些限于预算的官话哄不了教授，他们知道今天的教育经费预算只是军事预算的几十分之一。

又决定了什么发给实物，或发差额，据说北方暂时能发的实物只有面粉，而五十万或六十万的差额谣传，简直跟不上今天直线上升的物价。配发实物的办法在后方早试行过，成绩之坏不在话下。

我们姑且巡视一下北大中老胡同的教授宿舍吧，朱漆大门，整洁庭院，略有假山藤萝架作点缀。门房的窗口常放着一堆牛奶瓶子，那是北大农学院低价配售的，每家只能有一瓶，合作社的洗衣部广告贴得不少，生意却仍不见好。

院子里种了大片的西红柿，面积快超过菊科植物了。每家窗前的存煤石栏里大多空空如也，只有少数"节余"，而且小心地撒上石灰防贼。孩子们有的姣好活泼，有的却黄瘦缺乏营养，太太们有的忙于执教，如赵乃搏及冯至太太是师大教授（住在府学胡同大北宿舍的杨人权太太也是师大教授）；有的在美国读书，如袁家骅及吴之椿太太；多半却忙于家事。

袁家骅的家

袁家骅先生是西语系教授，太太去美国奥勃灵大学读书两年半了，他独力把个家复员到北平来，照看十一二岁的两个女儿，兼尽母职，女仆在这没有太太管束的家庭里做得自由，一直没有更动过，这是袁先生在院子里最大的荣誉。

瘦弱苍白的大女儿回来把书包丢给爸爸，撒娇地要苹果吃，问想妈妈不想，扭着头说："想——给妈妈刚去了信的，大姨算命说妈妈明年春天就会回来。"

袁先生却说："回来找事太不容易，我三口还养不了呢，别说四口。"他说他十年没添衣服了，四年没添皮鞋了，身上的衣服是英国留学时候的，皮鞋是在昆明时买的缅甸货，换过两回底子了。可是孩子的衣服添得太快，一百四五十万元薪水真不经花。

大女儿忽然想起来豆腐还没吃，忙找老妈子去了。原来医生检查肺弱，一度结核抵抗过去。因为豆腐比鸡蛋便宜，便用来代替。

我问袁先生同意周炳琳先生在朱部长茶会上所说的政府像似放弃养士的话吗？

他不假思索地说："那无所谓同意，怕也是事实吧。今天军费之庞大是一定的。我们如今除了房子较好以外，生活反而赶不上在昆明的时候了，那时候吃得好。周先生的话是实在代表我们大家的意见的。"

闻家骃的家

闻家骃先生在北大二三年级教法文及诗歌。最近身体不大好，脑神经疼痛，在注射荷尔蒙。医生说身体太弱，一需休息，二需营养。他在北大九年了，一百四五十万今天要维持一个六口之家感到空前吃力。

他有三个孩子，大孩子在市立四中上学，至今无力买一辆自行车，越等越贵了。四中极远，因此得起早徒步，在校买早点及午饭吃，有时坐一趟车，一天便消耗将近一万。二儿子在育英小学，一天徒步四趟，路也不近，有时也坐一趟车。

闻太太蹙着眉说："这个家一月二百五十万还不能添衣服，我们吃一顿二米饭。闻先生要吃得好一点，一天菜钱就是两万。大孩子中午在学校吃四千块钱面还不饱，还得带馒头。一个小火五百斤煤球是多少钱呢，这叫什么日子！"

常风的家

常风先生到北大做专任讲师才一年,底薪三百八十元,目前薪水是一百一十九万。

他也有三个孩子,为了太太在清华做讲师,每星期在那边住五天,便把一个一岁多的孩子放在香山慈幼院里,食宿最初送去时每月二十万元,现在已加到五十万元了。而妈妈月入是八十万元,除了往返车资,怕也只够付慈幼院的了。有人或许以为这"不值得",可是这对学文学的夫妇不以生意眼光来对付生活。孩子去过一过集体生活,母亲因此得到解脱,重拾起书本,不把十余年寒窗精力虚掷。

常风先生因为来得迟,所以没有分到宿舍里的房子;最近正在交涉几间最起码的房子,什么时候成功,很难说。自西四牌楼到北大来教书,车钱够花的,平时主要是依靠一辆自行车。家事由老太太来担当。

他的副业是帮朱光潜先生编商务印书馆的文学杂志,每月五十万元编辑费,三十万用来作杂项开支,二十万常先生支用,这副业不足购一袋面,所以乐此不疲,非读书人不能理解。

沈从文的家

一个五六十本小说的作者,在外国可以称作文豪了,生活也可以过得相当安适,可是在北大支取一百四十九万月薪的沈从文却仍然难维持一家四口的生活。今春沈先生咯血,医生力主休息,可是惯于四十八小时不睡觉一口气终篇的沈先生是不能遵从的。暑假中杨振声先生借住了颐和园朋友的房子,自己住不完,便分给沈先生和冯至先生两家住,沈先生休息了一个时期,太太带孩子先回来上学,沈先生留在昆明湖畔写小说。

只有沈先生的《主妇》一文才写得出张兆和的美好,她能教英文,但也能洗衣做饭,两个孩子小龙和虎雏与母亲一般可爱。小龙和虎雏初自苏州来时健康得叫人欣羡,可是最近不知为什么都瘦了,弟弟尤其瘦得奇怪。沈太太说全家拔补过二十多只牙,医生好意只收半价,但仍分两期付清的。

她说稿费有限得很，她自己是小地主的女儿，去年十个姊妹兄弟分到一些在安徽的田地，正值丰收，她的一份便用来略添衣物。他们也是冬煤无着，三四吨煤的钱要三四百万元，而日常开支，就得沈先生的双倍薪水。

周作仁的家

北大经济系教授周作仁已在北大任教十九年了，而且一直没有间断，未曾休假过一次。他是金城银行周作民的弟弟，但很少接受帮助，宁可自己紧缩。四个孩子里三个上了中学，全家七口月需米一百五十斤，只这项就得去了薪水的大半，他月薪一百六十多万元。

他住的东四十条的宿舍房子是每家独占一小院，比中老胡同的宽大而略旧，上课往返却要多花些车钱。

周先生当得起瘦骨嶙峋四个字，一袭蓝布衣，和他那满室的书籍非常相衬。孩子们上学去了，记者打断了周先生的静修时间。

他是教货币银行学的，他从经济学观点告诉记者："战争是最不经济的事情，直接的生命财产损失，间接的民不聊生，是最最恶劣的。不过我对政治是外行，也许战争存在的原因是有客观事实存在——力的存在。在昆明时薪水买了米就不能买菜，买了菜便不能买衣服，现在又弄到这步田地了。"

"至于薪水，"他说，"怕只够用半个月。幸而三个孩子上的市立中学，老四再三托人情才上了市立小学，依章花八万元捐给学校一副课桌椅。孩子们能吃杂粮，我是吃不惯的。"五十多岁的周先生头发都秃了。

他说：如果战争不终止，财政收支不上轨道，通货膨胀没办法停住，改革币制是没有用的，"这不过是为了政府计算法币时便当一点而已，犹之关金一块抵法币二十元一样。"

向达的家

向达教授要被他的家"当"到南京去了！

这不像个谜吗？事实是这样的：

向达先生已在北大执教八年了，依章教七年即可休假一年，去年本应出国，后来又因为美国国会图书馆经费裁减，撤销了向先生去研究的机会。过去休假规章只能研究，不能在他处接聘任事拿薪，但是光景日非，现在这一条限制已经取消了。

他在北大屡次借支已然累计到三百万，今后不能再透支了，今年冬天的三四吨煤压倒了研究西域史权威的向先生的双肩，所以他说要在休假一年中到南京中央博物院去坐坐办公室，多拿一份薪水来让家里还债过冬。

"因此我说要把他当到南京去了，当他一年。"诙谐的向太太在艰苦中仍有兴致。

上半年向先生在中法大学兼课两小时，每月的薪水说来不会有人相信：六万元。

"北大规定不能再透支了，而且教授久已主张的薪水分两次发给，最近才决定试办。"向先生又不关本行地说："北大如同恐龙，头小身体大，动转困难。工友薪水分两次发给，我们比工友还不如呢！"

他以过去行总给难民面粉每日一斤半计算，一家五口面粉就要二百斤，那么即使薪水连差额加到二百万，也离一切用度需要远呢。

他九月底就要动身去南京"入当"了，爱他的同学们将多么惋惜！

（原文连载于《大公报》天津版 1947 年 9 月 15—17 日）

初晤川岛芳子

这是一篇最难写的通讯。

国际间谍是一个多么神秘的名词，而面对着的总是一个有血有肉有感情的人。我所知道关于她的事，不比传闻多一丝一毫，她究竟是汉奸是间谍是战犯——或竟是一个俶健慧黠的女性，无从判断。自她被捕二年以来，这应该是一个新闻记者访问的对象，可是自己始终难在"心理天秤"上决定对她的砝码。她的公审群众起哄情形，或竟基于一种不健康的心理，法庭应该是庄严肃静，使供词不忽略一点，可是那种花园审判法，树上房上棚架上全是人，除了让一部分好奇的人民看一幕活剧外，对案子的审判和人民法律常识的增加，全无好处。

把金璧辉案当黄色新闻登是无谓的，我深恐由于新闻记者有意无意的"起哄"笔触，而影响了案子的正确决定，所以像城隍庙看耍把戏似的"观审"，我没有写。可是在她宣判死刑以后，我想去发掘一下这声名赫赫的"间谍"的人性。

"离奇怪诞"的思想

在第一监狱女监会见她之前，我对她是有过一面之缘的，那是在十月八日初审未果的候审室门前，她在被提回监狱时简直是跳跃着出来的，短发白面，大眼浓眉，穿着南京某人送给她的白毛衣，底下是西服裤，摩登公子哥打扮，见了人群中与她熟稔的某小姐赶忙握手，一脸欢笑，便又跳跃着上了卡车。给人的印象是活泼老练，容或有几分造作，若与她的年龄及司令大名来相比。

在她上车的刹那，她丢下一封"离奇怪诞"的信，内容如下：

励生先生台鉴：

十月一日，我正在监狱的运动场，一个人座（坐）在玫瑰花的地下望着天空糊（胡）思乱想，看守先生叫我一声汉三号收信，我心想是叫别人，没有答应。又叫我，我很奇怪地到公事室里去了，一看可不是我的信，我是一向没有人来信的，也没有人来看我的。我们在监之人，顶高兴的一件事是来人来信，我常常看见难友家或朋友来信，想到自己一封信也没有来过，很难过的。真想不到层（会）有人给我来信。我收到你的信，漫漫（慢）看完了，才明白一切，谢谢你，你知道这一封信使我有多么高兴，比法官少判几年都高兴，你知道吗？有多么安慰我，我真高兴一个好人民应该为祖国努力牺牲一切。我也是中国人民，想当初决心为国家牺牲一切。我没少打日本，可是想不到同胞胜利了倒误解我当汉奸，被捕以来，每次报纸所登的，没有一次不使我伤心的，因为什么，骂我也没关系，想不到的同胞对我的误解整整相反，日本在我们中国的时候，出（除）了内地以外的同胞们，谁敢打日本，可是我打了不少的日本，我总教给青年们不要忘却祖国，把日本打出起（去）。北平的小学生们中学生们，不少听见我这些话的，因为我的良心知道我不是汉奸，决不会侮辱你的（中略）。现在的中国太可怜了，我虽然现在是个犯人，可是我没有一天不忧虑的一件事，可以告诉你，我老怕咱们中国老百姓为衣食上的问题，能够把思想都失舍了，"吃都吃不上呢，还爱哪一门的国呢？"这句话是我常常听见过的，真可怕的心慌。咱们没饭吃，全是在乎咱们自己，咱们同胞全一致努力，建设国家，国家马上会强起来的。励生先生，努力吧，我相信你是爱国的，我相信你是前途远大的青年。最后再求你一件事，我希望你多多研究工业，咱们中国是农工业国家，努力吧！再见！

过去她也发表过一点抒情式的文字，想她的小猴小狗，像一个孩子，又像一个老处女的古怪情怀，有某些对于国家大事的忧虑，又好像是一个有正义感的爱国者，她注意到大多数老百姓正严重地患衣食之匮乏。

初晗刹那

吴崎沅典狱长告诉我金璧辉的狱中状况是：她很守规矩的，没什么人来看她，除了新闻记者，不过大多数她懒得见。她没钱，吃着囚粮，没有像许多巨奸那样包饭或每日由家属送饭。

他把我领到女奸的大门内，劈面正站着要和另一难友抬一大桶水的金璧辉，不过今天衣饰没有那么摩登，颈上塞着白围巾，穿了和尚领的灰布棉衣裤，十分臃肿。又加以没穿皮鞋，好像矮了半头。不过乌发光鉴，眉目如画中人。她见了典狱长赶忙鞠躬，又亮着黑瞳傻站着。一只小巧丰润的手又要去提桶子，那难友说："你别提了，会客去吧。"

典狱长走了，女监看守头目的办公室借给金璧辉和我，头目时而在时而不在地由我们自由谈话。外面是北风怒号，风沙漫天，炉火似燃非燃，窗外射进有它不暖无它阴森的日光。金璧辉硬要我坐在办公桌后的椅子上，她自己在桌前椅上落座，倒好像是我在顶庭长吴盛涵的角儿了。

她是一个容易和人熟的人，几分钟后便和我对答如流了。有时双手插在裤腰旁，有时站起身向烟囱烤手。从三十四年十月炮局子陆军监狱说起。

一切都是上当！

"在那边我一共过了五十八回堂！从一开头就把我当侦探看待，要我自白，天知道叫我怎么捏造。可是他们再三哄我逼我，说只要我承认一点点就放，否则抓了没罪又放怎么说？有一次审问的人说：'主席注意着你这案子，如果我回南京说川岛芳子很坦白，肯悔过了，对你会轻办的。'他们问许多汉奸口供时也逼他们说出金璧辉的事来，说出来减他们自己的罪。他们——譬如管翼贤就把平日所见报章杂志关于我的煊染文章指认出来，以往我的口供都是为了想自由所以上了当。我挨过一次耳光。"

"我怎么会是汉奸呢？如果我向着日本，日本投降以前我早坐飞机走了，抓回来也可以先舒服几天。中国胜利我多么高兴，我是日本国籍中国血统，我也到马路上欢迎过国军，我也喊过蒋主席万岁。满心以为中国将成为民主国家，要成强国了。"

我比勇士还爱国

"我爱国不比一个拿枪打仗的勇士弱，（'你不觉得这话好笑么？'她问我。）日本人都知道我厉害，我和日本军人吵，我打死过日本宪兵。我打过电话给王克敏那些汉奸，叫他们不要组织伪政府。金司令什么的，都是我哥哥的事。

"可是十月里我被捕了，不久他们把我家亲属的衣物用具药品都当我的面拍卖了，气得我不想活。

"我和他们说，如果说我当汉奸间谍，那么让受过我害的人告我做证据呀，倒是站出来！结果没人告我。

"从我幼年起，就是戏剧场面。三岁我爹死在日本，我妈在爹灵前自杀了，同住的川岛浪速没儿没女，抱我过去，我的义母义父疼坏了我，宠的我不得了。去年义母为我入狱想病想疯而死了。我在九岁时就被称为少帅司令，好骑马打枪游泳，报纸上总刊登我的新闻。我是在报纸经常登我的名字之下长大的！日本可可牛奶糖的包纸上也用我的照片做广告。北平记者们见了我总问我为什么不结婚？有男朋友没有？我也玩笑地回答他们：'我的爱人就是你！'反正狱里成天打打闹闹的。为什么我会被人注意呢？大约就是因为悲剧从幼年开始，日本叫我命运公主，我母亲长得很美，（她没好意思说她自己很像母亲。）日本贵族都请家庭教师，我的绘画被教师称赞为有天才，去美术学校画过，可是在我十六岁回中国以前，曾经被几个学校开除，因为我太顽皮太淘气。

"我也会跳舞，可是没当过舞女。川岛爸爸为这个大大管教了我。吴庭长以为我不结婚，会游泳、骑马、打枪，全是罪，其实吴盛涵是老憨，没见识，哪个摩登公子小姐不玩这些！唉，把我气坏了！在花园审我是吴盛涵要出风头，我的外国语文么，凑合会几种，在日本曾有法国家庭教师教我法文，英文也会一点。我的中文却有点含糊卷舌头。"

去参观她的监房时，从小窗中望见她和另一难友的床铺，屋中还没钱生火。

墙壁上挂了几张影印的彩画，一张她画的山水墨画尚未完工，已经挂了起来，她说没钱买纸。小书桌前放着一把椅子，今早她又送给丁作韶律师的自白就是在这上面写的。她对于丁律师回答美国《生活》杂志记者何以给金璧辉判罪，而他回答因为她太英雄主义这一点上，表示十分感谢。

邹所长还我的牙

问起她床上蒙的一条粉红格子新褥单时，她说那是南京战犯管理所所长邹任之所赠。她又跳着说：

"你登报时说请邹任之还我的牙！他给我拔了几只门牙，可是还没装好，就又要我回北平，说起话来敷敷敷的，多别扭！

"他们又说我四十五十啦，我是和小方八郎同年同月生的，他是我奶妈的儿子，他也冤枉，判了五年罪。我爸爸和我都是土肥原的反对党，我们是反对日本侵略中国的。

"这回上南京上海杭州也是上当，他们哄我替土肥原做证，我就在战犯拘留所里照那儿的日本杂志抄了一点。多么想出去呀！已经坐了监有什么办法？所以庭长问我有什么生活困难时，我只好说我想我的小猴。"

我叫中国人打死也光荣

"中国法律真落伍了，这可不是因为判了我死罪我才这么说，这不是恨，您得明白这一点。我爱中国，我叫中国人打死，也无愧于光荣！"（这句中国话有点似通非通。）

她谈够了自己，却指指在添煤的面有菜色的难友说："我的事不成新闻了，您应该访访她们，一个个多可怜哪，多可怜的人都有。"她随后跳蹦着领我去看工厂，多少犯罪的女人坐在地上纺羊毛，灰衣服和她们发灰的脸一样透着没有生命。川岛芳子一面说，"这叫民主国家，这叫民主国家的法律，只有我们中国，女儿可以替姑妈打官司，爸爸杀了人儿子孝顺可以抵罪。抓到一颗烟泡可以判十几年，抓到许多烟土可以判两三年。"她在一个行将临盆的女犯前大示怜悯，看神情那些作奸犯科或贩吸烟毒的无知女人都对她极好，她们平日戏呼她为傻哥哥，是旗人称谓，又冠以傻。逢人赞美时她一努嘴，笑得犹有几分妩媚。她见了女看守就鞠躬如小学生，以致女看守都说她"好天真烂漫的一个姑娘。"她说："我想做工，可是她们不许我做，因为我是未决犯。"

"忧国忧民"的金璧辉

说起她的某些见解超人，如同指出担心人民为了经济压迫将不择思想等，她点点头承认这正是她的所思，"虽然足不出狱门，可是据我听难友们家属来探监时传来的各家愁苦，我觉得这是一个大问题。"她一本正经地说。

对于她过去打吗啡针的事她也赖了，她生过肺病，给我看左右颈肿大的淋巴腺，说是结核。奇怪的是面色红润，好似她吃的不是囚粮一般，事实上她确已吃了两年窝头了，除了去南方做证时。

最后她有礼貌地请科长允许给我签字，由字迹的清秀有致上，也可以知道这傻哥哥一点也不傻。

十一月十七日寄

（原载《大公报》上海版 1947 年 11 月 20 日）

北平小事

踏雪寻煤

十二月份据华北气象台报告的月令是："月序行多令，严寒多朔风；扬沙时入户，露结瓦霜封；冰下水声细，雪中松色浓；南檐负暄坐，炉火更熊熊。"这是综合以往记录，并非预告，但是也颇可信，本月已小雪两次，气温低到零下十七度，很多地下水管冻裂，据说是五六年来未有的奇寒。

但是，除了若干冰场和溜冰迷之外，很少人欢迎这严寒，社会局主办的粥厂二十四处，暖厂十四处，都在十二月一日开幕，但犹有杯水车薪之感。事实是时势所趋，把大部分人民都驱赶到了饥寒线上。大钞发行，港口封冻，物价一涨再涨，毫不迟疑，公教人员固然配售面粉，平常百姓却每天与开门七件事斗争。北平垃圾一度清除，但如今因为无车无油，又堆积如山。民政局还没有把靠垃圾吃饭的人统计起来。总之，大街小巷中的垃圾山上，不论气温降到多少度，都有大群人在用冻僵了手指捡拾煤渣。男女老幼蓬头垢面，甚至为了争夺一点点目的物而厮打，只这一幅"踏雪寻煤"图，就够为惨境写照了。

卖血的人

朝阳门外东郊有一个卖血的秘密组织，主持人是六十九岁的计福山，也就是卖血领袖。他给北平各大医院卖血很多年了，因为他的血是"O型"，所以可以给任何人用，驰名遐迩，难得的是血的度数最合标准。他的血后来弄得供不应求，所以由他介绍，东郊许多贫民都参加卖血。

这老伙计其实面黄肌瘦，不过是很典型的北方结实老人的形态。他正在煮白面条吃，赶忙说明："您看我吃白面可别奇怪，猪不吃豆饼长不胖，人不吃好点也生不了血啊。北平血价赶不上物价，今年夏天二十万元一百 CC，如今物价翻了几个身，血价有的医院一百 CC 给三十万，有的给四十万，北大附属医院只给二十万，前德国医院，如今的市立医院给五十万。我给介绍的卖血人有时给我三万两万，他们知道我又老又苦，这买卖也做不了多久了。"

他又说，他们的"伙计"中，还有一位穿大衣拿皮包的大学女生呢，因为她太阔气，医院只用了一次不敢再用了，其实她是为了家中经济断绝，卖几个学费而已。

这位"领袖"还有借用的电话，好接应买血的主顾，他却嘱咐人："说我老伙计就行了，别提卖血的事，人家听了讨厌。我们这一行若不为了吃饭，龟孙子才干呢！"

狱中的孟宪功

北大学生孟宪功、李恭贻被捕两个多月了，经过同学们的积极呼吁，好容易才有了下落。李恭贻的名字在国防部发表的共党谍报机关之中，孟宪功则"通匪有据"，鼓动学潮，刺探情报。同案还有警察局职员黄天佑、民政局区公所的谭志超，三人一同被军事当局转送法院看守所。北大学生曾集体前往探监，但按规则非直系亲属不能接见，他们只留下了衣物。学校当局推派费青、李士彤、蔡枢衡三教授调查案情，等候公审时，校方以监护人资格提供资料。这是沈崇案后的又一次事端了。

北平记者群的邂逅孟宪功真可以说是偶然，原因是法院为看守所一部分被告劝募棉花，所长张殿宾引导记者们去参观，这儿收容着一千五百多人，超过原容量一倍以上。孟宪功在病所，虽然他并没有病，与同案黄谭在一间屋子里。这比之二十人无立锥之地的普通被告，算是相当优待了。

刚和两位老师谈过话的孟宪功，站到门前小洞边来，大约是两个多月来见不到外面的人，所以见了人便有喜气的样子，两位老师刚和他长谈过，他仍如上次收到同学衣物后的回条上写的一样回答："生活还好，我并非共党，总有水落石出的一天。"并且说，"到看守所后如离地狱，这儿可以说理了。"问受过刑吗，他说目前伤口已平复了。临出来时剃了头，他看见李恭贻也剃了头，以为他也要解法院，却不料并没有。

如今孟黄谭一案经移地院后，地院认为不合司法程序，须由地院检查处侦察起诉后才能受理，十六日已开庭侦察，在侦察期间，大约地检处是不会发表什么新闻的。

穷象一斑

竞选时花样百出的市参议会，一日至十日开第一次大会，开得似颇认真，以至十天会期延到十四日之久。会中听到南京又遴选一批省市参议员后，悻悻地说："我们是人民选出来的，又来什么遴选……"决议通电反对。

花七亿以上开的这个会有什么具体效果呢，有之，恐怕就是要成立一个"拨乱动员委员会"吧。这是市府交议的，也要有力出力，有钱出钱；也要慰劳军人及军属；也要成立兵役协会（议长即会长）。至于华北经济政策之制定，平抑物价方案之施行，那要看以后了。

北方穷，京沪开一个参议会，七亿一定不够。参议员每日支车饭钱八万，在京沪决嫌其寒酸。但在北平，肯慷慨指出这两周车饭的，只张怀教授与开小医院的刘植源而已。

北方穷，商议应摊三十二亿城防费，原应七月份收足，可是到了十二月还欠着四亿，有二十家同业公会后交，警备部一再找各公会理事长龄切训示，限期交足，否则羁押理事长，这果然不是一句玩笑话，尽管商家说营业萧条，倒闭还来不及，哪有钱交。可是日前理发业同业公会理事长陈沛霖，真的被羁押起来了，其实该业不过欠一千万。呢绒西服公会各理监事也是被叫去问话的人，他们欠一千五百万，结果他们八人忍痛具结，每人交一百五十万元，买回来自由。据说陈沛霖申诉的理由是：有的同业只不过一间棚子开业，实在缴纳不起，自己也无力垫付。听说警备部有意放他，他倒不想出来了。

如果这样的事放在上海，也许理发业会热闹得比"假凤虚凰"更起劲吧，不过上海不这么穷，也许根本不会欠。早在几个月之前，为孟小冬送花篮的折价，不就有几亿之多吗？在北方人的耳朵听来，真有隔世之感。

这件案子中内幕新闻是，在商会中早有"飞来派"与"土著派"之斗争，呢绒与理发都是土著，在国代选举时，土著未选飞来，所以警备部要开刀时，飞来派便如此举荐，以后如何，要听下回分解了。

北方穷，初复员时，街头孩童在抽陀螺时常唱："抽汉奸，抽汉奸，棒子面，卖一千。"如今棒子面卖到六千元一斤，又该抽谁呢？

（原载《大公报》上海版 1947 年 12 月 25 日）

烽火北平

新年过去九天了，记者还没有听见谁道过一声新禧，近几天距北平二十二公里的门头沟炮声隆隆，平津车一误点便是一小时又四十分，新年除了给人普遍地带来新涨风外，便是要求人们有一个坚强心脏的警号，这炮声与物价的翻腾皆似地震，简直不是一个心神脆弱的人所能领受的了。

这伤脑筋的民族大约上上下下普普遍遍一齐在伤脑筋，就连总司令傅作义也不例外。平市参议会许惠东议长招待记者时道出傅总司令的焦虑："河北平津不同于察绥，傅司令十分焦虑。三十五年他离开绥远时，给地方留下了七十亿（那时候的钱）。去年离察，也曾把三十七年度经费弄好。到河北来一看，平津竟贫于察绥，物价涨得几乎无法打仗，精神上也少支援。"傅总司令于擘划军机之余，日前曾约他正室所生儿女共餐，也一面慨叹："物价如此涨法，打下去又有什么意思呢？"今天的困难真不是徒恃穿一身棉布军服可以解除的了。傅将军正室在西安，侧室在北平，所生儿女一共六七个，今天这物价也够他受的了，如果不是尽量由国库供给。

阳年好过，"阴关"难逃，李烛尘、姬奠川说如果生产贷款不能续放，旧历年终天津工商业必有半数倒闭。去年靠农产品原料生产的工业已经倒闭（如面粉、植物油……）今年灾厄临到靠天然原料生产的工业，如水泥与制碱等工业头上了！启新发专电请财政当局收购一万五千吨洋灰，中小工业更不必提了。年终各厂的工资和奖金是一笔大开支，汇兑不易，了无办法。李烛尘的请求开放军汇、恢复工贷与押汇的电文所说："玉石俱焚"，是十分贴切的。

四十四斤的小袋面涨到一百三十万一袋，大米二万五六一市斤。做窝头的棒子面一万一斤。如在重庆时，不许卖头二号面粉，一律磨统粉的命令又来了。其实，白面照旧在黑市流转。这与发大钞发关金而不发法币的事实同样是掩耳盗铃。如果这句成语可以解释成猫与鼠的故事，那么今年适为鼠年，恐怕这类傻事将层出不穷了。

燕大教职员待遇合理调整后，其他各院校已迹近束手待毙。清华全体研究生三十余人在八日做了一天史无前例的罢课，争取合理待遇，维护学术研究。上月国立中山、中大、北大、武汉、浙大、复旦及清华七校研究生曾发表了一个争取学术独立的意见书，并要求改善待遇，建立良好的研究制度。这里只抄下罢课宣言里的开头几句就够了："在漫天烽火、遍地灾黎的时候，侈谈学术的研究，原是一种时代的讽刺。"在政府兢兢于战事进行的时候，欲求当局能注意到研究生生活的改善，更是一种妄想——去年十月每位研究生的生活津贴是十万，近传增为二十万，所以他们说："政府可以大量外汇供给四千多公费自费的留学生，对于国内三百多个研究生却极尽其刻薄吝啬的能事。"他们的要求是恢复战前研究生待遇办法，每月发给四十元、六十元的实值津贴，希望当局不再"拖骗"。这作为"沉痛的抗议"的一天罢课有没有回响，要看政府的态度了。半年以前，周炳琳先生即呼吁"毋忘养士"，今天这声音显得更凄厉了。

北大工学院因课程太紧请求休学者三百多人（一共五百多人），学校批准了半数以上，其他各院系也有近百人请求休学。休学可保留公费权利，与根本离校不同。同学们要求学校修改教务通则，学校起初没答复，民主墙上各社团纷纷主张罢考，郑天挺教务长答应请愿代表九日下午召集各院长开会研讨。

以北大来说，本月男生吃大米的饭团，每月要一百二十万了，窝头还得八十五万元，女生食量小，吃一顿小米粥，一顿米饭，一顿丝糕也得靠九十万一个月了。师范学院饭厅门框上春联是："葱韭芥蒜除旧岁，油盐酱醋迎新年"，横额是"净吃甭拿"，多有趣味！因为伙房及膳委们最怕同学连吃带捎。

在元旦前，记者去看了中央印制厂北平分厂，大约这是所有工厂中最景气的一个了。此厂规模及机器大于京沪的印制厂。可是，转动了三十年的古老机器，依然没有能够充分利用，通货膨胀到了天文学数字，可是，我们连这点自力更生的能力还差得远：纸张油墨生产不及，平津没有，要仰仗上海，而上海还用不过来呢，每月只运来二千多令纸，五六万磅油墨，一个月的生产是三四千亿法币，这点真不够印业消耗，大量靠南方运来。目前印的是一万、五千两种，大楼上高揭"生产建国"及"增产建国"标语，增产生产之道就是印更大额的钞票，五千元关金底版也在镂刻中。这里的一千二百职工待遇没问题，一律以实物折价，工人是每月二百五十斤棒子面钱及几十万薪水，每天多生产还有奖金，一年十五个月薪水。他们在贫穷的印刷业中可以傲睨一时了。

穷又穷到什么程度呢？这儿是两则小新闻：看守所的被告，庾死所中时，连棺木衣服也没有一件就埋入义地，棺材买不起，富而仁的人也施舍不起，穿了衣服埋，会被贼在当夜剥去，反而把尸首喂了狗，掘墓之风盛行北平。行总留给各救济团体的面粉，只以市社会局办的救济团来说，他们有了面，却连发馒头的碱也买不起，只好蒸实面馒头吃。我们已变成一个瘫痪得站不起来的民族，以后再领什么洋救济品，应连蒸锅、燃料、酵粉和碱一齐要求。

东安市场一个旧书摊小贩看着报叹息说："建设新中国，建设个卵！"（这个字将就用的南方言语）说实话，人们没有了希望，司徒大使那样文绉绉而又充满宗教哲理的"希望"阐释，少有人懂得。没有了希望的人们活着是多么悲惨的事呢！

张东荪在北大本学期末一次学术演讲会上讲："理性主义与理学"，结论说："今日是西方文化之危机，这还是理性问题，人是否可理喻，不能以理喻，才必须战争。我们应采取西方理性主义，讲新理学是不够的。"

可悲的是，我们生在这没有理性的乱世里，可是有人竟劝青年人做梦，有美丽的梦境才能改造现实，这使人想起迭更司的"圣诞述异"，最好今日若干狄克推多们，也如这故事中的偏狭顽固的老人一样，做几个照照古往今来的梦，然后来痛改前非，自然，遭劫的人民们不需要故事中的老人般的由吝啬而仁慈，善待他的书记克瑞西，而是要根本扭转这君臣父子主动被动的地位，如果嗜杀者无梦，人民自己会把梦境搬到地面上来的。

（原载《大公报》重庆版 1948 年 1 月 17 日）

桃花扇里看北平

不知为什么，孔尚任的《桃花扇》忽然在北平流行起来了。阳历年前北平艺术馆便演出欧阳予倩改编焦菊隐导演的新平剧《桃花扇》，这几天又改在东城上演，分幕办法不同于上次了。齐如山任理事长的国剧学会也正在这几天请出几位老伶工来演齐氏改编的《桃花扇》，而这次演出的名义是平津两市府、中央及河北文化运动委员会、国立编译馆、教育部社教司、河北省政府教育厅七机关委托试演修订剧本。二三十万元一张戏票在北平是很奢华的了，去品评试演的都是知名之士，非"长"即"理"，连方卸任的孙连仲将军也穿了大棉袍与夫人并坐聆听，仔细对着唱词，意态闲适（他暂时还不去南京）。当讽刺贪官污吏时竟笑声哄堂，大约人人在想"骂的不是我"吧。

这一段明末遗恨插曲的发生地点系在金陵，这一段南明的凄艳故事，今天却在此时此地的北方上演，而且两台戏有着迥然不同的历史观。艺术馆的桃花扇鞭挞变节事敌的奸逆，把侯朝宗演得穿了清服去尼姑庵见李香君，无耻地说"不爱江山爱美人"。把杨龙友写作深谙做官三昧八面玲珑，以图耀升的贪官。齐如山编的不取整本，侯朝宗根本未露面，把杨龙友却写成一个有良知保护李香君的风流县令。而且为了符合"七机关"的委托，齐编剧本中还一再借侯喜瑞扮演的昆生师傅的口中，将古说今地来了一套道白，说我们国运不佳，说我们北方邻舍不讲信义，撕毁条约，勾结土匪，要价天天变，今天要俩，明天要仨。我们还有什么办法呢？侯喜瑞背诵下去说："我们要齐心拥护我们的国家，国家！"

对于讽刺贪污，两剧倒是初无二致的。欧阳予倩编剧中李香君唱："最可叹，奸佞人，朝纲执掌，连累了，百姓们，受尽祸殃。他那里，选蛾眉，金樽酬唱，曾不想，外来的，兵逼长江。奸贼们，一个个，良心俱丧，逞私欲，忘公义，坏了心肠……"写群奸在崇祯自缢煤山后，一面祭奠一面拥福王为君，企图把持晋升，同时又怕外面听不见他们的哭声诧异，于是马士英、阮大铖、田仰、杨龙友辈就"待我们哭起来，哭起来，哭起来"了。写官僚内心，淋漓尽致。

清兵南渡之后，群奸纷纷逃避，杨龙友饥极晕厥，郑妥娘救他，给他烧饼，听说他要投奔清朝，又送他川资去找史可法。以妓女的义侠与奸官之没落对比，郑妥娘洞烛贪官心理，刻薄相讥，以致在上次上演后有某方写信给焦菊隐，认为不该让一个妓女来讥笑官儿。此剧中之福王似一小丑，也有人写信建议，说皇帝为一国之尊，不应如此糟蹋。焦氏说想不到在行宪后的今天，还有保皇党。对于侯朝宗的居清官与否也有劳历史家们的考证。但在戏剧家眼中看，即使他只考中了副榜，就不妨鞭挞他做了清官，以致刺伤了李香君的心，气愤得竟以身殉。

观众们真是仁者见仁，智者见智，座中不乏穿棉布军服的傅作义的兵，他们听到说复社东林党时便说：

"那就是共产党啊！"

艺术馆打算研习新平剧，从正确意识、表演技巧和演员生活各方来改造。现在已有基本演员九人，多是以前戏剧学校学生，拿薪水，不在外搭班演唱，不争主角，为剧团打算，努力研习内心表演。他们还要演《二杰传》（即《林冲夜奔》和《铸情记》）等。

齐编的《桃花扇》着重在李香君不惧豪强，面抑权奸，她提出"燕子楼"的关氏盼盼，助丈夫中状元的李亚仙，以及擂鼓退金兵的梁夫人，又骂秦桧、严嵩等。"朝廷中，比昔日，尤其黑暗，谁把那，小百姓，放在心间。你忧煎，不过是，愁金钱难敛，锦山河，定丧在，你这权奸……"扮李香君的是杨荣环而不是王瑶卿，那一晚老伶工尚和玉、马德成、侯永奎、侯喜瑞、张洪祥、贯大元全出台，红透一时。马德成以七十高龄演石秀，"石三郎进门来英儿骂打，直骂得小豪杰脸上发烧，"小豪杰都没门牙了，唱来犹声震屋瓦。王瑶卿却没法再以皮皱肤扮香君了，这大约是旦角的悲哀吧？

以"使国剧增加教育意义"号召的国剧学会捧老伶工们出台不失为智举，而他们所增的那点"教育意义",意在言外,间或也作接收房子车子的自我讽刺。

在他们作试演的一天,正是坐了二十三个月监狱的红武生李万春宣判无罪的日子。他的灾祸是曾在敌伪时代演《班超投笔从戎》时喊口号打倒蒋政权,打倒汉奸,今日释放的原因又说是证据不足了。一位隔夕看了齐编《桃花扇》的老先生杞人忧天地对我说:"可惜了这位老伶工!说不定今日的万春就是将来侯喜瑞的写照呢。"

这时候的北平接连着是军长自杀、师长阵亡、团长受伤的消息,北平人众口一声地叹说:"死得冤!"

傅作义总司令没有心情看《桃花扇》,日前有人在史家胡同(史可法的祠堂在内)他的私邸会到他,说是"眼睛赤红,头发凌乱,衣服不整",那好心人说"看起来可怜得很",鲁英麐军长、李铭鼎师长俱是傅氏手下名将,又怎能不使他"出师未捷身先死,长使英雄泪满襟"呢。

今天已是废历"送信的腊八"了,腊月初八北平俗例吃腊八粥,各种米各种干果的混合物,吃了这粥,年关就快来了,还有要命的关东糖在后头呢。本地某报短评说腊八时尚煮一种"绿豆",用以结缘,是青黄豆加胡萝卜丁,再加花椒盐水,互相馈赠。内称:"为今之计,应由国共互以青黄豆若干吨,彼此相赠,以资结缘。"腊八节出自佛典,所以相信今生来世,而今天四亿多人正企求着今生的和平!

战争逼着人失去了理性,本月二日北平富商封翁如的七岁、九岁二子竟被姨兄用铁链打死在郊外破屋中,表兄弟中并无仇隙,凶手王福刚不过为了失业二月(袜厂停工),穷极无聊,本欲绑表弟们诈财,后来弄得骑虎难下,又无处藏孩子,便把小肉票狠心地撕了。真是撕了,死后怕认出来,他把两孩面皮都撕了。这惨剧连侦缉队队长李连福都说是社会问题。破案后何思源市长招待记者说,这比延庆楼失火更痛心。

这种萁豆相煎的惨剧不比《桃花扇》里的血迹更残酷吗?人们已经给和平跪下了!

一月十八日寄
(原载《大公报》上海版 1948 年 1 月 24 日)

东北难生在北平

战局飘摇不定，东北物资纷纷入关，四月十五到五月十五仅仅经过行局汇来的流通券就有一万一千余亿，不经行局而逃入关内的数目字还要大。同时飞来客也不少，有亲的投亲，无亲的投奔旅馆，此外东北流亡学生已登记的就有六百八十三人，计有东大、长大、长白师院、辽东学院、东北联中、松北联中、安东联中、中山中学、省立四中、女子学院、师专、文惠中学、辽宁医学院等校学生，许多人衣食无着，住在西城城洞内的"顺城旅馆"里，与乞丐为伍，长了一身湿疥，病倒的也不少，六百多人中只有三十二人得到过社会局每人十五万元的救济，十五万元也就是十五个烧饼，一天也许就吃光了。

在平津筹设东北联大、联中的事早已"甚嚣尘上"，可是起先教育部派来的方永蒸、卞宗孟两位专员忙于找房子和参观，一会儿要借顺成王府，但又腾不出来；一会儿要借北方中学的剩余校舍，因为那是东北同乡会赁与他们的，事实上筹设联大、联中的事在数月前东北代表晋京请愿时就建议过的了。后来又有消息说教部派国立蒙藏学校校长陈克孚做东北临大的筹备主任（一说为校长），派侯敬敷任联中校长。可是十六日沈阳医学院院长徐诵明自南京商洽迁校后返平，据说教部并没有派陈克孚任联大校长的事，教育部的计划到现在行政院还未通过，也许到大总统就任以后才能实现。又说东北联大是委员制，没有校长，委员由东北各院校校长和北平各院校校长分担，对外为整体，对内仍各自为政，原来有公费待遇的仍享公费。

这犹之平抑物价的官腔对于屡袭的涨风之"急惊风偏遇上慢郎中"一样了，

东北同学们饥肠辘辘，对于这种公文旅行早已领略过了，回想远道跋涉，不无悔意。他们有人在来平途中曾遇到共军，他们未加拦阻，只说："你们进关去尝尝×××的滋味吧，到完全失望了回来时，我们仍很欢迎。"他们一部还曾在国共三不管的地方被胡匪洗劫。

为了全运会南京衙门群龙无首的消息他们听到了，北平报纸上正被全运会及本市春运会的消息占满，别人在健身、在锻炼，那些体育明星的照片映入他们的眼帘只有使他们心疼，如果他们看到已然在北平电影院放映的全运会新闻片，看到那打着"辽宁省""吉林省""黑龙江省""松江省""沈阳市""长春市""哈尔滨市"……的旗帜的时候，他们更要心疼了。他们今天的颠沛流离和所遭到的冷遇，不也应该上上银幕吗？而张伯苓校长五月十六日来平，在银行公会百余南开同学的欢宴上说："上海全运会乃是全国统一的象征"，颇堪玩味，东北同学们读了引起自己牺牲在象征中的感觉。

三天前东北同学们向记者群诉过苦，他们说："东北联大、联中成立那一天，我们恐怕早就饿死了。""我们相信就是怎样不开明的政府也不会使青年人都饿死的"，又说："怎样善于打官腔的官员，也不能不知道没有饭吃的人是等不到明天的。"如果重庆杨妹不吃饭是真的，他们倒非常欣羡了。倒是北平同学们的热诚使他们非常感动，北大沙滩区东北籍同学一晚就为他们募了九百万元，其他各院也要发起捐募，并为他们接洽房屋，师院东北旅平同学会分会捐款两千余万和衣物，艺专分会捐款五百余万，在这"大庙不收，小庙不留"的情况下，东北流亡同学应该为这些青年人的热情与援手破涕为笑了。

教育部对于东北学校的迁平尚有"犹抱琵琶半遮面"的态度，东北各院校纷纷在平设办事处，有的在找房。沈阳学院就在华北学院设了办事处，该校设备在全国医学院中是第一个，研究所就有十二个，贵重的仪器和书籍要运到北平来，附属医院就未必能开张了。据徐诵明氏说："台湾比北平更保险，但是台湾学生一律无公费，迁了去怕破例，教育部不愿意。"

报载东北政委会高惜冰、马愚忱等发起抢救东北教育，决定三项办法：（一）今年八月选送东北技术人才百名，赴英美加留学；（二）劝募二十亿元，奖助成绩优良的高中毕业生到关内深造；（三）筹设高级职业学校，收容初中毕业学生，学习技能。这些办法，东北流亡学生们听了也依然是啼笑皆非，与

"抢救"何干？

在大批东北"难生"（流亡学生的简称）来平的同时，自太原也飞来了八百五十七个日侨，等待着去津沽搭船回家，他们三十人一小队地住在前门，也就是正阳门门楼里，大队长名叫山冈岛屋，他们大多衣冠楚楚，太太们依旧是一身和服，孩子们健壮活泼，警局的外事科先生在这里招呼他们，中国厨子为他们炖喷香的牛肉，连北平市民少有人照顾得起的水果贩和专卖美国香烟的小贩也到这儿来打主意了。在巍峨的高楼上，有日侨们在奏六弦琴或竹箫。有的不时下楼到大街上去溜达买东西，与全国超等的太原物价相比，他们还觉得北平的第一等物价便宜呢。至于为什么让东北学生流亡街头城墙，受到警察驱逐，而招待日侨们住在北平的天灵盖上——有一位本地报纸读者如此控诉，他认为正阳门是北平的天灵盖，气象万千，是不应该让侵略我们多年的敌侨们寄住的——恐怕谁也不能回答了。这位读者并且说：他为这事气得吃了几丸舒肝丸而未好，并且声明本人并非学生，而是一个四十多岁的热河人。

五月十七日寄

（原载《大公报》上海版 1948 年 5 月 22 日）

动乱时代

马甲藏宝案

天晓得是什么年头，新闻越来越新，只剩没有"人咬狗"的新闻了。

五月二十四日天津地方法院刑庭审理了一件奇案，告诉人是该院刑庭推事黄哲，其妻吴新，和他的岳母吴徐氏。被告是中美洗染公司的经理王定发、洗染工人严志高和李振钊。

那已经是四月五日的事了，黄夫妇及岳母一同去中美洗染公司送一件马甲去刷洗，到十六日取衣时黄哲、吴新忽说马甲垫肩内原藏金锭一枚，手镯一只，钻戒一只，美钞五十元，当时因为柜台前客人多，只见黄夫妇拿了前两件东西，垫肩拆得稀烂，硬说还少了钻戒一只和美钞五十元。中美公司的人瞠目不知所对，而黄夫妇又说如果公司可以赔偿两条半金子，此案可以私了。中美不服，结果成讼。到五月二十四日才开庭。由刘钖恩检察官起诉。王定发、严志高押了十一天，取保释放，李振钊到二十九日宣判三被告无罪那天已坐了四十天狱。二十四日开庭那天告诉人没有出庭。黄哲却向记者群扬言金饰是薪俸积蓄，多年流离，成了习惯，所以把珍宝缝在垫肩内。

这新奇的案子就这样虎头蛇尾地结束了，可是舆论的揭发使河北高院和监察使署都注意起来了，高院院长邓哲熙一再派员调查，监察使署也要"一肃官箴"。高院天津分院院长李祖庆奉令传吴新，黄哲则推说来平了，北平高院却并未见到他。据吴供出：她原是年前以接收贪污案被枪毙的海军上校刘乃沂的遗妾，刘伏法后与黄推事同居，所有垫肩内珍宝是她自己的，与黄哲无关。这与黄哲告诉记者们的话相左了。中美经理则说黄夫妇凶横无理,曾威吓说如不赔偿要枪毙他们,并将封公司的门。

现在中美方面在追问:原告诉人诬告的意图和罪名,不论离奇怪诞的诈财,只就法院推事接收贪官爱妾这一点上,也证明了司法尊严如何的扫地了。监察使署的彻查结果被平津市民关心着。

而且河北司法尊严的丧失也不自今日始了,半年以来法官犯法的案子都未见下文。去年底天津高一分院首席检察官陈嗣哲被督察团检举隐匿大量逆产,而且接收汉奸情妇,每案以金条计价勒索,判了罪,但是陈犯始终逍遥法外,没有归案。今年初,北平地院刑二庭推事林干受贿枉判宋仁浩死刑,及任国瑞等四人无期徒刑,法院只将林干解津侦查,至今宋仁浩仍在坐着冤狱。如今黄哲马甲藏宝案又凑了一个连串。

只应地狱有

今年北平的凶杀、情杀、自杀已经层出不穷了,有的破案,有的未破案。侦缉大队长为了和平门内孔家六口被勒毙未水落石出而记过,但这有什么用呢?动乱时代是罪恶的温床:王福刚会为了诈财不成而用锉刀打死两个小表弟,如今一个贾李氏又为了自东北逃来北平,借住朋友家受大房东压迫,迁怒朋友,而把朋友的一双三岁、六岁儿子用菜刀砍死,真是今年儿童们流年不利。其他迫于经济的自杀,由于无知愚昧的情杀,更是成了司空见惯的课题了。在社会新闻中很少找到点蓬勃向上的气息。

北平的房子不少,但是因为有的大户或机关占有了许多房子,很多几十间近百间的大院空着,而小民或难民却找不到房子,因此也闹房荒。市政府一度想强迫房主租出闲房,也只止于"拟议"。如警察分局成立的房屋纠纷调解委员会一个月可以接办数百件有关房屋的案件,近来东北各地来的人多,有愈趋严重的倾向。

凶手贾李氏便是被二房东逼急了的,而二房东也是被大房东指摘不应违约转租,否则要迫迁,而且该房房租极便宜,每间不到十万元,自不容许房客一转手间去以面计价出租。二房东言花剑秋是伪新民会第三科科长言一鸣的妻子，言现在狱中，太太带了孝仁、孝义、孝礼三子过活，这杂院里还住有邢家。贾李氏丈夫在定兴军中，她带着一个不到周岁的孩子新来北平。由出事后警局截获她丈夫的来函中，可以知道她一向个性极强，暴躁不能容人，她丈夫谆谆叮咛她要和言太太和善相处，好像对她早具隐忧了。

这些杂院中的住户颇有些像老舍先生笔下所写的那些人物，如果他今天再来北平住些时候，他一定会惊讶这些人物已不同于往昔，战乱改变了人性，他们没有以往小小天地中的情趣了，一切是棒子面问题、煤球问题、法币问题，人们变得急躁、偏狭、诡诈，一个劲儿往牛角里钻。他们眼看亲兄弟起内哄，也瞧惯了这一手，甚至连妇人家也动不动讲抄起菜刀抹颈子，或是杀几口找赚头。

言花剑秋曾嫌贾李氏付的房租少，又加些同院相处免不了的孩子间的纠纷，平日便以脏话詈骂贾李氏，其中免不了性的污辱，有影无踪地指贾李氏不规矩。贾李氏个性强，有点神经，又疑心花剑秋有心陷害她。她"仿佛"看见姓邢的院邻曾到她屋中来过，因此疑惑是花剑秋挑唆他来强奸她……

由于这样一种仇恨，她动了杀机，乘花剑秋送大儿子去上学的早晨，用菜刀把花的两幼子在酣睡中剁死，竟是在头上颈上身上一阵乱刀，甚至把孝义的生殖器也割下，两孩立刻在血泊中惨死。花剑秋回来，她又要杀她，没成功，回自己屋中想自刎，见警察来了，又放火烧房，警察把火扑灭，夺刀把她捕获。她的供词是："二房东逼我太甚，我杀人愿偿命……"她还上过中学呢。

两个死孩子在床上臭了两天入殓，由照片上看两个孩子都长得很有趣，如果看报的不瞧字，还以为他们是得了什么优胜奖才上报呢。

有的报上标题是"何事逼人起疯狂"，这在读者心里引起不同的回答，有的说"财"，有的说"色"，有的怨这不太平的年头，也即是这动乱的时代。总之，大家觉得这类消息在文化古城成了家常便饭，实在愕然。此种悲剧只应地狱有。

文化界动静

为了各院校热烈讨论反对美国扶植日本，《华北日报》《平明日报》都写社论指摘"反对"背后的阴谋。《华北日报》在号召"爱国同学团结起来"的题目下斥驳一部"职业学生"的制造暴乱，另一方面要求美国明确地宣示对日政策，以消世界的疑虑。《平明日报》在列举美国的协同作战、协同遣俘及联总救济外，指出"国民政府和美国政府对于日本管制和约意见的差异，成了"共匪"及其第五纵队离间挑拨的资料"。

但是在"五卅"北大民主广场开的"反扶日"大会上集聚了平津及院校数千人，主席沉重地说："美国为了维护自己的经济利益，不惜扶植日本，日本法西斯的刺刀又朝向中国了。我们联合日本人民、美国人民，告美国政府不要使日本再起。说话的还有韩侨和北大工警代表，又朗诵了马寅初在上海所作有关美国扶植日本的一篇讲演词。

"六一""六二"总算平安度过，官方发表了若干破获的阴谋，清共委员会一度声张"六二"要到北大民主广场去开会，结果未去。北大仅在"六二"鸣钟为战死军民及武大事件默哀，华北学联发表了一个"纪念'六二'周年反迫害反饥饿反扶日反卖国宣言。"

北平国立私立各院校本届毕业生有三千零十七人，文法教育等院毕业生占三分之二强，理工农医占三分之一弱，往年后者的出路较好，尤其是清华工学院同学一过了四月二十九日校庆，就可以接到各机关延聘函件，平均每人可以有三四个机会选择。今年除了电机系、机械系、土木系较有办法外，其他大成问题，资委会今年自东北撤退的技术人员还正愁过剩呢。有些军事机关需工业人才，可是同学们又很少愿就。台湾、青岛、平津路局有一些机会。师范学院毕业生出路应不成问题，但往往有的同学要自由就业，不肯到分发的地区去。

有些同学早有先见之明，他们知道在这年代毕业出去是枉然的，所以自动"怠学"，少选些学分，或不做毕业论文，想再在学校住一年，观望时局。不过这必须是没有生活负担迫压上来的同学，他们还不忙于找枝栖之地。

在这文化城里，斯文扫地的例子举也举不完，公园北海常可以见到些老先生茶座上隐着姓名卖字画。日来又有一位中法大学教授袁民宝迫迁于房东，急得一家八口无处去，太太摆地摊。消息传出同学们纷纷募捐。他在两校兼课的月薪共一千二百万元，八个人如何维持衣食住，要请会计师来了。他还珍存着民国三十年教育部给他的一张服务教育界十五年的奖状呢。

年头儿反了，人性在变，教育的作用也很有限，陆定祥教授为了和车夫争执车钱，用手杖敲破了车夫的头，闹得送医院，这算不算是教育界的"血边新闻"呢？

改革币制在北平热闹了几天，金钞落而复涨，许多专家教授指出：如果财政收支不能平衡，战费依然睥睨一切，那么"赤"字无法交代，再改银本位、金本位也无用：银子有限，人民如果一个劲儿兑起现来也是不得了。

那么，这动乱时代的希望在哪里？

六月三日寄

（原载《大公报》上海版 1948 年 6 月 10 日）

希望及其他

在"物价决口人心如焚"的今日来写通信，都似乎是多余的了，经济崩溃的过程中物价一日三变，由寄出到刊登的一周中物价报道成了明日黄花，如果说不报道经济吧，可是今天经济问题迫临着每人，迫临着一切公私事业。

日前傅总司令又曾发表过一次"有决心平抑物价"的谈话，可是人民既不会天真地相信，商人们也不会奉为金科玉律，转瞬之间四十四斤一袋的面粉蹦到一千二百万元一袋，稻米三十三万元一市斤，玉米面十四万元一市斤了。听说七月份中美配粉定为二十二万五千元一市斤，是六月份定价七万二千元的三倍强，一些薪水工资阶级的人叹息，谁的收入可以依此比例增加呢？

国行派来三位大员李立侠、夏晋熊、王钟，算是决定开放申汇了，但是这对于物价仍不是一颗可以平定的砝码，对于东北游资也有了控制的办法，可是据专家谈，东北游资对今日物价之急遽波动并无首要作用，最重要的还是财政支出上庞大的军费。

"望物价，盼和平"确是今日动荡在人民间的主流，主流不可能，便成为暗流，谁都知道战争是消耗性的，尤其是对内战争，消耗而无成果与代价。总希望这噩梦早些过去。

刚发表卸职的何思源市长已经为北平的城防、难民、物价、财政愁得失眠四星期了，所以他在卸职消息到来后顿感"无官一身轻"，这大约一点不假。今日在野好办，在朝难当，所以张群前院长到平后见到何市长，第一句话便是"你也无官一身轻了，哈哈！"何市长报以轻快的一笑，他们大可以互相安慰，互诉衷曲了。

何市长在刚正开大会的市参议会上说："我可以不担心被八路军俘去了，可以不像鞍山、昌潍的市长县长似的切腹自杀了，也不必准备做'剿匪烈士'了。"他又劝大家继续努力城防捐，他自己捐薪一月，市府同人捐薪三天，他说北平如不好好办城防，会成为开封第二。对于平市有"奸匪"嫌疑的户口，据说已加以监视了。

在"剿匪"军政经济情况如此如彼的情况下，市长一职成了火坑，难怪刘瑶章在僻静地方静思一过后，忽然又电中央辞谢了，他似乎只愿意做河北省参议会议长敲敲边鼓！这辞谢容或是谦逊，但是他必然地也深知今天的官儿不好当了。

刚挨过骂的司徒大使到北平来度七十二岁生日，同学们仍以他的"反反扶日"相询，他的答复是模糊的。不健忘的人还可以记得他七十整寿那天的盛况，他在那一年就任大使，那时军调部尚在，国共美三方面委员纷纷驱车到燕园祝寿，觥筹交错，印得有精美的司徒传记散发来宾，这"爱中国也爱美国"的和平老人看着军调部三方面人员有美国人，有中国人，有国民党也有共产党，两党之中均不乏燕京校友——他的学生。那是一个多么感人的生辰，他该为他肩上的和平重任感到光荣。

这次来平，司徒老人本守口如瓶，但在抵平第二天午后他仍然向同学们说明了他对学生运动的看法，他的话是："要再展开，更团结，纵有牺牲，也有代价。"他说如果华北局势有变，燕大不考虑搬家。

二十六日午后国立北平图书馆举行了一个美国美术印刷展览，请司徒去揭幕。这七十二岁的老人穿了雪白的西服，打开了谈话的闸门，由生日谈到怀乡，由美术印刷谈到北平和台湾的戏剧和跳舞，又由战争谈到和平，他说：

"和平是全世界人所祈求的，中国人民不要失掉和平的希望，要继续努力……"

他正在眨目舐唇地畅谈时，他的顾问傅泾波提醒他说："这些都是记者啊！"便把他挟走了，他们一同去出席美领事馆的茶会。

本以为可以平淡开过的市参议会，这次却为了驱逐汤永咸警察局局长而致一度休会，今天才复会，汤局长真的下台了。最大的罪状是：（一）和平门内孔宅六口命案始终未破获，其他凶杀案、抢案也多未破获，影响治安很巨；（二）戡乱期间，警局却从未破获奸匪案件；（三）本年北平市征兵一共七千五百名，原议决由各部募集志愿兵四千六百名，警察局抓两千九百名散兵游勇补充，但后来警局又把两千九百名分配在市民身上，使兵价由三千万涨到一亿二千万元，增加人民负担，弄得人心惶惶，社会不安。翌日汤局长答复时，教训了参议员几句，"开会要有开会的秩序和纪律，质询要有质询的范围和态度，参议会是主持正义、明辨是非的地方，参议员也是普通的人，没有三头六臂，算不了什么……"台下齐声叫打，烟碟飞过来，有人要抢麦克风，局长以为要动手，便说："要动手不含糊，警察局长打架太平常了！"捶桌声与跺地板声响成一片。

副议长把局长拉开时，议员们还在和局长对骂，甚至"混蛋，王八蛋"也满天飞了。接着参议员们以撤换汤为复会条件，接着白世维副局长暂代局长，警局发出快邮代电，全体警察总辞职，未奉准前各守岗位。

有一报纸的参议会花絮记的是：

怀仁堂发现"飞碟"，会堂前但见自正西方忽然一声，自半空飞来，直径约有二寸，形如圆月，未见光芒，秒速五尺，行程五米，即落于汤永咸面前……

参议员们和汤永咸的官司打不完，各院校和汤永咸的官司也打不完，因为前几天警局刚分函各校，说据传有少数"匪徒"，假冒学生身份，潜伏各校活动，警局为职责所在，于必要时，将随时派警检查。又关于北大、清华、燕大等校驻卫警素质各异，警局将加以训练，以求一致。这个声明引起三校一再驳斥，"我们认为学校是教育机关，为了保持教育的尊严，为了维护学府的自由，我们坚决反对这种无理的行动。校警是由学校招请的，一切有关事项自然应由学校当局处理，警局有何权力过问，我们三校学生誓以全力支持三校当局维持学校行政独立，严防外来干涉。……"

华北反扶日联合会为支援上海交大同学，还发出"致吴国桢抗议书"，说操纵反扶日的是美国政策，而不是什么"职业学生"……反扶日是爱国运动。为了反扶日，各校师生纷纷把配粉与增加学生营养的鸡蛋也退还了。在司徒忙于返京的二十六日上午，各校反扶日联合会代表还约见了一下司徒，向他切实提出意见，大家盼他回来做校长。

集会甚至团体聚会游览在北平快要成为不可能的事了。上周燕大齐思和教授正在太庙和十几个学生联欢聚会，忽有便衣干涉，弄到官方打保盖章才释放，齐先生苦笑说："谁叫我们是十三个人呢，当然是不吉利的！"私立艺文中学学生十二人假日游天坛，也莫明其妙地失踪了。初高中男女生都有，现已找到线索，大约就可以释放，校方说同学皆未成年，且功课都很好，想来是误会。

东北入关学生越来越多，私立院校的无人收容，更成问题，他们一度想写血书上呈总统，但是医生为了他们营养不足，每天连窝头都尝不到，怕抽血后更影响健康，不肯抽血。现在英千里司长来了，今天清晨他们三百代表便齐集英宅门前请愿。英氏给了他们一张宽心支票。他要到国子监去看他们的实际情况。

参议员和局长打架；法院推事想免购月台票（每张一万元）而和查票员及副站长凶殴。弄得鼻破血流，车站戒严数小时，法警开到两车，浪费了多少公帑，结果因为正值路局举办谦恭月，副站长课恭地登报道歉。

就在这样的相骂局面中（虽"夫妻相骂"流行歌曲新禁止了）李副总统夫妇翩然回平了，丰采顿见丰满，摊贩受驱逐，国旗挂出来，清洁夫特别出勤，这位副总统的私人产业经参议员沈承庆统计为一万八千亿，在会上报告，认为他有担负救济特捐的资格。这也许是一个玩笑。

六月二十六日寄

（原载《大公报》上海版 1948 年 6 月 30 日）

炮声及其他

除了逼人的物价外，战争的感觉在北平城圈子里愈发变为可以捉摸的东西了。七月十五日晚上起隆隆炮声来自西南方，有时震撼得玻璃窗也响动起来，在闷热初伏的午夜听来尤其沉重。今天（十六日）午后炮声仍在继续，有的连声如锤击，好似在重庆防空洞里听日机丢炸弹。战事在良乡附属南岗洼以南三十华里处，据闻长辛店尚安静。

为了东北学生"七五事件"，戒严已成家常便饭，商民们熟悉了，孩子们熟悉了，如今又来了炮声。小孩们往往会敏感地问大人：又要逃难了吗？和哪一国打仗呀？住在"和平沦陷和平收复"的北平城里的百姓似乎从未考虑过"逃难"二字，而第二个问题，是难找一个适当的答复来满足童心的。

就在炮声逼近的今天，刘瑶章市长为了劝城防捐而向市民广播"如何增加市民的安全"。商人们会很聪明地把一切税捐转嫁给主顾，苦的是普普通通的"民"。

七月十六是个吉祥的日子，也是不吉祥的日子：警察局局长杨清植和民政局局长程厚之今天上任，各界代表去道贺。今天除了一般的涨风外，又是火车加价、报纸加价的开始日子，平津三等客票七十万元一张，大型报纸一大张七八万元，小型一张五六万元。有一位退伍报人吴开元君写文章说："内乱不平，他誓不再做报人"了，他叹息自己已订不起报，怕以后中国的新闻事业要垮台。他并且说："现在中国的新闻事业虽然没有因民主政治而促其发达，却由内乱而毁灭……"其实毁灭的又何止新闻事业呢？而印刷出版事业中恐怕要被

"钞票业"独占。

北平市民眼看着要毁灭的事业又有一桩：公共汽车。过去敌伪时期曾因汽油缺乏而停办过，恢复公共汽车是胜利以后唯一的一件功德施政。但如今也因"汽油贵如血"而减少路线，缩短路线，加价以至声明：如再无法赔垫，要干脆停办了。

目前最廉价的是邮资，一个烧饼钱可以寄六封平信（编者按：邮资加价以后可以寄两封），有人计算刚刚与战前相反，那时是六个烧饼钱才能寄一封信。几千元的小钞已在市上论斤卖了，纸厂里也在收了小钞来还魂。

纸币贬值有时造成些啼笑皆非的事，例如行政院去冬为北平公教人员每月每人配发燃煤一百公斤，九十两月办到，十一、十二、一、二四个月改变办法，只发煤价差额，这差额金在半年以后的六月份才发下来，一共三十八万，拿到手时每斤煤球已卖到万元以上。有的忍气吞声收下这笔"钱"，有的教职员璧还，并要追究责任问题。底下是某君所写《煤差果差》：

"冬月煤价，夏月发下，名曰差额，其实真差！好官好官，不怕挨骂。

"四月燃煤，左盼右盼，过了半年，竟将人骗。赏煤半筐，三十八万。

"官话好听，穷人易欺，其心比煤，一片黑漆，彼亦有耳，宁不开啼？

"士类无辱，既穷且硬，给钱不要，穷骨穷命，大人冷笑，笑神经病。"

东北国代立委们祭过并且探慰过死伤的东北学生，田培林次长也调查完毕南飞了。八个新棺埋葬在东北义地，他们是好孩子也是苦孩子，入关来为的是读书。致祭那天东北父老们为他们在雨中洒泪，但是一切好言好语和泪水都晚了。死者家属只有吴肇泰的父母在北平，他们新从沟帮子来平居住，父亲尚在失业中，儿女们在东北学生集聚处啃窝头喝水。吴肇泰才十六岁，比"九一八"还小呢。其他的死者家属或者还没有得到消息，所以日来虽有些民间捐款指定要给死者家属，却无从投递。伤的十八人或轻或重，躺在医院里，有的要留下终身残疾，他们天真地做着声明："我不是共产党啊！"

田次长在北平的时候避免谈论"七五事件"，只说他是来筹划东北临大、临中的，这好似说，他的任务是协助"学生"，而非"学死"。

完结不了的事件，完结不了的抗议，连胡适校长也为了北大区域被包围而向治安当局抗议。又有"东北来平学生难民临时救济委员会"的职员张象挥失踪，又有清华学生徐芳伟和另一朝阳学生送到了特种刑庭，在侦讯期间依特种刑庭规定既不能接见，也不能保释，清华、朝阳两校训导长碰了壁，同学们急了找校长交涉，校长们也叹息无能为力。西郊大学区在厉行"人民剿匪"，据称是人民时常聚众包围或凶殴学生。以阎锡山为后台的"正中通讯社"因"连续刊载不正确的学潮消息"而被罚停刊一个月，算来正可以歇过暑伏天气。一些多跑跑东北学生新闻的记者们也被怀疑为共产党。北平新闻界因请求配面未准而有"无面之王"的徽号，如今快成为"无命之王"了，因为帽子在满天飞。

新偕新夫人林素姗来平的李石曾博士大谈其科学豆腐和"误会哲学"，他以为"七五事件"出于误会，今天中国政治之糟也是为了误会，最近他写了《误会》一书就要付印，是从哲学观点去看一切纠纷的造成。他说"七五事件"不要被人利用，利用了要增加误会。

东北学生尚难安排，山西大学学生又正在陆续来平，一共四五百人。太原面粉一度到过六千万一小袋，自然要以为北平的一千五百万为价廉了。

李副总统宗仁在平颇闲暇，今天夫妇遨游颐和园终日，屡传返京讯，均证明不确，有民意机关打算欢送，有南京电讯促驾，李氏好像对北平不胜留恋。

七月十六日寄

（原载《大公报》上海版 1948 年 7 月 22 日）

第五章

万象更新

——赤子心拥抱新世界

克里姆林宫印象记

当中国青年代表团在莫斯科停留十八天的时候，为了去列宁墓、去红场、去历史博物馆，时常从克里姆林宫墙边走过，一部分伟人墓的骨灰就嵌藏在墙洞中，上面镌刻了一位位逝世者的名字，高尔基也是其中之一。我们站在墙边，常发出一些幻想：墙里边该是什么样子呢，除了几个中世纪的教堂，还该有些什么？

克里姆林宫的钟声每天准时地敲着，钟声朗朗而又沉着好听。宫中矗起的一颗红星亮着，无形中成了莫斯科的指路标，一个陌生人看了它可以辨出方向。

在我们要离开莫斯科的前一天，反法西斯委员会的克罗金同志说参观克里姆林宫的节目安排好了，"这是一个好消息，我们也因此可以陪你们一同进去了。"苏籍译员们说，他们是东方大学的学生，许多人还从无机会踏进克里姆林宫。

对于不止是被苏联人民热爱着的斯大林同志居住着的克里姆林宫，莫斯科人是懂得如何葆爱的。女译员列娜说："这是斯大林同志住的地方，他是工作最忙的人，我们除了在五一节和十月革命纪念日大会上，很少看见他。"

十月三日早晨莫斯科已似深秋，去克里姆林宫经过一列林荫道，许多妇女领了孩子在长椅上呼吸新鲜空气，女人们已经包了头巾，孩子们穿了连帽子大衣。他们大约都是左近的居民吧，这些守着克里姆林宫居住着的莫斯科人会有什么感想呢，我们真想知道。

一切都早已接洽好，守卫向我们敬着礼，让我们三十几个人进去了。克里姆林宫里的地形略高，柏油道是坡形的，偶然有小汽车开出或驶进，我们神经紧张地看看里面坐的是什么人，想好运道地碰上斯大林同志。

"喂，斯大林同志刚坐在汽车上。"

"没有的事，你看，他正从那楼窗口在看我们呢。"

大家彼此开着善意的玩笑，来到莫斯科，来到克里姆林宫，就是见不着这七十岁的世界人类的巨人，虽然知道他不可能接见每一批外宾。但我们许多人仍在遗憾不能留到十一月七日。

走了一段路以后，我们已经置身于几座中世纪的教堂之间，教堂错落地一幢又一幢，金色的圆锥顶闪闪发亮，门内不用说了，门外墙上也尽是雕像画像，为了保存这些十五世纪所留下来的遗迹，苏联政府经常组织人力物力予以修饰。有一所教堂是十二世纪建的。

"同志们，让我们看看这些古代的名画吧。"女向导员又引我们退出几步，回身望望克里姆林宫的大致的风景。

这边是喜星殿，据说是圣母被通知怀了圣胎的教堂，故名；那边是黄色的格拉涅殿——也可译作多棱殿，因为墙壁上尽是棱角，这是皇帝招待外国使臣、庆祝胜利、宣布继承王位的宫殿。最高的一所是十六世纪初巴鲁士加朵诺夫时代完成的，八十一公尺高，当作瞭望台用，可以望到二三十公里远，如有敌人侵犯就鸣钟报警。也是十五世纪修的一所意大利式建筑。里面画的是沙皇登基礼，把历代沙皇登基礼画到十八世纪，富有历史意义。喜星殿对面是阿尔哈梯斯教堂，建于十六世纪初叶，内部大多是十七世纪的画。彼得大帝以前的皇帝都埋在这里。一九四六年以后苏联政府一直在修葺这些教堂，因为这是苏联人民的财产。

过了几幢教堂，高阶上放着"炮王"，据女向导员说，这是世界上一尊最大的炮，重四十吨。炮筒下塑有狮头像，先放在红场，十九世纪把它搬到克里姆林宫内，炮筒长五公尺，球形炮弹二吨一个，另外还陈列了一些十六、十七世纪的大炮。院子里还陈列着一个"钟王"，据说是世界上最大的钟，一七三三年工匠马托林所铸，用木架子挂起来，重二百多吨。后来宫内失火，把木架燃断，落在水坑里，掉下来一块有七百普特重，形成一个大缺口（全重合一二三二七普特）。这钟是铜银的合金所铸，颜色黑黑的。在水坑里埋了一百零三年，一八三六年才掘出来。

在等待接洽踏进兵器厅之前，我们在克里姆林宫里听戈宝权同志报告新华社电讯，毛泽东同志当选中央人民政府主席，和选出六位副主席，以及举行百年以来人民英雄纪念碑奠基典礼等，大家喜欢得要跳要叫，可是这是在庄严的克里姆林宫里啊，大家只有抑制住感情的激动。向导员和译员们听了这好消息也向我们祝贺不止。

储藏珍品分武器、御用品、各国皇帝赠品、杂物四部。

皇家衣物是一八五一年起搜集保存的，是俄国及外国工匠的历史稀有的艺术制品。十月革命后这些东西依旧受到珍视，当作俄国史料来保存。

历代皇帝登基礼所用的物品，招待外宾用的物品。历代皇帝有用象牙的、宝石的、金的、银的。彼得十岁时与其兄伊凡同时就皇位，但由其姊索非亚垂帘听政，宝座后真的设了珠帘。

各色皇冠，各色马的标本，各色马车（有三十二匹马拉的大马车），各式马鞍，十七世纪中国送的马鞍是由俄国驻中国第一任大使沙巴宁带去的。英国伊利莎白女皇送的马车，日本送的海鹰……一个厅又一个厅的陈列着。

各代的勋章，各代的钟表、衣服、盔甲，四十公斤重的盔甲穿起来不知如何活动。还有一丈二尺长的刀鞘。女向导为我们说明一位位皇后如何豪华，榨取工农血汗做她们千百件礼服。皇后叶林娜有一万五千件衣服，长裙拖地五米之长。十七、十八世纪时沙皇的儿子们也讲究穿铁甲来增加威仪，今日苏联的孩子们看了这些铁甲也许会发笑的。有一只彻头彻尾的木头小表做得十分精致，据说当年还走得十分准确。沙皇给普希金结婚时用的冠冕也陈列着。中国的玉器如意金鱼在陈列品中很别致。

还有许多宗教上用的挂图饰物，以及杯盘碗盏，有一幅十二世纪的女像名画已被几次加漆改作，现在又很费力地把漆洗去，原来的画笔依稀可见，女像画得很美。十八世纪用铜做的一个地球仪精致极了。

在杂物陈列中兼及皇帝用的手杖手套等，彼得第一自己从靴匠处学习而亲手制成的一双靴也保存如昔，这双黑色长皮靴说明了这位有创业精神的皇帝的生活思想之另一面。他奖给皇后厄卡杰尼娜的金质塑像的奖章，挂在另一个大厅中，这是俄国皇帝把勋章奖给皇后的创举。

那天因为我们还有别的参观节目，所以走过苏维埃大厅也没有进去，那是一九三一年所建，主席台上有洁白大理石列宁塑像（苏联雕塑家米杜尔作），是习见的一个塑像姿势，左手扶襟，右手伸向远方，好像在说："同志们，向共产主义的胜利迈进！"

还有两个古代建筑我们也没有来得及去看：一个是弗拉基米尔堂，顶上雕塑着各种各样勋章；另一个是格粤基尔也夫堂，有二十种木头制成的地板，挂灯堂皇富丽。据说墙上有沙皇为他的胜利的舰队军官刻着的名字，兵士不是贵族出身，是没有份的。苏联影片《宣誓》在此摄成，斯大林及其他领袖在此与劳动英雄欢宴，乐队与舞蹈两皆优美。苏联人民对其领袖的热爱也在这最高苏维埃的代表大会休息室里充分表露。

大家走出克里姆林宫的时候，留恋地望望那一草一木，一瓦一石，好像都十分洁净安详。我们遍觅斯大林同志的音容，会在苏联新片《空军节》中见过他的镜头，禁不住在临别克里姆林宫的一刹那默祝他健康。

列宁博物馆印象记

和列宁墓经年盛多的瞻拜者一样，在莫斯科斯维尔德洛夫广场边的列宁博物馆，也是经常门庭若市的。到了纪念日，参观人就以数万或十数万计了。他们不只是莫斯科的居民，也不只是苏联的人民。如有外国团体到莫斯科来，被向导的第一个节目，就往往是这红场附近的中央列宁博物馆。

苏联的小学生们，都习惯了走进博物馆就肃静无声，来到"列博"，更可以从他们的举止间，瞥见一种与众不同的庄重感觉。他们知道脱帽，知道轻轻举步，"列宁"这个名字，大约是从母亲、从托儿所那里，早就认熟的了。

用二十二间大厅布置列宁的一生（一八七〇年四月二十二日至一九二四年一月二十一日）那些遗物、文献、图像，真是被料理得纤尘不染。多少苏联人，长年地在这儿做研究工作，我们在三四小时内来巡礼一番，说明员只好摘要说明。油画、雕刻、模型，在这儿成了最有用的辅助教材（苏联的博物馆，实在是学校教育中的帮手），对于不懂俄文的参观者，帮助更大。艺术品在苏联到处和人民结合，成为人民生活中不可缺少的一个因素。

最初的一个列宁石膏塑像，是列宁五岁时的，穿了农民短装，宽额高发，十分睿智。这塑像根据他们合家欢的照片上的列宁制成。他家乡房屋的模型，小学生时代得的奖状，中学生时代得的金章，他读过的那么广泛的书籍以及详尽的笔记，这些会给一个苏联小公民以很深刻的印象。

油画大大小小在"列博"陈列几百幅，给人印象最深的是在一九〇五年革命失败以后，沙皇加强镇压，革命领袖们大多被放逐到西伯利亚去了，由于加里宁和基洛夫的决定，列宁离开俄国，由两个芬兰工人护送，从闪闪发光裂纹隐现的薄冰上走近芬兰岛，乘轮船到外国去。这幅油画一抹暗蓝，乍看似乎什么也没有落笔，但是走近些看时，才是列宁坚定英勇地在跨步走过来，他冒了陷入冰窟窿里去的危险，没有听从工人的劝告而折回，到国外研究一九〇五年的革命经验教训去了。这幅画使许多人伫足不去，暗淡的光线也好像画出了那暗淡的年月，而芬兰工人对列宁的护持，更显现了他在国际工人阶级中获得的友爱。

列宁的狱中及流放生活的困苦勤劳，也是历历在目的。一八九五年他在彼得堡被捕，在一九三号囚室度过了严冬，既寒冷又潮湿的一间小屋，室中只有一张小铁床和桌凳，但是他仍然在这儿写传单和看书。传单用牛奶写在书的字里行间，同志们拿到手再烤出焦黄字迹，然后排印。他用面包盛了牛奶，狱卒来时就连同吞下去。他在某次流放三年中，写了三十多本小册子。《俄国资本主义之发展》，是参考了六百多种书写成的。照片塑像又说明了列宁在流放时住的草房木屋，有一个他在荒郊用木板搭在大树根上当桌子，振笔疾书的塑像是非常动人的。这个塑像有一倍于真人那么高大，使你感觉到列宁的巨人般的坚毅精神。

"列博"的陈列中也可以体会出列宁和斯大林的友谊，斯大林同志十五岁时开始注意列宁，仔细读他的著述，向往于和他的会面，他在高加索领导工人运动，出版支持《火星报》的《斗争报》。当他放逐在西伯利亚时，收到列宁给他的第一封信，后来两个人不断通信，当他们初次见面时，已是相知甚深了。斯大林称列宁为山鹰，是崇敬他精神大无畏的意思。有不少张照片和油画是他们在一同工作的，到列宁病重休养时，医生也只准斯大林去看他，两人留下不少最后的合影。

另一幅精彩的大油画上鲜红的旗帜飘扬，是十月革命前列宁回来了，他和斯大林、莫洛托夫等同志分别已十年。工人们簇拥着列宁，他演说的第一句话是："社会主义革命万岁！"他翌晨作了有名的《四月提纲》的报告，揭露了孟什维克的奸细面目。

列宁生活的朴实，是当斯大林初见他时极为惊讶的。"列博"陈列着他几套四季穿的衣服。一个玻璃柜里挂着他的被刺时穿的黑呢子大衣，那是革命初期他被国际反动势力所收买的一个妇人暗杀，这大衣经克鲁普斯卡娅亲自缝补好，列宁生前仍穿这件大衣。当内战期间，由莫斯科工厂发出劳动和战争一同保卫祖国的号召，当时有"红色星期六运动"，就是在星期六从事义务劳动，列宁也参加。有一张油画，画面上列宁与红军一同扛木材，六个人一队。

有一张列宁在一九二一年二月四日的这一天的工作日程，他是那么忙碌，一个节目接着一个节目：会客、开会、起草文件……不少农民来找他，向他请教如何建立乡村苏维埃政权。有一间屋子是克里姆林宫内列宁办公室的复制，布置得一模一样，又利用灯光和绘画把克里姆林宫窗外的景物——教堂的尖顶也给衬托得花哨。他的大办公桌后是一排大书架，客人坐在他办公桌对面。他的座椅是硬木的，据说列宁反对坐软椅办公，他怕坐了软椅会瞌睡，那么就要耽误了他紧张的工作。

列宁是精通法、英、德、意等外国语言的，但是党员登记表上，他只写着："懂法文，德文，英文，意大利文，只有德文较好。"他的党证也在此陈列，他是一号，斯大林是二号。

"共产主义就是苏维埃制度加上电气化，"这句列宁的名言和理想，被作为大标语挂在一间大厅里，外国人讥笑列宁是克里姆林宫的梦想家，但是现在苏联却有了一百一十个大发电站了。"列博"女说明员的细木杖，指了苏联十六个加盟共和国的地图，她每指一处时，一处的小红电灯就亮起来，她简直成了幻术家（其实是另有开关的）。记得另外一个博物馆里有一幅名为《伊里奇小灯泡》的油画也是很好的，画的是一个在母亲怀中的乳儿纵跳着仰头玩弄一个工人手中的电灯泡，眼里透着万分幸福的欣喜，好像在感谢列宁的理想。

整个"列博"最感人的大厅是说明列宁逝世的一间，陈列着一九二四年一月二十一日政府关于列宁逝世的讣告。多少图片说明奇冷的一九二四年冬天，冷到零下四十二度，一月二十七日举行葬仪，街头等待瞻仰遗容的人不能不在马路上烧起火堆，免得冻僵。这大厅两边红旗林立，红旗上都各自垂着黑绸长带，好像说明这是人间大丧。满屋猩红地毯，有三千以上花圈保留到现在，墙上满是各方唁电和出殡前后的照片。

花圈后的高台上供着列宁死后用白色云石塑的面型和手型，摊放在红丝绒上，灯光下使人发生走近遗体的肃穆感觉。列宁死后的三个月内，有二十五万苏联人民入党，工人农民争先拿起列宁放下来的革命旗帜。斯大林领导同志们在列宁灵前宣誓的一张油画，是颇为庄严的。女说明员在这儿向我们说："同志们，现在我们一个胜利接着一个胜利……"

最后两间是列宁在文字上和艺术上的纪念。全世界有一百一十七种语言翻译列宁的著作。有六十五个国家有《联共党史》的译本，一个庞大的金属地球仪转动时，上面有六十五个红灯亮起来。在伟大的爱国战争中，从一个战死的苏联坦克兵口袋中发现一本被子弹打穿的《联共党史》。这本战场归来的"伤书"被珍贵地保藏在玻璃柜里。中国有关列宁的译著也陈列着，有一本是北大出版的《政治生活》，一九二五年一月纪念列宁逝世周年专号。

全世界的艺术家为列宁作了他们最好的纪念，画像、塑像、铜像、石膏像、瓷像、绣像、挂毯像，有一张用几百块碎木凑起来的头像，只是木头的天然色彩，但也神采华现。

在一间电影间里放映列宁在世时的一些新闻片，声影俱在，仿佛回到四分之一世纪以前去了。

楼下出售各种纪念画片，全套的，单张的，每来一批人参观，售货的老妇人就忙得一塌糊涂。

苏德战争时炮火逼近莫斯科，"列博"都没有闭过馆，好像列宁与苏联二万万人民同在进行爱国战争，他鼓舞着苏联人民，使他们更勇敢更坚定，多少红军在他们上火车开赴前方的顷刻，都要到列宁博物馆去看看，好像这也是他们军队政治教育的一部分，而且是最主要的一部分。

由"列博"来看，列宁没有死，而且他将永远活在进步人类之中的。

匈京短简

八月九日，我们从苏联边境途经匈牙利各站的时候，就发现了一样新奇的东西。那就是出自衷心的热情。

这种热情既不能矫饰，也不能奉令而行。当时匈牙利正两月未雨，天气很亢旱燠闷，沿站千千万万人民的热情却润湿了一百多中国青年学生的心，把来到异国的生疏之感消失了。

九百三十万人口的匈牙利为了世界青年学生节完全动员起来了，每站被各国国旗和红旗装饰得比过年还美丽，男女青年孩子甚至老人也来迎接，送花送水果，握手飞吻，从那一天起我们学习紧紧地握手，学习"赛尔布斯"（你好），学习当人家吻你时，你也得吻他。

布达佩斯的车站不小，但是怎样大也装不了那么多的欢迎群众啊。我们的小团员尚鸿佑，被抱在肩上转来转去。当我们和苏联代表（一部分）和朝鲜代表出站时，已在站内被狂热地欢迎了一点多钟了。

我们像探险家，要继续发现下去，又一个发现即是中国的胜利。

中国的胜利而在国外发现，透着新鲜。是的，这实在是一桩发现呢，从布达佩斯人民的脸上、口中，从我们的国旗（暂以军旗代）悬挂的位置上，今日的自由 KINA（匈文中国）真是顶呱呱的呀。几位解放军代表更引人注意。

那些灰布衬衫红领巾的青年团团员，那些白衬衣蓝领巾的少先队员，那些善于调配衣服颜色的匈牙利妇女，那些男女老幼，用尽了一切方法来亲近中国人：签字拍照，交换纪念章，拜访，要你吃他一块糖，要你接受他的党团纪念物，要你佩挂一个小玩意。有三个十二三岁的大胆小女孩来找我们，坐下来以后第一个问题是："中国的生活怎么样啊……"我们都被这大得无边际的问题逗笑了。于是从拿筷子说起。我们门前经常围了些等着中国人的军中，有一个老头领了两个女儿来专门等候文工团一位女团员。过了几天，他的一个女儿也染了黑发穿了一件旗袍来了，腰间塞了一块红领巾，梳了两个小辫，他们问像不像扭秧歌的样子。

五十万青年为世界青年节服务。从车站搬行李做起，每次演戏去剧院搬道具的也是他们。事实上动员的人不止这个数目。工厂里进行劳动英雄竞赛，等候青年代表去听总结，看面包，割了大块猪肉，绣了花鞋来送礼，一个地方献礼四十多件，一场球赛引来六千观众。

粮食部部长说：为了世青节，他们多做了二百公里长的香肠来待客。漫画上一只小猪在质问物价：为什么把猪肉价格压得那么低？回答是说：为了在开世青节呀。

匈牙利连年喜庆，去年刚过了一八四八年革命百周纪念，现在正是解放后三年计划的第二年，应该明年年底完成。但多方面已工作两年半完成的准备，五年计划已经订好了。

今日的布达佩斯是从废墟中又站立起来的，第二次世界大战曾使这名城几乎陷于永劫不复的境地，多瑙河上七顶大桥全被破坏，最后一个冬天布达和佩斯两边隔绝，水电皆停，住在布达的劳动人民不能过对岸去做工，人们冒着生命危险，从薄冰上走过去，在博物馆附近，有一排平房商店在这洋楼世界中极为瞩目，那也是大战的赐予，有点像重庆街头大轰炸后出现了些新商店的神气，至今仍可见到还没能修复的大厦残骸，布城人民喜欢地指给我们看，声音中带着控诉的调子。

布达古堡山上的皇宫也毁坏无遗，打扫掉断墙残瓦以后，考古学家们倒得到了一个机会来研究历史。

蓝色的多瑙河或者只是诗人音乐家的幻觉，但多瑙河上的景物确实诱人，格特勒山上的自由神像是匈牙利人心头的发亮的宝石，电车经过大桥望得到神像时，一个母亲在教她的三岁孩子辨认："手拿棕榈叶的自由神像下便是解放我们的红军纪念塔！"三岁孩子张大眸子点点头，仿佛也在感谢那在他出生前解放了他祖国和同胞的苏军的样子。那儿常堆了鲜花，一万五千苏联红军的英雄长存在匈牙利人民的心中、唇上。

匈牙利人心上的另一个宝石是参加领导一八四八年革命的民族诗人彼多斐，到处可以见到他的塑像和照片，在工人俱乐部里，在壁报上，在美术馆中。头型有些像普希金，右臂远伸，做向群众召唤的姿态。他的诗篇曾鼓舞战斗。

匈牙利人眼前的宝石是拉科西，这个坐狱十五年精通八国语言的共产党（现改称劳动人民党）领袖，他一生中有四十年从事工人运动。这后脑微秃、身材不高、满面慈祥的小老头，受到全国人民的爱戴。他在世青节闭幕礼中曾做演讲，欢迎各国外表团外，曾指出受过四百年殖民地痛苦的匈牙利在五年前还在希特勒匪帮铁蹄下呻吟，这是匈牙利人特别热爱战斗国家青年的原因。

如今匈牙利国会构成分子百分之七十三是工人农民的代表。几次来访中国代表团的大群青年人中有不少工人。但是除了衬衣也许旧一点而外，我们曾认不出来。有一个工人曾给我们看他生着厚厚的茧皮的双手，当他发现我们的团员很少有和他同样的劳动人民的手的时候，他摇摇头笑了。

工人之家，工人疗养院，工人俱乐部，三峰山上工人假日游览的森林，首先关顾到工人。有些地主贵族的房子，如今成了工人宿舍。

普通一个工人的每星期工资约一百二三十至一百七八十福林，这不算很充裕，所以夫妇同在工作的很多。在布达佩斯十公里外的布达佛克镇上，我们看了酒精厂三个等级的工人家庭。收入每周才一百二十个福林的一个四口人的家庭，厂中供应的房屋也和一个中国的大学教授不相上下。只是他们也认为并不很宽裕，以致女儿还没有升学。有些妇女也表示求职并非那么容易。但是他们并不抱怨，仍很乐观，知道政权已是自己的了，一切建设得逐步来。拉科西也曾经说：我们要让青年代表们尽量参观，不加掩饰，愈知道我们的困难，愈知道我们成功的价值。

在中学里公费生的名额并不少。我们的英文翻译爱瑟小姐的女校中有六百学生，三分之一有公费，自然也需成绩优异。

匈牙利孩子们的幸福是可羡的，白漆的手车满街都是，关起来像辆小汽车，有篷，有玻璃，天晴时可以拆卸，而躺在车里的孩子又十九都是那么漂亮健康，你如果用匈语向母亲们赞美一下美丽的男孩或女孩，她们高兴极了。经济可以维持的家庭主妇不在外工作的仍很多，但她们也很忙碌，因为能担负得起一个女工的家庭太少了；而且主要是思想问题，家庭佣仆会被淘汰。例如，一个工厂经理收入一千八百福林是很高的了，但他若请一个女工，得四五百福林，另外还得提供伙食。

在我们住的师范学院山坡下的一所庭院里，常有一群幼孩在墙阴下边午睡，大家以为是托儿所，当踏进去访问时，才知道原来是为三岁以下肺病幼儿所设的疗养院。我们不认识匈文，如同瞎子，门口的招牌失去了效用。房子上写明：这是三年计划里的一个小设计，今年一月开办，目前有五十五个小孩，有些治好的已经出院。以为嫁给匈牙利人的法国女医师会一些英语，领我们参观 X 光室，厨房……卧室是按病情年龄分开的。有些孩子看来比中国健康孩子还红润，但也在犯初期肺病，有些却病情十分显著了。但这位女医生说凡是收容进来的孩子都是有希望好的。最小的病人才两个月，受母亲传染，现在移用别位健康母亲的奶水来哺养。

布达佩斯的人很骄傲他们有一个少先车站少先镇，那是一个孩子们自己管理的交通机构，自机车到车上车站，都由八岁到十四岁的男女孩子们掌管。他们都是各校的高才生，每人每周有两次来到车站实习，只有高才生才有这种机会。他们每人身上佩了优秀学生的证章。乘车的大人们都十分洋洋得意。车站到镇上只有五分钟的路程。而车站和车身都十分金碧辉煌。

布达佩斯居民们喜欢给人看美丽的笑脸，但他们也愿意回忆历史，来策动自己和别人前进，看着今日布城的繁荣和幸福，他们总说：

"布达佩斯被毁坏得惨啊，修建到今天这个样子不是件简单事情。"

人民开始明了最习见的"保卫和平"那张标语的意义。

访列宁故居

四分之一个世纪过去了，自从列宁在一九二四年一月二十一日逝世以后。

在莫斯科郊外二十五公里的客尔科村，存在着列宁的故居。他逝世前的一年多在这里疗养，一直到瞑目。如今这地方也成为博物馆，好像是作为莫斯科克里姆林宫附近的一个列宁博物馆的补充，虽然这里陈列的只是列宁晚年养病著述生活的一切，但也许是为了自然环境太美，以及列宁在此终止了他宝贵的呼吸，给人的反应感情成分较多，城里的是伟大的历史的叙述，而这里的故居是篇令人不会遗忘的隽永的散文。

十月三日，在季节上还是秋天，在气候上，莫斯科郊外已有初冬意味，人们已喜欢把大衣领子翻上来了，冷风侵袭着不穿长裤子人的双腿。刚看完欣欣向荣发展中的伊里奇集体农场，从室外看过了列宁在一九二一年一月九日曾经向农民作政治报告的绿窗棂的房子，大汽车又从公路上把我们载进一个岔道，经过一个没有大门、牌坊样的口形建筑，就沿着林中小径开驶。

眼前一片黄，间或有些早红的枫叶，一棵棵笔挺直立的杨树林，被秋风吹得哗哗作响。它们好像列宁的卫兵。自然，它们也记得二十五年前这身材不高的世界伟人从这走过，有时候用一根手杖，来减轻病中体力消耗；它们该也记得克鲁普斯卡娅、斯大林以及医生是列宁病中的少有的伴侣（医生禁止列宁接见太多的宾客）。一九二四年一月二十一日，列宁呼吸的停止，引起了全苏人民的悲痛，以及世界上向往于这个社会主义新国家的人士的哀愁。在客尔科的这所房子里，来了列宁最亲近的同志们，他们哭泣，他们也随了斯大林同志宣誓继续实现逝者的远大理想。从这一片浩渺的杨树枫树中，昇出了列宁的遗榇，之后二十五年来这座房子不断地修葺，没有移走一样东西，搬来了很多石膏像、照片、图表，整理成了博物馆，每年成千成万的国内外人士到这儿来敬礼……

进门一大间屋子是换鞋室（全楼都铺了最好的紫红地毯），角落里放着几十双红毡青毡的软底拖鞋，十分宽大，可以套在皮鞋外，后跟上有带子系住。然后到里间屋内存衣帽，一面镜子供人整容，好整整齐齐地去瞻仰圣地。当你在林中下了汽车，再向前走一段路的时候，踩得地下落叶窸窣乱响，枝头黄叶向你摇曳招呼，你好像觉得列宁就在室内办公写书，或在阳台上瞭望，想着"共产主义就是苏维埃制度加上电气化"（那时候客尔科和邻村已因得到列宁的帮助而建立了发电厂），真有朝圣的感觉呢。

"同志们，这所房子是我们苏联人民的宝石，因为它是列宁最后一年多在这儿养病以及逝世的地方。"一位淡黄头发碧蓝眼睛的女同志拿了教鞭开始解说。这原本是一个资本家夫人的私邸，革命以后苏联政府因为这所房子建筑设备较好，风景优美，又有电灯，所以拨给列宁居住。特别是在列宁被刺受伤后，健康情况较差，有时到这儿来休养，一九二三年五月最后一次去莫斯科，之后就一直住下来了。

这个博物馆不从列宁童年说起，只说明列宁在这里的工作、生活和写作。有一间小小的电话室，旧的一架不太好，又安装了新的。他经常依此与斯大林等同志通话，墙上有画家画了一幅他站着打电话的写真。

他很少休息，在这儿仍然忙于领导苏联的经济建设，写了有关电气化和恢复发展电业的书。一九二一年一月八日，村中农民来找他作政治报告，九日他去了。该村设发电厂是同年五月的事。那时正和托派作斗争，他写了《党的危机》《再论职工会》以及痛斥叛变者考茨基等书。

一间图书室中藏书很多，另外陈列了些人民送给他的礼物，农妇们送的绣衣绣巾，称列宁是她们的父亲；手艺工人们雕刻了细致的桌子凳子，产业工人们做了机器模型……

较为宽敞的一大间是会客室。一九二二年夏天，列宁曾在这儿和斯大林会面谈话照相，照相时用的两张椅子还在，这时医生刚准许列宁接见一些宾客，斯大林是第一位。有时列宁躺在一张软布椅上看书。他喜欢一只猫，有一张像是抱了猫照的。在这厅里有时放映电影，列宁住在这里时经常约了附近农民来一同看电影，电影机也保存在墙角边。农家孩子们也与他留下合影。

列宁喜欢打猎，打猎的服装枪铳都在玻璃柜里陈列着。春天灰呢的上衣，冬天黑羊皮的短外套，一位画家画了一大幅列宁狩猎的彩像，绿叶森森中，他正把枪铳斜着瞄准，是发现了野兔或是什么的样子。农民们送给他的麦穗用玻璃罩罩着，十分肥硕，虽然二十多年来已然萎黄了。这间室内有列宁大塑像，猛然进去，好像他站在那里一般。

上楼去看列宁的餐厅和卧室。列宁病中下楼很艰难，在楼梯两旁特别又各加一道扶手，好让他撑持着下来。可以想见列宁和疾病的斗争，他多么不甘心困守楼上，要下楼散步，呼吸新鲜空气，接见和他相亲相爱的农民们；要坐在长椅上晒晒太阳，看看远方的雪景……

楼上窗帘是彩色的，缀了荷叶边，有温暖的家庭气息。食桌上，碗碟也加盖玻璃罩，茶炊放在一旁，可能列宁逝世前一二日还坐在这儿，这食桌上可以围坐八九个人。

列宁的夫人克鲁普斯卡娅的卧室很大，同时也是列宁的办公室，桌上有书报文具，墙头有一些人像油画，家具颇考究，全漆作枣红色。据说列宁不喜欢这位资本家夫人留下来这么多的家具，病得厉害时，他仍迁回隔壁自己的小卧室。床放在犄角上，用屏风挡着，旁有手杖。茶几上放了不少从克里姆林医院拿来的药瓶。最后读的几本书仍在桌上。他有时勉强坐在沙发中，由夫人读报给他听。那时候，苏联以及世界人民都关心他的健康，盼望他康复，却不料他忽患脑充血长眠不起。

列宁死后昇放邻室，当时有雕塑家来为他留下头像手像，瘦削的双手作松握状。这石膏像成"品"字形，摊放在紫红垫上，犹如半身卧像，头上有斯大林同志向全苏人民报告列宁死讯及此后继续其遗志努力工作的宣告，金字印在紫红丝绒上。农民及各方送的花圈还留存不少。

大家脱了毡鞋，又去看故居的园林。列宁坐过的长椅都用红绒带围着，牌子上面写着"列宁休息的地方"。译员告诉我们，列宁常在哪条路上自摇转椅散步；从哪条路出去狩猎；常在哪个方向眺望集体农场和小溪；常在哪个方向眺望远方落日。

北方南方各有小楼一座。南方小楼警卫员住，列宁冬天往往迁住北方小楼，为了节省燃料。我们进去时，里面温暖如春，已经生火。楼上有他们夫妇的卧室，列宁姊妹的卧室，以及餐厅。每间屋都很小而简单，除了家具床铺以外，没有多少遗物。室内的温度，叫人觉得列宁还住在这里，他仅仅是到室外去了。

楼下有一间汽车房，放着几辆各式外国汽车，是列宁到莫斯科时用的，有一种可以在坎坷的道上驶行。那时候，苏联还不能造很好的汽车，可是，今天他们有很好的汽车工业，可以自豪了。

当我们参观完毕离去时，大门外长椅上的老年妇女们已经不见，大约回去吃饭了。刚才她们在门口曝日，可惜语言不通，否则她们之中一定有人会向我们诉说当年和列宁在一起时的情况。这时候，只剩下两个三四岁小男孩在骑三轮脚踏车玩耍，几个大些的男孩，守在我们坐来的大汽车旁张望，向司机打听黑发黄肤的我们来自何方。我们的大汽车就是莫斯科市公共汽车之一种，漆的颜色上黄下红，门边镀镍，里面丝绒坐垫。这比列宁当年乘坐的汽车要漂亮十倍，由车子可以使人想起时间过了二十五年了。列宁死后才降生的孩子，今天已是立了功的战士，或是生产阵线上的积极分子；不只是青年团里起模范作用的好团员，而且会是一个忘我地工作的好党员了。

黄叶还在地下窸窣，在树上哗哗地摇曳，每个人不自觉地拾起几张带回去，让肃敬追踪之情盖过悲凉。

一九四九年十月四日于莫斯科

（原载《大公报》上海版 1949 年 10 月 28 日）

官厅少年

　　三月里的官厅山峡，刮起风来，还没有一丝春意，人们出门还得围上围巾，戴上帽子。一阵风吹过来，眼前黄乎乎一片尘雾，永定河边上的黄沙埋过脚踝。

　　我的小同伴严春富听说我要在这种天气里拉他出去溜达溜达，睁着一双灵活的小眼睛尽笑，成天价捶煤提水的两只发皱的手捏着对襟黑棉袄的衣角，不说去，也不说不去。

　　倒是官厅水库工程局招待所的另外两位通讯员同志说话了：

　　"去嘛，有活我们替你干就是了！"

　　严春富抬眼瞅一瞅我，说出了他的思想顾虑：

　　"我能给你解释啥哩？你不是听过了局长的报告，跟着工程师们把大坝、进水塔什么的都看够了吗？"

　　"你比他们更能说呀，"我笑起来，"若不是怕冷，就走吧。"他不再犹疑，我们便踉踉跄跄地跑下山坡去了。

　　这个十六岁的青年人很自负，一边把双手插在短棉袄左右的腰兜里，一边说：

　　"你说我怕冷？才不哩！过冬也是这件短棉袄，妈给絮的，里表三新！围巾买过一条，可是围不惯，又热又扎扎乎乎，怪痒痒的，送给我小妹妹了。"

　　"你真是个好哥哥。"我说。

　　他眼睛眯成一条缝，挺一挺胸脯，嘴里却只像说给自己。听似的在叨咕着："过春节的时候我回去了。姐姐出嫁了，也没回家。我好像成了远客啦。爹打听水库的工程，妈给炖肉蒸糕，弟弟要我看他的小学三年级课本，那个小妹妹，哥哥长哥哥短，围着我转……"

"做个哥哥可真威风！"

"没有威风几天哪。"他那双穿着大毛窝的脚在松软的黄沙里踢蹬着玩，"后来水库的职工们坐了两辆卡车给我们官厅村的老乡去贺年，我就赶紧搭他们的车回来啦。"他顿了一顿，闪着疑问的眼光问我，"你说这是咋搞的，我也才来工程局一年多些啊，倒像是离不开了似的，心里老想着：又来了什么客人哩，客屋里炉子灭了没有，水还缺不缺。……"他又支棱着耳朵听一听河西发电机轰隆轰隆的响声，嘿嘿地乐起来："就说晚上在村子里炕上睡觉，也是安静得不行，听不见轰隆轰隆，耳朵里空得慌！"

风小了一点，漫天黄沙舞够了，慢慢静止下来。我对严春富说："往后，修好了永定河，泥沙也不会这么多了，就别提洪水了！"

"什么都会变的。"严春富说。瞥见前面钢筋混凝土浇成的溢洪道了，他手指着溢洪道上的一点说：

"那上面，就曾经是旧官厅村，就曾经是我们的家！"他的一双年轻的眼睛忽然显得比任何时候都澄澈，在散射出光辉，本来微红的两颊也更红彤彤的了。他仿佛相信，凭他的手一指，我就会看见往日在这山坡上错落地存在过的穷乡村，其中两三间小土房又曾经是他们一家人的安身处。是的，在他这愉快的一指之下，我也仿佛被领进了童话的世界，记起女巫的魔杖指什么出现什么的故事来了。严春富也许没有听过这样的童话故事，他却看到了社会主义建设时代更有吸引力的现实了。

他从小时候起就听惯了人们谈论水的故事。水往往吞没了人的生命和人的劳动成果。解放以前，人们常常看到空谈家们来官厅山峡"视察"，钻探队也到官厅村来生活过一阵。可是永定河的水患依然如故。官厅村的老乡们被骗够了！解放以后，人民政府说到做到，一九五一年十月水库正式开工。官厅水库是全部工程的重要部分。官厅村地势高，淹不着，但是这里该修溢洪道。于是，为了下游广大人民的利益，为了服从政府的建设计划，官厅村的五十多家人家便一股脑搬了家，搬到八十里地以外的大黄庄去了！为了水库蓄水，将要淹没的怀来、延庆两县上百个村子的六万多人口都陆续迁移了。

我们走在空荡荡的溢洪道里，在这儿高声说话，会有回声。我想，在这个山村里长大的孩子发现了真理：什么都会变的。他带着几分炫耀挂在胸前的官厅水库工程局和工会的两个红黄色证章，不也是"变"的证据吗？

　　"这个溢洪道有二十公尺宽、四百三十一公尺长哩！我们得走好大一会子。"我的小同伴认真地执行起他的向导职务来了，他说得和工程师说的一丝不差，不过常常加上"我听说"三个字。"我听说，这个溢洪道是拦河坝的保险门哩，若是洪水太大，或是进水塔的闸门有了毛病，就把水放进这里来，然后流走。"他又絮絮地告诉我那个拦河坝的坝高是四百八十五公尺，以后水库蓄水的水高大约是四百八十三公尺。

　　"我听说，这是海拔公尺，和渤海比着算的。要是从河底算，这坝高是四十五公尺。"

　　"你真棒啊，说得赛个工程师似的。"

　　他微微一笑，笑得挺真诚："靠山吃山，靠水吃水啊。王局长要我们每个通讯员学点水利常识，给官厅水库来服务。赶后来说也说不清修水库为了啥，咋个修法，看多丢人！"他又不厌其详地为我描画去年几万工人的劳动场面，"各式各样的机器不算，大车六百辆、毛驴两千头也忙着给运材料呢。"

　　他仰头看看混凝土墙壁的上边：

　　"瞧那里，以前是个龙王庙，后来做了工地大伙房。这官厅村附近的几个村子，什么也不富余，就是富余龙王庙、观音庙的。我们文化班老师说：在旧社会里，反动派治不了水，就骗老百姓拜菩萨。——我们官厅村可是老区，早不信这个了！"

　　严春富也有着老解放区人民的自豪的气派，这是很健康很自然的情绪。小小的严春富，也参加过儿童团，和敌伪斗争过。他自小就没过过太太平平不担心的日子，爸爸参加了革命，他有时也帮忙跑腿送信，还得顶个劳动力使唤，种点地，修整果树，赶个小毛驴。"后来倒好，小毛驴也被牵走了，我大娘（伯母）被国民党打死在一个窑洞外边。我们成天不敢挨家，有时大冷天晚上也在山坡石头片上睡，我娘还常是带着吃奶的娃娃呢。"在严春富十一岁那年怀来县解放了，一家子才团了圆：爸爸从外面回村，妈妈领着一群孩子从姥姥家住的桑园回村。

"什么时候你上我们大黄庄新官厅村去看看吧，政府为我们盖的整整齐齐的新房子。"我们在一个山坡上坐下来歇歇脚，严春富向我提议，他似乎顶不喜欢谈他的过去，他说："谁高兴说那八百辈子以前的事啊，尽是挨饿受罪的事，去他的吧。"他抓起一把枯草，在手心里揉了个稀烂，扔着玩。

"我家分了十五亩地，大黄庄有种稻子的水地，是解放军开的渠哩。头一年收成不很好；去年收的家家吃不完。我和爹一商量，我家卖了三千斤余粮！"

"你们官厅村不是有二十来个年轻人在工程局工作吗？恐怕这些人家是村上最富的人家了！"我记起他们村上和这个水库的"血缘"来。

"差不多吧！我一个月也能捎十几万元给家里。"严春富点点头，笑得那么美好。"马富有、马成、范珍、王永珠……有些人学了钻探，有些人学了电工，范珍学了司机。王永珠，就是你认识的那个高个子通讯员……"

"范珍不是个模范通讯员吗？"我记起工地报纸上提到过他。

"人家是个司机啦，"太阳照得他的眼睛明晃晃的，"我不是说过，什么都会变的啊！不信，再过一二年，王永珠和我，说不定也学上什么技术啦。你没听王局长、王森同志说：'官厅水库是个学校，二三年里培养了快到一千个技术人才了。'王局长还说，'修水库改造了自然，也改造了人，这是我们的两大胜利'。"他拍了一下双膝说："太正确啦！"

我忽然听出了一点他的思想活动似的，就试探他：

"你这小家伙，有点不安心工作吧？做个通讯员也是革命工作的一部分啊！"

"你别冤枉人啊！"他急了，"在我捶煤、添火、提水、打扫礼堂的时候都是那样想的，我高兴为到官厅来的客人服务，虽然我没有为拦河坝添过一铲料，没有为输水道溢洪道浇灌过一点混凝土，可是我心里就赛个主人似的。我生长在这个地方，人小，经历的事可不少。我可以告诉你们：我在哪块小山坡上放过羊，我在哪块小山路上赶过毛驴。我可以告诉你们：我们在哪些片山地上收拾过敌人。这山里的枣、杏、梨、苹果、沙果、葡萄、柿子可不少，又都是又香又甜的好种，多少官厅村的老乡都是为了舍不得家家的几十棵果树，所以迁移的时候才那么难受。好了，后来政府折价买了树，现在这些树是公家的了。过些时候你还来不来？这些树会排着队似的开花的，总是杏花打头，一片片赛着开。工程师们说：以后要把水库周围种上树，水里养上鱼，人在湖上划起船来，游得那个美！人累了、病了，全可以上官厅来住住。我们官厅可出了名啦，如今休养的房子还盖得不多，参观人可来得不少：中国人来不算，外国人也来得挺多，都来瞧咱们中国人咋样在搞水利基本建设，咋样在建设社会主义啦！"

"瞧你说得够多远啊，离了题了！"

我们站起来向静水池走去，严春富却在辩解：

"没有离题呀，我说我愿意在这儿当通讯员哩。可是，工程是就要完的，不能赖着不走啊。王局长说王永珠和我文化程度太差，所以一来就分配了当通讯员，一边在文化班学习。将来工程一完，知道会分配到哪，学个什么技术呢？"这孩子简直是蹦跳着下的山坡，向静水池那边走去了。到了这个瀑布一样的静水池边，他又给我讲了一阵它的减低流速的作用。然后，仿佛哗哗的流水触起了他的回忆：

"在这里，去年春天正修静水池，修来修去总漏水。后来传来了斯大林逝世的消息，大家全哭了。有的察北工人想起斯大林同志派苏联专家给他们治鼠疫的事来，发誓说，一定要修得不漏水才算。后来，他们在冷水里泡了一天一夜，把任务完成了——就这么着纪念了斯大林！"

他接着说，在他的工作中也常常遇到苏联专家。"为他们做点事，他们总说谢谢哩，哪怕是送一壶水！他们和我们握手，还送我们纪念章，——斯大林派来的人，就是有些不同呢。"

"你们不是刚刚作过'纪念斯大林逝世一周年'的文章吗？"

他想了一想才明白过来："你一定是看到我们老师写在黑板上的题目了！"眉宇间忽然显出一点忧愁的神气："我有多少话要说呀，可就是写不出来，生字不够用，写不成句子！我的语文成绩赶不过算术，想起来叫人生气！"

我忍不住当了他的面笑起来，他瞠着眼，好像嫌我笑得多余。我说：

"别急，慢慢学习，以后你一定很会写呢，写长篇长篇的！"

"我喜欢图画，我们图书馆里的连环图画被我看够了。"

"你将来一定也能画，只要用心练习，在工程局找个老师也不难。"

我暗想，这样的孩子，将来不但能写，一定也会画的。他依傍着生长的这个山峡，这条永定河，这些品种繁多的果树林，就像是在一幅气魄和色调都不平凡的画里一样。现在这幅画上抹去了穷村破庙，添上了水库——人造湖和发电厂。点缀在这张史诗般的画面上的，还应该有官厅村的这些青少年们，他们有的在大黄庄的新官厅村从事着农业劳动，有的就走了出来，学了不同的技术，做了不同的工作，社会好似向他们打开着大门，伸开着两臂；他们呢，像才出蛋壳的小鸡雏一样，睁开眼睛说：

"咦，世界是这样宽广啊！"

走回招待所的道上，严春富加快了脚步，他又有了新的打算：乘晚饭前他要练一会儿自行车，这是最近几天他要熟悉的一件新事物。

他还曾告诉我，他进行着另一件重大的工作：正在申请入团。二三年来工程局团总支吸收了五百名左右团员。严春富有这个雄心：自己要以青年团员的身份在离开官厅水库后，再到别的建设工地去。

风止日落，山峡间辉映着画师们难以调配的发亮的橘黄霞光。

（原载《人民日报》1954 年 5 月 18 日）

老邮工

今年一月里的一天，土木车站的邮局接车员胡延龄，忽然接到官厅水库邮局段局长一个电话。电话机在车站边工程局的转运站里。虽说老胡的半间小土房就在转运站旁边，老胡跑到转运站办公室的时候，已经是气喘吁吁了。

"老胡，小心别栽倒啊，慌张什么！"转运站贾主任熟悉老胡和他的工作情况，他一向为了官厅水库的邮件所付出的辛劳而热爱着这个老年人。眼瞅着这五十五岁的老胡的步子，一年比一年蹒跚了。人胖，头也圆圆的，脸上还有一双圆圆的忠实的眼睛。

"不快还行？怕误了接下一趟车啊。"老胡戴起耳机来，"段局长吗？我是老胡啊——"

"给你道喜啦，老伙计！"老胡仿佛从耳机子里看到了段局长年轻的笑脸。这个在解放区当过军邮员的年轻人，一向和和气气，没有老胡在解放前所看见过的那些局长们的架子。

"什么喜呀，我这几天心里正不痛快着呢！"爽直的老胡从不瞒人，他对这个共产党员段国善心服口服，更是有话就说。在一边的贾主任清楚他那档子家事，该又是他前两年新娶的妻子和他的前房儿子吵架了。贾主任望着听筒，想从老胡下一步表情里看出是什么喜事。

老胡的脸猛然红了，向电话机直问："什么？什么？"

"你当了张家口专区的模范了，模——范。"

末了两个字，连在一旁的贾主任都听到了，他瞧着这接电话的人的身子有些摇晃了，像一个喝醉了的人一样。对方还在嘱咐："喂喂，你准备后天动身去张家口开会——劳模大会，我叫小王来代你的工作。"

老胡的耳朵忽然发背，最后还是贾主任代听了个明明白白。段局长说，这次大会一共要有张家口专区生产战线上各部门的九十多位模范出席。

"快松手，同志们，一〇八次车快到了。"若不是老胡挣扎，办公室里的人一定会把这一百多斤重的胖老头抛向天花板来庆贺一下。老胡好容易找到了这个理由夺门而出。他的步子轻快了许多，办公室里的人们望着他的背影微笑。有人在谈论：这个模范评得对，老胡一年三百六十五天接车，去年工忙时，官厅水库的信件、报纸、包裹，一趟火车就是几百斤，来回搬运，老头子可一趟也没有误过！邻站接车员要是误了接车，邮车就把误了的邮件在下一站交给老胡，再由他交给对开车的邮车。但是，因为怕延误，往往老胡抽空搭了下一班没有邮车的火车，把邮件给送去。为了这些事，他时常受到表扬。

胡延龄回到自己的小屋，抓起几个邮袋就往车站跑。女人衲着鞋底，坐在炕上尽嚷："电话说啥事啊？"儿子在一边望着他，像用眼睛在发问似的。

老胡走出几步，又掀帘子跨进一只脚：

"告诉你们，我老胡可当了模范啦！——瞧你们娘俩的架打得有完不！"

西边来的火车进站还早，钟声还没有响，老胡背了几个不太沉的邮袋往铁道旁走，他今天喜欢一个人在冷风里站一站，想想这是怎么回事。"模范"，这是解放以后带来的新名词，不时地挂在人们口上，登在报纸上。他知道这是指工作上创造了新方法新成绩的人。当老胡在怀来邮局时，也参加过评选模范会议，自己也立过两次小功，成了先进工作者，但是没有想到自己会成为模范。官厅邮局的同志们提过，说有一天要选他作模范，他摇摇头说："一个接车员，没多大贡献！"

胡延龄把皮帽子扣紧，望望红砖房车站旁的一列列穿蓝布棉制服的年轻人，他们正笑着、唱着、谈着，有人还投掷着篮球。老胡猜得透：这又是北京哪个学校的学生来参观官厅水库，并且和那边的职工赛过球，正在候车回去。他忽然想起：自己虽已成了从官厅邮局产生的模范，却只在调来的一年半内去过一次官厅，那时工程还差得远，他在邮局里开过会后，就匆匆回来了，段局长把拦河坝、溢洪道、输水道的拦洪导水作用大致讲了讲，他也没十分闹清是怎么回事，便谨守岗位地回来了。"和洪水斗争、和时间赛跑"的工地口号，他清楚懂得。土木站这个地方，是官厅水库工人和器材的集散地，也是邮件的集散地。当去年伏汛前工程紧张时，工人到了四万多，老胡觉得自己的勤快和接邮件不误车，对工程局调拨器材、对工人们与家乡联系，都有好处。有时候，接一趟车要搬运近千斤的邮袋，他像一个汽车马达似的开足了全劲，忘了累，忘了困，在一年多的期间，他每天要接日夜四趟火车送来的邮件，但没误过一次，接汽车邮件也没有误过，最多时，每天运到工地的报纸就是八九十斤。

"这是我老胡和洪水在斗争，和时间在赛跑啊！"他一向这样对官厅邮局的人说，对转运站的人说。现在，他忽然想对那些不远几百里而来参观水库工程的人说说，并且告诉他们，自己是个生长在卢沟桥边的人，深深知道洪水是多么祸害人的东西，也深深知道永定河发起水来是多么可怕。他老胡也是注意着水库工程的人，为它的将要完工而高兴。他没有到水库跟前去看看，不是不爱水库，而是抽不出身子来。这些邮件，无休无止往返的邮件，把他牢牢地钉住在土木车站了。

火车在西边"呜呜"地响了，天空中飘散着煤烟，铁轨也隐隐在震动。老胡把邮局发的冬季工作服——皮大衣的纽扣扣好，站在这趟车的邮车停歇的老地方等候。

列车咣当了一下，邮车的小门打开了，里面的邮务员像撕日历那样准确地一开门就看到了老胡，他的肩上、身旁满都是邮袋。如果碰到了下雪的日子，他满头满身的雪花，真像是一个雪弥陀来到了银白的车站。

"没误点哪！"

"误不了！"

上下邮包就在这样公式的交谈中交换过，记录着上下多少邮件的单子也快速地彼此换递过了。

"小张，这几天张家口冷不冷？"

对于老胡所提的问题摸不清是怎么回事，小张淡淡地回答："比北京冷得多喽！比你们这土木嘛，也差不多。干什么？要去是怎么的？"

"没事没事，打听打听哪！"

关上车门前，小张没忘了掷下一个小包，代老胡买的四两茶叶。大伙都知道老胡住在这荒村一样的车站上，便很乐意给他代买些生活需要的零星用品。虽说这车站二年来已不是荒村，客人上千上百地上下，供应官厅水库用的机器、水泥、钢筋、斗车、木材、煤炭……也是几列车几列车地卸下来；民工从张家口、通县、保定三个专区涌来。但是，这里仍只是个官厅水库的转运站，并没有形成一个集镇。

老胡刚走到半间小屋门旁，转运站的警卫员同志伸手送过来两个鸡蛋："老胡同志，当了模范，连你家的小鸡子们也赶快下蛋来庆贺你呢！"这年轻小伙子笑嘻嘻地给老胡敬了一个礼。他经常给老胡拾鸡蛋。

"这是哪儿来的事呢？我担心这儿接车的事。人多的会还是没开过，唉——"他带着三分忧愁七分喜的面孔，进屋料理邮件去了。

他的女人和前房儿子的争端似乎因为他当选模范的喜事和解了一些。事情原不严重，是为了儿子就业的问题。儿子因为工作成绩不好，从几个工作岗位上掉下来。继母把这解释成没出息，儿子却说成偶然的过失，或是别人的误会。

"你爸爸当模范，二十多岁的儿子也不能在家看锅台啊。"儿子对于这句话还不愿意顶撞，他也知"模范"在新社会里的意义。当父亲在检点报纸的时候，儿子轻声地说：

"爹，我明天上丰台啦。"这并没有使得老胡惊异，因为原有这么一个计划，有人给儿子在丰台介绍了一项工作，儿子挑三拣四，还没下定决心去是不去。这回他觉得再也不好意思不向模范爸爸看齐了。

爹没吭声，就怕心乱而分错了邮件。他把要在土木附近分送的邮件留下来，马上把要带到官厅的邮件搬到外面装汽车。他又打了个电话给段局长，要小王带个邮局的钟来，他自己那个，自从在车站背邮袋就买下的、使了二十六年的钟，又要去修理了。还有，他希望小王明天乘早班车来，他有许多许多事情要交代。

女人乐得闭不住嘴地给老胡打点行李，挑最好的衣服打包裹，老胡也乐了："会见到些什么人呢？五十多岁的老模范，该给人个还不老的印象，我还能接二十年车呢。"

半夜一点四十六分，要接大同开往北京的二一二次车。平时，老胡在这以前，总可以睡一觉，今天却怎么也宁静不下来。干了二十六年邮工，起先在大站上扛邮袋当苦力，七七事变以后在南京当乡邮员，就常听老乡们说起八路军打日本鬼子的故事，说起八路军多么照顾庄稼人，老胡心上微微透亮：敢情天下还有好人。之后，在丰台、南口、康庄、怀来、土木这些地方，老胡寂寞地在车站上接车，守着邮袋过了半辈子。日本鬼子、伪军汉奸、国民党匪帮，使他一年年勒紧肚皮，没有谁瞧得起这个小人物。只有在解放后，他的辛劳功绩才有人认出来了。在邮局里，以前是局长说什么是什么，像他这个接车员，累死了也落不了好；如今呢，"大家平等了，有错大家可以彼此批评了"。老胡最满意的是这一点。

他最嘀咕在会上要讲话。贾主任已经大致告诉了他，一般的劳模大会是怎么个开法，听报告、小组讨论、发言，交流经验……还要参观厂矿、看戏看电影。

"我有什么经验呢？"晚上，在接夜车前，老胡躺在被子里摸着胸脯打腹稿："不怕风不怕雨就是了！白天想着：这是官厅水库的邮件！晚上也想着，这是官厅水库的邮件！邮件可以治洪水吗？我胡延龄说可以！我怕夜里两班车睡过去，捻紧了闹钟的铃弦，于是，前十分钟就叮零零地响了起来。其实，老人是少瞌睡的，搞成了习惯，自己也就醒了。我在一九五三年搬了七万多公斤邮件，五十三万四千多封信，还有二十二万八千多份报纸……这些数目字并不多，比起修水库用的人力物力财力来，真是不够一个小零头啊。

"人家也许会问：你一个老头子，胖胖乎乎的，不怕累？我说，不累是说瞎话，只要心里一想起：这些邮件关系着工程材料的供应，关系着几万工人的穿的用的，关系着他们和外边的联系，和他们家里的联系，我就咬咬牙迈快步，肩膀上扛一百多斤一趟也不算什么了。有雨，我先用雨布遮住邮袋，扛出去扛回来多天阴，我们娘儿三个把邮袋藏在半间屋里，炕上也堆起了小山，人转不过身子……"

他又想：不应该只谈自己的工作，官厅邮局的十几位同志都是够辛苦的，除了负责五区、六区，山区中的乡邮，还有新修的铁路线上的邮政，水库的邮政，"只去年一年，官厅邮局向外兑出的汇票和保价信，就有一百三十亿元。四、五、六三个月民工最多，倘若经常是四万民工，这个数目字还要够呛！我一定得给另外各行各业的九十多位模范们说说，咱们的段局长，在水库刚一开工时，怎么一个人打的天下，后来别的同志在工人多的时候，怎么在深更半夜还到工人宿舍接汇款，为一天三班工人服务。还有去年大水冲坏了公路的时候，官厅邮局的人，怎样人人往土木站来回背邮件，一天走七八十里路，人家的辛苦也得让大伙儿知道知道……"

一点半了，老胡穿起衣服，提了马灯走出去，准备接大同到北京的二一二次车。他怀里揣着那只比儿子年纪还大的闹钟，想托邮车上的同志带到北京去修一修，虽然铺子里说这只钟太老旧了，难修得好。可是老胡总不相信，他心里想："修钟就不能找个窍门、克服困难吗？"

跟这趟车的邮务员们已经听说老胡要去张家口参加劳动模范大会了，他们知道这次大会上会有生产战线上的许多英雄人物出席。

抛起邮袋来就像抛皮球似的，年轻邮务员羡慕地对老胡说："真棒啊，老伙计，人家全是工厂里的，农村里的，矿上的，铁路上的……你这接车员，全国十二万多邮电职工里的一个，也能当上模范，真不赖！"

老胡的圆圆的忠实的眼睛笑得像个孩子似的，手里还提着一个刚邮来的流动图书箱，沙哑地说：

"这叫行行出状元哪。我是沾了毛主席的光，沾了官厅水库的光啦！"他一边把闹钟交给对方，"劳驾了，又得修修，跑得不准点啦。"

小伙子笑笑说："又是它，该买个新的啦。老胡同志，您的眼前一天到晚，除了车站就是火车，除了邮袋就是报卷，这回去开开眼吧。听听首长们的讲话吧，一定是有关总路线的，也许还能带回亮晶晶的奖章，毛主席的大照片……"

小伙子的声音被火车开行的声音淹没了，邮车的板门慢慢地掩上。他的善意的笑脸，像是给老胡心上吹过来一阵春风，老头子步子举得轻快起来，他还在使右手举成个喇叭筒儿似的，一边喊着："别忘了替我修钟啊，挑好手艺的……"

他踅回小屋，准备打个盹儿，再接早晨五点多的北京到大同的火车。

（原载《人民日报》1954 年 4 月 5 日）

梅兰芳走向工农兵观众中

在四十多年前，我们卓越的京剧表演艺术家梅兰芳的幼年时代，曾经有过每年演出将近三百天的舞台生活紧张阶段。可是在全国解放后的四年来，梅兰芳已将届六十高龄，他已演出了三百数十场了，这是难能可贵的、忠实于自己舞台艺术的劳动。

抗日战争时期，梅兰芳曾经停止演唱八年，这对于他那个宽嗓子，据说是大为不利的。抗日胜利后，他在舞台上的嗓音低了许多，观众们担心他的艺术生命不长了。但是，热爱自己艺术生命的梅兰芳信心坚定，他认为自己的嗓音是可以慢慢唱回来的，低沉可以转为响亮，沙哑可以转为圆润。

只有在全国解放以后，梅兰芳长期苦闷的政治生活和艺术生命才见了阳光，他一点也不为年过半百而气馁，一面就任中国戏曲研究院院长，一面仍然刻意追求达到更高的艺术水平。最近两年演得尤其频繁。去年在东北、北京、青岛演了一百多场；今年在天津、石家庄、上海、无锡演了九十多场；他还想在一二年内继续到西南和西北去演出，去和从没有机会看到他的表演的观众见面，和中小城市的观众见面，和工农兵观众见面。

今年春节期间，天津市总工会邀梅兰芳到天津为工人同志们演出，四万多工人同志在工人文化宫看到了他的精彩表演，有人写信对他说："我们能够看到你的表演，要感激共产党和毛主席！我们真的翻了身！今后我们保证以更高的工作热情，完成国家建设计划的各项任务，来答复你为我们演出的好意。"梅兰芳从台下观众的反应中看得出，工人同志们欣赏戏曲艺术的水平大大地提高了，在剧情紧张的时候，台下肃静极了，对于演唱确见精彩的地方，由不得加以喝彩。梅兰芳在台上也感到无比的安慰，忘记了疲劳。

在天津时他的嗓音逐渐洪亮痛快，有一晚演《霸王别姬》时，他预先告诉琴师："把胡琴稍微拉高一点。"琴师照办了，底下有一段"夜深沉"的歌唱用笛子，笛音一高就是一个笛孔，因此造成了提高一个调门的纪录。那个晚上他的知音立刻发现了这个进步，他们说：梅兰芳舞台上的青春恢复一步了。

他在石家庄的演唱为了斯大林同志的逝世推迟了五六天。悲痛的消息传来时，他刚到石家庄，马上回北京参加吊唁和追悼，因为感情上难以平复，他内心要求的停止演唱超过三天。就医服药以后他才在石家庄登台。

不只是石家庄的人民感到梅兰芳的到来是一种意想不到的光荣，其他中小城市也同样感到中国的卓越表演艺术家在毛主席的文艺方针指引下在改变作风了。梅兰芳是看到过苏联的中小城市里也有着出色的艺术家在活动的事实的，他也有着到国内中小城市演唱的愿望，条件只有一个：要有两千人以上的剧场，原因是同样支付一份劳力，他希望满足多一些人的渴望。

他的石家庄观众不只是石家庄城郊的劳动人民，安阳、德州、太原等地的人民也纷纷到石家庄来，在石家庄十几场的演出简直满足不了那么多人民群众的要求。在这里农民观众之多打破了梅兰芳观众的纪录，他们头上包了白毛巾，太阳晒黑了的健康肤色的脸上微笑着，仔细欣赏着台上的一举一动，一颦一笑，想回去时传达给老乡。他们是卖了棉花或麦子来看戏——来获取难遇的幸福的。有时梅出场时，农民们会一齐摘了毛巾，向他致敬。

梅兰芳在石家庄自己买了两张戏票请一位农民看他的戏。原因是这位农民卖了些棉花在石家庄住旅馆等买票，钱花完了，票还没买到。他听说梅兰芳住在附近，就去恳求给一张戏单，这是多么微小的愿望！原来这个农民弟兄想带个戏单给老乡们看看过瘾，他戏没看到，戏单带回来了，也不算失败到底吧。这件事被梅兰芳晓得了，他从管票务的同志那里设法买了两张票送给了这位普通的农民弟兄，于是这位只期望一张戏单的观众端坐在戏院中了。这个晚上，他对台上的《金山寺》中白蛇和《宇宙锋》中赵女的扮演者充满了亲切的感谢。

从四月中旬开始，梅兰芳在上海演出五十多场。公演前夕，演出《霸王别姬》，招待中国人民志愿军和中国人民解放军在沪伤病员。演前梅兰芳讲了话，他传达了人民对伤病员们的敬意，没有他们的流血，国家的和平建设是不可能的，人民的幸福生活是不可想象的。志愿军代表赵晓春扶了双拐上台致辞时，梅兰芳小心扶持的照片登在上海报纸上。能够和工农兵——这样高贵的观众在台上台下见面，为他们服务，艺术家受到了感动，他感到在舞台上越来越年轻了。以前他还不时打针服药，去年在东北演出中多年的胃病也不治而愈了。如今抛弃一切药物，非常健康，他把舞台活动当作运动，可以防止发胖，而且温故知新，每场都有所领悟和创造。

当在上海演出了三十场时，梅剧团的同志们和上海文化领导同志们劝他歇歇再演。这个劝告被婉谢了，他说演戏和打仗一样，不能把一个战役割断的，他宁可演完再休息，而且观众给他的热烈欢迎使他忘记了疲劳。

在江南的溽暑天气中他又到无锡工人大会堂演出十场，无锡的工人及市郊农民们都争相购票，他在这里也招待了志愿军伤病员。在高温下连演十几场，就是青年演员也要叫苦的，但是梅兰芳浸透着汗水坚持下来了，而且丝毫也不怠慢，尽量演到好处。

一九五三年度梅兰芳剧团演出纪录近百场，二十七万观众满足了欣赏最高水平的京剧戏曲艺术的愿望，他们大多是他的新观众，以前和文化艺术无缘的，因此也可以说，梅兰芳从他们那也满足了自己的愿望，他的演出计划是符合了工农兵的文艺方针的。每场戏以后的谢幕，是他真心对观众的致意，也是观众对他的真心感谢。工人农民对生产的贡献，战士们对保卫和平的贡献，梅兰芳对古典艺术的贡献，都在掌声、行礼、献花中得到了升华，融合在一起。

为什么梅兰芳的演出得到了南北一致、工农兵一致的赞美呢？他今年到各地演出的剧目不过十个左右：《霸王别姬》《贵妃醉酒》《金山寺》《宇宙锋》《奇双会》《凤还巢》《梁红玉》《西施》《洛神》《游园惊梦》等。他扮演了古代社会不同的典型环境中的典型女性的性格，或是神话传说中对理想女性的化身，她们有着善良、勇敢、聪明的秉性，追求美好合理生活的愿望。梅兰芳在《舞台生活四十年》第一集中说："我是个笨拙的学艺者，没有充分的天才，全凭苦学……"他四十多年来的演唱和锻炼一直是认真的，抱着钻研精神去学习的，他要把每个剧目中的每个艺术形象演得合情合理，恰如其人。杜丽娘的少女春困、杨贵妃的宫廷烦怨、虞姬的深明大义、赵女的忍痛装疯、白素贞的真挚爱情、洛神的清冷俊美……梅兰芳在外形内心都给以不同分寸的塑造，现实主义表演艺术的体系在四十多年的舞台实践中逐渐形成。为了后辈的参考，他也在抽暇整理他的舞台经验和现实主义表演艺术。这次无锡演罢，在上海度夏休息时已把第二集《舞台生活四十年》作了初步整理。

在今年演出的九十余场戏中，《霸王别姬》演了近二十场，这是根据群众要求而由各地文化机关决定的，这出戏在群众中的印象很深，看了戏以后，他们也很喜爱梅兰芳所塑造的虞姬勇敢、热情的形象。

根据观众的提议，后来在上海演出时已加了霸王乌江自刎一节戏，过去杨小楼就是这样演过的。梅兰芳倾听观众意见而修改剧情、唱词，唱腔的习惯四十年如一日，最近仍然随时作小修改。有时发现改得不好，又改回来，虽然他也不是无原则地迁就。例如《宇宙锋》一向叫座能力差，但是他认为这是描写"富贵不能淫、威武不能屈"的受封建迫害的贵族女性的反抗，赵女有复杂动人的戏可表演；收场时赵高被秦二世罚俸三月，活画出秦二世好色又贪财的帝王面目。因为它具备强烈的人民性，因此是梅兰芳最细心钻研的一出戏。

为什么近年来梅兰芳只演了这些剧目呢？原因是薪剧目无暇排演，又怕演过短的剧目对不住观众。梅兰芳想，观众千辛万苦买到了一张票，如果看他一出不满一小时半的短戏，未免太冤。如演两出短剧，在排剧目中也有困难，因此他演的都是一小时半以上的戏。他还打算有空时重排《春香闹学》与《游园惊梦》一次演全。去年在东北还曾演过《黛玉葬花》。

梅兰芳热爱他的工作——舞台艺术实践，他说：一个演员是不应该长期脱离舞台的，只有保持和观众的联系，才能使演员年轻，不致颓唐，艺术得到锤炼。对于他这样一位有经验的艺术家说来，停演三五个月都是有害的。每期演唱的中间日子，往往是最精彩的。

今年梅剧团的演出计划中，还有为志愿军演出的一项，那将了却抗美援朝三年来深藏在梅兰芳心中的一桩最大心愿。

（原载《新民晚报》1955 年 10 月 12 日）

官厅水库的春天

　　塞外的春天来得比较迟,官厅水库这个地方的季节要比北京推迟一个月光景。北京树枝上已是一片葱绿的时候,上海已见繁花的时候,这儿山坡上的苹果、梨、杏、沙果、枣树上也就刚刚在冒出一点新芽,农民们把埋在土里的葡萄秧子取出来,让它在春风里苏醒苏醒。四月初,官厅水库拦河坝北面的一片冰湖也才融化不久,水位一天天在上涨,进水塔的闸门在逐个打开,控制上游涌来的激流。只有出太阳的日子才显得暖烘烘的,人们想到衣服该换季了;若是刮起大风来,漫天黄沙又会把渗人的寒气卷来。

　　修建官厅水库的人们在这儿过第三个春天了,工程从一九五一年十月开始,一九五二年的春天工作才开始有个端倪,还难免一面施工,一面设计;一九五三年的春天工作十分紧张,因为要在八月前修好拦河坝,使它起拦洪作用。四、五、六三个月只民工就到了四万人,三班人日夜轮流赶工,全国各地人力、器材、机械也积极支援,六月底拦河坝筑到了三十五公尺高,保证了伏汛拦洪,因此去年八月下旬虽然遇到了自一九二五年有记录以来占第二位的洪水,也没有危及下游。九月下旬,拦河坝就筑到了四十五公尺高,宣告胜利完工。

　　一九五四年的春天呢,是官厅水库全部工程结束的时期,进水塔第五期工程就要完工,溢洪道的进口溢流堰和弧形闸门是今年春季的工程。一部分工程属于"美化"性质,修建官厅水库不只是科学,也是艺术啊。

　　在这个胜利的春天里,官厅水库工地上每个单位都在作总结。局长们、工程师们、职工们，不论是党、政、工、团哪一部分，都在想找出一些可贵的经验教训来，供全国各地从事水利建设时参考。

两年来官厅水库就一直是一座人民大学，各地各族的工人、学生、干部不断到这里来参观、学习。凡是到北京来的外宾，几乎有一半人到过官厅水库，他们要看看中国人民的力量，看看聪明而勤劳的中国人民在如何与洪水斗争、改造自然。每逢节日，这儿就成为爱国主义和国际主义精神相结合的具体表现的场所。外宾们不只看工程、访模范，也赞美这里所有不被风雨冰雪所阻挡的工人们个个是英雄。

今年，谁都知道，官厅水库胜利的春天到了，招待参观不仅成为官厅水库工程局的周末工作，而几乎是每天的工作了，领导干部们瞅着那张密密的参观日程表微笑。对这些不单纯为了来作春游的客人，对这些认真地来学习的同志，他们表示热烈的欢迎。副局长们轮流作报告，报告内容已熟得像背书一样，但还是努力做到使讲话的内容又通俗又生动。勤杂工作人员们也把打扫礼堂、提开水的工作当作光荣任务来完成。

参观的人们凝神看着那四十五公尺高的拦河坝的时候，看着那包括进水塔、隧洞、静水池三个部分的输水道的时候，看着那边墙底板都用钢筋混凝土衬砌、全长四百三十一公尺、底宽二十公尺的溢洪道的时候，会听到忠实的向导同志遗憾地说："要在去年春天工程紧张的时候来就好了，那时候职工四万三千人，现在才两千人，水利工程不比新建成的工厂能看到机器在大量地迅速地生产成品；这儿呢，空空荡荡，冷冷清清，水库工程就露天展览在山峡里，你们很难想象它的拦洪蓄水的作用，它为永定河下游两岸人民解除了多么可怕的灾害，工程的劳动组织有多么庞大，那种劳动又是多么辛苦，虽然我们已使用了一部分机械，起重机、推土机、羊角碾、拖拉机、抽水机……"

工程的建设者们竭力要引起参观者的想象力，要把去年春天工地上的声、光、色都带给人们。例如不同的机器如何响法，不同地域的民工穿些什么不同的服装：张家口专区的民工常用毛巾包头，来自荆江分洪工地的混凝土工人最乐意把奖品——印着荆江分洪字样的背心和奖章自豪地袒露出来。这四万人口音不一样，过去的生活和经历却差不多：翻身农民。这些习惯于自由散漫的生活的农民，一下子要在工棚里过工人的集体生活是比较困难的：要吃上百人一个伙食团的饭，要按一定时间上班下班，甚至哪队的人在工地上走哪一条路，都有规定，以免乱了阵。他们有的惦记家里的几亩地，有的惦记老婆、孩子，有的不明白为什么自己的棉被应该匀给没带棉被的人伙着盖……于是有人在挑土打夯的时候不起劲，甚至有极少数人开了小差。

民工中的党团员和转业军人发挥了作用，他们和工程局领导想办法，把修水库的意义作为经常课题来讲解，再把民工们解放前后的生活作了对比，特别是逐步改善工地上的生活——由伙食到医药卫生、文化娱乐，再由一些党团员和转业军人所起的模范作用中使民工们接受教育，他们的情绪渐渐稳定，工作也积极起来了。有人家里催结婚也不回去，有人回去了又自动回来，有人在复员时写信到中华全国总工会，"控告"工程局不给长期工作。

去年三月，斯大林同志逝世的消息传来，工人们沉痛地在工作中更努一把力。在修静水池的察北民工们想起斯大斯同志派专家到察北治过鼠疫，全哭了，他们坚持了两天两夜，把静水池漏水的问题解决了。

工程局副局长兼党委副书记王森同志喜欢给参观的人们讲这样一个故事：前年"五一"纪念会上，在河西工人宿舍开了大会，局长，宣传部长都讲了话，但是最后，一个保康民工走上来了，他讲的话压倒了以前的那些讲话，充满了感染力，台底下的群众喊喊喳喳了。他说：

"老乡们，说实话，我以前是身子来到工地上，心丢在家里。我是北京的三轮车的转业工人，转到了察哈尔保康县种地。出来当民工时，家里就剩女人一个人，而且她快坐月子了，又没有存下吃的穿的。我成天心和口商量：该怎么办！直惦记哪一天迈腿就走，我以为就只有我自己知道这些困难呢。之后，家里来了信，敢情政府什么都知道，知道我家里的一五一十，送了小米和布匹去，还有一位村里的姑娘去给我女人作伴。信里说：干你的活吧！甭惦记！"这个卓越的讲话人抹抹眼角，接着说："又过了半个月，信来了，我女人太太平平地添了个胖小子，乡政府又送粮食，又送鸡子和红糖……这叫我怎么说呢？我四十多岁的人了，真盼孩子。我活了半辈子才体会到生来依靠谁也不行，除了毛主席和共产党……"

据说，他的讲话是最好的政治动员，民工们听了比过年时看到自己县的县长到工地来给贺年更激动。事实上这例子并不太特殊，出民工的县份把优待照顾民工家属的工作当作优待军属似的在做，有民工在官厅水库工地上的人家，被认为光荣得不得了，自家也觉得光荣得很，妻儿们偶尔也到工地上去探亲，受到了很好的照顾，回去一宣传，更美了。

民工们的劳动纪律逐渐建立起来了，他们热烈地参加了劳动竞赛，注意了工程的质量。对于一面红旗，对于快报上自己小队的集体荣誉都极大关怀，把友谊从同村同县人扩大到天南地北、口音都听不懂的"同志"了。他们在宿舍工棚的地上，用砖石垒出"抗美援朝""建设祖国"的字样。下工后上课识字，读报看书，文化在迅速增长；还经常理发洗澡，穿上翻领衬衣和球鞋了。爱国卫生运动推行得很好，在宿舍和厨房里找不到一只苍蝇。王森同志在抗日战争时期在这一带深山里打过游击，当过县长，熟悉这一带的民情，喜欢揣着袖口对参观的人笑眯眯地说：

"以前这些地方男人娶个媳妇可不容易，在家里女人常占上风，可是当上半年官厅水库民工的小伙子们有了文化，有了出息，反而是媳妇怕丈夫和她们离婚了。找对象的姑娘们坐了大车跟了介绍人到工地上来，简直是一车车地来……"

目前工地家属有四百多户，工地医院的产科大忙，在这个春天里，几乎每天出生一个娃娃。家属委员会的干部们一面替这些在工地新生的婴儿们请领补贴，一面动员家属们准备回去春耕。

到这里来参观的人们，会被介绍认识一个突击队的工人同志们，这是由民工中选拔优秀工作者组成的，起初近二百人，现在复员剩一半人了。他们不是干的技术工人的活儿，而是挑土、打夯、碎冰、敲石头……需要什么就干什么。队长叶成是工地上的英雄，特等模范，曾在严冬带头跳到冰水里取麻袋，搞临时挡水坝的"合龙闭气"，使得水流顺利地流入隧洞。他当时是翻身农民、转业军人和青年团员，现在已是党员了。

许多工人早复员了，有人到了东北浑河大伙房水库，有人去了淮河，有人调修铁路，官厅水库像一个学校，培养了不少建设工作的能手，技术工人就培养了近千人，目前也正乘着快要完工的空隙办着几个训练班。国内各个建设岗位在欢迎着他们，欢送会一次次开个不休，致辞、答词中离不了这样的字眼："保持官厅水库的光荣，创造更大的光荣……"

水利部的钻探队收工了，把机器装了箱，又要踏上新的工地。工程局机工队，电工队还忙着。在这胜利的春天，到工地上来的人也许还有运气看到钻探队队长闰有，机工队队长郑福轩，他们都是鼎鼎大名的工地上的模范。青年工程师之中也有许多模范人物，例如赵福臣、李子铮、林柏铣、吕宏基……这些离开大学不久的知识分子们在改造自然的过程中也改造了自己，他们首先向工人学习了不少东西，有些是书本上学不到的，有些是在实践中才得到印证修改过的。在他们的书架上找得到《列宁主义问题》《斯大林全集》《毛泽东选集》，水利工程的书、报纸、期刊，俄文教科书，也不缺少《斯大林时代的人们》《远离莫斯科的地方》那些书。这些人热爱着那些书，比普通读者更熟悉那些书，因为他们自己就好像是书中的人物，只是地域上是中国，而不是苏联。

"改造自然，也改造自己"，这句话也是王森同志用来鼓舞修建官厅水库的全体职工的，事实证明这句话是真理，如果在这个工程结束的今天，每个人作个总结的话，都会发现自己的变化是多么大。有经验的工程师们不否认这样伟大的工程只有在毛泽东时代才能完成。党的领导，群众的力量使某些人是刚刚领会到。官厅水库蓄水容积达到二十二亿七千万立方公尺，湖面周围达三百华里，大小和太湖相仿佛。水库蓄起水来要淹没三十四万亩母地，火车和公路要为了官厅水库改道，要有六万多人口迁村移民，已经迁了一万八千多人了，他们都得到政府妥善的照顾。

因此，在领导这项工程的人们都说：这是旧社会所办不到的，所难以想象的事。有些资本主义国家来的人看到了都难以掩饰他们中的感动。他们看到：中国共产党和人民政府在人民中的威信有多么高啊，说得到办得到。

如今溢洪道的上面，是旧官厅村的"遗地"，官厅水库的名字是这样来的。旧官厅村的农民迁到八十里以外的大黄庄去了，他们和官厅水库的联系却割不断，有二十个左右官厅村的农民的儿子们留下来了，他们成了技术工人，成了民工，成了通讯员。他们是最出色的向导，时常指着这里那里的山坡向人介绍说：

"这里是旧龙王庙的地方，后来还做过工地伙房呢。"

"那里是从前我们放羊、赶小毛驴的地方！"

当然，他们也不忘了述说小时候难挨的饥寒。今天，大家都在工作，都在学习了。文化班的黑板上出现着分数的算式，也出现着"纪念斯大林逝世一周年"这样的作文题目，学生们试着回答"旧社会的学校为谁办的"那样启发阶级觉悟的问题。

春天，官厅水库的作息时间改早了半点钟，广播器里的音乐在早上六点钟唤醒了人们，接着在各个单位的空场上分别聚集着些人在做早操，呼吸着山峡间清新的空气，他们觉得并不像是生活在边远的工地，而是和全国人民在一起，和北京在一起。没有全国人民人力物力的支援，官厅水库的建设是不可能的。当他们工作的时候，甚至做广播操的时候，都会这样感觉到。于是工作、学习的劲头来了，水库工程增长一分，他们的幸福也好像增长了一分。

当他们领受参观人的时候，领受每次参观人献旗的时候，代表领受的人往往说：

"你们为了我们，我们为了你们，大家为了中国、为了世界、为了和平。"

春天，官厅水库的客人无尽止地由各方涌来，像永定河上流来的水，像山坡上果树枝头冒出的新绿，修建水库的人们带着胜利的微笑接待大家，只发愁在匆匆的一点时间内说不尽这两三年来的变化。

"将来，水库将是一片美丽宽阔的湖面，湖里可以发展水产，周围种上各种果树，这个湖泊附近要成为风景区、疗养院。水力发电以后，带给人们的幸福是没有法说完的……"燃料工业部派来筹划水力发电的先锋部队已经在勘查了。

每一个到过官厅水库的人，会带美好的理想与坚定的信心离开它，特别是当水库的胜利的春天到来的时候，因为春天引起人们的希望，鼓舞人们去努力创造。

（原载《文汇报》1954 年 5 月 12 日）

回到重庆

一千支笔也难描摹出我又回到重庆时的心情。是回家的心情么？不是，因为它并不是我的故乡；是勾起了幸福的回忆吗？不是，因为那七八年山城的生活并不愉快，毋宁说是有些悲惨。但是当飞机在重庆上空盘旋的时候，我已经收拾停当，只想当机门一打开，一脚就跨出去。

"你喜欢重庆么？"一位朋友这样问我。

我要坦率地说：如果这是指旧重庆的话，我并不喜欢它。当一九三八年前后，每一个旅客从朝天门码头上坡的时候，都会对那卖苦力的轿夫、坡上棚户里的绿豆似的灯火，以及随风而来的鸦片烟味留下难忘的沉重印象。

从平原上来的人，谁都不会习惯它的坡坡坎坎，它的湫隘，它的夏日的酷热，它的涕泗满街，它的老鼠挡道！当然，在那七八年间最最苦人的是反动蒋政权的迫害、恶性通货膨胀，以及敌机的侵扰。

我来到了白市驿机场的宽敞的候机室里，这是一九五三年落成的。当时日本投降后，毛主席在一九四五年八月二十八日到重庆来，也是在这里降落的。那时候这里还是一片荒凉，而一部分欢迎者内心的炽热却又不得不掩藏起来，多少特务和坏蛋在像鹰隼一样地窥伺着人，在摩拳擦掌啊。

我们进城的汽车走过山洞，走过小龙坎、化龙桥，一路上都在修路。熟识的四川话又飘进耳朵来。我想，凡是四、五年级以下的学龄儿童就都是一九四五年以后出生的四川小公民了，对我说起来都是陌生的。但是不论熟识或陌生，不论成人或儿童，显然地生活状况比十年前有了显著改善。看起来和那些山上山下以及镇市上的新建筑都很调和。就是郊区的公共汽车也很漂亮了，而且不如当年挤得像运猪。只有一样东西显得荒芜无人过问了，那就是防空洞，有的洞口用石块堆满，有的钉了木条。

到了上清寺的花园，我们恨不能立刻坐上那车顶浅黄车身浅蓝的无轨电车逛街去。每个站台上都有很好的遮阳板，从上清寺来到小什字，只要九分钱。线路暂时只有这一条，而车子多，等起来并不心焦。

这天是个周末，到市中心去的人特别多。市中心在都邮街解放碑一带。我们几个"老重庆"坐在新重庆人引为骄傲的无轨电车上，车座是厚漆布蒙的，扶手绕着藤。也是电气开关车门，娃儿们睁大了眼睛在纳闷。无轨电车刚上市不久，许多人还带着欣赏的心情来坐它。

车辆唰唰地前进，对坡度大的山城来说，比有轨电车真是好得多。车子下了七星岗，原来不是一直下去，而是转到那条又宽又长的临江路，经过最新式的和平电影院（从前叫"国泰"），再转到小什字去。和平电影院门前比以前开阔多了，使得你再也认不出来。从前的"夫子池"，已经辟作"大众游艺场"，花两角钱门票，可以到里面玩很多种游戏，有四五种剧种在演唱。自然，百货公司吸引了最多顾客，但是其他商场、商店和书店，也是站着几层人。四川味的豆花店、合作餐厅、冠生园和心心牛奶店也是顾客兴隆，而且真是价廉物美。目前重庆是物价最低的大城市之一。

趁着没有日落，让我们赶快向回走吧。在两浮支路的降落伞塔那儿，出现了才落成的体育场，可以坐四五万人，波兰足球队来时刚使用了它，今天正在举行工人运动会。旁边有一个体育馆，外观很雄伟，可惜里面只有一个篮球场，从儿童教养院调来工作的女孩子正在郑重地打扫。她们说："你们晚上来看业余比赛嘛！"

篮球场外面原来是大田湾凹地，现在全被青年用义务劳动给填平了，而且铺了平平的水门汀。快看，降落伞塔那边，有一个接一个临空而下的小白点。体育场上的哨子响了又响，红领巾们也在拍球赛跑，不用问，他们对这运动场无限欢迎。

在两路口到菜园坝之间，人们可以坐一分钱下坡，两分钱上坡的缆车。菜园坝也是成渝铁路的起点，但就是嫌地方转身不开，九龙坡调车方便。不只火车的吼叫声音听着过瘾，而且自这条代表着四川人民四十年的愿望的火车通了，也给人们直接间接带来了经济繁荣。

从前的川东师范，如今的劳动人民文化宫；从前的"渝舍"，如今的少年宫；它们毗连一片，又各有各的大门。川东师范从前不仅是伪教育部和其他机关，而且也是众所周知的"爱国犯"的拘留地；川东师范的防空洞有着不同的含义，进去的人不知下落，没进去的人对它憎恨入骨。

但是，感谢将川东师范改为文化宫的聪明设计者，他利用了山坡、山上和山麓的每一处空隙，使得老少男女都喜欢了这块地方。有规模很大的电影院、露天游泳池、人工滑冰场、茶园、空场、喷泉……孩子们坐在空中转椅上骄傲地对看着他们的成人微笑，年轻人舞着唱着，一根绳子也可以让上十个人玩了，笑声飞腾；扑克牌就不用说。关了老虎和熊的防空洞外部，让大家渐渐忘却昔日用来躲轰炸和坐牢的可怕用途。文化宫入口处正在举行服装展览，爱美的人真多，假日排好久队才进得去。看起来重庆街头的童装和妇女新装比北京的花样还多。

从前在重庆就逛不到什么像样的公园，而现在枇杷公园用好几个大门在欢迎游客。从观音岩以下的两个大门进去可以，从神仙洞街新修的水门汀坡路进去也可以。到了这里，你就会发现重庆的绿化已经有了成绩，不仅仅是人行道上的小树而已。在山上游园另有风趣：视野开阔，可以检查得出重庆新建筑的出现。从前浓雾遮盖了这个城市的阴暗嚣张气氛，如今山城到处都冒出来诱人的新建筑，就像童话中皇冠上的颗颗宝石在放光一样。

自然，最堂皇的建筑是受了批评的人民礼堂，它的天坛式的绿顶在马鞍山上像是给高山戴了一顶帽子。如今问题就是每年修理费大了些，当地干部却很受惠，听起报告来一下子就解决六千人的问题。外国文工团来表演也不会发生同样节目得演很多场的问题。

枇杷山上有重庆市博物馆，它的前身是北碚的西南博物院，但是内容已充实不少，略略偏重西南。在这里分成四大门类：自然富源、民族文物、历史文物和第一个五年计划。博物馆干部们时常深入建设工地，请工人同志帮助发现地下的文物。我看到穿草鞋的人也来看博物馆了；一位父亲殷勤地为幼儿园年龄的孩子们讲解五倍子和蜡虫；才会说话的穿开裆裤的娃儿站到彩色俑柜子面前高兴极了，招呼妈妈说："快来看娃娃！"

山上还有科普、科联、文工团、中苏友好协会，文化气息十足。到过重庆的人一定知道从前苏联大使馆也在枇杷山，现在使馆原址已辟作医院了。

走在重庆街头，最容易发现地下排水道的沟口，而铁板上所浇铸的年代，往往是一九五〇年以后。的确，几年来重庆的地底下也大力整修过了，不只是市区，郊区也是一样。利用它的坡度很大的地形，排水道自上而下有很大便利。从前地下死阴沟是重庆老鼠的老家，而现在"除四害"正在认真进行，人们自己订下来的捕鼠计划已经因为老鼠太少而很难完成。很多家庭主妇已经不受它们的扰害了。

重庆主要的变革在于它正成长为一个工业城市，它已经成为祖国社会主义建设中的一环。重庆一百七十多万人口中有三十万工人，连眷属达八九十万，占人口的一半。失业人口据公布正在逐步安排，今年第一季度每天可以安排一百五十人的工作。旧社会留下来的渣滓——无业游民，已经在逐渐收容，使他们学习劳动。重庆街头的人力车早已经基本上消灭，只保留一小部分供病人使用。

新的市区在九龙坡、杨家坪、大坪一带形成。市级干部利用休息日去参观工厂，而工厂轮休工人又利用休息日去支援农民，去从事义务劳动，最近正在作抗旱准备。四月里，文化局刚召开过电影院经理会议，还召开了农村俱乐部会议，郊区四百多个农业生产合作社的俱乐部在民办公助的方针下展开，农民们用每人种一窝瓜的办法来发展自己的文化生活。四川农民文化水平在全国说来不算低，如今更是大踏步前进了。例如去北碚路上（新修了一条捷径）的歇马场磨滩乡的一个小学，就拥有六百个学生和十六位教师。

自然，沙坪坝也不会和以前一样了。学生近六千的重庆大学已成为一个工业大学，在规划中将发展到一万学生。重庆建筑工程学院也是一个新型的学校，政法学院也在沙坪坝。北碚的西南师范学院也将由近三千学生发展到一万。西南农学院和西南俄专也在这里。

因此在街头巷尾，从人们口中和布告牌上，到处可以听见和看到有关考大学的话。夜里，在那些坡坡坎坎上，到处可以听到业余学校的读书声。我听到枣子岚垭一个洗衣妇在和别人摆龙门阵，仔细一听，不是摆的张家长李家短，而是她自己劳动好，学习也好，在街道上要被评为模范的事。如果不是怕搅扰了她的辛勤洗濯，我真想向这位不相识的老邻居道贺！

我抓紧时间用半天工夫去参观了曾家岩五十号和化龙桥红岩村两处革命纪念馆。不知道有多少离开了重庆的人在怀念这两处地方。当我从大街进入小巷，不再需要左顾右盼的时候，当我可以昂起头来公开地敲那两扇黑漆大门的时候，我说不清自己胸腔里充满了什么情感。

门内一块牌子上说明这所平凡的小楼的经历，它曾经是中共中央南方局和十八集团军办事处的所在地，也是周恩来同志和其他同志寄居过很多年的地方。一直到一九四七年三月，才被迫撤离。在抗日战争时期，通过这里和红岩村，党中央密切了和南方局以及进步人民的联系，阐释党的政策，揭露蒋政权的投敌阴谋，指出全国人民争取民族解放和建设独立民主中国的道路。中外记者招待会也时常在这里举行。

这是一幢通过私人租来的民房。特务假扮未迁出的房客在这里窥伺一切，还从楼上插电线到楼下会客室偷听。后来被发觉，才在天花板上添了望板。

房子前面是嘉陵江，十年来江山如故。遭过轰炸的房子修理得更完好了。每间屋子的布置朴素如前，仅桌椅书架床铺而已，墙上挂了几个镜框，有毛主席来渝和返延的照片，有曾家岩同志们在这里生活和斗争的简略说明。每一个当年曾在这里走动过的人，请回想一下当年的"悄悄回娘家"似的心情，再和今天我们祖国在胜利建设的近景远景对照，都会觉得历史的脚步走得不算慢，只待我们马上加鞭。

红岩村的十八集团军办事处如今被附近老百姓叫作"毛泽东大楼"，是在一个小山头上，在"大有农场"当中，邻近还有汽车修配厂，大门口是第六人民医院，因此颇不寂寞。星期日或假日，常有人要求参观，那就必须事先向文化局办好手续，那个唯一的看守人就会开门迎客。

我们去的时候，农场的橙子花开得正盛，白中透绿，香气颇似江南的岱岱花。有些游客喜欢拾些地上残花，按照四川习惯泡酒喝。农场原为私有，场主接近革命，宁愿放弃剥削，将农场献出，办事处改题为"大有"，取"大家所有"之意。

那个年代，蒋政权用明目张胆的方式方法监视办事处的一切，在附近巧立了许多机关名称，如外事处、参政会、交通银行、农民银行等，其实全是警宪特务。有一棵古老的黄桷树如今生得更是盘根错节，从前这里如同一个"三岔口"，陌生的来客如果向左走，就不是办事处而是"参政会"，就如同"自入图圄"，被当作共产党而被拘禁起来。山上还有一条路通杨家坪，也被视为畏途。

毛主席在一九四五年八月来渝后，曾在这里住过四十多天，楼上有一间是他的办公室兼卧室。沁园春词一首就是在这里发表出来的，用的十八集团军办事处信笺，原稿装框挂在墙上："北国风光，千里冰封……"每个人见了不禁又会想起当年读到这首词时的兴奋心情。

这座三层楼的房间较曾家岩多几倍，有个别同志的单独办公室，有组织工作办公室，有青运、妇运等办公室和图书室。三楼上并有机要室和电台，有时留宿宾客。有一间救亡室兼会议室，实际上也如同俱乐部。各间屋子的陈设很难找回，布置也很难全如当年。很多人的记忆因年代不同而各异。因此好多间还空空如也。据说如今有些照片是当年办事处主任钱之光等提供的，有办事处同志们打球的，有一九四六年周恩来同志在旧政协开会时期游行学生讲演的。

还有几张珍贵的照片是：办事处自武汉迁渝轮船被炸，死难多人；从重庆到延安去的青年所搭乘的汽车，红旗飘扬走在先头，车上人很有壮志凌云的气概；美国工人给中共捐款……

楼下会客室设有两个秘密机关，一个是书桌下的电铃，一遇特殊情况就可以踏铃通知二楼三楼；一个是门后的小门，如果是自己人，就可以径直上楼。

当年敌人的重机枪就对着周恩来同志房间的窗口，同时他也可以窥见自己警卫的一切信号。当日本飞机来的时候，山上的敌人警宪就打信号，好让中共办事处的人和一切炸光烧光。一口井和石臼，是办事处同人汲水洗衣的地方。

礼堂在大楼后面，落成于一九四五年，有简单的戏台。如今礼堂横梁都加了柱。据说毛主席曾参加礼堂的落成典礼。看守这纪念馆的同志很热爱他这项工作。虽然当年他不在场，但是他解说得很令人信服。临行，他一定要送出来，为的是指给我们看毛主席当年是从哪条路上来的。

"就从那里，种满了香樟树的山路上。"他说。

如今，那些香樟树已长得枝叶茂密了。

我们的重庆三日游匆匆结束了。我住在上清寺的一个楼上，每晚听无轨电车在这里唰唰地到达终点，又绕过那个颜色绚烂的街心花园再出发，司机同志和售票员同志耐心地在工作。我又听到了一种熟悉的音响：叮叮，咚咚！那在从前是凿防空洞的声音，听了就厌烦；而今天，它是建设声音的一种，我很喜欢听。

重庆已经成长为这样一种城市，它的工业在上升、地下宝藏挖不尽，它和成都已成为四川的政治、经济、文化中心，简直无分轩轾。它和四周农村和全国息息相关。才几年时光，它已由一个万人诅咒的"雾重庆"（黑暗蒋政权的双关语）变得如此健朗年轻了，完全改变了我对它的旧印象。而重庆人也改变得多么多啊，他们都生活得十分自豪，这一句话就够了。就在我们到达的那个周末，有六十一位知识分子入党，有教授，有工程师，也有老艺术家，他们在跑步前进。

过去在这个城市生活了七年而没有爱它，如今三天旅行却很难再忘怀它。一直到飞机起飞，我还在独自玩味这个奥妙的道理。

（原载《旅行家》1956 年第 5 期）

难忘的印度

　　和印度人民做朋友、相往还，那是我们二千年前的祖先肇始的事了，近八个世纪却被人为的原因切断了我们传统的友谊。但是火种并没有熄灭，层层掩盖着火种的灰烬近八年来被拨开了，中印两国终于又在反殖民主义的以及和平共处的五项原则基础上建立了兄弟般的友谊。

　　印度妇女代表团来过中国，当我们被印度政府邀请的时候，真有一种即将远道探亲的感觉，而且深深体会到，全团十二个人背负着三亿中国妇女的友谊啊。

　　一九五六年十二月，在这印度最好的季节，我们到了孟加拉海北岸的加尔各答。主人的热情不亚于当地的气候，我们被套花环、洒香水、眉间点上美丽的吉祥痣的日子开始了。

　　我们第一个参观节目是凯索蓝私营纺织厂，在这里我们受到了厂方和工人兄弟的盛大欢迎。从进门到出门。从这一车间到那一车间，欢呼"印中人民是兄弟"之声震动屋瓦；工人不分老幼，都孩子气地递过纸笔来要求签名题字，其实，他们又哪里认识一个中国字呢。但是这一点也妨碍不着什么，印度人民对中国的友情在日深一日。

　　在加尔各答我们还参观了博物馆、画展、热带病研究所和医院、妇女救济院、妇女手工艺合作社、妇女食堂、手工艺商店等。通过这些参观访问，我们看到了印度古老的和现代的文化艺术、科学研究，也看到了印度妇女脚踏实地从事着的工作。在印度各阶层妇女中，不论她属于哪个党派、哪种宗教，不论她是上下议院议员或是机关工作者、社会工作者、普通劳动者，在和我们的接触会谈中，她们都表现出极强烈的爱国心和反殖民主义情绪。

说是反殖民主义情绪，也许还不恰当，应该说是"行动"。十二月十九日晚上，我们在金碧辉煌的省府做客时，我遇到了山第·达斯夫人。这是一位身体极健壮，谈话豪爽，看上去性格也开朗的中年妇女。她坐在我的左邻，对面的主人向我介绍说：

"这位女英雄开枪杀死过英国军官哩，你和她谈谈吧。"

原来她是在少女时期就干下了那件英雄事迹的。在她家乡的农村里，常有英军驻守，她那时只有十五六岁，却和当地的地下反英组织有了联系，学会使枪，乘敌人不防备一个乡下女孩子的时候，她动了手。

"你不怕死么？"我放下餐具问她。

她像回忆一场噩梦一样，微笑着说："也怕，也不怕。正因为是小孩子，不惧死亡，另外，在英国统治下，实在看不出国家和自己还有什么希望。于是在组织计划下，我就杀死了敌人，枪法还算准哩。"

幸好她还没有成年，所以在当时按照法律没有偿命，只是坐监十三四年。十年前到她将近三十岁时才出狱，这才读大学、结婚。现在她是国会议员，也是两个孩子的母亲。有很多印度妇女从事社会工作。在印度由于天灾人祸，妇女被压迫、遗弃或是孤寡无依的情况特别多，就是小学义务教育，按照计划也得到一九六四年才能普遍办到。因此，帮助不幸的妇女儿童学到文化技术、找到职业等，就成为妇女的社会工作，这种本了人道主义的良心在从事的无偿工作，反映了印度妇女的一片爱国心，也确实使得千百不幸的人群活下去。

我们曾去加城妇女食堂尝试了一下，那里物美价廉，生意兴隆，一天有几千人去就餐。据说这是为了解决粮荒办起来的，提倡用杂粮或蔬菜代替米面主食。我们倒也为创办人，以及全体食堂工作人员的事业心所感动。

我们每次到首都德里，一共七八天，其中又抽两天去阿格拉看塔姬·玛哈尔陵，去南加尔水闸看水利建设。在德里除了总统和副总统接见以外，我们交了不少印度朋友。也曾去拜谒甘地墓，游览了红堡和清真寺。去旁听议会开会，去参观女子大学，去参观农牧研究所、物理实验所、广播电台……德里中印友好协会的欢迎会上，几位青年男女奏着印度的民族乐器，唱的动人歌曲至今一想起来就好像仍然萦绕在我耳边。除了"印中人民是兄弟"一句以外，虽然什么也听不懂，但是多么诚挚的心啊，多么深沉的调子贯注到我的心中啊，使音乐素养很浅的人都能感动，这就是印度音乐的魅力。

印度妇女常问我们的问题是：中国妇女怎么能兼顾家庭和职业呢？孩子和家务怎么处理呢？丈夫和公婆不反对么？这个问题看似简单，但是也实在牵动很多方面：例如，国家给女职工创造工作条件，女职工的觉悟程度和人生观，以及社会的道德标准和舆论，等等。

在德里，女子大学校长也承认她的毕业学生就业率不高，学院行政方面，也认为栽培女医务人员是白费力，因为她们的出路不过是结婚、家务等。对于妇女就业，家庭和社会就有许多阻力，更何况整个失业问题尚待解决。

在印度卫生部部长考尔夫人家里的宴会上，我遇到一位年长美丽的夫人，她也是学医的，但是毕业后就结婚了，在家里主持家务。现在她参加些社会工作，丈夫已从铁路退休。

一般印度家庭中的雇工是很多的，这位夫人家里的雇工有五人之多。

"怎么有那么多家务可做呢？"既然是朋友，我也就不顾虑提问题的直率了。

这个问题引来了她很多感慨。

"如今要是解雇他们，叫他们到什么地方去呢？没有那么多的就业机会啊。印度的仆役制度常是传代的，一个年轻的仆人又可以在主人家里婚娶生养，主人管他们的衣食医药、儿童教育……"

我想，她描写的是封建家奴制了。往往在仆从如云的富家中，更需要精明强干的主妇指挥了，而且，她也正是丈夫衣食生活上的照料人，社交场合的佐臂。

在印多尔我们列席的全印妇女会议上，讨论了扩大"妇女就业问题"和"已婚妇女部分时间就业问题"。从这可以看出，我们的印度姊妹们正在努力改变多年来遗留下的情况。在炎热的布棚底下，到会的三四百妇女们坐在地毯上，热衷地讨论这些问题。按照传统形式，大会还唱诗祈祷会议开得成功，焚香唱国歌。细看一下这些到会妇女，是多么美丽而聪明啊，年纪老的已经度过了最黑暗的年代，但还没有失去服务人群的热情；年纪轻的穿戴着鲜艳的纱丽和饰物，拖儿带女而来，对生活充满了信心和希望。

我们参观了一些科学研究单位和建设工地（例如旁遮普省的南加尔水闸），我们虽然对具体工程技术不可能十分了解，但是看了那些印度人民自己进行的规模庞大、细致复杂的建设，引起我们对印度人民和印度科学家们的崇敬。我们认为他们的任何建设成就都是亚洲的荣誉、世界和平的保证。我们向他们说的"希望你们取得更大的成就"，真是一句出自肺腑的话啊。因为我们深深知道，亚洲的落后并不是天生的。我们热爱印度人民的聪明和劳动创造，正如同热爱自己的一样。

从德里出发，我们到世界七大古迹之一的塔姬·玛哈尔陵去度一次周末，这是我们访印过程中的一项享受。莫卧儿王朝的克琪汗为他的妻子塔姬建筑这个墓宫，从一六三一年开始，动员了三万工人，十七年后才完工。这个在月光下看起来美妙朦胧的仙宫，即使在白天看起来也美丽得无可比拟，怎么把这么多的白色大理石搬来的？都是多么聪明的手设计出来和雕刻出来？皇帝的钟情使一些人诧异，但是更震动大家的是建筑者的智慧和劳动。印度人民为这个雅慕那河边的童话仙宫骄傲，是完全有理由的。

我们还欣赏了闻名世界的印度音乐和舞蹈，这些音乐和舞蹈有很多是表现印度民间流传的古老神话故事的，例如克里希那和拉达的故事、拉姆和锡他的故事。这些神话故事里灌注了历代印度人民美丽的想象、正义战胜恶魔的理想，是神的故事，却也充满了人的性格、人的意志。

在匆匆二十天中，除了以上所提到的城市，我们还访问了孟买、班加洛尔、迈索尔、马德拉斯几个城市，也曾到农村拜望印度农民。到处是中国的朋友，到处是印度人民伸过来的手。印度人民美、妇女美、孩子美，不仅仅美，在他们的眉目轮廓和纱丽的服饰上，也不仅仅美在他们的手工艺成品上，也美在他们的灵魂中——他们有创造世界的力量。每一双深邃的眼睛好像对我说："瞧我们创造吧，既然英帝国主义都打得倒，还有什么可怕的呢？"离开印度一两个月了，但是我时常在想念它。

难忘的印度！

假如我还当记者

不当记者三年了，不凭自己的新闻敏感和创造性去采访也有七八年了，但是多年旧行当构成了人的性格与本能的一部分，在生活里，时常逢人遇事萌发出这样的想法："这倒是新闻！""这可以好好写在报上！"走在街上、坐在电车或汽车里，看来听来些事事物物、街谈巷议，总是在用自己的新闻触觉在欣赏。在读报的时候，更不用说，读后常把些满意的收获告诉给相知的朋友们，某月某日某某在某报写得多棒啊！

近来积累了几个题目，技痒难忍，但是必须辗转调查才行，我不能离了办公室去"不务正业"，谨此写出，供在职的同行们参考。

第一个题目是菜蔬公司能否解体？并请调查研究一下蔬菜合作化的利弊。记得农业合作化不久之后，有一位蔬菜种植专家曾和我谈起蔬菜合作化的困难，因为种蔬菜技术复杂、品种多、赶季节、赶鲜等，可能还有些什么，记不全了。如何在合作化中去弊？当我看到蔬菜店里架上空空的时候，或是物以稀为贵的时候，我时常想什么时候才能闹清这个问题。

当我上班去时，总见到长蛇阵一样的蔬菜店门前的人群（肉店、杂货店也一样），我听到过人们的怨言，总不外惦记着家中的老少和火烛，有时不放心的还有病人。而年年夏天烂掉在转运途中的蔬菜无法统计，还有烂在胡同里大箩筐里的。群众在心疼！从蔬菜店卖出的蔫叶子皱番茄什么的，又叫群众蹙了眉头往菜篮里放。

事情是明摆着的，蔬菜是娇嫩货，经不起翻腾，时间上也经不起拖延，坏

第五章 万象更新——赤子心拥抱新世界 465

了没救。能不能不要什么公司层层集中又层层下放呢？能否让郊区的蔬菜合作社里的菜农或是自留地的菜农自己来卖呢？不说别的，北京胡同里卖菜的清脆悦耳的吆喝声，也尽够叫人惦记！一吆唤一连串，充满了自豪的感情，可惜如今只能从相声"改行"里听到了。这也许只是我不足为训的小资产阶级旧情感，真正受到实惠的是万万千千、每条小胡同里短不了的家庭妇女们，她们一回身子，菜到手了。（鸡蛋也是一样，北京向来有在家门口买鸡子儿的传统，而没有穿过几条街去买鸡蛋的麻烦事儿。）

再说第二个题目，就是调查几个家庭妇女，看看她们在新物价下如何安排生活，每天一家买副食品花多少钱？荤素多少钱？统计一下，孩子们的营养状况怎么样？有什么补救的办法？我的这种想法是这样来的：在小学家长会上，老师总劝某些家长们：给孩子们"带饭"，可别咸菜也不给带一块。在学校里，一部分孩子的瘦弱无精神，让老师们担心。

第三个题目是：人民银行储蓄所的牌子在北京有几百块，我一直想调查清楚，也许很难调查清楚，因为它们在有增无已。人民生活好转，有储蓄能力的人多了，但是我想也用不着半条街一处吧？这浪费了多少开支？其实我看也许有些储蓄所是最好的学习场所，因为很清闲。我们这种"有饭大家吃"的做法是拆社会主义的烂污。

仅仅是三个题目，自然是言不尽意的。若有同行们去调查报道，感谢的恐怕大有人在。

一九五七年五月二十日

我怎样写社会新闻

上期本刊"探讨报刊工作中的几个问题"里谈起社会新闻问题，的确，它的定义很难下，因为甚至不分国际国内的人类社会新闻，都可以算在它的范畴以内。自然我们已然习惯了把一些人民群众中的生活问题或矛盾纠纷，与重要的政治经济新闻区别开，而叫它社会新闻。

旧报纸中也确有些记者是专"跑"所谓社会新闻的，他们往往常跑法院（婚姻纠纷），警察局（打架、捕人）、看守所（犯罪）、市场（物价）等处；社会上偶然发生了火警、车祸、凶杀、自杀的地方，自然也是他们的去处。

从前的社会新闻往往和"黄色""桃色"连带起来，社会新闻记者似乎注意的只是市井琐闻，有时候又耸人听闻，惹是生非，解放后就无形淘汰。版面上也不能说没有，而是少些，表现的方式不同些，记者和编辑都在考虑对读者是好还是坏，对那件社会新闻发生的客观事实是好还是坏，而决定去留。

"不过，一般所说的社会新闻，倒是有个人生活新闻的味道。"我同意本刊上期这个说法，同时也承认：资产阶级的社会新闻，往往养成了读者幸灾乐祸的心理和对社会生活不健康现象的好奇心。

但是，我想假如我们仔细查阅一下旧报纸，还可以找到一些相当好的社会新闻，是凭了记者的阶级感情或正义感写了一些有"个人生活新闻"的文字，想引起读者共鸣，在摧毁旧社会中起过涓滴作用。

就当作采访故事，我想谈一则我写过的"社会新闻"。从前《大公报》记者人少，分工不细，每个人看似有专业，但又无专业，军事、政治、经济什么也得插一脚，就是社会新闻也未尝不可以写写。北京解放前几年，我因为在"北京"（平）跑军调部以及其他政治新闻跑得太"红"了，失去了"人缘"，国民党的党政要人见了我头疼，有时当面讥笑，有时享以闭门羹，有些"剿匪总司令部"之类的记者招待会我又不愿意去"敬陪末座"，于是就找一些线索去跑社会新闻，从生活里找线索，从当时的报纸和通讯社的字里行间去找线索，去找矛盾。

记得某小通讯社有条短消息写过一个警察的妹妹去了张家口解放区，而哥哥吃了官司。我就好奇地按图索骥地找了去，看看这个发生了政治矛盾的家庭，看看邻居们怎么议论，写得客观一些，让事实说话，暴露一下大时代中小人物的思想变化。救济院之类，妓女的集会之类，我也有兴趣去。许多文字遗失了，底下只捡一段《夏安静家庭访问记》为例，大约是 1947 或 1948 年的，编辑部加的题目是"悲剧中人的断肠语"，记的是一则父亲抱一双儿女投北京北海的惨剧，是从一家通讯社小新闻中找的线索。当年被生活所迫厌世自杀的事日有数起，读起来都麻痹了，但是我觉得大人带了一双儿女同死是时代的大悲剧，值得采访一下，给垂死的国民党统治敲丧钟。当时我在北平，是给天津《大公报》打的长途电话消息，为了节省电话费，写得有些文言味道。底下是正文：

记者二十五日往北新桥南四眼井八号访问夏安静的悲剧的家庭。夏于二十四年前在兵变中生于石家庄，故名。卒业石门中学，曾在铁路局任事。至今双亲仍居石门，父业矿，亦失业。其表兄弟二人近亦被中央印制厂所裁。其岳父也失业。夏本人四个月来在内二区十三保任书记，近可支三万元。然东西城往返不便，除车资自食外，无力供养妻儿。彼为人耿介不阿，不愿多事。

告贷因之人人艰困。最近市府举办地方自治人员训练班，规定自备双份白被褥单及衣裤铁脸盆，约需四万元始能备齐。二十五日开班。夏几月来箱箧典质一空，今又徘徊于业业、即或有业亦吃不饱之歧途。自称：二十三日晚，心闷已极，身怀五十元，率五岁子（名英林）及三岁女（名英敏）二人往北海后门躲雨时，吸烟三支，儿女喊饿，时天地昏暗，水声潺潺，遂萌投水之念。不图自己被救，一双儿女竟遭绝命。

现夏本人仍住内六区区署，须俟其心胸稍开豁时，始能令归。其家住屋一间，系公理会世交庞牧师所情借，只出灯水费。然最近警局封房，正勒令搬迁。其妻丁氏，因其幼女尚未断乳，连日乳胀难忍，痛哭一双儿女，双目红肿。其姑母谓："孩子又乖又没毛病，长得和水葱儿似的！"板床上小枕犹在，尿痕斑斑。壁上照片，作天真笑容。其母望之，泪如断线。二孩由公理会借款十二万元掩埋。二十五日晨，社会人士觅址送款者四五起，有二三万元，有二千五百者。夏安静需要一个能吃饱的职业。虽然他的二孩之死，战乱要负责任，皆民生凋敝所致。近数日有糖店伙计吊死，有少女投河，社会不安。自杀之风一起，不知伊于胡底。经济崩溃之警钟已然在敲了。"内战内战，快些停止！"

一则社会新闻到此为止，不到一千字。记得当时天津版总编辑张琴南在天津饭馆里听到有人在谈论这则新闻，感叹不已；因此他写了封信给我，有奖勉之意，说我写得充满了人道主义精神，我看了很感谢他的激励。暗想我就是要通过一件社会新闻引起群众去认识反动派所发动的战争迫民于死地，其惨如此违反人伦。自然，我自己写这新闻时也很激动。人说做文学工作需要自己先燃烧，然后才可以去感动别人，引起共鸣。我在很多场合，确也曾热烈投身于每一个大小新闻事件之中，与环境斗争，与自己的拙笨的表现方法斗争。作为一个女性，一个母亲，对于夏安静这样一件小人物的大悲剧，我觉得也够动天地而泣鬼神的了。事件本身已给旧社会画出了一个基石撼摇的侧像，这种社会新闻的效果，我认为不比写国民党在前线吃了一个败仗力量小，或者可以说，它们是可以配合起作用的。

关于今天的社会新闻如何写法、写些什么，我想还是可以研究的。报上也见过不少。在工地、农村、法院、集市、街头……恐怕仍然有很多新闻可写。我们也习见很多人物特写，不过那似乎应归入模范人物一类，"新闻"性又比较差了。不久以前《北京日报》王敬同志写的"夜逛东车站"可以列为社会新闻，写得很好，揭发了一些不健康的社会现象，引起主管部门去纠正，但是其中并无个人生活新闻味道，而是写了另一群人。

几年来好的社会新闻出现过一些，一时记不起来，不在话下。

我总觉得，"新闻眼"是得自己去琢磨的，一要慧眼（包括立场、观点、提倡什么、反对什么。），二要勤恳地劳动。八年来不独社会新闻少，社会问题也被忽略了，例如人口问题，从来少有记者注意过。在以前，新闻记者应该是对社会问题最敏感的。

　　今天的记者应该配合政策和报社的计划，但也要自己独立思考，动脑筋。最近有人问《大公报》王芸生同志："《大公报》从前是怎样领导记者的？"王说："发路费。"听起来好像是笑话，但是也是事实。《大公报》的创办人张季鸾、胡政之等的确是不常向记者指示什么的，这就要记者有起码的独立作战的能力；能力太差，他们也会把人推出去。至于这些老报人的政治倾向等，不在本文讨论范围之内。我只是觉得今天有强调一下新闻工作的积极性创造性的必要。

　　即便是写社会新闻，也需要一个记者所必备的几项能力：巨大的关怀群众的热情、锐敏地思考问题，经过艰苦的采访，用有力的笔触表现出来。

　　我说这些，并不是说我全做够了，而是远远不够，但是人不能没有较高的要求，如此而已。

　　追补一句：有时候社会新闻也会成为巨大的政治新闻。例如，解放前北平美军强奸沈崇事件，起先一家小通讯社是当作美军风纪问题的新闻来发的，但是后来却闹大了，在反美运动中起了很大作用。因此，我想我们不能忽略了社会新闻，它也会在社会主义建设中发挥积极作用。

一九五七年六月二十五日

影响、意义与他人——

晚年流变

吴 亮 著

旧闻新抄

我并不想抄一则旧新闻来填充"新闻与出版"的宝贵篇幅,但当本刊的编辑同志要我谈一点过去的采访故事的时候,我又没法凭空谈起,因此检出残报,姑且试谈这么一个题目:《毛泽东先生到重庆》。

这消息刊登在一九四五年八月二十九日的重庆大公报要闻版上,土黄的薄薄的纸张,两栏拼起来成一方块块。我总想用字数不多的一个小专栏,让读者在社论以外觅到一点毛泽东同志的谈吐笑貌。我的处境是:山城的一个公民,国共以外的"民营"报纸记者,白区的一个地下同志。我还是头一次看到他呢,只用激动两个字还很难表现当时的感情。当时在场的有几百个中外爱好民主自由的人士。自然也有一部分人与我们貌合神离,思想也南辕北辙。在朋友之中,有毛主席的故旧新交,每个人都在控制不同程度的激动的感情,而对毛主席此行的期待却是同样的,那就正如我在新闻中所写的:

"这也许可以作为祥和之气的开始吧。"

今天看起来,不只这句话,而是全文,有点立场客观,把记者的主观立场,自己的思想感情掩藏起来了。这也是不得已的事,我不能像《新华日报》记者那样表示由衷的欢迎,以及鲜明的阶级立场。甚至题目也称"先生",因为当年流行在白区的称呼就是那样,《新华日报》以外的报纸,都称呼毛主席作毛泽东先生、毛先生,或毛氏。在我那段新闻里面,毛主席也称蒋介石作蒋先生。

当时,很多飞机场上的人是这样想着的(自然,这里面有"我猜"的成分):固然说是多难兴邦,但是八年抗战的牺牲和破坏多么大啊,中国的破家底想要重拾起来真不容易。美国这个"盟邦"的野心早已被明眼人洞悉，而为国民党所掩盖，在八年抗战中，国民党自始至终没有放弃过反共的思想和行动。国民党和蒋介石投敌卖国的阴谋一直被中共和正直的人民反对。那时候国民党及其美国主子总宣传中共有党无国，好像国家搞不好，责任全在中共。在后方，多少人受着蒙蔽是非的反宣传的影响，对中共的谋国热诚常是疑信参半。

因此，忽然听说毛主席在美国大使赫尔利和国民党张治中伴同下飞到重庆，连不问政治的人们都认为是喜讯，是国家祥和之气的开始。

我的神经也是紧张的，我心里有另一重喜悦，可以看见党的领导者之一毛泽东同志了；在抗战胜利时，国民党没有能达到他们消灭中共的初衷，而不得不与共产党来谈判了；毛主席此来，又可以争取到国统区多少民心啊，虽然我们很多人不能不为他在重庆的安全捏一把汗。

让我们读了新闻再说吧。(《毛泽东先生到重庆》全文见本书第三章，这里从略)

就是这样一段一千五百字左右的记事，实无十分可取之处，但是我觉得这究竟是一件有历史意义的大事件，所以抄在这里。这段小小文章曾被收在延安编的有关毛主席去重庆的集子里。近年来，有些十几年以上的老朋友还向我提到那段记事，谈到个别细节。

我不想自诩说这段文字有什么美妙之处。我写得很朴素，而且我一向也不会、并不喜欢玩弄辞藻。今天自己再谈一遍，我相信只是曾经认真花过一份心思，在采访上没有偷懒。至于文字上的毛病，还很不少。照例一则这样的记事，用的时间不会超过一小时半。

我除了想配合社论，使读者亲切地见到机场一切。而外，我是在有意地表现毛主席是多么谦虚，平易近人。写他的新衣着，不过是想衬托出延安生活的朴实无华。在国民党反共宣传中一向把中共领导者们形容得如洪水猛兽，或者粗野非凡；于是我在新闻中特别写到了他在张治中公馆中广漆地板客厅里的拘谨行动，甚至打碎了一只盖碗茶杯。让读者看看，这位伟大的革命者是来自民间的读书人，这难道不也是事实吗？

为了想躲避中伤，我把自己扮成一个喜欢追新闻的职业记者。我没有向读者说教，也不能说教，只是想让读者在字里行间去领会中共领导人的雍容大度，以及中共在胜利初临想与国民党共策国家大事的开诚布公的气魄。通过一些细节和简单对话，让读者自己去体会。我相信有此含蓄比说透说够要好一些。

毛主席在重庆的日子里，到处听到他湘音无改的"和为贵"三个字，留渝日期由十日延到四十四日。他住在红岩村小楼上，周围浓荫可人。他那一间普通楼房是书房，是卧室，又是会客室。来找的人真多，党内同志和进步分子之外，这个时期后方的民主人士，民族资产阶级代表，文化界妇女界代表也不断会晤毛主席，许多人消除了对中共政策的疑虑，觉得一时看似国家的团结无望，但已明白了谁是谁非，有些人逐渐把对国家的希望付诸中共了。毛主席在渝参加的一些盛会上所作的一些大气磅礴的发言，许多人今天回忆起来恐怕还如雷贯耳，尤其是"和为贵"三个大字。

由一条旧新闻引起人的无穷记忆，人不能忘却历史。

再说一遍：这段记事很平常，不过说明了写它的人的一些苦心：衷心拥抱那个历史性的事件，但是必须平和地娓娓地记下来，让多少读者也衷心拥抱那个事件、那些人，寻求国家的进步和幸福。事实上没有十分达到自己的愿望，因为手中的一支笔太笨，太欠修养。

一九五七年六月十日

致女儿的信

关于工作态度

昨天你爸从江边回来，带来几封信，知道你又要学到月底[1]，我很生气，女儿，不可以这样的，要有觉悟去搞农业生产，学医学到放下本职工作是不对的，要尊重领导，要有组织纪律性，不要无政府主义。

我和你爸从来未这么胡来过，在从前的工作岗位上，也还是要老老实实地劳动，否则也不会取得成绩的。聪明的人阳奉阴违，自以为得计，是要砸了自己的脚的。与其靠婚姻如何如何，不如先在原岗位上自己做出成绩来。你为人民做了点好事，大队没有忘了你，你也要靠拢组织，好好前进，将来组织会培养你学医的，不要个人奋斗。

你要向父母学习的，"老老实实"是一点，还有一点是勤劳，这是第二点，我自认有此优点，无论是当记者或日常习惯。当记者懒一点也成，但我们（当年）是勤劳的，动脑筋多跑多写点，在日常生活上，不贵族化，有起早和自己动手的好习惯。我母亲不许孩子们睡懒觉，总说"早起三光，晚起三忙"，她总是天不明即起，洒扫洗濯，虽家中有女工时她也自己干不少活，我在安国[2]及在沙洋干校，得益于自己的"勤"字，现在老了，动作慢，早晨半小时上厕所（很远），梳洗很紧张，我总是早起一点，摸黑穿好衣服……在医院里，也总是我打扫房间，除了手术中一两天。

---

① 子冈之女徐东在农闲时回京学习医疗技术。
② 安国为当时子冈劳动地点。

要对得起病人

女儿：

现在是 7 月 26 日[1]，昨夜我们"排"夜里打场，有机田，我担任进稻，从 9 点一直到今晨 3 点，上午休息。我睡不了多少，洗洗清理。爸爸腿不好，打开水，提井水，一日三餐均我跑腿，有时我出工归晚，他才打饭，我只有耐心观察他的病，如不好，医生也会嘱转院的。"水针"是往穴位中注射葡萄糖液，你父亲瘦得不行。

这里有个 17 岁的小护士，给一个发疟疾的老太太打浅了，屁股发炎起大包，如碗口大，昨天去沙洋住院开刀了。你注射时消毒要小心，惹了事太对不起病人[2]。双抢期间，我们早上四点半起床，五点即出工，七点半回来早饭。

妈妈

夜写完

退休的打算

亲爱的女儿：

昨天是星期日，早上爸爸和我在宿舍门前做煤块（每户发一千斤过冬煤），我连指导员教我去谈话，说为了退休，要我写自己的经历及各阶段证明人，何时参加革命？看样子在做退休的准备。

近来天晴，常晒被褥，我腰疼得好些。

明天小寒节气，这里还暖和得很，早晚毛衣，我一劳动就大流汗，穿单衫。昨天下午，日丽风和，我和你爸到河边散步，谈谈如何进入老年，自然有工作还干，休整时或去南方一游。

---

① 时间为 1971 年 7 月 26 日。

② 当时徐东是大队的赤脚医生。

如何写文章

我们文字工作者，就是要把感觉到的东西写出来，自觉地在现实生活中去感受，然后用文字表现出来，这是个锻炼过程。有人不知道如何去粗取精，没有使用感染人的文字的能力就不成，芜杂冗长，不会选材，不会精练就不成，有时十句八句不如一句……

当记者的没有推敲时间，一边采访一边感受，回来就写，写了就交，别给编辑找麻烦，翌日见报。（以前如此）要写得十分准确，要求说明人、感动人，自己也得认真生活在其中。

你也要有点文化，文化是自己钻出来的……

妈妈

五月五日夜

军调部回忆

东女：

今天 21 日，小雨，早上我拿了铁镐去出工，连长对我说，"不必出工了，退休的事谈过了，你写个申请……"

我很高兴，下午要出工或学习，我要站好末班岗。

听广播是叶剑英去接的基辛格，真实历史性的！ 1946—1947 年在北京协和医院有个国共美三方面合组的"军事调处执行部"，解决国共之争，因为当时抗日胜利，国民党想独吞胜利果实，要消灭解放区和共产党，在很多地方发生军事争端，于是老美假充和事佬出来调解。实际上他武装"国军"，却让蒋介石当了"运输大队长"，把武器逐步输给了中共。1941 年日本偷袭珍珠港，美国成了敌人，美帝办的协和医院也被日本封闭（当时北京是敌占区）。所以 1945 年胜利后开业，当作"军调部"办公地点。叶剑英当时是中共代表团团长，舅舅、舅妈及今天许多外交部人员都是中共代表团成员 [①]。当时有新华社少数记者和

[①] 军调部时期，徐盈、彭子冈夫妇曾积极采访三方面（美、国、共）情况，常与老领导叶剑英接触，又能见到延安来的弟弟彭华及弟妹。此二人为中共代表团成员。

《解放日报》记者在京，而《大公报》办事处的我们是外围，也做了些工作。我们当时写的通讯是叫国民党方面十分头疼的。

解放前《大公报》办事处的武装搜查[1]和软禁是记忆犹新的，当时你在襁褓之中，哥哥尚一顽童也。

最近见总理接见的"美国友好人士"，也是当年来过北京的熟人，而当年的许多中国中共朋友，有的已故（如龚澎），有的外放（如中共发言人黄华，现在是驻加拿大大使，有个马子卿是驻锡兰大使），或许有人问起我的[2]。时隔25年，叶剑英元帅已是70多岁的人了。

我总相信爸爸和我不是真的退休，到京后自可以见分晓。我们会在对敌斗争中有一定用吧！

在干校学习了两年毛泽东思想，自问还有点收获，愿在无产阶级专政下继续革命，竭尽绵薄，粉身碎骨也心甘。全校退休的大概有几十人。……

妈妈

一九七二年十月二十一日

六、像小鸟一样飞翔

小鸟起飞，是我两年来的生活实感，真想飞翔，不想定居。看麻雀时看见他们时而来啄食，时而在我的呐喊或敲锣声中忽地起飞，真是羡慕。

你像自由的小鸽子一样，满天飞翔，时东时西，我都嫉妒你了[3]。你自己处在上升期，自然体谅不到别人的曲折和痛苦。可是自然规律，老鸟自应休息，在窝里趴着，只为找食才出去，人比鸟多一重任务：改造世界观，为了适应新形势和旧观念决裂！让我们大家在国家的大好形势中，在世界革命的大好形势中欢乐起来吧。

---

① 武装搜查，指北平解放前夕，国民党方到北京东城灯市口《大公报》办事处进行武装搜查，并带走了徐盈，多日后才释放。此事登载于《子冈、徐盈不平凡的一生》一文（上海档案馆陈正卿编）。

② 军调部时期，子冈曾努力采访和谈三方面（美、国、共）的情况，常与老领导叶剑英接触，又能见到从延安来的弟弟彭华及弟妹，他俩为中共代表团成员。

③ 女儿徐东当时在农村给老乡针灸，被评为学毛泽东著作积极分子，赴北京开会。

我要像小鸟一样起飞！两年来我还飞回过一次，而可怜的老爸已两年不动了。[1] 和他一起坐汽车，坐下大车回去多开心啊！[2]

我近来捡粪很起劲。

---

[1] 指丈夫徐盈已在干校两年。

[2] 此时徐盈、彭子冈夫妇即将办理退休手续回家了。

忆邹韬奋 *

三联书店要过三十周年纪念了。我想我在三联是有许多同行和朋友的，但是我从来也没到过香港，它出版的书刊却把亿万读者团结在一起。在历史的长河中，三十年不过一瞬，在人们生命中，三十年却占据了一生中的主要部分。

当年抗日救亡这面大旗团结了千百万青年，为了同样喜欢一本书、一个作者、一份刊物，可以成为朋友和同志，在意识形态上形成牢固的默契。

我要感谢一些师友辈的带路。从一九三六年开始工作，我就应召到上海参加《妇女生活》杂志的编辑工作，这是生活书店出版的进步妇女刊物，主编沈兹九是我中学时代真正的老师，我像她女儿一样地住在她家里。为了约稿、取稿、发稿，我必须到一些撰稿人家中和印刷所去，也必须到生活书店去。

当时邹韬奋是生活书店编辑部的负责人，也是《大众生活》杂志的主编，因为是周刊，他忙迫得要命，人少事繁，却能做到从不脱期，当时销数之高，是刊物中少见的了。

当时的邹韬奋是大忙人，看稿改稿发稿，周刊催得紧，没有一点歇息。他还得抽空参加一些抗日救亡的集会，他自己还在写稿读书。传说家中搬了家时，爱人怕他忘了里弄号码，还得在他衣袋中写上个地址小条。

一九三六年十月鲁迅逝世，出殡这天，形成了对反动当局的巨大示威运动。头两天，韬奋同志向我约好，要写大游行的速写。我当时真是初出茅庐，不知

---

* 本文为子冈为纪念三联书店成立三十周年所作。

如何着手，但是也只好硬着头皮写了交去，他这位大主编居然发排，我想是不能令人满意的，也未及要了原稿来核对他给修补了些什么。当时我只是来自北京的一个进步学生而已，对于鲁迅这位"中国文化革命的主将"还缺乏研究，对他向敌人冲锋陷阵的英雄业绩也所知不多。这件事只是说明他对年轻人的信任。

国民党抗日失利，撤退到汉口，这时生活书店也迁来了，邹韬奋忙于出版《全民抗战》。在重庆学田湾，他住衡舍，我们住良庄，生活书店也近在咫尺。这时或是跑防空洞，或是在山坡上过路，时常遇见。在空袭警报时，韬奋也首先抱着作者的稿件。到他家去时，记得他的一家几口聚居斗室，推门不见他，原来他的书桌就在门后。他往往伏案写稿或看清样，忙得不亦乐乎，但是还照样欢迎来客，热情交谈。

他又是一个多么有趣的人物啊，记得一九四〇年，我生了一个头生子（后在警报连天中夭亡），他路过罗家湾，还不辞辛劳，爬了坡坡坎坎前来探视，很有兴味地和小婴儿说笑，临行出人意料地从公文夹中倒出三四十只鸡蛋来。

生活就是斗争。当时国民党反动政权迫害进步文化事业的丑态一言难尽，生活书店和《新华日报》如同孪生，经常在查禁、没收、捕人中过生活，邹韬奋还得应付这些麻烦事情。新四军事变后，他愤然离渝，后来传说他得了脑癌，医治过程极为痛苦，大家听了十分难过。这是一位伟大的文化旗手，在白区培养了出版界千千万万的从业人员，撒播了无穷无尽的革命种子，向往党中央和毛主席，自己却辛劳致疾而倒下来。这三四十年来他若健在，一定是文化战线上的一位领导同志。

三联书店三十年来作了多么大的贡献就难以缕述了。忽然回忆起三四十年以前的事，真好似瞭望沙漠远处的海市蜃楼一样模糊渺茫，如此草率地回忆七君子之一的邹韬奋，辛勤笔耕了半生，和黑暗中国的统治者战斗的邹韬奋，是极其不恭的。

九月十一日

叶圣陶访问记

十月二十六日，秋雨绵绵初冬天气。我和徐盈想起叶圣陶老师已经病愈出院两周，大约可以见客了，就在午前撑了雨伞出行。

叶老八十五岁了，一向身体健康，三个月前还随人大政协参观访问团赴四川。归来忽觉腹痛如绞，家人急送首都医院，诊断是胆结石，医云最好手术取出，中医也可以服药化石，但较慢。家属征询叶老意见，他决定在高年上一次手术台，体验这种生活。于是在溽暑中开了刀。

为什么我和徐盈要称叶老为老师呢？因为在二十世纪三十年代，我们向《中学生》等杂志投稿，叶老在繁忙的编辑工作之余，还亲笔和投稿人通信，在苏州、上海，后在重庆，颇多往还，他热心和我们谈文章得失，就像他在《文章病院》中分析某些文章的毛病一样。解放以来他时常为各单位作讲演，或先印发文章，然后剖析，听众多为工农兵及干部。有时他谈到某些作家作品，时常自愿提意见，虽读几十万字也不怕吃力。这些天他已能起坐看看大字版的《参考消息》。卧室内的书架暂撤，腾出地方夜间搭床，子弟轮流陪夜。墙上仍悬挂着老母亲及夫人的遗像。

毕竟大病之后消瘦些了，脸上有三道白，就是两道白眉及一道白须，是一位和蔼的老公公，他正在剥无核蜜橘吃，此物北京正上市，温州产，五角五分一斤。

我们祝贺他，因为手术后颇多变化，一会儿低烧，输血后又吐血，最后还是顶过来了，他十分健康，没有一切老年性的慢性病。当初许多朋友尊重家属的意见，不去看他，让他安静休息。

他把一粒牙齿大小的灰色结石放在一个小药瓶里，给来访的人看。这一块结石让这个老人疼痛万分。"总算战斗过来了。"他胜利地笑着说。他还惋惜"如今就是视力太差了，耳朵也聋"。我说这也难怪了，六十多岁的人也要如此。

他说老朋友俞平伯听说他出院回来，雇了出租汽车，急急来访，谈得快乐极了。

相信叶老将来还会提起笔来的，还会教育青年人的。记得几年前他还写过以青年为题材的短篇小说。

这里已生了炉子，生暖气还不到日子，这样的温度对一般人足矣。首都医院病房太热，反而容易感冒。

叶老在周总理逝世以后，曾在家挥笔写了挽诗，也曾送我们一份，抄录如下：

> 无役不身先，
> 向辰磐石坚。
> 般般当代史，
> 烨烨六旬年。
> 悲溢神州限，
> 功垂天地间。
> 鞠躬诸葛语，
> 千古几人然。
>
> （自五四运动迄今，举成数言之为六十年。）

一九七六年二月四日

离开叶老卧室时，我深深地对叶师母遗像行注目礼。这位师母一向在开明书店任校对，后来在北京仍在出版社辛勤劳动。她逝世后，叶老曾有长诗哭之，记录两人一生共同奋斗的踪迹，我只记得有两句是"出门唯怅怅，入室故迟迟"。写茕独一身后的悲切心情，令人念念不忘。

十月二十八日寄自北京
（原载香港《大公报》1978 年 11 月 13 日）

回忆白玉霜母女

日前报上刊出受"四人帮"迫害致死的人中有中国评剧院演员李再雯，艺名小白玉霜。屈指算来，她如果活到今天，也不过五十岁，艺术青春还正旺盛，是可以在今日艺坛中放一异彩的，所以读了这条消息的人很多为之扼腕。

我在一九六四年为了业务关系，曾访问过李再雯多次，并和她的师傅李义芬、花月仙、她的舅舅李国璋谈过，为的是追溯李再雯的母亲老白玉霜的史料。

一九五〇年政协全国委员会开会的时候，毛主席接见了全体委员。当小白玉霜激动地走上前去和毛主席握手的时候，毛主席听人介绍说她的艺名是小白玉霜时，随口就问道：

"从前有一位白玉霜吧？小白玉霜和老白玉霜有什么不同呢？"

毛主席笑着，小白玉霜也笑着，一时不可能回答清楚，但是这个问题一直萦绕在她的脑际。毛主席和她握手的一张照片，她一直挂在她堂屋的门楣上，记得她屋内还挂着自己在《杜十娘》和《金沙江畔》中的彩色剧照。

我们当年主要是从她母亲白玉霜谈到她自己。评剧艺术是在她母亲及其伙伴的努力中发展起来的，虽然，那是在敌伪和国民党统治下做的一点点辛勤劳动，十分盲目和可怜，主要是为了糊口。她母亲在一九四二年患子宫癌去世，那时才三十五岁。她不满十七岁就和一个所谓王法官生了一个女儿，不久夭折，又怕王家责怪，就偷偷抱了一个女婴来顶替。女婴就是小白玉霜，后来成了她母亲艺术上的继承人。

为了保存史料，小白玉霜和她的师傅们谈了不少她母亲的事。她母亲出身于卖艺人家。父亲李景春在评剧班里唱老生，有一个时期，就在孙凤鸣成班的剧团里演唱。白玉霜原名慧敏，成名后才改名。她家原籍天津，李景春随班跑码头演戏，妻女也跟着。孙师傅见白玉霜演连珠快书《碰碑》和京韵大鼓《层层见喜》很够材料，就给她说了半出《马寡妇开店》试试，居然小小年纪表演认真，唱词记得准确，嗓门也够宽亮，所以又教她学了《王少安赶船》《花为媒》，十二三岁就上台了。师傅给了个名字叫桂珍，当年戏报上全用这个名字。二年以后，李景春病故，就全靠白玉霜挣钱养家。

小白玉霜青少年时走的道路也和她母亲差不多。她随了戏班跑江湖，做了玉顺评剧团的小演员。她母亲自己认为女艺人的命运太不济，虽然李再雯不是亲生，也不愿她再蹈覆辙。本不认真让她学戏，可是女儿偏偏喜欢，在后台门帘里悄悄学，唱作俱佳，有时母亲有病，不必回戏，由女儿挑大梁照旧演唱，由不得母亲心里高兴，说："多亏咱闺女啦！"

在李再雯记忆中，她母亲的日子真不好过，到处跑码头，担风险，赔不是。袁良当北平市长时代，借故嫌她演的戏有伤风化，勒令限期离开北平。有时不得不用全团人员挣得的血汗钱招待伪军警和记者，自己却只能啃窝头。

李再雯在解放后，学政治、学文化，提高觉悟，知道文艺工作的意义十分重大，也曾学过毛主席的《在延安文艺座谈会上的讲话》，也曾深入工农兵生活。她和母亲的名角生活大不一样，党和群众关心艺术，她每演一出新戏，总要接到很多群众来信。她从中得到不少鼓励。她为能和很多文艺界朋友一道加入中国共产党而感到十分光荣，并更加认真排戏，认真演戏，认真教戏。在一九六四年时，她身体已不大好。肺气肿使她不能经常演出，人越来越瘦，眼睛显得越来越大。她让我到后台看她准备上演《秦香莲》，贴片子以后真像个有了一双大孩子的中年母亲了。

小白玉霜那时已领有一个闺女，到如今该有二十多岁了。"四人帮"如何迫害她，使她轻生，走上绝路，传说者语焉不详。她的婚姻生活和她母亲一样，不够幸福。在旧社会，十几岁就结婚了，一九六四年时，有一位新音乐工作者和她在一起，记得堂屋还有一架钢琴。事关个人生活，详细情况我极少问起。如今有时路过她住过的中国评剧院的宿舍，大门已经翻修，只有街坊邻里和她的好友，知道这里面住过一代艺人李再雯吧。

（原载《大公报》香港版 1979 年 1 月 24 日）

《旅行家》三十而立

《旅行家》成立三十周年了，编辑部的同志们要我写几句话，回顾一下这三十年中《旅行家》伴随时代走过的曲折道路。

1954年夏，上级把我从《人民日报》调到中国青年出版社，与叶至善同志一道筹办《旅行家》。为什么挑我和至善同志去编全国第一份，也是独一份的旅游刊物？今日想来，可能是看到我们各异的经历、气质与彼此补充、合作的可能。我是1938年在国统区加入《大公报》的，主要采写政治、文化新闻的经历，使我接触到各界名人，尤其与许多著名的知识分子相熟。新中国成立之初，我积极在国内"旅游写生"——用散文、特写反映新人与新建设的风貌；同时多次随代表团出国"旅游写生"，还除了本小书《苏匈短简》。我喜好闯，也敢于创，雷厉风行，说干就干，舍得跑路和磨嘴皮，不达目的绝不罢休。但我也有短处，对编辑工作既不熟悉也不细心，在一些政策问题上或者缺乏常识，或者由于好冲动的个性而不管不顾……我的不足恰是叶至善同志的长处。他踏实严谨，埋头苦干，知识渊博，文字精细，且与我是二十余年一道成长的"老熟人"——其父叶圣陶先生，便是把我从《中学生》提携进入文坛的恩师之一。

我们组织了一个精悍的编辑部，与出版社分管《旅行家》的副社长李庚同志一道，研究、确定了编辑方针。我们考虑：既然是青年出版社出的刊物自应面向青年，以饱满的热情和丰富的知识，帮助青年熟悉祖国、了解世界；培养青年形成热爱祖国、关心世界的思想与情操。目标是明确的，我们以何种途径去达到目的地呢？考虑到当时各种主客观条件，我们采取约请各界名人写游记的办法，引导读者展开卧游冥想。新中国成立伊始，国家并不富裕，人民也崇尚简朴，假期和财力都很有限，无暇无力远游。甚至可以说，"旅游"作为概念不仅没能在人民头脑中形成，而且常常与"奢侈""腐化"等混为一谈。那时节，常因工作而"旅游"的，一是政府人员，二是著名的文化人。前者没有耍笔杆的习惯，后者便成为我们的组稿对象。于是，郭沫若、老舍、叶圣陶等前辈名家，都惠赐佳作使刊物增光添色。同时，我们为增加时代感，又发现和约请了一批如杜鹏程（长篇小说《保卫延安》的作者）这样浑厚质朴的"土"作家，写出描绘战争硝烟和建设风尘的诸多篇章。此外，向达、侯仁之教授等也不时写一写既有学识也有趣味的"小品"（这是与他们各自的"巨著"对比而言），就使《旅行家》增加了在"学院圈"的影响。总之，在各种主客观条件的制约下，我们尽到自己的力量，使《旅行家》在"知识圈"中有一定的声望，尽管这"知识圈"是以中老年为主体。

在粉碎"四人帮"后，《旅行家》于1980年复刊。复刊之初，我又担任了一个时期的主任编委。时代变了，变得使人不得不刮目相看了。尤其是在党的十一届三中全会之后，人民（首先是农民）富裕起来了。这股"冲击波"所向披靡，势不可当，冲击到物质和精神的一切角落。就连"旅游"这个观念也得彻底改变，它被"正"了"名"，它"翻"了"身"，它堂而皇之附着到社会各个阶层。旅游成风，成为一股不可思议的热风。曾记否，这两年每逢盛夏，不是总会传来北戴河、青岛人满为患的种种"逸闻"吗？人们越走越远，越走兴致越高，服装越来越讲究，开销越来越大……与此同时，我们更欣慰地看到，旅游的情趣和科学性也随之提高，人们对其效率和效益的关注也日渐密切。《旅行家》在这种情况下复刊，如何适应不断发展的新形势？何况，此际《旅行家》已不是全国独一份，它已有了好几位兄弟姐妹在并肩迈步，其中有的仿佛更富时代的朝气，跃跃欲与老大哥一较高下了。

在刚复刊的一段时间里，我们确想保持刊物原来的风貌，也确有一些老读者通过写信或会面，向我们发出恳切的美好的期望。可试验了一段，发觉沿原路行进难以尽如人意。首先，作者的队伍大大改观。由于"文革"动乱及自然法则，前辈作家或者不在人世，或者老得拿不动笔。1981年《旅行家》举行过一次全国行的征文比赛，编辑部选出其中优异及较好的几十篇文章送交一批名家审阅圈定，其中的大部分我也看过。我惊讶地发现，这些不知名的年轻作者，他们尽管还不成熟，但透过他们字迹并不工整的文稿之上的，是坚可摧城的锐气，是霞蔚云蒸的朝气。他们是旅游者，又不甘心只做那种啸傲山林的闲散之辈。他们是主人，对明日的一切抱有立足的信心——他们要驾驭山河，当然也要驾驭反映山河变化的旅游文学。从这时起，我对于字迹继续支持复刊的《旅行家》，反而感到力不从心，感到相当惶惑了。不久我就病倒，和刊物的联系降到不能再低的程度。

这两年在病中，我从电视、旧友来访和亲人谈话中得知——世界飞速发展，我国的改革由农村转入城市，旅游的开展也更为普及了。我得知《旅行家》为适应形势的这种发展，正在努力探索着；还得知它和其他单位一道，最近举办了一个旅游服装设计大奖赛。我想，这些既是适应时代的措施，又是与伙伴展开竞争的办法。于是，我先前的那些惶惑便渐渐消除了。古语说："三十而立，四十而不惑。"如今，我在缅怀、感慨、祝贺《旅行家》三十而立的时候，却提前达到"不惑"的阶段。何以使然，时代也！

病床口述，徐城北整理

（原载《旅行家》1985 年第 6 期）

子冈年表

1914 年 2 月 7 日，生于北京，名雪珍。

1926 年，随父母迁回故里苏州。

1931 年，在上海《中学生》杂志举办的命题文艺竞赛中入选，获第二名。同年，在《中学生》杂志又一次命题文艺竞赛中获第一名。

1932 年 5 月，徐盈等人在北平创办文学期刊《尖锐》，函请子冈帮助发行。

1934 年 1 月，在《中学生》杂志发表小说《狱囚》，首次使用笔名"子冈"。

1934 年夏，在苏中学毕业，考入北平中国大学英语专业。

1935 年春，主动从大学退学，闯向没有樊篱的社会大学，开始了写稿生涯。是年，《中学生》杂志出版十期当中，刊用子冈九篇散文。

1936 年春，南下上海，应约任《妇女生活》助理编辑。同年参加鲁迅葬礼，写出《伟大的伴送》。

1936 年秋，与徐盈（《大公报》记者）在上海结婚。

1937 年春，与徐盈同往江西瑞金等地旅行采访。

1937 年间，曾化名"小梅"，冒称"堂妹"，前往苏州高等法院看守所探望"七君子"中的唯一女性——史良，然后写出文章，刊于《妇女生活》。

1937 年 9 月，离开沦陷后的北平，辗转抵达汉口。

1937 年 11 月，在汉口主编《妇女前哨》。

1938 年 1 月，《妇女前哨》停刊，进入汉口《大公报》任外勤记者。

1938 年 8 月，在汉口与徐盈一同秘密加入中国共产党。

1938 年 10 月，自汉口撤抵重庆。

1939 年 1 月 21 日和 22 日，在重庆《大公报》发表特写《蒋夫人会见记》，受到张季鸾的称赞并晋级加薪。

1941 年，开始为桂林《大公报》写"重庆航讯"近百篇，曲折而真实地反映了各阶层的生活动态。后被同行誉为"重庆百笺"。

1945 年 8 月，发表特写《毛泽东先生到重庆》。

1945 年 9 月，抗战刚刚胜利，就经由武汉、南京和上海，最后到达北平，任《大公报》驻平办事处记者。

1946 年 2 月，未经当局许可，径自飞访晋察冀边区首府张家口，归后发表通讯《张家口漫步》。

1946 年 12 月 15 日、22 日，在《大公报》发表小说《惆怅》在国共两党关系全面破裂之际，公开怀念在解放区的弟弟，震动朝野。

1949 年 2 月，在天津《进步日报》北平办事处工作。

1949 年 4 月，作为中国青年代表团成员，出访苏联、匈牙利，归后出版访问集《苏匈短简》。

1951 年 9 月，到《人民日报》文艺部任编辑。

1954 年底，受命筹备《旅行家》杂志。

1955 年 1 月，《旅行家》创刊，任主编。

1955 年夏，作为中国代表团成员参加在芬兰召开的保卫世界和平代表大会。

1956 年底，作为中国妇女代表团成员访问印度。

1956 年 10 月至 1957 年 6 月，先后写出"鸣放"文章：《出版社可否综合一下？》《她们五十六个》《刊物的霜冻》《假如我还当记者》《旧闻新抄》和《我怎样写社会新闻》等。

1957 年 8 月，受到《人民日报》专文点名批判。

1958 年 3 月，被划为极右分子，开除党籍撤销职务和工资级别，留用察看。

1958 年 3 月，下放河北省安国县齐村劳动。

1959 年，因腿疾调回北京，中国青年出版社印刷厂继续劳动改造。

1961 年，调全国政协文史资料研究委员会，先后为邵力子、小白玉霜等人整理史料。

1962 年 1 月，摘去右派帽子。

1969 年下放湖北干校劳动。

1971 年 12 月，退休回到北京。

1979 年，右派问题得到改正。是年 10 月，重任《旅行家》主任编委。

1981 年 8 月，离休。

1988 年 1 月 3 日，在北京病逝，享年 73 岁。

编后记

　　母亲子冈是我国新闻史上的名记者，她的作品集也已出版过几部，如《时代的回声》（黑龙江人民出版社 1984 年版）、《子冈作品选》（新华出版社 1984 年版）、《挥戈驰骋的女斗士——女记者子冈和她的作品》（北方妇女儿童出版社 1987 年版）等。可以说，这些文集基本收录了子冈的代表性作品，何以今天还要出版这本新文集呢？除了因年深日久，上述文集已难以寻购外，也是希望借此次出版机会挖掘子冈更多的精彩作品，展现子冈作为一名爱国新闻人的风采，并通过时序的编排，使今天的读者从子冈作品中了解子冈其人，从阅读中感受时代脉搏的跳动。因此，本书除继续收录子冈的一些代表作品外，还挖掘了大量子冈早期及其在《大公报》工作时期的文学及新闻作品，这些篇目从尘封几十年的老旧报纸中再次走到读者面前，颇能给人耳目一新之感，这也成为本书相较此前文集的最大特点。如果研究子冈、研究中国现代历史的朋友能从本书中偶有所得，编者当十分高兴。

　　通过近一年的努力，文集终于付梓要与广大读者见面了，欣慰之余感慨良多，不再赘言。文集在出版过程中有幸得到中国文史出版社各级领导及编辑的大力支持与协助，在此表示衷心的感谢！其中责编牛梦岳同志在前期资料的搜集、文章的编排等方面做了大量细致而用心的工作，胡天培先生也为本书的出版提供了热情帮助，在此表示特别感谢！

徐　东

二〇二〇年十二月